Viviana Rivero

# La magia della vita

Traduzione di
Cristina Verrienti e Federica Beltrame

GIUNTI

Titolo originale:
*La magia de la vida*


Questa è un'opera di fantasia. Ogni riferimento a fatti avvenuti e a persone esistenti o realmente esistite è puramente casuale.

www.giunti.it


Via Bolognese 165 – 50139 Firenze – Italia
Via G. B. Pirelli 30 – 20124 Milano – Italia

Prima edizione: luglio 2022

*A mio nonno Domenico Fabris che non è mai potuto tornare di persona a Padova, sua città natale… Ma che lo ha fatto attraverso quella minuscola parte dei suoi geni che porto dentro di me e che, non appena ho messo piede in piazza, per la strada e nella caserma dei carabinieri, si è emozionata così tanto. Quel mondo che è stato tuo, Domenico, ogni giorno fino ai tuoi trentatré anni.*

*La ragione seminale del cigno lo rende bianco*
*e, alla nascita, riceve il candore.*

LIBERAMENTE TRATTO DA
Plotino, *Enneadi*, VI, 1, 20

*Dal cigno nasce il cigno,*
*dal seme di pino,*
*il pino somigliante.*

*Un'eredità permanente ci rende ciò che siamo.*

*In mano porto*
*un passato che ignoro.*

*Un'espressione abita il mio volto*
*che forse sarà di altri corpi.*

*Mi avvicino al mare per sentirlo,*
*rivivo ora un silenzio*
*che da secoli cattura*
*lo sguardo dell'uomo.*

*Io sono qualcuno che è già stato.*

Charles Duarte, *Il silenzio*

# 1

*Le famiglie felici si somigliano tutte,*
*le famiglie infelici invece lo sono ognuna a modo suo.*

Lev Tolstoj, *Anna Karenina*

## Piacenza, dicembre 2008

*I giovani si somigliano tutti, i vecchi invece sono simili ognuno a modo suo*, rifletté Benito Berni seduto nel fastoso salone del suo castello. Era giunto a questa conclusione osservando il libro di Tolstoj sullo scaffale della libreria, proprio accanto all'antica cornice d'argento che racchiudeva una sua fotografia da ragazzo. L'idea per cui da giovani si hanno centinaia di giorni da riempire sul calendario e un avvenire intero ancora da pianificare, lo aveva convinto che tutte le brevi vite in erba fossero accomunate dalle stesse aspettative sul futuro, mentre la storia che lui adesso, all'età di settantacinque anni, si portava sulle spalle lo rendeva un anziano unico nel suo genere. Giunse quindi a una riflessione: *Uno è vecchio come può, si fa carico del peso dell'esistenza che ha condotto e di come ha impiegato i propri giorni.*

Allora si alzò dal divano; negli ultimi dieci anni le ginocchia avevano iniziato a fargli male, e con una smorfia di dolore si avvicinò alla libreria. Si stava facendo sera e dalla finestra filtravano gli ultimi raggi di sole. Prese in mano la fotografia che lo ritraeva all'ingresso del castello con il ciuffo di capelli biondi al vento, un paio di stivali di pelle e una giacca scamosciata.

Poco più in là si intravedeva il furgone dei traslochi. La ricordava come una giornata gloriosa, eppure quello scatto gli restituiva l'immagine di un ragazzo serio e con i lineamenti tirati. A dire il vero, a ripensarci, non aveva nemmeno una fotografia che lo ritraesse sorridente. Le uniche due o tre risalivano a quando era piccolo, più precisamente a prima che compisse dieci anni, prima del settembre 1943.

Niente di più semplice e complicato insieme: una data spartiacque, che aveva segnato un prima e un dopo, determinando il modo in cui avrebbe riempito per il resto della vita i giorni del suo calendario. Benito Berni stava riponendo la cornice sulla mensola straripante di libri quando la voce della domestica lo riscosse dai suoi pensieri.

«Signor Berni, la cena sarà in tavola tra mezz'ora. Vuole che apparecchi in sala da pranzo?» chiese Saira, la giovane donna nera. Affacciata alla soglia del soggiorno, accanto alla scultura delle due bambine realizzata dal maestro Francesco Mochi, indossava il grembiule e la cuffia bianca abbinati.

«No... apparecchi nel salone dorato» le ordinò.

Saira sapeva che si riferiva alla stanza dal soffitto con la modanatura in oro, quella in cui era solito ricevere gli ospiti. Erano trascorsi parecchi anni dall'ultima volta che qualcuno ci aveva mangiato, almeno da quando lei aveva preso servizio in quella casa.

«Come desidera, signore... Vuole che accenda le luci e chiuda le tende?»

«No, ci penso io» rispose lui, categorico.

La domestica si ritirò con passo furtivo. Certe volte era meglio non dare fastidio al padrone: interrompere Benito Berni durante uno dei suoi momenti di riflessione poteva farlo infuriare, cosa che le era già capitata in un paio di occasioni. Ma lo stipendio ne valeva le pena: lavorare per la nobiltà italiana presupponeva avere una certa dose di tatto e pazienza e a lei, purché non la costringessero a tornare in Africa, andava bene così.

L'uomo accese le luci e i lampadari di cristallo inondarono il salotto del loro splendore: i mobili antichi, la cristalleria e i dipinti costosi brillavano. Poi si avvicinò alla finestra e tirò le tende di velluto rosso. Ormai era scesa la sera. Benito Berni si diresse alla scrivania e da uno dei cassetti tirò fuori una busta con una lettera. La lesse, come aveva già fatto una decina di volte da quando era arrivata.

Roma, 3 dicembre 2008

Gentile signor Benito Berni,
siamo lieti di comunicarle che, dopo sette anni di intense ricerche, i nostri sforzi sono stati ripagati: il pezzo che ci aveva commissionato è stato ritrovato. Finalmente, il vaso cinese della dinastia Ming è in nostro possesso. Il manufatto le sarà recapitato in quindici giorni a partire dal versamento della caparra.
Le porgiamo i nostri più cordiali saluti e ci auguriamo che l'oggetto sia di suo gradimento. È stato un piacere fare affari con lei. Restiamo a sua completa disposizione,
Paolo Cerezo
Galleria d'arte Mancini

Benito la ripose nella busta. Il conto alla rovescia era appena cominciato dal momento che il suo segretario si era fatto carico di effettuare il pagamento quella mattina stessa. Nel giro di due sole settimane avrebbe finalmente raggiunto l'obiettivo che si era prefissato tanti anni prima. Non ci poteva credere, ormai c'era quasi. Si sentiva strano. Allora si guardò intorno per osservare i suoi adorati pezzi. Erano tutti quanti lì: i mobili, i tappeti, le opere d'arte che aveva recuperato nel tempo. Adesso, a distanza di quindici anni, l'ultimo oggetto che mancava faceva finalmente ritorno a casa. Una vita intera consacrata a ricostruire il suo castello, per filo e per segno, così com'era stato fino a quel fatidico giorno del settembre 1943. Gli veniva da piangere al pensiero che il suo sogno di lì a poco sarebbe diventato realtà. Erano lacrime di gioia le sue? No, aveva l'amaro in bocca. Di tristezza? Nemmeno, sapeva che una volta ottenuto ciò che voleva non avrebbe più avuto alcuna ragione per vivere. Erano lacrime di commozione. Benito si guardò intorno ancora una volta: eccolo lì, il palazzo della sua famiglia, tale e quale a come lo ricordava da bambino, fino alla mattina nefasta in cui si era infranta la sua esistenza. E lui si era ripromesso di recuperare ogni arredo, dal primo all'ultimo. La vita gli aveva concesso la fortuna di poterselo permettere. Eppure quel traguardo, anziché procurargli conforto, lo riempiva di rabbia e sofferenza. Non provava il senso di appagamento che si era immaginato. Era sul punto di sciogliersi in un pianto accorato, ma come sempre la paura di perdere il controllo lo indusse a chiudersi dentro alla propria armatura, ingoiando il sapore salino delle lacrime trattenute. Solo allora si calmò.

Un attimo ed era tutto passato, si era trattato di un momento di debolezza, di umanità. Guardò l'orologio sul muro che segnava le otto.

Benito si versò allora un bicchiere di Ortrugo dei colli piacentini, il suo preferito, e come ogni sera prima di mettersi a tavola, con il vino in una mano e la penna nell'altra, scorse l'elenco dei pezzi d'arredamento che possedeva, uno per uno, e spuntò l'ultimo. Poi i suoi occhi si fermarono sui primi della lista: l'antico tavolo in noce, l'orologio da parete svizzero dei suoi genitori, la statua di Nettuno con tridente, il quadro di Giovanni Boldini e via dicendo. Solo una volta finito quel rituale, che gli richiedeva ventiquattro minuti esatti – ormai spaccava il secondo –, sarebbe andato a cena.

Ma stavolta lo avrebbe fatto nel salone dorato, era una giornata da ricordare. Bevve l'ultimo sorso di vino. Bene, era deciso: a partire da quel momento e fino alla consegna del vaso avrebbe consumato le ultime quindici cene della sua vita proprio in quella sala. L'arrivo del manufatto mancante, perché la casa dei Berni ritrovasse l'originario splendore goduto fino al compimento del suo decimo compleanno, avrebbe segnato la fine di tutto quanto, compresa la sua esistenza. Benito aveva infatti deciso di togliersi la vita; continuare a vivere non avrebbe avuto più senso a quel punto. E lo avrebbe fatto con la Beretta che un tempo era stata del padre.

Il peso della solitudine era eccessivo e il sapore della vendetta troppo amaro. Una volta portato a termine il proprio dovere, dentro di lui non restava più niente, dovette ammettere a se stesso.

Qualche minuto più tardi, lungo le scale di marmo bianco che conducevano al salone, Benito si trattenne a osservare gli unici tre quadri che, a differenza degli altri, non erano stati appesi nella sala dei dipinti al piano di sopra, proprio perché riproducevano, con estremo realismo, delle figure umane a dimensione naturale. Li contemplò attentamente. Quei tre personaggi lo avevano accompagnato nell'arco degli ultimi anni, i soli ad aver assistito alle sue elucubrazioni, ai dubbi e alla solitudine; erano stati addirittura testimoni dell'emozione che l'arrivo di ogni singolo oggetto gli aveva di volta in volta procurato. Eccoli, i tre imponenti dipinti: *La pastora* realizzata da Luca

Donatello, *Il falegname* di Manguardi e, infine, *Il maestro Fiore*, opera della moglie Gina Fiore. Benito sorrise: qualcosa gli diceva che quei tre avevano intuito che il momento dei saluti era vicino. Poi, con passo lento e pesante, riprese a salire le scale: la cena era servita.

Ma non appena si fu accomodato a tavola una nuova e pervadente malinconia si impossessò di lui. Per un attimo la presenza dei suoi genitori, Aurelia e Mario Berni, divenne palpabile. Erano lì, sembrava, a fargli compagnia. Altri quindici giorni e si sarebbero riuniti. I ricordi della famiglia felice di un tempo, insieme alle sorelle Lucrezia e Lucilla, lo assalirono. Benito serrò forte gli occhi e intravide l'immagine di suo padre: portava indosso la divisa e la pistola appesa alla cintura…

## Italia, settembre 1943

Mario Berni si fermò a guardare il bosco che si estendeva davanti a lui. Lo riconobbe, era quello nei pressi di casa sua, allora si tirò su il bavero della giacca nel tentativo di nascondere la chioma bionda. Non voleva essere riconosciuto, sebbene fosse difficile passare inosservato per quel sentiero di montagna con la statura e la stazza che si ritrovava. Qualche chilometro prima aveva incontrato due sconosciuti che lo avevano guardato male. Per sicurezza, tastò la fondina appesa alla cintura per accertarsi che la Beretta fosse pronta a ogni evenienza. In quei giorni, in Italia aleggiava una strana atmosfera; non si sapeva chi stesse da quale parte. Mario era in cammino da una settimana per Piacenza, dove abitava la sua famiglia. Una volta lasciata Salerno, aveva percorso gran parte del tragitto a bordo di mezzi di fortuna, finché non era stato costretto a continuare a piedi per l'ultimo tratto. L'Italia era in guerra e la Germania, un tempo alleata, si era trasformata nel nemico. In un primo momento, né lui né gli altri della compagnia immaginavano che i tedeschi di stanza in Italia potessero diventare l'avversario da battere. Eppure, la firma dell'armistizio dell'8 settembre con gli Alleati aveva così decretato, senza lasciare adito ad alcun dubbio, e Mario l'aveva capito. Soprattutto dopo ciò che aveva dovuto affrontare nella provincia di Salerno, dove si trovava la sua compagnia il giorno della sigla del patto. Il solo ricordo lo fece tremare di terrore: proprio mentre il suo gruppo studiava le mappe per l'attacco successivo, i tedeschi avevano fatto irruzione. Nel giro di pochi attimi si era scatenato l'inferno e i vecchi alleati gli avevano intimato la resa, ma loro, ancora fedeli al re Vittorio Emanuele III, si erano rifiutati, scaricandogli addosso una raffica di mitragliatrice. Il primo a cadere era stato il suo amico Ferrante che, al grido «Un Gonzaga non si arrende mai!», era morto dissanguato davanti ai suoi occhi. Era un vero e proprio miracolo che lui si fosse salvato: un'esplosione, infatti, aveva distratto i tedeschi permettendogli di scappare. Anche se avrebbe dato la vita con piacere, giacché la sua fedeltà era al re, che aveva ordinato loro di difendere la grotta in cui gran parte dello Stato maggiore italiano aveva operato e nella quale erano state prese le decisioni più importanti.

«Non è il titolo a fare la nobiltà, ma i valori e l'ardimento» era ciò che il conte Berni gli aveva insegnato. Proprio come Maurizio Ferrante Gonzaga aveva spiegato a suo figlio, che aveva finito per sacrificare la propria vita. Era dai tempi di papa Alessandro Borgia che le famiglie Berni e Gonzaga erano intime amiche. I loro castelli si ergevano poco distanti l'uno dall'altro, e se Berni esibiva il titolo di conte del Ciccolo, Gonzaga aveva quello di marchese del Vodice.

«Avanti Savoia!» A questo grido erano stati addestrati.

Eppure tutta quella sofferenza e morte, in onore di una patria sanguinante, iniziavano a sembrargli assurde, soprattutto in quel momento di confusione, in cui il caos aveva preso il sopravvento e gli ordini cambiavano di giorno in giorno. Il governo di Mussolini, infatti, gli aveva inculcato che la Germania era loro amica, ma adesso, in seguito all'armistizio, il re e il primo ministro Pietro Badoglio gli ordinavano di combatterla. Ordini tanto discordanti avevano provocato la morte di numerosi uomini, tra cui il suo amico, e Mario era certo che non sarebbe finita tanto presto, poiché in mezzo a quel disordine il popolo italiano aveva iniziato a dividersi in due fazioni: i fascisti da una parte e i partigiani dall'altra. L'Italia si affacciava al baratro di una vera e propria guerra civile. Mario lo aveva notato negli ultimi chilometri che lo separavano da casa: non soltanto doveva guardarsi le spalle dai tedeschi che potevano catturarlo, ma da chiunque incrociasse il suo cammino. Tutti gli oppositori delle forze naziste si rifugiavano in montagna, mentre quelli che restavano a valle assumevano spesso un atteggiamento compiacente verso il nemico, denunciando i propri fratelli italiani. Era sufficiente avere indosso l'uniforme del Regio Esercito per essere fatto prigioniero e spedito ai lavori forzati in Germania. Proprio il giorno prima, Mario, nascosto tra i monti, aveva avvistato una colonna di persone camminare lungo il fiume, sotto il tiro delle armi tedesche, pronte a essere imbarcate a migliaia. Allora aveva deciso di levarsi la divisa. Ormai non sapeva più a chi doveva rispondere e il suo unico desiderio era tornare a casa sano e salvo. Solo dopo aver riabbracciato la propria famiglia ed essersi assicurato che stessero tutti bene, solo allora avrebbe continuato la lotta mettendosi a disposizione del Comando superiore. Per il momento, era tutto troppo confuso. Ecco perché aveva preferito nascondere l'uniforme nello zaino che portava sulle spalle. Aveva un'arma, sì, era vero, e pure una granata, bastava tirare la spoletta per far saltare in aria ogni cosa. Si era ripromesso di non farsi prendere vivo dai tedeschi, avrebbe preferito esplodere in mille pezzi. Aveva sentito dire che a Roma era sopraggiunta all'improvviso la divisione paracadutisti tedesca, che aveva fucilato in maniera sommaria tutti i soldati italiani incontrati sul suo cammino. I corpi erano stati lasciati così, per strada, senza degna sepoltura. Sua moglie Aurelia aveva appena dato alla luce una bambina a Piacenza, dove vivevano con Benito, il loro primogenito, e le gemelle Lucrezia e Lucilla. Si diceva che i nazisti avessero occupato la città intera e, sebbene lui si fosse cambiato d'abito, era noto a tutti che la famiglia Berni aveva combattuto con lealtà al fianco del re fino all'ultimo. E ciò significava che in tempi in cui la vita valeva meno di zero, la sua era in pericolo.

### Piacenza, castello Berni, settembre 1943

L'antica collina del Ciccolo era dominata dal castello Berni, nel cui giardino i bambini giocavano sotto l'occhio vigile delle governanti. Nonostante la guerra, le buone maniere non erano andate perdute – non tutte, almeno – visto che le gemelle, vestite di tutto punto e con le trecce bionde arrotolate in uno chignon, correvano gridando dietro ai cuccioli di mastino napoletano, fradici dell'innaffiatura del giardiniere, malgrado l'assoluto divieto di alzare la voce. Poco distante, Benito, il maggiore e unico figlio maschio, prendeva lezioni di equitazione da un istruttore un po' troppo esigente. Aurelia, la madre, con indosso la camicia da notte di pizzo lunga fino ai piedi, osservava la scena dalla posizione privilegiata della finestra della sua stanza che, dall'alto, dominava il giardino. Stava cullando la nuova arrivata, nata appena qualche giorno prima.

Inizialmente, lo stile di vita agiato delle famiglie nobili come la loro non era cambiato granché dallo scoppio della guerra, ma con il prolungarsi del conflitto alcune abitudini erano state stravolte e, indipendentemente da quanto denaro si disponesse, certi beni erano ormai difficili da reperire. La benzina per l'automobile, ad esempio, era diventata un lusso, per cui viaggiare era fuori questione. Nemmeno i compleanni si festeggiavano più. Non erano tempi di celebrazioni né di lezioni private. Aurelia Berni infatti si era vista costretta, con suo grande rammarico, a sospendere quelle di pittura e scultura, facendo a meno del professor Rodolfo Pieri. Aveva autorizzato soltanto le lezioni di equitazione, appunto, e di storia, e solo perché a impartirle erano rispettivamente uno dei loro stallieri e l'istitutrice di casa. Licenziare quel brav'uomo era stata una scelta sofferta. Era un grande appassionato d'arte e in più di un'occasione lo aveva sorpreso ad ammirare i quadri del castello, come il ritratto realizzato da Giovanni Boldini, di cui era estimatore. Il peggio era però che la famiglia del povero Pieri contava sul suo lavoro per andare avanti. Ma d'altronde, che poteva farci lei se di quei tempi – che fosse per ristrettezze o per paura – occorreva fare economia? Eppure Aurelia si adoperava in ogni modo per non far mancare niente ai propri figli. E ci riusciva: i bambini crescevano felici, e quel pomeriggio di risate e di giochi a cui assisteva dalla finestra ne era la prova. Non avendo mai avuto una famiglia da piccola, questa significava tutto per lei, così come l'amore per suo marito. Ecco perché saperlo a difendere le coste di Salerno dall'invasione tedesca la terrorizzava.

La domestica incaricata del servizio in cucina entrò nella

stanza distogliendo la signora dai suoi pensieri. Era venuta a chiedere istruzioni per la cena.

«Stasera apparecchi nel salone dorato per me e i bambini. Ah, e aggiunga un posto per mio fratello che è in arrivo da Verona» ordinò la padrona, voltandosi di nuovo a guardare fuori.

Suo fratello aveva delle novità importanti sugli scontri da riferirle, o così aveva detto. Aurelia ebbe un tuffo al cuore. E se si fosse trattato di Mario? Se gli fosse successo qualcosa?

«Guerra di merda!» le sfuggì allora in un sussurro.

La ragazza la guardò sconcertata, non era abitudine della sua signora usare un tale linguaggio.

«Mamma, non si dicono quelle parole!» gridò all'improvviso una voce infantile.

Si voltò, sorpresa. Benito se ne stava fermo sulla soglia della camera. Impegnata a controllare le bambine dalla finestra e a cullare la piccola che aveva in braccio, non si era accorta che il suo primogenito fosse rientrato in casa.

«Hai finito con le lezioni di equitazione per oggi? È andato tutto bene?»

«Sì, tutto bene.»

«Ottimo, allora vai a prepararti per la cena.»

«Posso prendere in braccio la sorellina?»

La madre ci pensò su, Benito era appena stato a cavallo e di sicuro non si era ancora lavato le mani. Ma sapeva che quel genere di richieste erano segno di amore fraterno.

«D'accordo, ma fai attenzione» acconsentì con tenerezza porgendogli la neonata.

Benito le intonò una canzoncina e poi, non sapendo più cosa farne, la restituì alla mamma.

«Secondo l'istruttore sono diventato abbastanza bravo da

poter cavalcare per molti chilometri. Dici che posso andare da papà?»

«Andare da papà?» ripeté Aurelia con un moto di commozione.

«Sì, potrebbe avere bisogno del mio aiuto. Ormai sono grande abbastanza. Hai visto fin dove arrivo?» le chiese, mentre si accostava allo stipite dove erano soliti appuntare la sua altezza.

Aurelia registrava ogni sei mesi la crescita dei figli tracciando dei segni sulla porta. Non le importava di rovinare la vernice o di graffiare il legno. I suoi bambini erano più importanti di qualunque porta del castello. Era stato Mario, suo marito, a introdurre quell'abitudine prima di partire per la guerra, e lei aveva deciso di portarla avanti.

«È vero! Come sei diventato alto!» esclamò, notando che in effetti tra la tacca appena tracciata e quella precedente c'era una bella differenza. Poi aggiunse: «Però non c'è bisogno di andare da papà a cavallo. La guerra sta per finire e lui tornerà presto a casa».

Sapeva di stare mentendo, ma non aveva alternative se voleva proteggere la felicità dei suoi bambini.

«Quando finirà la guerra, mamma? Mi manca giocare con lui.» Aurelia sentì il cuore spezzarsi in due. A quella domanda non sapeva rispondere.

***

Conclusa la cena, due ore più tardi, Aurelia e il fratello, approfittando del fatto che i bambini si erano ritirati nelle loro stanze, chiacchieravano seduti al tavolo.

«Insomma, com'è la situazione a Verona?» lo interrogò lei. «Raccontami come hanno fatto i tedeschi a prendere la città.»

«Il reparto di Verona e il generale Guglielmo Orengo hanno opposto resistenza, ma sono stati disarmati quasi subito. Il comandante è stato perfino deportato. Ma gli scontri non sono ancora finiti: sempre più gente si sta organizzando per contrattaccare. I partigiani hanno dichiarato guerra aperta.»

«Che orrore! E Milano, che mi dici di Milano?»

«Stessa cosa… hanno preso il generale Vittorio Ruggero, comandante della difesa territoriale della città, e lo hanno internato in Polonia insieme ai suoi.»

«E voi cosa pensate di fare?» chiese riferendosi a lui, alla cognata e ai nipoti.

«Ce ne andiamo, Aurelia. Sono venuto apposta per avvertirti. Ce ne andiamo in montagna, a casa di mia moglie. È un posto spartano, ma sempre meglio che rischiare di perdere la vita. Anche tu dovresti fare lo stesso…»

«Lo so. Dicono che i bombardamenti inizieranno da un momento all'altro, ma io devo aspettare Mario…»

«Mario sta arrivando, è solo questione di giorni. E non appena sarà qui, partite.»

«Ne sei proprio sicuro?» domandò con espressione preoccupata.

«Se non lo hanno fatto prigioniero, senza dubbio. Dove altro vuoi che vada?»

«A volte temo che sia morto. Si vocifera che Salerno sia stata presa con la forza» disse Aurelia, ammettendo a voce alta le paure che di notte la assillavano; allora i suoi occhi azzurri si riempirono di lacrime. Il fratello fece per rispondere, quando qualcuno lo interruppe: «No, papà non è morto! Non è morto, hai capito?».

Benito, con indosso il pigiama, gridava sulla soglia della stanza.

«Tesoro…»

«Mamma, voglio sentire cosa dice lo zio, ormai sono grande abbastanza.»

«Aurelia, lascialo stare… Ha ragione lui: è bene che sappia cosa sta accadendo. Ha quasi dieci anni e siamo in tempi di guerra.»

Un po' controvoglia la madre finì per acconsentire. Era vero, tra due giorni avrebbe compiuto dieci anni.

Non ci volle molto perché la serata potesse dirsi conclusa; Benito tornò a dormire nel suo letto e il fratello di Aurelia scomparve nell'oscurità della notte a bordo della sua auto, ma non prima di averle sussurrato all'orecchio:

«C'è un'altra cosa che devo dirti. È importante che ti prepari. I tedeschi hanno iniziato a confiscare le opere d'arte di maggior valore».

«Che cosa?»

«Sì, hai sentito bene» ribatté lui e le fece il nome di tre famiglie a loro molto vicine che si erano ritrovate i tedeschi alla porta. «C'è la possibilità che si presentino al castello per prendere i quadri, le sculture e…»

«Che cosa posso fare?»

«Niente. Dagli ciò che vogliono, la tua vita e quella dei bambini sono molto più preziose. Potresti però provare a nascondere qualcosa nelle stalle o nelle camere della servitù. Non credo che si spingerebbero fin lì. Ma assicurati che non ci siano spie tra chi lavora nel castello, altrimenti finiranno per denunciarti» la avvisò per metterla in guardia rispetto ai dipendenti che abitavano le case intorno alla tenuta.

Aurelia fece una smorfia contrita, le cose si mettevano ancora peggio. Non solo doveva preoccuparsi di garantire ai bambini un'infanzia felice nel bel mezzo di una guerra e di pregare che suo marito tornasse a casa sano e salvo, adesso le toccava perfino proteggere le opere d'arte di famiglia.

«Tieni gli occhi aperti, Aurelia. Sono certo che Mario si farà vivo presto. Appena lo vedi mandami un messaggio, ci penseranno quelli della panetteria a recapitarmelo. Sono brave persone e verranno diretti a Verona. Anche se forse non saremo più lì...»

Aurelia, sempre più preoccupata, annuì, poi salutò il fratello con un bacio e si raccomandò di fare attenzione durante il viaggio.

Una volta rientrata in casa, la padrona si fermò nell'ingresso, davanti al salone principale, e lo osservò quasi commossa. Era la stanza più bella del castello: ospitava tutti i cimeli che la famiglia Berni si tramandava da generazioni. Il suo sguardo si posò prima sul vaso della dinastia Ming e la collezione di statuette etrusche, poi scivolò sulla massiccia cornice laminata in oro dello specchio, il tappeto antico e infine i quadri appesi alla parete innanzi a lei. Si trattenne ad ammirare il ritratto di Tiziano che campeggiava in mezzo a tutti gli altri. Non poteva permettere che glielo portassero via. Non poteva permettere che quelle opere, che facevano parte a tutti gli effetti della storia della sua famiglia, lasciassero quel posto. Almeno non tutte. Erano l'eredità dei suoi figli. Decise che l'indomani mattina, come prima cosa, le avrebbe spostate nel seminterrato delle scuderie. Nessuno le avrebbe cercate là sotto, perché nessuno le usava più da decenni. Aurelia fece per andare a chiamare qualcuno a cui poter spiegare il piano, quando udì il pianto della neonata al piano di sopra. La piccola era con la governante, ma di sicuro voleva il latte. Si tastò i seni: in effetti era l'ora della poppata. Molte nobili donne nella sua posizione preferivano dare i figli alla balia, ma a lei l'idea di allattare piaceva. Era convinta che facesse bene alla bambina, nonostante ciò andasse contro ogni principio medico dell'epoca. Aurelia corse su per le scale, dove erano appesi altri tre quadri: *La pastora* di Luca Donatello, *Il falegname* di Manguardi e infine *Il maestro Fiore* di Gina Fiore. Anche quei tre meritavano di essere salvati, ci era troppo affezionata, pensò, mentre l'orologio suonava le dieci.

## Firenze, 1943

Anche l'orologio della trattoria *La Mamma* di Firenze segnava le dieci. Rosa Pieri, che da quando si era inasprita la guerra aveva chiuso il locale, quella sera era stata costretta ad aprire per una tavolata davvero di riguardo.

I tedeschi avevano preso la città da alcuni giorni ormai, e tutti quanti erano scossi. Il generale Armellini Chiappi si era arreso senza opporre troppa resistenza, lasciandoli liberi di catturare e disarmare il Regio Esercito italiano. Eppure, nonostante la situazione paradossale, la gente non aveva smesso di uscire a mangiare, in particolare i nazisti che, con le tasche piene, spadroneggiavano per ogni dove. Suo cugino, Rodolfo Pieri, che adesso stava a Milano, ma che un tempo aveva abitato a Firenze, l'aveva pregata di cucinare per un gruppo di ufficiali. E lei, un po' controvoglia, si era lasciata convincere a farlo. Da *La Mamma* non si negava un pasto a nessuno, soprattutto se pagava bene. E poi, in un certo senso, era in debito con il cugino per avergli chiesto di indagare su un certo quadro che il suo amico argentino Fernán stava cercando: il ritratto di Fiore realizzato dalla moglie Gina. Dopo alcune ricerche, Rodolfo aveva scoperto dove si trovava. Conosceva bene il palazzo, poiché ci aveva lavorato come insegnante, ma la guerra aveva complicato ogni cosa e negli ultimi mesi Rosa non era riuscita a mettersi in contatto con l'amico per riferirglielo.

Da allora, ogniqualvolta Rodolfo le chiedeva qualcosa, lei

faceva il possibile per aiutarlo visto che, con il conflitto, aveva perduto il lavoro e a nessuno interessavano più le sue lezioni di arte e pittura. Fino a poco tempo prima, il cugino insegnava in un posticino nel centro di Firenze, mentre la famiglia stava a Milano, ma con l'arrivo della guerra la gente aveva perso interesse per l'arte e a lui restava solo il figlio di qualche famiglia altolocata a cui dare lezioni. E chissà ancora per quanto, dato che nessuno sprecava più soldi in cose superflue, e le sue lezioni di certo lo erano. Rosa poteva solo immaginare le preoccupazioni del cugino, che doveva anche mantenere la propria famiglia. Rodolfo, però, ambizioso com'era, doveva avere in cantiere qualche lavoro per i tedeschi. Lei non sapeva cosa di preciso e non voleva nemmeno esserne messa al corrente perché, meno si sapeva, più al sicuro si stava. Eppure, dopo cena, non aveva potuto fare a meno di intercettare qualche frase. A tavola, gli ufficiali si erano limitati a parlare fra loro, ma una volta terminato di mangiare, come se si fossero accorti della presenza di Rodolfo solo in quel momento, gli avevano impartito degli ordini con frasi brevi e secche, metà in italiano e metà in tedesco. Rosa aveva carpito solo alcune parole come «quadri», «opere d'arte», «confiscare», «esercito tedesco», «perdenti», «vincitori» e «denaro».

I tedeschi presero il caffè, pagarono il conto assai salato e se ne andarono.

La donna, quindi, si avvicinò al cugino che stava scrivendo una lista su un pezzo di carta.

«Vuoi un altro caffè? Va tutto bene?» gli chiese riportandolo alla realtà.

«Sì, tutto si è svolto alla perfezione, grazie. E sì, un altro caffè lo prendo volentieri. Mi fermo a lavorare ancora un po', poi me ne vado» rispose lui.

«Pensi di restare a Firenze?»

Rosa si era accorta che se un tempo Rodolfo andava e veniva da Milano per le tante richieste che riceveva, adesso non si faceva quasi più vivo.

«Sì, ma solo per stanotte. Parto domani» disse, pregando dentro di sé che Rosa non gli domandasse dove avrebbe dormito. Altrimenti avrebbe dovuto raccontarle che i tedeschi gli avevano pagato una stanza.

«D'accordo, torno subito con il caffè e con qualche provvista, così la porti domani ai tuoi.»

«Grazie, cugina, grazie mille.»

Non si rifiutava il cibo, non più ormai. Rosa scomparve in cucina e lui riprese a scrivere la sua lista. La serata era filata abbastanza liscia. Adesso toccava a lui spremersi le meningi e pensare a tutte le opere d'arte che aveva visto nelle case signorili e segnalarle all'esercito nazista. Le più belle e importanti non faceva fatica a ricordarle:

1. Caserma dei Carabinieri di Padova: quadro di valore…
2. Residenza Panetto: tre dipinti importanti e una statua antica…
3. Castelli piacentini…

Rodolfo affondò i denti nella matita. I castelli piacentini ospitavano molte opere…

3.1 Castello Berni: un Tiziano, un Boldini, collezione di statuette etrusche, una scultura di…

Le aveva viste durante le ore di lezione dai Berni. A dire il vero era proprio in quelle occasioni, a casa delle nobili famiglie italiane, che aveva potuto conoscere e apprezzare di persona tante opere d'arte. E se quelle segnalazioni non le avesse fatte lui, di certo le avrebbe fatte qualcun altro. Che i vincitori si prendessero il bottino era inevitabile. Si diceva che i tedeschi avessero acquirenti dappertutto nei paesi neutrali e che lo stesso Führer possedesse un museo tutto suo. In fondo a chi importava l'arte quando si moriva di fame? Nessuno la amava più di lui, tuttavia la sua priorità adesso era dar da mangiare alla propria famiglia.

Qualche minuto più tardi uscì dalla trattoria contento e salì in macchina. La fortuna aveva ripreso a girare; guidare la propria auto era un segnale del fatto che le cose si stavano mettendo bene. Dopo interi mesi senza usarla, a causa della penuria di carburante, i tedeschi gli avevano procurato della benzina. Gli ufficiali avevano bisogno delle sue informazioni, glielo avevano detto chiaro e tondo: ci sarebbero state delle ricompense per gli italiani che collaboravano. Doveva però fare attenzione, perché di certo le critiche nei suoi confronti non sarebbero mancate. Rosa, sua cugina, aveva fatto una smorfia di disapprovazione non appena aveva visto la lista che stava scrivendo, e lei non sarebbe stata certo l'unica. Quello, però, era il momento di approfittarne. Forse, se si fosse mosso con sufficiente prudenza e accortezza, non solo sarebbe riuscito a sfamare la sua famiglia, ma anche ad arricchirsi un po'. Rodolfo fissò il foglio scarabocchiato e piegato in due che giaceva sul sedile accanto a lui e rifletté sul suo valore. Giocando bene le carte, quelle informazioni sarebbero state la chiave non solo per la sopravvivenza, ma pure per guadagnare un bel po' di denaro.

# 2

## Buenos Aires, 2008

Se qualcuno stesse guardando ora dall'alto, o meglio dal soffitto della camera, o da ancora più su, vedrebbe una giovane coppia, nuda, distesa su un letto, i capelli chiari di lui che si intrecciano con quelli lunghi e scuri di lei. E penserebbe che si stanno scambiando confidenze profonde e intime dopo aver fatto l'amore. Ma se quel qualcuno avesse in mano una telecamera e con l'obiettivo inquadrasse la scena portandola in primo piano, si accorgerebbe che la realtà è ben diversa.

Questo è ciò che Emilia pensava dell'immagine a cui lei e Manuel stavano dando forma in quel preciso momento, mentre si distraeva con il suo gioco preferito: immaginare come Dio dovesse guardare l'universo, facendo un primo piano ogni volta che scorgeva qualcosa di interessante, come con lo zoom di una macchina fotografica, fino a distinguere i dettagli più minimi, alla stregua di una lente d'ingrandimento. Solo che stavolta il gioco si preannunciava crudele, poiché nel letto c'erano lei e Manuel, l'uomo con cui stava insieme da tre anni, e non si stavano affatto dicendo parole d'amore e men che meno di affetto.

«Negli Stati Uniti!» esclamò Emilia sgranando i suoi begli occhi verdi mentre si metteva a sedere. Ciò che aveva appena sentito l'aveva riscossa dal letargo.

«Sì, negli Stati Uniti» ripeté Manuel lì accanto, incrociando le braccia sul petto glabro con fare rassegnato.

«Una borsa di studio! Non mi avevi detto di aver fatto domanda!» protestò Emilia afferrando il piumone per coprirsi. Sentirlo raccontare con tanta leggerezza che stava pianificando di andarsene a vivere in un altro paese le tolse la voglia di farsi vedere nuda da lui, anche se avevano appena fatto l'amore.

«È stato Martincho, ha insistito che inviassi la richiesta all'università dell'Arizona insieme a lui. Che vuoi che ti dica: l'ho fatto così, senza pensarci, giusto per fargli piacere... non credevo che mi avrebbero preso.»

Manuel era un tipo volubile, ma questo superava davvero ogni limite. A Emilia veniva da piangere, la notizia l'aveva disarmata. Vederlo tanto entusiasta di partire per un anno la sconvolgeva. Manuel non le aveva detto niente, né dell'invio della domanda, né del desiderio di andarsene altrove. Se tra loro c'era uno che smaniava per vivere e lavorare all'estero, quella era lei. E se ancora non lo aveva fatto era solo per la loro relazione. Erano tre anni che si frequentavano ormai, abitando un po' nel monolocale di lui, un po' in quello di lei, ma comunque sempre insieme, nella convinzione che prima o poi avrebbero preso in affitto un appartamento più grande, per loro due. Ecco perché faceva tanta fatica a capire come l'uomo con cui aveva trascorso gli ultimi anni della sua vita, di punto in bianco, avesse deciso di compiere un passo tanto radicale... Insomma, non se lo aspettava, si sentiva tradita. Che ne sarebbe stato del loro rapporto? Gli ultimi mesi erano stati faticosi. In effetti non erano nel loro periodo migliore, ma andarsene via per un anno!

«Da quanto lo sai?»

«Ho ricevuto la mail di ammissione tre giorni fa.»

«Tre giorni fa? E me lo dici solo ora? Avresti almeno potuto dirmelo prima di fare sesso.»

«Non volevo rovinare il momento.»

Manuel soffriva di ciclotimia, certe volte si entusiasmava moltissimo per qualcosa, ma nel giro di poco la abbandonava.

«Il momento? Ti preoccupi del momento, quando invece stai rovinando la giornata, la settimana intera...» Emilia avrebbe voluto dire "la mia vita", ma il suo amor proprio glielo impedì, quindi continuò: «Dimmi solo una cosa, Manuel, davvero vuoi andare a stare in Arizona per tutto quel tempo?».

«Be', insomma... non lo so, però è davvero una grande opportunità. Centinaia di persone fanno richiesta per questa borsa di studio e il fatto che mi abbiano scelto... non posso sprecarla. Ho trentaquattro anni e non voglio continuare a insegnare storia all'università per tutta la vita. Questa è l'occasione che aspettavo per scrivere finalmente il mio libro.»

Sì, pensò Emilia, il *tuo* corso di storia, il *tuo* libro, i *tuoi* trentaquattro anni. Io ne ho trentatré, faccio la giornalista e ho rinunciato a un posto di lavoro in Spagna per *El País* a causa tua, Manuel. Ma non appena quelle parole stavano per prendere forma nella sua bocca, Emilia si trattenne: la sola e unica responsabile di quella situazione era proprio lei. Avrebbe dovuto proporre la cosa a Manuel quando ce n'era stata l'occasione, ma non lo aveva fatto, e adesso doveva sopportare il peso delle proprie scelte. Emilia decise di non affrontare quel discorso, preferì andare dritta al nocciolo della questione: «Che cosa ne sarà di noi?» gli chiese senza giri di parole.

«Ci sentiremo via Skype.»

«Skype? Manuel, non essere ridicolo!»

«Be', e poi verrò a trovarti, ovvio...»

«Quando? Quanto spesso?» lo incalzò lei nervosa, sciogliendosi la crocchia raccolta poco prima. Era un gesto incontrollato il suo, che faceva quando era inquieta.

«Ogni tre, quattro mesi...» disse Manuel poco convinto, poi aggiunse: «Non sembri molto contenta... È una grossa opportunità».

«Già, peccato che questo significhi la fine del nostro rapporto.»

«No, non è vero. Ma a quanto pare hai intenzione di ricominciare a discutere, come se non ne avessimo abbastanza dopo queste ultime settimane. Emilia, sul serio, te lo devo dire, il tuo egoismo, il fatto che tu non sia contenta per me, non mi piace per niente.»

«Il mio egoismo? Che non sia contenta? Quale persona sarebbe contenta di sapere che il suo compagno se ne va a vivere a diecimila chilometri di distanza?» E senza aspettare la risposta si raccolse di nuovo i capelli in uno chignon.

«Emilia, siamo onesti, ormai non stiamo più bene insieme da un sacco di tempo. Non abbiamo quasi più niente in comune.»

«Ah, quindi è così? Allora non tirare in ballo la scusa della borsa di studio. Se vuoi farla finita fallo e basta, senza usare scappatoie» sbottò lei slegandosi i capelli ancora una volta.

Le sarebbe piaciuto dirgli in faccia che era lui a non avere più cose in comune con lei e non il contrario, che era stato lui ad allontanarsi negli ultimi tempi, chiedendole sempre più spazio. Ma Manuel prese la parola: «Credo che la lontananza rimetterà le cose in prospettiva... La verità è che non sono disposto a rinunciare a delle opportunità per una relazione che è in caduta libera. Insomma, questo viaggio arriva al momento giusto, ci farà bene».

«Ottimo! Non occorre aggiungere altro!» esclamò Emilia, ma nel pronunciare quelle parole sentì un'irrefrenabile voglia di scoppiare a piangere. Per fortuna l'amor proprio di prima tornò in suo soccorso e infagottata nel piumino a fiori si alzò di scatto, varcò la soglia del bagno e lo lasciò cadere a terra chiudendosi la porta alle spalle. Una volta dentro si guardò allo specchio. I suoi occhi verdi sembravano ancora più chiari del solito; le capitava ogni volta che aveva un crollo emotivo. Piangere davanti a lui però era fuori questione. Nossignore. Emilia contemplò di nuovo il suo riflesso. Aveva i capelli spettinati, li ravviò con una mano e svelta li raccolse nella solita crocchia. Appesa accanto all'asciugamano c'era una maglietta bianca, la indossò, per fortuna era abbastanza grande. Che strano però! Era come se le parole di Manuel l'avessero messa talmente sulla difensiva da sentire il bisogno di non farsi vedere da lui, nascondendosi dietro una tunica lunga fino ai piedi. Le dava fastidio perfino essere scalza. Non ci si presenta nudi davanti al nemico, nemmeno se questo è Manuel Ruiz, il suo Manuel, l'uomo che amava e a cui teneva. Il pensiero di lui la assalì e non riuscì più a trattenere le lacrime. Emilia si asciugò subito il viso e nel giro di un minuto era già fuori dal bagno.

Manuel era in cucina con indosso i jeans e una camicia a quadri, anche lui doveva aver sentito il bisogno di coprirsi.

«Penso che sia meglio se me ne vado.»

«Non fa niente… Non uscire a stomaco vuoto, prendi un caffè.»

«No, non importa, lo so che sei arrabbiata.»

«Dài, almeno un caffè…» stavolta il tono della sua voce suonò come una supplica. Poi disse: «Quando parti?».

«Tra una settimana. I corsi sono già iniziati. Non posso più aspettare.»

«Tra una settimana…» ripeté lei con un nodo alla gola.

Quindi si alzò, preparò la macchinetta e stese le tovagliette che avevano comprato il fine settimana prima a San Telmo.

Come aveva fatto Manuel a organizzare un viaggio intero senza che lei si accorgesse di niente?

«Senti, Emilia, io…»

«Non dire niente.» Gli occhi di lei si accesero di un verde brillante.

«Ciò che sto cercando di dirti è che tra quattro mesi sarò di ritorno e a quel punto vedremo come vanno le cose. Ci scriveremo, ovviamente, e poi ci sono i telefoni, anche se è un po' più difficile, visto quello che costano le chiamate internazionali.»

Emilia tacque, servì il caffè e appoggiò una scatola di biscotti sul tavolo.

Manuel afferrò la confezione e se ne mangiò tre di fila. Erano quelli con le gocce di cioccolato, i suoi preferiti. Guardandolo, Emilia pensò che non avrebbe più dovuto comprarli, tanto a lei non piacevano. E nemmeno gli *alfajores* e tutti quei dolci che lui rubava dagli scaffali e che, per una ragione o per un'altra, era sempre lei a finire, anche se non la attiravano per niente. E poi facevano pure ingrassare.

«Vuoi che ti racconti…?» chiese lui. La voce lo tradiva, era impossibile non notare il suo entusiasmo per quel viaggio. Emilia lo conosceva troppo bene.

«Sì, certo» acconsentì.

Per i quaranta minuti seguenti rimasero seduti a parlare della partenza, del volo, di come si era organizzato per subaffittare l'appartamento mentre era via e quanto era stato difficile richiedere il periodo di aspettativa all'università di Buenos Aires. Nessuno dei due osò più affrontare l'argomento di cosa ne sarebbe stato del loro rapporto, tornarci sopra avrebbe potuto rompere il fragile equilibrio che si era venuto a creare. Emilia non voleva piangere davanti a lui e Manuel non voleva partire preoccupato e con un peso sulla coscienza.

In poco meno di un'ora, lui se ne andò e lei scoppiò in un pianto disperato che durò una notte intera. Dentro di lei, Emilia sapeva che quello era stato un addio, poiché anche se lui passò a trovarla altre due volte durante la settimana successiva e fecero addirittura l'amore, lei lo sentiva distante, con la testa e il cuore già rivolti altrove. Eppure a tratti le era parso che Manuel la amasse ancora e che non fosse altro che un ragazzino con un nuovo giocattolo. Altri, invece, lo aveva avvertito distaccato e diverso. Manuel era fatto così, irreparabilmente scostante.

***

La mattina di quel venerdì triste e grigio in cui Manuel partì per gli Stati Uniti, Emilia si era presa un giorno di permesso dal lavoro – con gli occhi pieni di lacrime non sarebbe stata capace di scrivere nemmeno una riga – ed era rimasta in pigiama fino a sera, sprofondata nella poltrona a meditare su ciò che avrebbe fatto della sua vita. Non poteva restare con le mani in mano per tutti quei mesi, altrimenti sarebbe uscita pazza! Gli occhi azzurri e i capelli chiari di Manuel la perseguitavano ovunque andasse, li vedeva in ogni sguardo e in ogni testa che incrociava per strada. Solo un'idea però le procurava un po' di sollievo: lei e Manuel si erano amati e la consapevolezza di quel sentimento la salvava dal baratro di oscurità in cui rischiava di sprofondare.

Bevve l'ultimo sorso di caffè e sentì suonare il campanello. Era Sofia che passava a farle una visita. Sofia era la sua amica più cara. Che si trattasse di fare fronte comune in ufficio contro Marco, il direttore della rivista per cui lavoravano, o di avere una spalla su cui piangere, lei c'era sempre. Anche se a dire il vero, per quanta buona volontà ci mettesse, in quel preciso momento era ben lontana dal capire che cosa Emilia stesse attraversando. L'amica era appena rientrata dal viaggio di nozze ed era ancora in piena fase "luna di miele". Neanche un mese prima, Emilia aveva ballato al suo matrimonio con Manuel e, vuoi l'atmosfera romantica, vuoi le bollicine dello champagne che aveva bevuto, gli aveva chiesto: «E noi? Pensi che ci sposeremo mai?».

Al che lui aveva risposto: «Il matrimonio non è cosa per tutti né per tutte le generazioni. E poi spesso non ha niente a che vedere con l'amore».

Emilia avrebbe dovuto rendersi conto di dove si era andata a impelagare da quella risposta tanto ridicola. «Che stupida sono stata!» si rimproverava dandosi la colpa di ogni cosa. Emilia era in piena modalità "autocommiserazione", quando la porta si aprì.

«Ehi, cos'è questo mortorio?» esordì Sofia con giovialità.

«Ehi...»

«Se non altro è servito a non farti venire al lavoro. Quindi, cara amica mia, ti faccio i miei complimenti. Mi sembra impossibile che ti sia presa un giorno di ferie. Bravissima, stai migliorando!»

A detta di Sofia, quello era un vero e proprio miracolo: Emila era una specie di stacanovista che non mancava mai in ufficio, rispettava sempre le consegne ed era super esigente con se stessa.

«È che mi sento davvero uno schifo.»

«Sì, immagino. Adesso però vai a cambiarti e usciamo a fare un giro.»

«No, dài, non ne ho voglia.»

«Forza, ho una bella notizia da darti e, se restiamo chiuse qui dentro, sicuro che non la prendi bene.»

«Cioè? Che notizia?»

«Emilia, vatti a cambiare e scendiamo a prendere qualcosa al bar qui sotto.»

Controvoglia, Emilia si sfilò le pantofole. Non poteva fare altrimenti, la sua amica non si sarebbe arresa per niente al mondo.

Qualche minuto più tardi si accomodarono a un tavolino, una di fronte all'altra, e ordinarono un tè e un caffè.

«Prometti di non dire di no finché non ho terminato, d'accordo?»

«Che cosa succede Sofi…?»

«Qualche giorno fa ho tartassato Marco per realizzare una serie di articoli. Lui ha detto che ci avrebbe pensato e che mi avrebbe fatto sapere. Be', ecco, oggi mi ha risposto.»

«Di che si tratta?» Emilia sapeva bene che al loro direttore non piacevano le novità, soprattutto se non era stato lui a pensarle.

«Gli ho rispolverato l'idea della guida gastronomica.»

«Quale?»

«Quella che volevamo fare sulla "cucina casalinga *vs* cucina sofisticata spagnola e italiana."»

«Ah, ma certo. E che ha detto?»

«Ha accettato, la facciamo. E invece del solito trafiletto con la ricetta, vuole una vera e propria sezione "Cucina" da affiancare a quella di "Viaggi e turismo".»

«Okay, ma quale sarebbe la buona notizia?» Emilia, in quello stato, era un osso duro.

«Emilia, sveglia, una di noi due deve andare in Europa, e visto che io ormai sono una donna sposata, be', tocca a te.»

«Non ci credo, lo hai fatto apposta!»

«Be', sì, lo ammetto…» Sofia fece un'espressione innocente.

«Ma io non ho alcuna intenzione di partire.»

«E invece sì! O vuoi restare qui a piangerti addosso? Devi andare alla ricerca di un nuovo amore!»

«Io non voglio un nuovo amore. Non ancora, almeno.»

«Non devi decidere subito. Pensaci su e poi mi dici. Hai qualche giorno di tempo. Però ora voglio sapere tutto di Manuel e come vi siete lasciati.»

«È stato un disastro.»

«Quindi è il momento buono per darti alla pazza gioia.»

«Darmi alla pazza gioia? Senza di lui?»

Sofia non capiva proprio perché la sua amica si rifiutasse di godersi un po' la vita come si deve. Emilia era troppo dura con se stessa, motivo per cui aveva anche così tanti problemi con gli uomini. Sempre attenta alla linea e fissata con la palestra per restare in forma, sempre a fare gli straordinari in ufficio per non sgarrare le consegne, anche più del necessario. Senza parlare poi della casa: era come entrare in un hotel, tutto talmente pulito e brillante, con ogni cosa al suo posto e arredato con gusto.

«Adesso ti spiego io come si fa a lasciarsi andare» disse Sofia con una risata. Per lei fare gli straordinari era fuori questione e odiava andare in palestra, per cui aveva sempre qualche chilo di troppo, ma era felice così.

Il cameriere portò l'ordinazione al tavolo, Sofia ed Emilia lo ringraziarono e lui si allontanò lasciando che le due amiche riprendessero a chiacchierare come fanno le donne quando hanno bisogno di confidarsi.

***

Davanti allo specchio, Emilia si raccolse i capelli in una coda. Li portava spesso così per comodità, tanto più quel giorno, in cui la attendeva un viaggio di dodici ore. Le arrivavano quasi ai fianchi, dritti come spaghetti. Non li tingeva mai, nemmeno una schiaritura, perché le tinte andavano contro il suo concetto di ecologia. Si passò un velo di lucidalabbra e poi si dedicò a finire la valigia: infilò dentro due paia di jeans e un costume, per ogni evenienza, e chiuse le cerniere non senza una certa difficoltà. Sì, aveva decisamente preso abbastanza vestiti. In quella stagione, in Europa faceva caldo di giorno e fresco di sera. Ecco perché il bagaglio era così grosso, e poi aveva in progetto di fermarsi almeno un paio di mesi. Gli articoli che lei e Marco avevano pattuito sarebbero usciti anche nelle edizioni italiana e spagnola della rivista. L'idea di una coedizione europea la entusiasmava e si trattava di un'ottima occasione lavorativa. Il direttore le aveva detto: «Ci è voluto un po', ma convincerli non è stato difficile. L'argomento piace e hanno apprezzato molto il tuo pezzo sui sapori e i luoghi di Buenos Aires». Era buffo che proprio lei, che di cibo non si era mai interessata, adesso avrebbe scritto di ristoranti e specialità tipiche. Emilia odiava cucinare e il cibo era giusto una necessità. Se fosse stato per lei sarebbe andata avanti a pane e formaggio. Perché, difatti, quando non aveva fame non aveva voglia di mettersi ai fornelli, e quando questa le veniva le mancava la pazienza per farlo, quindi non riusciva proprio a spiegarsi come quegli articoli le fossero riusciti tanto bene. Aveva ricevuto addirittura dei complimenti. Forse perché, nonostante parlasse di cibo, scriveva con trasporto e passione.

La nuova prospettiva lavorativa era davvero allettante, benché la partenza di Manuel un po' la rovinasse. Lui le aveva già inviato due mail piuttosto stringate in cui diceva di essere arrivato, che andava tutto bene e le prometteva di sentirsi su Skype non appena si fosse sistemato meglio. Lei gli aveva raccontato della grossa novità del viaggio, ma lui non le aveva più risposto. E adesso che era in partenza, Emilia non sapeva se Manuel avesse capito o meno che se ne sarebbe andata in Europa per alcuni mesi. L'idea la faceva soffrire, come se in qualche modo si fossero allontanati ancora di più. Gli amici li aveva salutati la sera prima a cena a casa di Sofia, e suo fratello maggiore, Matías, che viveva in Brasile, lo aveva sentito per telefono. A breve suo padre sarebbe passato a prenderla con la moglie per accompagnarla all'aeroporto di Ezeiza. Il pensiero che, se fossero state ancora vive, sua madre e sua nonna avrebbero saputo consigliarla rispetto alla situazione con Manuel, la faceva sentire ancora più triste. Erano trascorsi dieci anni da quando aveva perso sua mamma, Irene, e due dalla scomparsa della nonna Abril, che li aveva lasciati all'età di ottantanove anni; ma sentiva ancora la loro mancanza. Una delle cose che Emilia si era ripromessa di fare in questo viaggio era realizzare il desiderio che la nonna le aveva espresso ogni volta che l'aveva vista partire per l'Europa, ovvero scoprire che fine avesse fatto un certo quadro appartenuto alla famiglia del suo amato marito, Juan Bautista. Tra i tanti dipinti di casa, la nonna aveva sempre elogiato il ritratto della madre di Juan Bautista, dipinto in Italia, che celava una lunga storia alle spalle. Sosteneva che al quadro della donna vestita di rosso – adesso conservato a casa del padre di Emilia – mancava il suo corrispettivo, quello dell'uomo. A quanto pareva, i genitori del nonno, entrambi pittori italiani, si erano amati talmente tanto da ritrarsi l'un l'altra, con l'idea di conservare i quadri sempre insieme. Era un peccato che adesso non fossero più tutti e due in possesso della famiglia. Stavolta, però, Emilia aveva il tempo necessario per scoprire che fine aveva fatto il dipinto dell'uomo di cui tanto le aveva raccontato la nonna.

Si assicurò di avere il biglietto e il passaporto a portata di mano. Suonò il citofono: era suo padre. Aprì la porta e se lo trovò davanti con un grande sorriso stampato in faccia. Invece della moglie c'era il fratello.

«Ciao, tesoro, sono venuto con lo zio per farmi dare una mano con i bagagli. Vilma non ce l'ha fatta, aveva una lezione a scuola, ma ti saluta tanto.»

«Ma se ho solo una valigia! Certo che siete proprio buffi voi due!» esclamò Emilia dando un bacio sulla guancia prima a uno e poi all'altro. Suo papà e lo zio erano gemelli e facevano sempre tutto insieme: andare all'ufficio postale, fare una passeggiata o aiutare qualcuno.

«Una valigia bella grossa però! Insomma, Emi, hai ben due uomini a tua disposizione, che vuoi di più?» replicò lo zio guardando l'enorme bagaglio davanti a lui.

«È che starò via per un po'» cercò di giustificarsi lei con tono triste, ripensando a Manuel e a tutti i mesi che sarebbero stati lontani.

Il padre, che era al corrente della situazione, vedendola giù di morale decise di cambiare argomento.

«Tieni, qui ti ho scritto il nome del pittore del quadro: si chiama Camillo Fiore. E questo è quello della trattoria, *La Mamma*. Può darsi che laggiù ti sappiano dare qualche informazione.»

«Cosa ti ha detto la nonna al riguardo l'ultima volta?»

«A quanto ricordo, disse che la proprietaria del ristorante, una certa Rosa, le aveva fatto sapere che il quadro si trovava a Piacenza, presso una famiglia facoltosa, ma che proprio quando stavano per recuperarlo era scoppiata la guerra e da allora non se n'è saputo più niente. Quando, dopo molto tempo, riallacciarono i contatti, Rosa era morta.»

«Sai se hanno provato a scrivere a qualcun altro?»

«Sì, ci hanno provato, per un po'. Ma come sai i nonni avevano due gemelli e quattro figli, un'intera ciurma di bambini a cui badare! Per non parlare poi della carriera politica del nonno... Non avevano tempo di occuparsi di un dipinto andato perduto durante la Seconda guerra mondiale.»

Era deciso, in ricordo della nonna e in virtù dell'affetto che nutriva per lei, Emilia si sarebbe fatta carico di svolgere le indagini del caso. E poi, almeno avrebbe avuto qualcosa con cui distrarsi dal lavoro. Era un ottimo modo per stare lontana dal computer e dal telefono in attesa di notizie da Manuel.

«Forza, andiamo...» disse, quindi, suo padre.

Emilia fece di sì con la testa e prima di chiudere a chiave la porta dell'appartamento diede un'ultima occhiata agli oggetti familiari del salotto. I suoi occhi si posarono sulla cornice sopra la credenza che racchiudeva la foto di lei e Manuel sul Tigre, nemmeno due mesi prima, durante l'ultimo fine settimana lungo che avevano passato insieme; un weekend splendido, pieno di passione. Che cosa era successo in così poco tempo? Emilia sentì una fitta allo stomaco e sbatté la porta con forza.

Nel tragitto in macchina, suo padre e lo zio non fecero altro che raccomandarsi di fare attenzione all'aeroporto di Fiumicino, e in metro a Roma, e di mangiare sano, o di mangiare in generale, perché la vedevano davvero troppo magra. Neanche fosse stata una bambina, neanche non sapesse cosa significava vivere da sola o non avesse mai viaggiato in Europa prima di allora. Ma lei, con un sorriso sulle labbra, li lasciò fare: in quel momento aveva proprio bisogno di un uomo che le volesse bene, anzi due. E poi non c'era niente di male nel tornare piccola e farsi coccolare ogni tanto. A trentatré anni ormai lo aveva capito.

Emilia li salutò all'ingresso dell'aeroporto, salì sul volo e si mise a sedere al suo posto vicino al finestrino. Appena l'aereo prese quota, si incollò al vetro a guardare gli alberi che diventavano sempre più piccoli e il suolo argentino che si allontanava. Chissà cosa la aspettava? Un'avventura? O magari solo una grande nostalgia di casa? *Cambierà qualcosa nella mia vita?*, si chiese Emilia, ignara che al suo ritorno tutto, e molto di più, sarebbe cambiato per lei. Ignara del fatto che sarebbe tornata una donna completamente diversa da come era partita, in ogni aspetto della sua vita, perfino il più inimmaginabile.

Se qualcuno dall'alto, o da ancora più in su, avesse guardato ciò che non si vede, ma che esiste, si sarebbe accorto di certi fili invisibili che univano questa ragazza mora dai capelli lunghi a un ragazzo biondo con gli occhi chiari, che in quel momento era intento a mettere in ordine i libri e i vestiti nella sua nuova stanza all'università dell'Arizona. E avrebbe visto anche che altri due uomini, italiani stavolta, uno anziano e reietto e l'altro giovane, vivace e pieno di speranza, erano legati a lei da altrettanti fili invisibili.

E se poi quel qualcuno avesse allontanato la lente d'ingrandimento, o l'obiettivo avesse inquadrato un campo medio o lungo, si sarebbe accorto dell'influenza, quasi spaventosa, che questi avrebbero avuto nell'esistenza di Emilia. Tre persone diverse, tre modi di affrontare la vita, tre esistenze che avrebbero condizionato per sempre quella di lei.

Ma per fortuna, la lente si abbassò concentrandosi su Emilia, nell'abitacolo dell'aereo, e più precisamente sull'assistente di volo che le domandava: «Carne o pasta?». Allora, una folata di normale banalità pervase l'aria.

***

Appena arrivata a Roma, Emilia prese un treno per Firenze. L'idea era fare base lì per esplorare prima i ristoranti del Nord Italia e poi quelli del Sud. Solo allora sarebbe partita alla volta della Spagna. Era un programma eccitante, sebbene si sentisse già stanca solo a pensarci. Soprattutto dopo aver trascorso la notte in volo senza riuscire a chiudere occhio per colpa del tipo accanto, che non aveva smesso di russare neanche per un secondo, e del cibo dell'aereo che doveva averle dato fastidio.

Il viaggio in treno però era stato fantastico, per non parlare del paesaggio, e in meno di due ore era arrivata a destinazione. La sua compagna di posto, una francese, le aveva fornito tutte le informazioni che le servivano una volta arrivata. Emilia parlava francese e inglese alla perfezione, peccato che non potesse dire altrettanto dell'italiano, di cui capiva solo alcune parole, quelle più simili allo spagnolo.

Erano appena passate le tre del pomeriggio quando Emilia arrivò all'appartamento che l'editore aveva prenotato per lei in Borgo San Jacopo. Si trattava di un bel palazzo antico, suddiviso in quattro appartamenti, affacciati su un ampio ingresso con un portone a due ante in legno intagliato, vecchio almeno di cinquecento anni. Per fortuna il suo alloggio era al pianterreno, così non doveva fare su e giù per le scale. Emilia si guardò intorno: il posto consisteva solo in una camera con un letto matrimoniale, un piccolo bagno e un salottino con angolo cottura, tavolo e sedie e, vicino alla finestra con le tende viola, un divano dello stesso colore con un tavolino da caffè. Era tutto così piccolo, ma confortevole, perfetto per il tempo che si sarebbe fermata. I pensili della cucina erano immacolati e così pure il bagno, e per lei era più che sufficiente.

Emilia si mise a sistemare gli abiti nell'armadio. Voleva uscire a fare un po' di spesa, ma non ne aveva proprio le forze, quindi si stese sul letto a riposare e finì per addormentarsi. Quando si svegliò, un paio d'ore dopo, era già calato il buio e pensò di rimandare la spesa al giorno seguente. Qualcosa però doveva pur mangiare per cena, anche se non si sentiva ancora del tutto a posto con lo stomaco. Cercò il portatile, voleva controllare la posta; magari il direttore le aveva scritto qualcosa di importante, o forse Sofia, o suo padre... Ma chi voleva prendere in giro? Emilia smaniava di sapere se aveva ricevuto notizie da Manuel. E in effetti, no, lui non le aveva mandato niente, come poté constatare appena aperta la casella. C'erano però una mail di Sofia, una di suo papà, che le chiedeva di avvisarlo non appena fosse arrivata, e un'altra di lavoro, in cui l'editore italiano della rivista le proponeva di incontrarsi il lunedì successivo. Per fortuna che il tipo aveva scritto in inglese! Mentre Emilia rispondeva al messaggio, pensò che, essendo solo venerdì sera, aveva a disposizione tutto il fine settimana per riprendersi dal viaggio. E iniziò a sentirsi già meglio.

Ormai decisa a non uscire, si accontentò degli snack dell'aereo che le erano rimasti in borsa, mentre rispondeva alla posta in arrivo e navigava su Internet. Si era fatto giorno ormai e i primi raggi di sole filtravano dalla finestra quando Emilia si accorse di essersi addormentata completamente vestita e con la luce accesa.

***

Fece una doccia e si vestì per uscire. Entrò in un negozietto cinese dove, in una stanza di due metri per due, trovò tutto ciò che avrebbe potuto offrirle un supermercato intero. Comprò giusto lo stretto necessario e tornò al suo appartamento. Mentre sistemava il cibo nel frigo, addentò una mela e decise di andare a pranzo in uno dei locali di cui avrebbe scritto nella sua rubrica. E magari avrebbe pure trovato una palestra lungo la strada; due mesi erano troppi per restare senza fare movimento.

Quindi indossò un paio di jeans, una camicia bianca e dei sandali color pelle con il tacco basso e raccolse i capelli in una coda. Imboccò via Santa Maria, ancora indecisa su quale ristorante scegliere dalla lista, quando le tornò in mente che la trattoria *La Mamma*, il posto dove a detta di suo padre potevano sapere qualcosa del quadro, doveva trovarsi proprio in zona. Decise allora di dirigersi lì, ma dopo aver girato a vuoto per ben venti minuti, fu costretta a desistere. Della trattoria non c'era traccia e lei stava iniziando ad avvertire un buco allo stomaco.

Entrò in uno dei ristoranti che aveva annotato, il *Buongiorno*. Il locale era luminoso, arredato con semplicità ma con attenzione al dettaglio. Pensò di scrivere sui suoi appunti che quello era proprio il tipo di posto che faceva sentire gli avventori come a casa. E poi era perfetto per il confronto tra cucina casalinga e sofisticata di cui si era ripromessa di parlare nell'articolo. Soddisfatta della scelta, si accomodò a un tavolo vicino alla vetrina. Il proprietario le rivolse un sorriso e la salutò con fare amichevole da dietro il bancone. *Che bel ragazzo*, osservò Emilia, guardandolo di sottecchi: lineamenti armoniosi, capelli castani, occhi scuri, un sorriso ampio. Stava per restituirgli il saluto, quando il cameriere le consegnò il menù e lei senza riflettere troppo decise per un'insalata verde, un tagliere di formaggi e dell'acqua naturale.

In attesa dell'ordinazione, ispezionò il ristorante. In un paio di occasioni il suo sguardo si fermò sul gestore che ovviamente non si fece problemi a rispondere con un altro sorriso. Era davvero attraente, sulla quarantina, dall'aria simpatica e seducente, non smentiva certo la fama degli italiani. A Buenos Aires non le sarebbe mai successo: lì andava di moda fare i misteriosi e non rivolgere quei bei sorrisi sinceri e affabili. Per un attimo si disse: *e perché no?* Magari avrebbe trovato un italiano carino come quello. In fin dei conti era single, e incazzata, per di più. Insomma, poteva guardare chi le pareva.

Arrivato il piatto in tavola, decise di mettere da parte tutto il resto e concentrarsi solo su quello. Ma non appena ebbe messo in bocca il primo boccone, le tornò in mente l'ultima volta che lo aveva ordinato: era stato con Manuel, in quel posticino a Puerto Madero. Al secondo assaggio le parole di quella serata la assalirono senza volere. Proprio durante il dolce, era venuto fuori il discorso di una certa amica sua che desiderava andare negli Stati Uniti con una borsa di studio. A quel punto Emilia ricordò anche quanto le era sembrato strano che lui gliene parlasse e... *Oh, santo cielo! Non sarà mica che...?* No, non poteva essere. Emilia si fermò a rifletterci un attimo.

Nella sua testa iniziarono ad affastellarsi immagini e conversazioni. Come scordare il giorno in cui le aveva annunciato che se ne sarebbe andato? L'obiettivo si avvicinò... c'era una coppia che aveva appena fatto l'amore e lui pronunciava le parole "borsa di studio", "Stati Uniti", "Martincho".

Erano trascorsi cinque minuti ed Emilia non la finiva più di trarre conclusioni nefaste. Il piatto davanti a lei era quasi intatto e le era tornato il voltastomaco. Doveva uscire da lì.

Chiamò il cameriere e chiese il conto. Lui glielo portò immediatamente e le domandò in italiano: «I formaggi non sono di suo gradimento?».

«No, no... *Los quesos están buenos*» rispose lei in spagnolo.

«Desidera un'altra insalata, allora?»

Emilia, che non capiva bene ciò che le stava dicendo l'uomo, e che stava per svenire, oltre che vomitare, si alzò di scatto e corse alla porta. Nonostante lo stato in cui si trovava, si accorse che il responsabile la stava fissando, ma stavolta con un'espressione seria in volto. Imbarazzata dall'idea di cadere lunga e distesa per terra in mezzo al ristorante, Emilia allungò il passo e scappò via senza girarsi a guardarlo. In strada respirò una boccata d'aria fresca e si sentì subito meglio. Merda! Manuel avrebbe continuato a perseguitarla per tutto il viaggio?! E lei che pensava di potersi liberare di lui scappando in Europa!

***

Rientrata in casa, accese subito il portatile. Voleva confidare a Sofia i suoi sospetti, ovvero che Manuel l'avesse lasciata per un'altra. Sebbene non ne fosse del tutto sicura, sfogarsi l'avrebbe aiutata. Ma quando fu sul punto di premere invio, si rese conto che non si sentiva affatto meglio, anzi! Decise, quindi, che era giunto il momento di fare ciò che si era ripromessa per la settimana successiva: chiamare suo padre. Aveva bisogno di sentire la sua voce.

Fu questione di un paio di minuti ed era già al telefono con lui.

«Ciao, papà!»

«Emilia, che sorpresa! Non mi aspettavo di sentirti così presto. Che ore sono laggiù? Va tutto bene?»

«Sì, papà, tutto a posto, qui è mezzogiorno. Volevo solo avvisarti che mi sono sistemata.»

«Mi fa piacere… Posso fare qualcosa per te da Buenos Aires?»

«No… solo… Non è che per caso hai sentito Manuel? Cioè, sai, visto che io mi trovo qui.»

«No, tesoro, mi dispiace.»

«Ah, okay, non fa niente, era solo questo. Non ti preoccupare per me, gli italiani mi stanno trattando bene.»

«Ovvio, d'altra parte mio padre era italiano» disse riferendosi a Juan Bautista che, adottato da genitori argentini in un secondo momento, era però il figlio naturale della coppia di artisti Camillo e Gina Fiore – e Gina era la donna vestita di rosso del ritratto che aveva in salotto. Juan Bautista si era adoperato perché il figlio mantenesse un legame con la cultura d'origine imparando la lingua. Era stato così che Miguel Fernán, ormai vedovo, aveva conosciuto Vilma, la sua seconda moglie, nonché insegnante di italiano.

«Allora, ci sentiamo appena c'è qualche novità. Adesso ti lascio. Le chiamate internazionali costano un sacco.»

«D'accordo, tesoro. A presto, ti voglio bene.»

«Anch'io. Un bacio.»

Sentire quella voce familiare le aveva fatto bene. Adesso aveva solo bisogno di dormire per un po', poi avrebbe visto le cose sotto una luce diversa. Si mise a letto con le coperte tirate fino alle orecchie per riposarsi almeno un'oretta.

Nel giro di qualche istante Emilia piombò in un sonno profondo e, contro ogni pronostico, non si sarebbe risvegliata per parecchie ore.

***

Erano le sette di sera ed Emilia non se ne capacitava: pur avendo dormito diverse ore, aveva ancora sonno e il mal di stomaco non se n'era andato. La cosa iniziava a preoccuparla. Si trovava in un paese straniero, lontano da tutto e da tutti, e il giorno dopo doveva presentarsi al lavoro. Manuel non si era fatto vivo e ogni volta che ci pensava le tornava la nausea. Doveva proprio buttarsi quella vicenda alle spalle, altrimenti sarebbe andata incontro a gravi problemi.

Si alzò e decise di andare a cercare qualcosa di simile alla *Buscapina* o al *Sertal* in farmacia. Ce n'era una molto grande sulla stessa strada del negozietto cinese, ma doveva sbrigarsi se non voleva che chiudesse. Il sabato pomeriggio era volato in un baleno.

Arrivò appena in tempo. La farmacista, una signora con i capelli bianchi, le fece segno di entrare e la salutò in un italiano abbottonato. Emilia pensò che sarebbe stato complicato spiegarle i sintomi e ciò di cui aveva bisogno.

Tentò in inglese: «*Please, I need Sertal*».

La donna sorrise confusa e rispose: «Come scusi? Può ripetere per favore?».

Emilia provò in italiano: «vomito», «pancia»… Poi, passò ai gesti, toccandosi lo stomaco per farle intendere che il cibo doveva averle dato fastidio. A un certo punto la farmacista si illuminò in viso. Si girò e afferrò una scatolina dallo scaffale dietro di lei e la porse a Emilia, la quale leggendo cosa diceva la confezione sorrise.

«Oh, no, no, no…» la donna le aveva dato un test di gravidanza.

«*I'm not pregnant. I have only nausea*… Nausea! Nausea!»

La donna la fissava, annuendo con la testa, mentre diceva: «Sì, sì».

«No, lei non capisce» insistette Emilia mezzo in spagnolo, mezzo in inglese e italiano: «*It cannot be… I only had morning sickness*… Vomito! Solo la mattina!».

Ma mentre pronunciava quelle parole, Emilia sentì dentro di sé il dubbio trasformarsi in terrore, e il soffitto della farmacia che le crollava addosso.

«No, no, no, no, no» ripeté.

*Però potrebbe essere…* pensò.

Come in un film, si vide passare davanti agli occhi i baci del fine settimana sul Tigre, le carezze dei giorni precedenti la partenza e tutto il resto.. Benché la relazione non andasse più a gonfie vele, lei e Manuel non avevano mai smesso di avere rapporti.

Allora la farmacista estrasse da un cassetto una confezione di *Maalox* e la passò a Emilia che stringeva ancora in mano il test di gravidanza. Per un attimo la ragazza si trovò ad affrontare un dilemma interiore: non sapeva se restituire il test e fare finta di niente, come se si fosse trattato solo di un fraintendimento linguistico, oppure tenerlo e affrontare la possibilità che… be', che la sua vita sarebbe andata in mille pezzi. Quell'eventualità avrebbe segnato un prima e un dopo. La presa salda e gli occhi fissi di Emilia sulla confezione del test, mandarono la farmacista su tutte le furie.

«Oh, ma insomma! Lo vuole sì o no? Se è stata con un uomo, può darsi che sia incinta! Si decida una buona volta.»

Emilia, che non aveva capito una sola parola, aveva però preso una decisione. Comprò sia il test che l'antiacido e se ne andò, senza nemmeno fare caso alla donna che dalla cassa la chiamava per darle i due euro di resto.

Fu la camminata più lunga e, al contempo, più breve della sua vita. Perché se da una parte voleva tornare subito all'appartamento, dall'altra non aveva alcuna fretta di scoprire se aspettava un bambino oppure no.

Non fece in tempo ad aprire la porta di casa, che le sue mani impazienti avevano già strappato la confezione del test. Di strada per il bagno, Emilia lanciò un'occhiata al computer e le parve di vedere un messaggio nella casella di posta in arrivo.

Magari era Manuel! Quindi abbandonò il test e guardò meglio. Sì, c'era una nuova mail, e sì, era davvero di Manuel! Emilia la aprì nervosa. E se diceva che sentiva la sua mancanza? E se lei era davvero incinta e Manuel ne fosse stato contento? E se loro due si...?

Le parole comparirono sullo schermo e lei smise di sognare.

> Ciao Emi, come stai? Io tutto bene, non ci ho messo molto ad ambientarmi al campus. È molto bello qui e ci sono parecchi argentini, anche se in generale tutti gli studenti sono aperti e carini. A dire il vero, mi sono già fatto un giro di amici incredibili. Questo fine settimana andiamo al Grand Canyon. Non è molto distante e dicono che sia un'esperienza pazzesca. Staremo tre giorni senza cellulari né computer! È la regola dell'escursione, sarà tutto una grande scoperta. Be', Emilia, spero che tu stia bene e che questo periodo serva anche a te per riflettere. Immagino che ormai sarai arrivata in Europa! Sono rimasto molto stupito dalla notizia! Quando hai un minuto raccontami come va. Adesso ti lascio che gli altri sono arrivati. Un abbraccio,
> Manuchi

La mail non era un granché, era chiaro che si fosse dimenticato del fatto che lei si trovava già in Italia. L'unica nota positiva era il modo in cui si era firmato: "Manuchi" era come lo chiamava lei in maniera affettuosa, lei e nessun altro. Un po' sconsolata, Emilia guardò il test di gravidanza e tornò al suo dramma personale. La nausea non le era ancora passata, e dire che non aveva mangiato per tutto il giorno, a parte quei due bocconi al ristorante. Seduta davanti al portatile, si armò di tutto il coraggio che aveva. Non avrebbe mai immaginato di ritrovarsi in questa situazione, in questo modo. Certo, a volte ci aveva pensato, chi non lo aveva fatto? Ma di sicuro non così! Con Manuel in un paese e lei in un altro… E un futuro incerto davanti a loro! E se fosse stata davvero incinta? Non era più una bambina, si disse. Ormai aveva trentatré anni, un ottimo lavoro e ce l'avrebbe fatta. Ma non senza Manuel, no, senza di lui non voleva. Si sentì sopraffare, la sua vita era fuori controllo, le veniva da piangere. Si alzò e andò a chiudersi in bagno.

***

Un'ora più tardi Emilia sedeva sul bordo del letto davanti allo specchio, con lo stick del test in mano. Da quando era uscita dal bagno se lo passava da una mano all'altra, dicendo a voce alta: «È positivo! È… Merda, sono incinta!». Non sapeva se esserne felice o buttarsi dalla finestra. Insomma, non se lo aspettava proprio. Lei, incinta. Le scoppiava la testa. Che cosa avrebbe fatto? A chi poteva dirlo? A suo padre? No, era ancora troppo presto. A Manuel? No, sarebbe stato tre giorni senza cellulare. E poi non c'era modo di sapere come l'avrebbe presa. Non aveva scritto nemmeno una volta "ti amo" nei messaggi che si erano scambiati. Emilia pensò a Sofia: di sicuro l'avrebbe sgridata, dicendole di tutto. E in quel momento non aveva voglia di sorbirsi una ramanzina. Doveva tornare in Argentina? Che differenza avrebbe fatto? Perdere l'incarico, fare una brutta figura al lavoro, proprio adesso che ne aveva più bisogno? E poi mancava ancora parecchio alla nascita, perché sì, avrebbe avuto quel bambino, di questo ne era sicura. Con o senza un uomo al suo fianco.

Emilia guardò con attenzione il proprio riflesso nello specchio della camera, cercando di riconoscersi. I suoi occhi scivolarono sui sandali color pelle: non usava quasi mai i tacchi, era piuttosto alta e poi preferiva la comodità. Quindi guardò la *french manicure* che tanto piaceva a Manuel, che però in quel momento si trovava a migliaia di chilometri di distanza e a cui non importava niente di lei e delle sue unghie. Aveva ancora indosso la camicetta bianca e i jeans, non si poteva dire che non amasse la sobrietà. Era magra, non aveva mai avuto problemi di peso. Stava attenta a ciò che mangiava e la palestra per lei era irrinunciabile. Portava solo un anello e un paio di brillantini alle orecchie che non toglieva mai. Di trucco quasi non ne metteva, aveva le lentiggini, ma non le dispiacevano, le davano più personalità. La pelle luminosa e gli occhi verdi, che aveva preso dalla nonna Abril, erano sempre stati un bel biglietto da visita. Emilia osservò allo specchio tutti quei dettagli e si rese conto che non avevano alcuna importanza. Niente del suo aspetto era servito a trattenere l'uomo che amava e dal quale adesso aspettava un bambino. Sentì un'ondata di negatività montarle dentro. Sì, a lei, che era sempre stata attenta al benessere, allo sviluppo intellettuale ed emotivo. «Non fare del male a nessuno, fai del bene a tutti» era il suo motto. A lei, che aveva sempre preteso tanto da se stessa e che adesso si trovava in una situazione sconcertante. *La mia vita non c'è più, non è più la stessa, è completamente ribaltata*, pensò, *e prima me ne faccio una ragione, meglio è*. Avere un figlio era davvero un grosso cambiamento, e se era costretta a cambiare, almeno che fosse in meglio. Nonostante fosse spaventata a morte, si fece coraggio.

Appoggiò il test sul comodino, si spogliò e si mise il pigiama. Qualunque pensiero le passasse per la testa le procurava una sferzata di adrenalina e la spingeva a mettersi sulla difensiva. Doveva smetterla di pensarci e provare a distrarsi un po'. Accese la tv e rimase a guardarla per parecchio tempo, mentre le notizie e le immagini si mescolavano a quell'unico pensiero: *Un bam-*

*bino! Io avrò un bambino!* Finalmente alle tre del mattino, vinta dalla stanchezza, si addormentò.

***

A parecchi chilometri da Firenze, in un castello piacentino, un uomo di una certa età piangeva disperato. Nemmeno per lui era una notte tranquilla, ma i motivi della sua veglia erano molto diversi da quelli di Emilia. Entrambi però erano uniti dai fili invisibili della vita, senza saperlo.

# 3

*Occhio per occhio e il mondo finirà per diventare cieco.*

Mahatma Gandhi

## Piacenza 2008

*Giorno 1*

Quella mattina Benito Berni si svegliò prima che spuntasse il sole, e nonostante l'ora si mise subito a risistemare alcune carte importanti. Aveva preso appuntamento con il notaio per metterlo al corrente delle sue volontà. Sentiva il bisogno di lasciare tutto in ordine prima di abbandonare questo mondo per sempre. Gli restavano solo quindici giorni prima di farla finita.

Verso l'ora di pranzo, Benito si sedette alla sua scrivania davanti al notaio e gli comunicò ciò che questi avrebbe dovuto fare una volta che lui fosse passato a miglior vita.

«Signor Berni, capisco che il suo desiderio, una volta scomparso, sia di trasformare il castello in un museo, ma non c'è alcuna fretta per iniziare la procedura adesso.»

«Non si può mai sapere quando arriva la tua ora» replicò.

«Certo. C'è da dire, però, che lei mi sembra in splendida forma.»

«Signor Magani, la prego di limitarsi a fare ciò per cui la pago, e di attivarsi quanto prima per iniziare la procedura di musealizzazione dell'edificio. Non voglio che nessuno metta le mani su questa casa quando non ci sarò più: che non sposti nemmeno uno spillo, un bicchiere, nulla.»

«Naturalmente, le farò avere i fogli al più presto.»

«Sbrighi in fretta le pratiche, rediga i documenti e me li porti a firmare non appena saranno pronti.»

«D'accordo» rispose il notaio. *Certo che il conte è davvero un uomo strano*, pensò. In giro si diceva che avesse rimesso in piedi la casa dei genitori solo per vendetta. E in effetti, il posto aveva tutta l'aria di un santuario. Ecco perché l'uomo ci teneva tanto a lasciare ogni cosa com'era. Un mezzo pazzo.

I due si salutarono frettolosamente sul portone d'ingresso. Benito, stremato dalla notte insonne, decise di saltare il pranzo e di andare subito a riposarsi. *Suicidarsi e fare in modo che tutti rispettino le tue volontà non è cosa da poco*, rifletté con una punta di sarcasmo. Quindi si incamminò su per le scale di marmo, diretto verso le sue stanze, ma il dolore alle ginocchia lo costrinse a fermarsi a metà. Lì, immobile sul pianerottolo, si mise a contemplare le trame scure del tappeto rosso che copriva i gradini e fu assalito dai ricordi del passato. Cercò di sottrarsi, non voleva sprofondare nella nostalgia, doveva rimanere lucido se intendeva mettere in atto il suo programma. Provò a concentrarsi sulle cose da fare, ma le visioni ebbero la meglio. Quel tappeto rosso con gli arabeschi era… era lo stesso…

## Piacenza, 1943

Aurelia e il figlio maggiore appoggiarono il quadro di Tiziano che avevano appena staccato dalla parete della sala sul pianerottolo delle scale, ma la cornice rimase impigliata nelle frange nere del tappeto rosso.

«Merda!» esclamò Aurelia.

«Mamma!» la rimproverò Benito.

«Scusa…» rispose lei, colpevole. Con il fatto che negli ultimi tempi le novità da affrontare fossero sempre più numerose, le capitava di dire delle volgarità senza nemmeno rendersene conto. E la cosa era un pessimo esempio per i bambini.

«Non ce la faremo mai da soli. La cornice è troppo pesante» aggiunse poi, cercando di sollevare il quadro.

«No, mamma. Contiamo insieme fino a tre e solleviamolo. Me lo ha insegnato papà, quando abbiamo spostato il baule nel suo studio.»

Aurelia si intenerì e fece un sospiro. I primi raggi di luce iniziavano a filtrare dalle finestre. Il piano era di agire quando era ancora buio, ma muovere il dipinto aveva richiesto più tempo del previsto. A breve le gemelle si sarebbero svegliate e in meno di un'ora la servitù si sarebbe raccolta nelle sue stanze come ogni mattina per ricevere le istruzioni della giornata.

Aurelia decise di assecondare Benito.

«Uno, due e tre...» contarono insieme e la cornice fu di nuovo libera. Afferrandola da due lati, madre e figlio riuscirono, non senza un certo sforzo, a trasportare il quadro in camera di lei.

«Vieni, dammi una mano» ordinò Aurelia al figlio, con la fronte imperlata di sudore.

Benito si avvicinò e, con molta attenzione, insieme spostarono il letto. Nel parquet sotto il tappeto c'era una botola a scomparsa. La aprirono. Si trattava di un nascondiglio di cui nessuno era a conoscenza, nemmeno i domestici del castello.

«Questo sarà il nostro segreto» disse la madre, a voce bassa.

«Sì» promise Benito, entusiasta. Non sapeva se essere più contento di aver visto il nascondiglio o del fatto che sua madre lo reputasse grande abbastanza da poterlo coinvolgere in quella faccenda.

Una volta riposto il quadro nella botola, risistemarono il letto e il tappeto al loro posto. Poi, esausti, ma con un sorriso complice sulle labbra, si buttarono a pancia in su sul materasso. Si erano da poco appisolati quando a un certo punto udirono un suono provenire dalla finestra. Aurelia rimase immobile e tese l'orecchio. Se lo era solo immaginato? No, eccolo di nuovo... *Toc... Toc...*

I due si tirarono su di scatto... *Toc... Toc...*

Benito balzò giù dal letto, nonostante il tentativo della madre di trattenerlo per i vestiti.

«No, Benito! No!»

Il bambino accostò la guancia all'imposta e rimase così in ascolto per un attimo.

«Sono sassi, mamma. Qualcuno sta tirando dei sassi» disse, cercando di vedere attraverso gli scuri di chi si trattasse.

Dopo una pausa che ad Aurelia parve infinita, Benito esclamò: «È papà! Mamma, è papà! Te lo giuro!».

***

Mezz'ora più tardi, la camera da letto padronale si riempì di baccano. Le gemelle si inseguivano intorno al letto, mentre Benito faceva di tutto per attirare l'attenzione del padre, il quale avrebbe voluto avere mille occhi per riuscire a guardare contemporaneamente ciascun membro della famiglia ritrovata. Che capelli lunghi avevano le bambine! E com'era cresciuto Benito! E poi quanto era tenera la nuova arrivata... E Aurelia, in camicia da notte, con i capelli arruffati era più bella che mai. Che gioia trovarsi finalmente in camera sua! Per non dire poi di come era tutto pulito in confronto a lui. L'unico elemento fuori posto era la bomba a mano, ma Mario l'aveva appoggiata in cima a un mobile dove arrivava solo lui, al sicuro.

Aurelia, con la neonata in braccio, osservava la scena e non stava più nella pelle dalla felicità. Suo marito era tornato sano e salvo. Certo, adesso bisognava vedere che piega avrebbero preso le cose per loro, visto che i tedeschi stavano rastrellando tutta la penisola in cerca di soldati italiani da deportare. In quel momento una delle gemelle strattonò l'altra ed entrambe si misero a strillare.

«Bambine!» trasalì la madre. Nessuno in casa, a parte loro, si era ancora accorto del ritorno di Mario. Dovevano elaborare un piano al più presto, per sicurezza, pensò Aurelia. Occorreva riunire tutti i domestici e pregarli di mantenere il massimo riserbo, almeno fin tanto che le acque in città non si fossero calmate. Ma l'idea non la convinceva del tutto. Sapeva che tra loro c'era chi sosteneva il regime e che l'ideologia avrebbe prima o poi prevalso sulla fedeltà alla famiglia. Non era escluso che qualcuno avrebbe perfino fatto la spia nei confronti del suo stesso coniuge. Non c'era tempo da perdere, lei e Mario dovevano immediatamente decidere cosa fare. Scosso dai medesimi turbamenti, Mario le afferrò la mano.

«Aurelia, cara, dobbiamo parlare...»

«Sì» rispose lei sommessamente.

## Firenze, 1943

Quella stessa mattina, mentre la famiglia Berni festeggiava, Rodolfo Pieri si aggiustò la giacca pensando: *quel che è fatto è fatto.* Aveva appena avuto un altro colloquio con i generali tedeschi e sentiva che il dado era stato tratto, poiché, sebbene avesse provato in un primo momento a non compromettersi troppo, i suoi interlocutori non conoscevano mezze misure. E posto innanzi a una scelta, l'ambizione aveva prevalso. Rodolfo aveva deciso di schierarsi con gli ex alleati e sperava solo di non pentirsene. Anche se probabilmente non sarebbe successo, viste le notizie poco incoraggianti per gli italiani. Lo Stato maggiore, infatti, si era sciolto e le truppe, in assenza di disposizioni, erano disorientate e confuse. Il re Vittorio Emanuele III e il primo ministro Badoglio, insieme ad altri funzionari e affiliati, erano fuggiti da Roma a bordo di un piccolo convoglio di auto. La capitale si era arresa e sebbene il generale Calvi del Bergolo ne avesse assunto il comando con il benestare dei tedeschi, questi fu ben presto arrestato e i suoi soldati furono disarmati. Roma stava gradualmente diventando il centro logistico principale di aiuto al fronte. Gli ex alleati si erano impossessati della città a poco prezzo: un centinaio di vittime e cinquecento feriti. Agli italiani invece non era andata così bene, il numero dei morti si aggirava intorno ai seicento, la metà dei quali civili.

In Piemonte, le truppe del Regio Esercito erano state spazzate via rapidamente; anche a Milano il comandante della difesa, Vittorio Ruggero, nonostante il tentativo di negoziazione durato due giorni e quasi andato in porto, alla fine fu arrestato e deportato insieme ai suoi.

Erano stati questi avvenimenti, tra le altre cose, a convincere Rodolfo ad accettare il lavoro offertogli dai nazisti. Il suo compito consisteva nell'accompagnarli nei luoghi indicati sulla lista che aveva redatto. Primo fra tutti un palazzo di Parma e poi tre castelli del piacentino. Pur trattandosi solo del sopralluogo iniziale, Rodolfo aveva inteso da certe conversazioni che gli espropri sarebbero iniziati seduta stante. Gli ufficiali a cui faceva capo partirono quella notte per Verona, dove la guarnigione di Guglielmo Orengo, a seguito di un breve tentativo di resistenza, era stata smobilitata e fatta prigioniera. Rodolfo, invece, sarebbe partito a bordo della sua auto il mattino seguente.

## Piacenza, 1943

La famiglia Berni era riunita in cucina a fare colazione, cosa alquanto insolita vista l'abitudine di consumare i pasti nel salone dorato. Ma molte cose erano cambiate, all'improvviso, e la servitù era stata congedata per un paio di giorni, giusto per sicurezza. Il piano era guadagnare tempo per vedere la piega che avrebbero preso gli eventi. Gli unici a essere rimasti in servizio erano i coniugi Campoli, una coppia di mezza età, senza figli, abbastanza riservata e fedelissima, giacché lavoravano al castello come giardinieri da generazioni. La moglie avrebbe dato una mano ad Aurelia con la casa e i bambini, ma era chiaro che non sarebbero potuti avanti in quel modo a lungo. La famiglia doveva lasciare la residenza, abitare in quel posto senza un aiuto era impossibile. Ecco perché la soluzione migliore era partire per la montagna, proprio come aveva fatto il fratello di Aurelia.

Mentre finiva di bere il suo latte, Benito continuava a fissare la pistola allacciata alla cintura di suo padre. Da quando era tornato, Mario non se l'era mai tolta, nemmeno per un istante. A ogni movimento, l'arma oscillava con il suo corpo, accompagnandolo, cosa che risultava ipnotica agli occhi del bambino.

Una volta terminata la colazione e messa a letto la neonata, Aurelia e Mario, insieme al giardiniere e alla moglie, iniziarono a nascondere le opere d'arte più preziose nel seminterrato delle scuderie, dove si trovavano già la bomba a mano e l'uniforme del Regio Esercito italiano.

Era risaputo ormai che i tedeschi stavano confiscando manufatti importanti in tutta Europa, ed era solo questione di tempo prima che bussassero anche alla loro porta. Allora meglio premunirsi. Se fatto insieme, il lavoro sarebbe risultato meno gravoso.

Nel giro di due ore, infatti, Mario e il signor Campoli avevano trasportato nelle stalle vari dipinti e nascosto alcuni piccoli oggetti in un grosso baule. Aurelia, che stava imballando la collezione di calici d'argento, era salita in camera per allattare la piccola, lasciando lo scatolone a metà, aperto in sala da pranzo, dove Benito cercava di terminare il lavoro della mamma mentre le gemelle giocavano.

Nel frattempo, la moglie del giardiniere avvolgeva nei lenzuoli i quadri di Gina Fiore, di Manguardi e il ritratto di Giovanni Boldini. La collezione di statuette etrusche era già stata riposta nelle casse di legno, insieme alla scultura del Nettuno, e il salone ora cominciava ad apparire spoglio e in disordine come durante un trasloco.

Nelle scuderie, il tonfo con cui Mario chiuse il coperchio del baule fu coperto dal rombo di un motore. Qualcosa in lui, quel sesto senso di chi ha vissuto in stato di costante allerta, gli diceva di stare attento. Mario si interruppe e tese un orecchio. Si trattava forse di un'automobile? Lo sguardo torvo del giardiniere confermò i suoi sospetti: qualcuno stava entrando nella proprietà. Mario accarezzò la pistola per assicurarsi che fosse ancora lì.

Un furgone Mercedez Benz dell'esercito tedesco, una Volkswagen KFZ 82 e la macchina di Rodolfo Pieri si fermarono a soli tre metri di distanza. Erano giunti a destinazione. Al professore il cuore non aveva più smesso di martellare nel petto da quando, due ore prima, i proprietari del palazzo di Parma lo avevano guardato con disprezzo, mentre vedevano portare via quattro dei loro cimeli di famiglia più preziosi.

Il conducente della KFZ 82 e il collega seduto accanto rimasero a bordo della vettura a discutere, scarabocchiando qualcosa su una mappa, mentre due ufficiali scendevano dal furgone e si dirigevano di corsa verso il castello.

Anche Rodolfo uscì dall'auto e li raggiunse per spiegare chi fossero i proprietari di quel luogo, ma ai soldati sembrava non interessare. A malapena lo degnarono di uno sguardo quando disse che il conte Berni aveva servito nel Regio Esercito e che con molta probabilità era caduto in guerra. Fu allora che si accorsero delle due figure che si trovavano nei pressi delle scuderie. Al suono delle grida di avvertimento dei due ufficiali, gli altri tedeschi si precipitarono fuori dai veicoli per raggiungere i compagni.

Rodolfo si accorse subito che l'uomo robusto dai capelli biondi era proprio il conte in persona, invece l'altro doveva essere uno dei domestici. Mai e poi mai avrebbe immaginato che Berni sarebbe riuscito a tornare a casa. Ancora una volta il professore aprì la bocca per parlare, ma ne uscì solo un flebile fiato che si perse nel crescente trambusto. I tedeschi ordinarono ai due uomini di inginocchiarsi con le mani in alto.

Mario Berni sentì una fitta al cuore davanti all'immagine dei nemici che calpestavano il suolo della sua proprietà. Certo, aveva già avuto occasione di scontarsi con loro sul campo di battaglia, di incontrarli faccia a faccia, nella provincia di Salerno, quando avevano ammazzato l'amico Ferrante Gonzaga, ma vederli adesso nel giardino di casa sua, a pochi metri da Aurelia e i bambini, gli fece perdere il controllo e la mano gli andò in automatico alla pistola. Solo allora sentì la presa del giardiniere sul braccio e la sua voce che diceva: «No, signor Berni, no!».

Di fronte a quella scena i soldati estrassero le mitragliatrici e iniziarono a sparare. I proiettili li raggiunsero all'istante, ma Mario, benché ferito, riuscì a far esplodere alcuni colpi di pistola ferendo al braccio uno dei tedeschi. Il signor Campoli andò a ripararsi nella stalla dove corse a cercare la granata.

«Arrendetevi! Arrendetevi!» urlarono i nazisti.

Steso a terra, Mario si trascinava nel tentativo di mettersi al sicuro. Quelle grida in tedesco lo riportarono con la mente al giorno in cui Ferrante aveva visto in faccia il proprio destino. Nel bel mezzo del caos della sparatoria, Mario si commosse ricordando le ultime parole dell'amico. «Un Gonzaga non si arrende mai» aveva detto, racchiudendo in quella semplice frase i valori di coraggio, onore e ardimento con cui il padre lo aveva cresciuto. Nemmeno Mario voleva che i suoi figli lo vedessero arrendersi davanti al nemico o, peggio, che lo facessero prigioniero. E con quel pensiero in testa, continuò a sparare riuscendo a ferire un altro ufficiale. Ma una nuova pallottola lo raggiunse. Perdeva già molto sangue quando si accorse di aver terminato le munizioni. Allora, raccogliendo le ultime forze si alzò in piedi... Uno, due, tre furono i proiettili che lo trafissero in pieno petto, lo sguardo che abbracciava il giardino tanto amato e, poi, quella stessa frase che aveva pronunciato Ferrante: «Un Berni non si arrende mai! Avanti Savoia!». Così dicendo, Mario cadde di nuovo a terra con la camicia intrisa di rosso.

Mentre l'ufficiale si teneva premuto il braccio ferito, le grida continuavano a mescolarsi con gli spari in direzione dell'entrata delle scuderie. Fu in quel preciso momento che il giardiniere comparve inaspettatamente sulla soglia stringendo la granata in mano. Senza indugiare un istante di più, l'uomo tolse la sicura e scagliò l'ordigno con forza. Una tremenda esplosione fece saltare in aria due soldati insieme alla terra sotto i loro piedi. Altri due rimasero feriti, uno in maniera grave – era rimasto mutilato all'altezza del ginocchio –, l'altro si tappava le orecchie, riparandosi la testa. Ne erano rimasti ancora due, un po' storditi dal frastuono dell'onda d'urto, ma ancora abbastanza in forze da riuscire a sparare contro il signor Campoli.

Nella frazione di un secondo anche questi si accasciò incosciente al suolo in una pozza di sangue.

Dalla finestra di camera sua, Aurelia non poteva credere ai propri occhi. Le sembrava di essere finita in uno dei suoi incubi peggiori. Guardò i corpi esanimi distesi per terra, e i soldati tedeschi che trasportavano i propri feriti sul furgone. In preda al delirio, abbandonò la neonata sul letto e corse giù per le scale. Fuori, di fronte a quello spettacolo cruento, Rodolfo tremava come una foglia, domandandosi come avesse fatto la situazione a degenerare in quell'orrore.

In cima alle scale Aurelia incrociò Benito che stava correndo da lei, proprio nel momento in cui il conducente della KFZ 82 e il collega facevano irruzione nell'ingresso, scatenando il caos. Le gemelle scoppiarono a piangere aggrappate alla gonna della signora Campoli, vedendo i due uomini salire i gradini di corsa in direzione della padrona di casa, che restava immobile sullo stipite della porta di camera sua abbracciata al figlio. Gli ufficiali la strattonarono chiedendole se ci fossero altri uomini nel castello. «Perché la casa è mezza vuota? Dove avete nascosto tutto quanto?» le strillò in faccia il più giovane dei due, puntandole addosso l'arma. Sembrava infastidito dal fatto che quegli italiani pensassero di poter proteggere i loro beni dalle truppe del Führer. «Ti ho chiesto, dove avete nascosto la roba!» insistette lui nella sua lingua, sempre più spazientito. Aurelia piangeva e non capiva una sola parola di quanto le stesse dicendo. Voleva soltanto che quei due si levassero di mezzo e la lasciassero uscire in giardino a soccorrere suo marito.

Il rombo del motore del furgone che a tutto gas se ne andava portando via i feriti, interruppe il soldato. Furente per il silenzio ostinato della padrona, esclamò: «Molto bene, se tu non hai intenzione di parlare, allora lo farà il ragazzo!» e afferrando per il braccio Benito, lo trascinò giù per le scale.

Capendo cosa stava succedendo, Aurelia lanciò un grido e gli si scagliò addosso. Nel mezzo della colluttazione, il bambino riuscì a divincolarsi e a scappare in direzione delle camere, mentre la madre, ancora abbarbicata all'uomo, ricevette un sonoro schiaffo. Invece di mollare la presa, però, Aurelia lo strinse con tutta la forza che aveva in corpo e i due caddero rovinosamente di sotto, un gradino di marmo alla volta, fino al pianerottolo. Il soldato tedesco si alzò lentamente, mentre Aurelia rimase esanime a terra, senza rispondere alle suppliche della signora Campoli. Spazientito, l'ufficiale portò via la domestica con le gemelle a spintoni, poi però decise di tornare indietro a cercare il fuggiasco al piano superiore. Il tedesco entrava e usciva dalle stanze: quel posto era un dannato labirinto! Ma nonostante la foga qualcosa attirò la sua attenzione. Su uno dei letti un neonato in fasce piangeva a pieni polmoni.

«Merda! Maledetti italiani e i loro figli!» sbottò l'uomo pensando a quanto fossero ridicoli a voler contrastare l'esercito tedesco con una moltitudine di bambini. Detestava questa parte del conflitto, in cui era costretto ad avere a che fare con i civili. Ma ormai era solo questione di poche settimane. In Italia le città erano diventate il fronte di guerra; peccato fossero abitate da persone comuni.

Prese allora la piccola e, neanche fosse un pacchetto, la consegnò alla signora Campoli già seduta in auto insieme alle gemelle e che non la finivano più di piangere e al suo collega. Quindi, il soldato salì in macchina, accese il motore e partì a tutta velocità.

Il castello dei Berni e il giardino intorno sprofondarono nel silenzio più assoluto. In mezzo alla confusione nessuno aveva fatto caso a Rodolfo e al ruolo che aveva giocato in quella situazione, nemmeno lui stesso; era rimasto paralizzato nello stesso punto, a pochi metri di distanza dai cadaveri del conte e del giardiniere. Uno stormo di uccelli si levò in volo, indifferente a quello strazio, riscuotendolo dai suoi pensieri. Rodolfo si incamminò quindi, con passo malfermo, verso il portone d'ingresso e scorse la signora stesa per terra, la testa in una grossa pozza di sangue. Un conato di vomito gli chiuse la gola. Gli veniva da piangere, si sentiva responsabile. Odiava la guerra. Si stropicciò forte gli occhi, quasi a volersi svegliare da un brutto sogno, ma riaprendoli l'immagine della morte era ancora lì. Il professore restò pietrificato per un tempo che gli parve infinito, immerso nella quiete più totale. Se n'erano andati tutti quanti, erano rimasti solo i cadaveri. Pensò di andare via pure lui, ormai non aveva più niente da fare lì, tranne essere grato del fatto che non fosse toccato alla sua di famiglia. Era sul punto di uscire quando qualcosa lo spinse a tornare indietro. Rodolfo si guardò intorno, cercando di evitare il corpo della signora Berni. Fu allora che li vide: davanti a lui giacevano gli oggetti di valore già imballati. Il suo istinto da uomo calcolatore gli disse che presto o tardi tutte quelle cose sarebbero finite nelle mani di qualcun altro, magari dei tedeschi stessi, che in un paio di giorni al massimo avrebbero fatto ritorno al castello a recuperare il bottino. Un'idea gli balenò in testa. E ciò che all'inizio gli era sembrata una pazzia, adesso non lo era poi più così tanto. Le sue peggiori ambizioni iniziarono a prendere forma. E se invece li avesse presi per sé? Dopo un primo momento di esitazione, decise di farlo: avrebbe caricato gli oggetti nella sua auto. Rodolfo si mise all'opera e infilò nella macchina le statuette etrusche, i calici d'argento e i dipinti di Fiore, Donatello e Boldini, quello che gli piaceva tanto. Ripose con attenzione sul sedile anche la scultura del Nettuno e ricavò un po' di spazio anche per altri tre quadri che aveva visto in corridoio.

Poi passò in rassegna gli armadi delle camere da letto in cerca di gioielli. Non aveva senso lasciarli lì, non se ne faceva più niente nessuno oramai. Inoltre, non c'era anima viva che lo vedesse, si ripeteva per tranquillizzarsi, senza immaginare però che, sotto il letto matrimoniale, le assi del nascondiglio segreto fossero appena sollevate, quel tanto che bastava per consentire agli occhi azzurri di Benito di riconoscere le scarpe del professore d'arte, la calvizie incipiente, il passo flemmatico e le mani bianche e affusolate che frugavano nel portagioie di sua madre. Da quella posizione riusciva addirittura a sentire ciò che diceva: «Pensa, Rodolfo, pensa. Che cosa vale la pena prendere, che cosa?».

L'operazione gli richiese quasi due ore perché, dopo il castello, Rodolfo perquisì anche le scuderie dove trovò altri oggetti di valore. Quando se ne andò, aveva la macchina stracarica. Sapeva che stava correndo un grosso rischio, ma niente in confronto a quello scampato durante la sparatoria e l'esplosione di poco prima, o al pericolo a cui si sarebbe esposto nei giorni a venire, dato che la scena di quel giorno avrebbe tranquillamente potuto ripetersi ancora e ancora. Almeno fin tanto che la gente non lo avesse riconosciuto, identificato e quindi detestato. Ma per il momento la priorità era sopravvivere e, perché no, pure guadagnarci qualcosa. Una volta terminata la guerra e tornata la normalità si sarebbe occupato del resto. La guerra era in grado di trasformare le persone in individui molto diversi da quelli che erano di solito. Chiunque poteva diventare un potenziale ladro o assassino, o perfino qualcosa di peggio. Tuttavia, prima o poi il conflitto sarebbe terminato, gli eventi di quei giorni dimenticati e la quotidianità avrebbe cancellato ogni altra cosa. Non appena la vita avesse ripreso il suo corso, lui avrebbe potuto appendere in casa propria il ritratto del Boldini che gli piaceva tanto, e nessuno avrebbe fiatato, pensò tra sé, mentre metteva in moto, senza immaginare quanto fosse lontano dalla verità.

***

Non appena Benito capì di essere rimasto da solo, scoppiò finalmente a piangere, chiuso nel suo rifugio segreto. Dentro di lui si agitava un turbinio di sentimenti: la paura, l'angoscia, il dolore e il terrore gli impedivano di vedere e pensare con chiarezza, e centinaia di domande si ammassavano nella sua testa. Che fine avevano fatto tutti quanti? Suo papà era morto nell'esplosione? E la mamma? Cosa ne era stato di lei? Le sorelline erano state portate via? E quegli uomini sarebbero tornati a cercarlo? Perché il professore li aveva condotti da loro? E per quale motivo aveva rubato i gioielli della mamma se erano amici? Le persone erano davvero tutte cattive?

Benito rimase nascosto, assalito dagli interrogativi e dalla paura fino a sera. Quando trovò il coraggio di uscire, aprì la botola con cautela, scivolò fuori da sotto il letto e si diresse alla finestra. In giardino giacevano i corpi di suo padre e del signor Campoli. Le lacrime gli tolsero il respiro. Tremante, Benito si avventurò fuori dalla camera, ma giunto in cima alle scale scorse in basso la madre, stesa in un bagno di sangue. La visione gli provocò un sussulto. In qualche modo sapeva dentro di lui che il papà era morto, l'esplosione e gli spari lo avevano indotto a temere il peggio. Ma la mamma… lei no. Con il petto sconquassato dai singhiozzi, il bambino scese alcuni scalini, ma, non trovando il coraggio di proseguire e uscire dal castello, corse di nuovo a rifugiarsi nella botola. Chi si sarebbe preso cura di lui adesso che i suoi genitori non c'erano più? Dov'erano andate le gemelle? E i tedeschi sarebbero tornati per ucciderlo? Forse il professore li avrebbe di nuovo accompagnati lì. Benito si soffermò a pensare a Rodolfo Pieri e a come si era messo a rubare in casa sua. Immaginò la rabbia della madre se lo avesse scoperto, ma poi si ricordò che in effetti non le sarebbe importato un granché visto che era morta. L'idea che tutto il suo mondo fosse crollato non gli voleva proprio entrare in testa, nonostante gli sforzi. Non conosceva abbastanza parole né aveva fatto sufficienti esperienze per riuscire ad assimilare una realtà tanto grande. Benito si sentì scuotere dall'interno e, nel buio del nascondiglio, vomitò. Paralizzato dal terrore e incapace di affrontare e comprendere la situazione, o la maniera per superarla, rimase immobile per ore.

Restò lì, mentre fuori un nuovo giorno e una nuova notte si susseguivano. Poi, raccolte le forze che gli restavano, abbandonò il rifugio.

La luce gli ferì gli occhi, dopo tante ore trascorse immerso nell'oscurità, Benito faceva fatica a vedere il suo riflesso nello specchio della camera dei genitori. Non appena riuscì a mettere a fuoco, l'immagine che vide lo fece avvampare dalla vergogna. Il suo sguardo si soffermò prima sui graffi che si era procurato, poi sugli occhi gonfi e rossi di pianto, i capelli spettinati, la camicia stropicciata e con i bottoni saltati. Ma la cosa che più lo mortificava erano i pantaloni e le gambe sporchi e maleodoranti dei bisogni fisiologici che si era fatto addosso. La paura, infatti, lo aveva tenuto ostaggio per un tempo lunghissimo e, se era riuscito a respirare, era solo perché il suo corpo lo aveva fatto in maniera indipendente dalla sua volontà. Tutto il resto era passato in secondo piano.

Ridotto in quello stato, il bambino scese le scale, sforzandosi di non guardare il corpo della madre inerte sul pavimento, i capelli biondi macchiati di sangue, e si diresse in cucina. Stava morendo di sete e bevve tutta l'acqua che la sua pancia riuscì a contenere. Poi aprì il portone d'ingresso e si mise a correre. Benito preferì non avvicinarsi al cadavere del padre, così, una volta fuori, si allontanò dal castello il più veloce possibile, finché non si ritrovò su un sentiero che non aveva mai percorso, sperduto su una montagna su cui non era mai salito, sulla riva di un fiume sconosciuto. Qui si fermò giusto il tempo di darsi una ripulita, prima di proseguire per luoghi e paesaggi ignoti che lo fecero infine sentire al sicuro. Steso sotto un albero, Benito pianse disperatamente fino ad assopirsi. E così dormì, come non faceva da giorni, dall'ultima notte che aveva riposato nel suo letto. Aveva compiuto dieci anni proprio durante il tempo che era stato nascosto, ma nessuno aveva festeggiato insieme a lui.

Quella stessa sera, Benito si imbatté in un gruppo di partigiani che, senza bisogno di grosse spiegazioni, intuirono la sorte che era toccata ai genitori del ragazzino. La guerra era crudele con tutti quanti, nessuno escluso.

Lui li lasciò liberi di credere ciò che volevano, ovvero che era uno dei tanti bambini rimasti orfani durante i bombardamenti. Dentro di sé aveva giurato di ritrovare le sorelle e di vendicarsi dei tedeschi, ma anche del professore che aveva portato la disgrazia nella sua casa e derubato la sua famiglia. Ecco perché sentiva di essere capitato in mezzo alle persone giuste. I partigiani che lo avevano accolto stavano pianificando un attacco contro gli invasori nel paese vicino. Con il loro aiuto, Benito sarebbe riuscito a prendersi la sua vendetta. Prima però doveva fare una cosa: crescere. E con quel pensiero in testa, accettò il tozzo di pane che gli veniva dato. Non toccava cibo dalla mattina in cui avevano fatto colazione tutti insieme in cucina, felici.

Addentò il pane controvoglia: non aveva fame, ma doveva rimettersi in forze se davvero voleva fronteggiare il nemico. Il seme della vendetta si insinuò dentro di lui, lasciando un'impronta indelebile nella sua giovane mente, come un rivolo d'acqua che penetra in una fessura, o un medicamento che entra in una ferita. Il veleno si radicò in lui a una profondità tale che sarebbe stato difficile liberarsene in futuro.

# 4

## Firenze, 2008

Il giorno dopo la grande scoperta, Emilia si svegliò che era quasi mezzogiorno. Sedendosi sul letto ebbe subito un conato di vomito. La nausea mattutina non si faceva attendere. Andò quindi a prepararsi un tè zuccherato che la rimise al mondo, molto meglio del tè rigorosamente senza zucchero che beveva di solito. «Un'altra novità» si disse con la tazza in mano. Non poteva permettersi di indugiare ancora su pensieri ansiogeni, aveva due mesi, forse di più, davanti a lei, e avrebbe fatto in modo che la sua permanenza in Europa fosse stupenda. Non sarebbe rimasta con le mani in mano a rimuginare su cosa fare della sua vita. O almeno non ci avrebbe pensato di proposito. Insomma, avrebbe lasciato che la vita facesse il suo corso, un giorno dopo l'altro, come mai aveva fatto in passato, senza essere costantemente sulle spine. E poi, considerata la situazione in cui si trovava, non poteva fare altrimenti. In quel momento doveva pensare solo a se stessa, prendersi cura del suo corpo e mangiare! Nelle ultime quarantotto ore non aveva ingerito altro che una mela e due foglie di insalata. Le venne in mente il ristorante *Buongiorno* e tornarci le sembrò una buona idea. Il locale le era piaciuto molto e poi doveva delle scuse al proprietario. Soprattutto perché aveva intenzione di citarlo nell'articolo.

Emilia indossò un abito chiaro e morbido, si mise un velo di trucco e uscì. Il sole primaverile illuminava la domenica fiorentina, la gente a passeggio, i turisti per strada. Attraversò il Ponte Vecchio e si soffermò ad ammirare la bellezza del fiume a quell'ora del giorno. Ogni cosa ai suoi occhi appariva diversa, avrebbe avuto un bambino. Era come se all'improvviso avesse iniziato a notare cose che un tempo non le importavano, ad esempio i volti delle madri. Erano felici? Erano più grandi o più giovani di lei? Avevano un compagno al loro fianco? Emilia si stupì di quanto gli interessi di una persona potessero cambiare da un momento all'altro. I diversi modelli di passeggini attirarono la sua attenzione: ce n'erano per tutti i gusti, a tre, a quattro e perfino a sei ruote!

Persa tra i suoi pensieri, si accorse di essere arrivata a destinazione solo quando si ritrovò davanti alla porta del *Buongiorno*.

Il ristorante era pieno, ma il cameriere la riconobbe e le trovò un tavolino appartato, lontano dalle tavolate di amici e parenti che affollavano la sala. Era domenica ed Emilia ebbe come l'impressione di essere l'unica a mangiare da sola. Era arrivata tardi, gli altri commensali erano già al dolce, per cui presto se ne sarebbero andati, per fortuna. Nonostante ciò, la solitudine le pesava, ma che poteva farci? Era andata così. Prese il menù e ordinò di nuovo un'insalata, un tagliere di formaggi e dell'acqua naturale. Il ragazzo la guardò contrariato dato che l'ultima volta era corsa via senza nemmeno toccare il piatto, ma non disse niente. Anche perché il suo inglese non era abbastanza fluido per sostenere una conversazione e la cliente non spiccicava una parola di italiano.

Emilia stava aspettando la sua ordinazione, quando all'improvviso il gestore del ristorante si avvicinò al suo tavolo con un ampio sorriso sulle labbra. Era attraente, sembrava quasi un modello delle pubblicità. Portava un paio di jeans e una polo rossa. E poi era alto e con le spalle squadrate.

«Mi permette, signorina? Parla italiano?»

«*In English, please. O en español*» disse Emilia.

«Ma certo. Anche se potendo scegliere preferisco in spagnolo. Soprattutto quando ho il piacere di incontrare una vera *porteña*. Sei di Buenos Aires, giusto?» rispose lui.

«Come hai fatto a capirlo? Ho un accento così forte?» ribatté lei felice di poter chiacchierare con qualcuno.

«Ho vissuto a Buenos Aires per qualche anno, poi mi sono trasferito in Spagna. Riconosco subito la parlata.»

«Uffa... L'Argentina, mi sembra così lontana adesso! Quindi ci hai vissuto?» lo incalzò lei con un pizzico di nostalgia di casa.

«Sì, ho lavorato al Plaza come chef. Ah, comunque, Fedele Pessi, proprietario del *Buongiorno*, piacere» si presentò porgendole la mano.

«Piacere mio. E che onore essere accolta dallo chef nonché proprietario del locale» rispose sorridente.

«Ormai non mi occupo quasi più della cucina, ma solo dell'elaborazione dei piatti. È la parte che preferisco. Ecco perché sono venuto al tuo tavolo, ho un consiglio da darti.»

«Un consiglio? Ti ascolto.»

«Ieri, quando sei venuta, non hai gradito l'insalata...»

«Ah, no, no...» Emilia si sentì presa in contropiede. «Ho solo avuto un'emergenza e sono dovuta scappare.»

«Sul serio?»

«Sì!» insistette lei.

«Be', allora se è così, mi sento più tranquillo. Ad ogni modo oggi è domenica e la domenica è giorno di lasagne. Le ho fatte preparare seguendo una mia ricetta segreta, perché non le assaggi?»

«Mmm... non saprei...»

«Non ti piacciono?»

«Sì, è solo che non mangio spesso la pasta. Ordino sempre un'insalata perché è più leggera.»

«Lascia perdere l'insalata! Sei in Italia, il paese del piacere dei sensi, inclusa la gola. Anche mangiare è un'emozione, sai?»

A Emilia quella definizione piacque molto, calzava a pennello con ciò che voleva scrivere. Le parve un buon segno, in particolare perché a darglielo era stato il proprietario del ristorante, la persona che avrebbe dovuto intervistare per l'articolo.

«D'accordo! Vada per una porzione di lasagne allora!» esclamò lei, persuasa.

«Non te ne pentirai, signorina...»

«Emilia Fernán.»

«Cognome spagnolo, eh?»

«Sì» ammise lei. Non era il caso di spiegargli che il nonno Juan Bautista era italiano al cento per cento e che erano stati i genitori adottivi a dargli quel cognome.

«Molto bene, Emilia, benvenuta al *Buongiorno*» la accolse facendo una simpatica riverenza. «Sono molto felice di sapere che non è stata l'insalata, o i formaggi, a farti scappare ieri e che sono riuscito a convincerti a ordinare un piatto di lasagne. Gradisci anche un bicchiere di vino?»

«Mmm...» Emilia arricciò il naso. Non beveva quasi mai, e adesso proprio non avrebbe dovuto. Ma un bicchiere non le avrebbe fatto di certo male.

«Sì grazie, un rosso.»

«Perfetto» rispose schioccando le dita.

Emilia si sentiva felice, poter chiacchierare con qualcuno era piacevole, per di più con un bell'uomo. E pensare che il giorno prima aveva fantasticato sull'idea di conoscerlo! E così era stato. Ma lei presto sarebbe diventata madre e non era certo a caccia di uomini o di un nuovo amore, come aveva suggerito Sofi quando l'aveva incastrata in quel viaggio. Anzi, la priorità era cercare di salvare la relazione con Manuel. C'era da dire però che, fisicamente, l'italiano era proprio diverso dal suo Manuel. Castano, occhi scuri, ciglia spesse e una bella bocca grande a incorniciare il sorriso bianchissimo. Di altezza erano più o meno uguali, ma Fedele era molto più muscoloso. Quando camminava era come se il pavimento tremasse sotto i suoi piedi. Emilia si immaginò prima tra le braccia di uno e poi dell'altro. *Ma che sto facendo?* disse tra sé. *Fare questo genere di paragoni quando sono incinta. Che sciocca.*

Poco dopo il cameriere le portò la sua ordinazione. Erano anni che Emilia non mangiava le lasagne; di carboidrati, infatti, se ne concedeva pochi: solo un piatto di *noodles* ogni tanto. Si sentì travolgere dai sensi: il profumo dei pomodori maturi del sugo, il sentore sottile delle spezie, la predominanza del basilico, la pasta tirata sottile, il parmigiano saporito, il pane fresco sul tavolo e il bicchiere di vino... Quel turbinio di sensazioni la toccarono nel profondo, riportandola ai tempi dell'infanzia. Fedele aveva ragione: mangiare era una vera e propria emozione. Soprattutto se non toccavi cibo da due giorni. Emilia assaggiò il primo boccone e capì che aveva fatto bene a tornare in quel ristorante. Il *Buongiorno* sarebbe stato il locale che rappresentava la cucina casalinga per la città di Firenze. Peccato che la sua vita fosse un caos in quel momento e non avesse affatto voglia di buttarsi in una nuova storia, perché considerato quanto era attraente il proprietario non sarebbe stato affatto male vederlo all'opera dietro i fornelli di casa sua.

***

Emilia aveva terminato di mangiare da un po' e il locale si era svuotato. Stava sorseggiando una tisana digestiva quando il proprietario si avvicinò di nuovo al suo tavolo.

«Ah, finalmente un po' di calma! Oggi era davvero strapieno! Però ti ho messo da parte questo. È solo metà porzione, visto che mangi come un uccellino. Devi assaggiarlo!» esordì Fedele mettendole davanti un piattino di tiramisù.

«Oh no, no» iniziò a dire lei, neanche avesse visto il diavolo in persona.

«Dài, provalo, l'ho preparato con le mie mani» la incoraggiò porgendole un cucchiaio.

Il modo in cui l'accento di lui fluttuava, un po' spagnolo un po' argentino, la fece sorridere. Rassegnata, Emilia decise che non avrebbe rifiutato il dolce, non dopo tutto il cibo di cui si era abbuffata. Ne prese un assaggio, era eccezionale. Fedele rimase a osservarla mentre se lo gustava, senza mai distogliere lo sguardo. Voleva vedere se le piaceva, ma era chiaro che ci fosse dell'interesse da parte sua. Emilia se n'era accorta.

«Quindi?» le chiese in tono interrogativo.

«Squisito. Come tutto il resto. Sono stata molto bene, grazie» disse lei finendo il dessert in un boccone.

«Sapevo che ti sarebbe piaciuto. Sei in Italia, devi imparare a rilassarti un po', a lasciarti andare e goderti la vita.»

«Non si può dire che non l'abbia fatto, oggi» ribatté lei con una risatina.

«Mi fa piacere. Sei qui in vacanza?»

«No, sono in Europa per lavoro. Sono una giornalista...»

Fedele fece un'espressione sorpresa e chiese: «Per chi scrivi?».

Emilia stava per rispondergli, ma la responsabile di sala si accostò a Fedele per dirgli qualcosa e lui scattò in piedi.

«Devi proprio scusarmi. Il lavoro mi chiama. Torno tra un attimo. Se mi aspetti, continuiamo la chiacchierata.»

Emilia finì la sua tisana e pensò che era arrivata l'ora di andare. Fedele entrava e usciva dalla cucina indaffarato, ma le occasioni per proseguire la conversazione non sarebbero mancate, visto che aveva intenzione di intervistarlo per il suo articolo. Così decise che sarebbe tornata a trovarlo il giorno dopo.

***

Una volta rientrata all'appartamento, nonostante la notizia che l'aveva travolta, Emila si buttò sul letto a fare un riposino e si addormentò immediatamente. Nemmeno quella notte fece fatica a prendere sonno. Il pranzo non le era rimasto per niente sullo stomaco e per cena aveva preso solo un tè con dei biscotti. Si sentiva soddisfatta come non lo era da molto tempo.

***

Il lunedì, dopo la solita nausea mattutina, Emilia si diresse di buon'ora alla redazione del periodico.

Seduta di fronte al direttore Franco Poletti, arrivò alla conclusione che gli italiani avessero un modo disteso e giocoso di affrontare la vita. Cosa che, in un certo senso, vista la sua condizione, le faceva comodo. Il direttore la invitò a prendere l'incarico con leggerezza, come se si trattasse di un vero e proprio tour gastronomico per ristoranti e locali. Era questo, secondo lui, lo spirito che doveva arrivare ai lettori, e cercò di spiegarlo a Emilia mescolando inglese, italiano e un po' di spagnolo. Nonostante il divertente pastrocchio di lingue, e sempre più convinta che se c'era qualcosa che gli italiani avevano in abbondanza erano le parole e i gesti, rispose che lo capiva alla perfezione. La riunione era andata bene, quindi si poteva dire soddisfatta. Anche se avrebbe lavorato da casa, espresse comunque il desiderio di visitare gli uffici. Con Poletti erano rimasti d'accordo infatti che lei avrebbe inviato le prime bozze degli articoli via mail e che poi le avrebbero editate in redazione, dandogli un taglio da turista straniera che mette a confronto cucina casalinga e cucina sofisticata. L'ufficio iconografico infine si sarebbe occupato delle immagini.

Una volta fuori, Emilia si diresse subito al ristorante di pesce che voleva provare quel giorno.

Seduta nella lussuosa sala affacciata sul Ponte Vecchio e sulle vetrine delle gioiellerie, Emilia decise di inserire il posto nella lista dei locali ricercati. Stava al lettore decidere dove andare a mangiare: lei gli avrebbe fornito solo le informazioni necessarie per scegliere. Il suo sarebbe stato un approccio sociologico, ognuno era libero di fare ciò che più gli pareva, in sintonia con il momento che stava vivendo. Un ristorante non si sceglieva solo per il cibo, le luci o gli arredi, ma riguardava qualcosa di molto più profondo. *È sempre una questione di sensazioni*, pensò. Poi ordinò un'insalata di mare.

***

Quella sera, davanti alla scrivania improvvisata che aveva allestito sul tavolo della cucina, Emilia si mise a lavorare al suo articolo. Era talmente concentrata che continuava a dimenticarsi di essere incinta.

Scriveva ormai da diverse ore e si poteva dire soddisfatta dei primi paragrafi. L'orologio segnava già le nove e iniziava a sentire un certo languorino – i frutti di mare del pranzo non l'avevano saziata. Aveva voglia di qualcosa di sostanzioso, quindi decise di tornare ancora una volta al *Buongiorno*. Era talmente presa dall'articolo che non si accorse nemmeno del benvenuto della caposala. Il ristorante era tranquillo, d'altronde era lunedì e i clienti non erano molti. Emilia si sentì a casa. Adesso basta con il lavoro, voleva concentrarsi sulla cena. Mentre studiava il menù, la ragazza addetta alla sala si avvicinò con un piatto di risotto fumante.

«Questo è da parte del signor Pessi» esordì con uno spagnolo incerto. «Vorrebbe che lo assaggiasse, ma se non è di suo gradimento lo riporto subito in cucina.»

La vista del risotto alla toscana era assolutamente irresistibile, ma fu il profumo a persuaderla del tutto.

«Lo lasci pure, grazie.»

La giovane sorrise e aggiunse: «Ecco, poi ci sarebbe anche questo». Così dicendo appoggiò sul tavolo il cestino del pane appena sfornato, decorato con un piccolo fiore di gelsomino. Legato al gambo con un nastrino c'era un foglietto piegato in due.

«Grazie mille» rispose Emilia che, non appena la responsabile di sala si fu allontanata, lesse subito il biglietto. "Apri i tuoi sensi", c'era scritto. La frase le sembrò davvero in sintonia con il momento che stava vivendo, al punto che decise di conservarla nel portafoglio. Poi si avventò sul risotto. Era un piatto che non mangiava spesso, doveva averlo assaggiato due volte in vita sua, a dir tanto, ma quella sera aveva deciso di lasciarsi tentare. Era squisito, proprio come l'aroma del pane ancora caldo che si mescolava con il profumo del gelsomino. Emilia sentì un moto di felicità scuoterla dentro.

Poco dopo, Fedele in persona si presentò da lei con una tazza di tisana allo zenzero, la stessa che aveva ordinato il giorno prima.

«È quella che ti piace, giusto? Posso sedermi un attimo?»

«Certo, volevo proprio parlare con te» rispose Emilia; poi, indicando la tazza con un cenno del capo, aggiunse: «Grazie. A quanto pare hai già capito i miei gusti».

«È il mio lavoro, far stare bene le persone che vengono in questo ristorante. Ma dimmi un po', di cosa mi volevi parlare?»

«Di lavoro, per l'appunto. Mi sto occupando di una guida gastronomica.»

«Accipicchia, sembra una cosa seria. Ho bisogno di un caffè, scusami un attimo» disse, voltandosi per chiederne uno al cameriere.

«Ho pensato di scrivere di questo posto e vorrei intervistarti.»

«Wow, ne sono lusingato, ma intervistarmi…»

«Si tratta solo di qualche domanda. Le faccio a tutti i proprietari dei locali che mi piacciono. Ne posso scegliere solo tre e il *Buongiorno* è uno di questi.»

«Che onore! D'accordo, allora, ma sappi che per me l'unica cosa che conta è che la gente esca dal mio ristorante contenta. Non faccio caso alle recensioni di voi giornalisti.»

«Non si tratta della solita guida, ma di un vero e proprio confronto tra cucina casalinga e raffinata.»

«Qualcosa tipo "tovaglia a quadretti contro bicchieri di cristallo"?»

«Sì, ma non solo» rispose Emilia e mentre lui sorseggiava il caffè iniziò a spiegargli la sua idea.

Alla fine, si ritrovarono a parlare di altro, tipo dove alloggiava lei a Firenze e quanto tempo si sarebbe fermata, o la via dove aveva abitato lui a Buenos Aires, che scoprirono essere a soli due isolati dalla casa di Emilia, molto vicino all'appartamento di Manuel in effetti, ma su questo preferì sorvolare. In fin dei conti era trascorsa una vita da quando Fedele era stato in Argentina sette anni prima.

Stabilirono di vedersi il giorno successivo per fare l'intervista: lei avrebbe portato il registratore e lui si sarebbe preparato psicologicamente, disse ridendo. Poi Emilia lo ringraziò per il biglietto e il fiore.

«Dicevo sul serio quando l'ho scritto. Così come penso davvero che dovresti goderti di più la vita. Scommetto che oggi a pranzo hai mangiato un'insalata.»

In un certo senso era così! Emilia si sentì colta in fallo, ma fece finta di niente.

«E così hai un giardino?»

«Sì, vieni, te lo mostro.»

Emilia lanciò un'occhiata alla sala, gli ultimi clienti stavano pagando il conto.

«Okay, perché no!»

Uscendo dal locale la bellezza e il tepore della sera primaverile li accolse. Il giardino era rigoglioso, con vasi di erbe aromatiche dappertutto. *Le useranno in cucina*, pensò Emilia. I profumi del basilico e della menta si confondevano con quello della rigogliosa pianta di gelsomino.

«Che posto incantevole! Sei davvero fortunato!»

«La cosa che più mi mancava quando vivevo in Argentina e poi in Spagna era proprio questo giardino. In un certo senso, è una delle ragioni per cui sono tornato e ho aperto il mio ristorante. E poi casa mia è proprio qui» spiegò indicando il vecchio edificio affacciato sul patio interno, dal portone in legno intarsiato, interamente ricoperto di edera.

«Sul serio? Ma che meraviglia!»

«Sì, si può accedere anche dalla strada. Insomma, adesso sai che cosa mi ha riportato a Firenze.»

«Un giorno o l'altro devi proprio raccontarmi la tua storia. Di sicuro sarà molto avvincente.»

«Molto più di quanto immagini. Prendi, questi sono per te.» Fedele prese un paio di fiori dal gelsomino e glieli porse.

Sulla porta del ristorante, Emilia gli ricordò del loro appuntamento e se ne andò via felice. Era stata davvero una bella serata, aveva gustato un piatto autentico e scambiato due chiacchiere con un nuovo amico. I suoi sensi erano più stimolati e aperti che mai. La filosofia di vita del proprietario si rifletteva nel suo locale e i clienti se ne accorgevano. Questo era il vero segreto del suo successo. Certo che doveva essere bello condurre un'esistenza tanto piena e spensierata come quella di Fedele, rifletté. La sua in confronto non lo era affatto. Emilia si passò una mano sul ventre ancora piatto e, anche se non avvertì niente, sapeva che c'era qualcosa dentro di lei che pulsava e che presto si sarebbe notato.

***

La mattina seguente Emilia si alzò presto, non aveva la nausea ed era di buonumore, al punto che la domanda sorse spontanea: e se il test di gravidanza si fosse sbagliato? Quindi, prima di recarsi a provare un nuovo ristorante della sua lista, uscì subito a comprare un altro test nella solita farmacia.

Stavolta ad accoglierla, però, c'era una ragazza giovane che la scrutò con attenzione, quasi a voler cogliere la felicità o la preoccupazione sul suo volto.

Nel bagno dell'appartamento le due linee viola confermarono con assoluta chiarezza ciò che aveva già scoperto. Era tutto vero: aspettava un bambino, non c'era via di scampo. Stavolta però provò un certo sollievo nel guardare lo stick: ormai non c'erano proprio più dubbi, la sua vita aveva imboccato una nuova strada da cui non sarebbe tornata indietro. Non era più la padrona assoluta della sua esistenza: una nuova persona indifesa dipendeva da lei. Il solo pensiero la commosse. Lei e il piccolo sarebbero stati uniti per sempre. O forse era una piccola? Chiunque ci fosse lì dentro era il motivo per cui non poteva permettersi di trascurare il lavoro. Decise che si sarebbe rimboccata le maniche e che quel giorno per pranzo avrebbe fatto visita a ben due ristoranti.

***

Entrambi i locali si erano rivelati buoni, anche se Emilia aveva a malapena toccato le sue ordinazioni dato che quella sera si riservava di cenare al *Buongiorno*. Era difficile da spiegare, ma c'era qualcosa nella cucina di Fedele che la rendeva imbattibile e la faceva sentire come a casa.

Emilia stava tornando a piedi all'appartamento quando un'insegna catturò la sua attenzione. Sulla vetrina di un negozio campeggiava la scritta "Salone argentino". Era un salone di bellezza e la nostalgia per quel nome, che le ricordava il suo paese, la fece esitare. Sbirciò i clienti oltre il vetro seduti ad aspettare. Shampoo, messa in piega e manicure erano solo alcuni dei tanti servizi offerti. Attratta dalla prospettiva di farsi coccolare, e per di più da un compatriota, Emilia si convinse a entrare. Un tempo non lo avrebbe fatto, ma non era più la stessa donna che si negava i piaceri della vita, almeno non con la risolutezza e la drasticità con cui lo aveva sempre fatto. Decise di farsi dare un'aggiustatina ai capelli e, chissà, con un po' di fortuna, magari l'avrebbe servita qualcuno della sua città.

Fu così che nel giro di un minuto si ritrovò seduta, attorniata da un brusio di voci italiane sovrastate da quella spagnola del parrucchiere. Era un uomo sulla quarantina, ottimo conversatore, originario di Buenos Aires, ma trasferitosi a Firenze da quattro anni. La vita era stata dura con lui e, dopo essere emigrato in Spagna, aveva finalmente trovato in Italia il suo posto al sole.

«E così sei una giornalista? Fantastico! Pensa che proprio ieri ho fatto un taglio a una tua collega giapponese: Firenze è così cosmopolita! Certo che hai proprio dei bei capelli, tenuti bene, lunghi fino ai fianchi, non è da tutti, sai? Ti danno un'aria così argentina. Ma dimmi, che facciamo oggi?»

«Voglio qualcosa di diverso.» Finalmente Emilia riuscì a inserirsi nel monologo.

«Oh, oh, quando una cliente dice così significa che è successo qualcosa. Diamo una sistemata alle punte?»

Emilia, che sentiva davvero la necessità di cambiare qualcosa nel suo aspetto e stava cercando qualcuno con cui confidarsi, rispose con disinvoltura: «Sono incinta. Fammeli corti e scalati».

«Congratulazioni! Sei proprio sicura? È un taglio molto francese.»

«Sicurissima. E poi vorrei anche dei colpi di sole.»

«Accipicchia! Come siamo decise, oggi!» esclamò lui con un sorriso sulle labbra.

Il parrucchiere si mise all'opera e mentre lui armeggiava con le forbici, Emilia cercò di tradurre in parole ciò che fino a quel momento erano stati solo pensieri confusi, finendo per raccontare a un perfetto sconosciuto la sua vita intera. Andare dal parrucchiere spesso si trasformava in una seduta di terapia.

Due ore più tardi, quando Emilia si guardò allo specchio si piacque. Aveva ancora i capelli abbastanza lunghi, ma adesso le cadevano sulle spalle scalati e luminosi. Era la prima volta che se li schiariva e le stavano da dio. «Benvenuti prodotti chimici!» si disse con un moto di ribellione. I riflessi dorati, ma non biondi, mettevano in risalto il verde dei suoi occhi, evidenziando i contorni degli zigomi alti. In una parola, Emilia era raggiante.

«Sei uno splendore.»

«Sì, mi piacciono molto.»

Terminato il suo racconto di come aveva lasciato Buenos Aires, fece per andarsene.

«Passa pure quando vuoi che ci prendiamo un caffè. È sempre bello parlare con degli argentini» la invitò lui.

Lei lo ringraziò e uscì dal salone. Quel pomeriggio dal parrucchiere le aveva fatto bene come una seduta dallo psicologo: si sentiva rinata. A volte i cambiamenti interiori iniziano da fuori. Dove aveva letto quella frase? Ma certo, in un articolo sulla vecchia rivista per cui lavorava.

Appena arrivata a casa, si tolse le scarpe e pensò di riposarsi un po'. Si preparò una tazza di tè e iniziò a buttare giù qualche riga su che impressione le avevano fatto i due ristoranti della mattina. Poi, decise che quella sera si sarebbe messa in tiro per l'intervista. L'acconciatura nuova andava sfoggiata a dovere.

Un leggero *smokey* sugli occhi e un velo di rossetto sulle labbra, un abito nero lungo fino al ginocchio, abbastanza scollato, e un paio di sandali con il tacco, l'unico che si era portata in valigia, ed Emilia fu pronta per uscire.

Quando la solita responsabile di sala la accolse invitandola a entrare, Emila ebbe un sussulto. Il locale era strapieno e la confusione non prometteva bene per il tipo di conversazione che pensava di avere con Fedele. E poi di sicuro sarebbe stato molto occupato.

«Il signor Pessi la sta aspettando» disse la giovane facendo cenno a uno dei camerieri di avvisare il proprietario. Fedele non si fece attendere.

«Accidenti! Quasi non ti riconoscevo! Che bel taglio, ti sta molto bene. Non sarà per caso cambiato qualcosa dentro di te?» chiese lui, indagatore. Aveva un debole per le donne sofisticate ed Emilia quella sera era l'eleganza fatta persona.

Il commento le strappò un sorriso, chissà che non avessero letto la stessa rivista. Rispose: «Chi può dirlo! Per adesso però concentriamoci sull'intervista, sempre che tu non abbia da fare».

«Certo che no, vieni. Ho fatto preparare un tavolo apposta per noi. È la serata ideale per cenare al chiaro di luna con una donna bellissima parlando di gastronomia» disse facendole l'occhiolino.

Emilia si lasciò sfuggire una risata e scosse la testa divertita. Fedele era simpatico, ci sapeva fare con le parole e poi anche lui si era vestito elegante per la serata. Al posto dei soliti jeans, si era messo un paio di pantaloni e una camicia azzurra a maniche lunghe.

Si accomodarono, la luna splendeva alta nel cielo. Il canto dei grilli e l'aria tiepida della sera trasportarono Emilia nel patio della casa di nonna Abril, durante una delle tante cene che erano soliti organizzare quando era bambina. Il tavolo che Fedele aveva fatto apparecchiare sotto il gelsomino era solo più piccolo, coperto con una tovaglia bordeaux e due candeline al centro. I fiori riempivano la serata di odori: l'arancio diffondeva il suo profumo mescolandosi con l'aroma delle spezie nei vasi tutti intorno. In fondo, tra le ombre del gioco di luci delle lucciole, si intravedeva una pianta di limone. Contro il muro, invece, c'era un fiore di regina della notte.

Lo sguardo di Emilia si posò sul fiore, c'era qualcosa in quella pianta che la toccava profondamente…

Fedele se ne accorse.

«Hai visto? È sbocciato apposta per l'occasione… Sono anni che quella pianta non fiorisce.»

Emilia sorrise. Forse era proprio vero che niente succede per caso.

«Era il fiore preferito di mia nonna Abril» spiegò, mentre uno dei camerieri portava una bottiglia di vino. La notte avanzava e con lei il tempo di prendere delle decisioni.

«Mmm…» mormorò Emilia, che avrebbe preferito chiedere dell'acqua naturale.

Fedele avvertì la sua titubanza.

«Giusto un brindisi!» la invitò.

«D'accordo» acconsentì lei, non aveva senso spiegargli perché non poteva bere alcol. Non se la sentiva ancora.

«Che cosa ti va di assaggiare stasera?» le chiese Fedele. Per lui il cibo era un modo di emozionarsi e prendersi cura dell'altro.

«Pensavo di ordinare un'insalata. È una cena di lavoro e non voglio farmi distrarre dai tuoi manicaretti.»

«Ma come? Ancora questa storia dell'insalata! Guardati intorno, la serata, il giardino, le chiacchiere informali… Posso tentarla con una pizza signorina?»

«Una pizza?!» Emilia proprio non si aspettava una proposta simile.

«Impasto di lievito madre, e qualche trucco appreso in una pizzeria di Buenos Aires.»

«Ma non lavoravi al Plaza?»

«Infatti. E in molti altri locali! La mia vera specialità rimane però… la pizza!»

Ancora una volta Fedele riuscì a strapparle un sorriso. Aveva un modo di fare che sarebbe riuscito a far parlare anche i sassi. Era sempre di buonumore e poi era così dolce che faceva fatica a dirgli di no, tanto meno quando la guardava in quel modo.

«E pizza sia, allora.»

«Ottima scelta signorina Emilia Fernán» disse lui per scherzo porgendole la mano. Lei per tutta risposta gliela strinse: era grande, con una presa salda e forte, ma comunque delicata.

Il contatto le procurò un fremito di piacere.

Poi Fedele servì il vino e, sollevando il bicchiere, disse: «Alla vita!».

«Alla vita!» gli fece eco lei, e mentre i bicchieri si toccavano con un tintinnio, non poté fare a meno di pensare quanto fosse azzeccato per la sua condizione quel brindisi. Lei che di vita ne portava dentro una nuova. Al pensiero, decise di bagnarsi giusto le labbra.

«Incominciamo?» chiese Emilia tirando fuori il registratore.

Lui annuì buttando giù un sorso.

«Fedele, perché proprio un ristorante?»

«Perché amo viziare le persone e farle sentire bene con i miei piatti.»

«Parlami del tuo percorso di studi.»

«Ho frequentato una scuola di cucina in Francia, dove ho vissuto per due anni.»

«Ti sei sempre dedicato alla ristorazione?»

«No, ho fatto vari lavori, ma tutti nello stesso settore. Ad esempio, per pagarmi gli studi a Parigi ho lavorato al banco del pesce di un mercato» spiegò ridacchiando. «Avresti dovuto vedermi.»

Emilia se lo immaginò studente, nella capitale francese, e sorrise. Era davvero un uomo interessante.

«E quando sei diventato chef, dove hai lavorato?»

«In vari hotel a Roma, Barcellona e Buenos Aires.»

«Qual è il segreto per un ristorante di successo come il tuo?»

«Buon cibo, preparato con amore, piatti che ti riportano all'infanzia. Come dicevi tu.»

«Quando è iniziata l'avventura del *Buongiorno*?»

«Il ristorante era di mia madre, io la aiutavo ogni tanto, ma niente di più. Al tempo ero molto giovane. Poi sono partito, sono stato in giro per il mondo per alcuni anni e quando sono tornato ho preso in mano le redini del locale. Ormai è mio, sono diventato il proprietario e mi faccio carico di tutte le responsabilità.»

«Quindi è un'attività di famiglia! E tua madre è ancora viva?» chiese Emilia incuriosita.

«Sì, abita ad Ancona.»

«Questo locale deve avere una storia molto lunga alle spalle.»

«Non te lo puoi nemmeno immaginare. Ma se ti interessa un giorno te la racconto.»

«Mi piacerebbe.»

«Però a microfoni spenti, sono cose personali della mia famiglia e non voglio che compaiano nell'articolo.»

Emilia scoppiò a ridere.

«Va bene, ma lascia che ti faccia un'ultima domanda: è vero che la passione per la cucina è ereditaria?»

«Lo è! Proprio adesso, a Roma e a Milano, stiamo aprendo altri due ristoranti» rispose lui mentre arrivava la pizza.

Poi, mentre la tagliava a fette, Fedele esclamò: «Bene, adesso è il mio turno! Perché ti sei tagliata i capelli?».

Emilia se lo aspettava, era tutta la sera che si sentiva gli occhi di lui addosso.

«Perché mentre tornavo a casa mi sono imbattuta in un parrucchiere originario di Buenos Aires.»

«Ah!» Stavolta fu lui a scoppiare a ridere. «Certo che voi donne siete proprio buffe! Ad ogni modo, stai molto bene» disse sporgendosi indietro sulla sedia per guardarla meglio. «Mi piaci, e poi con quegli occhi verdi somigli a Kate Moss... Sei davvero sexy» aggiunse fissandole le labbra.

Emilia si sentì avvampare, lo sguardo di lui era carico di desiderio. Non era abituata a complimenti tanto diretti, in Argentina gli uomini flirtavano in maniera più velata.

Ma come se niente fosse, Fedele tornò a concentrarsi sulla pizza infilzando un boccone con la forchetta. Poi le propose di mangiare con le mani e lei non se lo fece ripetere due volte.

Il cibo, il gelsomino, la sera rischiarata dalla luna, le candele sul tavolo, la compagnia piacevole... Per la prima volta da molto tempo Emilia si scordò delle proprie preoccupazioni. Era contenta di essersi imbattuta in quel posto e in un uomo come Fedele, capace di convincerla ad assaggiare cose nuove, di farla ridere invece che piangere, di farla chiacchierare piuttosto che chiudersi in se stessa, di incoraggiarla a indossare dei tacchi al posto delle solite scarpe basse perché, anche se a sua insaputa, era per lui che li aveva messi...

Durante le due ore successive parlarono un po' di tutto, di libri, di musica, di scelte, della vita in generale. La caposala li interruppe solo due volte per chiedere istruzioni. Nonostante parlassero in italiano, Emilia capì che Fedele l'aveva pregata di non disturbarli più. Si vedeva che aveva passione per il suo lavoro: era a metà tra l'artista bohémien animato da grandi ideali e l'imprenditore con l'intuito per gli affari, visto il successo che riscuoteva il suo locale e l'autorevolezza con cui lo dirigeva.

Quando Emilia guardò l'orologio non poteva credere a come

il tempo fosse volato. Fedele la salutò sulla porta del giardino con un rametto di gelsomini e due baci sulle guance; il ristorante era ancora abbastanza pieno e doveva fare un salto in cucina prima di tornare in sala. Ciò non gli impedì però di stringerle la mano tra le sue un po' più a lungo del normale.

«So che sarai impegnata col tuo tour gastronomico domani, ma se passi per pranzo ti faccio trovare una sorpresa» insistette.

Così si diedero la buonanotte ed Emilia si incamminò verso casa, percorrendo con calma i sei incroci che separavano il locale dal suo appartamento. Avvertiva una sensazione di leggerezza e di felicità che non provava da parecchio tempo. Una volta aperta la porta e acceso il computer però le crollò il mondo addosso. Ancora nessuna notizia di Manuel, e come se non bastasse lei era incinta. Aveva ricevuto invece una mail di Sofia che le diceva di farla finita con certe idee paranoiche e che non c'era nessun'altra nella vita di Manuel. Poi le parlava delle novità in ufficio e le augurava di divertirsi. Ovvio, che altro poteva dirle? L'amica non sapeva niente della gravidanza, del bambino che portava in grembo e che, in qualche modo, la teneva indissolubilmente legata a lui.

Siccome non aveva sonno, Emilia decise di approfittarne per sbobinare l'intervista. Mentre cercava di mettere insieme qualcosa di senso compiuto, le apparve la notifica di un messaggio in entrata. Spalancò gli occhi: era Manuel! E, in preda all'ansia, lo aprì.

«Se è urgente possiamo sentirci su Skype alle 24.00, ore italiane» diceva. Era appena tornato dal Grand Canyon e quel giorno avrebbe iniziato le lezioni. Emilia controllò l'orologio, mancava ancora un'ora alla mezzanotte. Il fuso orario complicava tutto quanto. Lesse di nuovo il messaggio alla ricerca di qualcosa che le svelasse lo stato d'animo di Manuel; lo conosceva bene, era una persona volubile, ma non trovò nessun indizio. Eppure questo bastò a farla sprofondare in uno stato di ansia febbrile al punto che non riuscì più a pensare ad altro, inclusa l'intervista. Il tempo passava ed Emilia era sulle spine, non stava ferma un attimo; si preparò cinque tazze di tè verde e rilesse la mail almeno altre sette volte. Mezzanotte era passata da alcuni minuti ormai e lei aveva scritto solo una frase, cosa che la mandava su tutte le furie. Come si faceva a dire a un uomo di essere incinta di suo figlio quando l'ultima volta che si erano visti lui aveva detto chiaramente che non era più certo di amarla? Non c'era situazione peggiore. Continuava a rimuginare sulle parole da usare quando sentì uno squillo provenire dal computer. Eccolo finalmente. Accettò la chiamata, ma la connessione era pessima e l'immagine di Manuel era bloccata sullo schermo. Almeno poteva sentire la sua voce… Decisero di spegnere la webcam e fingere che fosse una normale telefonata.

«Ciao Emilia, come stai?»

La voce tanto amata risuonò chiara nell'appartamento, procurandole una fitta al cuore.

«Tutto bene e tu? Com'era il Grand Canyon?»

«Uno spettacolo, anche se sono stanco morto. Qui studiano tutti come pazzi, gli *yankees* sono troppo esigenti. E a te? Come vanno le cose in Italia? Stai scrivendo, giusto?»

Emilia gli raccontò del lavoro, ma non faceva che pensare a come gli avrebbe dato la notizia, per cui le sue risposte suonavano prolisse e nervose. Infine fu lui a rompere il ghiaccio e a domandarle quale fosse il motivo della chiamata.

«Insomma, cos'è che mi dovevi dire di importante? Volevi parlarmi o sbaglio?» Quindi era per questo che aveva trovato il tempo di sentirla tra un impegno e l'altro.

«Sì.»

Silenzio assoluto.

«Emilia? Sei ancora lì?»

«Sì.»

«Dimmi… Di cosa volevi parlarmi?»

«Manuel, ascoltami, credo di essere incinta» dichiarò senza troppi giri di parole. Non aveva senso infiocchettare la notizia.

Stavolta fu lui a rimanere in silenzio, finché non riacquistò l'uso della parola: «Come sarebbe a dire *credi*?».

«A dire il vero, lo so.»

Ancora silenzio.

«Ma com'è possibile? Se mi trovo in America?»

«Manuel, ti prego, non fare lo sciocco! Siamo andati a letto prima che tu partissi! Prima!»

«Non è che ti sbagli? E poi, non stavi prendendo l'anticoncezionale?»

«Certo, ma ti ricordi quando siamo stati sul Tigre e ci siamo scordati la pillola? E poi ho già fatto due test.»

Manuel sprofondò per l'ennesima volta in uno stato di mutismo assoluto. Si percepiva che era sotto shock.

«Emilia, sono sconvolto. Non me lo aspettavo proprio» disse infine. Poi aggiunse: «Che cosa pensi di fare?».

La domanda la colse alla sprovvista, significava che la gravidanza non era un suo problema e presupponeva la possibilità di disfarsene. Gli occhi di Emilia si riempirono di lacrime; per fortuna la webcam era spenta.

«Tenerlo, non ho altra scelta, mi pare!» rispose arrabbiata.

«Tenerlo?»

«Sì.»

«Non so, Emilia… Avere un bambino non è uno scherzo, è un impegno per tutta la vita e noi due be'… Eravamo rimasti che ci saremmo presi una pausa.»

«Lo so. Capisco perfettamente. Pensavo solo che dovessi saperlo.»

«È che si tratta di un momento complicato per me. Questa sarebbe una vera e propria pazzia. Non immaginavo che mi sarebbe mai capitata una cosa del genere» commentò lui.

«Nemmeno io. Ma che vuoi farci? È andata così» rispose seccata Emilia.

«Io non tornerò a casa ancora per molti mesi.»

«Manuel, neanch'io mi trovo in Argentina, o te lo sei dimenticato?»

«No, no… Certo…»

Anche se a giudicare dallo smarrimento che trapelava dalla sua voce pareva quasi di sì.

«Potresti venire in Italia» propose lei.

«Impossibile, il semestre è già cominciato e sono molto rigidi sulle presenze.»

«Allora potrei venire io.»

«Dove? In Arizona? A fare cosa?»

«A parlare.»

«Ho molto da studiare, Emilia, e poi non cambierebbe niente.»

Doveva ammettere che aveva ragione, le sue erano delle proposte ridicole.

«E poi te l'ho detto… Non so cosa voglio fare della mia vita. L'unica cosa di cui sono sicuro è che desidero frequentare questo corso» proseguì lui.

«Ottimo, non ci resta altro da dirci» concluse aspra Emilia.

«Non ti arrabbiare. Non ho detto che non sarò presente. Posso aiutarti…»

«Aiutarmi? E come? Io voglio un compagno al mio fianco. Se non sei sicuro di cosa vuoi, facciamola finita e basta.»

Era stata dura, era vero, ma d'altra parte sentiva che stava per scoppiare a piangere. In bocca aveva un retrogusto salato e il nodo alla gola le impediva di articolare bene le parole.

Calò di nuovo il silenzio, almeno fino a quando Manuel prese di nuovo l'iniziativa: «La cosa migliore da fare è prenderci un po' di tempo per elaborare lo shock e risentirci tra un paio di giorni. Sappi però che non me ne sto lavando le mani!».

«Come ti pare» disse lei laconica e interruppe il collegamento. Piangeva.

Era disperata. La telefonata si era rivelata inutile. E anche se non si aspettava niente di diverso da lui, era comunque difficile da accettare. Emilia trascorse gran parte della notte in lacrime, indecisa se scrivere a Sofi o a suo padre per raccontargli tutto quanto. Ma preferì aspettare, non si sentiva ancora pronta. Chissà che cosa avrebbe detto la sua amica non appena avesse scoperto che aspettava un bambino! E poi a suo padre sarebbe preso un infarto se fosse venuto a saperlo via mail! La cosa giusta da fare era aspettare ancora qualche giorno.

Erano le prime luci dell'alba quando, sdraiata nel letto e con gli occhi gonfi di pianto, si ricordò della bozza dell'articolo che doveva consegnare in mattinata. Emilia si sforzò di dormire. L'attendeva una settimana faticosa e decisiva, anche se ancora non immaginava quanto. Nemmeno con la fantasia si sarebbe spinta fino a quel punto. Il suo cuore era troppo affranto in quel momento per poterlo fare.

## Un giovane uomo

Un giovane uomo si sveglia, è martedì, apre la finestra della camera e il profumo della città di Firenze lo investe. Con gli occhi chiusi ispira l'aria, distingue l'odore dei fiori primaverili mescolato all'intonaco delle costruzioni moderne e ai mattoni di quelle antiche. Riesce perfino a distinguere l'aroma del pane ancora caldo del forno all'angolo e l'odore di benzina di un'auto che fa fatica a mettersi in moto. Il profumo di Firenze era quello e molto altro ancora… Lo inebriava.

L'uomo va in bagno a lavarsi la faccia. Fissa il suo riflesso allo specchio, lo aspetta una giornata difficile. Poi si avvicina alla cassettiera e compie il rituale di ogni mattina. Ciascuno ha il suo, e alcuni sono migliori di altri. Anche se i due volti che gli sorridono dalla cornice non sono più lì con lui, l'uomo li bacia, provando una scarica di energia. Bastano un bacio o una carezza sul vetro che protegge la fotografia per stare bene. È il suo modo per ricordarsi di loro e sempre lo sarà.

Adesso l'uomo prende dall'armadio il suo completo migliore. Si toglie il pigiama azzurro con i calzoncini e indossa la camicia.

Ha deciso di andare a messa, proprio lui che non ci ha mai creduto. Dopo la disgrazia che lo ha colpito però, al contrario di altri, ha iniziato a farlo. Deve per forza esserci un Dio, un luogo in cui è possibile rincontrarsi dopo aver lasciato questo mondo. Patricia, sua moglie, e Carlo, il figlio, non possono essere spariti nel nulla, non esistere più e basta; erano persone troppo belle per fare una fine del genere. L'uomo prende l'invito in mano per controllare l'orario della cerimonia. In realtà non ce n'è bisogno, ce l'ha scolpito in testa da quando lo ha ricevuto. Rileggerlo in quel momento gli provoca una sensazione di leggera gioia. È segno che Patricia e Carlo sono esistiti davvero, che anche altre persone oltre a lui se li ricordano, che non li dimenticheranno.

La morte. La morte… Bisogna imparare ad accettarla onorando la vita.

Le lettere risaltano sul cartoncino bianco immacolato come

se fossero una carezza, l'unico gesto d'affetto che resta a chi piange un lutto.

«Vi aspettiamo martedì 11 marzo, alle ore 9.00, per commemorare le vittime della strage di Atocha, presso la basilica di Santa Croce.»

Sotto, l'elenco delle 192 persone che lì hanno perso la vita, tra loro ci sono anche Patricia e Carlo.

I feriti non vengono mai menzionati, non vede i loro nomi scritti da nessuna parte, poiché, nonostante le atroci sofferenze, hanno la fortuna di essere ancora qui, con i loro cari.

L'uomo sorseggia il caffè lentamente, quasi a volersi preparare per una battaglia. E in un certo senso è proprio così, la guerra è scoppiata e lui cerca di allontanare i fantasmi come può anche se questi continuano a riempirgli la testa di domande. Avranno sofferto? Avranno avuto paura? Sarà riuscita Patricia ad abbracciare Carlo prima che...? L'uomo affonda il volto tra le mani. È il giorno più difficile dell'anno.

Finisce il caffè ed esce di casa. È per loro che tira avanti, che continua a vivere. Questa è la sua maniera di ricordarli e mantenerne acceso il ricordo.

***

Due ore dopo, il giovane uomo scende le scalinate della basilica. Ha lasciato gran parte del peso del suo animo dentro l'edificio. C'è voluto molto per imparare a farlo. La vita prosegue, diversa, ma prosegue. E lui le rende onore con fatica e buona volontà. *Ciascuno affronta le disgrazie come può*, dice a se stesso mentre si reca al lavoro dove lo stanno aspettando.

# 5

*I ricordi reali mi sembravano fantasmi della memoria,*
*mentre i ricordi falsi erano così convincenti che*
*avevano soppiantato la realtà.*

Gabriel García Márquez, *Dodici racconti raminghi*

## Piacenza, 2008

*Giorno 2*

Nella cucina del castello, le domestiche facevano a testa o croce per stabilire chi tra loro sarebbe andata dal padrone a comunicare che la cena era pronta. Era stata una pessima giornata in casa Berni, il signore aveva avuto numerosi scatti d'ira e nessuno osava più avvicinarsi al suo ufficio.

Seduto alla scrivania, con un bicchiere di vino in mano, Benito aveva appena concluso il suo rituale serale, e sapere che presto si sarebbe tolto la vita lo aveva fatto sprofondare in un pozzo di ricordi senza fondo.

La sfortunata domestica a cui toccò andare si fece coraggio, uscì dalla cucina e bussò alla porta del padrone.

«Signore, la cena è servita.»

Ma lui, invece di risponderle, le porse una domanda: «Secondo lei, il quadro del Ponte Vecchio stona con il resto dell'arredamento?» chiese, indicando il dipinto di fronte a lui. Si trattava di una delle poche cose che aveva comprato di sua iniziativa, quando era ancora molto giovane, e il ricordo di quel giorno lo assaliva.

La donna rimase interdetta, soprattutto dal tono di voce gentile con cui si era rivolto a lei.

«No, affatto. Mi piace molto. E poi è sempre bello guardare il Ponte Vecchio» disse, pensando a quando c'era stata con il suo fidanzato, mano nella mano. Il padrone sembrava di buonumore, forse era meglio approfittarne.

«Faccio apparecchiare nel salone dorato?»

«Sì» acconsentì Benito, mentre il suo sguardo si perdeva in quell'immagine e la sua mente tornava indietro al 1954…

## Firenze, 1954

Camminare per Firenze a distanza di tanti anni era davvero una strana sensazione. Benito era ormai più che ventenne e un turbinio di sentimenti contrastanti si agitavano dentro di lui. Si sentiva soddisfatto di aver superato le sfide del passato e di poter finalmente calpestare di nuovo il suolo italiano. Era tornato non senza qualche trauma, dovuto ai ricordi violenti dell'infanzia, eppure trovarsi in quel luogo, circondato dalla lingua nativa, era davvero piacevole.

Dopo la guerra, il paese intero aveva subito una trasformazione, di conseguenza anche Firenze. L'unica cosa che era rimasta invariata, però, era il suo monumento più famoso, che nessuno aveva trovato il coraggio di distruggere, nemmeno nell'agosto del 1944 quando, nel tentativo di ritardare l'entrata degli Alleati, erano stati fatti saltare in aria tutti gli altri ponti della città, incluso Santa Trinita, costruito da Bartolomeo Ammannati a metà del XVI secolo. Era la prima volta che Benito rimetteva piede a Firenze da adulto e ogni cosa gli appariva molto più piccola di come la ricordasse. Era cresciuto. Con la barba bionda e folta e il suo metro e ottanta di altezza sembrava più grande della sua età. Era un uomo attraente, proprio come un tempo lo era stato suo padre – in questo si somigliavano. La vita lo aveva fatto crescere in fretta e si notava. Per quasi due anni aveva combattuto al fianco dei partigiani: aveva minato ponti, intercettato mezzi di trasporto, dando la caccia ai tedeschi; aveva vissuto in montagna, nelle grotte, sotto gli alberi, patendo la fame e la sete, mangiando molto spesso solo radici. Determinato a perseguire la vittoria contro l'odiato esercito tedesco, Benito aveva sofferto qualsiasi tipo di tormento. Così, finita la guerra, in piena età adolescenziale e senza avere alcun tipo di prospettiva, ma attratto dagli ideali comunisti, si era lasciato convincere da due compagni a partire per l'Unione Sovietica insieme a loro. Dopo alcuni anni di sacrifici, però, durante i quali il partito si era trasformato nella sua unica fede ed era finito a lavorare in una fabbrica di candele per un pugno di rubli dove aveva imparato il russo, aveva deciso che era ora di tornare in Italia. Della Russia gli restavano soltanto il ricordo delle estenuanti ore di lavoro circondato dalla convivialità dei compagni operai e due grandi insegnamenti. Primo: bere senza ubriacarsi. Secondo: divertirsi con una bella donna. Le russe, infatti, erano molto più aperte delle sue compatriote e gli avevano mostrato tutto ciò che occorreva sapere sul sesso.

Benito passeggiava soffermandosi con interesse sui dettagli architettonici, finché non decise di sedersi in piazza della Signoria a riposare. Vide una ragazza che vendeva bozzetti disegnati da lei. Erano soprattutto riproduzioni di paesaggi toscani e scorci di Firenze. Si avvicinò per dargli un'occhiata e uno del Ponte Vecchio attirò la sua attenzione. Il ponte era l'unico luogo dei viaggi a Firenze che aveva fatto da piccolo che ricordava con chiarezza. Domandò quanto costava, il prezzo gli parve ragionevole, considerata la maestria con cui era stato realizzato, e lo comprò. Era la prima volta in vita sua che acquistava qualcosa che non fossero cibo o indumenti. Che emozione! Aveva comprato un oggetto e non uno qualsiasi: quel gesto faceva parte del piano che aveva elaborato. Poiché Benito non era tornato in Italia senza motivo, ma per riempire il vuoto che lo affliggeva dentro. Aveva messo da parte un gruzzolo per sopravvivere il tempo necessario a rintracciare le sue sorelle e scoprire che cosa ne fosse stato del castello della sua famiglia, nonché delle eventuali proprietà che il padre doveva aver lasciato loro in eredità.

Era convinto che tutti quanti lo avessero dato per morto. All'inizio aveva pensato di fare ritorno a Piacenza per trovare un indizio da cui incominciare la sua indagine, ma poi, non sapendo che cosa lo aspettasse laggiù, aveva deciso che sarebbe stato meglio restare nell'anonimato. Non voleva essere importunato o che qualcuno gli domandasse che fine avesse fatto. Decise quindi di recarsi a Firenze dove sapeva che il padre aveva un notaio di fiducia. Ricordava vagamente di averlo accompagnato a firmare dei documenti per l'acquisto di alcune proprietà fiorentine. E poi era certo che il vecchio professore Rodolfo Pieri dirigesse una specie di accademia d'arte da quelle parti. L'uomo ne parlava sempre con una punta di orgoglio.

Nonostante gli anni trascorsi, Benito non si era scordato di lui e avrebbe fatto di tutto per trovarlo, costasse quel che costasse.

***

Nel tardo pomeriggio, dopo aver girato un altro po' per la città ed essersi recato in alcuni uffici comunali alla ricerca di informazioni utili, Benito si presentò a casa di un certo notaio Moncatti, di cui gli era stato fornito il nominativo alla stazione dei carabinieri, dove si trovava un apposito sportello per le famiglie dei dispersi. Cercando tra la miriade di scartoffie, era saltato fuori questo nome come principale intermediario delle transazioni finanziarie di molte famiglie altolocate toscane. Inoltre l'addetta allo sportello era riuscita a stabilire l'identità di Benito attraverso i dati del suo archivio, confermando che fosse a tutti gli effetti Benito Berni, conte del Ciccolo. Il titolo del padre era passato a lui: *finalmente una bella notizia di bentornato*, pensò mentre camminava svelto verso l'abitazione del notaio.

Il giovane bussò alla porta con il batacchio di bronzo e un uomo di bassa statura e un bel paio di baffi venne ad aprire. La decisione di presentarsi con il nuovo titolo fu un'idea eccellente e Benito ricevette subito un trattamento di riguardo.

Un'ora più tardi, Marcello Moncatti, che ancora non riusciva a credere ai propri occhi, raccontò al giovane Berni di come il padre, e il nonno prima di lui, si fossero sempre occupati degli affari dei conti del Ciccolo, servendoli da generazioni. Lui nella fattispecie aveva in carico i beni immobiliari fiorentini, mentre il fratello Giuliano, pure lui notaio, quelli romani.

«È un vero e proprio miracolo che lei sia vivo, signorino Berni. Per molto tempo si è pensato che le uniche sopravvissute fossero le sue due sorelle, Lucrezia e Lucilla. Mi rincresce comunicarle che la piccolissima Berni, invece, purtroppo non ce l'ha fatta: è scomparsa non appena è stata portata via alla madre.»

«Ne è certo?» lo interrogò Benito, pur sapendo dentro di sé che era andata così.

«Sì, la signora Campoli ha fatto un racconto molto dettagliato di quel giorno. Mio fratello e io siamo davvero tanto dispiaciuti per i suoi lutti, signorino Berni.»

«Che ne è stato della signora Campoli?» chiese, con l'immagine della donna ancora nitida nella memoria.

«Abita ancora nella proprietà, si occupa della manutenzione del castello. Come le spiegavo prima, la rendita fondiaria di suo padre copre tutte le spese, inclusi i vitalizi destinati alle sue sorelle.»

Benito ascoltava piacevolmente sorpreso. La signora Campoli era una brava donna e lui la ricordava con affetto. Eppure faceva ancora fatica a mettere insieme i tasselli di tutto ciò che era accaduto in sua assenza.

«Quindi, mi diceva che le gemelle sono state adottate da una famiglia di Bologna?»

«Esatto, fu lo zio a suggerirlo a suo tempo. E per questo ricevono un vitalizio mensile, come stabilito con il vostro notaio di Piacenza. Posso provvedere a fissare un incontro con loro, se desidera.»

«No, non ancora. E poi Bologna non rientra nel mio itinerario per il momento. Inoltre voglio evitare di dover dare troppe spiegazioni su cosa ho fatto negli ultimi anni.»

«Capisco perfettamente, non si preoccupi. E in quanto a lei, inizierà a ricevere la rendita che le spetta il prima possibile.»

«La rendita che mi spetta?»

«Proprio così.»

«Di quanto si tratta?»

«Niente di esorbitante, ma le permetterà di vivere decorosamente, a meno che non abbia intenzione di vendere il castello o uno degli immobili. Nel qual caso dovrà rispettare la legittima delle sue sorelle.»

«Non ho intenzione di vendere, né tanto meno di restare qui. Mi stabilirò a Roma, desidero aprire un negozio di antiquariato.»

«Mi congratulo con lei, signorino Berni! E non sa quanto mi renda felice sapere che lei sia ancora qui tra noi. Come dissi a suo padre, non esiti a rivolgersi al nostro studio, sono a sua completa disposizione per qualunque cosa.»

Benito rifletté che quella poteva essere l'occasione giusta per ottenere l'informazione che cercava.

«Mi piacerebbe sapere che fine hanno fatto alcune persone... parenti, amici di famiglia, professori...» Pronunciò l'ultima parola con una certa preoccupazione.

«Metta per iscritto i nomi e le farò avere gli indirizzi o il modo per mettersi in contatto con loro questa settimana stessa» rispose l'uomo porgendogli un foglio. Poi aggiunse: «L'Italia si sta rimettendo in piedi ed è importante che la gente torni in possesso dei suoi averi e ritrovi le persone amate».

Il notaio, mentre salutava Benito con una stretta di mano, vide il bozzetto che il giovane aveva con sé.

«Noto che le piace l'arte» commentò l'uomo.

«Sì, l'ho appena comprato. Si tratta di una riproduzione del Ponte Vecchio» rispose Benito.

«Splendido ponte, molto caro a noi fiorentini.»

«Soprattutto perché è l'unico a essere rimasto in piedi» disse Benito accendendosi di rabbia.

«È sempre meglio celebrare ciò che è rimasto invece di ciò che non c'è più. Vivere nel rancore non è mai semplice.»

«Non pensa che a volte però sia necessario per andare avanti?»

Il commento del signorino Berni lo rattristò, era troppo giovane per pensarla così, quindi il notaio ribatté: «L'odio è il riflesso delle tristi esperienze che ci hanno colpito nella vita e che dovremmo affidare all'oblio».

Benito restò in silenzio, pensieroso. Non era per niente d'accordo: se non fosse stato per il sentimento di vendetta che lo animava, di certo in quel momento non si sarebbe trovato lì. Se il ricordo delle ingiustizie che aveva vissuto fosse svanito, non gli sarebbe rimasta più altra ragione di vita.

Benito si congedò e nel giro di qualche minuto fu di nuovo per strada. Si sentiva soddisfatto, l'incontro era andato bene, anzi, meglio del previsto. Le gemelle erano vive e affidate alle cure di una famiglia adottiva, il castello era ancora in piedi e custodito dalla signora Campoli. E per quanto lo riguardava, presto avrebbe ricevuto la sua parte di rendita e si sarebbe messo sulle tracce di Rodolfo Pieri. Perché, sì, Benito non dimenticava la promessa che aveva fatto a se stesso: quel bastardo avrebbe pagato per il male che aveva procurato alla sua famiglia. Pieri aveva distrutto il suo mondo intero ed era responsabile della morte dei genitori. Non solo aveva condotto gli assassini in casa sua, ma aveva pure osato appropriarsi dei cimeli dei Berni… I calici d'argento, la collezione di statuette etrusche, i quadri *La pastora* e *Il maestro Fiore*, e il ritratto del Boldini… Era incredibile come il semplice nome di Rodolfo Pieri fosse in grado di far riaffiorare alla sua memoria dettagli e particolari che Benito credeva perduti per sempre. A quel punto gli tornò in mente la frase del notaio: *L'odio è il riflesso delle tristi esperienze che ci hanno colpito nella vita e che dovremmo affidare all'oblio*. Benito però non voleva dimenticare; ciò che desiderava, invece, era prendersi la sua rivincita, anche se ignorava ancora il prezzo che gli sarebbe costata.

# 6

## Firenze, 2008

Da una settimana a quella parte, Emilia si presentava al *Buongiorno* per il pranzo qualche minuto dopo l'orario di apertura. Gli accordi con Fedele erano i seguenti: a cena poteva tradirlo e andare dove le pareva, ma il pasto principale della giornata, quello doveva per forza farlo al suo ristorante. Lui la accoglieva personalmente, a volte mangiavano insieme, altre prendeva solo il caffè e si fermava a chiacchierare al suo tavolo. Durante il turno serale tutto questo sarebbe stato impossibile, visto che il *Buongiorno* era sempre al completo. Emilia non poteva proprio lamentarsi: parlare con lui era un piacere e poi quel posto, così calmo e tranquillo, la faceva sentire a casa. Inoltre, aveva notato che le nausee mattutine erano diminuite parecchio mangiando poco la sera. Perché sì, la gravidanza proseguiva a passo spedito. La telefonata via Skype con Manuel l'aveva ferita e le parole che si erano dette continuavano a ronzarle in testa senza tregua. Doveva farsi viva lei o aspettare che lo facesse lui? Qual era il protocollo da seguire in situazioni del genere?

«Ciao tesoro, mia regina del giorno...» la salutò Fedele allegramente, facendo allusione al fatto che si vedevano sempre e solo all'ora di pranzo. Quella mattina era stupenda nel suo vestito chiaro a fiorellini.

Emilia sorrise.

«La caprese arriva subito. Le ragazze in cucina mi hanno

detto che oggi preferisci stare leggera. Se me lo permetti, pranzo con te. Ho giusto un minuto libero e voglio mangiare tranquillo.»

Emilia gli fece segno di accomodarsi. Ormai si poteva dire che avesse un tavolo riservato apposta per lei, dove la aspettavano sempre una bottiglia di acqua naturale e del pane fresco appena sfornato.

«Ma che hai? Sei di cattivo umore? O magari ti ha fatto male qualcosa che hai mangiato al ristorante dove sei andata ieri sera?» indagò lui per prenderla in giro.

«Scusa, sono un po' distratta. Devo prendere delle decisioni, ecco tutto...»

«Be', ascoltami, domani vorrei invitarti a venire con me a Padova. È una città incantevole e c'è un locale che devi assolutamente provare. Che ne dici?»

«Non lo so» rispose lei ancora assorta nei suoi pensieri. Il grado di confidenza tra loro era cresciuto al punto che il silenzio non dava più alcun fastidio.

Fedele la guardò con affetto.

«Emi, non ti preoccupare.» Poi appoggiando una mano sulla sua insistette: «Posso aiutarti in qualche modo? Chiedimi qualunque cosa».

Un senso di tristezza le impediva di godersi la vita a pieno, c'era una parte di lei che risultava impenetrabile. Certo, anche lui aveva le sue pecche, ma negli anni aveva imparato a conviverci. Ecco perché sperava di poterle trasmettere ciò che aveva imparato affrontando tante sofferenze.

Emilia si riscosse dalle sue elucubrazioni, posò lo sguardo su di lui e si intenerì. Finalmente un uomo che si preoccupava per lei, un estraneo che conosceva da appena una settimana, che si faceva in quattro per farla mangiare bene, che la intratteneva e, come se non bastasse, che adesso si offriva anche di aiutarla. La vita è davvero piena di sorprese. Proprio quando aveva più bisogno di Manuel, proprio quando l'uomo che amava non si faceva vivo, appariva questo straniero disposto a starle vicino. Una bella sorpresa davvero!

«Grazie, Fedele...» gli occhi di Emilia si riempirono di lacrime. Si sentiva una sciocca a piangere, ma d'altra parte era diventata sensibile a ogni cosa.

«Qualunque cosa, tesoro...»

In un attimo l'aria divenne elettrica, perfino intima, poi il cameriere portò in tavola le capresi e tutto tornò alla normalità. Ma entrambi sapevano di essere stati per un attimo catapultati in un'altra dimensione.

«Sai, questo piatto è sul menù del ristorante dai tempi della mia prozia. Da allora non abbiamo mai smesso di prepararlo.»

«Avevo capito che il ristorante era di tua madre.»

«Sì, ma prima apparteneva alla mia prozia.»

«Accipicchia, il locale ha una lunga storia alle spalle. Avresti dovuto raccontarmela, l'avrei inserita nell'articolo.»

«Ci sarebbe voluta un'intera pagina solo per questo racconto. Pensa che Rosa Pieri, la mia prozia, ha comprato questo locale nel 1900. A quel tempo si chiamava *La Mamma*, ed era il punto d'incontro dei bohémien e degli artisti di tutta Firenze.»

Emilia sgranò gli occhi. *La Mamma*, Rosa... i fili si riannodavano nella sua testa.

«Pazzesco! Non ci crederai, ma il giorno che sono capitata al *Buongiorno*, in realtà stavo cercando il ristorante *La Mamma*. E visto che non lo trovavo, e stavo morendo di fame, sono entrata qua. Ecco perché l'indirizzo era lo stesso, ora torna tutto!»

«Ma dài, e perché lo cercavi? Ti è stato raccomandato da qualcuno?»

«Non esattamente. Sto cercando informazioni su un certo quadro. Sono quasi sicura che mio padre mi abbia fatto il nome della tua prozia.»

«Sei sulle tracce di un quadro nel mio ristorante?»

«Sì, si tratta di un dipinto che è appartenuto alla mia famiglia.»

E così Emilia gli raccontò la storia dei due ritratti, nonché quella dei suoi nonni, Juan Bautista e Abril Fernán.

Fedele era stupito, a quanto pareva i nonni di Emilia e la sua prozia Rosa si conoscevano. Mentre parlava, Fedele osservava il verde brillante degli occhi di Emilia e il modo in cui le sue piccole mani gesticolavano in aria. Avvertì poi la commozione che la animava e pensò che non fosse un caso se quella donna così triste, ma anche così dolce e attraente, fosse entrata nella sua vita. Era stato il destino a condurla da lui, lo stesso destino che amava intessere trame incomprensibili tra le persone. Spesso non andavano a buon fine, ma quando invece accadeva erano talmente meravigliose da spazzare via ogni altra pena. Fedele pregava dentro di sé che questa fosse una di quelle.

Anche Emilia non riusciva a credere come un semplice quadro l'avesse in qualche modo condotta da Fedele.

«Se mi dai qualche giorno, chiedo a mia madre che cosa ricorda di quel quadro» disse lui pensieroso.

«Sarebbe fantastico. Sono decenni che la mia famiglia ne parla e temo che se non sarà la mia generazione a recuperarlo, andrà perduto per sempre.»

Fedele annuì e tornò alla carica con la sua proposta: «Quindi... domani andiamo a Padova, vero? Ti passo a prendere domattina?» chiese, guardandola dritto negli occhi.

Emilia avrebbe voluto rispondere che aveva molto da fare e

che non le sembrava una buona idea, ma non riuscì a dire altro che: «Va bene, ci sto».

Le coincidenze che li univano erano troppe per rifiutare un invito simile. Per la prima volta Emilia e Fedele mangiarono in assoluto silenzio, senza alcun imbarazzo, anzi, scambiandosi un'occhiata complice di quando in quando, mentre nell'aria si addensavano centinaia di domande senza risposta.

*Cosa penserebbe se sapesse che sono incinta? Resterebbe ancora lì seduto? O magari ritirerebbe l'invito per andare a Padova? C'è qualcosa tra noi o me lo sto solo immaginando? E in tutto questo, che diamine di fine ha fatto Manuel? Perché non è qui accanto a me?*

*Che sia questa la volta buona in cui la felicità entrerà finalmente nella mia vita?* si interrogava lui. *Chissà che reazione avrebbe, se le raccontassi tutto quanto... È proprio lei la ragazza che stavo cercando e per cui vale la pena aprirsi?*

Se qualcuno dall'alto, da molto in alto, avesse allontanato l'obiettivo e invece di inquadrare la loro immagine avesse ridotto lo zoom, puntando la macchina fotografica sul Nord Italia, più precisamente su Piacenza, avrebbe visto la fitta rete di fili invisibili che li univano l'uno all'altra, e alla città, e a un certo signore anziano di nome Benito Berni che, ripudiato da tutti, brontolava sin dalla mattina, ignaro dei venti di cambiamento che si stavano avvicinando.

***

Il tempo prometteva bene, era una bella giornata quando Fedele passò a prendere Emilia all'appartamento. Quella mattina lui aveva già sbrigato un po' di cose al ristorante, mentre lei si era alzata di buon'ora temendo di avere i soliti attacchi di nausea; per fortuna, però, come erano venuti se n'erano anche andati. Il tè nero zuccherato aveva ufficialmente soppiantato il tè verde nella sua routine. Emilia rimase indecisa su che cosa mettersi fino all'ultimo minuto, poi optò per un paio di pantaloncini rossi, una canottiera bianca e i soliti sandali bassi color cuoio. Nello zaino infilò un giubbottino e una bottiglia d'acqua, quindi uscì con i capelli ancora umidi. Aveva iniziato a portarli sciolti, si sentiva più a suo agio così, e aveva scoperto il piacere di truccarsi. Era una novità vedere come del semplice mascara e dell'eyeliner nero potessero mettere tanto in risalto il verde dei suoi occhi.

Appena Emilia vide la sagoma di Fedele che la aspettava sulla porta rimase di stucco: erano vestiti uguali! Calzoncini rossi e maglietta bianca. I due si guardarono e scoppiarono a ridere ancor prima di salutarsi. Anche la macchina di Fedele fu una bella sorpresa: guidava un'Alfa Romeo decappottabile rossa. D'altronde, che altro si poteva aspettare da lui? Emilia si avvicinò all'auto scrutandola interessata. Non era mai salita a bordo di una macchina del genere.

«Sul serio? Allora salta su, ma ti avverto: dopo che l'avrai provata non vorrai più scendere!»

Emilia salì e partirono a tutto gas. Nel giro di qualche minuto fu sopraffatta dalla strada che si snodava tra le colline, dal sole e dall'aria tra i capelli, e dalla natura verdeggiante tutto intorno. Era una sensazione davvero indescrivibile, simile alla libertà che ti procura andare in moto, ma più rilassata.

«Insomma, cara Emilia, che te ne pare?» chiese lui in italiano.

«Lo adoro, non immaginavo che potesse essere così.»

Ormai riusciva a capirlo anche quando parlava italiano: la permanenza a Firenze aveva migliorato, tra le altre cose, anche la sua comprensione della lingua. Fedele rallentava o accelerava a seconda delle pause della conversazione, godendosi il vento fresco che gli sferzava il viso.

Circa a metà strada, dopo un'ora di viaggio sull'autostrada del Sole, Fedele prese un'uscita e guidò per un altro chilometro fino a imboccare una strada sterrata. Alla fine, parcheggiò l'Alfa Romeo davanti a una splendida villa. Il parco ospitava piante e arbusti di ogni tipo, mentre l'edera ricopriva per intero la facciata dell'edificio, circondato da grosse aiuole fiorite. Riparati sotto un porticato, c'erano quattro o cinque tavolini con altrettante poltroncine che aspettavano chiunque volesse godersi quella mattinata incantevole.

«Vieni, prendiamoci un caffè.»

Emilia non avrebbe mai immaginato che in un posto sperduto come quello ci fosse un bar, o qualcosa che gli somigliasse. Non aveva mai visto niente di simile. I due scesero dalla macchina e si accomodarono a uno dei tavoli. Non c'era anima viva. Un signore di una certa età, con un paio di pantaloni con le bretelle e una camicia a quadri azzurra, uscì ad accoglierli. Appena riconobbe Fedele lo abbracciò calorosamente e si informò su come stesse sua madre. Fedele gli riferì le novità e poi presentò Emilia.

«Giovane e bella. È la tua ragazza?» chiese l'uomo divertito.

«Eh, Santino, sempre con questa storia!» rispose lui.

Dopo qualche altra battuta, l'uomo andò a preparare due tazze dell'espresso più aromatico che Emilia avesse mai bevuto in vita sua. Lei e Fedele gustarono il caffè chiacchierando sulle specie di fiori lì intorno, individuando quelli che crescevano anche in Argentina.

Salutarono Santino e ripartirono proseguendo per Padova, dove arrivarono prima di mezzogiorno. Le dimensioni ridotte dell'abitacolo resero inevitabile, durante il viaggio, un certo grado di intimità. Dietro agli occhiali da sole, un'occhiata di sfuggita di qua e di là, a Fedele non passarono inosservate le gambe snelle e bianchissime di Emilia e i suoi piedi minuti con la *french* alle unghie; mentre lei si soffermò sulle cosce abbronzate e villose di lui, i sandali firmati Columbia e il braccio muscoloso che in ben due occasioni le aveva circondato le spalle come se volesse rimanere lì per sempre. Perfino i loro profumi si fondevano nell'aria, gelsomino per lei e sandalo per lui, stuzzicando l'attenzione reciproca. Fedele era un concentrato di forza e vitalità, percepibili in ogni suo movimento. Amava la vita, soprattutto all'aria aperta, e si vedeva. Emilia invece era una tipa naturista: le piacevano i prodotti biologici, il tè e faceva sedute di agopuntura per rilassarsi. Piccole differenze che avevano scoperto a poco a poco e che accrescevano l'attrazione tra loro. Emilia sentiva, infatti, che il modo di vivere rilassato di Fedele aveva aperto una breccia dentro di lei, che invece amava il controllo e non lasciava mai niente al caso. E questo la faceva sentire bene. Da parte sua, invece, Fedele non si domandava in che modo lo stile di vita di lei influisse sul suo, gli piaceva stare in sua compagnia e questo era tutto.

Immersi ciascuno nella propria contemplazione sensoriale, giunsero a Padova prima del previsto. Durante uno dei molti pranzi al *Buongiorno*, Emilia gli aveva rivelato la sua passione per la pittura e di come tutti i membri della sua famiglia avessero una spiccata inclinazione per l'arte. «Anche nella mia» aveva risposto Fedele, sempre più stupito dalla quantità di coincidenze che li univa. Ecco perché la prima tappa della gita furono i magnifici affreschi di Giotto nella cappella degli Scrovegni. Poi, approfittarono della placida bellezza dei giardini dell'Arena, e nonostante l'ora di punta, attraversarono piazza della Frutta in un batter d'occhio fino al palazzo della Ragione. Dopo, fecero una breve visita alla basilica di Sant'Antonio, dove ci mancò poco che Emilia vomitasse davanti alla reliquia della lingua del santo. Proprio non capiva come si potesse adorare una cosa simile. Fedele scoppiò a ridere; a lui, che l'aveva già vista in passato, non fece alcun effetto. Anche se, quando era piccolo, la visione di quella lingua mozzata e messa sotto formalina gli incuteva un certo timore, come se ogni volta che si comportava male quell'oggetto potesse prendere vita e rincorrerlo. L'immagine fece sorridere Emilia, e tra un ricordo e l'altro giunsero al Prato della Valle, dove si concessero una lunga passeggiata tra le statue, addentrandosi infine nell'isola centrale circondata da una canaletta.

A quel punto decisero di andare a pranzo in un bel ristorante nella piazza. A Emilia il locale piacque al punto da estrarre il taccuino e prendere appunti sotto la categoria "cucina casalinga".

«Non c'è che dire, senza dubbio i migliori cannelloni che abbia mai mangiato!» esclamò mentre sorseggiava una tisana.

«Emilia, non farmi diventare geloso! I migliori cannelloni sono i miei!»

«Ma sei stato tu a portarmi qui!»

«Sì, e già me ne pento» rispose Fedele, scherzando. Poi, guardando l'ora, disse: «Venezia è a soli quaranta chilometri. Che ne dici, arriviamo fin là?».

Emilia, che quel giorno si era completamente dimenticata della sua crisi esistenziale, del suo cuore infranto, del fatto di essere incinta e delle difficili decisioni da prendere, rispose come se fosse la persona più spensierata al mondo: «Perché no? Abbiamo tutta la giornata davanti, tanto vale approfittarne e divertirci».

Sentendo quelle parole Fedele sorrise: finalmente la sua allieva stava imparando.

Era già sera quando salirono a bordo del vaporetto che navigava attraverso i canali dopo essersi persi tra le calli, aver riso e rincorso le barche lungo Riva degli Schiavoni. Adesso, appoggiati al parapetto dell'imbarcazione a fissare l'acqua, si sentivano in pace. Era l'ora del tramonto e il cielo si stava tingendo di rosso e di oro. Nonostante la calca intorno a loro, Fedele ed Emilia sembravano non accorgersene, tanto erano immersi nella bellezza di quel momento. Non era la prima volta che Emilia andava a Venezia, ma visitarla con un italiano era tutta un'altra cosa. Fedele le aveva rivelato delle curiosità che nessuna guida turistica le aveva mai raccontato. Attraversando il ponte dei Sospiri, per esempio, lui le aveva indicato una casetta in lontananza: «Laggiù, è rimasta richiusa per trent'anni una donna che soffriva per amore». Oppure, in piazza San Marco, le spiegò che quando i piccioni si posano sulla cupola della chiesa significa che pioverà. Camminando per la città, Fedele le raccontava aneddoti curiosi e insoliti che rendevano la passeggiata ancora più interessante. E poi, in ben due occasioni, lui l'aveva tenuta per mano per qualche minuto!

«Che meraviglia!» disse lei, mentre osservava il riflesso del sole sul mare. «Adoro l'Italia!»

«Dovresti trasferirti a vivere qui» suggerì lui.

Così dicendo Fedele scivolò dietro di lei, appoggiò il petto contro la sua schiena e con le braccia le circondò il collo e le spalle, mettendole il mento sulla sua testa. Emilia rimase immobile, senza proferire parola, e insieme contemplarono il tramonto per alcuni minuti, sentendo l'uno il profumo dell'altra. Fedele a tratti prendeva tra le labbra una ciocca di capelli di Emilia con un rumore buffo. Era un gesto istintivo, ma che la faceva avvampare. Nessuno sembrava curarsi del fatto che se ne stessero lì abbracciati, tranne loro, che sapevano il significato di quel momento. Erano passati molti anni dall'ultima volta in cui lui aveva stretto tra le braccia una donna così – quattro anni e due mesi per la precisione. Emilia, invece, era cosciente che non fossero soli e una terza persona si trovasse lì con loro. Poteva una donna incinta concedersi il permesso di innamorarsi? Poteva una donna incinta di un uomo che non la desiderava più sognare un nuovo amore? C'era qualcuno pronto a stare con lei, nel momento in cui chi avrebbe dovuto amarla non era disposto a farlo? Forse quel qualcuno poteva essere Fedele? O magari era solo questione di tempo e alla fine Manuel sarebbe tornato da lei? Tre anni di vita insieme erano tanti, ma un figlio era per sempre.

***

Era notte fonda e l'Alfa Romeo con il tettuccio tirato su sfrecciava in autostrada. Durante il viaggio di ritorno Fedele le confessò che era stato proprio in Argentina che aveva imparato a guidare per ore senza farsi spaventare dalle distanze. Nell'abitacolo della macchina regnava il silenzio mentre percorrevano le strade di Firenze fino all'appartamento di Emilia. Che dire? Era stata una giornata incredibile, lo sapevano entrambi. Qualunque cosa fosse successa tra loro, quello sarebbe rimasto un giorno indimenticabile.

Fedele parcheggiò davanti a casa di Emilia e all'improvviso, quando lei si voltò a prendere lo zaino sul sedile posteriore, fece per baciarla. Lei però si tirò indietro.

«Cosa c'è?» chiese lui interdetto.

«Niente.»

«Non vuoi che ti baci?»

«No… Sì.»

Fedele era confuso. Perché non voleva un suo bacio dopo una giornata simile? Un bacio sulle labbra, di quelli belli. La conferma finale che si piacevano, che insieme stavano bene, che era stato un giorno speciale.

«Adesso è meglio che vada, non voglio rovinare tutto quanto» rispose lei nervosa.

«Ho fatto qualcosa di sbagliato?»

Emilia si sentì sprofondare: non c'era niente che non andasse in lui, ma non era ancora pronta a parlargli della sua situazione, non adesso che era stanca morta. E poi non poteva rischiare di sciupare il ricordo di quella gita. Anche se si sarebbe sciupato comunque, indipendentemente dal giorno in cui glielo avrebbe detto.

«No, è colpa mia, scusa» disse aprendo la portiera. Scesa dalla macchina, Emilia infilò la testa nel finestrino e gli scoccò un bacio sulla guancia.

«Grazie, Fedele. È stato bellissimo.»

«Ci vediamo domani» rispose lui.

«Non credo di farcela. Domattina presto vado a Roma, ho vari ristoranti prenotati e rientrerò tardi.»

«Vai in treno e torna per l'ora di cena!»

«Sì, prenderò il treno» disse lei senza aggiungere altro.

Uno scambio di sguardi e lei sparì dentro l'imponente portone di legno.

Fedele era incredulo. Aveva forse detto qualcosa che l'aveva fatta arrabbiare? O magari era quella sua solita tristezza? Emilia si portava dentro un segreto, ma quale? E se fosse stata impegnata? Eppure non le aveva visto nessun anello al dito, anche se questo non voleva dire niente, pensò. Mise in moto e decise che glielo avrebbe chiesto l'indomani, senza sapere che non sarebbe stato possibile, né il giorno successivo né quello dopo ancora.

## Un giovane uomo

L'uomo si rigira nel letto, parla a voce alta, è perso in un sogno. Quella notte i fantasmi sono tornati a fargli visita e lo hanno riportato a Madrid, durante quel fatidico 11 marzo. È lì, nel luogo dove non si trovava, ma dove infinite volte avrebbe voluto essere per rimanere con la sua famiglia. Ecco, è di nuovo giovedì mattina e la stazione di Atocha brulica di persone che vanno al lavoro. Scorge Patricia e Carlo che corrono lungo il binario, mano nella mano, il piccolo si lamenta che ha sonno, ma deve per forza andare dalla nonna, sono rimasti d'accordo così. Salgono sul treno, li vede… l'uomo vorrebbe gridargli di no! Non fatelo!

Ci prova, ma non lo sentono. Inarrestabile la tragedia prende forma davanti ai suoi occhi, come un film del terrore, dato che le sue grida sono mute: ha perduto la voce. L'orologio segna il suo approssimarsi.

7.37… La prima esplosione.

7.38… Altre due esplosioni sullo stesso treno… Vagone cinque… poi quattro… Urla, frastuono e fumo sui binari. Confusione, caos, disperazione su per le scale mobili.

Proseguono le esplosioni in altre stazioni, ma le lancette del suo orologio si sono già fermate e in sogno, nella solitudine del suo letto, piange.

Il film da incubo continua e lui non sa come uscirne. Le immagini lo travolgono; morte, cenere, sofferenza… In una parola: dramma. Patricia! Carlo! Per quanto li cerchi non riesce a trovarli. L'uomo si dispera. Poi, come trasportato un paio d'ali, si ritrova nella sua casa, in Spagna, quella nel tranquillo quartiere di Madrid, con le persiane di legno.

È in cucina davanti alla televisione, attonito; la pazzia si impossessa di lui per una frazione di secondo: capisce. La stazione di Atocha, l'esplosione, l'attentato… morti. Scatta in piedi e come un automa esce correndo. Corre, corre e corre ancora.

Corre per strada in preda alla disperazione. Patricia! Carlo!

Sta andando da loro, ma non ce la fa. Non può, la città è bloccata, è un caos di sirene, paura, urla e disordine. La metro non va.

Si reca alla stazione di Atocha come può. Scorge feriti lungo i marciapiedi, li cerca. Patricia! Carlo!

Dove sono? Patricia! Carlo!

Parla con qualcuno, gli dicono di andare ai padiglioni di Ifema, è laggiù che stanno portando i corpi. Allora ricomincia a correre, domanda, ascolta, si distrae, prosegue, grida. Patriciaaa! Carlooo!

La voce gli sale dal cuore in gola, così forte che lo risveglia. L'uomo si tira su nel letto, confuso. Nelle orecchie gli rimbomba ancora il suono delle sirene, eppure è in camera sua, da solo, come negli ultimi quattro anni.

L'uomo scoppia a piangere al buio; è una di quelle notti in cui i fantasmi sono tornati ad assalirlo. Era da parecchio ormai che non si accanivano su di lui in quel modo. Si alza per accendere la luce, poi si versa un bicchiere d'acqua fresca. Sa che questo lo aiuterà a svegliarsi del tutto e capire che la tragedia è già successa. Patricia e Carlo non possono morire ancora, perché l'hanno già fatto: ma la cosa più importante è che non potranno nemmeno più soffrire, perché hanno già fatto anche questo.

L'uomo lancia un'occhiata all'orologio in cucina: sono le

cinque del mattino a Firenze. Per fortuna è già l'alba, ancora un'ora e potrà vestirsi e dare inizio alla sua giornata. Vuole farlo, è il suo modo per rendere omaggio alle due persone che più ha amato in vita sua. Si chiede se riuscirà mai ad amare di nuovo qualcuno in quel modo. Scuote la testa, non ha una risposta.

# 7

*La vendetta, il boccone più dolce che*
*sia mai stato cucinato all'inferno.*

Walter Scott

## Piacenza, 2008

*Giorno 3*

La luce del sole entrava dalle finestre nell'antico castello dei Berni. I pesanti tendaggi di velluto rosso erano stati tirati quella mattina presto dalle domestiche, che adesso facevano avanti e indietro per pulire tutte le sale. Alla più giovane era stato affidato il compito di lucidare gli oggetti nella vetrinetta del salone principale, ma se le sue mani si davano da fare con il panno, la sua mente era molto lontana da lì, persa tra i ricordi del litigio della sera prima con il fidanzato. Un attimo di distrazione e, con un movimento goffo del gomito, la ragazza fece cadere in terra l'intera collezione di calici d'argento, provocando il caos.

La domestica sollevò di scatto le mani in aria e rimase con gli occhi sgranati e la fronte aggrottata. Sapeva che la sgridata del padrone non si sarebbe fatta attendere. E infatti la voce di Benito Berni tuonò con forza dall'ufficio adiacente al salone.

«Maledizione, ma è mai possibile che io sia circondato da incompetenti? Non siete capaci di lasciarmi in pace e lavorare in silenzio?»

La giovane guardò il pavimento: per fortuna che non erano

di vetro altrimenti sarebbero andati in mille pezzi. Quindi si apprestò a raccoglierli, ma il signore, che nel frattempo si era alzato dalla sua scrivania, era già entrato nella stanza.

«Se ne vada!» si infuriò.

«Lasci solo che...»

«No! Faccio io!»

La domestica pensò che fosse meglio non insistere e fece come le era stato detto.

Non c'era proprio modo di stare tranquilli! Lui voleva solo un po' di pace, o era chiedere troppo? Con una smorfia di dolore, Benito si piegò su un ginocchio e si mise alla ricerca del calice con l'incisione... Ne prese prima uno, poi un altro, ma niente. Disperato, iniziò a credere che fosse stato rubato o magari perso. Li girò uno a uno, e alla fine scorse sulla base dell'ultimo l'incisione tanto agognata. Rimase fermo a osservare la "B" che lui stesso aveva realizzato tanti anni prima e sorrise soddisfatto. Ricordava bene il giorno in cui l'aveva fatta...

## Firenze, 1954

Il giovane Benito osservò il suo riflesso nello specchio della camera della pensione dove pernottava e fece un cenno di approvazione. Il nuovo completo marrone gli cadeva a pennello, dandogli l'aria di un ragazzo come tanti altri. Proprio ciò che sperava. Il berretto, sotto cui aveva nascosto i capelli biondi, aggiungeva quel qualcosa in più. Il notaio Moncatti era stato così gentile e diligente da fornirgli le informazioni che aveva richiesto. Adesso, infatti, Benito sapeva con certezza che lo zio materno era morto e che i suoi figli abitavano a Verona. I Gonzaga, invece, si erano sparpagliati per tutto il paese e alcuni avevano perso la vita sul campo di battaglia. I due professori di equitazione e di pittura, Angeletti e Pieri, erano sopravvissuti e risiedevano a Firenze. La signora Campoli, messa al corrente dal notaio del recente ritorno di Benito, aveva mandato a dirgli, tra le lacrime, di passare a trovarla al castello. Benito però non era ancora pronto ad affrontarla, e poi c'era qualcos'altro che gli premeva di più quella mattina: sarebbe andato a trovare il suo vecchio insegnate d'arte.

Il giovane Berni attraversò piazza Pitti e imboccò una stradina fino a piazza della Calza dove si trovavano, una accanto all'altra, l'accademia e l'abitazione di Rodolfo Pieri. Benito si fermò a osservare a lungo l'edificio dal marciapiede di fronte. Si trattava di un antico palazzo diviso in due parti e con due ingressi separati, un portone bianco e uno marrone, rispettivamente per la scuola e la casa. Non si capiva bene dove iniziasse l'una e dove finisse l'altra, ma decise di entrare dalla porta dell'accademia. Appena varcata la soglia si ritrovò in un piccolo ingresso dove lo accolse una ragazza con un sorriso. Benito rimase di stucco: era la stessa giovane da cui aveva comprato il bozzetto il giorno prima.

«Io mi ricordo di lei» disse la ragazza. «Qui siamo tutti artisti e ciascuno vive della sua arte come può. Ma mi dica, come posso esserle utile?»

Dal tono formale era chiaro che la ragazza lo considerasse molto più grande d'età. Lei doveva avere all'incirca quattordici anni, pensò Benito, eppure aveva un'aria intelligente e perspicace.

«Vorrei sapere qualcosa di più sulle lezioni.»

«Ne abbiamo di tutti i tipi, di gruppo o private, e i prezzi variano a seconda di cosa le interessa.»

«Quelle di gruppo quanto costano?»

«Le più care sono quelle con il direttore della scuola, il professor Pieri, altrimenti ci sono gli altri insegnanti.»

«Potrebbe per favore scrivermi i prezzi? Così posso decidere» la pregò Benito.

Mentre la ragazza continuava a illustrargli le tecniche che si studiavano presso la loro accademia, l'attenzione di Benito fu catturata da una frase: «Secondo mio padre gli artisti hanno bisogno di spazio, ecco perché nelle nostre aule non ci sono più di cinque allievi alla volta».

«Suo padre?» ripeté Benito.

«Sì, il professor Pieri è mio padre» confessò lei.

La rivelazione fu tutt'altro che insignificante; Benito non immaginava che un uomo tanto mostruoso potesse avere una figlia simile, con quei dolci occhi marroni, le ciglia lunghe, il naso all'insù e una voce calda e piacevole.

I due si trattennero a conversare sul progetto di ampliamento della scuola, con la realizzazione di più aule affinché gli artisti avessero tutto lo spazio necessario per esprimere la propria creatività. A quel punto Benito se ne andò soddisfatto.

Appena uscito dal portone, attraversò di nuovo la strada e si fermò sullo stesso marciapiede dove si era trattenuto prima di entrare, deciso ad attendere che Rodolfo Pieri uscisse. La pazienza non gli mancava, nei suoi anni da partigiano aveva imparato ad aspettare per ore il momento giusto per tendere le imboscate, talvolta in piedi, sul ciglio del sentiero o sotto la neve. Ore in cui il sonno lo vinceva e la fame lo torturava. Per cui, stare di posta per la strada in quel modo era un gioco da ragazzi; avrebbe potuto rimanere lì fermo per tutto il giorno e senza il minimo sforzo. Però, Benito non aveva fatto i conti con una cosa: sorvegliare l'uomo che non vedeva da quella fatidica mattina non era lo stesso che aspettare un nemico sconosciuto.

Dopo un'ora di ricordi assillanti, alla fine il professore apparve: era un po' ingrassato e più stempiato di come lo ricordasse. Non appena Rodolfo Pieri uscì dal portone, Benito fu catapultato indietro nel tempo.

Rimase calmo e tranquillo come se la visione del suo vecchio insegnante non lo avesse turbato, almeno fintanto che non lo udì parlare con un allievo. Il suono di quella voce, infatti, gli procurò un tremito in tutto il corpo, riportandolo al giorno in cui, nascosto nella camera della mamma, lo aveva sentito bisbigliare: «Pensa, Rodolfo, pensa. Che cosa vale la pena prendere, che cosa?».

Trascorsero alcuni minuti, il direttore congedò lo studente e rientrò in casa. Allora Benito si precipitò alla pensione, si chiuse in bagno e vomitò.

***

Una nuova giornata iniziava all'accademia d'arte in piazza della Calza, e il suo direttore faceva avanti e indietro in preda all'ansia. In certi momenti si sentiva sopraffare dalle tante cose da fare, ma per fortuna c'era Adele, la figlia maggiore, ad aiutarlo – le altre due erano ancora troppo piccole. Non poteva proprio lamentarsi: ogni anno che passava la vita tornava sempre più alla normalità: la gente si stava lasciando la guerra alle spalle e il fatto che avesse ricominciato a interessarsi all'arte ne era la riprova. Senza più la pressione dell'occupazione tedesca, la lotta della resistenza, la fatica di sopravvivere, le persone avevano ripreso a leggere, dipingere, suonare, dando così nuova linfa alla vita artistica. E questo lui lo riscontrava anche nelle proprie tasche. I tempi bui segnati dalla fame e dalla violenza nazista erano terminati. Trasferendosi a Firenze in pianta stabile, si era pure lasciato alle spalle le accuse dei vicini che lo avevano additato come collaborazionista. Solo una cosa, però, gli pesava sul cuore: l'allontanamento da Rosa, sua cugina. Il loro rapporto, infatti, si era raffreddato da quando lei aveva visto il quadro *Il maestro Fiore* in casa sua, dopo averlo cercato a lungo. Non le ci era voluto molto per capire come fossero andate le cose e da allora tra loro non era più stato come prima.

Ad ogni modo, aprire una scuola a Firenze era stata la decisione giusta. Nelle aule non c'era più posto per un allievo neanche a volerlo, anche se bisognava ammettere che gli incassi non erano esattamente quelli che Rodolfo si era aspettato. Almeno, non secondo le sue ambizioni. Il direttore era assorto in quei pensieri quando, per l'appunto, un nuovo studente varcò la soglia dell'accademia. Lo salutò con un piccolo cenno del capo e il ragazzo rispose togliendosi il berretto. Aveva i capelli biondi, ignorava il suo nome, ma ben presto lo avrebbe scoperto da Adele.

Appena arrivato, la prima persona che Benito incontrò entrando fu il suo vecchio professore Rodolfo Pieri. Ma stavolta l'incontro non fu spaventoso come quello del giorno precedente: ormai non aveva più paura di essere riconosciuto, visto quanto era cambiato negli anni. Era diventato un uomo, e benché la corporatura e i colori fossero quelli di suo padre Mario, nei tratti somigliava in tutto e per tutto a sua madre, o per essere più precisi allo zio materno.

Quella mattina si era presentato lì di buon'ora, all'inizio delle lezioni, per visitare le aule con Adele. Alcuni allievi erano già all'opera.

«Adesso capisci cosa intendevo ieri? Nella nostra scuola cerchiamo di fornire agli studenti la tranquillità che serve per concentrarsi. Lo spazio non è molto, ma presto ci espanderemo» spiegò la ragazza con un sospiro. Si vedeva che le piaceva quel lavoro e che sognava in grande.

«Sì, capisco. Bene, mi iscrivo» dichiarò Benito all'improvviso. Voleva raccogliere tutte le informazioni che poteva su Rodolfo Pieri, voleva sapere tutto di lui: da come funzionava la sua scuola a che razza di vita conducesse, da che ora si alzava al mattino ai suoi piani per il futuro, agli incubi che lo assillavano la notte. Perfino ciò che più gli stava a cuore.

«Intendi adesso?» chiese lei sorpresa.

«Sì, voglio iniziare le lezioni oggi stesso. Qualsiasi professore va bene.»

«D'accordo, ti trovo subito un posto dove puoi sistemarti.» Poi aggiunse: «È la prima volta o hai già fatto lezioni di pittura?».

«Da piccolo avevo un insegnante privato.»

«Allora sarà una passeggiata.» Adele prese quindi carta e penna e domandò: «Ti chiami?».

Il giovane Berni, preso in contropiede, rispose farfugliando: «Benito...».

Non si era preparato una risposta, ma non poteva correre il rischio di dirle il suo vero nome!

«Benito...?»

«Paolo Benito» dichiarò lui uscendo dall'imbarazzo, convinto che si fosse accorta della bugia. O forse no, visti i commenti che fece poi.

«Molto bene, Paolo, ti lascio guardare i materiali con cui lavorerai. Adesso, scusa, ma mi devo assentare un attimo» disse lei, indicandogli un tavolo, e scomparve dietro a una porta. Benito era quasi certo che comunicasse direttamente con la casa della famiglia Pieri. Mise i materiali da parte e si avvicinò quanto bastava per origliare, ma non appena riuscì a distinguere qualche parola, la ragazza riapparve sulla soglia.

«Perdonami, dovevo dire una cosa a mio padre.»

Lui fece cenno di sì con il capo. Era proprio di lì che si passava per entrare in casa di Rodolfo Pieri e sicuramente avevano bisogno di più spazio. Tanto meglio così.

***

Benito frequentava l'accademia da tre giorni e aveva dato giusto un paio di pennellate qua e là. Sapeva che non poteva rimanere ancora a lungo davanti alla tela bianca senza che qualcuno si accorgesse che della pittura non gli importava un granché.

Quella mattina, dopo averlo salutato un po' frettolosamente, la figlia del Pieri era corsa in casa lasciando la solita porta comunicante leggermente aperta. Prima ancora che Benito avesse il tempo di riflettere, i suoi piedi lo condussero all'uscio. Era l'occasione che stava aspettando. Si accostò senza curarsi dell'impressione negativa che avrebbe potuto dare se fosse stato scoperto a curiosare. Con la mano appoggiata allo stipite, sporse dentro la testa. Doveva assolutamente vedere com'era la casa al suo interno. Fu in quel momento che la sala da pranzo della famiglia Pieri si rivelò ai suoi occhi in tutta la sua grandezza: il grande tavolo di legno circondato da sedie in velluto blu, una vetrinetta con una collezione di calici d'argento, una serie di statuette etrusche e per terra un bel tappeto antico. Alle pareti, numerosi quadri tra cui i due enormi dipinti *Il maestro Fiore* e *La pastora*… Benito non poté guardare oltre, la semplice vista di quei pochi oggetti lo scosse nel profondo e un tremito gli corse per tutto il corpo. Allora era vero. Quella era la prova inequivocabile che non si era immaginato niente. Lasciò cadere la tavolozza e il grembiule sul pavimento e si appoggiò alla parete per evitare di cadere in terra. Rimase così qualche istante, cercando di recuperare le forze, poi decise di andarsene senza dire niente a nessuno.

***

Il giorno dopo Benito si presentò a scuola come se niente fosse, aveva messo a tacere i suoi sentimenti e conversò del più e del meno con Adele. La ragazza era simpatica e loquace e non sospettava affatto che il nuovo studente avesse ambizioni tutt'altro che artistiche.

«Sai, Adele... Quando sei scappata in casa ieri, hai lasciato la porta socchiusa e io non ho potuto fare a meno di dare una sbirciatina mentre passavo di lì...»

Lei lo guardò sconcertata, ma Benito continuò: «Devi sapere che lavoro per un antiquario di Roma. È parecchio tempo che sta cercando un calice d'argento come quelli della vostra collezione. Credo che sarebbe disposto a pagare molto bene per averne anche uno soltanto. Pensi che tuo padre sarebbe interessato a venderglielo? Se riuscissi a procurarglielo farei una splendida figura».

La richiesta suonò a Adele alquanto insolita, ma rispose: «Certo, chiederò a mio padre». Quel ragazzo era proprio strano, però c'era qualcosa in lui, una sorta di tristezza, che le faceva pena. Se quel calice lo avesse messo in buona luce con il capo, allora avrebbe cercato di convincere suo padre. Non le costava niente. E poi, che gli sarebbe importato per un calice in meno! Nessuno usava quella collezione da anni, e in fondo, davanti a un buon affare non si sarebbe tirato indietro. Ne era sicura.

***

Due giorni più tardi, seduto sul bordo del letto, Benito fissava il suo trofeo come ipnotizzato. Il calice d'argento era finalmente nelle sue mani. Era in assoluto il primo dei cimeli di famiglia che era riuscito a recuperare. Perché, infatti, il suo piano per vendicarsi del vecchio professore prevedeva di tornare in possesso di tutti gli oggetti tanto amati che un tempo erano stati dei Berni. *Se i miei genitori mi vedessero, sarebbero felici*, pensò. E chissà che da qualche parte non lo stessero davvero guardando. Benito decise di scrollarsi subito quel pensiero di dosso per paura di commuoversi troppo. E poi bisognava festeggiare. Così, con il temperino in una mano e il calice nell'altra, incise sulla base la lettera "B", di Berni. Poi guardò soddisfatto la sua opera. Aveva speso fino all'ultimo centesimo dei suoi risparmi per trasferirsi a Firenze, ma ne era valsa la pena. E comunque il notaio Moncatti gli aveva detto che presto avrebbe ricevuto la sua parte di vitalizio. Benito pensò che fosse arrivato il momento di incontrare le sue sorelle e fare visita al castello. E con quel progetto in mente si addormentò placidamente, abbracciato al suo calice.

Appena sveglio Benito iniziò ad architettare il piano che avrebbe portato avanti negli anni successivi, quindi si vestì e si recò a casa del notaio. Seduto nel suo studio, l'uomo prese atto della volontà del giovane Berni di vendere alcune proprietà.

«Non c'è problema, purché la legittima delle signorine Lucrezia e Lucilla sia rispettata. Ho giusto l'acquirente che fa per lei» dichiarò.

«Allora la prego di mettersi in contatto con lui quanto prima.»

A quel punto, tornando alla pensione, decise che una volta nella sua stanza avrebbe scritto una lettera. E così fece.

Gentilissimo dottor Pieri,
lasci che mi presenti: il mio nome è Giuseppe Conti e gestisco nella capitale un negozio di antiquariato. Non ci conosciamo di persona, ma lei ha avuto il buon cuore di vendermi un calice d'argento che ho cercato a lungo e per cui le sono sommamente grato.
Con la presente, voglia la sua grande disponibilità concedermi la sfrontatezza di avanzare la richiesta di vendere al sottoscritto il resto della collezione, a cambio di un aiuto per ampliare la Sua accademia. Per bocca del mio discepolo, Paolo Benito, sono venuto a sapere dell'instancabile impegno che lei profonde per la causa dell'arte e degli spazi di cui necessiterebbe per portarla avanti. Ecco perché, spinto da puro spirito di mecenatismo, desidero offrirle una consistente somma in denaro, affinché realizzi la più importante istituzione per lo studio dell'arte nel nostro paese. La prego di riflettere sulla mia richiesta e di farmi avere risposta tramite il ragazzo che le consegnerà la qui presente.
Le porgo i miei più cordiali saluti,
Giuseppe Conti

Benito piegò la lettera e la infilò nella busta che aveva comprato apposta. L'indomani mattina l'avrebbe consegnata a Adele che a sua volta l'avrebbe data al padre. Con un po' di fortuna Rodolfo Pieri avrebbe accettato e, una volta pattuita la somma dovuta, lo avrebbe messo sotto scacco rovinandolo.

# 8

## Firenze, 2008

Dopo il viaggio a Roma, Emilia trascorse ventiquattro ore chiusa in casa. Il tour era andato bene, ma la cucina romana era un po' troppo pesante per i suoi gusti. Le porzioni abbondanti, sommate all'ansia di dover raccontare a Fedele come stavano davvero le cose, avevano finito per farle venire il mal di stomaco e l'unica cosa che riusciva a mandar giù erano tè e biscotti. Da quando era incinta le bastava un nonnulla per stare male. Sofia insisteva che andasse a farsi visitare, quei "fastidi allo stomaco" non le piacevano affatto, ma d'altra parte non sapeva ancora niente della gravidanza. Erano due giorni che non aveva notizie di Fedele e iniziava a sentire la sua mancanza. Passare dal vedersi tutti i giorni al non sapere più niente di lui era davvero insopportabile. Soprattutto quando i ricordi della loro gita fuoriporta riaffioravano alla memoria, travolgendola con una moltitudine di dettagli: il viaggio in macchina, le passeggiate per le vie della città mano nella mano, il tramonto in vaporetto e l'abbraccio di lui.

Erano da poco passate le due di pomeriggio ed Emilia girava ancora scalza e in pigiama per l'appartamento. Proprio mentre si stava versando l'ennesima tazza di tè, sentì qualcuno suonare al citofono. Molto strano visto che nessuno sapeva dove abitasse. Andò a rispondere.

«Cerco la signorina Emila Fernán» disse la voce di un uomo

che, in uno spagnolo un po' traballante, provò a spiegare che aveva lì qualcosa per lei. Emilia doveva per forza scendere ad aprirgli. Indossò i soliti pantaloncini rossi con la canottiera bianca e scese in strada a piedi nudi.

Quando aprì il portone le apparve un uomo di mezza età dal viso familiare. Si trattava di Salvatore, uno dei camerieri del *Buongiorno*; senza l'uniforme non l'aveva quasi riconosciuto. In mano stringeva due sacchetti, glieli porse.

«Questi sono da parte del signor Pessi. *Está* preoccupato che mangi» disse.

Emilia sorrise, era certa che Fedele non avrebbe voluto che aggiungesse l'ultima parte. Ma gli italiani erano così, diretti, sinceri e senza fronzoli. Emilia prese i sacchetti, erano tiepidi. Contenevano davvero quello che pensava? Ringraziò più volte Salvatore e l'uomo se ne andò contento. Il capo sarebbe stato soddisfatto. Si vedeva che era innamorato perso di quell'argentina.

Emilia corse in cucina e aprì con ansia le vaschette. C'erano prelibatezze di ogni tipo: bruschette, crostini neri, polpettine croccanti alle zucchine. E poi dolci, un vero e proprio assortimento! Sul fondo un bigliettino.

> Se la montagna non va da Maometto, Maometto va alla montagna.
> Mia regina del giorno, mi manchi…
> Fedele Pessi

Fedele si era firmato con nome e cognome, *come se potesse essere opera di qualcun altro*, pensò Emilia divertita. E anche lei sentiva la sua mancanza… All'improvviso la felicità di avere sue notizie, di sapere che era preoccupato per la sua salute e il fatto che si fosse preso la briga di scegliere quella montagna di piccole delizie apposta per lei la rallegrarono. Doveva per forza assaggiarle.

Emilia prese una forchetta, si accomodò a tavola e iniziò a mangiare direttamente dalle vaschette usa e getta, soffermandosi a degustare con calma ogni sapore. Senza volere, finì per esagerare come non faceva da tempo e, ormai sazia, con l'ultimo boccone di cannolo in mano, si diede un colpetto sulla fronte. «Mio Dio! Ma che cosa mi succede? Non mi riconosco più!» disse ad alta voce. Sarà stata colpa della gravidanza? O della cucina italiana? O magari era Fedele? Qualunque fosse la ragione, Emilia non era più la stessa. Subito dopo mangiato, però, cominciò a sentirsi già meglio, più in forze, e decise di stendersi. Ogni aspetto della sua vita era andato fuori controllo e niente sarebbe più tornato come prima. L'unica cosa sensata da fare in quel momento era rimboccarsi le maniche, così accese il computer. L'articolo sui ristoranti romani non si sarebbe scritto da solo. E poi mancava poco ormai alla sua partenza da Firenze. Il viaggio verso sud era tutt'altro che breve: meglio iniziare subito a pianificarlo. Emilia desiderava percorrere la Costiera amalfitana a caccia di paesaggi, ristoranti e piatti tipici.

Prima di mettersi all'opera, lanciò un'ultima occhiata al cibo avanzato nelle vaschette. Lo avrebbe tenuto da parte per dopo, ma ancora non immaginava che quella sera il cameriere sarebbe passato di nuovo a consegnarle la cena e così anche il giorno successivo.

***

La vita al *Buongiorno* scorreva come al solito, ma non si poteva dire lo stesso per il suo proprietario. Dalla prima volta che Emilia aveva messo piede al ristorante, Fedele sentiva che qualcosa era cambiato. Aveva trascorso gli ultimi due giorni a fissare la porta del locale in preda all'ansia per vedere quando la bella argentina sarebbe tornata. Passata l'ora in cui era solita apparire sulla soglia, Fedele aveva fatto preparare alcuni piatti e glieli aveva mandati tramite il suo cameriere di fiducia. Sebbene non si fosse fatta comunque viva, Salvatore gli aveva riferito quanto lei avesse gradito il pensiero. A poco a poco Emilia si era intrufolata nella sua vita, senza che lui se ne accorgesse, e adesso che non la vedeva ne sentiva la mancanza. Anche per lei doveva essere lo stesso, il cuore gli diceva che i suoi sentimenti erano ricambiati e che insieme formavano una bella coppia. A Fedele non importava il segreto che l'assillava, aveva deciso di aiutarla e così avrebbe fatto. Ci pensò su e decise che quella sera avrebbe consegnato la cena di persona.

Quel giorno Emilia era indecisa se andare a pranzo al *Buongiorno* oppure no. Non appena sentì suonare il campanello, e Salvatore le porse il solito sacchetto, si sentì subito meglio: Fedele non l'aveva dimenticata e continuava a pensarla.

«Certo che sei proprio vigliacca, Emilia!» si disse. Eppure dentro di lei sapeva che avrebbe dovuto raccontare a Fedele la verità sulla gravidanza se avesse continuato a frequentarlo, ma non si sentiva ancora pronta. Fantasticava di poter lasciare le cose in sospeso, così come stavano, tanto nel giro di qualche giorno sarebbe partita per il Sud Italia e poi alla volta di Madrid. La prospettiva, però, la faceva soffrire. Non si voleva rassegnare all'idea che le sue vacanze italiane – perché si sentiva a tutti gli effetti in vacanza, e l'unica preoccupazione, nel bene e nel male, era proprio Fedele – fossero quasi giunte al termine e che presto avrebbe dovuto fare ritorno in Argentina. Persa in quel turbinio di pensieri, non giunse ad alcuna decisione.

***

Emilia tirò un sospiro di sollievo. Ci aveva messo tutto il giorno, ma finalmente aveva terminato l'articolo e l'aveva inviato alla rivista. Cosa non banale visto il caos emotivo in cui si trovava. Poi aveva fatto un bagno rilassante; mentre si infilava il pigiama bianco con i mandarini, qualcuno suonò al campanello. Emilia guardò l'ora: l'orologio segnava le nove in punto. Doveva essere Salvatore con la cena, pensò. Senza nemmeno rispondere si precipitò ad aprire, ma al posto del cameriere stavolta c'era Fedele che la fissava con un sorriso sulle labbra e una mano infilata nella tasca dei jeans. Nell'altra stringeva il solito sacchetto, ovvio. I capelli, lisci e castani, gli ricadevano luminosi sulla fronte.

«Fedele...»

«Se la montagna non va da Maometto...»

Emilia si lasciò sfuggire una risatina nervosa e gli occhi verdi le si riempirono di lacrime.

«Ti ho portato la cena... Mi fai entrare o preferisci che me ne vada?» chiese lui mostrandole la busta.

Emilia lo guardò: accanto a lui, scalza, gli sembrò più alto e imponente che mai, enorme quasi, inarrestabile, pieno di energia e vitalità. E poi quel sorriso perfetto... Non poteva certo dirgli di no.

«Accomodati... Scusa, ma sono in pigiama...» si giustificò lei.

«Me ne sono accorto. Sei carina» rispose lui notando i buffi pantaloncini arancioni con i volant e i piedi scalzi.

Fermare Fedele era impossibile e poi, a dire il vero, nemmeno lei voleva che si fermasse...

Fedele era indeciso se appoggiare la busta sul tavolo accanto al computer o sul piccolo piano da lavoro della cucina. Così, ancora con il cibo in mano, disse: «Pensavo che magari avremmo potuto mangiare insieme, se ti va. Altrimenti posso sempre andare via».

Emilia fece un cenno dicendogli che era pazzo, poi mise via il portatile e iniziò ad apparecchiare per due. In quel momento, però, una raffica di domande la assalì: *Glielo dico o non glielo dico? Ma come glielo dico?* Nel frattempo, sempre con una mano in tasca, Fedele si era messo a curiosare fuori dalla finestra.

«L'appartamento è piccolo, ma grazioso» commentò poi. Era la prima volta che metteva piede in casa di Emilia e l'arredamento non gli dispiaceva.

«Sì, anche a me piace» rispose lei ancora in preda al suo dilemma interiore. *Glielo dico o non glielo dico?*

Fedele servì gli involtini di pollo alla parmigiana, uno a testa, poi guardò i piatti e ne aggiunse un altro.

Emilia lo fissava con lo sguardo perso nel vuoto. *Glielo dico o non glielo dico?*

«Senti, non ho idea di che cosa ti passi per la testa, ma non ho intenzione di parlarne adesso. Sono solo venuto per cenare e trascorrere un po' di tempo con te. La verità è che...» Fedele tacque per un attimo, poi continuò: «La verità è che mi manchi».

«Anche tu!» disse lei di getto senza pensarci. A volte, certe cose non sappiamo neanche da dove vengano, ci sfuggono dalle labbra senza permesso e fanno ciò che vogliono. E questa era una di quelle volte.

Nell'appartamento calò il silenzio: avevano bisogno entrambi di metabolizzare quella notizia. Poi, si sedettero a tavola.

Fedele mangiava con appetito, raccontandole le novità del ristorante: sull'onda della decisione di prendersi più tempo libero aveva assunto una nuova persona, e poi aveva finalmente sentito sua madre per telefono, la quale gli aveva chiesto di andare a trovarla. Ma la vera notizia era che, a forza di fare la spola tra il *Buongiorno* e casa di Emilia, Salvatore aveva conosciuto una donna.

«Quando è venuto a portarti il pranzo la prima volta ha sbagliato appartamento e ha suonato al civico accanto. Tutte le volte che è tornato, per una ragione o per un'altra, si sono messi a parlare e... be', a quanto pare stasera l'ha invitata a cena fuori.»

«Nooo, mi stai prendendo in giro...!»

«No, dico sul serio!» ribatté lui, imitando la voce di Salvatore.

Emilia scoppiò a ridere. Chi l'avrebbe mai detto che per un errore così banale Salvatore avrebbe incontrato l'amore, e alla sua età per giunta!

Fedele era uno spasso a raccontare storie, un vero intrattenitore. A Emilia la cosa non dispiaceva affatto e si faceva trascinare. Le parlò dei suoi due più cari amici, Vittorio e Adriano, con cui prendeva sempre il caffè o pranzava almeno una volta alla settimana. Emilia invece gli raccontò di Sofi, delle sue idee pazze e dell'articolo che aveva appena consegnato. Di lì, passare a raccontare di come era andata a Roma fu un attimo. La conversazione proseguiva e così la cena; a quel punto l'atmosfera si era completamente distesa. Gli interrogativi di Emilia erano svaniti e, come al solito, la serata si stava rivelando davvero piacevole. Le risate ne erano la prova e, come se non bastasse, la cucina di Fedele era sempre la migliore.

«Metto su il bollitore, vuoi una tisana allo zenzero?» chiese lei.

«Sì, grazie» accettò lui, aiutandola a sparecchiare.

Mentre Emilia prendeva le tazze, Fedele si accomodò sul divano. Occupata nella preparazione della tisana, non si accorse dello sguardo di lui che la divorava.

Fedele la fissò ancora e ancora, riempiendosi gli occhi di

ogni suo piccolo gesto. La donna era girata di spalle ma lui riusciva a intuire i movimenti agili delle sue mani, la linea delle scapole sotto la maglietta e quella delle gambe nei pantaloncini del pigiama con i volant. E poi i piedi nudi, con le unghie perfette, che cercavano di sfuggire al freddo del pavimento appoggiandosi l'uno sull'altro. Ma fra tutte fu l'immagine di lei che si passava dolcemente la mano tra i capelli a penetrargli dentro, procurandogli una sensazione di calore e allegria. A Fedele piaceva quello spettacolo, gli sembrava quasi familiare, conosciuto. Non era semplice tradurre in parole il sentimento che provava: in qualche modo sentiva che Emilia era fatta apposta per lui.

Era come se lei avesse studiato giornalismo solo per intraprendere quel viaggio in Italia e vivere quella serata con lui. Fedele si alzò in piedi senza pensarci, la raggiunse in cucina e la strinse in un abbraccio da dietro. Inavvertitamente, le sue dita sfiorarono la sottile striscia di pelle che si intravedeva tra il bordo della maglietta con i mandarini e i pantaloncini del pigiama. Il contatto fu elettrizzante ed Emilia lo lasciò fare. D'altra parte come non poteva… Anche lei sentiva di essere venuta in Italia solo e unicamente per vivere quel momento, per passare quella notte avvinghiata a Fedele, stretti l'uno all'altra.

Emilia avrebbe voluto rimanere al sicuro tra quelle braccia forti per sempre, avvolta dal profumo di lui. Ma, all'improvviso, con una mossa disinvolta, Fedele la fece voltare di tre quarti e, guardandola dritto negli occhi, le dette un bacio appasionato.

Il suo respiro, le sue labbra, la vicinanza, proprio tutto ciò che Emilia aveva cercato di combattere… ormai era completamente fuori controllo.

Fedele continuò a baciarla, premendola contro il suo petto, le sue mani irrefrenabili le accarezzavano la pelle morbida chiedendone sempre di più, scivolando sotto la canottiera alla ricerca dei suoi seni nudi e trepidanti d'attesa, turgidi sotto il tessuto leggero del pigiama… Poi, rendendosi improvvisamente conto di ciò che stava per accadere, Emilia si allontanò.

«Fedele, ti prego, basta.»

Lui si trattenne e si abbandonò a un lungo sospiro.

«Che c'è che non va?»

«Non me la sento…»

«Ti va di dirmi cosa succede?»

«No, non sono ancora pronta.»

«Emilia, siamo entrambi adulti e liberi. O forse sei sposata?»

«Nooo!» sbottò lei sentendosi male. Ovvio che non era sposata, ma aspettava un figlio da Manuel e per questo doveva portargli rispetto… Sul serio? Doveva proprio, quando lui aveva messo ben in chiaro di non voler più continuare il loro rapporto? Gli interrogativi ricominciarono ad assillarla in un nuovo turbinio di pensieri.

«Emilia, insomma, c'è qualcosa che mi vuoi dire?» chiese serio Fedele, temendo che potesse esserle successo qualcosa di grave, che avessero abusato di lei, magari.

«Meglio se ne parliamo un'altra volta. Si è fatto tardi.»

Fedele la guardò e si sentì in colpa. Dentro di lui però sapeva che anche a lei era piaciuto il bacio, eppure qualcosa si era messo di traverso. Decise di darle spazio.

«Possiamo rallentare un po', se è quello che vuoi…»

«Sì, mi piacerebbe» rispose lei, sebbene, per quanto piano potessero andare, la sua pancia non avrebbe di certo smesso di crescere.

«Prendiamoci la tisana e facciamo finta di niente… Anche se non è facile dopo un bacio del genere» disse lui ritrovando il buonumore.

Seduti sul divano con le tazze in mano e la situazione di

nuovo sotto controllo, ripresero a chiacchierare. Sentendosi a suo agio, Emilia appoggiò la schiena contro uno dei braccioli e stese le gambe in grembo a Fedele.

Immerso in quella scena di familiare intimità, Fedele continuava a torturarsi su come potesse Emilia passare da uno stato all'altro tanto facilmente. Non aveva una risposta alla domanda e ignorava le ragioni per cui avesse cambiato atteggiamento, ma di una cosa era sicuro: non era disposto a rinunciare a lei. La vita gli aveva già portato via troppe cose.

Sulla soglia di casa, Emilia accettò l'invito di cenare di nuovo insieme il giorno successivo e salutò Fedele con un breve bacio sulle labbra. Appena se ne fu andato, guardò l'appartamento vuoto e si sentì sola. Fedele si era ritagliato ormai uno spazio importante nel suo cuore.

***

Erano le otto di sera ed Emilia stava finendo di prepararsi. Erano rimasti d'accordo che Fedele avrebbe portato da mangiare alla stessa ora del giorno prima. *Così finalmente gli dirò tutto quanto*, pensava. E per questa ragione voleva mettersi in tiro il più possibile, come se il suo aspetto potesse cambiare qualcosa. No, nemmeno lei ci credeva fino in fondo, ma se non altro l'idea la faceva sentire più sicura di sé. Indossò un abito rosso fuoco e il solito e unico paio di sandali con il tacco che aveva infilato in valigia, poi passò al trucco e alla sfilza di tubi e tubetti di cui non riusciva più a fare a meno da quando aveva cambiato acconciatura. Si poteva dire che eyeliner, mascara, rossetto e fard fossero diventati i suoi migliori amici. Quindi, si mise due grossi cerchi alle orecchie e le catenine d'argento che aveva comprato in un viaggio in Perù. «Agente 007, licenza di uccidere!» disse guardandosi allo specchio. Sentire quella frase a voce alta la fece sorridere, ma si corresse: «Licenza di raccontare che tra sette mesi diventerò mamma!». Meglio prenderla con ironia.

Alle nove in punto il campanello suonò e non appena Emilia andò ad aprire le si presentò davanti la scena di un film che aveva già visto. Fedele era ancora lì davanti alla porta con un sorriso stampato sulle labbra, un maglioncino blu addosso e la solita mano infilata nei jeans. Nell'altra invece stringeva la busta del *Buongiorno*. Di diverso c'erano solo un paio di cose: innanzitutto i due fiori di gelsomino che lui le aveva portato, e poi, stavolta, lei non era in pigiama, anzi!

«Wow! Ma noi ci conosciamo? Sei forse la gemella della ragazza in pigiama di ieri sera?»

«Scemo» rispose lei ringraziandolo per i fiori.

«Sei stupenda. Mi piacciono le donne eleganti, soprattutto quando sono intelligenti come te.»

Fedele era un seduttore nato, questo era certo. E la cosa su Emilia faceva colpo. Non si capacitava come fosse successo, ma sentiva dentro di lei di essersi innamorata.

Lo invitò ad accomodarsi in casa e lui, vedendo il tavolo apparecchiato, esclamò: «Ehi! Perfino le candele!».

«Hai visto? Volevo fare una cosa carina.»

Dopo cena presero posto sul divano con una tisana. Lei aveva abbandonato i tacchi in un angolo e, seduta con le gambe distese sui cuscini, lasciava che lui le massaggiasse i piedi e le aprisse il suo cuore. Emilia ascoltava con attenzione le confessioni che aveva da farle. Fedele era figlio unico, sua madre era rimasta vedova da giovane e lui era cresciuto senza una figura maschile in casa, cosa che lo aveva segnato molto.

Emilia sentiva che quel tema la toccava da vicino e, ripensando alla sua situazione personale, si commosse un po'. A quanto pareva Fedele era dotato anche di un lato sensibile e vulnerabile, così diverso da quello vitale e attivo che aveva conosciuto. Stavolta fu Emilia ad abbracciarlo teneramente avvicinandosi a lui sul divano. La prossimità emotiva, oltre che fisica, portava entrambi a desiderare di più… Le loro labbra si unirono saziandosi le une delle altre, mentre il desiderio cresceva e le dita di Fedele cercavano Emilia, insinuandosi dappertutto. I capelli, la nuca, le spalle, le gambe e sempre più in giù, fin sotto l'abito rosso. Uno solo gemito di lei era bastato perché Fedele bramasse sentirlo ancora. Ma Emilia, sotto le mani che accarezzavano la sua pelle, provò l'urgenza di sottrarsi nuovamente… Aspettava un figlio da un altro uomo, non poteva proprio farlo.

Fedele, vedendo che lei si era bloccata, sbottò: «Si può sapere cos'è che non va adesso?».

Emilia rimase in silenzio, tremava; era come se le parole non volessero uscire o lei fosse incapace di pronunciarle. Sapeva che parlando avrebbe perso tutto questo, ne era certa. Ma forse il suo posto era accanto a Manuel, si disse per consolarsi. Non sapeva cosa fare, né con chi dovesse stare. Fu allora che Fedele si alzò bruscamente dal divano dicendo: «Sai cosa? È meglio che me ne vada. Questo è troppo per me. Se non mi vuoi dire che cosa ti gira per la testa, io qui che ci resto a fare? Peccato perché mi stavo proprio innamorando di te… Ma questa situazione è assurda!».

La semplicità con cui lui affrontava la vita, gli rendeva impossibile capire quella situazione. Le cose erano o bianche o nere. O amavi e accettavi l'altro per quello che era oppure no. O cercavi la felicità con tutto te stesso o, trattenendoti, finivi per rimanere indietro. Le sfumature non erano il suo forte, in particolare se lei non aveva intenzione di fornirgli una spiegazione.

Fedele era visibilmente arrabbiato, ma Emilia continuava a rimanere in silenzio. La guardò e, non ottenendo alcuna risposta, si diresse verso l'uscita.

«Molto bene, d'ora in avanti non ti darò più fastidio. Quando ti deciderai una buona volta a spiegarmi che cosa sta succedendo, sai dove trovarmi. Il ristorante è tutta la mia vita» disse d'un fiato, poi aprendo la porta aggiunse: «Sarei stato disposto a cambiarla per te.»

Emilia era scossa, non immaginava che Fedele potesse reagire in quel modo. Sembrava davvero furibondo e non soltanto per ciò che aveva detto, ma anche per il modo con cui se n'era andato, sbattendo la porta tanto forte da far tremare i vetri delle finestre.

Emilia si guardò intorno: sul tavolo c'erano ancora i piatti da sparecchiare, le tazze della tisana sul tavolino da caffè, i fiori di gelsomino sulla credenza e poi il maglioncino di Fedele che, in preda alla fretta, aveva dimenticato lì. Lui era dappertutto nell'appartamento. Vedere le impronte del suo passaggio la fece sentire più sola che mai. La presenza di quell'uomo nella stanza, e anche nella sua vita era diventata immensa e adesso che non era lì con lei ogni cosa appariva triste e vuota. Fedele era l'allegria, le chiacchiere, le risate. Era gli aneddoti curiosi, i manicaretti che aveva imparato ad amare al posto delle solite insalate. Era la felicità fatta persona... Emilia non poteva permettersi di farselo scappare per paura. Forse se gli avesse spiegato la situazione avrebbe avuto ancora una chance. Si alzò e corse fuori sul pianerottolo, ma di lui non c'era già più traccia. Quindi si precipitò in strada scalza e lì scorse una sagoma che svoltava l'angolo in direzione Ponte Vecchio. Allungò il passo e lo chiamò a gran voce: «Fedele! Fedele!».

Solo a quel punto Emilia si rese conto dell'assurdità della

situazione in cui si era cacciata. Che ci faceva a piedi nudi per le strade di Firenze a mezzanotte, gridando il nome di un uomo? La domanda non aveva una risposta, ovvio, ma in quel momento non le importava perché Fedele si era voltato e la stava aspettando all'inizio del ponte, nella penombra.

In un attimo furono di nuovo l'uno tra le braccia dell'altra, le labbra di lei premute su quelle di lui, lì sul monumento più bello della città, al chiaro di luna. Un gruppetto di turisti gli passò accanto, ma non ci fecero caso. Nel loro mondo non c'era spazio per nessun altro.

«Ti amo» disse Emilia con gli occhi lucidi.

«Anch'io ti amo» rispose lui.

Poi si abbracciarono stretti e Fedele le coprì la bocca di baci.

«Voglio stare con te Emilia, voglio fare tutto insieme a te...»

«Anch'io, anch'io Fedele. Ma c'è una cosa che devi sapere...»

Mentre parlava, lui le tempestava il collo di piccoli e dolci baci. Senza tacchi la differenza d'altezza tra loro era notevole e lo obbligava a piegarsi su di lei.

«Sono qui per te... Per aiutarti...» riuscì a dire nonostante i brividi di piacere che la vicinanza del corpo di Emilia gli procurava.

Com'era possibile che quella giovane donna nascondesse un terribile passato? In piedi sul Ponte Vecchio, nel buio della notte e fra le effusioni, la voce di Emilia suonò chiara e cristallina, svelando infine il suo segreto.

«Fedele... Sono incinta.»

Non occorreva dire che il bambino fosse di un altro, perché di fatto non erano ancora mai stati a letto insieme.

Fedele, che non aveva mai smesso di baciarla, udite quelle parole si fermò, ricurvo sopra di lei, con la testa nascosta nel suo collo quasi fosse un rifugio dalla tempesta che lo attendeva fuori. Restò così, immobile, per un tempo che parve infinito, poi si raddrizzò.

«Sei incinta?» chiese con un filo di voce, sciogliendo l'abbraccio.

«Sì, di due mesi» rispose lei con un nodo alla gola. Le ragioni per cui le veniva da piangere erano infinite: non era solo perché aspettava un figlio in quella situazione, o perché Manuel non si era più fatto vivo con lei, ma soprattutto perché Fedele era ormai entrato nella sua vita. Emilia desiderò con tutta se stessa di averlo conosciuto prima, almeno sarebbe stato tutto diverso. Ma era tardi per quel tipo di desideri. *Il dado è tratto*, pensò vedendo come Fedele si allontanava sempre di più.

## Un giovane uomo

La notte è scesa sulla città di Firenze da parecchie ore ormai, ma l'uomo non riesce a dormire. Nervoso cammina scalzo per casa, siede sul divano in salotto, guarda dalla finestra e prende un bicchiere d'acqua gassata, anzi un whisky, e sprofonda in uno stato di dormiveglia, ma niente di più. Non trova pace. Il lavoro, i fantasmi del passato, la vita, le decisioni da prendere lo assillano e gli tolgono la tranquillità. Prova a ricorrere alle solite scappatoie. E se mollasse tutto quanto e partisse? Magari potrebbe andare al mare. No, al mare no. Allora più lontano? In Cina, o in India? Nemmeno. Al ritorno niente sarebbe cambiato. La vita è così e va affrontata per quella che è.

*Quanti fantasmi si possono sopportare nell'arco di un'intera esistenza?*, si domanda affranto. Molti, alcuni arrivano per conto loro, altri ce li creiamo da soli. Per affrontarli non resta che prendere le decisioni giuste, agire con le migliori intenzioni, vivere la vita a testa alta, con la spada sguainata e la saggezza nel cuore. Guarda fuori, le luci della città sembrano chiamarlo. Ha bisogno di uscire, di sentire l'aria fresca sulla faccia, di lasciarsi trascinare dal movimento notturno della metropoli. Si infila le scarpe e va. Respira, si riempie i polmoni di ossigeno, le orecchie captano i rumori a lui familiari, le grida, i motori delle auto, le voci.

Uno, due, tre, cento passi, l'uomo cammina alla svelta verso il Ponte Vecchio... Vuole vedere il fiume.

Appena arriva si ferma davanti all'Arno, come ipnotizzato, rinfrancato dal riflesso placido della luna sull'acqua. Intorno la gente passa, una coppia si bacia, ma lui non si accorge di niente. Ricomincia a camminare, stavolta lungo il ponte, quasi volesse tenerlo per la mano. Ha preso una decisione: questa è casa sua e lui resterà qui. Costi quel che costi. Ormai è giunto il momento.

# 9

*L'amore ha per fratello un sentimento potente, l'odio.*
*Fai attenzione a non offendere il primo,*
*perché l'altro potrebbe ucciderti.*

Franz Heumer

## Piacenza, 2008

*Giorno 4*

Subito dopo pranzo, nella cucina del castello Berni, le domestiche prendevano il caffè, spettegolando sul conte a bassa voce. Nel loro tono di voce, però, c'era qualcosa di diverso dal solito: i fatti della mattina dovevano averle scombussolate e adesso stavano tutte sulle spine. Saira, la domestica di origini africane che lavorava lì da due anni, aveva appena ricevuto una lettera che la metteva al corrente della detenzione dei suoi genitori. Catturati dal regime alcune settimane prima, erano dati per dispersi, ma con molta probabilità erano già morti senza alcuna spiegazione ufficiale. Alla preoccupazione della giovane donna per l'incolumità dei genitori si aggiungeva anche quella per i fratelli minori che a malapena erano in grado di tirare avanti da soli. Saira scalpitava per tornare a casa, ma il viaggio era costoso e la burocrazia lenta e laboriosa, non potendo ancora contare su un permesso di soggiorno stabile in Italia. La sorte che era toccata alla famiglia della ragazza aveva suscitato grande scalpore tra la servitù del castello, tanto che la notizia era arrivata fino alle orecchie del signor Berni. Venuto a conoscenza della disgrazia, il conte aveva mandato a chiamare la domestica e adesso tutti quanti in cucina, dall'autista alla cuoca, si domandavano che intenzioni avesse il padrone. Avrebbe minacciato di toglierle il posto di lavoro se fosse partita? O invece l'avrebbe aiutata? Chissà se uno come il signor Berni era capace di un gesto di generosità? Dopo tutto era un uomo pure lui o no? I più erano scettici.

Chiusi nell'ufficio, Benito pregò la domestica di raccontargli l'accaduto.

«L'Italia è lontana... I miei fratelli sono orfani e io sono l'unica persona che gli è rimasta» concluse la ragazza tra i singhiozzi.

Il conte rimase di stucco. "Orfani": ancora quella parola maledetta, la stessa di cui avevano dovuto portare il peso lui e le sue sorelle.

Non era il momento di farsi coinvolgere in questioni che non lo riguardavano, la sua vita era già abbastanza complicata così com'era e non gli restava più molto tempo. La missione che aveva iniziato tanti anni prima finalmente stava per giungere a termine. Eppure quella conversazione gli avrebbe richiesto solo cinque minuti, non di più, per cui disse senza ulteriori giri di parole: «Signorina, i soldi del biglietto non sono un problema, me ne occuperò personalmente. Per quanto riguarda le questioni burocratiche la rimetto al mio avvocato, che decida di portare i suoi fratelli con lei in Italia o meno».

Saira ci mise alcuni secondi a capire cosa le stesse dicendo il padrone. Proprio non se lo aspettava. Ma, non appena le fu chiaro il significato di quelle parole, l'unica cosa che riuscì a dire fu *grazie*.

«Grazie, grazie...» ripeté ancora e ancora come ipnotizzata.

«Basta, adesso, faccia silenzio un attimo» la ammonì il conte che, prendendo in mano il telefono, contattò seduta stante l'avvocato per metterlo al corrente della situazione.

«Vada, la aspetta oggi stesso.»

«Grazie...»

«La smetta di ringraziarmi!» tuonò il signor Berni con espressione seccata.

La domestica lo ringraziò un'ultima volta, poi uscì dalla stanza in lacrime.

Benito la fissò mentre chiudeva la porta e provò un moto di contentezza. Compiaciuto del gesto che aveva fatto, guardò il calendario sulla scrivania. Era mercoledì, al rientro della ragazza, lui non sarebbe più stato lì. Quindi, aprì il cassetto chiuso a chiave dove custodiva la vecchia Beretta del padre. Era con quell'arma che aveva deciso di farla finita. Ma prima doveva assicurarsi che funzionasse ancora. Non che avesse qualche dubbio: la pistola era di ottima fattura. Proveniva dalla prima fabbrica italiana di armi, fondata nel 1526, che aveva rifornito l'esercito italiano durante la guerra finché i tedeschi non ne avevano preso il controllo nel 1943. L'ultimo carico di armamenti diretto in Giappone era stato inviato proprio dai nazisti dal porto di Venezia, appena prima che Hitler dichiarasse la resa. Pensare a certe cose gli faceva un certo effetto, visto che aveva deciso di non voler più continuare a vivere e che nel giro di undici giorni la sua esistenza sarebbe volta al termine. O forse era più attaccato alla vita di quanto credesse? Certo che no, Benito avrebbe portato avanti il piano come stabilito. Si concentrò sulla pistola e i ricordi lo trascinarono indietro, a un'altra epoca, in un'altra città...

### Firenze, 1954

Il giovane Berni ripose la Beretta appartenuta a suo padre in valigia, chiuse con forza le cinghie e corse alla stazione. Si lasciava alle spalle la pensione dove aveva alloggiato nell'ultimo periodo e una serie di avvenimenti importanti.

Fermo sulla banchina, aspettava che il treno che lo avrebbe condotto da Firenze a Roma partisse. Non sapeva se essere triste o felice: la fortuna era girata dalla sua parte e tutto era filato secondo i piani, eppure qualcosa dentro di lui gli impediva di gioire fino in fondo. Nel bagaglio aveva infilato i suoi pochi averi, alcuni indumenti – tra cui il completo nuovo –, la pistola, uno dei cimeli di famiglia che aveva da sempre voluto recuperare e che, senza troppi sforzi, gli era capitato tra le mani.

Il mese prima era stato finalmente al castello, ma la visita gli aveva lasciato dell'amaro in bocca. Era stato emozionante rivedere la casa della sua infanzia e la signora Campoli, certo, ma allo stesso tempo, l'allegria del momento era stata offuscata dai ricordi del giorno in cui erano morti i suoi genitori. Con un velo di tristezza nel cuore, Benito aveva passato in rassegna le stanze in compagnia della vedova del giardiniere, la quale, con gesto solenne, gli aveva poi consegnato la pistola del padre, spiegandogli di averla avuta dall'uomo che aveva dato sepoltura al corpo del conte. Dal canto suo Benito le aveva affidato il calice d'argento, avvisandola che nei mesi, o forse negli anni a venire, altri oggetti avrebbero fatto ritorno a casa. Ebbene sì, Benito aveva sentito l'urgenza di condividere con lei il suo obiettivo, ovvero di recuperare ogni singolo oggetto che fosse stato rubato dal castello, perché dopo che era fuggito in montagna si era unito alla lotta partigiana, la casa era stata saccheggiata.

Per lui era stata una giornata dolorosa, ma non aveva pianto. Ormai non lo faceva più da quella volta in cui, abbandonato il nascondiglio sotto il letto della madre, era scappato di casa e aveva trovato rifugio vicino a un albero. Da allora, qualcosa dentro di lui si era inaridito per sempre, come se tutte le lacrime che aveva si fossero prosciugate.

Nonostante il vocio della stazione, Benito era perso tra i suoi pensieri: le immagini del passato lo assalivano e distingueva con nitidezza i volti delle sue sorelle.

La signora Campoli aveva infatti insistito che le andasse a trovare e così lui aveva fatto. Erano cresciute talmente tanto! Però anche in quell'occasione lo aveva colto la medesima tristezza che si era impossessata di lui al castello. Rivederle era stato stupendo, ma la realtà dei fatti era che le gemelle non si ricordavano di lui. Era trascorso troppo tempo e loro non erano più delle bambine. Benito non poteva negare di aver sperato diversamente all'inizio e, sebbene sembrassero felici e ben inserite nella nuova famiglia, lui sapeva di averle perse. In effetti, anche se uniti da un legame di sangue, sarebbe stato impossibile per chiunque di loro ricreare il rapporto che avrebbero avuto se fossero cresciuti insieme ai loro veri genitori. La nuova casa dove abitavano era accogliente e l'uomo e la donna che se ne prendevano cura sembravano due brave persone. In seguito alla tragedia, la coppia aveva accolto le piccole durante l'invasione nazista, ma con il passare del tempo era sbocciato un affetto profondo, culminato con l'adozione. Non essendoci alcun impedimento, lo zio, il fratello di Aurelia, aveva dato il suo benestare. Adesso Benito non era nella posizione di reclamare niente a nessuno. Anzi, doveva essere contento che Lucrezia e Lucilla avessero trovato una famiglia amorevole in cui crescere. Il padre adottivo delle gemelle gestiva nel bolognese un'azienda tessile, che aveva vissuto le giornate di agitazione operaia. «Gestire i lavoratori non è stato semplice» aveva confessato a Benito, che conosceva bene la dottrina comunista, e gli aveva raccontato la sua esperienza in Unione Sovietica. Così, invece di parlare della vera ragione della visita, l'uomo aveva voluto sapere tutto sull'argomento.

In piedi sul marciapiede della stazione di Santa Maria Novella, mentre ripensava ai viaggi a Piacenza e a Bologna, Benito udì il fischio del treno che chiamava gli ultimi passeggeri. Si approssimò alla carrozza e un senso di solitudine lo pervase. Intorno a lui la gente si salutava tra baci, abbracci e promesse... Lui, invece, non aveva nessuno a Firenze e tanto meno a Roma. Con un piede già sul predellino, una voce lo riscosse dai suoi pensieri.

«Paolo! Paolo!»

Nessuna reazione. Allora la voce ripeté il nome più forte e con maggior insistenza. Suonava familiare... Ma certo! Era lui, Paolo! All'accademia aveva detto di chiamarsi così. Benito si voltò e scorse Adele Pieri che camminava a passo svelto nella sua direzione con una busta in mano.

«Questa è per lei da parte di mio padre. Si tratta della risposta all'antiquario romano. Mio padre accetta» disse porgendogli la lettera con un sorriso.

Lui la guardò sorpreso. Non si aspettava proprio di vederla. Era chiaro che la cupidigia del vecchio professore aveva avuto la meglio, ecco perché aveva mandato lì sua figlia.

«Faccia buon viaggio e abbia cura di sé» disse la ragazza.

Sentendosi rivolgere quelle parole, qualcosa di simile alla felicità pervase Benito anche se non era certo fosse dovuta alla buona notizia o all'augurio che lei gli aveva rivolto. La presenza della ragazza lo fece sentire meno solo in quella stazione gremita di persone che si salutavano.

Con la busta stretta in mano, si congedò dalla giovane donna con due baci sulle guance, poi montò sul treno che lentamente si era messo in moto. Adele rimase ferma con l'accenno di un sorriso sulle labbra, mentre lui la guardava dal finestrino. Fu un istante strano e magico insieme.

***

Benito giunse a Roma pronto a cominciare una nuova vita. Per prima cosa prese in affitto un appartamento poco distante dalla Fontana di Trevi e poi si mise subito alla ricerca di un posto nella stessa zona dove poter aprire il suo negozio di antiquariato. Con la fine della guerra, le persone avevano iniziato a vendere qualunque cosa avessero in casa: per la maggior parte si trattava di oggetti dai quali in un altro momento non si sarebbero mai separati, ma, con la fame che avevano patito, i soldi adesso servivano. Per non parlare poi della scoperta degli americani per l'antiquariato, che aveva dato un nuovo impulso al mercato per i commercianti del settore.

***

Nel giro di un mese, Benito riuscì a stipulare il contratto per il locale che desiderava. Nel frattempo ricevette l'intera collezione di calici d'argento e il notaio Moncatti si fece carico di effettuare la donazione a Rodolfo Pieri, il quale a sua volta investì buona parte della somma nell'acquisto del palazzo di fronte a casa sua, dove sarebbe sorta la nuova sede dell'accademia d'arte.

Il piano di vendetta di Benito per condurre Pieri alla bancarotta era solo all'inizio. Così facendo era certo di poter recuperare i beni trafugati e riportare presto il castello al suo antico splendore. La vendetta d'altra parte era un piatto da gustare freddo. Non si metteva in atto da un giorno all'altro, ci sarebbero voluti mesi, forse anni, addirittura. Per questo non aveva perso un minuto ad affidarsi alle mani dell'avvocato più spregiudicato di Roma che, per tutelare il suo cliente, redasse un documento pieno zeppo di clausole stravaganti.

Benito, dunque, inviò al castello una cassa contenente la collezione che, non appena ricevuta, venne subito aperta e riposta nel mobile vuoto del salotto dalla signora Campoli. La donna sapeva che presto il signorino Berni le avrebbe fatto recapitare altri pezzi. E così fu, infatti, ma ci sarebbe voluto molto più tempo del previsto, perché Benito impiegò una vita intera a recuperare i cimeli della sua famiglia; e a un costo ben più alto del semplice denaro.

# 10

*Ciò a cui opponi resistenza persiste.*

Carl Gustav Jung

## Firenze, 2008

Quella mattina Fedele si aggirava per la cucina come un leone in gabbia. Si era recato al lavoro molto presto e aveva discusso con i fornitori per non avergli portato i prodotti freschi che desiderava, poi aveva sgridato i camerieri per essere arrivati con qualche minuto di ritardo e, come se non bastasse, aveva finito per rovesciare un pentolone di sugo per terra. Così era corso in sala, imbestialito. Era sveglio dalle cinque e non potendone più di stare in casa era sceso al ristorante. La rivelazione della sera prima lo aveva sconvolto al punto da levargli il sonno e la tranquillità. Ciò che all'inizio gli era sembrata la cosa più semplice del mondo – ovvero uscire e frequentare una donna – adesso non lo era affatto. Era Emilia il soggetto in questione, la ragazza argentina per cui aveva perso la testa, e questo rendeva tutto più complicato.

Sul Ponte Vecchio, lei gli aveva infine raccontato come stavano davvero le cose, svelandogli il grande segreto che la assillava. Quindi, in religioso silenzio, avevano ripercorso la strada al contrario fino all'appartamento e sul portone, appena prima di salutarsi, lui le aveva detto di non preoccuparsi, che sarebbe andato tutto bene. Ma non aveva fatto cenno alla loro storia.

Una simile notizia andava digerita prima di dire qualsiasi cosa. Da parte sua Emilia aveva recepito il messaggio e non gli aveva chiesto niente.

Di una cosa era certo però: al punto in cui si trovavano, Emilia era diventata troppo importante per fingere di non averla mai conosciuta. Ma un figlio era pur sempre un figlio e portare avanti quella relazione significava ricavare, nella sua vita, uno spazio anche per lui. Mentre Fedele faceva queste considerazioni e immaginava possibili scenari futuri, si assicurò che in sala filasse tutto liscio. I clienti parevano soddisfatti, quindi pensò di tornare in cucina a dare una mano. Ma spingendo con il gomito la porta che collegava i due locali andò a sbattere rovinosamente contro Salvatore e i piatti che aveva in mano. Spaghetti e cannelloni volarono in aria e atterrarono sul pavimento.

«Salvatore, stai più attento!» sbottò Fedele incolpandolo.

Senza scomporsi l'uomo gli ribatté: «Signor Pessi, vada a casa a riposare e torni più tardi».

Il cameriere aveva detto ciò che tutti quanti pensavano da quella mattina, ma non osavano dire. Aveva ragione; Fedele si pulì quindi la camicia sporca di sugo e uscì dal ristorante.

Sprofondato nel divano, controllava i messaggi sul cellulare senza sosta. Emilia aspettava un bambino. Emilia, Emilia e ancora Emilia, non riusciva proprio a togliersela dalla testa. Da non crederci! Era dai tempi di Patricia che non provava qualcosa di simile per una donna. E questo era successo molto, molto tempo prima. Attonito, Fedele pronunciò il nome di Patricia a voce alta. Ci era riuscito, lo aveva detto senza provare alcun dolore, era incredibile! E doveva tutto a Emilia, per l'appunto. La novità gettò una luce diversa sulla situazione che stava affrontando.

Fedele si versò qualcosa da bere e cercò di tranquillizzarsi. Quindi si sedette nella sua poltrona preferita, dalla quale si poteva ammirare il giardino.

La bibita, la calma del momento e la consapevolezza che il ricordo di Patricia avesse smesso di fargli male grazie alla presenza nella sua vita di una nuova donna, lo condussero fuori dal ginepraio in cui era finito. All'improvviso tutto gli parve chiaro: dal giorno in cui aveva perso la sua famiglia, il suo modo di affrontare la vita era cambiato, intraprendendo un percorso di trasformazione profonda. Perché mai adesso avrebbe dovuto essere diverso? Che senso aveva agire da codardo e impedire alla vita di fare il suo corso senza forzature? *Ciò a cui opponi resistenza persiste*, si disse. Resistere al dolore non avrebbe fatto altro che alimentarlo, ecco perché invece di contrastare le sfide della vita aveva imparato che era di gran lunga meglio accettarle. Ecco perché aveva abbandonato gli standard troppo alti di felicità che si era imposto da solo. Una volta libero dalle aspettative, aveva capito che tutto quanto era più semplice, perfino accogliere ciò che la vita aveva in serbo per lui. Da alcuni anni a quella parte, la filosofia di Fedele consisteva nell'accettare di più e pretendere di meno, ovvero scegliere di intervenire solo su ciò che era in grado di controllare, lasciando tutto il resto così com'era, senza fare resistenza. Questa nuova prospettiva si era rivelata vincente; adesso era in grado di contrapporre la speranza al dolore e di gestire l'angoscia con la rassegnazione consapevole di chi sa che l'impulso vitale è più forte di qualunque altra cosa.

Sciolto il nodo principale, la nebbia iniziò a diradarsi nella mente di Fedele, lasciando spazio alla chiarezza e alla calma. Basta, era deciso, doveva andare subito da Emilia a dirglielo. Come un fulmine si precipitò a casa della donna che gli aveva cambiato la vita. Ma lei avrebbe accettato? Perché, a una come Emilia, quella sarebbe di certo sembrata una pazzia.

***

Da quando aveva confessato il suo segreto la sera prima, Emilia aveva finalmente ritrovato la pace interiore. Era fatta, glielo aveva detto. E nel farlo si era tolta un grosso peso dal cuore, aveva smesso di sentirsi un'imbrogliona. Ma che cosa sarebbe successo tra lei e Fedele proprio non lo sapeva. Se non altro, però, adesso era più calma; il pensiero che, forse, fosse meglio lasciare le cose così come stavano e che ognuno continuasse per la propria strada la convinceva sempre di più. Non era disposta ad affrontare di nuovo il calvario da cui era appena uscita. E poi non era certa che avere una relazione con Fedele fosse una buona idea visto che aspettava un figlio da Manuel. Tanto più che non riusciva a togliersi dalla testa il suo sguardo cupo della sera prima, né il silenzio che li aveva accompagnati per tutto il tragitto dal Ponte Vecchio fino a casa.

Quella mattina Emilia fece colazione e si vestì senza fretta; doveva fare un salto in redazione a prendere i biglietti per Napoli. Uscì dall'appartamento e si incamminò con tutta tranquillità, voleva godersi il bel tempo. Le giornate stavano diventando sempre più calde e assolate. *L'estate si avvicina*, pensò accarezzandosi il ventre. E così anche il momento in cui avrebbe visto in faccia suo figlio, anche se a dire il vero non lo aveva ancora nemmeno sentito muoversi. Forse era il caso di farsi visitare da qualcuno prima di partire per la Spagna.

La silhouette di Emilia, avvolta in un paio di jeans e una camicetta a fiori, scomparve dietro un angolo mentre quella di Fedele appariva da quello opposto. Nonostante la corsa affannosa, lui non aveva fatto in tempo e i due non si erano nemmeno visti.

Fedele suonò il campanello senza ottenere risposta. Provò ancora, ma era chiaro che in casa non ci fosse nessuno. Dov'era andata Emilia? Come avrebbe fatto a trovarla? Imprecò. Non poteva chiamarla, lei non aveva nemmeno un numero italiano. Allora si frugò nelle tasche alla ricerca di una penna e di un foglietto su cui scrivere. Per fortuna aveva lo scontrino del supermercato:

> Emilia, ho bisogno di parlarti. È molto importante.
> Proverò a passare di nuovo più tardi, oppure vieni a casa a cercarmi.
> Ti aspetto.
> Fedele Pessi

Fece scivolare il biglietto sotto la porta, sperando dentro di sé che Emilia lo vedesse. Era un biglietto di dimensioni ridotte, ma d'altronde era l'unica cosa che aveva a portata di mano. Un po' più sereno, decise di tornare al ristorante dove avrebbe potuto continuare a rompere piatti, sgridare i dipendenti e far cadere pentole piene di sugo. Ma sapeva che il suo personale tormento non sarebbe finito tanto presto, almeno finché non fosse riuscito a parlarle. E sperava di farlo il prima possibile.

***

Emilia rincasò qualche ora dopo con i biglietti nella borsa. Il suo volo era tra due giorni. Aprì la porta dell'appartamento e qualcosa per terra attirò la sua attenzione. Sembrava un biglietto e si piegò a raccoglierlo. Al solito era firmato con nome e cognome, come se esistesse un altro italiano in tutta Firenze che avrebbe potuto lasciarle un messaggio in quel modo. Sulle sue labbra affiorò un sorriso.

Emilia sentì l'urgenza di correre subito da Fedele, ma non voleva mostrarsi troppo disperata, perché di fatto non lo era. E poi temeva che rivederlo l'avrebbe turbata di nuovo. Ma allo stesso tempo sarebbe stato scortese da parte sua non andare. Dopo un lungo dibattito interiore, vinse la voglia di vederlo. Emilia volò in bagno a truccarsi, si bagnò il collo con due gocce di profumo e andò spedita a casa sua. Erano le sei del pomeriggio.

Su entrambi i lati del portone due grossi vasi di malva erano sul punto di sbocciare. Bussò, la porta si aprì all'istante e Fedele apparve. Sembrava felice di vederla e infatti così le disse. Emilia si rilassò: dopo la rivelazione della notte precedente non sapeva proprio che cosa aspettarsi da lui.

La invitò a entrare. Non era mai stata in casa sua, anche se aveva già visitato il giardino che confinava con il ristorante. Come dimenticare il posto dove avevano cenato insieme per la prima volta e lei aveva ottenuto l'intervista!

«Mi piacciono i fiori all'ingresso» esordì lei.

«Sappi che sotto uno di quei vasi ho nascosto un mazzo di chiavi. Così se vieni e io non ci sono...»

«Fedele, non entrerei mai da sola in casa tua» rispose lei rimproverandolo, ma con un'espressione compiaciuta in volto. Un commento simile poteva significare solo qualcosa di buono.

«Non si sa mai.»

Attraversarono il salotto e si accomodarono in cucina.

L'edificio era davvero antico, con le pareti spesse, i soffitti alti e le porte in legno massello. L'appartamento era stato ristrutturato, ovviamente, e arredato con gusto: la combinazione tra antico e moderno rendeva l'ambiente luminoso e informale. Almeno così le parvero il salotto e la cucina, le uniche due stanze che aveva visto fino a quel momento.

Fedele preparò un tè.

«Vedi? Anch'io ho una passione per le cose naturali» disse lui per rompere il ghiaccio, con un sorriso complice sulle labbra.

Una volta seduti al tavolo, Fedele pensò che non avesse senso tergiversare e andò dritto al punto.

«Emilia...»

«Prima che tu dica qualsiasi cosa, voglio che tu sappia che non devi darmi spiegazioni... Tu non mi devi niente» lo interruppe lei nervosa.

«Non mi sento in obbligo, Emilia» rispose lui con sincerità.

«So che è una situazione particolare» proseguì lei. Poi, con lo sguardo perso nel vuoto, come se stesse parlando a se stessa, aggiunse: «Io per prima non sono certa di sapere quello che voglio».

«Ma io sì» ribatté Fedele con decisione.

«Sei fortunato. Io non riconosco nemmeno più la differenza tra bene e male.»

Infastidito da quel commento, Fedele si accigliò. Non appena Emilia se ne rese conto cambiò argomento e chiese: «Quindi cos'è che vuoi?».

«Voglio te. Voglio avere una relazione con te.»

Emilia sgranò gli occhi: se lo sentiva che quella conversazione l'avrebbe di nuovo messa in crisi. Il peso di un'altra decisone da prendere si aggiungeva a quello che aveva già sulle spalle.

«Ma non siamo pronti per...»

«Emilia, ascoltami... se mi dovessi soffermare a riflettere sul fatto che la donna con cui voglio stare aspetta un bambino e che questo presto entrerà a fare parte della mia vita… be', scapperei a gambe levate…»

«Dove vuoi arrivare?» chiese lei offesa. Prima diceva di voler stare con lei e poi rifiutava di accettarla per quella che era, e cioè incinta.

«Ma c'è una verità che è più forte di tutte…» proseguì Fedele. «Ed è che, se domattina dovessi svegliarmi senza di te al mio fianco, sicuramente impazzirei. Non sono pronto a smettere di vederti… Voglio stare insieme a te stasera e tutti gli altri giorni!»

«E quindi?» insistette Emilia, con una punta di sarcasmo, senza capire dove volesse andare a parare.

«Viviamoci questa relazione giorno per giorno, prendiamo ciò che la vita ha da offrirci. Tre mesi sono tanto tempo.»

Per com'era fatta, a Emilia la proposta suonò infantile.

«Non lo so Fedele… per te è semplice vivere in questo modo…» Non trovava le parole. «Vivere come se tutto fosse sempre una festa. Ma io in questo momento ho un problema da gestire.»

«La gravidanza non è un problema, è una cosa bellissima… È vero, dovrai gestirla, ma è comunque bellissima. E poi la mia vita non è affatto tutta rosa e fiori!» ribatté lui.

«Ma se non hai problemi! Sei sempre così spensierato e sorridente, non ti ho mai visto triste o giù di morale.»

«Non è così.»

«Fedele, non tutti sono disposti ad avere una relazione con una donna che è incinta di un altro uomo. Non voglio rischiare di innamorarmi perdutamente di te e poi tu, da un momento all'altro, te ne penta e decida di lasciarmi…»

«Emilia, maledizione, smettila di essere così pessimista e ascoltami!»

Per la seconda volta in due giorni era riuscita a farlo arrabbiare. Pensò che era meglio sentire cosa avesse da dire e gli fece cenno di continuare.

«Grazie...» disse lui e guardandola dritto negli occhi proseguì con tono più calmo: «Anch'io ho un passato alle spalle e la mia vita non è sempre stata facile. Però è vero: cerco di essere felice a prescindere dalle circostanze. Ma questo è molto diverso».

«E si può sapere in cosa consisterebbe questo passato?»

Fedele la fissò con uno sguardo contrariato, che avrebbe disintegrato una montagna. Emilia lesse nella profondità dei suoi occhi scuri qualcosa di terribile.

Poi Fedele fece un respiro e iniziò a raccontare. Prima una, poi due, tre parole e così fino a creare una frase che unita a un'altra e un'altra ancora finì per dare forma a una storia, forse la più triste e sconfortante che lei avesse mai sentito, quella di una perdita atroce. La voce di Fedele fluttuava nell'aria, saturando l'atmosfera di tristezza. Stazione di Atocha, 11 marzo, la metropolitana, Patricia, suo figlio, la gioia, l'attentato, la morte, il dolore di averli perduti per sempre... E poi ancora la vita in Spagna, il cambio di piani, il modo migliore per affrontare la sofferenza. Perché ciò a cui opponi resistenza persiste. E allora bisogna imparare a lasciare andare e accettare ciò che la vita ha in serbo per te. Vivere un giorno alla volta, reinventarsi.

Emilia non poteva credere alle proprie orecchie. Durante il racconto Fedele non sembrava affatto lo stesso uomo che aveva conosciuto. Quando lui proferì l'ultima frase era stremato. Da almeno mezz'ora parlava senza sosta, ogni parola usciva a fatica. Poi si alzò in piedi e andò alla finestra.

«Fedele, non so davvero che dire... Non avrei mai immaginato...» Emilia lo raggiunse e si fermò dietro di lui.

Allora lui si voltò e pronunciò un'ultima frase: «Per questa ragione, quando penso al luogo da dove vieni e al senso di speranza che mi trasmetti, sono convinto che sia un miracolo. Il fatto che aspetti un figlio non mi impedisce di volerti stare accanto».

Fedele ed Emilia si abbracciarono per un lungo momento, poi lui aggiunse prendendola per mano: «Vieni...».

Lei si lasciò condurre in camera. Al centro c'era un letto matrimoniale con la trapunta blu, uno specchio e una cassettiera sulla quale erano posate due cornici. Fedele le prese con tenerezza, come se fossero un oggetto prezioso, e gliele porse. Prima il figlio, poi la moglie. Lei li guardò con attenzione, erano entrambi biondi, sorridenti, si somigliavano molto... sembravano felici. L'idea che Fedele avesse avuto una famiglia e che adesso fosse scomparsa la commosse. Una cosa del genere non se l'aspettava proprio da lui, sempre così ottimista ed esuberante. Rimase ferma a osservare le fotografie mentre lui la scrutava. Poi le appoggiò con cautela sul mobile e strinse di nuovo Fedele tra le braccia. Quell'uomo le aveva appena dischiuso il suo universo più intimo e privato: come faceva a rifiutare la proposta che le aveva fatto di vivere un giorno alla volta? Come rifiutare di vivere accanto a qualcuno con un passato simile, che le apriva le porte di casa sua e gliela offriva? E poi, Fedele non le aveva chiesto niente di male, anzi!

«D'accordo, voglio vivere questa relazione, giorno per giorno, insieme a te» disse risoluta.

«Sono contento di sentirtelo dire. E comunque non mi sarei arreso tanto facilmente» rispose lui.

Fedele ricambiò l'abbraccio con dolcezza, stringendola contro il suo petto. A quel punto le loro labbra si sfiorarono teneramente quasi a suggellare una promessa. Emilia si sentì a suo agio tra quelle braccia forti e baciate dal sole, catturata da quella bocca sempre sorridente che desiderava tutta per sé. Perché Fedele la baciava sulle labbra, e sul collo, e sul petto, e sempre più in giù nella scollatura, bramando la sua pelle. Sentire il respiro di lui la eccitava, facendole dimenticare qualunque preoccupazione. Fedele le sbottonò lentamente la camicetta a fiori e gliela sfilò, vedendo apparire i suoi seni affacciati al reggiseno a balconcino bianco. Lui li fissò e con un dito percorse i contorni del pizzo provocandole un tremito di piacere. Poi sollevò lo sguardo sul volto di lei e disse: «Sei stupenda».

A quel punto, invece di slacciare il gancetto, Fedele la spinse gentilmente e la fece coricare sul letto per sfilarle i pantaloni. Alla vista delle mutandine di pizzo bianco abbinate sorrise, colmo di desiderio. Allora appoggiò un palmo sul pube di Emilia e con le dita scivolò furtivo dentro di lei, cercando la sua pelle umida.

Lei ne intuì i movimenti e si sentì al sicuro tra le grandi mani di quell'uomo dal passato triste che la cercavano. Sì, faceva bene a dargli una chance, le diceva la ragione. Tuttavia una parte recondita del suo inconscio sollevò un'obiezione e le puntò il dito contro, scaricandole addosso il ricordo dell'ultima volta che aveva avuto un rapporto con qualcuno, e cioè con Manuel, il padre del bambino che portava in grembo. Emilia si irrigidì e rimase ferma, come pietrificata.

Fedele se ne rese subito conto.

«Che cos'hai?»

«Lo sai... non riesco» rispose lei con sincerità.

Lui le accarezzò i capelli e il viso.

«Non ci corre dietro nessuno... Se vuoi possiamo aspettare... Per me non è un problema, te l'ho detto. Sono disposto a qualunque cosa pur di non perderti.»

«Neanch'io ti voglio perdere. Non posso, non voglio smettere di vederti. Il solo pensiero mi distrugge.»

«Prendiamocela con calma. Vale la pena tentare, non credi?»

«Sì...»

Era comprensibile che nella sua condizione Emilia avesse delle remore nei confronti del sesso, tanto più con un uomo che non era il padre di suo figlio e che conosceva da così poco. Il solo pensiero gli procurò una fitta di gelosia e di rabbia nei confronti di Manuel.

«Se proprio vuoi, possiamo provarci» disse Emilia.

Fedele non sapeva che fare, la magia del momento era svanita...

«No, magari un'altra volta.»

Stesi sul letto uno accanto all'altra, iniziarono a chiacchierare in un crescendo di intimità, fino al punto di sentirsi uniti per davvero, senza bisogno di andare oltre. Fedele le domandò della sua vecchia relazione e lei gli raccontò per quanto tempo erano stati insieme lei e Manuel, di come e dove si erano conosciuti, del lavoro di lui come professore di storia all'università di Buenos Aires di lui, ma anche del trasferimento in Arizona. Fedele l'ascoltò in silenzio e si fece un'idea piuttosto negativa di Manuel. *Un perfetto idiota*, pensò dentro di sé. Lui, una donna come Emilia, non se la sarebbe mai lasciata scappare e glielo avrebbe dimostrato il prima possibile. *Emilia non avrà più dubbi*, si disse.

Sdraiata tra le coperte, di tanto in tanto lei lanciava un'occhiata alla foto di Patricia; aveva i capelli corti fino alle spalle e un tailleur molto professionale, proprio da organizzatrice di eventi – era proprio a un evento infatti che Fedele l'aveva conosciuta. Era una donna attraente e in un certo senso la invidiò, ma dentro di lei non riusciva proprio a provare gelosia.

Fu allora che le tornò in mente il viaggio ad Amalfi. Quell'inconveniente non ci voleva, proprio adesso che avevano capito di voler stare insieme. Se solo Fedele avesse potuto accompagnarla, desiderò lei.

Nello stesso istante, anche Fedele ricordò l'imminente partenza di Emilia per il Sud e si rattristò. Che peccato...

Era arrivato il momento di parlarne e, all'oscuro del fatto che entrambi stessero pensando la medesima cosa, dissero all'unisono: «Il viaggio...» e scoppiarono a ridere.

«Ci stavo proprio pensando in questo momento. Oggi sono passata a ritirare i biglietti. Parto dopodomani, mi dispiace...»

«Mi hai letto nel pensiero... Però ho una soluzione.»

«E sarebbe?» gli chiese sperando che avessero avuto la stessa idea.

«Potrei prendermi qualche giorno di pausa dal lavoro e venire con te.»

«Sarebbe fantastico! Ma ne sei sicuro? E il ristorante?»

«Sono il proprietario, sì o no?» esclamò sorridente. «Tra l'altro ho appena assunto una ragazza nuova, proprio per avere più tempo per me, anzi... per te.»

«Ma che dici?!» rispose Emilia stupita. Questa sì che era una sorpresa. In effetti lui le aveva accennato qualcosa al riguardo, ma mai e poi mai avrebbe pensato che lo avesse fatto per lei.

«Non mi fraintendere, adoro il mio lavoro ma, se devo scegliere, preferisco stare con te. Che ne dici? Facciamo un viaggetto insieme?»

«È un'ottima idea.»

«Allora dammi il numero del volo e vedo se riesco a trovare un posto sullo stesso aereo.»

Emilia si alzò dal letto e andò a prendere la borsa, mentre lui componeva il numero dell'agenzia di viaggi sul cellulare.

***

Mezz'ora più tardi Emilia si incamminò verso casa sua e Fedele scese al ristorante a dirigere la sua batteria di cuochi e camerieri. Bisognava preparare la sala per il turno della cena.

Erano rimasti d'accordo di vedersi l'indomani a pranzo per mettere a punto gli ultimi dettagli del viaggio, ma il più era fatto: Fedele era riuscito a trovare un posto sullo stesso aereo e proprio accanto a lei per giunta. Una volta arrivati avrebbero noleggiato una macchina per visitare i paesi lungo la costa e permettere a Emilia di provare i locali scelti per la rubrica gastronomica.

*Il viaggio dei sogni*, rifletté mentre scriveva un breve messaggio a Manuel per avvisarlo che non avrebbe avuto connessione per i sei giorni successivi e pregarlo di non cercarla. Una piccola vendetta, anche se non del tutto vera. Eppure, quella semplice mail sarebbe stata in grado di risvegliare non poco interesse nel campus dell'Arizona State University, insieme a una lunga serie di ricordi e di decisioni da prendere.

## Un giovane uomo

Il giovane uomo si alza dal letto, spalanca la finestra e guarda fuori il profilo della città che ama. Firenze risplende in tutta la sua bellezza estiva. È una mattina tranquilla, carica di aspettative. Negli ultimi giorni, i fantasmi paiono essersi dimenticati di lui, come se, dopo il coraggio dimostrato, non osassero più avvicinarsi.

Va al cassettone dove giacciono le foto dei suoi cari, le prende in mano e le bacia una per volta. È rimasta un po' di saliva sul vetro. L'uomo passa l'indice sui due volti e guardandoli sorride.

È la prima volta che lo fa dopo aver compiuto il solito rituale. È la prima volta che i bei ricordi hanno la meglio sulla tristezza di sapere che Patricia e Carlo non torneranno indietro. Oggi è grato di sapere che hanno fatto parte della sua vita e questo gli basta.

Per una frazione di secondo, soffermandosi a guardare i capelli biondi di entrambi, l'uomo avverte che la stazione di Atocha sta di nuovo per incombere su di lui con la sua oscurità, ma il pensiero del presente lo chiama a gran voce, la Costiera amalfitana lo attende.

L'uomo si veste, sceglie con cura cosa indossare… *È forse sbagliato nutrire di nuovo della speranza?*, si domanda, colpevole di desiderare la felicità. Per la prima volta crede che sia possibile raggiungerla per davvero. Non ha una risposta però. Sarà il futuro a fornirgliela, a rivelargli se ha puntato sulla donna giusta.

# 11

*Gli oggetti sono quegli amici che né il tempo, né la morte,*
*né la bellezza o la fedeltà possono alterare.*

Françoise Sagan

## Piacenza, 2008

*Giorno 5*

Seduto nel salone dorato, il signor José Mesina guardò l'orologio alla parete con una certa impazienza. Era da mezz'ora che aspettava di essere ricevuto dal padrone di casa, ma non poteva lamentarsi: era colpa sua se si era presentato lì senza appuntamento. D'altronde che poteva farci lui, se il conte non rispondeva al telefono e comunque non aveva un cellulare? Gli uomini della vecchia nobiltà italiana erano tutti uguali, capricciosi ed eccentrici. Lui, lavorando al museo, ne aveva incontrati parecchi così, e questo Berni non faceva eccezione. *D'altronde chiunque possieda un Tiziano può permettersi qualsiasi cosa*, pensò soffermandosi sul motivo della sua visita e cercando di armarsi di pazienza. L'istituzione per cui José Mesina lavorava, uno dei musei spagnoli più importanti al mondo, voleva quel quadro a tutti i costi, ragione per cui aveva mandato un'ambasciata per avanzare un'offerta. Erano tre anni che il signor Mesina stava alle calcagna di Berni senza risultato: l'uomo era impossibile, con lui non funzionava niente, né chiamate né favori. Ecco perché, in un gesto estremo, aveva deciso di presentarsi al castello senza preavviso. Il valore dell'opera in questione ammetteva l'uso di ogni mezzo. Osservando i dipinti e l'arredamento della sala, però, doveva ammettere di trovarsi in un luogo particolarmente raffinato. Gli oggetti che lo circondavano erano uno più prezioso e bello dell'altro. Quel salone racchiudeva anni di storia, dagli etruschi agli scultori del XVIII secolo. In un angolo c'era perfino un Boldini. Da esperto estimatore qual era, José Mesina non poteva non apprezzare uno spettacolo tanto maestoso. Perso tra i propri pensieri, non si accorse dell'arrivo del conte che, con un colpo di tosse, lo fece saltare sulla sedia.

«E lei chi sarebbe? La domestica mi ha detto che si chiama Mesina, ma non credo che ci conosciamo.»

«Molto piacere, signor Berni. Sì, sono José Mesina, e no, non ci conosciamo. Ma visto che non sono riuscito a mettermi in contatto con lei in altro modo, ho deciso di venire personalmente.»

«E che cosa vuole da me?»

«Lavoro per il Museo del Prado, ecco il mio biglietto da visita» disse porgendogli il cartoncino.

Berni lo prese e lesse il nome dell'istituzione, la conosceva bene.

«Non occorre che aggiunga altro: lei è qui per i dipinti.»

«Sì, nella fattispecie per il Tiziano… Il museo è molto interessato all'acquisto del quadro in suo possesso.»

«Si può sapere quando la smetterete una buona volta?! Io non vendo un bel niente! Tutto quello che vede è, e sempre sarà, della mia famiglia!» sbottò Benito lanciando in aria il biglietto da visita che andò a finire sul pavimento.

«Ma signor Berni, mi faccia almeno dire di che cifra stiamo parlando…»

«Non mi interessa… Non voglio sapere niente… E adesso

la prego di andarsene. Noi non abbiamo più niente da dirci» tagliò corto il conte andando ad aprire la porta.

José Mesina non poté fare altro che obbedire.

«Non dimentichi, signor Berni, che la felicità non sta nelle cose che possediamo. Arriverà forse un giorno in cui non le basteranno più e avrà bisogno degli altri. Se mai quel giorno dovesse arrivare,» ribatté il critico raccattando da terra il suo biglietto «le lascio il mio numero di telefono. Non esiti a contattarmi, faremo finta che non sia successo niente.»

«Non credo proprio. Le persone hanno smesso di essermi di compagnia tanti anni fa. E quelle che un tempo lo sono state, ormai non ci sono più. Inoltre, mio caro signor Mesina, non sottovaluti ciò che possiede, talvolta un oggetto è l'unico ricordo che abbiamo di una persona che ci ha lasciati, e anche se non è lo stesso, però ci basta per continuare a vivere.»

«Ne è proprio convinto?» lo interrogò Mesina già fuori dal portone del castello.

Allora Benito Berni, appoggiato allo stipite, rispose: «Dentro ogni cosa resta impressa una traccia della persona amata che ci fa apprezzare quell'oggetto quasi fosse un essere vivente».

Con queste parole e sbattendo forte il portone, il conte diede per conclusa la conversazione. *Maledetti strozzini! Quando possiedi qualcosa di valore sono peggio dei venditori*, pensò, e lui ne sapeva qualcosa, dopo aver posseduto un Tiziano per tanti anni.

Allora il dipinto tanto amato gli apparve nitido davanti agli occhi…

Piacenza, 1957

Al volante della sua nuova Mercedes Benz, Benito ingranò la prima e imboccò la stradina in salita che conduceva al castello.

Il vento che entrava dal finestrino lo colpiva in pieno volto e gli scompigliava i capelli, procurandogli una sensazione di profonda libertà. La macchina aveva a malapena qualche settimana e quello era il primo vero viaggio che faceva. Benito aveva trascorso un breve periodo in Francia, dove era entrato in contatto con numerose personalità del jet set parigino, inclusa la cantante Édith Piaf, con cui si scriveva delle lettere. Piano piano si stava ritagliando il suo posto nella vita adulta.

Gli ci erano voluti solo un paio di giorni per imparare a guidare; era stato il proprietario della concessionaria a insegnarglielo, visto che non aveva nessun altro che potesse farlo. Magari sembrerà strano o esagerato, ma imparare a guidare aveva fatto maturare il giovane Berni al punto da trovare il coraggio di affrontare le proprie paure. Ecco perché aveva deciso di recarsi a Piacenza.

Una volta arrivato, passò a trovare la signora Campoli che, davanti a una tazza di caffè, nella piccola sala da pranzo di casa sua, lo mise al corrente delle ultime novità. Gli alberi di pino in giardino si erano seccati, ma ne aveva fatti subito piantare di nuovi, e poi pioveva dentro all'ala sinistra del palazzo per cui il notaio Moncatti aveva provveduto a mandare una squadra di operai a riparare il tetto. Le gemelle, invece, erano passate a fare visita al castello insieme ai genitori adottivi. Per aiutare nel lavoro di recupero dei cimeli di famiglia, la donna aveva stilato una lista, a partire da un vecchio inventario che aveva rinvenuto, dalla quale spuntava i pezzi che il giovane conte le inviava. Magari poteva risultare utile anche a lui averne una copia, spiegò la vedova del giardiniere porgendogli il foglio. Benito allora non immaginava che quel pezzo di carta lo avrebbe accompagnato per molti, moltissimi anni a seguire.

Dopo due ore di piacevole conversazione, Benito sentì che

era giunto il momento di occuparsi della vera ragione della sua visita. Senza aspettare un minuto di più entrò nel castello e salì di corsa le scale.

Mentre percorreva il corridoio del piano di sopra, si fermò sulla soglia della camera dei genitori e, con la mano appoggiata allo stipite su cui erano incise le tacche dell'altezza sua e delle gemelle, osservò l'enorme stanza con il pavimento in parquet, il grande letto a baldacchino, i comodini in marmo, il lampadario di cristallo, le tende vaporose e l'immenso camino che erano soliti accendere durante l'inverno. Benito rimase fermo a guardare per alcuni minuti i particolari di quella stanza così familiare, poi si avvicinò al letto e lo spinse via, proprio come aveva fatto con sua madre il fatidico giorno in cui tutto era cambiato. Sotto c'era un tappetino marrone. Lo arrotolò ed eccola lì: la botola segreta in cui aveva trascorso due interi giorni, nascosto, terrorizzato a morte perché era rimasto solo al mondo; la botola dove aveva pianto fino a graffiarsi la faccia per la disperazione, dove paralizzato dalla paura si era perfino fatto i bisogni addosso. Il solo ricordo dell'agonia di quei momenti lo riportò indietro nel tempo, ma ciò non gli impedì di afferrare la maniglia. Benito si trovava lì per quello, per affrontare i propri demoni. Quindi, con presa salda, aprì il nascondiglio. Il buco nero a lui ben noto si rivelò ai suoi occhi facendogli rivivere il terrore del passato. Benito però, deciso a non lasciarsi intimidire, si calò dentro.

Ma una volta all'interno, per ben due volte, sentì la necessità di uscire a prendere una boccata d'aria; non certo perché non mancasse l'ossigeno là sotto, ma perché il ricordo asfissiante dei giorni trascorsi lì dentro aveva il potere di trasformarlo di nuovo nel bambino spaventato che era stato. Quando infine riuscì a calmarsi e si fu abituato all'oscurità, Benito si guardò intorno.

Il nascondiglio era identico a come lo ricordava: sul pavimento giacevano ancora i bottoni della camicia che si era strappato in un gesto di paura e disperazione. Si chinò a raccoglierli ma, mentre tastava per terra, le sue dita sfiorarono un oggetto di legno intagliato. I polpastrelli scivolarono verso l'alto seguendo il profilo del disegno per alcuni centimetri, poi Benito capì di cosa si trattava. Era la cornice del preziosissimo dipinto di Tiziano che ritraeva la madre della sua trisnonna. Fu in quel preciso momento che l'immagine del quadro che aveva completamente cancellato gli riaffiorò alla memoria.

Il ragazzo lo sollevò non senza una certa fatica e lo appoggiò come poté al bordo della botola, poi, facendo leva, lo estrasse dal buco. Benito si tirò su e, seduto per terra con il ritratto davanti e le spalle appoggiate contro il letto, si rese conto di due cose molto importanti. Innanzitutto del fatto di essere riuscito a vincere la paura che lo tormentava da anni di tornare in quel rifugio; poi, di essere diventato milionario. Le sue conoscenze sull'arte erano sufficienti per sapere con assoluta certezza di avere tra le mani un'opera per la quale, nel giro di alcuni anni, molta gente sarebbe stata disposta a pagare cifre astronomiche. Aveva sentito dire che un dipinto simile poteva valere diversi milioni di dollari.

Allora si alzò in piedi e cercò di spostarlo. Era pesante, ma lui non si sarebbe arreso perché aveva una missione da portare a termine: appendere il Tiziano dove era sempre stato, nella pinacoteca al piano di sopra. Questa era in assoluto la cosa più importante.

# 12

## Napoli, 2008

Emilia bevve un sorso d'acqua dalla bottiglietta. Aveva sete, ma nonostante il caldo era contenta. Doveva proprio ammettere che visitare Napoli mano nella mano con un italiano era tutta un'altra cosa. Era così infatti che Fedele la portava a spasso e che lei si lasciava condurre entusiasta, non solo di conoscere posti che altrimenti non avrebbe mai scoperto viaggiando da sola, ma anche di saperlo al suo fianco. I piedi di Fedele sembravano sapere sempre dove andare, il suo portamento dava l'impressione che niente e nessuno avrebbe potuto fermarlo e lo sguardo vigile su tutto ciò che accadeva intorno le trasmetteva una sensazione di tranquillità. Per non parlare poi del braccio che le circondava le spalle e della miriade di attenzioni che lui le riservava, dall'acqua alle caramelle e perfino i posti in cui fermarsi a riposare un attimo. Emilia si sentiva al sicuro.

Durante il volo in aereo, Fedele le aveva fatto una sorpresa: invece di alloggiare nell'albergo in centro prenotato dalla rivista, avrebbero trascorso due notti in un castello storico trasformato in boutique hotel, un posto che a detta sua meritava di essere visto. Appena arrivati erano saliti su un taxi che li aveva condotti in albergo, situato un po' fuori città, nei dintorni di Pompei.

Il castello d'epoca medievale si presentava come una fortezza in pietra con archi in stile romanico; le tende di velluto nero e il mobilio antico, quasi principesco, conferivano alle imponenti stanze – l'ingresso, la reception e i salotti – un aspetto drammatico, da film.

Durante il check-in però era successa una cosa insolita, di cui Emilia ancora non riusciva a capacitarsi; alla domanda del receptionist su che tipo di sistemazione gradissero, Fedele aveva risposto:

«Prendiamo due singole».

Emilia era rimasta sconcertata e durante la giornata aveva contemplato tutta una serie di stati d'animo diversi che andavano dalla sorpresa iniziale, fino all'essere d'accordo – visto che c'erano altri posti da visitare e sicuramente avrebbero dormito insieme in uno degli altri hotel. Ma col proseguire delle ore, aveva iniziato a credere che, invece di scegliere da solo, Fedele avrebbe dovuto consultarla prima. Lui le piaceva e, pur non sapendo di preciso quando e come, era certa che sarebbero andati a letto insieme. Però che fosse lui a prendere tutte le decisioni non le andava bene. Perché mai aveva preferito due camere separate senza parlarne prima con lei?

Infastidita, Emilia glielo aveva fatto notare, al che lui, con un malizioso sorriso a fior di labbra, aveva risposto in italiano: «Valle a capire le donne!».

Prese le stanze, avevano quindi sistemato i bagagli e in un attimo si erano preparati per andare a fare un'escursione sul Vesuvio. Emilia era quasi pronta quando l'avevano colta le solite nausee mattutine e non era stato possibile ignorarle. Nonostante l'effetto tempestivo del tè zuccherato che lui le aveva fatto preparare, su sua richiesta, Fedele aveva comunque preferito rimandare la gita e portarla in giro per la città, mano nella mano appunto.

Tra un lungo bacio sulle labbra e una battuta, Fedele si prendeva cura di lei preparandosi a trascorrere una serata magica…

Emilia sorrideva, il loro futuro era incerto, soprattutto sotto quell'aspetto.

***

Fedele ed Emilia trascorsero la giornata passeggiando per i vari quartieri tra cui Spaccanapoli, uno dei più importanti della città. Lui ci teneva particolarmente a mostrarglielo perché lì, diceva, si respirava la vera aria di Napoli. Vicoli stretti, panni stesi ai fili tra i balconi, la gente che parlava da un marciapiede all'altro o dalla finestra. Emilia si gustava ogni dettaglio di quell'esperienza.

Agli angoli delle strade più frequentate, si susseguivano negozi di ogni sorta, dagli alimentari a quelli di chincaglierie; addirittura ce n'erano alcuni che vendevano perle per gli abiti da sposa.

Il traffico era un caos: solo chi aveva una certa esperienza riusciva a passare per quelle vie anguste e a senso unico che, il più delle volte, ti obbligavano a fare marcia indietro tra gli improperi della gente intorno.

Ogni volta che Fedele aveva l'impressione di stare attraversando una zona poco sicura, stringeva forte la mano di Emilia avvicinandosela a sé, ma era inevitabile che i pantaloncini rossi di lei attirassero qualche sguardo indiscreto.

Stufi di tanta confusione, alla fine uscirono dalla zona turistica e decisero di andare a mangiare una pizza all'Antica Pizzeria Brandi, fondata nel 1780, uno dei locali della lista di Emilia. Seduti fuori a un tavolino in salita Sant'Anna di Palazzo, lui le raccontò che era proprio in quel posto che era stata inventata la famosa pizza margherita. «Si narra che l'entusiasmo della regina Margherita per la pizza preparata in suo onore fu tale che non volle mangiarne altre, solo ed esclusivamente quella cucinata qui» spiegò Fedele. Emilia lo ascoltava estasiata mentre appuntava nel quaderno le proprie impressioni sul cibo.

Subito dopo, tagliando per via Toledo, si fermarono alla Galleria Umberto I dove, sotto l'impressionante cupola in vetro e ferro alta cinquantasette metri, presero un caffè del cardinale e una sfogliatella. Fedele aveva insistito per fargliela assaggiare, convinto che lei avrebbe adorato gli strati di pasta sfoglia arrotolata ripieni di ricotta. E in effetti era così deliziosa che Emilia non sapeva più che cosa le piacesse e cosa no: i suoi gusti erano totalmente cambiati da quando si trovava in Italia, rifletté sentendosi come seduta sulle montagne russe. Quel paese la stava trasformando e la cosa non le dispiaceva affatto, anzi ne era quasi felice.

Verso sera, stanchi e soddisfatti, decisero di rientrare al castello. Emilia e Fedele si salutarono sulla porta delle rispettive camere con una risatina imbarazzata, poi andarono a darsi una rinfrescata e a prepararsi per la cena romantica a lume di candela che li attendeva.

Riposati e vestiti da sera, alle nove in punto si ritrovarono nel piccolo ristorante dell'hotel. Dei quattro tavoli della sala loro erano gli unici clienti – gli altri dovevano aver preferito la confusione della città. Emilia ne rimase piacevolmente sorpresa, così almeno sarebbero rimasti un po' da soli. Se poi la cucina del ristorante si fosse dimostrata all'altezza, l'avrebbe menzionata nella rubrica.

Era stata una giornata stupenda, avevano percorso Napoli in lungo e in largo e adesso Fedele era seduto lì davanti a lei. Non poteva chiedere di meglio. Tutte le preoccupazioni legate alla gravidanza parevano scomparse e in gran parte lo doveva all'atteggiamento contagioso di lui. Entrambi ordinarono il piatto di pesce del giorno con contorno di verdure, un calice di vino per lui e dell'acqua minerale per lei. Finalmente non c'era più bisogno di inventare scuse per non bere e la cosa la faceva sentire sollevata e felice.

Si scambiarono le impressioni sulle città, la gente, i posti che avevano visitato, la cappella di San Gennaro, il monastero di Santa Chiara, il Palazzo Reale e il Castel Nuovo con gli affreschi del XIV e XV secolo. Nonostante la pittura fosse una passione comune, si resero conto di non aver ancora visto nessun dipinto realizzato dall'altro. Per rimediare allora Fedele le promise di mostrarle i suoi disegni una volta tornati a Firenze.

Tra un discorso e l'altro ben presto si ritrovarono a parlare di che nome avrebbe scelto Emilia per il bambino, e lui le raccontò di come aveva trovato quello di Carlo. Era strano a volte mescolare il passato con il presente: la famiglia scomparsa di Fedele con loro due e la magia di quella cena a lume di candela. E perché no, pure con il futuro, con il figlio che Emilia portava in grembo e ancora non si era fatto notare, salvo per un po' di nausea al mattino, ma che cresceva lentamente dentro di lei.

«Sono felice di essere qui con te. Non so cosa ci riserverà il domani, ma oggi dobbiamo essere felici.»

«Anch'io sono felice» ripose Emilia, a cui quel modo di affrontare la vita dava ancora le vertigini.

«Non voglio metterti ansia, però credo che dovresti farti visitare una volta tornati a Firenze. Potresti andare all'ambulatorio dove lavora il mio medico» propose lui.

«Penso che in questo caso occorra un ginecologo, non un medico generico» disse lei con un sorriso.

Ormai parlare della gravidanza non la turbava più come prima, e poi Fedele si era rivelato un uomo dolce e premuroso; infatti, anche se a prima vista poteva sembrare entusiasta e impulsivo, c'erano momenti in cui si mostrava calmo e rilassato, perfino protettivo. Emilia poteva dire di conoscerlo sul serio? Com'era Fedele veramente?

Avevano quasi finito di cenare quando lui all'improvviso esclamò: «Non so come ho fatto finora a vivere senza di te!».

Quel commento fece scattare qualcosa in lei, allora iniziò ad abbassare la guardia. Mettendo insieme tutte le cose che si erano detti, Emilia giunse alla conclusione che incontrare quell'uomo era stato un vero colpo di fortuna. Dentro di lei sperava che tutto sarebbe andato per il meglio.

La serata giunse al termine; era strano però che dopo un'intera giornata trascorsa insieme, ciascuno si ritirasse nella propria stanza come se niente fosse. Ma lui aveva preferito così ed Emilia decise di non tornare su quella scelta, sebbene si sentisse punta nel vivo. Credeva che per quell'ora lui avrebbe avuto talmente tanta voglia di stare con lei da proporle di dormire insieme.

E invece, dopo aver salito le imponenti scale con la ringhiera di ferro ed essersi scambiati un lungo bacio in corridoio, Fedele la salutò.

In camera, Emilia rimase a fissare la porta comunicante tra le due stanze, chiusa a chiave, e pensò quanto fosse ridicola quella situazione.

Fedele dall'altra parte invece sentiva che tutto stava procedendo secondo i suoi piani.

Lei indossò il pigiama con i mandarini e si coricò nel gigantesco letto matrimoniale. Era esausta, eppure nella sua testa non la smetteva di ronzarle un pensiero: «Sono qui con Fedele e dormiamo in stanze separate. Mi sembra assurdo». Stesa supina, guardava il soffitto quando tutto d'un tratto avvertì un colpetto nella pancia che la colse di sorpresa. Era come se un pesciolino che nuotava in un acquario avesse fatto una capriola proprio sotto il suo ombelico. Emilia si concentrò e lo sentì di nuovo. Quindi appoggiò una mano sul ventre ed eccolo ancora! Suo figlio, ne era certa; si commosse. Il bambino si muoveva dentro di lei, inaspettatamente sui tempi, quasi a voler dire: «Sono già qui».

Proprio lei che in quel momento si trovava in un paese straniero lontanissimo da casa, lei che non aveva detto quasi a nessuno della gravidanza, lei che non aveva saputo più niente da Manuel. Le veniva da piangere non solo per la situazione in cui si trovava, ma anche per la commozione di sapere che una vita stava crescendo nel suo grembo.

Allora i suoi pensieri corsero a Fedele che si trovava a pochi metri di distanza ed era all'oscuro di cosa stesse provando. Ripercorse mentalmente la splendida giornata appena trascorsa, poi il ricordo delle ore passate in sua compagnia a Firenze, i manicaretti che faceva preparare apposta per lei, il tè zuccherato che le aveva portato quella mattina e perfino il suggerimento di fare un controllo medico. Fedele era davvero una persona premurosa e la riempiva di attenzioni; bastava pensare a quanto aveva insistito per pagare il carissimo hotel dove alloggiavano, in stanze separate per giunta. Insomma, le stava lasciando lo spazio di cui aveva bisogno... Fedele, Fedele e ancora Fedele, sempre e solo Fedele.

Alla luce di queste riflessioni, Emilia pensò che nessuno più di lui meritasse di essere reso partecipe di quel momento così importante. Si alzò e si avvicinò alla porta comunicante: dall'altra parte si sentiva la voce del telegiornale a cui lui non rinunciava mai. Piano piano stava imparando a conoscerlo.

Emilia appoggiò la mano sulla maniglia, fece scattare la serratura e spinse la porta. Era bloccata, andava aperta anche dall'altra parte. Bussò e in un batter d'occhio Fedele apparve sulla soglia con indosso solo un paio di boxer bianchi di cotone. Non lo aveva mai visto così. La pelle scura, il petto villoso, l'addome scolpito.

«Emilia, ti senti bene?»

La domanda la riscosse da quei pensieri riportandola al motivo per cui si trovava lì immobile.

«È successa una cosa incredibile! Il bambino si è mosso!»

Fedele rimase lì a fissarla… Che dire, per un momento aveva sperato che fosse venuta a proporgli di fare l'amore.

«Vieni» lo invitò e prendendolo per mano lo trascinò in camera.

Emilia si distese sull'antico letto con la spalliera di bronzo e appoggiò la testa sul cuscino, mentre lui si accomodava accanto a lei. Poi si abbassò un po' i pantaloncini del pigiama, prese la mano di Fedele e l'appoggiò sul basso ventre.

E così rimasero in attesa per qualche istante che il bambino si muovesse, occhi negli occhi, sentendo solo il rumore dei loro respiri. Gli sguardi parevano dire: «Eccoci qui insieme, a condividere questo momento come se ci conoscessimo da sempre, come se questo fosse figlio nostro».

Erano passati alcuni secondi quando Emilia avvertì di nuovo un leggero movimento, il pesciolino aveva dato un altro colpo di coda.

«Ecco, l'hai sentito?» chiese lei raggiante in volto, senza pensare che probabilmente fosse impossibile riuscire ad avvertirlo per chiunque a parte lei.

«Penso di sì» rispose Fedele titubante.

Poi un'altra capriola…

«Sentito? Sentito?»

«Non sono sicuro…» ammise lui con un filo di voce, temendo di spaventare il piccolo nuotatore proprio quando gli era sembrato di percepire qualcosa.

Altri due colpetti e poi più niente, il pesciolino doveva aver deciso che per quella sera era abbastanza.

Ma Emilia e Fedele rimasero fermi a guardarsi finché lui si sdraiò con le braccia incrociate dietro la testa a fissare il soffitto.

«Ma ci pensi? Una nuova vita...» disse e poi aggiunse: «Ricordo la prima volta che ho sentito Carlo».

Era naturale che facesse il collegamento, pensò Emilia, che cercò di riportarlo al presente. Quella sera lo voleva lì con lei, al suo fianco e non perso tra le nubi del passato.

«Ho voluto condividerlo con te.»

«Grazie» rispose lui voltandosi a guardarla. Lei fece lo stesso e si girò su un lato. Entrambi poggiavano la testa sul cuscino bianco e i loro sguardi si incontrarono di nuovo.

«Dico sul serio, è stato emozionante. Grazie» insistette lui commosso dal gesto di Emilia, anche se non era certo di aver sentito davvero qualcosa.

Ipnotizzata dalla profondità di quegli occhi scuri, si sentì indissolubilmente legata a Fedele, come se fossero una cosa sola. Allora guadagnò qualche centimetro sul materasso e adagiò la testa sulla sua spalla. Il profumo maschile di quella pelle la inebriò, le piaceva, la eccitava, voleva sentirlo ancora. Si schiacciò contro il suo corpo e allora Fedele la cinse tra le braccia. Le dita dei loro piedi si sfiorarono, stretti l'uno all'altra. Non appena Emilia avvertì il desiderio di Fedele crescere contro le proprie gambe, avvampò.

Il respiro di entrambi si fece sempre più pesante, i profumi si mescolarono dando loro l'impressione di riconoscersi. Rimasero così, immobili, per alcuni istanti: lei fragile contro quel corpo grande e possente che la cercava; lui in attesa di un segnale, il permesso di andare avanti. Consumata dalla passione di sapersi tra le braccia di un uomo che moriva dalla voglia di farla sua, Emilia gli mormorò all'orecchio:

«Fedele...».

«Mmm...»

«Voglio che mi ami...»

«Sicura?»

«Sì, sicura.»

Temevano che se si fossero mossi l'incantesimo si sarebbe spezzato.

Dopo alcuni secondi, lui si tirò su e fissandola negli occhi la baciò a lungo, giocando con la lingua ancora e ancora, finché Emilia non emise un gemito. Era ciò che stava aspettando. Quindi le sfilò con leggerezza la maglia del pigiama e la visione dei seni candidi lo abbagliò. Erano esattamente come li aveva immaginati sotto gli abiti, né grandi, né piccoli, lattei, con due belle aureole rosate. Li bramava, voleva assaggiarli... Fedele li strinse nei palmi e se li portò alla bocca, baciandoli dolcemente. Emilia gemette di nuovo. Interpretandolo come un ulteriore consenso a proseguire, lui trovò il coraggio di succhiarli con impeto, senza ritegno, una, due volte... Poi ancora gemiti, lunghi e ininterrotti. La voce eccitata di Emilia riecheggiò tra le pareti della stanza medievale, tuffandosi tra le lenzuola intonse del letto di bronzo, dove il desiderio struggente risvegliava Fedele in ogni centimetro della sua pelle chiedendo sempre di più. Per non abbandonarsi del tutto, decise di toglierle piano piano i pantaloncini. Indossava una mutandina brasiliana nera in pizzo; un'ondata di ebrezza montò rapida dentro di lui scuotendolo nel profondo.

«Mio Dio, Emilia, sei stupenda!»

Allora si sollevò per guardarla da capo a piedi. Eccoli lì, lui con la sua storia triste alle spalle e lei con la propria, e con la sua gravidanza, ma pur sempre insieme, pronti a concedersi l'uno all'altra, pronti ad alzare la posta, abbandonando le proprie rispettive solitudini.

Mentre la cospargeva di minuscoli baci al di sopra dell'ombelico, Fedele finì di sfilarle gli slip e la fissò completamente nuda. Emilia, sospirando e rimanendo a occhi chiusi, disse: «Ah, certo, io nuda e tu no!».

«Detto fatto» rispose Fedele che in un solo movimento si tolse i boxer. Poi senza ulteriori indugi, si coricò ansimante a pancia all'insù.

«Emilia, stai tu sopra, è meglio se dirigi tu...» la esortò.

La agognava con tutto se stesso, ma non dimenticava il fatto che lei fosse incinta. Quella sera era fondamentale che tutto filasse liscio.

«No, vieni tu... ti voglio sentire sopra di me» ribatté lei risoluta. Era pronta ad accoglierlo dentro di sé, ogni cellula del suo corpo lo invocava.

Quindi lo guardò dritto negli occhi e aggiunse in un sussurro: «Fedele, vieni...».

Lui, che non riusciva più a tenere a freno i propri impulsi, non se lo fece ripetere ancora: montò sopra di lei dimenticandosi di tutto il resto, della gravidanza, dei timori e dell'ansia che quella notte ogni cosa andasse bene. Si lasciò guidare dall'istinto e dall'affetto.

Le loro bocche collimarono mentre i corpi si cercavano. Lui chiese rifugio e lei glielo concesse. Con la mano allora Fedele fece scivolare il suo membro turgido dentro di lei per un tempo che parve infinito... Le loro pelli si toccarono unendosi per la prima volta.

Pelle contro pelle, sospiro su sospiro, movimento che chiamava altro movimento. Un incastro perfetto, cadenzato, fluido. Seguirono intensi minuti di fremiti e di brividi, potenti come i flutti del mare, poi la bramosia di Fedele si riversò impellente e liquida in lei che la ricevette soddisfatta.

Emilia lo afferrava per le spalle, mentre lui ancora con il respiro grosso le accarezzava i capelli che tanto gli piacevano, con la consapevolezza che in quell'abbraccio non fossero soli, ma la cosa non gli diede fastidio.

Mezz'ora più tardi crollarono addormentati, stretti l'uno all'altra e cullati dalla sensazione che la vita fosse davvero magica. Prima, quando non si conoscevano, le loro esistenze erano completamente diverse. Quel giorno invece erano insieme.

La mattina dopo si svegliarono tardi, e ancora più tardi decisero di alzarsi poiché, appena aperti gli occhi e ritrovandosi lì, nudi nel letto, il ricordo ancora vivido degli attimi in cui si erano uniti riaccese in loro la voglia di ricominciare. Tra le lenzuola, la vergogna era svanita lasciando il posto alla fiducia, alla sintonia e al piacere crescenti. Quando alla fine controllarono l'ora, si accorsero che il tempo della colazione era passato da un pezzo e tornarono a scambiarsi effusioni. Senza fretta, Fedele coprì di un'infinità di baci la schiena di Emilia, lei invece gli passò le dita tra i capelli mentre lui dormiva. Si era accorta che lo rassicurava. L'amore in tutte le sue sfaccettature aveva preso possesso dell'intero castello medievale in cui alloggiavano.

***

Quando infine decisero che era giunto il momento di alzarsi, Fedele scese dal letto e infilò i soliti sandali. Tutto era andato molto meglio di quanto si aspettasse; l'idea di prendere due stanze separate era stata vincente, pensò con un sorriso a fior di labbra. Napoli li aspettava e sul suo cuore non gravava alcuna preoccupazione. Lui viveva alla giornata, questa era la sua filosofia. Cosa aveva in serbo per loro il futuro, l'avrebbero scoperto col tempo. Per adesso avrebbero fatto un passo alla volta.

***

Nel tardo pomeriggio, vestiti di tutto punto, Fedele ed Emilia si recarono alla pasticceria Capparelli in via dei Tribunali. Si trattava di uno dei locali della lista che Emilia doveva assolutamente provare. Ordinarono un caffè e una sfogliatella, la nuova passione di lei.

Non avevano molto tempo, ma dovevano pur mangiare qualcosa, visto che quella sera avevano i biglietti prenotati per l'*Otello* al San Carlo. Fedele le aveva fatto un'altra sorpresa acquistandoli online. Ci teneva molto che lei conoscesse il prestigioso teatro d'opera più antico del mondo, fondato nel 1737.

***

Dopo la tappa in pasticceria e dopo aver annotato con cura le proprie impressioni, Emilia si accomodò al suo posto nella poltrona rossa del San Carlo. Si sentiva la donna più fortunata del mondo, accanto a Fedele, in quel posto da sogno, a trascorrere i giorni più belli della sua vita. Lui le prese la mano e un brivido la percorse tutta, dalle dita alle parti più intime del suo corpo. Mai avrebbe immaginato che potesse succederle una cosa simile. Emilia era felice. Solo a volte, quando pensava al bambino che portava dentro, tornava alla realtà e al fatto che prima o poi sarebbe dovuta rientrare in Argentina. Quella sera però qualunque preoccupazione era bandita dalla sua testa ubriaca di felicità: era una serata troppo speciale, l'ultima notte a Napoli, la città in cui lei e Fedele si erano amati per la prima volta. L'indomani sarebbero partiti per la Costiera amalfitana.

La voce dell'interprete principale risuonò potente nel teatro ed Emilia si immerse completamente nell'opera. Al secondo atto, Otello interrogò la moglie Desdemona sul suo rapporto con Cassio ed Emilia non poté fare a meno di pensare a quanto fosse distruttiva la gelosia. Per fortuna la cosa non la riguardava, rifletté, credendosi fuori pericolo, senza immaginare in realtà che le relazioni con Fedele e Manuel, la esponessero a un rischio piuttosto evidente.

Dopo lo spettacolo, i due uscirono mano nella mano e passeggiarono per le strade di Napoli finché il taxi non li riportò in albergo. Nella penombra dell'abitacolo, immersi nel buio della notte, Fedele le confessò tra i baci e le carezze di essere un uomo particolarmente geloso. Emilia sorrise e lo rassicurò che nel loro caso non ce n'era bisogno. Eppure proprio mentre lei pronunciava quelle parole, il suo computer sul comodino nella stanza aveva emesso un breve trillo, indicando l'arrivo di un messaggio in entrata. Era una mail di Manuel che chiedeva sue notizie. Si domandava dove diamine si fosse cacciata da non avere connessione per così tanti giorni di seguito. Era davvero strano. Dentro di lei c'era suo figlio e non doveva permettersi di scomparire in quel modo. Ecco cosa diceva il messaggio.

# 13

*Il destino mescola le carte,*
*ma siamo noi a giocare la partita.*

William Shakespeare

## Piacenza, 2008

*Giorno 6*

Il conte dormiva un sonno irrequieto, rigirandosi nel letto. Era quasi l'alba e si dibatteva tra realtà e immaginazione, tra morte e vita, tra bontà e malvagità, come sempre succede nei sogni, come sempre succedeva quando affiorava alla sua mente il pensiero di Rodolfo Pieri. Nonostante fossero trascorsi molti e molti anni ormai, l'uomo dalle scarpe marroni e le mani affusolate continuava ad abitare i suoi incubi peggiori. Tutto quanto era iniziato come sempre, con dolcezza, guadagnando poi un ritmo sempre più allegro, simile a quel concerto di Vivaldi che gli piaceva tanto. Ma Benito conosceva il finale e non voleva assistervi, non vedeva l'ora di andarsene, fuggire, pur sapendo di non avere scampo. Dietro alle palpebre chiuse l'immagine era come incollata. C'erano sua madre e le gemelle da piccole; si trovavano a Parigi, in una galleria d'arte affacciata sulla Senna. Aurelia chiacchierava con il proprietario mentre accarezzava i capelli biondi di Benito. Il bambino, aggrappato alla sua sottana, la guardava dal basso trovandola bellissima, solare e sofisticata. Sua madre era estasiata dalle sculture esposte e ne chiedeva il prezzo contrattando con il venditore; nel frattempo le gemelle correvano a destra e a manca. Poi appariva suo padre, Mario, e chiudeva lui l'affare. Le sculture di due splendidi angeli in marmo antico finivano quindi imballate in una cassa.

Nell'aria respiravano un senso di felicità e armonia, ma il conte, che osservava la scena a occhi chiusi e con la testa appoggiata sul cuscino, sapeva che cosa sarebbe successo e non riusciva a stare fermo nel letto. Era sempre la stessa storia... Non appena Aurelia toccava la cassa che le porgeva l'antiquario, questi le bloccava le mani, facendo cadere in terra gli angeli che si frantumavano in mille pezzi. A quel punto lei scoppiava a piangere, non tanto per le statuette quanto per la presa dell'uomo che non la lasciava andare. Benito allora sollevava lo sguardo su di lui, il cui volto si era trasfigurato in quello di Rodolfo Pieri, che adesso affondava i suoi lunghi artigli nei polsi della mamma fino a farla sanguinare. Nonostante i tentativi per liberarla, anche Mario restava intrappolato nelle poderose grinfie del professore, che intanto avevano assunto dimensioni spropositate e rischiavano di sopraffare Benito e le sorelle. Il ragazzino però riusciva a scappare, anche se poco dopo erano i tedeschi a sopraggiungere con le loro urla e le mitragliatrici... Mentre le unghie affilate di Pieri finivano di dissanguare i suoi genitori, mentre tutto il pavimento si tingeva di rosso, mentre i nazisti lanciavano le loro grida gutturali, Benito fuggiva stordito e terrorizzato. Dalla porta si accorgeva però che la sua fuga aveva scatenato la furia dei soldati che avevano aperto il fuoco... Uno sparo, poi due, dieci, cento... Il conte si sentiva scoppiare la testa sul cuscino... Il caos lo svegliò e, come in ogni altra notte di tormento, si mise a sedere nel letto, accese la luce e prese il bicchiere d'acqua che aveva appoggiato sul comodino prima di andare a dormire. Durante tutti quegli anni di assillo aveva adottato qualche rimedio che ogni sera metteva in pratica con rassegnazione.

Benito terminò il bicchiere in tre sorsi, poi guardò fuori dalla finestra: per fortuna era quasi l'alba, constatò sollevato. Si infilò la vestaglia di seta e le pantofole di Dior e scese nel suo ufficio per assicurarsi che le statuette fossero sane e salve. Il modo migliore per scacciare quell'incubo era controllare che l'oggetto in questione fosse ancora lì e che alla fine si era trattato solo di un sogno. Ogni volta che succedeva, infatti, vedere che tutto si trovava al proprio posto era sufficiente a riportare Benito alla realtà.

Il conte accese la luce dello studio: eccoli lì i due angeli dalle chiome coi boccoli e le ridicole ali da uccello, le braccia protese l'uno verso l'altro come a dire che non si sarebbero mai separati.

Benito allungò la mano per accarezzarli. Il tempo non passava per loro, rimanevano sempre uguali. Cosa che non poteva dirsi delle sue mani; le ricordava ancora giovani mentre toccavano le due piccole sculture.

## Roma, 1967

Non appena il furgone parcheggiò davanti al negozio di antiquariato di Benito, le porte si spalancarono. Il carico tanto atteso era finalmente arrivato. Due uomini scaricarono e portarono subito dentro la merce: le sculture grandi e piccole, i mobili in mogano e in marmo, i lampadari di cristallo e due enormi dipinti. L'impiegata, una giovane donna che indossava un tailleurino attillato bianco a pois neri, controllò scrupolosamente tutti i pezzi con la lista che aveva in mano. Aveva quasi finito quando vide arrivare il proprietario con la sua figura imponente, i capelli biondi e un'espressione seria in volto, che le chiese di passargli l'elenco. Lei gli porse il foglio e aggiunse un commento sbrigativo. Il signor Berni era appena rientrato da un viaggio in Francia dove aveva reperito un oggetto su commissione di un miliardario americano. Benito diede una rapida scorsa alla lista e fece accomodare il corriere nel suo ufficio con due delle casse che avevano scaricato.

Vestito di tutto punto in un completo color crema, si sedette alla scrivania, quindi aprì e ispezionò i pacchi di fronte all'uomo. Data l'importanza del contenuto aveva preferito spostarsi in un luogo più tranquillo.

Estrasse una serie di piccole figure di bronzo. Il suo cuore saltò un battito alla vista della collezione di statuette etrusche che cercava da tanto. Le controllò una per una con particolare attenzione: in tutto erano cinque e parevano intatte, proprio come le ricordava.

«Sono perfette, vero?» commentò l'uomo.

Berni però non rispose e passò al contenuto dell'altra cassa, da cui tirò fuori una piccola scultura a forma di angelo. A quel punto un'espressione di malcontento si dipinse sul suo viso.

«E l'altro che fine ha fatto? Eravamo rimasti d'accordo per la coppia!»

«Siamo ancora in trattative, signor Berni.»

Benito pronunciò un'imprecazione a denti stretti: se persuadere Rodolfo a vendere la collezione di statuette etrusche, senza che sospettasse nulla, era stata un'impresa che aveva richiesto una serie infinita di accortezze, trovare il proprietario della coppia di angeli nel cuore dell'Italia meridionale era stato un lungo processo di ricerca e indagine. Ecco perché Benito era tanto arrabbiato.

«Il pagamento però è già stato effettuato, guardi la ricevuta» aggiunse di cattivo umore porgendo al corriere una busta. Poi alzandosi in piedi lo congedò in malo modo.

Mentre l'uomo imboccava la porta non poté fare a meno di pensare che quel signore non fosse altro che un vecchio nel corpo di un giovane, giacché pur dimostrando una trentina di anni era scorbutico e amareggiato come se ne avesse almeno cento. Non era la prima volta che lavorava per lui e si era dimostrato sempre scontroso e di poche parole.

Una volta che il corriere se ne fu andato, Benito rimase immobile a fissare i cimeli della sua famiglia. *Altri due pezzi da mandare a casa*, pensò, ma in quel momento gli tornò in mente che la signora Campoli stava poco bene di salute. Gli era stato riferito che la donna aveva preso una brutta febbre, di cui proprio non riusciva a liberarsi. Benito era preoccupato, alla sua età perfino un semplice raffreddore poteva essere fatale. Lei era l'unica persona cara che gli restava e tra l'altro svolgeva un compito cruciale nel suo piano. Forse sarebbe stato meglio recapitare sia la collezione che l'angelo di persona, giusto per controllare con i propri occhi come andavano le cose. E poi c'era già stata occasione di recarsi al castello in passato: a Benito infatti piaceva vedere come la casa tornava piano piano all'antico splendore.

Quindi chiamò la sua assistente che corse subito da lui, aggiustandosi i capelli rossi lunghi fino alle spalle, come voleva la moda dell'epoca. Lui le chiese di procurargli un biglietto ferroviario per Piacenza.

«Signor Berni, devo ricordarle che oggi ha appuntamento qui con l'avvocato.»

«Maledizione! Me n'ero scordato!»

«Vuole che le porti i documenti da rivedere con lui?»

«Sì, Bianca, grazie. Ah, e si assicuri che gli uomini del furgone dispongano la merce secondo le mie istruzioni.»

«Naturalmente» rispose la ragazza. Ma proprio mentre stava per andarsene, tornò indietro, prese una busta dallo scaffale e gliela porse.

«La lettera dei fratelli Onetto, da Firenze. Aspettano una risposta.»

«D'accordo. Gli darò un'occhiata» disse lui con un sospiro.

Benito era ben al corrente che gli Onetto fossero a caccia di finanziamenti per realizzare un nuovo progetto artistico e lui ne aveva fin sopra i capelli. Era sempre la stessa storia: che cosa pensavano tutti quanti? Che siccome si occupava di antiquariato doveva per forza essere anche un mecenate? Ebbene, si sbagliavano di grosso.

«Posso rispondere io al suo posto» propose l'assistente notando l'espressione contrariata di Benito.

«Se ho bisogno, le faccio sapere...» ribatté lui mentre leggeva rapidamente la lettera.

«Molto bene» disse Bianca, e uscì dalla stanza camminando in maniera provocante.

Appena qualche mese prima, Benito l'aveva invitata a cena fuori ed erano finiti a letto insieme. Il giorno successivo però lui l'aveva trattata con freddezza, come se niente fosse. Da allora non le aveva più chiesto di uscire e aveva continuato a darle del lei. Bianca, da parte sua, si era adeguata alla situazione, anche se lui le piaceva davvero. Aveva all'incirca la sua stessa età, era di bell'aspetto e, come se non bastasse, era ricco sfondato. Il suo giro d'affari muoveva cifre con parecchi zeri e sembrava andare a gonfie vele. Si vociferava inoltre che possedesse un castello e addirittura un titolo nobiliare, cosa di cui non era certa, anche se poteva confermare che avesse un meraviglioso appartamento nel cuore di Roma, dove per l'appunto avevano trascorso insieme la notte. Benito Berni aveva un difetto però: un pessimo carattere. C'erano giorni in cui sembrava posseduto dal diavolo in persona, e in quel caso era meglio stargli alla larga. Magari la cosa era legata a un qualche trauma di guerra, non era da escludere, anche se le sembrava un po' troppo giovane per quel genere di cose. In ogni caso, Bianca non aveva alcuna intenzione di smettere di presentarsi al lavoro in abiti succinti né di attirare la sua attenzione.

La ragazza cercò i documenti che le aveva chiesto e glieli portò; mise in ordine un paio di scartoffie e se ne andò ancheggiando. Benito non la degnò di uno sguardo, i suoi begli occhi azzurri erano stati catturati dal contratto stipulato con Rodolfo Pieri parecchi anni prima. Ogni volta che prendeva appuntamento con l'avvocato, Benito si assicurava di riguardarlo insieme a lui, in attesa del momento migliore per impugnarlo. Eppure quel famigerato momento sembrava non arrivare mai. All'improvviso il contratto e la richiesta degli Onetto gli fecero venire in mente un'idea che avrebbe accelerato i tempi. Sulla strada per Piacenza, Benito decise che si sarebbe fermato prima qualche giorno a Firenze.

## Firenze, 1967

Benito aprì gli occhi e la cupola di Santa Maria del Fiore gli diede il buongiorno dalla finestra. Si trovava a Firenze, dove aveva trascorso la notte in un albergo del centro. Quel giorno aveva ben due appuntamenti: uno con Rodolfo Pieri, l'altro con i fratelli Onetto, che a loro insaputa lo avrebbero aiutato a rovinare il suo vecchio professore di arte.

Indossò un completo scuro che gli dava un'aria matura; ci teneva ad apparire più grande della sua età quando doveva fare affari. Quindi scese nella hall dell'hotel in cui aveva fissato la prima riunione.

Aveva appena terminato il suo caffè doppio con cornetto quando sopraggiunsero i due fratelli fiorentini.

Dopo alcuni convenevoli e mentre prendevano un altro caffè, Benito decise di andare subito al punto, come era sua abitudine fare.

«Dunque, signor Onetto,» si rivolse al maggiore dei due, che pareva condurre la conversazione «l'investitore mi ha detto che sarebbe disposto a fare la sua parte purché la vostra accademia d'arte sorga in piazza della Calza...»

L'uomo aggrottò le sopracciglia e rispose: «Capisco. Il fatto è che nella stessa piazza esiste già un'accademia».

«E qual è il problema?»

«Sarebbe sciocco farci concorrenza quando ci sono tanti altri luoghi in città dove poter trovare una collocazione.»

Benito lo incalzò senza esitazione.

«La consideri in questo modo: se deciderete di aprire laggiù la vostra scuola, quello diventerà ufficialmente il "quartiere artistico" di Firenze, con gallerie, corsi di pittura e via dicendo.»

«Ma l'accademia Pieri ha un'ottima reputazione e si trova lì da parecchio tempo ormai.»

«Ancora meglio! Potrete approfittare dei loro studenti, a patto che la vostra offerta formativa sia migliore. Pensate di riuscirci?»

«Sì, ovvio. Sono anni che lavoriamo in questo ambiente. Abbiamo acquisito molte competenze e messo su un nostro giro di discepoli.»

«Allora è fatta! Questa è una grossa opportunità per voi! Tra l'altro gli interessi del prestito sono irrisori.»

«Lo so. Il signor Conti, il suo capo, è un vero e proprio mecenate.»

«Sì, può dirlo bene. Quindi...?»

L'uomo guardò il fratello minore che fece un cenno affermativo. Era deciso.

«L'idea di aprire una scuola in quella zona non ci convince molto, se però le vostre condizioni sono queste non ci possiamo rifiutare. Oltretutto abbiamo molta fiducia nel nostro progetto e siamo convinti che andrà bene, ovunque sarà.»

«Eccellente. Domani mattina vi farò avere i documenti da firmare in modo che possiate iniziare quanto prima.»

«Molto bene.»

I tre uomini si strinsero la mano per suggellare l'accordo. Una sensazione di felicità pervase Benito, ma non appena i fratelli Onetto se ne furono andati, scomparve subito. Era durata pochissimo, giusto la frazione di un secondo; il sapore della vendetta era troppo amaro per concedergli più di qualche attimo di tregua. Benito stava iniziando a scoprire una verità fondamentale: l'unico modo per avvelenare qualcuno era assumere prima una dose dello stesso veleno. Questa era la sola maniera per somministrarne una quantità davvero letale.

***

Si stava facendo sera quando Benito uscì dall'albergo diretto a casa Pieri dove lo stavano aspettando. Erano rimasti d'accordo così per telefono. Da quando Rodolfo aveva accettato il suo denaro, Benito lo aveva incontrato solo un'altra volta: era accaduto tre anni prima, quando era andato a trovarlo per sollecitare il pagamento delle rate del debito. Anche se l'accademia non andava male, non si poteva nemmeno dire che tutto procedesse a gonfie vele. Al vecchio professore aveva detto che era stato il signor Conti a mandarlo lì, per cui in quell'occasione la conversazione si era mantenuta su un tono freddo e distaccato. Adesso invece Benito pensava che instaurare un tipo di relazione più cordiale fosse una mossa migliore per il suo piano. Non voleva correrre il rischio che Pieri lo percepisse come una minaccia, anzi, desiderava che gli spalancasse le porte di casa sua.

Era già per strada da qualche minuto, quando, girato un angolo, scorse una grande insegna che recitava: "Accademia d'arte Rodolfo Pieri". Leggere quel nome gli provocò un moto di repulsione di cui sapeva che non si sarebbe mai liberato del tutto, poiché il cognome Pieri era per lui sinonimo di sofferenza, di perdita, di oltraggio… insomma di odio.

Ed eccola lì la nuova scuola aperta con i soldi presi in prestito dal fantomatico Giuseppe Conti, proprio di fronte a casa Pieri.

Benito bussò e Rodolfo apparve sulla soglia, gli strinse la mano e lo fece accomodare. Il contatto con la pelle dell'uomo gli provocò un certo disgusto, ma nascosto dietro alla sua armatura non lo diede a vedere. Si preannunciava una serata lunga e doveva presentarsi al meglio, se voleva raggiungere il suo scopo.

Seduti nella graziosa sala con le poltrone di velluto blu, Benito raccolse tutte le forze che aveva. La stanza era arredata con parecchi pezzi che un tempo erano appartenuti alla sua famiglia. Certo che ne aveva di coraggio a lasciarli così in bella vista! D'altra parte, doveva ammettere che era di gran lunga preferibile che il professore non avesse venduto niente, o quasi, altrimenti sarebbe stato più difficile per lui recuperare le opere.

La moglie di Rodolfo, Maria, entrò a salutare. Era una donna alta e robusta; aveva i capelli raccolti in uno chignon e un vestito scuro. Benito rimase colpito dal fatto che a differenza delle tre figlie fosse bionda e non castana. Neanche a farlo apposta, in quel momento le tre ragazze fecero il loro ingresso: le due minori erano ormai diventate delle signorine, Adele invece, con indosso un abitino bianco a fiori rossi, era rimasta la stessa giovane donna dolce e piacevole. L'arte era ancora la sua passione principale, lo si intuiva da come parlava, e non aveva smesso di aiutare il padre a scuola. Durante l'aperitivo, la conversazione tra Benito, Rodolfo e Adele si concentrò sull'accademia, sul suo discreto successo e sulla necessità di pagare gli arretrati del prestito. Pieri riconobbe che in effetti non era stato in grado di rispettare fino in fondo il contratto così come lo avevano stipulato – pieno zeppo com'era di clausole che Benito aveva fatto aggiungere dall'avvocato. Indipendentemente però da quanto successo potesse avere il progetto, l'uomo non sarebbe mai stato in grado di ripagare il suo debito. Era su questo che Benito contava. Eppure Rodolfo non sembrava capire la gravità della situazione essendo concentrato esclusivamente sul numero degli allievi iscritti. *Dovrò parlarci seriamente*, concluse tra sé Benito bevendo il suo drink mentre seguiva la conversazione senza perdersi una parola. Però, nonostante tutto, era difficile ammettere che Adele gli piacesse e che quando parlava non riuscisse a toglierle gli occhi di dosso. I suoi capelli castani lunghi fino ai fianchi – l'esatto opposto di come dettava la moda del momento – le davano un'aria incredibilmente innocente, così come i begli occhi scuri, le ciglia lunghe e il sorriso tenero. Per non parlare poi della sua voce dal timbro leggermente afono che lo stregava.

Dopo l'aperitivo si spostarono in sala da pranzo, dove Maria servì un vassoio di tagliatelle fatte in casa. Sempre più turbato dall'influenza che Adele aveva su di lui, Benito decise che era giunto il momento di affrontare l'argomento per cui si trovava lì.

«Ascolti, signor Pieri, andrò dritto al punto: il signor Conti mi ha mandato qui per accertarsi che lei comprenda la gravità della situazione in relazione agli arretrati del suo debito» disse spostando il piatto da un lato.

«Ma certo che ne sono consapevole.»

«A questo proposito, il mio capo si aspetta da lei una proposta di pagamento concreta.»

«Come le ho detto, abbiamo avuto dei ritardi. Ma dato che la scuola è al completo, non ho dubbi che saremo in grado di restituire quanto dobbiamo. Già a partire da questo mese provvederò a saldare buona parte degli interessi.»

«Sì, ma a oggi le quote del finanziamento iniziale restano insolute.»

«Cerchi di guadagnare tempo, la prego.»

«Vedrò cosa posso fare.»

«Mi piacerebbe poter parlare con il signor Conti di persona, per spiegargli la situazione. Confido nel fatto di poterlo addolcire almeno un po'.»

Benito uscì dall'impiccio dicendo: «Lo ritengo impossibile, il signor Conti non si occupa di questo genere di affari. Ed è quasi sempre all'estero, vive più in Francia che in Italia. Io stesso ho la possibilità di incontrarlo una, due volte l'anno».

«Come immaginavo. Ecco perché gli ho scritto una lettera. La prego di consegnargliela non appena lo vedrà. Dopo cena gliela farò avere.»

«Molto bene. Tuttavia la avverto che è un uomo molto rigido, e difficilmente fa sconti ai propri debitori.»

A quel punto Maria interruppe la conversazione per la prima volta da quando si erano accomodati a tavola.

«Siamo certi che andrà tutto bene. Adesso però cambiamo argomento e godiamoci questa bella cena, altrimenti ci resterà tutto sullo stomaco.» La moglie non sembrava essere al corrente della situazione né dava l'impressione di capire ciò che stesse succedendo. Era sempre stato il marito a gestire il bilancio familiare e poi era il direttore, nonché proprietario, della più importante accademia d'arte di tutta Firenze. Per quanto la riguardava, il povero Paolo Benito poteva dire ciò che voleva, ma quello era un dato di fatto e nessuno poteva affermare il contrario. Tutto il resto si sarebbe sistemato, in un modo o nell'altro. Rodolfo era riuscito a cavarsela, perfino nei momenti più bui, come durante la guerra, non facendo loro mancare mai niente.

Così iniziarono a chiacchierare del più e del meno, mentre finivano di mangiare il dessert di profiterole alla panna e cioccolato. Benito raccontò della sua vita a Roma e di quanto fosse redditizio il mercato dell'antiquariato. Tutta la famiglia Pieri era convinta che il negozio che gestiva il giovane Paolo fosse del signor Conti. Almeno questo è ciò che Benito andava in giro a dire: essere presi sul serio alla sua età non era semplice, ecco perché aveva iniziato a usare il nome di un presunto capo, e con ottimi risultati.

Il caffè fu servito nella sala con le poltroncine di velluto blu. Mentre i suoi genitori stavano dietro alle sorelle più piccole, Adele si alzò e andò da Benito.

«Non ho potuto vedere i conti, mio padre dice che non sono cose da donne, ma mi domandavo: la nostra situazione è davvero così tragica come la dipingi?» chiese lei sottovoce.

«Abbastanza» rispose Benito. Percepì un sentore di profumo alle rose.

«Secondo te ci dobbiamo preoccupare?»

«Sì, Adele» disse senza esitazione.

Benito vide lo sgomento dipingersi sul volto della ragazza e non provò alcun piacere, anzi. Un nuovo e bizzarro senso di colpa si fece spazio dentro di lui, ma svanì in fretta non appena i suoi occhi si posarono sul ritratto del maestro Fiore e si ricordò della ragione per cui si trovava lì quella sera. Poi guardò il dipinto del Boldini, che era stato la gioia e l'orgoglio di sua madre, e sentì che stava facendo la cosa giusta.

Un'ora più tardi, Benito si congedò dai Pieri con educazione, evitando espressamente di guardare Adele negli occhi, il suo bel viso lo turbava e gli procurava un senso di vertigine. Ciò a cui gli fu impossibile sottrarsi, però, fu la fragranza alle rose della ragazza quando le si avvicinò per salutarla con un bacio sulla guancia.

Era già calata la notte quando Benito si incamminò a piedi verso il suo albergo, con il vento gelido che gli scompigliava i capelli. Il giovane conte si tirò su il bavero del cappotto per ripararsi e sospirò per il sollievo: era finalmente fuori da quella casa maledetta. Quindi attraversò piazza Pitti: ormai era quasi arrivato e una sensazione di tranquillità lo pervase. Benito cominciò a fischiettare e affondò le mani nelle tasche. Allora le sue dita sfiorarono la busta che gli aveva dato il professore per il fantomatico signor Conti. La prese e senza la benché minima esitazione la strappò facendola a pezzi. I coriandoli di carta danzarono al ritmo delle raffiche di vento portandosi via le speranze di Rodolfo Pieri di non perdere tutto.

Il giorno dopo, nella sua stanza d'albergo, Benito si mise a preparare la valigia con cura: dentro aveva riposto la collezione di statuette etrusche e uno dei due angeli in marmo che il corriere gli aveva consegnato qualche giorno prima. Il suo treno per Piacenza sarebbe partito tra due ore e lui era impaziente di arrivare per sistemare al loro posto, con le proprie mani, i cimeli di famiglia: le statuette nel mobile del salone principale e l'angelo sulla scrivania di suo padre sulla destra. Benito guardò quegli oggetti: doveva riconoscere che la sua ossessione stava crescendo di giorno in giorno. Ma la cosa non lo preoccupava, poiché in fondo quella era la sua unica ragione di vita.

## Piacenza, 1967

Appena Benito giunse a Piacenza, si recò subito a casa della signora Campoli, che non si era ancora rimessa dalla malattia. Vuoi per l'età, vuoi per la salute cagionevole, la donna non riusciva più a prendersi cura del castello come un tempo, per tanto il notaio Moncatti si era premurato di assumere una nuova governante che teneva la residenza in maniera impeccabile, come voleva l'etichetta nobiliare. Il giovane conte, vedendo il castello in così buono stato e arredato con i pezzi di mobilio che era riuscito a recuperare, si sentì felice e soddisfatto al punto da decidere di trascorrere la notte nella sua vecchia stanza.

Quando la mattina dopo aprì gli occhi, provò una sensazione d'inspiegabile felicità. Era finalmente tornato a casa. Il sole che entrava dalla finestra era lo stesso che scaldava la sua camera quando era piccolo e la mamma lo andava a svegliare con dolcezza. L'aroma del caffè pervadeva la sala da pranzo e la casa proprio come un tempo. Benito pensò che, magari, negli anni a venire avrebbe perfino potuto lasciare il lavoro a Roma per trasferirsi di nuovo lì. Circondato dalle cose che amava, i bei ricordi iniziarono a riaffiorare alla sua memoria. *Devo solo recuperare i pezzi che mancano e poi potrò cominciare una nuova vita*, si diceva con ingenuità. L'ottimismo con cui posò la statuetta dell'angelo sulla scrivania del padre però era soltanto un inganno che lo portava a sottovalutare la forza delle ossessioni procurate dai traumi della sua infanzia.

# 14

## Costiera amalfitana, 2008

La decappottabile grigia sfrecciava sull'asfalto mentre Fedele si lamentava del motore che in salita non rispondeva bene quanto quello della sua amata Alfa Romeo. Anche se la macchina che avevano preso a noleggio era quasi identica, non c'era paragone con la sua, sosteneva lui appoggiando una mano sulla coscia di Emilia. Il paesaggio intorno a loro e il contatto con la pelle di lei rendevano il momento davvero speciale.

Emilia era sovrappensiero e le parole di lui le sembravano lontanissime; era assorta nel panorama che il percorso regalava loro e nel tepore di quella mano che la accarezzava teneramente.

Stavano percorrendo una stradina stretta e tortuosa della Costiera amalfitana, lo spettacolo più bello che lei avesse mai visto. Centinaia di casette colorate aggrappate alla scogliera, un mare incredibilmente blu e il ciglio della strada costeggiato da alberi di ulivo, aranci e vigne profumatissimi.

Avevano trascorso una notte a Positano ed Emilia se n'era innamorata: era rimasta incantata dall'architettura delle abitazioni color pastello, dai fiori e dagli alberi di limone, dal sali e scendi delle vie e dalla spiaggia chiusa al traffico, per rispettare l'ecosistema del luogo. Fedele le aveva comprato un paio di sandali rossi con il tacco altissimo in una delle esclusive boutique del centro. Vedendo quanto costavano, lei si era rifiutata di accettarli, per quanto potessero starle bene. Una cifra simile sarebbe bastata a pagare più di una cena, ma lui aveva insistito e quando Fedele si metteva in testa una cosa… fermarlo era impossibile.

Era mattina presto e, dopo la bellissima giornata a Positano, avevano deciso di recarsi ad Amalfi per due giorni, passando però prima da Nocelle e Praiano, per pranzare in un ristorante all'aperto con una terrazza dalla vista unica. Emilia non faceva che prendere appunti su tutto quanto. L'ultima tappa del viaggio, prima di tornare a Firenze, sarebbe stata Salerno.

Da quando erano partiti, Manuel le aveva mandato ben due mail. Nella prima si era limitato a chiedere sue notizie, nella seconda invece le proponeva di sentirsi via Skype appena possibile. Lei aveva risposto che lo avrebbe chiamato con calma una volta rientrata a Firenze. Non aveva alcuna intenzione di affrontare una discussione con lui davanti a Fedele. Anche se doveva ammettere che, a un certo punto, era stata tentata di farlo, visto il tono stranamente dolce e affettuoso di Manuel. Poi però non aveva voluto pensare a cosa potesse significare quel cambiamento improvviso, proprio mentre si trovava in un posto così meraviglioso. Emilia stava imparando a vivere giorno per giorno, come faceva Fedele.

Mentre lo guardava guidare con sicurezza la decappottabile, arrivò alla conclusione che nessuno meglio degli italiani sapeva godersi davvero la vita. Emilia lo osservava passeggiare per quei luoghi meravigliosi, camminare scalzo sulla spiaggia con i pantaloni arrotolati alle caviglie e poi mangiare uno spiedino di pesce alla griglia seduto su uno scoglio o, ancora, ridere mentre le accarezzava la pancia – come se il figlio che aspettava fosse suo –, e tutto come se non si potesse vivere diversamente. Ed Emilia se ne convinceva. Più lo guardava e più sentiva di amarlo, di desiderare la stessa attitudine con cui lui affrontava la vita. Perché, in fin dei conti, Fedele era riuscito a risollevarsi dalla sua disgrazia e ritrovare la voglia di andare avanti.

Assorta in quei pensieri e stregata dalla visione di lui, che quella sera trovava incredibilmente attraente con indosso una polo e un paio di pantaloni corti blu, Emilia non si accorse che la macchina si era fermata.

«Mia regina del giorno, che fai, non scendi?» le chiese lui vedendola lì immobile. «Anche se a dire il vero ormai sei diventata anche regina delle mie notti» aggiunse ammiccante, facendo riferimento al fatto che, nemmeno qualche settimana prima, i loro incontri si limitavano ai pranzi al *Buongiorno*. Sembravano passati degli anni! E invece...

«Siamo già arrivati?» chiese lei scrutando l'edificio arancione che li avrebbe ospitati per la notte.

«Sì, tesoro mio.»

Emilia scese dall'auto, si guardò intorno e rimase estasiata dalla vista mozzafiato. Ai loro piedi si estendeva Amalfi. Da dove si trovavano si vedevano perfino la cattedrale con la facciata d'influenza neomoresca e il mare poco più in là.

Si sistemarono in camera e Fedele, che non voleva perdere neanche un minuto, propose: «Se ci sbrighiamo, facciamo in tempo ad andare un po' in spiaggia» e tirò fuori dalla valigia il costume da bagno.

«Ottima idea» rispose Emilia aprendo il bagaglio in cerca del suo bikini nero.

***

Mezz'ora più tardi Fedele ed Emilia stavano prendendo il sole su una spiaggetta affacciata sul mare più azzurro che lei avesse mai visto. Per raggiungerla avevano sceso circa trecento scalini, ma ne era valsa la pena considerato l'angolo di paradiso che li attendeva. Di fronte l'acqua cristallina dai riflessi folgoranti, ai lati le scogliere vertiginose tappezzate di vegetazione, sopra il cielo terso e il disco dorato del sole. Una brezza marina fresca e pulita completava il quadro.

Emilia si alzò dall'asciugamano, voleva sentire l'acqua, ma era troppo freddolosa per fare il bagno, quindi decise di immergere soltanto i piedi. Fedele si tirò su e la guardò allontanarsi.

Lasciò i pensieri che gli ronzavano in testa liberi di vagare. Non era la prima volta che andava ad Amalfi, c'era già stato qualche anno prima con Patricia e per questo era convinto che non ci avrebbe mai più rimesso piede. Come avrebbe potuto? E invece, eccolo lì, a spassarsela come se non ci fosse mai stato, perché la semplice presenza di Emilia rendeva tutto quanto nuovo. La osservò da lontano, stava giocherellando con l'acqua, e gli sorrise. Non era più filiforme come quando era arrivata in Italia; ora aveva dei bei fianchi e perfino un po' di pancetta. Lui la preferiva così.

La guardò mentre raccoglieva i capelli in una crocchia e poi tirava indietro la testa per scrutare il cielo con le braccia intrecciate sulla nuca, cercando con il volto i raggi del sole. Notò il suo seno che con la gravidanza era diventato più florido donandole una silhouette ancora più sensuale. Emilia gli piaceva, non c'era dubbio, gli era sempre piaciuta, sin dal primo momento in cui aveva varcato la porta del suo ristorante, quando portava ancora i capelli scuri. Adesso però che aveva condiviso con lei intere notti e mattinate di sesso, adesso che conosceva i suoi gemiti appassionati e la sensazione della sua bocca sulla pelle, a Fedele bastava saperla vicino per eccitarsi, sentire il suo profumo al gelsomino, ed era pronto per lei. Ma non era tutto:

certo, Emilia gli piaceva fisicamente, ma la verità è che iniziava a provare qualcosa di più profondo.

Il fatto che non fosse italiana però significava che presto o tardi se ne sarebbe andata via. Il solo pensiero lo turbava, non poteva più vivere senza di lei, aveva bisogno della sua presenza. La gravidanza, alla luce di ciò che sentiva per Emilia, non lo preoccupava. Eppure non poteva ignorare il fatto che il figlio che lei portava in grembo non fosse suo. Questa consapevolezza lo atterriva. La possibilità che potesse perdere tutto quanto, lei, il sogno di stare insieme e perfino quello di aiutarla a crescere quel bambino, era reale. Allora, per la prima volta dopo molti anni, la sua filosofia di vita sembrò naufragare. Ormai non gli bastava più vivere alla giornata con Emilia, Fedele desiderava un futuro insieme a lei. La scoperta gli frantumò il cuore in mille pezzi.

Nel frattempo, stufa dell'acqua e completamente ignara di cosa si stesse agitando dentro di lui, Emilia tornò a sedersi accanto a lui che, passandole un braccio sulle spalle, disse senza distogliere lo sguardo dal mare: «Emilia, Emilia… se solo sapessi quanto sei importante per me».

La frase la prese alla sprovvista.

«Fedele…»

Quindi stringendola ancora di più, le dette un bacio sulle labbra.

«Emilia, io ti amo…» disse in un sussurro senza smettere di baciarla.

«Anch'io ti amo, Fedele.»

«Ti amo con tutto il cuore» ripeté lui con voce affranta, ancora perso tra i pensieri che lo assillavano.

Fedele riprese a baciarla disperatamente quasi come se temesse di perderla da un momento all'altro. In quel preciso istante il mare si tinse di un blu ancora più intenso e il cielo si fece più luminoso: trovarsi laggiù, su quella spiaggia, era meraviglioso; baciarsi era meraviglioso, sapere di appartenersi l'un l'altra era meraviglioso. Per un attimo il mondo sembrò arrestarsi.

Tra le braccia possenti di Fedele, Emilia si sentiva sciogliere. Allora lui le salì sopra; ormai dopo le molte notti trascorse insieme non aveva più paura di farle male.

«Ci vedranno…» protestò lei.

«Chi vuoi che ci veda? Ci sono trecento scalini da fare per arrivare quaggiù» rispose Fedele con un sorriso, guardando intorno la spiaggia deserta.

Emilia fu sul punto di ribattere qualcosa, ma lui la interruppe con un altro bacio. Non c'era proprio verso di fermarlo, e a dire il vero neanche voleva provarci. Era succube di quella bocca che la divorava e di quelle mani che frugavano nelle sue parti più intime. Non sapeva resistergli.

Due movimenti decisi e Fedele la penetrò come aveva imparato a fare: dolcemente, in profondità e tutto d'un fiato. Poi con i denti le scostò il reggiseno del bikini per baciarla come piaceva a lei. Nel giro di pochi minuti il gemito di Emilia, che lui ormai conosceva così bene, si confuse con il rumore di un'onda seguito subito dopo dal proprio sospiro lungo e sonoro. Vennero insieme.

Era la prima volta che Emilia lo faceva in spiaggia, all'aperto. Non si poteva dire lo stesso per Fedele; la cosa non aveva importanza però, perché la semplice presenza di lei rendeva sempre tutto quanto nuovo.

***

Il sole si stava abbassando all'orizzonte mentre si arrampicavano su per gli scalini e lui le diceva che era più bella che mai con tutte quelle curve.

«Mi trovi ingrassata?» chiese lei piccata.

Fedele scoppiò a ridere: Emilia poteva mangiare tutte le lasagne che voleva e ancora non sarebbero bastate, visto quanto era magra al suo arrivo in Italia.

«No, stai benissimo. E comunque qual è il problema? Non c'è niente di male ad avere qualche chilo in più. E poi, se non ti dovessi più piacere, puoi sempre metterti a dieta!»

Lei lo fissò, in effetti il ragionamento non faceva una piega.

***

Giunsero in albergo che Emilia era esausta; si lasciò cadere sul letto. Trecento scalini erano davvero tanti e lei, da quando era arrivata in Italia, aveva smesso di andare in palestra. Nonostante ciò, si sentiva meglio che mai. Come non avrebbe potuto con Fedele accanto che la portava a spasso dappertutto? Mentre lui usciva dalla doccia, si soffermò a studiare la pancia.

«Guarda!» disse indicandosi il ventre proprio sotto l'ombelico.

Fedele si avvicinò e la accarezzò con dolcezza.

«Si muove?»

«No, stasera è tranquillo.»

«Meglio così… vuol dire che non si è accorto di cosa abbiamo fatto oggi io e la mamma.»

A Emilia sfuggì una risatina.

«Sai una cosa?» disse lui, sfiorandole la pancia con la punta del dito. «Gli voglio già bene… perché voglio bene a te.»

Lei lo guardò intenerita, ma proprio quando stava per dirgli una cosa importante, una notifica sul computer annunciò un nuovo messaggio in entrata che la distrasse. Erano le sei, considerato l'orario doveva trattarsi di Manuel, ne era sicura. Le sue ultime due mail erano arrivate alla stessa ora.

Fedele la invitò a uscire sul balcone per guardare il tramonto. Voleva bersi un limoncello prima di andare a cena.

«Arrivo» disse, poi pensò tra sé: *Un giorno alla volta, Emilia. Un giorno alla volta*.

Sprofondati nelle poltroncine sul terrazzo, ammirarono il sole che spariva all'orizzonte tuffandosi nel mare. Fedele sembrava godersi il momento, eppure lei era assorta nei suoi pensieri: lui era un uomo stupendo, tuttavia Manuel era e restava pur sempre il padre del bambino. Nonostante Fedele si stesse dimostrando sempre più all'altezza della situazione, doveva dare a Manuel l'occasione di spiegarsi.

In quel preciso istante la voce di Fedele la riscosse dalle sue riflessioni.

«Sarebbe bello produrre e offrire il nostro limoncello al ristorante. Sono certo che verrebbe un prodotto di altissima qualità.»

«Buona idea.»

«Assaggialo, Emi» propose lui porgendole il bicchiere.

«Non posso… è alcolico.»

«Solo un sorso, non succede niente. È delizioso.»

Lei acconsentì e il sapore zuccherino e aspro insieme le inondò il palato.

La dolcezza del limoncello, il contatto con il palmo di Fedele che le stringeva la mano e l'aperitivo al tramonto le fecero dimenticare ogni preoccupazione. Stare in sua compagnia era puro relax, il piacere di godere delle piccole cose.

# 15

*Una persona spesso incontra il suo destino*
*sulla strada che aveva preso per evitarlo.*

Jean de La Fontaine

## Piacenza, 2008

*Giorno 7*

Seduto sul sedile posteriore della sua Jaguar ultimo modello, Benito si lasciava cullare dalla guida composta e sicura del suo autista, Massimo. La tranquillità dell'abitacolo, insieme alla calma del paesaggio verdeggiante che scivolava fuori dal finestrino, sembravano conciliare il momento di riflessione in cui era sprofondato. Benito sapeva che le idee che gli ronzavano in testa potevano essere scambiate per le stramberie di un pazzo, ma non gli importava affatto. Quando si era ricchi come lui, e in procinto di organizzare il proprio funerale, tutto era concesso, perfino i rituali più stravaganti. E a proposito di rituali, quella mattina il conte aveva deciso di recarsi a Piacenza nella sua gioielleria di fiducia. In grembo teneva stretta la ventiquattrore contenente un piccolo lingotto d'oro, uno dei molti che aveva acquistato negli anni, diffidando di altri tipi di investimenti.

L'oro infatti era un metallo speciale sotto molti aspetti. Da un'oncia – ovvero una trentina di grammi –, per esempio, si potevano realizzare quasi cento chilometri di filo e con un grammo si poteva ricavare un foglio tanto sottile da coprire un metro quadrato. Veniva usato anche per rivestire i contatti elettrici degli air bag delle macchine di lusso come la sua o addirittura per produrre i sistemi di difesa antimissile dell'aereo presidenziale degli Stati Uniti. Benito aveva imparato tutte quelle nozioni enciclopediche dalle letture che aveva fatto durante i lunghi anni passati in solitudine. «Quella tua testolina laboriosa» gli aveva detto l'amica cantante Dalida, ormai scomparsa da tempo, un giorno che le stava raccontando una serie di curiosità sui metalli.

Perfino il suo medico di famiglia gli aveva suggerito delle iniezioni di sali d'oro contro l'artrite alle ginocchia. Benito però aveva in mente di usare il lingotto in tutt'altro modo, adesso che la sua fine si avvicinava. Mancava più o meno una settimana infatti all'arrivo del famigerato vaso.

La Jaguar scivolò silenziosa per le strade della città e si fermò davanti alla gioielleria.

In un batter d'occhio, uno dei commessi lo fece accomodare nel salottino privato riservato ai clienti più facoltosi, dove erano soliti discutere gli affari importanti. In questo caso non si trattava di una grossa richiesta, ma per il conte era di fondamentale rilevanza.

Benito voleva far fondere il lingotto che aveva con sé per realizzare un ramo d'oro e quattro monete. Il conte spiegò in poche parole come avrebbero dovuto essere, le dimensioni e lo spessore, e, già che era in vena di stramberie, chiese se fosse possibile incidere la lettera "B" su ciascun oggetto. Comunicò di avere una certa urgenza, così non appena il commesso finì di prendere nota di tutte le sue richieste, gli procurò i documenti da firmare per farsi dare in carico il lingotto. Una volta concluse le pratiche, Benito uscì dal negozio soddisfatto.

Nel giro di dieci minuti era di nuovo in macchina e, mentre l'autista lo riportava al castello in rigoroso silenzio, si mise a riflettere a chi, tra le persone che conosceva, avrebbe dato l'incarico di collocare gli oggetti nel feretro. Non era un uomo superstizioso, eppure da quando aveva letto il mito greco di Caronte, si era sempre ripromesso di metterlo in pratica. A Benito Berni i rituali piacevano. Ciascuno aveva i propri, alcuni migliori di altri, e a lui quello delle monete procurava un senso di tranquillità; era come compiere un passo in avanti verso la decisione che aveva preso: a breve la sua vita sarebbe volta al termine.

Nell'Antica Grecia i morti portavano con loro un obolo per il nocchiero che li avrebbe traghettati nell'Ade, al di là del fiume. Per sicurezza però Benito aveva deciso di procurarsi anche un ramoscello d'oro simile a quello che la Sibilla Cumana aveva detto a Enea di cercare prima di scendere negli inferi. Sorrise per le sue piccole stranezze e non poté fare a meno di rievocare la storia per intero. Qualsiasi scusa era buona per passare il tempo; non era semplice infatti starsene con le mani in mano quando nel giro di pochi giorni sarebbe sopraggiunta la morte.

La voce dell'autista lo distolse dalle proprie riflessioni.

«La porto a casa, signore?»

«Sì, Massimo. E per favore accendi la radio» lo pregò.

L'uomo premette un pulsante e l'abitacolo fu inondato dalla musica dei Beatles. Dalle casse usciva *Help!* e Benito fu contento di potersi distrarre un po'. Si concentrò sulle parole e la canzone lo trasportò indietro alla notte ormai lontana in cui l'aveva ascoltata per la prima volta…

## Roma, 1967

La musica dei Beatles risuonava per tutto l'appartamento. Alle loro feste gli americani non volevano ascoltare e ballare altro che canzoni in inglese. L'arredamento poi non aveva niente a che vedere con il gusto italiano. Benito si lasciò sfuggire uno sbadiglio, era davvero stufo e si pentiva di aver accettato l'invito. A dire il vero lo aveva fatto solo per il padrone di casa, con cui era sul punto di chiudere un affare per l'acquisto di una costosa collezione di dipinti. Di cattivo umore e con un bicchiere di champagne in mano, decise di andare a rifugiarsi in terrazza, in cerca di un po' di pace. Alcune invitate riunite in un capannello poco distante si voltarono a guardarlo mentre passava, parlottando sottovoce. Durante l'ultimo anno Benito si era trasformato in un uomo davvero attraente e si poteva dire che fosse diventato uno scapolo molto corteggiato. Lo specchio del salone gli restituì l'immagine di un uomo in smoking bianco e cravattino nero, elegantissimo, con i capelli incredibilmente biondi messi in risalto dalla pelle leggermente abbronzata dopo l'ultima vacanza in Sicilia. Alto e con un bel portamento, proprio come lo era stato un tempo suo padre, assomigliava in tutto e per tutto a un divo di Hollywood e la cosa non lasciava le donne indifferenti. Ma scorbutico e introverso com'era, Benito non si accorgeva di niente.

Una volta in terrazza, si ripromise di non accettare mai più inviti a feste come quella. Le serate chiassose e stravaganti non facevano per lui. Preferiva di gran lunga restare a casa a leggere o a gestire i propri affari, come finire di ristrutturare il nuovo negozio, organizzare il prossimo viaggio in Francia, oppure cercare una nuova segretaria visto che quella che aveva non si stava dimostrano all'altezza delle aspettative. Insomma, cose da fare certo non gli mancavano.

Immerso nei propri pensieri, Benito fu riscosso da una voce femminile.

«Le dispiace se mi unisco a lei? Dentro c'è troppa confusione per i miei gusti» disse in italiano una giovane donna affascinante dai capelli castani e con indosso un abito rosso piuttosto scollato.

Benito la guardò stupito, non si aspettava di incontrare nessuno là fuori. E poi, gli piaceva che parlasse la sua lingua. Tra l'altro la ragazza gli ricordava qualcuno: i capelli lunghi e castani raccolti in uno chignon, la frangetta sulla fronte come dettava la moda…

«Niente affatto…»

«A quanto pare gli americani si sono riscoperti grandi estimatori d'arte. Non fanno altro che parlarne» esordì lei.

«Non lo dica a me…» rispose lui memore del bottone che il padrone di casa, il signor Blend, gli aveva attaccato per un'ora intera.

«La capisco sa! Lavoro alla Galleria Cerezo» proseguì la donna, alludendo alla galleria d'arte che più di tutte veniva frequentata dagli yankees in cerca di nuovi artisti emergenti che presto o tardi sarebbero diventati "qualcuno". Questo era il loro gioco: comprare a prezzi stracciati opere di semisconosciuti, scommettendo sul fatto che prima o poi sarebbero diventati famosi. Era addirittura più eccitante che puntare alla roulette.

«Lavoro affascinante il suo!» esclamò interessato Benito, che trovava il connubio arte e denaro particolarmente stimolante.

«Sì, ma faticoso. Ne sto cercando uno più tranquillo, se dovesse sentire qualcosa…» disse lei, approfittando della situazione.

A Benito non ci volle molto a fare due più due, ed essendo la giovane donna per di più molto attraente, disse: «Cosa ne dice se troviamo un posto tranquillo dove parlare con più calma?».

«Dubito che all'interno ci sia un luogo adatto, c'è davvero troppa confusione. Ma niente ci vieta di scendere giù… Nessuno sentirà la nostra mancanza.»

«Non si accorgeranno neanche che ce ne siamo andati. Venga…» concluse quindi Benito prendendola per mano.

Nel giro di qualche minuto si ritrovarono seduti sugli scalini del portone a chiacchierare. Un'ora più tardi andarono a prendere un gelato alla Fontana di Trevi, e due ore dopo Benito la convinse a salire da lui. Si chiamava Marina e qualche parola dolce era bastata perché si sfilasse il vestito rosso senza farsi pregare. Nuda, con i capelli sciolti, lunghi quasi fino ai fianchi gli ricordava qualcuno… La bellissima chioma gli fece tornare in mente Adele Pieri.

Marina le somigliava: Benito se l'era immaginata così, Adele, la notte che era tornato in albergo dopo essere stato a cena a casa del vecchio professore, l'ultima volta che era andato a trovarlo.

Mentre si toglieva i pantaloni per saziare il desiderio della ragazza, il giovane conte prese una decisione: l'indomani avrebbe licenziato Bianca e assunto Marina come segretaria. I suoi capelli castani e il nasino all'insù gli piacevano troppo, o almeno quanto bastava per tenerla in prova per un periodo. Peccato che il tono di voce della ragazza fosse un po' troppo alto per i suoi gusti, perfino durante il rapporto.

***

Erano già trascorse due settimane da quando Marina aveva iniziato a lavorare come segretaria e le cose in ufficio andavano a meraviglia. Era davvero molto più efficiente di Bianca. Anche con lei però il legame sentimentale si era raffreddato. Benito non amava l'intimità; avere una relazione implicava condividere troppe cose della propria vita e lui non ne aveva alcuna intenzione. Non era fatto per l'amore. Per fortuna però a Marina il nuovo impiego piaceva molto e non l'aveva presa male.

Come ogni giorno, il lavoro veniva prima di tutto e quella mattina Marina era impegnata a stilare l'inventario del negozio, mentre Benito, seduto alla sua scrivania, preparava il contratto per una grossa vendita. Doveva sbrigarsi se voleva finire prima dell'arrivo di Onetto, con cui aveva appuntamento per farsi consegnare una rata del prestito. Benito non vedeva l'ora di sapere come procedesse con la nuova scuola. Più successo riscuoteva l'accademia, prima avrebbe mandato Pieri in bancarotta e recuperato tutti i pezzi della sua famiglia. E poi non vedeva l'ora di assistere alla rovina di Rodolfo.

Stava finendo di firmare alcuni documenti quando bussarono alla porta. Era Marina.

«Il signor Onetto è arrivato. Lo faccio entrare o vuole che lo trattenga?»

«Lo faccia passare e spedisca questi per cortesia» disse porgendole i fogli.

Lei li prese e fece accomodare l'ospite.

I due uomini si salutarono scambiandosi qualche convenevole su come era andato il viaggio, quindi Onetto tirò fuori un assegno e saldò parte del suo debito.

«Ecco qui ciò che abbiamo pattuito. La prego di consegnarlo al signor Giuseppe Conti.»

Benito ripose l'assegno in un cassetto della scrivania e disse:

«Naturalmente. Ma mi dica, sono curioso di sapere come procedono le cose!».

«Non potrebbero andare meglio!»

«Me ne compiaccio» disse Benito elettrizzato. «Mi racconti.»

«Le mostre e il piano di studi che abbiamo organizzato sono diventati il nostro punto di forza, ma è stato l'appoggio del governo a fare davvero la differenza. Ottenere il riconoscimento del titolo di studi è stata la vera svolta!»

«Che cosa le avevo detto? Non avevo dubbi che avreste avuto successo. E voi che temevate per la concorrenza dell'accademia Pieri... Che cosa ne è stato poi di quella?» chiese non riuscendosi a trattenere.

«È stato piuttosto semplice. Molti dei loro studenti, giovani e adulti, hanno preferito trasferirsi da noi per via del riconoscimento del titolo di studi. Certo, la scuola è ancora in piedi, ma non riscuote più il successo di un tempo. Il primato a Firenze è ufficialmente nostro.»

«Congratulazioni, dunque, a lei e a suo fratello!»

«La ringrazio.»

Quindi il signor Onetto, entusiasta, continuò a raccontare. L'attenzione di Benito fu catturata da alcuni dettagli, come ad esempio il fatto che Rodolfo si fosse girato dall'altra parte quando li aveva incontrati per strada o che le aule della sua scuola sembrassero vuote sbirciando dalle finestre.

Non appena il signor Onetto se ne fu andato, Benito seppe che era giunto il momento di fare un'altra breve visita a Firenze. Ci sarebbe andato quella settimana stessa. Marina era più che in grado di occuparsi del negozio da sola in sua assenza.

Benito la chiamò e le chiese di procurargli un biglietto del treno. Guardandola uscire però dovette riconoscere che la somiglianza della ragazza con Adele era davvero incredibile, i capelli, i lineamenti del volto... Forse parlare del padre gliel'aveva fatta tornare in mente?

# 16

## Salerno, 2008

Emilia e Fedele erano finalmente giunti a Salerno e avevano deciso di approfittare dell'ultimo giorno del loro viaggio per visitare il giardino della Minerva, situato nel centro storico della città. Nell'orto botanico di epoca medievale si coltivavano da sempre piante medicinali, tanto che oggi ne ospitava più di duecentocinquanta specie diverse. Emilia si era divertita a scattare un po' di foto a Fedele vicino alla fontana, costringendolo a posare nonostante le sue lamentele.

«Adesso tocca a te però!» le aveva detto alla fine.

E lei si era prestata come mai aveva fatto prima, sfoggiando pose da modella, con indosso una maglietta bianca e un paio di pantaloncini abbinati, giocando con l'obiettivo a togliersi e mettersi gli occhiali da sole. Allora erano scoppiati a ridere a più non posso abbracciandosi.

Vedendo la scena, una coppia di signori si era offerta di fargli una foto insieme. Lo scatto era venuto benissimo: abbracciati, sorridenti, lui con i jeans e la polo blu, lei tutta in bianco con la fontana sullo sfondo.

«Questa va proprio incorniciata» aveva commentato Fedele guardandola.

Emilia invece si era limitata a sorridere domandandosi che fine avrebbe davvero fatto quella foto e la loro storia. Quelli che stavano vivendo erano giorni speciali, quasi magici, giorni che avrebbero ricordato per tutta la vita e lei lo sapeva. Ma se pensava al futuro, tutto le sembrava così complicato...

***

A pranzo erano stati in uno dei ristoranti tipici del centro su cui Emilia avrebbe scritto il nuovo articolo per la rivista.

Nel tardo pomeriggio, invece, dopo essersi rinfrescati e vestiti per la sera, erano entrati in un caffé letterario di via Porta Elina, che a Fedele era stato consigliato in hotel.

Non appena varcata la soglia, erano rimasti senza fiato. L'immensa sala principale ospitava grosse e antiche colonne tra gli scaffali, il pavimento era in parquet e una stupenda scala conduceva al piano di sotto. C'erano libri per tutti i gusti. Dopo il primo giro insieme, si separarono per andare a curiosare tra i volumi che più interessavano a ciascuno. C'era perfino un tavolo con libri in spagnolo dove Emilia rimase per quasi tutto il tempo, tranne che per andare a guardare la sezione dei CD.

Dopo quasi un'ora, si ritrovarono a sedere al tavolino del bar con i sacchetti dei rispettivi acquisti.

«Guarda cos'ho comprato» disse Fedele, mostrandole un romanzo e un manuale di cucina. «Questi invece sono per te» aggiunse, porgendole un volume illustrato e un libro dello scrittore argentino Luis Borges, in italiano.

«Grazie...» rispose lei sfogliandoli.

«Questo è per continuare a innamorarti dell'Italia attraverso le sue fotografie, mentre quest'altro è per fare pratica con la lingua.»

Emilia guardò i due regali con affetto e lo ringraziò con un piccolo bacio sulle labbra. «E io ti ho preso questo CD» disse poi.

Si trattava del disco di Carla Bruni *Quelqu'un m'a dit*, che lei adorava.

Quindi Fedele si sporse verso di lei e, dopo averle detto grazie, le ricoprì la faccia di baci schioccanti. Lei scoppiò a ridere per il solletico ed esclamò: «Basta, basta… ! Siamo in un luogo pubblico!».

Ma a lui non importava, come nemmeno al resto dei clienti che continuarono a consultare i loro libri. D'altronde in Italia era così, non occorreva nascondere in nessun caso i propri sentimenti, chiunque poteva fare ciò che gli pareva: piangere, gridare e perfino baciarsi per la strada. Non interessava a nessuno.

Dopo la cascata di baci, Emilia studiò la copertina del libro di Borges… Era strano vederlo tradotto in un'altra lingua.

«È fantastico sai? A casa ho l'originale, così se ho qualche dubbio posso consultarlo.»

«Perfetto allora! Quindi l'hai già letto?»

«Sì, molti anni fa. Me l'hanno regalato quando ero all'università.»

«Chi te l'ha regalato?» chiese lui pensando che forse era stato il padre.

Un po' in difficoltà, Emilia non seppe cosa rispondere, poi decise di dire la verità. Che differenza faceva ormai? Tanto quando aveva conosciuto Fedele era già incinta.

«Il mio fidanzato dell'epoca, un ragazzo che studiava letteratura, ecco il perché del libro…»

Fedele la guardò dritto negli occhi: che Emilia avesse un passato era impossibile da nascondere. L'idea lo infastidì, non tanto per una questione di gelosia, quanto per il fatto di non aver potuto essere lì con lei, crescere insieme, regalarle dei libri, portarla a ballare o addirittura avere un figlio da lei, come quello che adesso portava in grembo. Fedele dovette scacciare subito quell'idea, perché il semplice pensiero che quel bambino potesse essere loro, e di nessun altro, era talmente bello e affascinante da mettere in ombra tutto il resto. Decise quindi di concentrarsi sul presente, su loro due insieme, sui bei momenti trascorsi. E poi un figlio era sempre una benedizione. Lui lo sapeva meglio di chiunque altro, visto che aveva perso il proprio e per questo accettare quella nuova vita non era assolutamente un problema. Fedele decise che era giusto dirlo anche a Emilia.

«Emi... sentirti parlare del tuo fidanzato dell'università e poi guardarti così, incinta... Insomma, non posso far finta che tu non abbia un passato. Eppure voglio che tu sappia una cosa: da oggi puoi contare su di me.»

«Grazie... Io...»

«Aspetta, c'è dell'altro... Puoi contare su di me anche in futuro. Sono pronto a crescere questo bambino come se fosse mio.»

«Fedele...» balbettò Emilia che aveva un nodo alla gola e non riusciva a trovare le parole.

«Ho sofferto troppo per non rendermi conto che un figlio è, in tutto e per tutto, un dono. Non c'è niente di più importante nella vita che la vita stessa... la tua, la mia» aggiunse.

Allora Emilia gli strinse la mano tra le sue, giocherellando con le dita, e dopo alcuni secondi di silenzio, lo fissò e disse: «Grazie, Fedele. Le tue parole sono stupende. Sono felice di averti conosciuto, sei una persona meravigliosa».

Poi i suoi occhi si riempirono di lacrime.

Emilia si maledisse: perché non lo aveva conosciuto prima? Quanto le sarebbe piaciuto che il figlio che portava in grembo fosse suo, che Fedele non ne avesse già avuto uno con un'altra donna. Perché, se da una parte lui doveva fare i conti con l'ombra di Manuel, lei si trovava a confrontarsi con il ricordo di una donna e un bambino scomparsi, che sarebbero rimasti perfetti e inarrivabili, per sempre. Il passato di Fedele era il peggior avversario che potesse mai avere. Emilia si sentì in colpa per tanto egoismo e si rese conto che sì, lo amava davvero.

Per un po' rimasero immobili a fissarsi negli occhi. In quelli di lui si leggeva l'amore, ma un poco più in fondo aleggiava lo stesso pensiero che la assillava: perché non l'aveva conosciuta prima?

C'erano cose nella vita che, nel bene o nel male, non si potevano cambiare, come le carte che ogni giorno ti metteva in mano il destino. E non le potevi sostituire, e nemmeno buttare, ecco perché era tanto importante decidere cosa farne. Emilia non voleva più rischiare di sbagliare.

Qualche minuto più tardi, lei e Fedele uscirono dalla libreria mano nella mano, discutendo su dove avrebbero cenato mentre attraversavano piazza Portanova. Era una serata importante, l'ultima prima di rientrare a Firenze l'indomani mattina. Quel pensiero turbava Emilia, che vedeva il giorno del suo ritorno in Argentina avvicinarsi sempre di più. Fedele le aveva promesso il mondo intero, ma non aveva fatto i conti con la questione che vivessero in due continenti diversi. Che ne sarebbe stato di loro? Come si sarebbero concretizzate tutte le belle promesse che si erano scambiati nel bar della libreria?

# 17

*Non c'è niente in me che possa metterla in guardia,*
*suscitare anche solo un po' di sfiducia.*
*Non un accenno, non il minimo fremito...*

Nathalie Sarraute, *Martereau*

## Piacenza, 2008

*Giorno 8*

Benito Berni indossò il suo nuovo completo beige di Ferragamo, con le scarpe abbinate. Ogni volta che usciva la nuova collezione, che fosse inverno o estate, il marchio gli faceva recapitare tre o quattro capi di punta. Poi, entro una settimana, il suo segretario si premurava di saldare il conto. Benito non sapeva come facessero ad azzeccare sempre il modello che gli piaceva, ma doveva essere merito del marketing. Ferragamo non era però l'unica casa di moda che gli forniva questo servizio, anche Christian Dior faceva lo stesso all'inizio di ogni stagione. Erano già un paio di anni però che il conte si limitava a indossare solo uno o due completi: ormai i bei tempi in cui andava alle feste, circondato da donne e champagne, erano passati. La moda non lo interessava più, ma per non doversi sorbire la lagna dell'assistente che non voleva perdere un cliente, continuava a farseli mandare. E poi non faceva alcuna differenza visto che quello sarebbe stato il suo ultimo inverno, anzi la sua ultima settimana di vita. Quella mattina Benito aveva deciso di uscire per l'ultima volta e lo avrebbe fatto in pompa magna con indosso il suo completo chiaro. Aveva congedato l'autista, Massimo. Il piano era andare in Rolls-Royce in centro e prendersi un caffè seduto al bar della piazza fumando una sigaretta, o magari due, o tre, insomma, tutte quelle che avrebbe voluto. Ormai erano anni che aveva smesso di fumare, da quando glielo aveva imposto il medico, ma adesso, viste le circostanze, non aveva più senso seguire quelle raccomandazioni. Così aveva chiesto a Massimo di procurargliene un pacchetto che adesso se ne stava nella sua tasca.

Prima di uscire, Benito si guardò allo specchio dal basso in alto: le scarpe nuove tirate a lucido, i capelli brizzolati, gli occhi celesti e il naso perfettamente dritto a ricordare che un tempo era stato biondo e attraente, l'abito elegante e costoso. Solo le rughe e lo sguardo triste rivelavano i segni di una vita difficile e vissuta male. Ma nemmeno questo gli importava: tutte le sue attenzioni in quel momento erano concentrate sull'arrivo del vaso tanto agognato. Prese il portafoglio e se lo infilò in tasca.

Attraversò il salone davanti alla cucina, dove un capannello di domestiche si affacciò a guardarlo. Poi uscì dal portone principale: la Rolls-Royce nera lo aspettava davanti al castello con le portiere aperte – la particolarità del veicolo consisteva nel fatto che quelle posteriori si aprivano in senso contrario rispetto a quelle anteriori affinché i passeggeri potessero accomodarsi più facilmente, ma stavolta Benito avrebbe occupato il posto del guidatore. Il conte salì in macchina e con un pulsante chiuse in automatico tutte le porte.

Una volta a bordo, il brivido dell'avventura che lo aspettava gli fece scordare per una frazione di secondo la sensazione di amarezza che sempre lo accompagnava.

Accese il motore e ne avvertì il leggero brontolio, simile al sussurro di una donna innamorata che si concede. La sua auto gli piaceva, così come i rumori soffusi che emetteva. Benito percorse il sentiero a zig-zag che conduceva fuori dalla proprietà, il verde del parco tutto intorno che si rifletteva nei vetri dei finestrini. Una volta raggiunta la strada, premette sull'acceleratore e sfrecciò via a quasi duecento chilometri orari. Se fosse andato a sbattere contro un albero, poco male. La velocità gli era sempre piaciuta, anche se non gli procurava più lo stesso brivido di un tempo. Allora gli tornò in mente quella volta che da giovane aveva guidato in maniera spericolata da Roma a Firenze...

## Firenze, 1967

Era una mattina soleggiata e Benito si era messo in viaggio molto presto, lo attendevano parecchie ore di macchina. Aveva cambiato idea: invece di prendere il treno per Firenze aveva deciso di andarci in auto. Si sarebbe fermato in città parecchi giorni e preferiva muoversi in autonomia. Non sarebbe stato semplice gestire tutti i cavilli contrattuali con Rodolfo Pieri: doveva fare in modo che l'uomo capisse una volta per tutte che c'era il rischio di perdere l'edificio in cui sorgeva la sua scuola e di conseguenza redigere i nuovi documenti che avrebbero sancito la sua bancarotta. Ma la cosa più importante era metterlo alle strette e convincerlo a vendergli le opere che aveva in casa, recuperando così il patrimonio della propria famiglia. Per fare ciò, Benito doveva agire con cautela poiché in gioco c'era addirittura la casa di Pieri; se si fosse adirato con lui, avrebbe potuto decidere di vendere i suoi beni a qualcun altro. Finalmente Benito ce l'aveva in pugno. Doveva solo guadagnarsi la sua fiducia trascorrendo del tempo con lui e persuaderlo delle sue buone intenzioni. Non riuscirci significava mandare in fumo il lavoro di anni. Il solo pensiero lo faceva sprofondare in un abisso, per questo Benito, nonostante la stizza, era disposto a tirare fuori il suo lato più ammaliante. Sapeva che era l'unico modo per portare a termine il suo piano; erano anni che si esercitava solo per questo.

Adagiò sul sedile del passeggero la scatola di cioccolatini che aveva preso come regalo per la famiglia Pieri; dietro, invece, aveva sistemato il voluminoso bagaglio pieno di completi e di scartoffie da far firmare a Rodolfo. Erano i documenti per rescindere il contratto, entrare in possesso dell'accademia, aprire l'ipoteca sulla casa e avviare la vendita dei beni mobili che tanto desiderava. Benito aveva calcolato tutto con freddezza, in ogni minimo dettaglio.

***

Era quasi sera quando Benito indossò il suo solito completo scuro con la camicia bianca, si spruzzò qualche goccia di colonia e uscì alla volta dell'accademia Pieri. Era arrivato a Firenze da un giorno e aveva trovato alloggio nello stesso albergo dell'ultima volta, nei pressi di piazza della Calza. Erano rimasti d'accordo con il professore che si sarebbero visti subito dopo le lezioni, nel tardo pomeriggio.

Appena arrivato, Benito vide che Rodolfo era ancora in aula. Controllò l'orologio, e in effetti mancava qualche minuto, quindi decise di fare un giro per l'edificio. Durante la visita scoprì un cortile sul retro della proprietà: un angolo molto gradevole, con un mandorlo selvatico carico di fiori e le pareti ricoperte di edera rampicante. Si vedeva che gli studenti non lo frequentavano spesso. Mentre il tramonto tingeva l'aria di rosso, il giovane conte si mise a sedere su una panchina sotto al pergolato e si guardò intorno. L'idea che presto tutto quello sarebbe stato suo lo emozionò. Assorto nella contemplazione del cortile, Benito fu riscosso dal saluto di una voce vellutata. Era Adele che, con il suo solito fare dolce e cortese, si avvicinò a lui per chiedergli se avesse fatto buon viaggio.

«Ottimo direi, grazie. Sono arrivato ieri. Io e tuo padre abbiamo appuntamento tra poco.»

«Sì, lo so. Sarà da te tra un momento. Gradisci un caffè intanto?»

«Volentieri.»

Così Adele scomparve in cucina e dopo alcuni minuti tornò con due tazzine di caffè fumanti. Si sedette accanto a lui sulla panchina e iniziò a fare conversazione. Benito doveva ammettere che quella ragazza aveva il dono di metterlo a proprio agio anche quando chiacchierava del più e del meno con quel suo tono soave e melodioso. Seduto accanto a lei, sotto il pergolato immerso nel verde, si dimenticò addirittura della ragione per cui si trovava laggiù, ossia incontrare il deprecabile uomo che aveva portato la disgrazia nella sua famiglia.

Benito le stava raccontando delle sue vicissitudini con i clienti americani e l'arte, e Adele ridacchiava complice, quando Rodolfo Pieri arrivò riportandolo alla realtà. La ragazza allora corse subito a chiudere la scuola, la giornata di lezioni era terminata. Una volta nell'ufficio del direttore, Benito disse subito: «Signor Pieri, temo di doverle dare brutte notizie».

«Sì, lo so. È tutta colpa di quei maledetti Onetto che hanno aperto una scuola proprio qui accanto.»

«Onetto?» ripeté Benito con dissimulata innocenza.

«Lasci perdere, avremo modo di riparlarne più tardi. Insomma, qual è la ragione della sua visita? Sono pronto, che cosa succederà adesso?»

«Signor Pieri, mi rincresce, ma dovrà chiudere l'accademia...» Era meglio togliersi subito il dente: che Rodolfo rimanesse proprietario dell'immobile era fuori questione.

L'uomo appoggiò i gomiti sulla scrivania e si prese la testa tra le mani. A quel punto successe qualcosa di particolare dentro Benito, perché se da una parte vedere il suo nemico affranto gli procurava piacere, dall'altro avvertì una strana fitta al cuore.

«Ma non si preoccupi, le verrò incontro il più possibile» aggiunse.

«E la casa? Che ne sarà della mia casa?»

«Credo che accendendo un mutuo in banca potrà riuscire a salvarla.»

«Be', sempre meglio di niente. Potrei ricominciare da lì a fare lezione...» disse l'uomo con lo sguardo perso nel vuoto.

Ma Benito lo riportò subito al presente: «Come le ho detto, però, occorre fare le cose per bene onde evitare tranelli».

«Sì, sì, ma certo...»

«Mi fermerò a Firenze per alcuni giorni proprio per aiutarla in questa situazione difficile e stilare insieme un nuovo accordo in tutta tranquillità.»

«Quanto tempo ho per smantellare la scuola?»

«Non si preoccupi, avrò cura che le accordino alcuni mesi.»

«La ringrazio... Davvero...»

«Non c'è di che» rispose Benito, in preda a una lotta interiore tra il suo angelo buono e quello cattivo. Ogniqualvolta però che la compassione aveva il sopravvento, bastava pensare a tutto ciò che aveva perso lui in confronto a Pieri... Alla sua famiglia, agli oggetti cari, alla vita stessa... Perché quel fatidico giorno di settembre, Benito aveva dovuto rinunciare al futuro che lo attendeva. Se le cose fossero andate diversamente, lui non avrebbe trascorso la vita in cerca di vendetta nell'intento di recuperare i beni della propria famiglia; starebbe invece conducendo un'esistenza completamente diversa, felice e piena. Forse non si sarebbe nemmeno dedicato all'antiquariato.

Stavano discutendo di alcuni dettagli del nuovo contratto quando Adele venne a chiamare suo padre. Rodolfo lo invitò quindi a cenare a casa sua, con la moglie e le figlie, e Benito accettò con piacere. Doveva fare buon viso a cattivo gioco se voleva essere certo che il professore gli vendesse tutto quanto.

Nel giro di qualche minuto i tre attraversarono la strada chiacchierando. Il nome di Giuseppe Conti riecheggiava più e più volte, come quello del cattivo della storia.

***

A casa Pieri, seduti intorno al tavolo con la tovaglia a quadretti blu, Benito parlava con Adele. Lei credeva, nella sua ingenuità, che quel giovane uomo avrebbe salvato il padre dall'incombente rovina economica. Lui si domandava invece cosa avrebbe detto la ragazza se avesse saputo la verità, e la risposta non gli piaceva. Scacciare il pensiero però non era poi così difficile, ammaliato com'era dai suoi occhi, dalla voce e dai lunghi capelli castani.. Distratto, Benito vide le domande e il senso di colpa volare via insieme al tempo; così, quando seduto in salotto a bere il caffè guardò l'ora, si accorse di aver fatto quasi mezzanotte. Allora si congedò da tutti e, nel salutare Adele, si avvicinò a lei inspirando a fondo. Per tutta la sera il sentore leggero del suo profumo era rimasto sospeso nell'aria e adesso lui desiderava respirarne intensamente ogni sfumatura. L'aroma alle rose lo avvolse proprio mentre il professore gli ricordò il loro appuntamento per l'indomani nel suo ufficio per iniziare a redigere il primo contratto.

***

Il pomeriggio successivo, Benito si presentò alla scuola d'arte. Si era preparato con cura e aveva indossato il suo abito migliore, poiché in qualche modo dentro di lui sperava di incontrare di nuovo Adele. Ma non appena arrivò le sue speranze andarono in mille pezzi: di lei non c'era traccia. Allora decise di recarsi in cucina a prendere una tazza di caffè e aspettarla nel solito cortile. Per qualche ragione quel giardino solitario lo attirava, gli piacevano la tranquillità del porticato e la vista del mandorlo in fiore. Capitare in quel luogo il giorno prima era stata una sorpresa. Ed eccola lì Adele, seduta sulla panchina con in mano una tazzina di caffè.

«Vedo che questo posto ti piace» disse Benito.

«Sì. E a quanto pare anche a te» rispose lei.

Un sorriso si affacciò alle labbra di Benito e Adele trovò che quando sorrideva e il volto gli si illuminava era davvero un bell'uomo, affascinante perfino.

«Pensavo di rimanere qui ad aspettare tuo padre. Dobbiamo stipulare un nuovo contratto.»

«Sì, me lo ha detto. Comunque mia madre dice che sei il benvenuto a cena, anche se doveste finire tardi.»

«Accetto con piacere» rispose Benito.

I loro sguardi si incrociarono, perdendosi l'uno in quello dell'altra.

*Sono contento che mi abbia invitato*, pensò lui.

*Sono contenta che abbia accettato*, pensò lei.

Così rimasero seduti a chiacchierare dimentichi del mondo intorno a loro per una mezz'ora. Adele gli raccontò delle sue sorelle, della sua vita e dell'amore per la pittura e lui la ascoltava con attenzione. A tratti lei riusciva perfino a strappargli un sorriso, con sua somma gioia. Erano già al secondo caffè quando Rodolfo apparve per sbrigare la faccenda del contratto. La ragazza se ne andò e Benito provò un moto di dispiacere. Come faceva un uomo tanto sgradevole ad avere una figlia come Adele?

# 18

## Firenze, 2008

Emilia se ne stava comodamente seduta su una sedia della cucina, in pigiama, con le gambe stese davanti a lei e i piedi appoggiati su un'altra sedia. Si sentiva più comoda così, molti vestiti iniziavano a starle un po' stretti e a tirarle sulla pancia, e poi faceva caldo, l'estate era davvero arrivata.

Le mancavano la spiaggia e Fedele, però. Erano rientrati a Firenze la sera prima e i magici giorni trascorsi insieme erano terminati. La vita era tornata alla normalità, ovvero quella specie di precarietà che Emilia viveva da quando era in Italia.

Aveva appena finito di scrivere una lunga mail a Sofi; il cursore continuava a sfarfallare sullo schermo in attesa che lei premesse invio. Sentiva che era giunto il momento di raccontarle tutto quanto, quindi rilesse il messaggio un'ultima volta.

Mia cara Sofi, perdonami se non mi sono fatta sentire spesso ultimamente. Avrai pensato che fossi troppo impegnata con il lavoro e i viaggi in giro per l'Italia, ma non è stato così. Ti scrivo solo adesso perché ho finalmente trovato la forza di raccontarti ciò che mi è capitato nelle ultime settimane e che non ho ancora detto a nessuno. Mettiti seduta... perché potresti svenire... Sofi, aspetto un bambino. Da Manuel ovviamente.
Lui lo sa già, gliel'ho detto, e be', ti puoi immaginare la sua reazione. Per poco non gli veniva un colpo, ma con il passare

dei giorni si è tranquillizzato. Ho fatto il test appena sono arrivata. Quando ho capito di essere incinta, ho pensato di tornare subito indietro. Ma poi, che cosa sarebbe cambiato? Un bel niente. Quindi ho deciso di rimanere e di portare a termine il lavoro. Per inciso, ti sarai accorta anche tu che la rubrica ha riscosso parecchio successo dappertutto. Ma la cosa è passata in secondo piano, ovvio. Stasera finalmente parlerò di nuovo con Manuel, abbiamo fissato di sentirci su Skype.
Ma reggiti forte perché adesso viene la parte più incredibile: nella mia vita è entrato un altro uomo, un italiano. È innamorato di me, e io di lui. Ha un ristorante, quello di cui mi aveva parlato la nonna, quello del dipinto che cercava, ti ricordi? Be', sì insomma, le cose sono andate proprio così... So che ti sembrerà assurdo, ma sono incinta e ho una nuova relazione. La verità è che non so che cosa ne sarà di me e della mia vita. E nemmeno ci voglio pensare troppo, altrimenti rischio di dare di matto. Parto per Madrid tra due giorni per curare la stesura dell'ultima parte della rubrica. Prima di tornare in Argentina però mi fermo a Firenze un'altra settimana. Mi gira la testa se ci penso!
Amica mia, non sai quanto darei per sedermi con te davanti a una tazza di tè e parlare di tutto quanto. Ah, quasi dimenticavo! A mio padre non ho ancora detto niente. Lo chiamerò stasera subito dopo la visita dal ginecologo.
Immagino che sarai curiosa di sapere del mio amore italiano. Che vuoi che ti dica... è bello... dentro e fuori. Vedi, sembro una ragazzina innamorata. Scherzi a parte: è una brava persona, è vedovo e, cosa più importante di tutte, sa come godersi la vita, è allegro e si prende cura di me.
Nonostante ciò che provo per lui, non ho accantonato la possibilità di continuare la relazione con Manuel. D'altra parte è

il padre di mio figlio, con cui ho trascorso ben tre anni della mia vita! Staremo a vedere.

Mia cara Sofi, fammi sapere come vanno le cose lì da voi. Spero che quando leggerai questo messaggio non ti arrabbierai e inizierai a scrivermi di continuo. Sentiamoci su Skype quando vuoi.

Ti abbraccio forte,

Emilia

Emilia premette inoltra e sentì di aver fatto la cosa giusta, ormai era tempo che anche gli altri lo sapessero. Le ci era voluto un po' per abituarsi all'idea, ma adesso era pronta. Allora si immaginò la reazione della sua migliore amica mentre leggeva la mail.

Era giovedì, una giornata importante sotto vari aspetti. Quella mattina il caporedattore della rivista italiana le aveva scritto per farle i complimenti e ricordarle di mandargli l'ultima tranche di articoli sui ristoranti spagnoli non appena fosse stata pronta, per darli in traduzione. Il piano editoriale era piuttosto serrato e lui non voleva interrompere le uscite della rubrica. Soprattutto considerando il fatto che stava riscuotendo sempre più successo. I lettori non solo stavano iniziando a intasare la casella di posta della rivista, ma avevano addirittura creato un gruppo Facebook per ripercorrere il tour gastronomico che aveva fatto Emilia.

L'altro avvenimento cruciale era la visita ginecologica che aveva fissato per quel pomeriggio. Fedele si era offerto di accompagnarla, soprattutto per aiutarla con la lingua, ma anche perché voleva essere presente, e lei non aveva niente in contrario, anzi.

La sera invece era rimasta d'accordo con Manuel di sentirsi via Skype. Emilia si soffermò a pensare alla loro relazione; le sembrava che fosse passata un'eternità dall'ultima volta che avevano parlato. Magari era perché nel frattempo lei non era più la stessa di prima. Le settimane passate a Firenze e poi il viaggio a Napoli e sulla Costiera amalfitana l'avevano cambiata e, volente o nolente, la trasformazione non era ancora conclusa. Era cambiata fuori, si notava dal taglio di capelli, da come si truccava e si vestiva. Ma anche dentro, per il suo nuovo approccio nei confronti della vita, e del cibo.

Decise di farsi una doccia: si sentiva ancora un po' stanca per il viaggio, e poi a breve Fedele sarebbe passato a prenderla per andare dal ginecologo. Al solo pensiero di vederlo sorrise, ma soltanto per poco perché un senso di agitazione prese subito il sopravvento ricordandosi di Manuel.

Emilia non immaginava che proprio in quello stesso momento, a molti chilometri di distanza da lei, più precisamente in Arizona, il padre di suo figlio stava in ansia per lo stesso motivo. Un mese senza sentirsi era davvero un sacco di tempo e Manuel era contrariato. Lui non aveva mai detto di voler chiudere la relazione per sempre e non capiva proprio perché Emilia si fosse resa irreperibile in quel modo. All'inizio credeva che fosse dovuto al fuso orario e ai rispettivi impegni, ma adesso ormai che ragioni potevano esserci… Inoltre la notizia della gravidanza aveva cambiato tutto. Avere un bambino era una questione troppo importante e Manuel sentiva il bisogno di parlarne con lei. Forse addirittura di vedersi.

***

In piedi davanti all'armadio spalancato, Emilia scelse il suo abito migliore. Voleva fare una buona impressione al ginecologo, temeva infatti di apparire sciatta… Una giovane donna straniera, incinta, senza un compagno, con il padre da qualche parte negli Stati Uniti... Il suo non era esattamente il migliore dei biglietti da visita. Il medico di sicuro le avrebbe fatto delle domande, e lei non voleva la sua pietà.

Per questo aveva scelto un bel vestito nero aderente senza spalline; era ancora abbastanza in forma da poterselo permettere, e poi la pancia si vedeva appena. Per completare il quadro, il sole di Positano e Amalfi le aveva regalato un bel colorito dorato.

Allora ripensò alla spiaggia e provò nostalgia. In particolare però le mancava il tempo trascorso in compagnia di Fedele, mangiare e passare la notte insieme nello stesso letto. Erano due sere infatti che dormivano separati, ciascuno a casa propria.

Emilia si vestì e si truccò come piaceva a lui: una spessa linea di eyeliner sulle palpebre e un bel po' di mascara. Poi si infilò i costosissimi sandali rossi con il tacco che lui le aveva regalato a Positano, ma, non avendo una borsa da abbinarci, optò per una pochette nera. Emilia si guardò allo specchio e l'immagine che le restituì le piacque molto. Non correva di certo il rischio di sembrare trascurata vestita in quel modo, ne era sicura. E poi ogni occasione era buona per mettersi in tiro, e lei voleva approfittarne finché poteva perché presto, con il pancione, non sarebbe stato più possibile.

Qualche minuto dopo suonò il campanello. Era Fedele, che era appena stato a prendere un caffè con i suoi due migliori amici, Vittorio e Adriano. Gli aveva raccontato di Emilia e loro l'avevano presa abbastanza bene. Fedele ne era contento. Aveva parcheggiato proprio davanti al portone ed era entrato un attimo in casa per prendere qualcosa da bere e lasciare a Emilia il vassoietto di dolci di pasticceria che le aveva comprato lungo la strada.

Ma quando la vide vestita così elegante, una passione improvvisa si accese dentro di lui. Lei però si negò, avevano un appuntamento importante e non potevano fare tardi. Così partirono alla volta dell'ambulatorio. Nonostante tutto le giornate erano liete e la vita iniziava a sorridergli.

***

Emilia e Fedele sedevano nell'ambulatorio del ginecologo in via del Sansovino. Il medico era un uomo un po' avanti con gli anni e parlava in modo concitato. A Emilia sembrava di essere finita in una commedia all'italiana, perché se da un lato si era persa metà delle spiegazioni del dottore per colpa della lingua, dall'altra aveva intuito che i due uomini erano passati a parlare di motori. Non sapeva davvero più cosa pensare. A quanto pareva i due avevano la stessa automobile e questo aveva rafforzato il loro cameratismo, per cui adesso la stavano ignorando completamente.

Non aveva nemmeno capito in che veste si fosse presentato Fedele al dottore, ma a giudicare da come questi si comportava pareva che desse per scontato che fosse il padre del bambino. Era già mezz'ora che parlavano senza sosta e solo una cosa le era davvero chiara: lei e il bambino stavano bene, lo aveva intuito dal sorriso del ginecologo dopo l'ecografia.

Emilia nel frattempo si arrovellava per trovare tra le poche parole di italiano che conosceva quelle giuste per porre qualche domanda.

«E che tipo di alimentazione devo seguire?» chiese infine. La questione la preoccupava molto: proprio lei, che fino a pochi mesi prima non faceva che mangiare insalate, adesso era diventata una grande estimatrice della pasta.

«Un'alimentazione equilibrata, mangi un po' di tutto» rispose lui prontamente.

Allora, senza aggiungere altro, l'uomo si alzò in piedi ritenendo conclusa la visita. I dati di Emilia erano già stati inseriti nel computer quindi, stringendo loro la mano, si congratulò con entrambi. A quel punto Emilia ebbe la certezza che il ginecologo aveva scambiato Fedele per il padre.

Appena usciti si diressero al bar all'angolo per prendere un caffè seduti al tavolino.

«Come ti è sembrato il medico? A me ha fatto un'ottima impressione» disse Fedele.

«Già, me ne sono accorta... Siete stati tutto il tempo a parlare di motori» lo rimproverò con voce scherzosa.

«Ma non è vero! È solo che abbiamo la stessa macchina!»

«Gli hai detto che sei il padre?» chiese lei a bruciapelo.

«Io... no!»

«Ma se ci ha fatto le congratulazioni...»

«Io non gli ho detto nulla. L'avrà dedotto da solo. E poi meglio, così almeno non ti ha fatto domande scomode.»

Lei annuì, in effetti aveva ragione.

Fedele la guardava divorandola con gli occhi, con quel vestito senza spalline e l'abbronzatura era stupenda.

«Sei bellissima... Perfino più di quando ti ho conosciuta.»

«Ah, quindi prima ero brutta?»

«Non ho detto questo. Solo che adesso sembri davvero sbocciata, come una pesca matura.»

Un sorriso si affacciò alle labbra di Emilia. Nonostante la situazione, il paragone le parve azzeccato. Anche lei si sentiva nel pieno della sua personale primavera: il successo della rubrica, l'energia che le scorreva nelle vene e il nuovo look.

«Sai una cosa, Fedele? In parte è anche merito tuo.»

«Mi fa piacere sentirtelo dire, perché io voglio avere a che fare con tutto quel che ti riguarda» disse lui. Poi sull'onda del momento aggiunse: «Credo davvero che l'Italia ti faccia bene, dovresti proprio trasferirti qui».

«Ne abbiamo già parlato...»

«Dico solo di pensarci su.»

«Fedele... in Argentina ho tutta la mia vita, la famiglia, gli amici, un lavoro, una casa. Qui invece non ho niente...»

«Ma ci sono io! Posso darti tutto ciò che ti serve.»

Era davvero una persona speciale, se era disposto a dirle una cosa simile. Lei però si trovava in una situazione delicata. Non aveva ancora raccontato a suo padre della gravidanza e poi quella sera doveva parlare con Manuel... Il solo pensiero le fece venire un crampo allo stomaco.

«Tranquilla... Non era per metterti pressione, volevo solo che lo sapessi» proseguì prendendole la mano e baciandola sulla guancia.

«Fedele, hai reso la mia vita molto più felice... Però ci sono alcune cose che devo sistemare.»

«Lo so. E siccome non posso convincerti a rimanere per sempre qui con me in Italia, spero almeno che vorrai accettare il mio invito a cena questa sera.»

«Ma non devi lavorare? Non starai trascurando un po' troppo il ristorante?»

«No, è tutto sotto controllo. E poi ho assunto una nuova impiegata per questo, ricordi?»

«Certo, ed è stata un'ottima idea.»

«Allora siamo d'accordo: passa alle nove al *Buongiorno*, così poi saliamo a casa e ceniamo.»

«Perfetto.»

Quindi Fedele la baciò a lungo sulla bocca, tanto che quando il cameriere arrivò con i caffè in mano dovette tossire per annunciarsi. Mentre appoggiava le tazzine sul tavolo, li guardò di sottecchi. Erano davvero una bella coppia quei due e lei era proprio una donna attraente.

***

Appena rientrata in casa, Emilia si tolse subito i sandali; non ne poteva più di quei tacchi così alti. Quindi accese il computer e si collegò su Skype. Sofi era in linea e la invitò a fare una videochiamata. Contenta di poterla finalmente sentire, Emilia accettò e in un secondo furono connesse.

«Emilia! Che hai fatto ai capelli? Li adoro! Sembri così diversa!» La voce di Sofi risuonò nella stanza forte e chiara.

«Sofi! Ciao!»

E così una conversazione fiume fatta di sole confidenze ebbe inizio. Emilia era pronta finalmente a parlare della gravidanza, ma il tempo era tiranno – a breve avrebbe dovuto collegarsi con Manuel – e lei aveva così tante cose da raccontarle… Decisero di riprendere la chiacchierata l'indomani.

Emilia non fece in tempo ad alzarsi dalla sedia che Manuel comparve in linea e in un batter d'occhio la sua immagine e la sua voce si materializzarono sullo schermo. Si sentì vacillare, i capelli biondi e gli occhi chiari di lui penetravano dentro di lei da ogni poro.

«Ciao Manuel… Insomma, eccoci qua.»

«Emilia… Ti sei tagliata i capelli, e hai cambiato colore.»

Le sembrava trascorso così tanto tempo da quando era andata dal parrucchiere, che il commento la colse di sorpresa. Sofi le aveva detto la stessa cosa.

«Sì.»

«Sembri così diversa… C'è qualcosa di nuovo in te.»

*Sì, sono incinta*, pensò.

«Anch'io ti trovo bene…» rispose. Manuel indossava una camicia nuova e aveva la barba lunga di alcuni giorni.

«Come stai? Intendo con la gravidanza… e il resto.»

«Tutto bene e tu?»

«Ho molto da studiare, ma visto che non davi segni di vita mi sono preoccupato.»

«Sono stata via per lavoro, e poi non eri tu che volevi un po' di spazio?»

«Non ho detto questo…»

«E invece sì!»

«Be', non ricominciamo a litigare. Insomma, adesso che mi sono sistemato… volevo sapere come stavi.»

«Sto bene e lavoro molto.»

«Pensavo che… potremmo… ecco, potremmo vederci. Quando torni a Buenos Aires?»

La domanda la prese alla sprovvista, non se l'aspettava. Calò il silenzio.

«Tra una quindicina di giorni, più o meno.»

«Magari posso prendere un volo e venirti a trovare. Hai già fatto la prima visita di controllo?»

«Sì, sono stata dal medico» disse, ma rispetto alla questione di vedersi non sapeva proprio cosa rispondere. Nemmeno qualche ora prima un altro uomo l'aveva accompagnata dal ginecologo. Emilia era consapevole di essersi costruita in Italia una vita di cui lui era del tutto all'oscuro. Quello dall'altra parte dello schermo però era pur sempre il suo Manuel.

«E che ha detto?»

«Mi ha visitato e ha confermato che va tutto bene.»

«Sono contento! Senti, Lia, se anche per te va bene, appena

torni a Buenos Aires, ci mettiamo d'accordo e prendo un volo per tornare a casa.»

«Vediamo...» disse lei nervosa e cambiò subito argomento: «Come procede il corso?».

La chiacchierata prese una piega più tranquilla: lui le raccontò dell'università e le chiese come stava andando il lavoro. Emilia però rimase sul vago per evitare di dovergli dire di Fedele. Non aveva ancora deciso se parlargli di lui, prima voleva capire che cosa aveva da dire Manuel.

Appena prima di salutarsi però lui le fece una richiesta:

«Emilia, vorrei tanto vederti la pancia».

Allora lei prese in mano il computer e puntò in basso la webcam. Il vestito nero attillato mostrava perfettamente tutte le sue forme.

Dall'altro lato dello schermo Manuel si chiuse in un silenzio commosso. Ne fu la riprova il suo tono di voce poco dopo.

«Mi sembra di vederla già un pochino...»

«Sì, il tempo vola...»

«Non appena sai di preciso quando torni, avvisami, così mi organizzo e ti vengo a trovare» insistette ancora una volta.

Quindi si salutarono. Sprofondata nella sedia, Emilia non si capacitava di ciò che era appena successo. Allora i ricordi presero il sopravvento. A tratti sentiva addirittura un moto di speranza montarle dentro. Sapeva però che di Manuel non c'era da fidarsi. Lui era fatto così: un giorno andava bene e l'altro no, prendeva una strada e poi se ne pentiva e tornava indietro.

Emilia si alzò in piedi e andò in camera, si buttò vestita sul letto e si addormentò. Troppe emozioni in un giorno solo.

Quando riaprì gli occhi, erano già le nove di sera. Fedele la aspettava al ristorante, doveva darsi una mossa.

***

Con indosso sempre il solito abito nero attillato, Emilia varcò la porta del *Buongiorno* e venne investita dal caos infernale di voci e risate che rimbombava nella sala e dal viavai dei camerieri con i vassoi e i piatti in mano. La responsabile di sala le fece un cenno di saluto mentre accompagnava dei clienti al tavolo.

Emilia cercò Fedele con lo sguardo, ma di lui non c'era traccia. Quindi si fiondò in cucina: doveva essere lì. Era quasi arrivata quando si spalancò la porta e apparve Fedele, impeccabile nei suoi pantaloni chiari, la camicia blu e i capelli castani modellati con il gel. Stava parlando con una ragazza bionda e sorrideva, mostrando la dentatura perfetta che a Emilia piaceva tanto. Poi entrambi scoppiarono a ridere. Emilia lo fissò mentre le porgeva il portaghiaccio con una bottiglia di champagne e lei lo prendeva sfiorandogli le dita per la frazione di un secondo senza smettere di ridere e di conversare in italiano. Così li raggiunse, ma loro conversavano talmente veloce che lei non capiva una parola.

«Emilia, ti presento Anna, la ragazza nuova di cui ti ho parlato» esordì lui in spagnolo.

Le due donne si salutarono scrutandosi l'un l'altra. Dunque quella era l'aiutante che aveva appena assunto.

Qualche minuto più tardi, Emilia e Fedele attraversarono il cortile interno del ristorante e salirono in casa di lui. Era giunto il momento per lei di prendere una decisione: o stava con Fedele o con Manuel e le sue mille incertezze. Non poteva sopportare l'idea di vedere Fedele in compagnia di altre donne. E poi non era affatto sicura che la biondina di prima sapesse di loro due. Allora le sorse una domanda: che cosa erano di preciso lei e Fedele? Proprio non lo sapeva. Il loro strano rapporto non era niente che si potesse definire con una sola parola, non un fidanzamento o qualcosa di simile…

Il viaggio in Spagna arrivava al momento giusto, le sarebbe servito per schiarirsi le idee.

***

Durante la cena, Fedele le raccontò una serie di aneddoti divertenti della sua infanzia che le fecero completamente dimenticare i suoi problemi. Lui aveva questa capacità: ogni volta che parlava lei pendeva dalle sue labbra. Emilia si immergeva nel mondo di Fedele Pessi e vi restava come se fosse nella bambagia.

A un certo punto, però, mentre narrava delle sue scorribande per il giardino, a Fedele tornò in mente una cosa.

«Ho chiamato mia madre e le ho chiesto del quadro che stai cercando. Dice di andare da lei quando vogliamo. Ha delle informazioni che ti possono interessare.»

«Se per te va bene, potremmo farle visita al mio rientro dalla Spagna.»

«Sì, perfetto. Anche perché continua a chiedermi quando passerò a trovarla, dato che da quando *lei*, signorina Fernán, è arrivata a Firenze, l'ho un po' trascurata.»

A Emilia la questione del quadro era completamente passata di mente, visto il casino della sua vita personale. Ma adesso che piano piano i tasselli tornavano al loro posto, non c'era ragione per non dedicare un po' di tempo a scoprire che fine avesse fatto il dipinto tanto adorato dai suoi nonni. Oltretutto, se questo le avrebbe permesso di conoscere la mamma di Fedele. Certo, il suo stato non rendeva le cose facili, e lei avrebbe forse perfino dovuto spiegarle di essere incinta. Un giorno alla volta, Emilia.

Un giorno alla volta, si disse cercando di ritrovare la calma, proprio come le aveva insegnato a fare lui.

Dopo cena si stesero sul letto a guardare il telegiornale; Fedele odiava perdersi i notiziari della mattina e della sera. Erano già diversi minuti che sentivano parlare dello sciopero dei treni, quando una leggera carezza e un paio di parole sussurrate all'orecchio innescarono la scintilla e Fedele ed Emilia finirono per fare l'amore, come ogni volta che stavano insieme. Lei non ricordava di aver mai vissuto un simile trasporto con Manuel; si erano divertiti, certo, ma con Fedele era tutta un'altra cosa. Le bastava che lui si avvicinasse per eccitarsi. Il suo profumo, il tocco delle sue mani grandi, la bocca da baciare e il modo in cui si muoveva dentro di lei, senza fretta, ininterrottamente, la mandavano fuori di testa.

Da parte sua, Fedele era spaventato dalla profondità dei sentimenti che aveva iniziato a provare per quella donna che, praticamente, aveva conosciuto da poco tempo.

Rannicchiati insieme nella penombra della stanza, illuminati soltanto dalla luce della televisione accesa, Fedele pensò di chiederle di restare a dormire: il letto era troppo grande senza di lei, e avrebbe sentito la sua mancanza. Così, mentre il telegiornale volgeva al termine, entrambi si domandarono se fosse possibile, dopo aver provato un amore simile, continuare a vivere facendo finta di niente. Potevano davvero separarsi dopo tutto ciò che avevano condiviso?

# 19

*«Perché la mia azione sembra loro così mostruosa?» ripeteva a se stesso. «Perché è un delitto? Che vuol dire la parola delitto? La mia coscienza è tranquilla.»*

Fëdor Michajlovič Dostoevskij, *Delitto e castigo*

## Piacenza, 2008

*Giorno 9*

Nella cucina del castello dei Berni si vociferava che stesse succedendo qualcosa di molto strano. Durante le ultime settimane, il padrone aveva stravolto il ménage di tutti quanti: aveva smesso di fare colazione alla solita ora, nel solito posto e non toccava quasi più nessuno degli elaborati piatti del menù, fatta eccezione che per un pezzo di formaggio buttato giù in fretta e furia alla scrivania, un bicchiere di vino sorseggiato seduto su una panchina in giardino o magari delle olive mangiate assorto nella contemplazione di qualche dipinto del salone principale. Il cuoco trascorreva le giornate con le mani in mano, preparava solo la cena che veniva servita nel salone dorato e che però restava praticamente intatta. Che cosa stava succedendo? Cosa c'era di tanto importante da levargli l'appetito?

Il conte, che dalle prime luci dell'alba si era messo alla ricerca di un libro nella biblioteca, non faceva che ripetere: «È la libertà». Ma le domestiche non osavano fargli domande. Sapere che a breve la sua vita sarebbe finita lo faceva sentire libero di fare ciò che voleva, senza dover sottostare alle regole. Allora gli veniva naturale mangiare quando gli pareva, non rispondere al telefono, non uscire di casa, ascoltare Vivaldi alle tre del mattino, restare scalzo per giorni, andare a dormire all'ora di pranzo perché aveva trascorso tutta la notte a leggere. Insomma, la vita e le sue convenzioni potevano tranquillamente andare al diavolo.

Succede spesso, però, che quando si esce dai percorsi conosciuti, chi ci circonda inizi a tormentarsi, non tanto per il nostro benessere, ma per l'invidia di non aver fatto ciò che sempre avrebbero voluto. Benito pensava questo mentre finiva di leggere pagina duecentodieci di *Delitto e castigo*, immedesimandosi in Rodiòn Raskòl'nikov che diceva: «Perché la mia azione sembra loro così mostruosa? Perché è un delitto? Che vuol dire la parola delitto? La mia coscienza è tranquilla».

Poiché ciò che la gente intorno a noi non sa – per quanto contorto possa sembrare – è che per ottenere questa strana forma di libertà, quasi fittizia, bisogna essere schiavi dell'idea che la vita stia per finire.

Con il romanzo di Dostoevskij ancora in mano, Benito si affacciò alla porta e ordinò a una delle cameriere di portargli un bicchiere di Ortrugo dei colli piacentini e una ciotolina di mandorle per colazione.

Qualche minuto più tardi la domestica tornò con quanto richiesto e lo appoggiò sul tavolino accanto al padrone; e lui, profondamente assorto nella lettura, non la degnò nemmeno di uno sguardo. *Lo dicevo io, qui c'è sotto qualcosa di strano. Vino e mandorle alle otto del mattino*, pensò lei ritirandosi.

Quindi, senza appoggiare il libro, Benito prese un sorso di vino ricco e corposo e si infilò in bocca una mandorla dal sapore dolce e avvolgente.

Ne mangiò altre due, poi tre, alla quarta però sputò subito tutto quanto. Era amara... ne prese un'altra, amara pure quella.

«Dannazione! Che succede, mi vogliono avvelenare?»

Ma appena lo disse ad alta voce, la frase gli suonò ridicola. Proprio lui che quella settimana si sarebbe tolto la vita, si preoccupava dell'amigdalina contenuta nelle mandorle e che in bocca, a contatto con la saliva, si scomponeva in zuccheri, benzaldeide e in uno dei veleni più potenti di tutti, il cianuro. Venti mandorle erano sufficienti a uccidere una persona adulta, dieci un bambino. Ecco perché era importante non mangiarne troppe. Ma a Benito che paura potevano mai fargli quelle mandorle amare che erano state colte inavvertitamente insieme alle altre, per colpa di un innesto venuto male?

Il conte fissò la mandorla che aveva in mano e si domandò quando avesse imparato quell'informazione. Allora gli tornò in mente: era stata una ragazza dai capelli castani ad averglielo detto molti anni prima, sotto il pergolato davanti a un vecchio mandorlo selvatico. Lo ricordava come se fosse ieri…

## Firenze, 1967

Il cortile interno dell'accademia Pieri era diventato il luogo più importante dell'intero edificio, anche se solo per due delle persone che lo frequentavano. Come spesso succede nelle storie d'amore, era come se quel posto fosse lì da anni ad aspettare proprio loro. Il mandorlo dai frutti amari era diventato testimone delle confidenze e degli sguardi che Adele Pieri e Benito Berni si scambiavano.

Da una settimana si incontravano lì prima della consueta riunione serale tra Benito e Rodolfo, senza darsi appuntamento, per pura casualità. In realtà, però, lui aveva iniziato a presentarsi a scuola sempre con un'ora di anticipo, sapendo di trovarla già sotto il pergolato ad aspettarlo, da non si sa quanto, in una sorta di tacito accordo. E così, nella solitudine del cortile, finivano per sprofondare in un mondo tutto loro, al punto che sarebbe stato difficile per Benito dimenticare il cognome di lei in qualsiasi altro contesto che non fosse stato quello. Un po' come in un incantesimo in cui certi posti magici hanno il potere di farti vivere con la complicità dell'amore.

Quel pomeriggio il sole sembrava più luminoso che mai.

«È un peccato che tu viva a Roma.»

«Perché?»

«Se vivessi a Firenze, continueremmo a vederci. Immagino che presto tornerai a casa.»

«Sì, tra un paio di settimane. Alla fine ho deciso di restare qui tutto il mese.»

«Be', ad ogni modo te ne andrai.»

«E ti dispiace?»

«Sì, certo» disse lei senza esitazione.

Adele era troppo sincera e innocente per rispondere qualsiasi altra cosa che non fosse la verità. Lei non era come le altre, non faceva giochetti e Benito lo sapeva; a dire il vero era proprio ciò che gli piaceva di lei: Adele non aveva niente a che vedere con le donne che lui aveva imparato a conoscere dai tempi della Russia in poi, ed erano state molte, dato che tutte sembravano corrergli dietro. Lei infatti era la spontaneità e l'onestà fatta persona.

Benito glielo leggeva negli occhi.

«Sai, anche tu mi mancherai.» E avvicinandosi la baciò come faceva sempre quando aveva una bella donna vicino. Non sapeva come relazionarsi con loro, se non fisicamente. Un altro tipo di approccio gli era sconosciuto.

Stavolta però il contatto con quelle labbra e il sentore di rose del suo profumo gli provocarono una reazione diversa dal solito, scuotendo nel suo corpo di uomo qualcosa di ben più profondo.

Il bacio non durò che un attimo, ma fu sufficiente per cambiare tutto quanto e stravolgere l'intero universo di Benito. Da un lato il presente, già abbastanza intricato per entrambi, collassò nel passato, la cui brama di vendetta rischiava di restare inascoltata, dall'altro andò a sbattere contro il futuro che, incerto, non osava immaginarli insieme.

Poi lui le prese le mani e rimasero così, in silenzio, per un lunghissimo istante, cullati dalla luce del tramonto e dalla piacevole vicinanza reciproca, finchè non udirono l'approssimarsi dei passi del padre di lei. Allora Benito la lasciò andare.

Nell'arco di tutta la settimana seguente, la magia del cortile continuò a crescere, trasformandolo per sempre in quel posto speciale che hanno gli innamorati, il luogo in cui hanno imparato ad amarsi e che per questo non scorderanno mai, nonostante il tempo, nonostante non stiano più insieme...

Era anche l'unico posto in cui Benito si dava il permesso di provare il sentimento che era sbocciato tra lui e Adele, sentimento che altrimenti combatteva e ricacciava indietro ogniqualvolta metteva piede in casa Pieri, dove la semplice vista degli oggetti che erano stati rubati a lui e alla sua famiglia era sufficiente a rimettere in ordine di ogni cosa. Pieri era un cognome maledetto.

***

Erano due settimane ormai che Benito aveva appuntamento con Rodolfo a scuola e poi andava a cena a casa sua. E ogni volta prima di uscire si vestiva e pettinava con cura, spruzzandosi un po' di colonia francese. Anche Adele faceva lo stesso, sebbene le sue accortezze fossero meno ricercate e il suo profumo della semplice acqua alle rose.

La signora Pieri, da brava padrona, trascorreva di solito tutta la serata a parlare di cucina, mentre le figlie più piccole, Rossella e Lorella, ridacchiavano e confabulavano tra loro e il marito faceva qualche commento di lavoro. Benito e Adele invece non si toglievano gli occhi di dosso. Le questioni di affari erano riservate al dopocena, quando gli uomini in salotto discutevano dei problemi da risolvere in attesa che Maria portasse loro il caffè.

«Dunque, domattina i contratti saranno finalmente pronti» disse Benito ravviandosi i capelli all'indietro con una mano. Stava iniziando a perdere la pazienza: ormai erano molti giorni che ci lavorava su redigendo clausole su clausole. Lo faceva senza fretta per avere il tempo necessario di convincere Pieri ad accettare la proposta di vendere a lui tutti i propri beni. Ma non era semplice fare buon viso a cattivo gioco con qualcuno per cui non nutriva il benché minimo rispetto. A tratti temeva di dare di matto, alzarsi dalla poltrona e dirgli in faccia tutto ciò che pensava davvero di lui. Queste però erano le regole del gioco, se voleva raggiungere l'obiettivo che si era prefissato.

«Una volta firmati, quanto tempo avrò per lasciare l'edificio?» chiese il professore nervoso, accarezzandosi la testa calva.

«Due mesi» rispose il giovane con i suoi imperturbabili occhi di ghiaccio.

«Dovrebbero bastarmi per trasferire i corsi qui a casa, anche se c'è sempre il rischio di perdere pure quella. E poi non posso permettermi di ristrutturarla.»

«Potrebbe accendere in banca un'ipoteca sulla casa. E per la ristrutturazione non si preoccupi... I soldi salteranno fuori» disse Benito, pensando che forse quella era la volta buona per avanzare la proposta che aveva in mente.

«Non è così semplice, mio caro» ribatté Pieri.

Allora Benito decise che era il momento di correre il rischio: si alzò dalla poltrona e, con nonchalance, una mano infilata nella tasca del completo scuro, si avvicinò ai dipinti del maestro Fiore e del Manguardi.

«Ha mai pensato di vendere questi quadri? Le frutterebbero un bel guadagno.»

«Non so se ne vale la pena. Si tratterebbe di spiccioli.»

«E che mi dice di quelli là?» lo incalzò Benito indicandone altri di cui conosceva il valore.

Pieri scrollò le spalle e si perse nel ricordo luttuoso del modo in cui si era procurato quelle opere. Benito sentì che poteva osare di più: «Potrebbe addirittura vendere l'arazzo, la scultura delle due bambine e quella del Nettuno... sono dei pezzi unici. Se lo lasci dire da uno che di antiquariato se ne intende».

«Sì, ma non basterebbe ancora.»

«Metta in vendita tutti gli oggetti di questo salotto» propose, fingendo di togliersi un pelucco dal polsino della camicia impeccabile, come se la cosa non lo toccasse affatto.

«Lei dice?» chiese il professore stupito con gli occhi sgranati.

*Ho calcato troppo la mano?*, si domandò il giovane Berni, vedendo il tentennamento dell'uomo. No, ne era sicuro. E così rincarò la dose.

«Potrei farmi carico di trovarle il compratore.»

Allora Pieri gli piantò gli occhi addosso e rispose risoluto: «Ci devo pensare. Per adesso voglio concentrarmi sul contratto che firmerò domattina. La prego di fornirmene una copia quanto prima, in modo che possa leggerla con calma».

Benito sentì la rabbia montargli dentro. Tutte quelle preziose opere d'arte gli appartenevano, erano anni che aspettava di riprendersele tramando alle spalle di quell'uomo.

«Naturalmente. Lei saprà di certo cosa è meglio. Ma forse è

venuto il momento di chiudere l'accademia una volta per tutte» replicò con una punta di cattiveria. Ormai la sua pazienza era arrivata a un limite.

Quelle parole ferirono Pieri: amava il suo lavoro e poi era l'unico mezzo che aveva per provvedere alla famiglia.

«Questo è fuori discussione… Mi lasci il tempo di valutare la possibilità di vendere le opere.»

«Come desidera» disse Benito, in tono leggermente alterato, vedendo che la conversazione volgeva al termine con l'arrivo della signora Pieri che, con il suo immancabile chignon, era entrata a servire il caffè. Dietro di lei, Adele portava un vassoio di sfogliatelle e i suoi occhi erano tutti per Benito, che quella sera trovava particolarmente attraente con il completo scuro e la camicia azzurra intonata ai suoi occhi.

Benito, si scusò, non aveva tempo per il dolce e per il caffè. E così Rodolfo, a capo chino, lasciò che Adele lo accompagnasse alla porta. Non aveva ancora detto niente alla moglie della gravità della situazione in cui si trovavano, ma forse era venuta l'ora di farlo, e chissà che davanti a una bella tazza di caffè caldo e un dolcetto non sarebbe stato in grado di spiegarle gli imminenti cambiamenti che avrebbero dovuto affrontare.

Benito era furibondo, il vecchio professore non aveva acconsentito alla vendita nonostante fossero quindici giorni che gli stava appresso, fingendosi dalla sua parte. Aveva risposto che ci avrebbe pensato, il maledetto! Con questi pensieri in testa affrettò il passo verso l'uscita.

Sulla soglia, Adele, con indosso un bel vestito rosa e del tutto ignara dello stato d'animo del suo innamorato, gli si avvicinò per salutarlo con un bacio sulla guancia come era diventata loro consuetudine. Non si baciavano mai sulle labbra, tranne che nella riservatezza del cortile sotto il pergolato davanti al mandorlo.

Ma Benito, fuori di sé dalla rabbia, approfittando del buio e del fatto che la strada fosse semideserta, prese Adele tra le braccia e la baciò senza riguardo, come non aveva mai fatto prima. Poi con irruenza la spinse contro la parete e premette il suo corpo contro quello di lei. Dentro di lui si agitavano la frustrazione per il rifiuto di Pieri e la voglia di ferirlo con i desideri maschili che nutriva per la giovane donna. Benito la baciò sempre con maggior trasporto senza trovare ostacoli. A contatto con la bocca di lui, Adele aveva perso la lucidità e non vedeva più con chiarezza i confini che avrebbe dovuto imporre. Così le mani di Benito scivolarono più in basso, oltre i fianchi e sopra il sedere. Adele fremette, una brava ragazza non avrebbe mai permesso una cosa simile, ma lui era il suo punto debole. *La nostra è una relazione speciale*, pensò dentro di sé e con questa scusa non oppose resistenza. Le dita avanzarono ancora, intrufolandosi fin sotto la gonna alla ricerca di qualcosa di più: il gemito di Adele gli confermò di aver trovato ciò che cercava. Benito conosceva bene il corpo femminile e come ottenere quel che voleva. E con Adele non fu diverso.

Si stavano divorando di baci da alcuni minuti, quando Benito, con il respiro affannato e ormai sul punto di slacciarsi i pantaloni, si rese conto che era meglio fermarsi altrimenti l'avrebbe presa lì, seduta stante, contro il muro.

Allora entrambi rimasero in silenzio cercando di controllarsi, e solo dopo aver ritrovato la calma si salutarono. Lei si sentiva un'altra, non sarebbe mai più stata quella di prima, il suo corpo aveva infine conosciuto il tocco di un uomo. Lui invece avvertiva un profondo senso di frustrazione, non solo dovuto alla reticenza di Pieri ad accettare la sua proposta, ma anche al mancato appagamento dei suoi istinti. *Ma cosa provo davvero per Adele?*, si domandò aggiungendo ulteriore confusione al caos. Perché in realtà un po' si vergognava: non gli era mai successo niente di paragonabile con nessun'altra donna prima di allora.

Una cosa era certa, però: quella sera avevano superato un limite e non per colpa sua, ma di Rodolfo Pieri, si giustificava Benito che nel tentativo di ferire il proprio nemico, aveva finito per fare del male a Adele e, con lei, a se stesso.

***

Due giorni dopo, Pieri aveva finalmente firmato il famigerato contratto, per cui si ufficializzava la perdita dell'accademia e l'apertura di un mutuo sulla casa con la banca, proprio come aveva redatto Benito con la consulenza del suo avvocato.

Quella mattina, seduto nel proprio ufficio in preda alla disperazione e con la penna ancora in mano, Rodolfo Pieri pronunciò le parole che Benito attendeva da anni.

«Senta Paolo, vorrei che si incaricasse di cercare un compratore. Ho deciso di vendere tutte le opere d'arte che possego.»

«Molto bene, mi metterò subito al lavoro» rispose il giovane calandosi nella parte.

Solo un leggero tremito della voce lo tradì; Benito si scusò dando la colpa a un accenno di raffreddore. Quindi chiese il permesso di ritirarsi in bagno per un istante e lì dentro, davanti al piccolo specchio sopra il lavandino, le lacrime dell'infanzia rigarono il suo volto attraente di uomo. Erano le prime che versava da quando era rimasto chiuso nel nascondiglio in camera dei suoi genitori, le prime dopo il pianto violento in cui era scoppiato sotto l'albero dove si era rifugiato scappando, le prime da quando aveva dieci anni.

Benito si sciacquò il viso, si ricompose e si immedesimò di nuovo nel suo personaggio; solo allora tornò da Pieri lamentandosi della raucedine e spiegando come avrebbero proceduto.

Era suo interesse farsi carico di tutta la trattativa, inoltre, in virtù della relazione che aveva con Giuseppe Conti, disse che non avrebbe avuto difficoltà ad allungargli un assegno con l'ammontare totale della cifra stimata di vendita. Poi, assestando il colpo finale, Benito aggiunse che sarebbe stato necessario trasportare le opere a Roma quella settimana stessa, ma che per fortuna aveva delle persone di fiducia che potevano occuparsene in tutta sicurezza. Solo allora si sarebbe messo alla ricerca del compratore adatto.

Il piano non faceva una piega.

Se non fosse stato per il fatto che Pieri non aveva alcuna intenzione di separarsi dal ritratto realizzato da Giovanni Boldini. Il quadro gli piaceva troppo e poi era un estimatore del pittore sin da giovane, per non parlare del fatto che lo possedeva da molto tempo… Benito si sentì ribollire il sangue nelle vene. Davvero osava addurre una motivazione simile, il maledetto? Davvero pensava di usare la scusa della sensibilità di spirito, quando aveva calpestato la vita umana senza alcun riguardo?

Perfettamente nella parte, Benito cercò di spiegargli con freddezza i benefici di quella vendita, ma senza successo.

La questione ritardò l'intero affare di una settimana, durante la quale Benito fece di tutto per persuadere il vecchio professore che non sembrava affatto tentato dalle proposte del giovane antiquario, né si accorgeva della sua disperazione.

Adele appoggiava il padre e nel frattempo godeva delle ore di compagnia dell'uomo che le aveva rubato il cuore.

I genitori, da parte loro, vedevano di buon occhio la cosa. Credevano che non tutto il male venisse per nuocere e che una perdita economica potesse generare un guadagno di altro tipo. Adele, che fino a quel momento non aveva mai avuto un fidanzato, pur avendo già ventisette anni compiuti e il corredo a roselline rococò pronto, finalmente si era invaghita di qualcuno. E quel qualcuno era proprio il giovane e attraente imprenditore romano. Anche lui però sembrava essere rimasto colpito da lei, a Maria Pieri non era sfuggito il modo in cui guardava la sua bambina. Ecco perché invitava sempre Adele ad accompagnarlo alla porta, dando loro occasione di stare un po' da soli. *Perché in fondo che cosa può mai succedere davanti al portone di casa?*, si domandava la donna quella sera, mentre Adele stava per uscire in strada e lei si scioglieva l'immancabile chignon.

# 20

## Firenze, 2008

All'aeroporto di Firenze, nella hall delle partenze, c'era un gran viavai di persone, tra chi si salutava con abbracci e raccomandazioni di fare buon viaggio, e chi partiva in gruppo chiacchierando e scherzando ad alta voce; c'era anche chi si faceva largo tra la folla seccato, con il passaporto e i biglietti in mano. In mezzo a tutta quella bolgia però c'era una giovane coppia che si guardava affettuosamente con le lacrime agli occhi. Era giunto il giorno di salutarsi, Emilia doveva partire per la Spagna. Per la prima volta si separavano da quando si erano conosciuti e ancora non si capacitavano di come avessero fatto a vivere fino a quel momento l'uno senza l'altra.

Emilia indossava un abito bianco a fiorellini e i sandali rossi comprati a Positano, mentre lui un semplice paio di jeans e una camicia azzurra. Agli occhi dei passanti parevano una coppia di innamorati come tante, eppure la loro storia li rendeva in qualche modo diversi, speciali. Lo sguardo di Emilia vagava tra l'orologio, la fibbia della borsa e il monitor delle partenze. Temeva che se si fosse concentrata sugli occhi scuri di Fedele, che non la perdevano di vista un secondo, sarebbe scoppiata in un pianto irrefrenabile.

«Emi, mi raccomando, non esitare a usare il BlackBerry. Puoi chiamarmi a qualsiasi ora.»

Fedele le aveva comprato un telefono nuovo apposta; il

roaming con l'estero era abbastanza conveniente, e poi così potevano scriversi dei messaggi. Inoltre le aveva promesso di telefonarle in hotel da casa. Lui preferiva così, lo faceva sentire più tranquillo.

«Avvisami appena arrivi» la pregò.

«Sì» rispose Emilia. Era la terza volta che glielo diceva nel giro di un'ora, ma la cosa non le dava fastidio, anzi la faceva sentire amata.

L'idea che Emilia lo lasciasse da solo per un po' lo rendeva molto triste. Ma era il fatto che andasse in Spagna, e più precisamente a Madrid, che lo angustiava, perché una parte recondita del suo inconscio sovrapponeva il passato con il presente. Ogni volta che Fedele pensava a quella città non riusciva a fare a meno di rivivere la sofferenza patita in quel luogo. Madrid gli incuteva paura, ecco perché avrebbe preferito che Emilia fosse andata da qualsiasi altra parte. Sapeva che era sciocco da parte sua, che una simile tragedia non poteva ripetersi due volte, eppure non riusciva a evitarlo. Temeva che, per una qualche ragione, Emilia potesse scomparire dalla sua vita all'improvviso, proprio come era accaduto con Patricia.

Non voleva che Emilia andasse in Spagna...

Non voleva che Emilia se ne andasse e basta...

Non voleva che Emilia...

Non voleva...

Voleva che rimanesse lì accanto a lui, ecco, e che il resto svanisse. Ma doveva rispettare le sue decisioni per cui non faceva altro che ripeterle di fare attenzione.

«Emilia, mi raccomando riguardati, e mangia.»

Sapeva che mangiare, e il cibo in genere, non era la sua passione, era stata lei in persona a confidarglielo.

«Fedele, lo sai che sono cambiata. Adesso mi piace mangiare.»

«Ne sono felice.»

«Ed è tutto merito tuo.»

Fedele sorrise e con l'indice le sfiorò le labbra.

«Prometti di aspettarmi?» gli chiese lei. Anche Emilia aveva le sue preoccupazioni: e se nel frattempo lui si fosse invaghito di un'altra? Ad esempio la nuova aiutante del *Buongiorno*? La cosa non le piaceva affatto. Avrebbe tanto voluto cancellare il volo, salire di nuovo in macchina e tornare a casa. Ma era impossibile, quello era un viaggio di lavoro e lei non poteva rischiare di mandare tutto all'aria, ora meno che mai. Eppure quella ragazza bionda…

«Ma certo» rispose Fedele appena in tempo prima che lei impazzisse al solo pensiero.

Emilia guardò il biglietto che aveva in mano, l'imbarco era previsto per mezzogiorno. Quindi controllò l'orologio, mancava solo qualche minuto. L'altoparlante confermò l'apertura del gate. Era giunto il momento, si guardarono di nuovo, i passeggeri intanto iniziavano ad affluire.

«Ti amo, Emilia. Torna presto.»

«Anch'io ti amo…» gli occhi di lei si riempirono di lacrime.

Poi si scambiarono un lungo bacio e lei si avviò. Gli scanner della sicurezza la attendevano, aveva davanti a sé un'intera settimana da sola in Spagna.

***

Emilia era arrivata a Madrid da tre giorni, alloggiava in un hotel della Gran Vía e aveva come l'impressione che il tempo non passasse mai. Le telefonate con Fedele non le bastavano, avrebbe tanto voluto che fosse lì con lei.

Aveva già provato vari ristoranti e sebbene fossero deliziosi, sembrava aver perso l'appetito. Ogni volta che un nuovo piatto arrivava in tavola, si sentiva triste e le veniva come un nodo allo stomaco: nella sua testa non poteva fare a meno di identificare Fedele con il cibo. Nemmeno passeggiare per la Gran Vía, che in altri viaggi era stata una delle sue attività preferite, le procurava più piacere. Le vetrine non l'attiravano e comunque non sapeva cosa comprare. Abiti premaman? No di certo. Alla fine aveva acquistato una bella camicia nera per Fedele e una collanina per sé, nient'altro.

Continuava a ripensare alla rubrica, a come renderla interessante. Ma il lavoro non riusciva più a entusiasmarla, né a distrarla abbastanza. Con la testa era costantemente a Firenze, dove sentiva di aver lasciato un pezzo di cuore.

Né il polpo alla gallega, né tanto meno la tortilla di patate o la paella erano sufficienti a stuzzicarla: era come se fosse tornata d'un tratto alle vecchie abitudini. *Ho litigato di nuovo con il cibo*, si diceva. Era riuscita a parlare con Manuel, anche se per pochi minuti, perché lui aveva da fare. A volte filava tutto liscio e altre volte lui si dimostrava instabile, anche se da un po' sembrava più coinvolto e affettuoso.

Emilia contava i giorni che le rimanevano sulle dita della mano, ne mancavano soltanto quattro per tornare a Firenze, ma aveva ancora tutte le specialità di Barcellona da assaggiare. Era stata in un *mesón* a Segovia dove aveva ordinato il tradizionale maialino *asado* al forno, ma subito dopo il primo boccone era scappata via... Le faceva troppa impressione mangiarlo! Emilia era più sensibile che mai in quel periodo. Sperava solo che la rubrica avrebbe avuto tanto successo quanto la precedente, perché a dire il vero non si sentiva molto ispirata.

Il momento della giornata che aspettava con più ansia era quando lei e Fedele si sentivano la sera. Di solito stavano al telefono per più di due ore per raccontarsi com'era andata la giornata, per parlare delle esperienze culinarie di lei e poi di come procedevano le cose al *Buongiorno*... Ma anche di un'altra infinità di piccole cose che non avevano niente a che fare con il presente. La sera prima, ad esempio, si erano ritrovati a parlare dell'infanzia di Emilia e del suo nonno Juan Bautista. Fedele invece non aveva conosciuto il nonno paterno, e con quello da parte di mamma non aveva quasi avuto rapporti. A Emilia era dispiaciuto, perché lei invece aveva adorato i suoi nonni. Dentro di lei era convinta che Fedele fosse davvero una persona speciale, un sopravvissuto alle sfide e ai dolori della vita. E infatti eccolo lì, sempre ottimista e allegro, a gestire un ristorante di successo che presto sarebbe diventato una catena. Solo uno come lui, con una storia simile alle spalle, avrebbe potuto innamorarsi di lei nonostante fosse incinta. Emilia era grata di averlo conosciuto.

In realtà parlavano un po' di tutto, dalle cose più personali, come i sacrifici che la madre di Fedele aveva fatto per crescerlo, a quelle più sciocche, tipo il loro gusto di gelato preferito o le vacanze più belle che avessero mai fatto o ancora il profumo che amavano di più.

La mattina del suo arrivo a Barcellona, Emilia lasciò i bagagli in albergo e uscì subito a fare una passeggiata. Ormai era estate piena e voleva approfittarne prima che facesse troppo caldo. Mentre camminava per i vicoli angusti della città vecchia, perdendosi tra le stradine del barrio gotico, un negozio di abbigliamento per bambini attirò la sua attenzione. Era la prima volta che le succedeva e decise di entrare. Gli abitini erano molto graziosi, quasi chic, con quel gusto tipico europeo. La commessa stava servendo una cliente a caccia di un regalo, Emilia allora si mise a curiosare tra i vestiti. Erano tantissimi e pure graziosi, chi l'avrebbe mai detto! E mentre li ammirava, uno in particolare la colpì. Si trattava di una tutina bianca in ciniglia con le maniche e le gambe nere e un cappuccio con un paio di orecchie morbide. Sembrava un panda! Emilia lo adorava, era il suo animale preferito. Il capo era realizzato così bene che assomigliava proprio al simpatico orsetto. Allora, guardandola meglio, Emilia si immaginò quella tutina addosso a un neonato e si intenerì. Non un neonato qualsiasi però; Emilia vide il suo bambino, quello che portava in grembo, il viso minuto e le manine… A quel punto sentì che era tutto vero. Si passò una mano sul ventre e lo immaginò addormentato con indosso la tutina e il cappuccio. In un moto di tenerezza, commozione e amore, sentì il bisogno di condividere quel momento con Manuel, il padre di suo figlio. Ma lui viveva la cosa in maniera distaccata, quindi la prima persona che le venne in mente fu invece Fedele. Emilia frugò nella borsa alla ricerca del cellulare, lo tirò fuori e scattò una foto alla tutina da panda e gliela inviò. Nel giro di tre minuti il telefono iniziò a squillarle in mano. Era Fedele.

«Stai facendo spese?» le chiese divertito.

«No, sono solo entrata in un negozio di abbigliamento per bambini e mi sono fatta intenerire da questa tuta.»

«Comprala, è adorabile.»

«Non so, è davvero molto cara. Il negozio è stupendo» rispose lei guardandosi intorno e desiderando che Fedele fosse lì con lei per poterlo vedere.

«Non importa, consideralo un regalo da parte mia.»

«No, ma figurati.»

«E invece sì. E vuoi sapere perché? Quando tutto questo sarà finito e avrai preso le decisioni che devi prendere, e tu e il bambino starete bene, ogni volta che gliela vedrai addosso, ti ricorderai di questo momento. Questa tutina sarà la testimonianza del fatto che è andato tutto per il meglio.»

Calò un attimo di silenzio.

«D'accordo, mi hai convinta» disse Emilia sorridente, anche se dopo parole così e l'immagine di suo figlio le veniva da piangere. Ormai, da quando era incinta, era in balìa delle proprie emozioni, ma stavolta si contenne e dopo essersi scambiati qualche altro commento su come procedeva la giornata si salutarono.

Poco più tardi, Emilia uscì dal negozio con una busta viola in mano. Dentro c'era la tutina. Fedele le aveva detto che un giorno, guardandola, si sarebbe ricordata che era andato tutto bene.

Però, ripensandoci, si rese conto che si trovava lontano, a molti chilometri da casa, in un paese straniero e senza il padre del bambino, con cui aveva parlato a malapena tre volte dopo la sorpresa del test di gravidanza. E poi c'era Fedele, a cui era legata solo grazie al telefono che aveva in tasca; se mai lo avesse perso, non avrebbe potuto fare altro che aspettare una sua chiamata in albergo. La sua vita dipendeva da altri, era come appesa a un filo. Emilia strinse il sacchetto, con la speranza che tutto sarebbe andato a finire bene, senza immaginare quante altre volte nei mesi a seguire avrebbe avuto bisogno di stringere a sé quel piccolo panda di ciniglia.

***

Varcare la soglia di un negozio di abiti per bambini era stato per Emilia un passo molto più importante di quanto avesse pensato in un primo momento. Immaginarsi suo figlio per la prima volta, dargli un volto, dare una forma alle sue mani lo aveva reso reale. E questo le infondeva la forza necessaria per portare a termine ciò che doveva fare. Era giunto il momento di raccontare tutto quanto a suo padre, ne sentiva il bisogno.

Quella sera, stesa sul letto con indosso il solito pigiama con i mandarini, pensò che suo papà meritasse di sapere la verità, ossia che sua figlia aspettava un bambino. Aveva giusto un'ora per chiamarlo prima della telefonata con Fedele.

Emilia digitò la sfilza di numeri necessari per chiamare in Argentina, finché l'apparecchio non iniziò a suonare e all'altro capo della linea rispose una voce a lei familiare.

«Papà?»

«Oh, Emilia!»

«Ciao, come stai?»

«Bene, tesoro, bene. Ho ricevuto la tua mail, sei già arrivata a Barcellona?»

«Sì...»

«E come va? Tutto a posto?»

«Sì.»

Il padre pensò che fosse il caso di insistere: era alquanto strano che la sua bambina lo chiamasse, di solito si scrivevano via mail.

«È successo qualcosa, Emi?»

«Devo dirti una cosa e non posso più aspettare.»

«Di che cosa si tratta? Forza, parla, mi stai facendo preoccupare.»

«Allora, non ti allarmare. Innanzitutto io sto bene, sono in salute e sto lavorando molto.»

Era meglio prepararlo, altrimenti avrebbe pensato al peggio, che fosse malata o che l'avessero aggredita – come quella volta a Parigi – o chissà che altro.

«Quindi?»

«Uff, papà se sapessi… È una grossa notizia! Che cambierà tutto quanto.»

Calò un attimo di silenzio poi Emilia proseguì: «Papà, io…».

«Sei incinta.»

«Come hai fatto a indovinare?»

Non poteva credere alle sue orecchie.

«Sono il tuo papà, certe cose si sanno e basta. Quindi aspetti…» adesso che la cosa era reale, Miguel fece fatica a ripetere la parola. «Aspetti un bambino?»

«Sì.»

«Ma com'è successo?»

«È di Manuel, papà!»

«E lui lo sa? Che cosa ha detto?»

«Niente…»

«Come, *niente*! Qualcosa dovrà pur averlo detto! È il padre!» sbottò indignato.

«È che… lo sai… Ci siamo presi una pausa.»

«Emilia, forse dovresti anticipare il rientro.»

«No, papà. Prima devo portare a termine l'incarico. Tornare adesso non cambierebbe niente e poi mi sento bene.»

«Ma laggiù non hai nessuno.»

«Non proprio… Mi sono fatta degli amici» rispose per non dire altro.

«Degli amici?»

«Sì, delle brave persone.»

«Tra quanto torni?»

«Fra poche settimane.»

«Ascolta, mi prometti che ci sentiamo più spesso? Mi dai un numero di telefono dove rintracciarti?»

«Ti posso dare quello dell'albergo, ma comunque tra tre giorni riparto per Firenze.»

«Di nuovo a Firenze?»

«Sì, è lì che si trova la sede della rivista per cui scrivo.»

«D'accordo! Bene. Per favore dagli il mio numero per qualsiasi evenienza...»

«Sì, papà. Ma stai tranquillo, io sto bene. E poi sono perfino stata sulla Costiera amalfitana.»

«Sì, ho letto la tua rubrica, è molto bella. C'è una tua foto a tavola, su una terrazza con una vista mozzafiato.»

«Sono state giornate incredibili.»

«Ci credo, ma non posso fare a meno di preoccuparmi per te... Aspetti un bambino! Mi sembra quasi impossibile! Vuoi che avverta tuo fratello e gli altri?»

«Sì, a Matías dillo, ma agli altri aspetta che torni io. Non voglio che lo sappia il mondo intero. Non è una situazione facile da gestire.»

«Certo, tesoro, posso immaginare... Sappi che puoi sempre contare su di me.»

«Grazie, papà.» Emilia sentì un nodo alla gola.

«E su Vilma. È una brava donna e ti vuole molto bene.»

Lo sapeva, la moglie di suo padre era davvero una brava persona, se solo però ci fosse stata ancora la mamma!

«Hai bisogno di qualcosa? Ti servono soldi?»

«No, papà!»

«Vuoi che parli con Manuel?»

«No! Ho trentatré anni, ricordi?»

«Sì, ma per me ne avrai sempre dodici.»

La risposta di suo padre la commosse; dal tono di voce sembrava sinceramente preoccupato e quindi cercò di raccontargli un po' di cose per tranquillizzarlo. Era un genitore fantastico e molto affettuoso, ma ormai Emilia era adulta e doveva prendersi le sue responsabilità.

Si trattennero a parlare ancora un po', lui voleva sapere dell'appartamento di Firenze, se la pagavano bene per gli articoli, come sarebbe tornata in Italia. Ma quando Miguel tirò di nuovo fuori l'argomento della gravidanza, Emilia decise che era meglio chiudere la telefonata. Tra l'altro era quasi ora di sentire Fedele. A suo padre aveva preferito non dire ancora niente di lui: una cosa alla volta. *La situazione è troppo complicata adesso da spiegare, ci sarà un'altra occasione*, pensò non sapendo di quando e come gli avrebbe raccontato della presenza di Fedele nella sua vita.

# 21

*Era inevitabile: l'odore delle mandorle amare*
*gli ricordava sempre il destino*
*degli amori contrastati.*

Gabriel García Márquez, *L'amore ai tempi del colera*

## Piacenza, 2008

*Giorno 10*

Al castello dei Berni c'erano giornate no e giornate terribili, altre volte normali, ma mai giornate sì.

E questa era una delle peggiori. Era inverno, ed era festa, per cui in tutta la casa c'era una sola domestica: gli altri se n'erano andati e l'atmosfera era più lugubre che mai. Non si muoveva una mosca e non si sentiva nemmeno l'auto di Massimo, l'autista, che usciva a fare qualche commissione, né il giardiniere che potava le siepi o rinvasava le piante o le cameriere che chiacchieravano in cucina.

Benito aveva trascorso gran parte della giornata chiuso in salotto. Bruna, la domestica che lavorava durante i festivi, gli aveva chiesto due volte se doveva aprire le tende o almeno accendere le luci, ma lui aveva risposto di no. A volte, quando si provano certi stati d'animo, si preferisce restare al buio. Il conte, rintanato nel salone con i suoi adorati cimeli dalle otto di quella mattina, non faceva che osservarli perdendosi tra i ricordi, i sensi di colpa e le scuse, i rimorsi e le rettifiche. Si erano fatte le tre di pomeriggio e pensò che fosse ora di uscire, altrimenti avrebbe finito per togliersi la vita prima del tempo. E non voleva, visto che il vaso della dinastia Ming non era ancora arrivato. La sofferenza, la tristezza e il dispiacere a volte erano davvero insopportabili.

Benito si alzò dalla poltrona e corse alla porta sul retro per uscire in giardino – cosa che faceva sempre più di rado negli ultimi tempi. Appena fu all'aperto, la luce del sole del primo pomeriggio lo colpì in viso, accecando i suoi occhi chiari ormai abituati all'oscurità del salone. All'improvviso, la sensazione da cui aveva cercato di fuggire per tutto il giorno lo carpì e, invece di procuragli fastidio, gli infuse uno strano piacere. Il sole, con il tepore dei suoi raggi, lo avvolse. Gli tornarono in mente i diversi soli che nell'arco della sua vita aveva conosciuto, nessuno però era paragonabile a quello della sua madrepatria adorata. Nemmeno quello dei safari in Africa, o delle passeggiate sulle Ande, per non parlare poi del sole dell'Asia. Nessuno era come il sole dell'Italia. Ricordò di quella volta in Giappone, quando la ragazza con cui aveva trascorso la notte lo aveva portato in un parco di Tokyo per ammirare la fioritura dei ciliegi, lo spettacolo a detta sua più bello che ci fosse… In effetti i ciliegi lo erano, ma il sole…

Benito, in piedi in mezzo al giardino inondato di luce, rifletteva su ciò che dicevano i giapponesi sulla caducità dell'esistenza in occasione dell'*Hanami*: la vita è fragile e fugace; il sole è per sempre, gli esseri umani no.

Allora rievocò tutte le volte che aveva goduto del bel sole della sua penisola: come brillava quei giorni sulle spiagge della Sicilia e delle Cinque Terre!. E mentre ricordava quei paesaggi, il pensiero tornò indietro al giorno e al luogo che fino a quel momento aveva cercato di scacciare dalla sua mente. Per colpa di quel sole, ripensò senza volerlo a Firenze e agli anni della sua giovinezza…

## Firenze, 1967

Steso nel letto della sua stanza d'albergo, il giovane Benito aprì gli occhi e vide il sole che filtrava dalla finestra, più luminoso che mai. Era davvero così o era solo una sua impressione dovuta al successo della sera prima? Durante la cena, infatti, Rodolfo aveva finalmente acconsentito a vendere il quadro del Boldini a un prezzo ragionevole. La trattativa era conclusa, ma aveva richiesto davvero molti sforzi e molto tempo. Marina, la segretaria, nel frattempo lo aveva tenuto al corrente di tutto ciò che succedeva in negozio, sia telefonicamente che via posta. Ma era venuta l'ora di tornare a Roma: Benito aveva raggiunto il suo scopo, ovvero appropriarsi di tutti i beni dei Pieri e lasciarli senza la loro amata accademia d'arte. La settimana successiva, la ditta di trasporti che aveva contattato sarebbe arrivata a ritirare tutto quanto, e lui non avrebbe più avuto niente da fare in quel posto. Il pensiero della partenza però lo rattristava, perché avrebbe significato non vedere più Adele, con cui a quel punto si poteva dire che avesse una vera e propria relazione. Ogni giorno trascorrevano un'ora a chiacchierare sotto il pergolato, poi durante la cena si scambiavano occhiate furtive da un lato all'altro del tavolo e, alla fine, sulla soglia di casa si salutavano con lunghi baci sempre più appassionati. Anche se, a dire il vero, non si potevano più chiamare soltanto baci, perché nell'oscurità dell'ingresso le effusioni erano diventate sempre più audaci. Ad ogni modo Benito era consapevole del fatto che quella relazione non sarebbe andata da nessuna parte. Lei non conosceva nemmeno il suo vero nome ed era di gran lunga meglio così.

Era bene fare attenzione però, pensò mentre si vestiva. Pieri non doveva accorgersi che il furgone era diretto a Piacenza invece che a Roma, come credeva. Benito aveva una settimana per organizzare la partenza e congedarsi una volta per tutte da Adele. Sapeva che la ragazza si aspettava una richiesta formale di fidanzamento, ma lui non le aveva mai promesso un bel niente. *Siamo arrivati al capolinea, questa storia finisce qui*, si disse risoluto. Eppure qualcosa dentro di lui lo punse nel vivo fino a fargli male. Benito lo scacciò: non avrebbe permesso a niente e nessuno di rovinare quella mattina. Il giorno della rivincita che tanto aspettava era finalmente giunto. Non solo per lui, ma per tutti i Berni, soprattutto quelli che non c'erano più. Decise di recarsi in centro a comprare una macchina fotografica con cui immortalare l'evento: voleva un ricordo di quel momento memorabile.

***

Nel pomeriggio, il trasporto della merce era già stato definito, ma sapere che non avrebbe più visto Adele impediva a Benito di godersi a pieno la vittoria, per quanto ci provasse. Maledizione! Si poteva sapere da dove veniva quel sentimento? Com'era potuto succedere? Senza accorgersene, i suoi piedi lo condussero svelti all'accademia: Benito voleva vedere Adele un'ultima volta. Come al solito si era messo la sua colonia francese.

Appena arrivato si sedette accanto a lei, nel cortile, ma non aprì bocca, preferendo che fosse la ragazza a parlare per prima. Anche Adele, però, aspettava che Paolo si pronunciasse, che le chiedesse di diventare la sua fidanzata. Ormai lo avrebbe fatto da un momento all'altro. Non poteva essersi sbagliata sul suo conto, su quel giovane uomo triste e indifeso, non dopo tutto ciò che lei gli aveva concesso durante i loro incontri furtivi sulla soglia di casa.

***

La sera a cena c'era qualcosa di diverso in casa Pieri: per la prima volta si respirava un'aria lugubre. Tra il pignoramento dell'accademia e la vendita obbligata delle opere d'arte, la famiglia sentiva di aver toccato il fondo. Benito dal canto suo era raggiante, sebbene cercasse di dissimularlo. A tratti però si accorgeva che non era necessario fingere, giacché anche lui era stato colto da una strana malinconia.

I commensali mangiarono i cannelloni quasi in assoluto silenzio, incluse le due figlie minori che di solito erano due grandi chiacchierone. Solo Benito parlò un po' più del solito dovendo spiegare a Rodolfo come si sarebbe svolta la spedizione delle opere, soffermandosi su come sarebbero state imballate per trasportarle in completa sicurezza. Tutto doveva filare liscio.

Il dessert fu servito in fretta e nel giro di pochi minuti Benito ringraziò i Pieri per la serata e si diresse alla porta accompagnato da Adele.

«E così torni a Roma...» disse lei.

«Sì...»

«Quanti giorni ci restano?» chiese lei dandogli lo spunto per parlare di loro due. Benito però fece finta di niente e rispose:

«Me ne vado tra una settimana».

Nel proferire quelle parole i suoi occhi parvero di ghiaccio.

La risposta ferì Adele, così come il lungo silenzio che ne seguì. Se voleva chiederle di diventare la sua fidanzata quello era il momento, ma lui non sembrava accorgersene.

Allora per la prima volta da che si frequentavano, lei lo baciò velocemente sulle labbra e rientrò svelta in casa sussurrando un arrivederci fugace prima di chiudere il portone.

Benito rimase immobile con un'espressione contrariata in volto. La rabbia però cedette presto il passo alla rassegnazione; prima o poi doveva succedere. E così, avvolto da un velo di tristezza e distacco, percorse le strade della città con le mani sprofondate nelle tasche dei pantaloni.

Pensava che avrebbero continuato con i loro saluti infuocati sulla soglia fino all'ultimo giorno, ma se lei preferiva allontanarsi sin da subito, lui avrebbe fatto altrettanto. Eppure lungo il tragitto per l'hotel gli sembrò di vedere Adele ad ogni angolo, con quel suo viso dolce, la voce calda, il corpo minuto. La sua presenza lo accompagnò fino in albergo, entrò in camera con lui, si stese nel suo letto e laggiù, tra le lenzuola, accese le più fervide fantasie maschili, tenendo Benito sveglio per molto tempo. Adele gli piaceva in tutti i sensi e quello era l'unico pensiero peccaminoso che lui si concedesse senza rimorsi di coscienza, giacché non conosceva altro modo se non quello fisico di amare. Rimase fermo nel letto finché il sonno non lo vinse del tutto, solo allora riuscì a pronunciare ciò che non osava dire da sveglio: «Adele… Adele… Adele…».

La mattina successiva, Benito si alzò di buonora, aveva parecchie faccende da sbrigare, tra cui passare in banca, chiamare Marina per informarla del suo imminente rientro e passare dal meccanico per far revisionare la macchina prima di intraprendere il viaggio per Roma. In qualche modo stava cercando di distrarsi per non pensare; non gli era mai successa una cosa simile e non sapeva come comportarsi. Fece ritorno in albergo nel pomeriggio e, steso sul letto supino con le braccia incrociate dietro la testa, decise che non sarebbe andato in accademia.

Adele, con indosso un abitino bianco, lo aspettava sotto il pergolato. La sua assenza era un chiaro segno che ci fosse qualcosa che non andava tra di loro; così pianse nella solitudine del cortile. Più tardi tornò a casa, ma le ore prima di cena le sembrarono eterne. Sarebbe almeno venuto a cena? Le avrebbe dato una spiegazione?

Quando alle otto qualcuno bussò alla porta e la giovane Rossella corse ad aprire, Adele sentì che era lui. Un'ondata di ottimismo la travolse, ma fu solo un istante, perché durante la serata, Benito, che le aveva portato come al solito una scatola di cioccolatini in regalo, non la degnò nemmeno di uno sguardo né di una parola, concentrandosi soltanto sulle due sorelle minori.

«Anche voi dipingete?» chiese alle due ragazzine.

«Certo, tutte e tre dipingiamo sin da quando siamo piccole» rispose Rossella che sembrava la più appassionata; poi aggiunse: «Se vuole le mostro i nostri lavori».

«Mi piacerebbe.»

Rossella corse a prendere le tele e gliele mostrò.

«Questi sono di Isabella e questi sono miei.»

«Che meraviglia» commentò Benito con sincerità, osservando i paesaggi della campagna toscana.

«Se questi le piacciono, aspetti di vedere quelli di Adele!» dichiarò Rossella piena di ammirazione per il talento della sorella maggiore. «Gliene porto uno.»

«No, non occorre.»

«Ma è questione di un secondo.»

«Grazie, ma non sono interessato» rispose, sapendo che a poca distanza Adele lo stava ascoltando.

La ragazzina non capendo il perché del rifiuto disse infine: «È un peccato. Ad ogni modo, la cena è pronta».

La padrona di casa, con il piatto di portata in mano, invitò tutti ad accomodarsi a tavola; anche lei aveva origliato la conversazione e ne era rimasta interdetta.

La cena fu servita e nessuno dei commensali parve prestare attenzione all'allontanamento tra Benito e Adele. Le figlie minori confabulavano come al solito tra di loro, mentre Rodolfo faceva di tutto per strappare a Benito la promessa di convincere Giuseppe Conti a lasciargli tenere gli arredi dell'accademia. Solo Maria aveva notato qualcosa. Che cosa era mai successo tra il giovane antiquario e sua figlia? Sembrava che avessero tagliato i ponti, proprio adesso che invece era il momento di consolidarli. Appena terminato il dolce, e senza aspettare il caffè, la donna invitò Adele ad accompagnare l'ospite alla porta. Suo marito era perso tra i propri pensieri e continuava a fare calcoli che però non tornavano mai.

La ragazza era tesa e non sapeva come iniziare il discorso. Quando arrivarono alla porta fu sul punto di dire qualcosa, ma lui le prese una mano e aggiunse: «Adele, fammi il favore di avvisare tuo padre che domani non verrò a cena e nemmeno i prossimi giorni».

La richiesta la prese alla sprovvista… Come non sarebbe venuto a cena? E perché no?

«Ma se…» riuscì ad articolare, ma lui la interruppe.

«Ho molto da fare» aggiunse risoluto. Poi, dopo averle dato un piccolo bacio sulla guancia, se ne andò senza darle il tempo di reagire. Adele rimase immobile sulla soglia, con la porta spalancata, a fissare l'insegna che proprio davanti a lei recitava "Accademia d'arte Rodolfo Pieri". Stava succedendo qualcosa e lei non riusciva a capire cosa. Che cosa aveva da fare Paolo all'ora di cena? Se era così, significava che non voleva vederla! Ma perché? Non aveva senso, pensava giustamente Adele, e infatti non si poteva dire che il giovane si stesse comportando in modo coerente.

Quando la ragazza tornò in sala da pranzo, la madre ansiosa si lisciò la gonna a fiori con una mano e le chiese guardandola negli occhi: «Allora? Che cosa è successo? È arrabbiato?».

«Non lo so, mamma. Ma lo scoprirò» rispose lei risoluta. Il

giorno successivo, infatti, dopo il lavoro sarebbe andata a cercarlo in albergo per chiedergli spiegazioni. Paolo gliele doveva.

Già in strada, avvolto dal buio di una notte senza luna, Benito si accorse di non aver ancora dato nemmeno un'occhiata alle opere d'arte tanto agognate e che infine era riuscito a recuperare. Si sentiva come se gli fosse cascato il mondo addosso e non gli piaceva affatto, lo faceva infuriare e spaventare insieme. Aumentò il passo, voleva sbrigarsi ad arrivare in hotel per svestire una volta per tutte i panni di Paolo Benito e indossare di nuovo quelli di Benito Berni, che lo facevano sentire più forte e distaccato.

***

La mattina seguente, Adele si svegliò ansiosa e lo rimase per tutto l'arco della giornata. Come sempre diede una mano al padre a scuola, ma alle cinque in punto tornò a casa per prepararsi: si mise alcune gocce della solita acqua alle rose, indossò il suo abito migliore – quello rosa con una lunga fila di bottoncini – e sciolse i lunghi capelli castani raccogliendoli con due mollette sulle tempie, poi uscì. A ogni passo si ripeteva che non poteva essersi sbagliata sul conto di Paolo, no, era impossibile.

Benito invece trascorse la giornata al telefono per prendere alcune decisioni fondamentali relative al negozio di antiquariato. Marina, la sua competentissima segretaria, era diventata il suo braccio destro; tuttavia, pur avendo svolto un lavoro egregio, c'erano parecchie questioni che adesso richiedevano l'attenzione del proprietario. Era giunto il momento di tornare a Roma, ormai a Firenze non gli restava più niente da fare.

Benito rientrò in albergo nel tardo pomeriggio. Aveva preso

un caffè nel bar di piazza della Signoria: il locale gli piaceva, gli trasmetteva una sensazione di calma e tranquillità, proprio ciò di cui aveva più bisogno a quell'ora, visto che la sua mente e i suoi piedi sarebbero voluti correre da Adele come ogni altra sera da quando si trovava a Firenze. Si era imposto però di non assecondarli. Così terminò il caffè e rimase al tavolino per un po', prima di tornare in albergo.

Benito se ne stava seduto sul bordo del letto, scalzo, indossando i pantaloni con le bretelle e una camicia bianca. Cercava di sistemare i documenti che doveva portare via con sé di lì a pochi giorni, quando sarebbe arrivata la ditta dei trasporti. Eppure, per quanto si sforzasse non riusciva a capire in che ordine andassero: non sapeva come togliersi il volto di Adele dalla testa, né la sensazione vivida dei baci di lei. Tutto quanto dentro di lui la reclamava… Il dolore causato dalla rottura si mescolava a tratti con una sofferenza più antica e non dissimile che risaliva ai giorni della sua infanzia. Quel sentimento gli incuteva tanta paura da mandarlo fuori di testa. Benito non sapeva gestire le emozioni e per questo si detestava.

***

Adele camminava a passo sostenuto quando infine scorse l'albergo e attraversò la strada. Ferma sul marciapiede sollevò lo sguardo verso la finestra al primo piano. Era quella di Paolo. Pregava solo che fosse in camera. La tenda sembrava tirata. E se si fosse rifiutato di vederla? Era possibile. Nonostante tutto ciò che avevano condiviso, da un po' lui aveva iniziato a trattarla con indifferenza. La sola idea la atterrì.

Nella hall il receptionist stava servendo un ospite e altri tre aspettavano il proprio turno; Adele fu colta da pensieri negativi che si mescolarono all'impazienza e al timore che Paolo non volesse vederla. Allora prese una decisione d'impulso: si precipitò su per le scale e salì al primo piano senza che nessuno si accorgesse della sua presenza. Percorse il corridoio e si fermò davanti a quella che era certa fosse la porta della stanza di Paolo, quella con la finestra al primo piano. Bussò e rimase in attesa. Qualche secondo dopo lui apparve alla porta, scalzo e con i capelli scarmigliati. La fissò stupito. Che ci faceva Adele lì? Era stato il suo cuore disperato a chiamarla? O forse la visione di lei, con indosso un bel vestito rosa e i capelli sciolti, era solo frutto della sua immaginazione, come tante altre volte gli era capitato di sognare i suoi genitori con una tale intensità da credere che fossero reali?

«Posso entrare? Sono venuta per...»

Benito sentendo la sua voce melodiosa si convinse che fosse vera e la strinse tra le braccia... Sì, era proprio lì, il profumo alle rose che lo avvolgeva non mentiva.

Benito la abbracciò stretta. Adele, Adele, Adele.

«Dobbiamo parlare...» proseguì lei lasciandolo fare.

Lui non voleva parlare, voleva solo sapere se fosse venuta lì per stringerlo a sé, per cancellare le sue sofferenze. Così, senza sciogliere l'abbraccio, iniziò a baciarla e la trascinò dentro la stanza, chiudendo la porta con un piede.

Il bacio si fece sempre più lungo e intenso, ma nonostante il respiro affannoso, Adele riuscì a interromperlo.

«Dobbiamo parlare...» ripeté.

«Ti amo» disse allora Benito di getto, dando voce a ciò che il suo cuore provava.

Nel sentire quelle parole, Adele dimenticò tutto ciò che era venuta a dirgli, i discorsi che si era preparata e gli argomenti che voleva discutere con lui.

Si baciarono come erano soliti fare sulla soglia di casa Pieri, ma con la voglia repressa di quei due giorni lontani. Si baciarono appassionatamente, con amore e con la consapevolezza di essere davvero soli per la prima volta.

L'atmosfera si era fatta sempre più calda e lei non aveva quasi più indumenti addosso: l'abito rosa a terra, la sottoveste arrotolata sui fianchi e i seni nudi eccitavano Benito come non mai che, a sua volta, con la camicia sbottonata, la spinse delicatamente sul letto e iniziò a sfilarsi i pantaloni. Lei, stesa sulla trapunta rossa, vedendo ciò che lui stava per fare, ebbe un attimo di lucidità.

«Non so… Forse dovremmo fermarci…»

Ma lui, già senza pantaloni, seduto sul bordo del materasso la fissò dritto negli occhi.

«Io ti amo…» ripeté dunque.

Adele si sentì pervadere dallo stesso sentimento e decise che non aveva senso aspettare, quindi avanzò e premette il suo corpo nudo contro quello di lui. Sdraiato sopra di lei, Benito chiuse gli occhi e rimase immobile per un attimo. Ciò che desiderava da anni stava per succedere davvero, l'emozione lo travolse. Adele, afferrandolo per le spalle, gli cinse la vita con le gambe dandogli il segnale che aspettava.

Non appena Benito la penetrò, seppe che c'era qualcosa di diverso in lei, di nuovo, qualcosa che non aveva provato con nessuna altra donna con cui era stato in passato.

Adele emise un sussulto di fastidio, ma lui le ripeté che la amava.

Il semplice suono di quel "ti amo" bastò a placare tutti i suoi dolori e le incertezze. Quelle parole potevano significare soltanto una cosa, pensava lei ingenuamente. Adele non immaginava, infatti, che delle ferite dell'infanzia potessero lasciare in un adulto cicatrici così profonde, al punto da confondere l'amore con l'odio e la paura... Le sofferenze ostinate del passato spazzavano via qualunque possibilità di futuro: vecchie promesse di vendetta – fatte a una famiglia ormai scomparsa – impedivano all'uomo che era diventato di ripulire il nome Pieri dalle colpe di cui si era macchiato, per paura di essere giudicato infedele da coloro che non c'erano più... privandolo per sempre della possibilità di essere felice.

# 22

## Firenze, 2008

Era l'ora di pranzo al *Buongiorno* e tutti i dipendenti del ristorante non vedevano l'ora che il proprietario si allontanasse una volta per tutte. Fedele andava e veniva in maniera frenetica da quella mattina. In cucina, i suoi movimenti bruschi avrebbero potuto causare un disastro imminente di pentole e padelle. Salvatore, il cameriere, portava i vassoi dei piatti con estrema attenzione.

Quel giorno Emilia tornava da Barcellona e Fedele si sentiva ansioso e felice insieme. Lui per primo non si capacitava del suo stato: perché era tanto nervoso? Doveva ammettere però che, nonostante la situazione un po' particolare in cui Emilia si trovava, si era proprio preso una cotta colossale per lei. L'amore era un sentimento magico che non smetteva mai di stupirlo.

Fedele diede alcune indicazioni ad Anna, la nuova aiutante, poi controllò l'orologio e vide che era ora di andare. Lentamente il ritmo del ristorante stava rallentando e i clienti iniziavano ad alzarsi. Emilia doveva essere già arrivata, ne era certo. Allora attraversò il giardino interno e salì a farsi una doccia.

Nel giro di pochi minuti, Fedele era pronto e si avviò verso casa di Emilia. Si era messo una camicia nuova apposta per lei e si era pure tagliato i capelli. Sempre molto attento al proprio aspetto, adesso lo era più che mai. Fedele affrettò il passo ed era già sotto casa di lei. Suonò il campanello. Emilia apparve sul portone fresca e sorridente, con indosso un bell'abito chiaro. Si abbracciarono come se non si vedessero da tantissimo tempo. Fedele, di slancio, la sollevò da terra e iniziò a baciarla in mezzo alla strada, mentre le ripeteva quanto era bella e quanto avesse sentito la sua mancanza.

«*Shhh*... Andiamo dentro!» rispose Emilia ridacchiando e appoggiandogli un dito sulle labbra.

Entrarono; in salotto c'era ancora la valigia aperta piena di vestiti. Emilia aveva avuto giusto il tempo di tirare fuori il regalo che gli aveva comprato e glielo diede.

Fedele era entusiasta della camicia nera, la ringraziò mezzo in spagnolo e mezzo in italiano e decise di provarla subito.

«Ti lascio una settimana da solo e torni a essere più italiano che mai!» esclamò lei divertita.

«Ti lascio una settimana da sola e torni più magra di prima!» rispose lui notando che aveva perso peso.

«Be', è per questo che sono tornata» ribatté, fissandolo mentre si toglieva la camicia. Emilia non riuscì a dissimulare l'effetto che la visione di quel torso nudo le procurava e aggiunse mezza imbambolata: «Stai benissimo».

«Anche tu, Emi.»

Si era messa un velo di trucco apposta per lui.

Allora la strinse tra le braccia e premette la bocca su quella di lei. Nel farlo però la commozione di poco prima per essersi ritrovati cedette il posto alla passione. Fedele iniziò a svestirla in modo febbrile, la desiderava, voleva sentire la sua pelle. Con le labbra la baciò dappertutto, il collo, le spalle, i capezzoli, poi la fece voltare e le diede un piccolo morso alla base della nuca mentre lei appoggiava le mani sul tavolo da pranzo. Quindi senza smettere di baciarle la schiena, la afferrò per i fianchi e, piano e dolcemente, cominciò a penetrarla da dietro. Quanto aveva sentito la sua mancanza! Quanto la amava! Finalmente era tornata da lui! Questi furono gli ultimi pensieri lucidi di Fedele poiché non appena udì il gemito di piacere che uscì dalla gola di Emilia, si perse nel suo corpo. Fu allora che si rese conto di essere completamente pazzo di lei.

Pochi minuti più tardi, tornata la calma, un'idea attraversò la mente innamorata di Fedele. Il fatto che lei aspettasse un bambino non era un problema, anzi immaginare qualcosa di diverso gli sembrava strano. Lui la amava per ciò che era, inclusa la vita che portava dentro.

***

Sdraiati nel letto da un po', stavano ascoltavando il telegiornale, come era buona abitudine di Fedele. Lei sonnecchiava; il viaggio era stato stancante, ma nonostante ciò lo sentì spegnere il televisore e alzarsi.

«Emi, io vado. Ci vediamo stasera a cena, ti aspetto al ristorante o a casa, dove vuoi tu.»

«Okay, tesoro» rispose lei senza aprire gli occhi.

Fedele raccolse i vestiti dal pavimento della cucina, li indossò e prese qualcosa da bere dal frigo. Lei se ne accorse.

«Tutto bene?»

«Sì, vado. Ma stasera dobbiamo parlare di una cosa importante.»

«Che cosa?» indagò lei. La parola *importante* l'aveva risvegliata del tutto.

«Ne parliamo stasera» insistette lui, poi aprì la porta e uscì.

Emilia si tirò su a sedere nel letto. Era successo qualcosa di brutto? Dentro di lei aveva sempre paura che fosse tutto un sogno e che Fedele da un momento all'altro si trasformasse, rivelando un lato sconosciuto e cattivo. Certe volte le sembrava fin troppo perfetto.

Decise di prepararsi per fare un salto dall'editore: voleva assicurarsi che i materiali che aveva mandato per mail da Barcellona fossero arrivati e che il direttore fosse soddisfatto. Mancavano soltanto da scegliere alcune foto, poi l'ultima parte della rubrica era pronta per essere tradotta, editata e impaginata. Il suo incarico poteva dirsi terminato e, nel giro di una settimana, sarebbe tornata in Argentina.

Poletti la ricevette nel suo ufficio, gli ultimi articoli gli erano piaciuti quanto i primi. Le fece i complimenti, anche per il suo italiano: Emilia era migliorata parecchio. L'uomo continuava a mescolare le lingue mentre le parlava, sembrava quasi che ci provasse gusto. Ma lei non faceva fatica a capirlo. Solo a un certo punto, non potendo credere alle proprie orecchie, gli chiese di ripetere.

«*What? Can you repeat for me, please?*»

Allora lui ricorse al suo pessimo spagnolo e sì, Emilia aveva proprio capito giusto.

Poletti le aveva proposto un nuovo lavoro. Si trattava di un articolo sulle memorie del corpo, sui geni che ci portiamo dentro e attraverso cui i nostri genitori e i nostri nonni continuano a vivere. Era un argomento intimo che non aveva niente a che fare con cibo e ristoranti. Avrebbe dovuto fare addirittura delle interviste.

«Mi piacerebbe molto, ma questo significherebbe rimanere in Italia più a lungo» disse Emilia in spagnolo, pensando ad alta voce. La proposta era talmente elettrizzante che si era dimenticata di rispondere in italiano.

Accettare l'incarico era una decisione importante: non poteva restare a tempo indeterminato, prima o poi sarebbe dovuta tornare a Buenos Aires, dove aveva un lavoro e una famiglia che la aspettavano. E poi era incinta. A Firenze però c'era Fedele e, se avesse accettato, avrebbe potuto prolungare il loro idillio ancora per un po'. Alle domande si aggiungevano altre domande… Che cosa avrebbe detto Marco, il suo capo? E il direttore in Argentina? L'avrebbero licenziata? E poi poteva restare nell'appartamento?

Emilia gli espresse i suoi dubbi ma, al suo solito, Poletti rispose con semplicità: «*No problem!* Mi metterò d'accordo io con il suo capo. Lasci fare a me.»

Poi le spiegò nel dettaglio il progetto e le disse che aveva un giorno di tempo per prendere una decisione. Si sarebbe messo in contatto con il direttore editoriale argentino l'indomani.

Emilia uscì dal suo ufficio in preda all'ansia. Per quanto il sentimento che nutriva per Fedele si rafforzasse ogni giorno di più, nella sua testa appariva continuamente il volto di Manuel. Ecco perché, prima di accettare qualunque cosa, pensò che fosse meglio parlarne con lui via Skype.

Appena arrivata a casa, Emilia si tolse le scarpe e prese il computer per scrivere a Manuel proponendogli di sentirsi quanto prima. «Ho una cosa importante da dirti» aveva scritto senza giri di parole. A quel punto, sperava solo che lui leggesse il messaggio. Rimase a fissare la casella di posta in entrata nella speranza che rispondesse subito, ma niente. Quando infine calò la sera, andò a cambiarsi per la cena con Fedele.

Emilia era un po' agitata quando arrivò al ristorante: la proposta di Poletti l'aveva scombussolata e poi Fedele aveva detto che dovevano parlarle di una cosa importante quella sera. Salvatore la accolse e la invitò ad accomodarsi a un tavolo vicino alla vetrata.

Fedele non si fece attendere, e come al solito aveva un aspetto impeccabile. Indossava un completo chiaro senza cravatta. Con un sorriso a fior di labbra prese posto accanto a lei, la salutò con un bacio e le porse la fotografia che avevano scattato nel giardino della Minerva a Salerno. L'aveva fatta incorniciare! Il regalo le piacque tantissimo. Emilia fissò l'immagine con attenzione, erano bellissimi così abbracciati e sorridenti, a guardarli sembravano una coppia davvero felice. E lo disse a Fedele che la osservava.

«E adesso, signorina Fernán, la cena. Stasera le toccano le lasagne» disse lui.

«Ah, quanto mi sono mancate le tue lasagne!»

Salvatore, che quella sera sembrava davvero di buonumore e più chiacchierone del solito, arrivò con due porzioni di lasagne, dell'acqua naturale e del vino. Fedele ed Emilia si avventarono subito sui piatti.

«Sapevi che Salvatore e la signora che ha conosciuto quando ti portava i pasti a casa continuano a uscire insieme?»

«Sì, me lo ha detto» rispose Emilia, felice del fatto che il cameriere si sentisse a proprio agio a parlare con lei.

«Non sapevo foste diventati amici» ribatté Fedele divertito, scuotendo la testa.

«È perché capisco meglio l'italiano, e allora non si vergogna più a parlare con me.»

«Ah sì, eh? Allora parliamo anche noi in italiano, mia cara Emilia» disse lui per stuzzicarla.

«Non mi prendere in giro! E poi stamani, quando sono stata dal direttore della rivista, pure lui mi ha fatto i complimenti.»

«Wow! Accidenti!» proseguì lui punzecchiandola.

«Dài, smettila! Però se mi ha proposto di scrivere un altro articolo evidentemente non parlo così male.»

Fedele si fece improvvisamente serio.

«Sempre per la rivista italiana?»

«Sì.»

«Ma questa è una bellissima notizia!»

«Dovrei fermarmi a Firenze più a lungo, ed è proprio questo il problema, ma anche il bello» rispose guardandolo con malizia.

«Be', ma allora è deciso, resti qui.»

«In realtà devo dargli una risposta domani mattina. Poi parlerà con il mio capo in Argentina per sistemare la questione del contratto e dell'alloggio. Secondo Poletti non ci sono problemi, certo non percepirei più lo stipendio, ma almeno l'incarico qui è pagato bene.»

«Congratulazioni allora!» esclamò Fedele sollevando il bicchiere per brindare. Poi aggiunse: «Al successo della guida gastronomica e alla tua carriera!». I bicchieri tintinnarono. Era molto orgoglioso di lei, non era semplice farsi un nome in un paese straniero, ma lei ci stava riuscendo.

Avevano quasi finito di mangiare, quando Emilia, vedendo che lui ancora non osava affrontare l'argomento, decise di anticiparlo.

«Hai detto che volevi parlare di una cosa importante.»

«Sì, e riguarda proprio ciò che hai detto prima.»

«Il nuovo incarico?»

«Quello, l'idea di rimanere a Firenze, l'appartamento… insomma, tutto quanto… Emilia, vorrei che venissi a vivere con me.»

Lei lo guardò esterrefatta.

«A casa tua?»

«Sì, vieni oggi stesso! Voglio trascorrere tutto il tempo che resterai in Italia insieme a te, che sia un giorno, dieci o un mese.»

«Fedele…»

«Non ha senso che ciascuno resti a casa propria quando invece l'unica cosa che vogliamo è stare sempre insieme. Vorrei tanto potermi svegliare la mattina e trovarti accanto a me.»

«Come a Napoli… o ad Amalfi…» disse lei con lo sguardo perso nel vuoto ripensando ai momenti felici trascorsi insieme.

«Sì. Che cosa ne dici? Ti andrebbe?»

«Forse… però… Accidenti! Sono un sacco di decisioni da prendere tutte insieme! Fammici pensare su.»

«Ma certo.»

Finirono di mangiare con calma, contenti di essersi ritrovati. Era la prima cena insieme da quando lei era partita per la Spagna: si gustarono il piatto di lasagne tra le risate e un gioco di sguardi che significava *ti amo*.

Era quasi mezzanotte quando lei gli chiese di accompagnarla a casa. Era sfinita per via del volo e poi era stata una giornata intensa e carica di emozioni. C'erano un sacco di decisioni da prendere, ma in quello stato non aveva la testa per fare niente. Prima di tutto necessitava di una bella notte di sonno.

Si incamminarono a braccetto verso l'appartamento e su Ponte Vecchio Fedele si fermò per baciarla con trasporto. Emilia stringeva la fotografia incorniciata di loro due, ricordo dei giorni stupendi trascorsi insieme e tappa fondamentale del loro amore.

A Fedele sarebbe piaciuto trascorrere la notte da lei, ma sembrava talmente stanca che pensò non fosse il caso. Emilia non era una donna come le altre, aspettava un bambino! Il solo pensiero lo fece commuovere. Fedele la trattenne e lei, all'oscuro di cosa gli ronzasse per la testa, lo guardò stupita. Allora lui le appoggiò una mano sul ventre e disse: «Ti amo. Amo te e il bambino, ricordatelo».

Vedendolo compiere quel gesto, Emilia si sciolse, non lo avrebbe mai dimenticato. Poi si scambiarono un altro lungo bacio e lei entrò in casa. Era stata una giornata interminabile.

Fedele la guardò scomparire dietro l'antico portone di legno e si sentì improvvisamente solo, come quando lei era in viaggio. Rassegnato, si incamminò di nuovo verso il ristorante. Non c'era niente di meglio del lavoro per scacciare quella brutta sensazione, e lui lo sapeva bene. I clienti dovevano essere quasi tutti andati via, ma avrebbe comunque fatto un salto per controllare che filasse tutto liscio e organizzare gli ordini del giorno dopo.

Una volta entrata in casa, Emilia si lasciò tentare dalla curiosità di sapere se Manuel le avesse risposto. Aveva bisogno di parlargli prima di prendere la decisione di restare in Italia un altro mese e mezzo e trasferirsi a casa di Fedele. Se fosse andata a vivere con lui significava che la loro storia era davvero finita.

Accese il computer, nella casella di posta in arrivo c'era un messaggio. Era di Manuel e lo aprì subito.

> Ciao Lia, come stai? Mi dispiace, ma sono messo male in questo momento. Oggi e domani ho gli esami e sto studiando come un pazzo. Non dormo quasi più. Se vuoi parlare potremmo sentirci domani o dopodomani, così sarò più tranquillo. Che ne dici? E poi dobbiamo organizzarci per vederci a Buenos Aires.
> Spero che tu e il pulcino nella tua pancia stiate bene. Un abbraccio.
> Manuchi

Emilia lesse l'ultima frase e chiuse di scatto il portatile. Era furibonda. Come *domani o dopodomani*? Lei doveva una risposta a Poletti la mattina seguente! Anzi, tra qualche ora! Manuel rendeva sempre tutto difficile. E a lei non ci pensava? Lui veniva sempre prima di tutto e tutti, così era e sempre sarebbe stato. E poi nella pancia non aveva un pulcino, ma una vita, la vita di suo figlio! Qualunque cosa Manuel dicesse la faceva infuriare.

Il sonno e la stanchezza se n'erano andati del tutto. Manuel era sempre il solito: anche quando era in buona, non si poteva fare affidamento su di lui. Emilia si sforzava di stargli dietro, ma era tempo sprecato. Ancora innervosita andò a sedersi in poltrona. Sul tavolo della cucina aveva appoggiato la fotografia che Fedele le aveva regalato quella sera. Si alzò per andare a prenderla e la osservò attentamente. La cornice racchiudeva il ritratto di una coppia felice e sorridente. Lui la stringeva tra le braccia coprendola quasi del tutto con il suo corpo robusto. Perché si ostinava a cercare in Manuel la stessa gioia, cura e protezione? Fedele era un uomo in carne e ossa, mentre lui una figura nebulosa all'orizzonte. Fedele le aveva offerto il mondo intero e lei stava ancora lì a farsi domande. Fino a quando avrebbe continuato a scegliere l'uomo sbagliato? Manuel sarà anche stato il padre del bambino, ma se non era presente a che cosa le serviva?

Emilia andò in bagno, afferrò lo spazzolino da denti e lo infilò in borsa, poi prese il pigiama, il beauty-case e uscì di casa chiudendo la porta. All'improvviso si ritrovò in strada. Era molto tardi, ma ormai aveva deciso: sarebbe andata da Fedele.

Ripercorse al contrario il tragitto che avevano fatto insieme poco prima. Quando giunse al ristorante lo intravide oltre la vetrina che si aggirava per la sala affaccendato. Entrò e senza farsi notare, scivolò fuori in giardino e salì in casa di lui. Non appena aprì la porta il suo odore la investì. Allora sprofondò nell'ampio divano e accese la televisione: lo avrebbe aspettato lì. Si era addormentata vinta dal sonno da quasi un'ora quando sentì aprire la porta. Era lui.

«Emilia, che ci fai qui?» chiese Fedele stupito e contento insieme.

«Sono arrivata da poco… Ho fatto un salto al ristorante, ma visto che eri occupato non ho voluto disturbarti…»

Lui rimase ad ascoltarla ammutolito, non sapeva che cosa stesse succedendo di preciso. Lei si accorse della sua espressione interrogativa e disse: «Sono venuta per restare… Mi trasferisco da te. In bagno c'è già il mio spazzolino» spiegò come se quella fosse la prova di ciò che stava dicendo.

«E i tuoi vestiti?»

«Quelli li vado a prendere domani. Ah, una domanda: tu non usi un bicchiere per sciacquarti la bocca dopo che ti sei lavato i denti? In bagno non l'ho visto.»

«Signorina Fernán, qui mi sembra che si pretenda un po' troppo. Mi vedrò costretto a chiederle di pagare l'affitto…»

«Be', per me non c'è problema, se viene qui glielo do…» rispose lei allargando le braccia. Entrambi scoppiarono a ridere.

Un'ora più tardi Fedele ed Emilia dormivano abbracciati, dopo aver fatto l'amore ed essersi detti *ti amo*.

***

La mattina seguente Emilia tornò al suo appartamento e come prima cosa chiamò la sua amica Sofia su Skype. Voleva raccontarle la novità, ovvero che Manuel era fuori dai giochi una volta per tutte e che si era trasferita a casa di Fedele. L'amica non poteva credere alle proprie orecchie, per cui non faceva che lanciare gridolini entusiasti, darle consigli e raccontare gli ultimi pettegolezzi della redazione. Parlava senza mai fermarsi. Ma tra le tante cose che si dissero, a Emilia rimasero impressi alcuni commenti: «Quindi con Manuel è finita per sempre?», «Mmm, secondo me non resisti», «E così giochi a convivere con l'italiano, eh?»

Sofi la conosceva fin troppo bene, ecco perché si permetteva di dirle certe cose. Ciò che non sapeva però era quanto Emilia fosse cambiata negli ultimi mesi. Niente era più come prima.

Con le parole dell'amica che le ronzavano ancora in testa, Emilia si preparò per uscire. Poi si diresse alla sede della rivista per annunciare a Poletti che accettava l'incarico.

Seduta davanti alla scrivania, gli parlò con la calma di chi ha preso una decisione ben ponderata. L'uomo, felice, disse che quella sera le avrebbe fatto avere il via libera dal direttore argentino.

Emilia uscì dall'ufficio orgogliosa di sé: aveva tenuto un'intera conversazione in italiano. Ormai non faceva più tanti errori nella lingua che un tempo era stata di suo nonno Juan Bautista e dei genitori Gina e Camillo. Era lì, scolpita nei suoi geni; forse, dopo tanti anni, andava solo rispolverata un pochino.

***

Quel pomeriggio Emilia percorse per l'ultima volta il tragitto dall'appartamento a casa di Fedele. In una mano teneva alcune cartelline di documenti e il portatile, nell'altra la valigiona rossa. Lì dentro c'era tutto ciò che possedeva, il suo mondo in Italia. Emilia era pronta a trasferirsi nell'antica casa che confinava con il giardino interno del ristorante. Se si soffermava a pensarci, le veniva la pelle d'oca e un piccolo dubbio si insinuava dentro di lei. Ma non appena aprì la porta e trovò il biglietto che Fedele le aveva lasciato sul tavolo, ogni incertezza fu spazzata via.

Emi, sul letto ho lasciato alcuni acquisti che ho fatto stamani. Non ho avuto tempo di metterli in ordine, pensaci tu, per favore.
Tanti baci appassionati.
Fedele Pessi

P.s. Da ora in poi basta mandarini, è tempo di limoni.

Emilia non sapeva proprio cosa potesse significare quell'ultima frase. Quindi si diresse in camera dove trovò tre buste di carta. In quella più piccola e carina c'era un pigiama da donna. Lo tirò fuori: era identico al suo ma al posto dei mandarini c'erano per l'appunto dei limoni! Dove l'aveva trovato? Allora passò agli altri due sacchetti. Dentro c'erano un completo di lenzuola bianche ricamate con piccoli limoni gialli, che si abbinavano perfettamente al pigiama, e due grandi asciugamani sempre con il solito ricamo. In un pacchetto a parte invece, Emilia trovò un bicchiere giallo, per lavarsi i denti.

Fedele non le faceva mancare niente. A tratti sembrava davvero l'uomo dei sogni. *Se ha qualche difetto, verrà fuori con la convivenza*, si disse Emilia. Vivendo insieme sarebbe stato impossibile nasconderli. Era il mese della verità.

Emilia però non aveva fatto i conti con il fatto che se questo era vero per lui, lo sarebbe stato anche per lei. Durante il mese successivo i difetti di entrambi sarebbero venuti alla luce del sole.

# 23

*D'improvviso,*
*mentre venivi con me ti toccai e si fermò la mia vita:*
*eri davanti ai miei occhi, regnavi su di me, e regni.*
*Come falò nei boschi il fuoco è il tuo regno.*

Pablo Neruda, *Cento sonetti d'amore*

## Piacenza, 2008

*Giorno 11*

Il conte Berni passò davanti alla cucina, c'era un certo movimento e parecchio chiacchiericcio. Alcune voci gli erano nuove. Si fermò: sì, aveva sentito giusto, o forse no... Sbirciò, in effetti c'era una ragazza che non aveva mai visto prima. La guardò meglio, era l'impiegata della lavanderia che ogni settimana veniva a ritirare i panni da lavare a secco. Il furgone nero parcheggiato fuori davanti all'entrata, che aveva visto dalla finestra, doveva essere suo. Sarebbe stato impossibile non notarla, era davvero attraente, con indosso una maglietta bianca e dei jeans attillati che mettevano in evidenza le sue belle forme. Ai piedi portava un paio di scarpe da ginnastica. Aveva un viso stupendo, il naso all'insù, le ciglia lunghe, gli occhi marroni, grandi e profondi, incastonati nell'ovale perfetto del volto; i capelli castani chiari, lunghi e lisci, quasi fino ai fianchi. Benito si trattenne a fissarla per un istante, non succedeva tutti i giorni che una ragazza tanto bella varcasse la soglia del castello. La giovane rideva con la governante, ma non appena si accorse di lui, immobile sulla porta della cucina, lo salutò con disinvoltura.

«Buongiorno, signor Berni» disse con un sorriso sulle labbra e un sacco di panni in mano.

«Buongiorno a lei…»

«Bella giornata, non trova? Non possiamo lamentarci del clima, è davvero un inverno mite» aggiunse mentre cercava di infilarsi il cappotto con un braccio solo.

«Davvero… La posso aiutare?»

«No, no, ce la faccio. Allora io vado» concluse dirigendosi alla porta di servizio, poi si voltò e salutò il conte agitando la mano.

Benito ricambiò il saluto. Le donne erano sempre state il suo debole e non se n'era di certo fatte mancare, visto come gli andavano dietro. Ma i suoi anni da conquistatore erano passati. Sbirciò fuori dalla finestra del salone e rimase a guardare la giovane impiegata della lavanderia che caricava la roba nel furgoncino e poi si accendeva una sigaretta, appoggiando la schiena al veicolo. Rimase a spiarla finché lei non gettò il mozzicone, si ravviò i capelli all'indietro, salì a bordo e mise in moto.

I suoi colori e la sua spontaneità gli avevano fatto tornare in mente una persona del passato…

Parecchie donne erano entrate e uscite dal suo letto, poche però gli erano rimaste impresse, e una sola era stata davvero indimenticabile. Perché ciò accadesse, infatti, era stato necessario che tutta una serie di variabili coincidessero. Il conte rievocò la passione di quelle notti, e il desiderio di tornare a essere giovane, di innamorarsi, di giacere con una donna si impossessò di lui. Si ricordò una frase che aveva letto da qualche parte su una rivista: *La liberazione sessuale è stata una menzogna, il sesso migliore è quello fatto con amore*. Non poteva essere più d'accordo.

Le notti trascorse nel piccolo hotel fiorentino molti anni prima gli passarono vivide davanti agli occhi...

Firenze, 1967

Dopo la loro prima volta, Adele e Benito continuarono a incontrarsi ogni sera nella stanza d'albergo. Le conversazioni sotto il pergolato in cortile erano state sostituite da due ore di passione ed effusioni nella camera con la trapunta rossa. Lei però era sempre più preoccupata: credeva di essersi sbagliata sul conto di Paolo e di aver frainteso le sue parole, dato che ormai mancava solo un giorno all'arrivo della ditta di trasporti e lui sembrava fare orecchie da mercante rispetto al futuro della loro relazione. Quando Adele tirava fuori l'argomento, infatti, sentiva che la conversazione non andava da nessuna parte. Paolo rispondeva a monosillabi e poi finivano sempre per fare l'amore, senza arrivare mai a definire qualcosa. Tra le lenzuola, lui non faceva che ripeterle quanto la amava, ma a lei non bastava più. Paolo rifuggiva i discorsi seri, limitandosi a dichiararle il proprio amore, senza prometterle mai niente. Adele gli aveva perfino chiesto di trasferirsi a Firenze, al che lui aveva risposto di sì, poteva darsi, ma prima doveva fare ritorno a Roma per occuparsi di alcune faccende. Nonostante ciò la situazione era ancora molto nebulosa, Paolo non aveva nemmeno stabilito il giorno in cui avrebbe parlato della cosa a Rodolfo, come lei lo aveva supplicato di fare. Davanti a una tale richiesta gli occhi azzurri di lui erano rimasti impassibili.

«Magari un altro giorno, adesso tuo padre ha già il suo bel da fare» aveva risposto riferendosi al pignoramento della scuola.

Con l'arrivo imminente dei trasportatori e la partenza di Paolo, Maria Pieri si era accorta che le cose tra i due giovani non procedevano come avrebbero dovuto; così quella mattina presto, mentre preparava la colazione a Adele, prima che andasse in accademia, le disse: «Insomma, ti ha più detto niente poi Paolo?».

«No.»

«Lo sapevo io che dei romani non bisogna fidarsi» disse con disprezzo.

«Mamma, ma cosa c'entra…»

«Mi domando solo come sia possibile! Sembrava così innamorato!»

«Sì, però non…» Adele non sapeva che cosa rispondere; nemmeno lei riusciva a spiegarsi il suo comportamento.

Maria sapeva che i due giovani si erano avvicinati, ma non immaginava quanto. Era al corrente del fatto che la figlia andasse a prenderlo tutti i giorni in albergo e che poi venissero insieme a cena a casa. Certo, Adele trascorreva in quell'hotel un po' troppo tempo, ma sentiva di aver cresciuto una ragazza seria e responsabile, capace di imporre dei limiti.

«Adele, oggi è l'ultimo giorno… domani parte. Ti deve fare la proposta! Sbrigati, fai ciò che devi fare e mettilo alle strette» le consigliò infine, aggiustandosi lo chignon che nella foga del momento si era disfatto. La situazione era preoccupante.

Adele non disse niente alla mamma, ma aveva già fatto tutto ciò che doveva fare, proprio tutto.

E poi Paolo era fatto così, a tratti era dolce e affascinante, altre volte pareva impenetrabile e accigliato, e lei non sapeva davvero che cosa gli passasse per la testa quando il suo bel viso si imbronciava, i lineamenti si indurivano e lo sguardo si faceva di ghiaccio.

«Ci proverò» rispose lei, poco convinta.

«Questo pomeriggio non andare a cercarlo, fallo stare un po' sulle spine. Deve sentire la tua mancanza. Lascia che venga per conto suo. Poi, se ti va, dopo cena lo puoi riaccompagnare in albergo per parlarci faccia a faccia.»

«Dopo cena?» ripeté la ragazza stupita. La proposta della madre era alquanto insolita: c'erano cose per cui ottenere il permesso non era semplice, come ad esempio uscire di sera con un uomo. Soprattutto per recarsi in hotel insieme.

«Non ti preoccupare di tuo padre, a lui ci penso io» aggiunse Maria. Per poter mettere in atto il piano, la donna sapeva che la figlia avrebbe avuto bisogno del suo supporto. E lei glielo avrebbe dato. Non c'era tempo da perdere.

Adele rimase in silenzio, avrebbe visto sul momento come comportarsi, anche se per adesso aveva esaurito le idee. *Parlare con Paolo è come cercare di dialogare con un pazzo*, pensò, senza immaginare quanto tutto ciò fosse vero.

***

Quel pomeriggio, Adele seguì il suggerimento della madre e non si recò in albergo. Benito vedendo che non arrivava, e ben consapevole che quella fosse la loro ultima occasione di stare insieme da soli, fu colto da un moto di disperazione. Quindi decise di vestirsi e di andare a casa Pieri prima ancora che facesse buio. In mano stringeva la solita scatola di cioccolatini. L'aveva comprata lungo la strada, in un momento di lucidità, nonostante il tumulto che si agitava dentro di lui gli facesse perdere il senno.

La padrona di casa lo accolse con educazione.

«Paolo, non la aspettavamo così presto! Sono contenta che sia venuto, così avremo tempo di parlare un po'… Ho saputo che riparte domani. Oh, ma grazie per il pensiero, sempre così premuroso» disse prendendo i cioccolatini e facendolo accomodare.

Seduti nelle poltroncine in salotto, la donna cercò di portare la conversazione sull'argomento caro alla figlia, ma lui era taciturno e rimase in silenzio quasi tutto il tempo. Perfino durante la cena sul suo volto non si manifestò alcuna emozione. Nella testa di Benito frullavano le idee più disparate: fino a quel momento la cosa più importante in assoluto per lui era stata recuperare i cimeli di famiglia e restituire al castello l'antico splendore di un tempo. La vendetta era stata sempre al primo posto. Adesso però, per colpa di Adele, era cambiato tutto; eppure nessuno dei commensali di quella tavola, lei inclusa, aveva la più pallida idea di quale fosse la verità. Non immaginavano nemmeno lontanamente il piano che lui aveva architettato per sottrarre loro non soltanto l'accademia, ma pure tutti i beni che un tempo erano stati suoi. Era quello che si ripeteva mentre osservava il quadro del maestro Fiore che Mario, suo padre, aveva comprato all'asta. Benito si sentiva scoppiare la testa, gli pulsavano le tempie e aveva un nodo tale alla gola che non riusciva a buttare giù neanche un boccone. Praticamente non toccò cibo. Rodolfo, malgrado le proprie preoccupazioni, si accorse che qualcosa non andava e, a più riprese, gli domandò se si sentisse bene o se fosse stanco. Benito, stremato, si limitava a scuotere la testa. Era come se il sentimento per Adele gli avesse risucchiato le forze necessarie per portare avanti la sua sceneggiata. Allora raccolse l'ultimo briciolo di energia che gli restava, ma dentro di sé sapeva che non avrebbe resistito a lungo.

La serata stava volgendo al termine quando Rodolfo esordì: «Paolo, a che ora l'aspetto domattina?».

«Presto, alle otto in punto. Dovrò essere qui prima dell'arrivo della ditta per dare istruzioni ai trasportatori.»

«Quanti saranno?»

«Due. Si tratta di due uomini di fiducia.»

Per il professore quello era un momento doloroso, lo si vedeva dalle orecchie rosse, la barba incolta di due giorni e il passo svelto con cui camminava. Durante l'ultimo mese il ricordo di come era entrato in possesso di tutte quelle opere d'arte era tornato ad assillarlo, procurandogli una punta di rimorso di coscienza. Erano trascorsi così tanti anni però, che ormai le sentiva sue, per questo separarsene gli costava tanto. Lui che aveva sempre amato l'arte, lui che se avesse potuto avrebbe vissuto in un museo, lui che si poteva considerare un artista, un maestro addirittura, lui che in mezzo a tanta bellezza si sentiva a proprio agio... La voce del giovane venne a riscuoterlo da quelle riflessioni.

«Domattina le porterò anche la copia autenticata dei contratti che abbiamo stipulato. E poi vi saluterò una volta per tutte.»

«A che ora partirà per Roma?» chiese l'uomo, sorpreso, pensando che il giovane si sarebbe fermato almeno qualche altro giorno.

«Non appena sarà partito il furgone dei trasporti con le opere.»

Quando Maria udì quelle parole, fece un cenno alla figlia, per ricordarle il piano. Il tempo a disposizione per strappare al giovane una promessa era agli sgoccioli.

Mentre i due uomini finivano di prendere accordi per l'indomani, e Adele si preparava ad accompagnare Benito alla porta, la madre la chiamò a sé.

«Io distraggo tuo padre. Trattieniti tutto il tempo necessario» le disse all'orecchio.

I giovani si incamminarono verso la porta, lui si sentiva mancare l'aria. La serata lo aveva sfiancato: i sentimenti che provava gli stavano pian piano facendo perdere il controllo, trasformandolo in un ragazzino debole e vulnerabile.

Nel salotto, Maria annunciò al marito che Rossella e Lorella gli avevano preparato un bagno caldo per aiutarlo a conciliare il sonno. Commosso dalla premura delle bambine, Rodolfo si ritirò al piano di sopra senza fare caso a dove fosse la figlia maggiore.

Adele sulla soglia di casa, non sapendo bene cosa dire o fare, propose a Benito una cosa: «Andiamo, ti accompagno in albergo».

Stupefatto, lui accettò di buon grado. Forse Adele aveva deciso di passare l'ultima notte insieme… Un'ultima volta… Una soltanto… No, era impossibile. Lei doveva per forza rientrare a casa; il solo pensiero gli procurò un dolore al centro del petto.

Percorsero le strade di una Firenze notturna, illuminata dal chiarore di una luna enorme e argentata che pareva volerli aiutare a dischiudere la verità che il buio si ostinava a nascondere.

«Paolo, ma tu mi ami? Perché mi stai facendo questo? Così ci facciamo soltanto del male a vicenda…»

«Certo che ti amo» rispose lui con convinzione, Benito non aveva alcun dubbio al riguardo.

«Allora non capisco…»

«Adele, non possiamo stare insieme… perché… Sarebbe sbagliato…»

«Ma questo è ridicolo! Non è affatto così!»

«E invece sì.»

«Quindi, mi hai presa in giro.»

«No, Adele! Non dire così!»

«Sì, ogni volta che mi dicevi che mi amavi era solo per portarmi a letto.»

Benito si sentiva una grossa confusione in testa, le idee non riuscivano più a entrare né a uscire. Era rimasto intrappolato nel suo stesso inganno.

Lungo la strada non fecero altro che discutere, arrivando perfino ad alzare la voce. Erano come presi dentro un circolo vizioso che non portava da nessuna parte. Quando giunsero all'albergo, si fermarono davanti alla porta a parlare sottovoce.

«Ho il permesso di fermarmi» disse lei.

Una volta saliti in camera, però, la conversazione continuò con gli stessi toni: Adele aveva l'impressione che continuasse a sfuggirle qualcosa. Ormai erano trascorse quasi due ore e sembrava che non ci fosse modo di mettersi d'accordo. Entrambi si aggiravano per la stanza come due leoni in gabbia, sedendosi prima sul bordo del letto, poi sulla sedia della scrivania.

«Paolo, insomma, reagisci! Ti stai ingannando da solo, neanche io fossi una specie di mostro malvagio, neanche ci fosse un impedimento al nostro amore... Non ti riconosco più, è come se non fossi più tu!»

Benito, appoggiato alla finestra, sollevò lo sguardo e la fissò. Adele aveva colto nel segno e, anche se non lo sapeva, aveva trovato la tessera mancante del puzzle. Ciò che diceva era vero e lui non poteva sopportarlo.

«Adesso mi sono stufato!» gridò.

Adele scoppiò a piangere e urlò: «Me ne vado, tu non mi ami. Non mi vedrai mai più».

Allora, ancora con le lacrime agli occhi iniziò a infilarsi il golfino bianco che si era tolta quando erano arrivati.

Benito si sentì cogliere dalla disperazione. Stava per succedere: lei se ne sarebbe andata e lui non l'avrebbe rivista mai più. Il volto amato, la voce, i capelli lunghi e setosi... Benito stava per perdere tutto quanto in un istante.

La sola idea, lo spinse a compiere un gesto che non credeva

sarebbe mai stato in grado di fare, ma che gli venne dal profondo del suo cuore.

«Domani parlerò con tuo padre» dichiarò con tono fermo e sicuro. «Non te ne andare, ti prego...»

Gli veniva da piangere.

Che cosa avrebbe detto a Rodolfo, non lo sapeva. E nemmeno come avrebbe giustificato la questione dei cognomi. Sarebbe rimasto a Firenze o Adele sarebbe andata con lui a Roma? Erano tutte domande che non avevano una risposta. Ma di una cosa era certo, avrebbe parlato con Pieri e gli avrebbe confessato tutto quanto. E con quella convinzione iniziò a baciare Adele ripetutamente.

Lei lo lasciò fare, gli credeva. Gli occhi pieni di lacrime di lui l'avevano convinta che stesse dicendo la verità. Finalmente, dopo una discussione durata ore, era riuscita a fargli assumere la responsabilità dei propri sentimenti. Una vita felice li aspettava, pensò con ingenuità, mentre i baci di lui si mescolavano con le lacrime di gioia.

Quella notte, con la luce candida della luna che filtrava dalla finestra, Adele e Benito si amarono fino all'alba nel tentativo di cancellare le incertezze che li assalivano. C'era qualcosa che li turbava e a cui però non sapevano dare un nome. Le molte domande che la agitavano non trovavano in lui risposte; le risposte Benito preferiva tenerle per sé. Era una sensazione che non potevano esprimere a parole, ma era qualcosa di palpabile e si protrasse fino al primo sorgere del sole. C'era voluta una notte intera di discussioni e riconciliazioni per scegliere di amarsi e persuadersi che andasse tutto bene, che fossero fatti per stare insieme. Riposarono a malapena.

Stremati, si addormentarono l'uno tra le braccia dell'altra, ignari di ciò che aveva in serbo per loro il mattino.

# 24

## Firenze, 2008

Nella casa adiacente al ristorante, erano state due settimane di intensa felicità e rivelazioni per i suoi innamoratissimi inquilini. Da quando si era trasferita, Emilia aveva scoperto che lui era tutto ciò che aveva sempre cercato in un uomo: era affettuoso, accorto, un buon amante, ma anche appassionato della vita e del proprio lavoro.

Fedele, dal canto suo, non immaginava di poter tornare a essere felice in questa fase della sua vita, non dopo ciò che gli era capitato. Di incubi non ne aveva più avuti e la presenza di Emilia lo aiutava a dimenticare le sofferenze del passato. Per non parlare poi del fatto che stava iniziando ad affezionarsi al piccolo che cresceva dentro di lei. Emilia per prima si sorprendeva, un giorno dopo l'altro, dei cambiamenti che stava affrontando il suo corpo: la pancia ormai era visibile, il seno iniziava ad aumentare, la mattina aveva sempre molto sonno, mentre la sera aveva un appetito esagerato. Nonostante ciò si sentiva alla grande e piena di energia, mangiava con gusto e amava il lavoro e il sesso come mai prima di allora... Era arrivata alla conclusione infatti che l'intesa sessuale non avesse niente a che vedere con la tecnica, era l'amore che contava. Fedele era così gentile e affettuoso tra le lenzuola che lei si sentiva addirittura disposta a sperimentare.

La mattina in cui si era trasferita da lui, gli abiti, i trucchi, i documenti, le cartelline e tutto il resto avevano trovato subito una collocazione appropriata. Non era rimasto niente in disordine o fuori posto. La cosa più curiosa però, con l'arrivo di Emilia, era che perfino gli oggetti personali di Fedele parevano essersi sistemati più comodamente: ogni indumento aveva scoperto il proprio posto nel cassetto del guardaroba e vi faceva sempre ritorno come se una specie di strano impercettibile ordine si fosse impossessato della casa. Un po' alla volta Fedele aveva iniziato ad apprezzarlo e lei a smettere di controllare ogni cosa, perché con lui intorno era impossibile.

I giorni si susseguivano tranquilli. Lui scendeva al ristorante subito dopo colazione, mentre lei si dedicava alle varie faccende o usciva a fare una passeggiata, e dopo si metteva a scrivere. Stava lavorando alla nuova rubrica e trascorreva gran parte del tempo al computer di Fedele, che era molto più comodo del suo portatile. Poi Emilia lo aspettava per pranzo, anche se lui usciva dal *Buongiorno* sempre piuttosto tardi; a quel punto però avevano tutto il pomeriggio per loro e spesso andavano a passeggio o a fare merenda in qualche bel localino, o semplicemente restavano a casa a guardarsi un film o a fare l'amore tra le lenzuola ricamate con i limoni. Di lunedì qualche volta scappavano al mare, sulla costa tra Livorno e Piombino, e se ne stavano in spiaggia stesi al sole. La sera di solito mescolavano piacere e lavoro: Emilia andava a cena al *Buongiorno* dove si accomodavano a un tavolino come se fossero due normali clienti in mezzo agli altri. Quando ce n'era bisogno, lei dava perfino una mano. Fedele cercava di sbrigarsi presto e appena aveva finito col ristorante si rintanavano nel letto a guardare il telegiornale – non c'era piacere più grande per lui, e anche Emilia aveva iniziato a prenderci gusto. Seguivano le tappe del novantunesimo Giro d'Italia che si era tenuto nel mese di maggio e che Fedele aveva registrato. La gara era talmente appassionante che ciascuno faceva il tifo per il proprio corridore preferito. Emilia non si capacitava come, in ben tre anni di relazione, Manuel non le avesse mai chiesto di andare a convivere, sballottati un po' nell'appartamento di uno e un po' in quello dell'altra e certe volte, nei giorni peggiori, ciascuno nel proprio. E comunque non c'era paragone con la vita che conduceva adesso con Fedele: quando discutevano non avevano un altro posto dove andare e ogni decisione andava presa insieme. Era quasi come se fossero sposati e le cose filavano a gonfie vele. Manuel le aveva mandato un altro paio di messaggi, uno alla settimana. Emilia, ancora arrabbiata, non aveva insistito per sentirsi su Skype e lui neanche. Manuel però voleva sapere la data precisa del suo rientro in Argentina per potersi incontrare: c'erano delle cose che si potevano dire solo faccia a faccia.

Emilia però trovava mille pretesti per non rispondere, e anche se a casa ci doveva tornare prima o poi, ancora non sapeva di preciso quando. La vita in Italia era tranquilla, fatta di piccole abitudini e felice. Chissà invece che cosa la aspettava nel suo paese!?

In camera da letto aveva imparato a convivere con le foto della donna dai capelli biondi e del bambino sul ripiano della cassettiera. Aveva fatto un piccolo cambiamento però: una mattina, subito dopo che era andata a vivere lì, mentre rimetteva in ordine la stanza, Emilia si era permessa di spostare le cornici sulla mensola più in alto, attaccata alla parete, così che non fossero immediatamente ad altezza d'occhio, ma appena più su, per cui bisognava alzare la testa se si voleva guardarle. Quando Fedele era entrato in camera, se n'era accorto subito, ma non aveva detto niente.

Quella mattina, dopo che lui era andato al lavoro, Emilia

iniziò a organizzare e rileggere le interviste che aveva realizzato per l'articolo intitolato *La memoria del corpo*. Aveva incontrato medici e persone con esperienze di vita fuori dal comune, come un tizio inglese che a seguito di un trapianto di cuore aveva sentito l'urgenza di imparare a suonare il violino. Mai fino a quel momento l'uomo non aveva avuto alcun tipo di inclinazione per la musica, eppure, dopo qualche tempo era venuto a sapere che il suo donatore era per l'appunto un noto violinista. Il fatto le sembrava straordinario. Nell'articolo citava anche alcuni studi dell'università di Cambridge, secondo cui i genitori non solo trasferiscono ai figli i propri geni, ma anche le esperienze di vita vissuta. La ricerca rivelava che la prole riceveva parte dei meccanismi biochimici che provocano la trasmissione di alcuni geni invece di altri. Queste impronte, dette "tracce epigenetiche", rimarrebbero quindi impresse nel DNA. La cosa era ancora più interessante se si considerava il fatto che le generazioni che avevano sofferto gravi carestie aveva passato a quelle successive tracce epigenetiche delle proprie esperienze; così come le persone soggette a stress congenito. Più si addentrava nella materia, più Emilia si entusiasmava, arrivando a convincersi che fosse tutto vero, poiché lei per prima aveva provato sulla propria pelle la sensazione di trovarsi a casa lì a Firenze, quasi come se quel posto le appartenesse da sempre. Si era persuasa che quella sensazione l'aveva ereditata direttamente dal nonno Juan Bautista e dai suoi genitori prima di lui, i pittori Gina e Camillo. Passeggiare sul Ponte Vecchio infatti le risultava fin troppo familiare, così come sedersi in piazza della Signoria a mangiare un panino al lampredotto mentre ascoltava le conversazioni altrui. Perfino andare al *Buongiorno*, accomodarsi al tavolo vicino alla vetrina, e gustare i buonissimi agnolotti ripieni di polpo e caviale con crema all'aglio – il suo nuovo piatto preferito che Fedele le aveva detto essere una ricetta piemontese – faceva risuonare qualcosa dentro di lei. La vita era più magica di quanto credesse. Tutto quanto era più interconnesso di quanto credesse.

E infatti aveva conosciuto Fedele proprio perché stava cercando il quadro appartenuto ai nonni Juan Bautista e Abril. Come dimenticare che il *Buongiorno* un tempo si era chiamato *La Mamma*? Ogni volta che ci pensava, Emilia si sentiva in colpa di non aver proseguito la ricerca del dipinto, ma quella settimana si era ripromessa di fare tutto il possibile per ottenere qualche notizia in più. A dire il vero aveva lasciato in sospeso tutto ciò che non le era sembrato urgente, perché aveva l'impressione che la sua vita fosse una carrozza stupenda che presto o tardi si sarebbe trasformata in zucca, proprio come quella di Cenerentola. Emilia era felice, certo, ma non sapeva ancora per quanto lo sarebbe stata. Nel tentativo di vivere quel momento il più a lungo possibile, molte altre cose erano passate in secondo piano, tra cui rintracciare il quadro. Avrebbe chiesto a Fedele di stabilire un giorno in cui andare a trovare sua madre. Qualche tempo prima, la donna aveva detto di avere delle informazioni che potevano interessarle. All'inizio l'idea di conoscerla l'aveva entusiasmata, poi però si era resa conto che non sarebbe stato facile spiegarle che il suo unico figlio conviveva con una ragazza argentina e per di più incinta di un altro. Per quanto anche lei avesse cresciuto Fedele da sola – le loro storie erano simili – Emilia non era certa che avrebbe capito.

Sapeva che poteva continuare a pensarci per ore e che non sarebbe venuta a capo di niente, così decise di mettere quei pensieri da parte. Aveva appena ricevuto la mail con i dati importanti che stava aspettando, ma proprio mentre aveva iniziato a scaricare il file, arrivò un messaggio di Sofi e lo aprì. Ormai si sentivano in videochiamata ogni due o tre giorni oltre che per iscritto, ovvio. L'amica era aggiornata su ogni cosa. Emilia lesse rapidamente: Sofi le chiedeva come stava, come procedeva la convivenza con Fedele e le raccontava le ultime novità dell'ufficio. Alla fine però, nel post scriptum, aveva aggiunto in lettere maiuscole:

> P.S. AH, EMI! QUASI DIMENTICAVO! NON TI SCORDARE DI TUO PADRE. CHIAMALO. È MOLTO PREOCCUPATO PER TE. PENSA CHE MI HA TELEFONATO A CASA PER SAPERE SE HO TUE NOTIZIE E PER CHIEDERMI QUANDO TORNERAI. IL POVERETTO HA BISOGNO CHE TU GLI DICA UNA DATA: INIZIA A CREDERE CHE RESTERAI IN ITALIA PER SEMPRE. HA DETTO CHE VUOLE VENIRE A TROVARTI.

Emilia rilesse quell'ultima parte due volte e si rattristò: non era sua intenzione farlo preoccupare! Gli scriveva spesso dicendogli come stava e come procedeva il lavoro; però era vero, lo aveva chiamato soltanto un altro paio di volte e comunque solo per pochi minuti. Sofi aveva ragione, ma che cosa poteva dirgli se lei per prima non sapeva quando sarebbe tornata e che cosa ne sarebbe stato della sua vita? Anche Manuel continuava a farle la stessa domanda, rifletté. Era davvero arrivato il momento di decidere la data del ritorno? Per terminare l'articolo ci avrebbe messo un'altra settimana, il pagamento era alla consegna quindi avrebbe avuto i soldi per comprare il biglietto, che fosse di sola andata oppure no. Doveva partire e doveva per forza parlarne con Fedele. Due erano le opzioni che le ronzavano in testa: la prima, tornare in Argentina e non fare più ritorno a Firenze, ma no, non era neanche da tenere in considerazione; la seconda, andare in Argentina e poi ripartire per Firenze purché Fedele fosse disposto a ospitarla di nuovo, anche se questo implicava partorire in Italia, lontano da tutti e da tutto. C'era pur sempre lui, questo era vero, ma Emilia non era sicura di niente.

Allora si guardò il ventre che iniziava a farsi notare, abbronzato dal sole, e decise che quella sera ne avrebbe parlato con calma insieme a lui.

***

Non appena Emilia vide arrivare Fedele con il cibo dal ristorante esclamò: «Che bello che sei tornato! Mi mancavi, amore mio».

«Anche tu tesoro...» rispose lui. E diceva sul serio perché in più di un'occasione era capitato che, mentre si trovava al lavoro, inventasse una scusa per salire a trovarla. Lei allora lo accoglieva tra baci ed esclamazioni di gioia.

Fedele arrivava sempre con il piatto del giorno per pranzo e oggi era il risotto alla toscana. Aprendo il contenitore usa e getta e vedendo di cosa si trattava, a Emilia tornò subito in mente la prima volta che la direttrice di sala le aveva servito quel piatto meraviglioso insieme a un fiore di gelsomino e a un bigliettino che recitava: "Apri i tuoi sensi". A pensarci non poteva credere a tutto quello che era successo da allora e di come avesse imparato a godersi la vita in compagnia di Fedele.

Mangiarono in cucina, rievocando i bei momenti passati, poi andarono a farsi un riposino. Se ne stavano abbracciati, vestiti sul letto, sul punto di addormentarsi, quando Emilia, vedendo che Fedele socchiudeva gli occhi, pensò che fosse l'occasione buona per tirare fuori l'argomento del suo viaggio.

«Fedele, amore...»

«Mmm…»

«Stavo pensando… Dovrò tornare a casa per un po'.»

Il commento lo colse di sorpresa. La placida quotidianità della convivenza aveva relegato il tema in secondo piano, ma era pur sempre lì e andava affrontato prima o poi.

«Tornare in Argentina? Adesso intendi?»

«Sì, devo.»

«*Devi* oppure *vuoi*?»

«Oh, ma insomma, quante domande!» Erano solo due, ma a Emilia sembravano venti. «Ho ricevuto una mail di Sofi e dice che mio padre è molto preoccupato e vuole venire a trovarmi in Italia.»

«E tu digli di venire! Sarò lieto di conoscerlo.»

«Non essere sciocco… Sul serio, devo tornare a Buenos Aires.»

«Solo per poco però, vero?» chiese lui spostando la testa sul cuscino per guardarla in faccia e dando voce al grande dubbio che assillava pure lei e la cui risposta avrebbe determinato il futuro della loro storia.

«Tu vuoi che torni?» indagò lei fissandolo negli occhi.

Al che lui rispose senza alcun briciolo di esitazione:

«Certo… Come ti viene in mente una cosa simile? Emilia, siamo sulla stessa barca» il suo tono leggermene afono non lasciava trasparire incertezze.

Lei lo osservò cercando di leggere nel suo sguardo.

«È che a volte ho paura…»

«Di che cosa?»

«Che tutto questo sia soltanto un bel sogno… un sentimento come il nostro è fuori dal comune.»

«Ecco perché dobbiamo coltivarlo. Non sei d'accordo?»

«Sì.»

«Quando il vero amore bussa alla porta, bisogna fare il possibile per prendersene cura.»

«Oh, Fedele…» disse commossa.

Lui proseguì: «Emilia, ormai non si torna indietro. Ti rendi conto che conviviamo e che presto avrai un bambino? Siamo praticamente una famiglia…».

«Lo so, è che devo decidere che cosa fare con il lavoro.»

«Sono convinto che la rivista italiana non avrà problemi a prenderti a bordo.»

«Non so. Dipende tutto dal successo del nuovo articolo.»

«Sarà fantastico, vedrai. Quando pensavi di partire?»

«Subito dopo averlo consegnato. Più o meno tra quindici giorni.»

Fedele la fissò. Due settimane erano niente, sarebbero volate.

«Emilia, voglio che ti trasferisca qui. Non posso nemmeno pensare all'eventualità che tu non torni… Già solo il fatto che te ne vada per qualche giorno…»

«Sì, anche per me è così. Però ci sono delle cose che non posso lasciare a metà, devo terminare ciò che ho iniziato.»

A quel punto si scambiarono uno sguardo penetrante: erano decisioni che li avrebbero segnati per il resto della vita.

«Emilia… io ti amo» disse lui.

«Anch'io ti amo» rispose lei.

E si scambiarono un bacio.

***

Alla fine Fedele era tornato al lavoro ed Emilia aveva chiamato suo padre dal telefono fisso per annunciargli che sarebbe tornata a casa entro una decina di giorni. Aveva taciuto però il fatto che poi sarebbe ripartita per l'Italia, preferiva raccontargli di Fedele e del resto di persona. Non era certa di come l'avrebbe presa suo papà… *Frequentare un uomo mentre si è incinta di un altro*, si diceva immaginando la faccia che avrebbe fatto qualcuno dei suoi amici non appena l'avesse saputo. Finalmente più tranquilla, decise che era tempo di affrontare anche Manuel. Le aveva chiesto più volte di comunicargli la data del ritorno, in modo da potersi organizzare a sua volta, per questo motivo doveva parlargli quanto prima. Prese il portatile e si loggò su Skype, se aveva fortuna lo avrebbe trovato collegato, era un buon orario, lo stesso in cui si erano sentiti le volte precedenti. Digitò la password e osservò lo schermo… Manuel era in linea e accettò la videochiamata. Emilia ebbe un tuffo al cuore, non poté evitarlo. Nella frazione di un secondo furono collegati e si salutarono, la voce di lui risuonò forte e chiara nella sala da pranzo di Fedele. Nel frattempo al ristorante il suo proprietario era impegnato a dare istruzioni agli impiegati, mentre nella sua testa prendeva sempre più forma l'idea che presto Emilia sarebbe partita. Allora decise di non lavorare quella sera e di farle una sorpresa portandola a cena da qualche parte.

Emilia lasciò che fosse Manuel a dirigere la conversazione: con lui non si sapeva mai se fosse in buona oppure no, viste le tante cose che aveva da fare.

«Che coincidenza! Stavo proprio controllando se c'eri. Che ore sono da te? Qui è mattina. Quant'è il fuso orario con l'Arizona?»

Emilia si lasciò sfuggire un sospiro, non era possibile, glielo aveva già detto mille volte.

«In Italia sono le otto di sera» rispose controvoglia.

«Come sta la mia mamma chioccia?»

«Bene… Volevo solo avvisarti che tra una decina di giorni

torno in Argentina.» Decise che era meglio andare dritta al sodo e ignorarlo.

«Dieci giorni...» ripeté lui. Era chiaro che stesse facendo i suoi calcoli o controllando sul calendario. Poi esclamò: «Mi sembra perfetto! Coincide proprio con le vacanze. Che bello! Abbiamo parecchie cose da dirci».

«Sì, credo anch'io.»

Calò un attimo di silenzio.

«Come stai di salute? La... gravidanza... tutto a posto?» chiese, non senza una certa fatica. La domanda era alquanto insolita per entrambi.

«Sì... la gravidanza procede, adesso si nota un po'.»

«Fammi vedere...»

Emilia però non era in vena di mostrargli un bel niente, quindi fece finta di non aver sentito e chiese invece: «E tu? Come va lo studio?».

«Molto bene, anzi benissimo. Sono sorpreso! Se confronto i voti con quelli dei miei colleghi, praticamente sono tra i primi della classe.»

«Mi fa piacere...» rispose lei.

«Ti vedo bene, mi piaci con i capelli così» disse lui con tono quasi suadente. Ma visto che lei ignorò il complimento, decise di chiederle del lavoro: «E del nuovo articolo che mi dici?».

«Tutto bene.»

«Ho voglia di vederti...»

«Tra poco ci vedremo» ribatté lei, sentendo che la conversazione stava prendendo una piega pericolosa. Le parole di Manuel continuavano a farle un certo effetto.

«Si vede tanto la pancia?»

«Te l'ho detto... solo un po'.»

«Mi fai vedere?» la pregò di nuovo, con voce quasi supplicante.

Allora Emilia sollevò il portatile e inclinò la webcam per inquadrare il ventre, ma proprio in quel momento si aprì la porta di casa. Con ancora il computer in mano, udì i passi di Fedele dietro di sé. *Che ci fa a casa a quest'ora? Proprio adesso che sono in videochiamata con Manuel!* pensò. Non si sentiva in colpa però, non aveva niente da nascondere. Anche se la situazione era un po' imbarazzante, decise di continuare, in fondo non stava facendo nulla di male.

Appoggiò di nuovo il portatile sul tavolo ben consapevole che Fedele si aggirava per la stanza dietro di lei. Sembrava stesse cercando qualcosa proprio in sala da pranzo. La voce di Manuel risuonò di nuovo: «È vero, inizia a vedersi».

«Già…»

«Allora, è deciso: oggi compro il biglietto per Buenos Aires.»

Fedele passò di nuovo e Manuel disse: «Vedo che non sei sola, avresti dovuto dirmelo…».

Ormai era palese che lo avesse visto.

«Sì… è Fedele… un mio amico.» A quel punto si udì il rumore di un vaso che cadeva a terra in mille pezzi.

Per Fedele una cosa era immaginarsi quel tizio, un'altra era vederlo e sentirlo parlare con Emilia. E così era quello il bastardo che metteva al mondo un figlio e poi se ne lavava le mani.

«Be', Manuel, adesso ti devo proprio lasciare. Vado a vedere cosa stanno combinando i miei ospiti…»

«Sì, sì. Mi faccio vivo non appena so il giorno preciso in cui arriverò a Buenos Aires. Per favore dimmi anche tu quando compri i biglietti.»

Un saluto rapido e la chiamata si interruppe.

Emilia si voltò e si trovò davanti un Fedele piuttosto arrabbiato e infastidito.

«Si può sapere perché cazzo stavate parlando?»

«Ho dovuto avvisarlo che torno in Argentina.»

«Tu non devi avvisarlo proprio di niente.»

«Ho bisogno di parlare con lui, Fedele… È il padre del bambino!»

Sentire quelle parole fu come ricevere uno schiaffo in pieno viso. Fedele lo sapeva bene, ma sentirlo uscire dalla sua bocca era completamente diverso.

«Tu non devi niente a quel tizio. Non capisco nemmeno perché ci parli ancora!»

«Voglio chiudere e restare in buoni rapporti. O provarci. C'è pur sempre un figlio di mezzo.»

«Non fa niente! Non mi sembra proprio il caso! O forse ti stai pentendo di aver iniziato una relazione con me?»

«Non dire stupidaggini, Fedele.»

«E tu che gli hai pure fatto vedere la pancia… E così io sarei un amico!»

«È solo che…» Emilia cercò di spiegarsi, ma non ci riuscì. Aveva sbagliato.

«In casa mia per giunta…»

Emilia ci rimase molto male: lui aveva ragione in parte. La situazione poteva essere interpretata sotto vari punti di vista.

«Se preferisci, allora me ne vado. Non c'è problema.»

Fedele la guardò indignato.

«Fa' come ti pare.»

«Comunque non me lo aspettavo da te.»

«Nemmeno io. Vuoi sapere perché sono tornato? Perché stasera ho preso la serata libera per portarti fuori a cena.»

«Ascolta, Fedele, per quanto la cosa non piaccia a nessuno dei due, Manuel esiste e ho bisogno di parlarci di persona. Almeno un'ultima volta.»

«Ma di cosa gli vuoi parlare?»

«Come di che cosa? Di ciò che intendo fare della mia vita… Del fatto che mi trasferisco qui.»

«A quanto pare non ci capiamo proprio. Credo sia meglio che torni al lavoro. Farò tardi, non mi aspettare alzata.»

Fedele si incamminò verso la porta, la aprì e se la sbatté dietro le spalle.

Emilia allora scoppiò a piangere: era stufa degli uomini, sia di quelli assenti che di quelli troppo presenti che pretendevano l'impossibile.

***

Nel giro di un'ora, a Emilia l'arrabbiatura era quasi del tutto passata. Aveva cambiato opinione. Era vero che doveva parlare con Manuel, ma allo stesso tempo sarebbe stato meglio non mostrargli la pancia. Il suo amore per Fedele era talmente grande oramai che non voleva rischiare di perderlo. Eppure, che lui non fosse l'uomo perfetto che credeva, adesso era evidente. Non solo era terribilmente geloso, ma anche suscettibile e poco tollerante.

Fedele, invece, percorreva la cucina del ristorante in lungo e in largo, e a ogni suo passaggio i cuochi andavano a controllare che le pentole fossero ancora sane e salve. Era davvero l'unica cosa da fare quando il proprietario si trovava in quello stato. La sua collera non si era ancora placata, la gelosia non glielo permetteva, anzi gli faceva vedere Emilia sotto un'altra luce. Forse non era la donna che credeva. Tutto cambia nella vita, perché allora anche loro non potevano cambiare idea?

# 25

*Dio mio se avessi un cuore,*
*scriverei il mio odio sul ghiaccio*
*e aspetterei il sorgere del sole.*

Gabriel García Márquez

## Piacenza, 2008

*Giorno 12*

Il conte Berni, alla veneranda età di settantacinque anni, era giunto alla conclusione che nella vita c'erano giorni di tutti i tipi, i più importanti però erano quelli che imponevano di prendere delle decisioni. E lui, avendo già preso quella più rilevante di tutte, pensava di non doverne più prendere altre. Eppure, quella mattina all'alba la realtà gli dimostrò l'esatto contrario. Osservando sulla scrivania dello studio il calendario aperto al mese di dicembre, si ricordò che era il compleanno di sua sorella Lucrezia, l'unica delle due gemelle ancora in vita. Ogni anno, in occasione di quel giorno, posto che Benito si trovasse in Italia, le andava a trovare e così aveva continuato a fare anche quando Lucilla era scomparsa. Stavolta però, aveva stabilito di non uscire più da casa finché non fosse sopraggiunta la morte, visto che gli era stato annunciato per telefono che il vaso della dinastia Ming sarebbe finalmente arrivato sabato. Benito, che a quel punto si era immaginato di uscire dal castello solo da morto, non sapeva come comportarsi: non fare visita a Lucrezia dandole un dispiacere, o andarla a trovare e sopportare la festa – cosa che però non sarebbe servita a molto, visto che ormai la sua sorte era segnata e nel giro di tre giorni avrebbe lasciato questo mondo. Il conte si aggirò per casa, fino a mezzogiorno, immerso nei propri pensieri, sotto lo sguardo vigile dei dipinti del maestro Fiore, *La pastora* e *Il falegname*.

Erano le cinque di pomeriggio quando prese finalmente una decisione. Benito entrò in camera, si cambiò e chiese a Massimo di accompagnarlo a Codogno.

In meno di un'ora giunse a destinazione e si presentò a casa della sorella, affollata di figli e nipoti. I due si scambiarono due parole appena e Benito si pentì subito di esserci andato. L'atmosfera intorno a lui era fin troppo allegra per ciò che da lì a breve sarebbe successo e la cosa lo feriva fino a fargli male. Sul tavolo si notava una torta al cioccolato preparata dalle preziose mani della figlia, altro ricordo di ciò che lui non aveva mai ricevuto per il proprio, di compleanno.

Lucrezia era una donna socievole e semplice, virtù che a lui erano sconosciute. Era una gran chiacchierona, per cui vedendo il fratello taciturno in un angolo, cercò di tirargli fuori qualche parola chiedendogli del castello, dei cani e del giardino. Benito rispose a monosillabi, non riusciva a parlare: quel luogo strabordante d'amore lo metteva a disagio, lo rendeva fragile, mostrandogli senza filtri ciò che si era perso nella vita. Le figlie di Lucrezia quasi non gli rivolgevano parola, troppo occupate a stare dietro ai bambini piccoli; non si capacitavano di come potessero avere uno zio simile, una specie di Ebenezer Scrooge, appena uscito dal racconto di Dickens. La vita aveva riservato a lui e alla sorella un trattamento molto diverso, ma non erano in grado di capirlo con le loro esistenze frenetiche, fatte di cellulari, pannolini e scuola.

Un'ora e mezza più tardi, Benito salì a bordo della Rolls-Royce nera. Durante il tragitto di ritorno al castello, iniziò a riflettere sulle decisioni che siamo costretti ad affrontare quotidianamente. *Ogni giorno c'è una nuova decisione da prendere*, pensò. E sebbene scegliere di andare alla festa di compleanno gli fosse costato fatica, sentiva di aver fatto la cosa giusta. Quella era l'ultima volta che avrebbe visto la sorella; dopotutto, era l'unico legame di sangue che gli restava.

Poi, sprofondato comodamente nel sedile posteriore, ripercorse mentalmente le scelte che negli anni avevano definito il corso della sua vita fino a quel momento… Allora si ricordò del giorno che più di tutti aveva segnato a fuoco il suo presente…

## Firenze, 1967

Benito aprì gli occhi e accanto a lui c'era Adele che dormiva placida, con i capelli lunghi e setosi arruffati sul cuscino. Allora gli tornò in mente tutto quanto. Guardò fuori dalla finestra e la luce che entrava dalle tende, insieme ai rumori della città ormai sveglia, gli confermarono che era molto tardi. *Di certo le otto passate*, pensò. L'arrivo della ditta di trasporti era previsto per quella mattina e indipendentemente dal fatto che dicesse o meno a Rodolfo Pieri della sua relazione con la figlia, la spedizione doveva andare per il verso giusto. In un modo o nell'altro le opere dovevano arrivare a Piacenza, dove avrebbero sempre dovuto trovarsi. Erano anni, sin da quando era solo un bambino, che Benito stava organizzando quel piano e oggi era finalmente giunto il giorno fatidico.

Si sedette sul bordo del letto e si alzò di scatto alla ricerca dei vestiti, che nel furore della passione di quella notte erano volati per terra, e si preparò. Stava per svegliare Adele, quando guardò l'orologio: erano le otto e un quarto. Decise quindi di lasciar perdere e raccolse al volo i contratti che aveva promesso di portare a Pieri. In un primo momento, pensò di andare in piazza della Calza a piedi come al solito, ma aveva troppa fretta per cui prese le chiavi dell'auto, aprì la porta della stanza, uscì in corridoio e si precipitò giù per le scale. Salì in macchina e mise in moto proprio nell'istante in cui Adele apriva gli occhi e davanti al portone di casa Pieri parcheggiava un furgone con due uomini a bordo in tuta da lavoro.

Ridendo di una battuta, i trasportatori scesero dal veicolo lasciando a metà il panino al salame che stavano mangiando. Erano arrivati con qualche minuto di ritardo, dovevano darsi una mossa, la colazione poteva aspettare. Bussarono al portone e Rodolfo andò ad aprire; il fatto che Paolo non fosse ancora arrivato era alquanto strano. Nel frattempo sua moglie Maria si era chiusa in cucina: preferiva non assistere al momento in cui avrebbero portato via tutti i loro averi.

«Signor Rodolfo Pieri?»

«Sì.»

«Siamo qui per ritirare la merce da portare a Piacenza.»

Sentendo il nome di quella città Rodolfo fu preso alla sprovvista.

«A Piacenza?» ripeté e non poté fare a meno di pensare al castello dei Berni dove tanti anni prima aveva assistito al massacro dei suoi abitanti. Poi aggiunse: «Deve esserci un errore. Le opere devono andare a Roma».

«A noi è stato detto di andare a Piacenza» rispose quello più corpulento, sicuro delle istruzioni ricevute e consapevole che un errore di quel genere gli sarebbe costato il posto di lavoro.

«C'è sicuramente un equivoco» insistette Rodolfo.

«No, abbiamo i fogli e c'è scritto Piacenza» ribatté l'uomo sempre più preoccupato, ma deciso a non demordere.

«Me li faccia vedere per cortesia...» gli chiese il professore, domandandosi dove diamine si fosse cacciato Paolo. Il più giovane dei due tornò al furgone a prendere i documenti.

Tutti e tre si misero a leggere. Era scritto nero su bianco: l'indirizzo di ritiro era quello di casa Pieri, mentre la destinazione era Piacenza.

Rodolfo non ci capiva più niente.

«Senta, credo che sia meglio aspettare il signor Benito, visto che è stato lui a contattarvi.» Era certo che Paolo avrebbe risolto la questione.

«Non è la prima volta che lavoriamo per il signor Benito Berni. Pensa che verrà oggi?»

«Chi scusi?» Sentire quel cognome lo lasciò impietrito.

«Berni, il proprietario del negozio di antiquariato di Roma, la persona che ci ha chiamati.»

«Non può essere. Deve trattarsi di un equivoco.»

I due trasportatori si scambiarono uno sguardo stanco. Ci mancava solo quel pazzo, adesso, e loro avevano due bei panini al salame nel camion ad aspettarli.

«Ascolti, signor Pieri… Per ordine del signor Berni questa merce deve essere recapitata a Piacenza.»

Berni, Piacenza…

Rodolfo era in preda alla confusione, non capiva perché tirassero in ballo il cognome Berni in quel momento. Sempre più turbato, continuava a ripetere l'unica cosa che gli sembrava accettabile.

«Vi prego di aspettare un attimo. Paolo Benito arriverà a breve.»

Rodolfo non poteva credere alle proprie orecchie, o forse non voleva. Un brivido lo percorse in tutto il corpo facendogli accapponare la pelle. Berni, Piacenza… aveva come l'impressione di essere finito in un incubo.

L'uomo più corpulento allora gli intimò: «Questi sono i documenti e il nome è scritto chiaramente: Be-ni-to Ber-ni. Vede?» disse indicando la riga.

Il professore, essendo senza occhiali, allontanò la ricevuta per vederla meglio: era vero, eccolo lì il cognome che aveva relegato nelle profondità del suo inconscio, quello che non avrebbe mai più voluto sentir nominare, quello che apparteneva a una intera famiglia scomparsa. Eppure, nonostante quella prova, Rodolfo insisteva che non era possibile, nella speranza che si trattasse di un malinteso.

«Allora forse...»

«Signore, noi dobbiamo iniziare a caricare il furgone.»

«Ma Berni è morto...» Rodolfo trovò infine il coraggio di dire. Lo aveva visto con i suoi stessi occhi.

«Da quanto ne so è vivo e vegeto. Non lo conosco di persona, ma so che è un uomo abbastanza giovane, dubito che sia morto...»

Allora l'altro dei due, che fino a quel momento non aveva aperto bocca e non faceva che pensare al suo panino, aggiunse: «A meno che non gli sia accaduto qualcosa di recente. Nel qual caso la spedizione sarebbe annullata».

Vedendo l'espressione interdetta sul volto di Pieri, l'altro provò a fornire qualche dettaglio in più.

«So che è un uomo alto, giovane, biondo.»

Il professore ascoltò la descrizione e sentì il mondo cadergli addosso. Il passato sepolto sotto anni di oblio era tornato alla luce e si trovava proprio davanti a lui. Lo guardò dritto in faccia, ma non sapeva come fare a sopportarlo.

«Noi intanto iniziamo a caricare. Quando arriva il tanto atteso Paolo ci avvisi...» propose il trasportatore più anziano.

Pieri non poté far altro che mettersi da parte e lasciarli passare. Temeva di cadere disteso per terra davanti a loro.

***

L'orologio segnava le otto e mezza in punto quando Adele si alzò dal letto. Pochi minuti prima aveva sentito Benito sbattere la porta. Dovevano aver dormito troppo, così si alzò e raccolse in fretta i suoi vestiti. Sarebbe andata direttamente in accademia, in questo modo suo padre avrebbe pensato che fosse andata al lavoro presto, ad aprire la scuola, come ogni altra mattina.

Erano le otto e trentacinque quando la Mercedes Benz nera di Benito si fermò davanti a casa Pieri, proprio dietro al camion dei trasporti.

«Maledizione! Sono già arrivati!»

Scendendo di corsa dall'auto, si ravviò i capelli biondi – non aveva nemmeno avuto tempo di pettinarsi – e si avvicinò all'ingresso proprio mentre i trasportatori stavano caricando il quadro del maestro Fiore. Era piuttosto grosso e passava a fatica dalla porta.

«Ecco il signor Paolo Benito... Ora vi dirà lui come stanno le cose» dichiarò Rodolfo, le cui certezze avevano iniziato a vacillare. Non sapeva più chi era chi e per questo guardava il giovane antiquario come ipnotizzato.

Appena riuscirono a far passare il dipinto i due uomini lo appoggiarono a terra e, rivolti a Benito, dissero: «Signore... questa merce va a Piacenza o a Roma?».

«A Piacenza» rispose Benito senza esitazione. Quelle opere dovevano andare lì, a tutti i costi. Erano anni che aspettava questo momento.

«Vedete, lo dicevo io!» esclamò l'uomo corpulento, poi indicando Rodolfo aggiunse: «Il signore qui diceva di no».

«Abbiamo avuto un battibecco sui luoghi e sui nomi...» si

giustificò lui con un fil di voce, temendo che se avesse parlato più forte le corde vocali gli si sarebbero spezzate.

Allora l'altro trasportatore, il più ingenuo tra i due, chiese senza giri di parole: «Lei è il signor Benito Berni, vero? Quello che ci ha commissionato il lavoro?».

La risposta a quella domanda avrebbe spiegato ogni cosa.

Benito pensò per un attimo cosa rispondere, poi però la necessità di riappropriarsi di tutte le opere d'arte che si trovavano in casa di Rodolfo Pieri ebbe la meglio. Il dado era tratto.

«Sì, sono io. Benito Berni.»

Il mondo si fermò per un istante.

«Bene, allora se tutti quanti siamo d'accordo che lei è il signor Berni e che questa merce è diretta a Piacenza, noi continuiamo a lavorare tranquilli.»

«Sì» rispose ancora una volta Benito, imperturbabile.

«Che caspita significa tutto questo, Paolo o Benito, o chi diavolo tu sia?»

Il giovane conte lo fissò con sguardo impassibile. Se Benito tornava a indossare i suoi veri panni, anche Rodolfo allora tornava a essere il suo vecchio professore di storia dell'arte, lo stesso che aveva condotto i nazisti in casa sua, lo stesso che si era appropriato dei beni della sua famiglia. Lo sdegno si dipinse sul suo volto. Benito, che non era uomo di molte parole, non avendo previsto di trovarsi in una situazione simile, decise che era giunta l'ora di spiegare che cosa stava succedendo davvero, del perché si trovasse lì, faccia a faccia con il proprio nemico. Ormai non aveva più niente da nascondere.

«Il mio nome è Benito Berni... Sono figlio di Aurelia e Mario Berni.»

«Tu, tu mi hai ingannato per tutto questo tempo!»

«Non più di quanto lei abbia fatto durante tutti questi anni, sapendo che queste opere appartengono alla mia famiglia.»

«Ma…»

Come faceva a saperlo? Da dove era spuntato fuori il figlio di Mario Berni? Era convinto che il primogenito maschio, il bambino biondo a cui dava ripetizioni, fosse morto. Evidentemente si sbagliava.

«Questi oggetti mi appartengono, sono dei Berni… E mi sembra di averli pagati a sufficienza! Avrei potuto denunciarla.»

«Denunciarmi? Sono io che potrei denunciarti!»

«E perché mai? Per averle comprato tutto quanto regolarmente, con un assegno valido che lei ha incassato?»

«Tu eri al corrente di tutto, quando Giuseppe… insomma, quando quell'uomo che mi ha prestato i soldi si è preso la mia accademia, la mia casa. Non so più nemmeno se esista davvero.»

«Che esista o no, conta poco. Lei ha richiesto un prestito che non ha mai restituito. E adesso le tocca cedere la scuola e pagare il mutuo alla banca. Se vuole un consiglio, è meglio che si sbrighi a svuotare l'edificio, altrimenti rischia di perdere anche la casa. È tutto qui sui contratti» disse Benito.

«Maledetto.»

«Io?» sbottò il giovane conte prendendolo per il collo. «Lei è il maledetto che ha portato la disgrazia nella mia famiglia e ha ucciso i miei genitori! La colpa è solo e soltanto sua!»

Rodolfo, terrorizzato, non rispose. Lo sguardo in fiamme, Benito non sapeva se lasciarlo andare o no. Alla fine lo lasciò e aggiunse: «Lei è un essere spregevole. Non merita che mi sporchi le mani».

«C'era la guerra, era tutto diverso… Tu eri solo un bambino… Non puoi capire che cosa è stato…»

«Non mi interessano le sue scuse. Adesso me ne vado. E si consideri fortunato, perché non mi rivedrà mai più. Le cose per lei e la sua famiglia sarebbero potute andare di gran lunga peggio di così.»

Gli uomini della ditta di trasporti finirono di caricare il camion, ma mentre mettevano in ordine gli ultimi pezzi non poterono fare a meno di sentire la discussione tra Pieri e Berni. Era evidente che tra quei due fosse successo qualcosa di terribile.

«Avete finito?» chiese Benito ai due trasportatori.

«Sì, questo è l'ultimo» rispose uno di loro indicando la scultura delle due bambine realizzata da Francesco Mochi.

«Molto bene. Allora ci vediamo a Piacenza.»

E così dicendo, Benito salì in macchina, mise in moto e se ne andò sgommando. Il furgone lo seguì. Rodolfo Pieri corse dietro ai due veicoli e in mezzo alla strada iniziò a insultarli tra il traffico, agitando le braccia. La moglie, immaginando che fosse tutto finito, apparve sulla soglia di casa e chiese che cosa stesse succedendo. Lui non rispose e cadde in ginocchio sull'asfalto in preda a un forte dolore al petto. Maria cercò di sorreggerlo tra i clacson delle auto, ma le mancavano le forze. Proprio in quel momento apparve Adele, che andò immediatamente ad aiutarli. La ragazza aveva assistito da lontano alla scena in cui Benito se ne andava seguito dal furgone, e le era sembrato molto strano. Adesso però, vedendo suo padre steso a terra, capì che doveva essere successo qualcosa di terribile. *Avranno discusso per colpa mia?* si domandò ingenuamente.

Benito stringeva forte il volante, gli tremavano le mani. Aveva scorto nello specchietto retrovisore Adele, con indosso l'abito rosa. Sapeva che quella sarebbe stata l'ultima volta in cui la vedeva. Non c'era nient'altro da fare, anche lei era una

Pieri e la loro storia non aveva futuro. Era solo questione di tempo però, prima che anche Adele la pensasse così; non appena avesse saputo del piano che Benito aveva orchestrato, neanche lei avrebbe più voluto sapere niente di lui.

Soltanto una parola riusciva a placare l'animo agitato di Benito: Piacenza… era là che si stava dirigendo.

# 26

*È meglio essere feriti dalla verità*
*che distrutti da una bugia.*

## Firenze, 1967

Superato il primo momento di panico e il timore per lo stato di salute di Rodolfo, la famiglia Pieri ritrovò la calma. Il dottore aveva detto che il paziente aveva bisogno di molto riposo e di non pensare a nulla. Restava il fatto però che a nessuno era chiaro cosa fosse successo tra lui e Paolo qualche giorno prima, e la cosa aveva finito per scombussolare gli orari e le abitudini di tutti quanti in casa, per non parlare poi dei sentimenti di Adele, che non sapeva proprio come interpretare l'accaduto. Oltre all'apprensione per il padre, si aggiungeva quella per Paolo, di cui non aveva più notizie dal giorno in cui se n'era andato senza darle spiegazioni. Ignorava le ragioni della discussione tra i due – a dire il vero non sapeva nemmeno se avessero litigato –, ma c'era stata una rottura definitiva nel loro rapporto e lei voleva a tutti i costi scoprire che cosa fosse successo. Il problema era capire fino a che punto poteva spingersi nel chiedere spiegazioni a suo padre senza che questi peggiorasse. La mamma le aveva già raccontato ciò che sapeva e aveva visto: non appena udite le grida, si era affacciata fuori, ma Paolo era già andato via e Rodolfo, sdraiato per terra, era in preda a un attacco di cuore. Maria, col passare dei giorni, iniziò a rendersi conto che il marito non era più lo stesso. Aveva come la testa persa tra le nuvole e ciò che gli succedeva intorno non gli interessava. La salute mentale di lui e lo stato di distrazione e disinteresse in cui verteva la preoccupavano sempre di più. Quello non era il momento di alienarsi, ma di prendere delle decisioni! Rodolfo non era lucido, o se lo era, non gli importava più di niente. Il trasloco della scuola nelle vecchie aule di casa era rimasto incompleto, lui non se ne occupava e loro non sapevano bene come fare.

Quella sera, Rodolfo, sprofondato nel divano in salotto con una coperta buttata sulle spalle, guardava fuori dalla finestra. Adele lo vide e decise di provare a strappargli qualche informazione. Aveva trascorso gran parte della giornata a piangere per Paolo e non sopportava più di starsene con le mani in mano. Aveva addirittura pensato di andare a Roma a cercarlo, ma non sapeva nemmeno dove abitasse o dove si trovasse il negozio di antiquariato di Giuseppe Conti.

«Papà... Che cosa è successo con Paolo? Avete discusso?» chiese senza preamboli, mentre si metteva a sedere accanto a lui.

Il padre sbatté le palpebre un paio di volte senza però distogliere lo sguardo dalla chioma dell'albero oltre la finestra.

«Papà, non puoi fare così. Ho bisogno che tu mi dica qualcosa.»

Ancora silenzio.

«Papà, Paolo e io stiamo insieme! Devi dirmi che cosa è successo!»

Ancora niente, il volto dell'uomo rimase del tutto inespressivo.

«Rispondi... Lui mi ama... siamo fidanzati. Non può essersene andato senza una ragione» insistette Adele nel tentativo di indurlo a parlare.

Rodolfo sbatté gli occhi, si passò entrambe le mani sul viso, come se qualcosa gli desse fastidio. Poi disse: «Dimenticalo, Adele. Cercati un altro ragazzo».

«Come puoi dire così!»

«È la cosa migliore.»

«Ma perché? Che cosa è successo?»

«Ti ho detto di lasciarlo perdere.»

«Non posso! E non voglio!» Adele non poteva sopportare di sentirsi dire una cosa simile.

«Non hai altra scelta. Lui non ti ama, non potrebbe mai farlo. Mai, mai. Voleva solo vendicarsi di noi. È per questo che è venuto a Firenze, per toglierci tutto: l'accademia, i nostri beni.»

Ma che cosa stava dicendo? La scuola gli era stata confiscata perché non avevano saldato i debiti, mentre le opere d'arte erano state vendute volontariamente per racimolare un po' di contanti, o almeno così aveva dichiarato suo padre in un primo momento. Adele sembrava non trovare il bandolo della matassa.

«Vendicarsi di noi? E perché mai? Che cosa gli abbiamo fatto?»

Ancora una volta Rodolfo cercò con lo sguardo la cima dell'albero fuori dalla finestra che aveva fissato per tutto il giorno e sprofondò nel silenzio. Non aveva alcuna intenzione di rivangare il passato, di raccontare a distanza di tanto tempo la tragedia in cui lui aveva giocato un ruolo fondamentale e nefasto. Benito Berni aveva riaperto quella porta, procurando nuova distruzione e dolore per tutti quanti. Che senso aveva a quel punto continuare? Ormai l'accademia non c'era più e così la collezione d'arte, ma gli restava pur sempre il rispetto della sua famiglia: chissà se parlando non avrebbe perso pure quello?

Adele, vedendo il mutismo del padre, aveva ripreso l'interrogatorio quando la madre, che stendeva la pasta in cucina e aveva origliato la conversazione, intervenne: «Tesoro, lascia in pace tuo padre. Parlerà quando sarà pronto. Adesso dobbiamo solo aspettare».

La ragazza allora si alzò e andò da lei. Almeno la madre l'avrebbe capita; era sempre stato così.

«Io non posso più aspettare, ho bisogno di sapere» disse a bassa voce, con tono disperato.

«Be', non hai altra scelta. Lo sai che la salute di tuo padre è ancora cagionevole. Non credere che non abbia cercato di parlarci anch'io, ma lui non vuole. Quindi non possiamo fare altro che lasciarlo in pace.»

«Non ho intenzione di aspettare oltre per sapere che cosa è successo. Voglio andare a Roma a cercare Paolo.»

«A Roma? E come pensi di trovarlo?»

Adele allora la mise al corrente del suo piano strampalato.

«Il negozio di antiquariato si trova vicino alla Fontana di Trevi, non sarà difficile rintracciarlo.»

Maria capì che frenare sua figlia sarebbe stato impossibile. E poi forse aveva ragione lei: una possibilità di imbattersi nel giovane c'era, seppur remota.

«Allora d'accordo. Hai il mio permesso» disse.

Adele sorrise e annuì. Finalmente un barlume di speranza si era acceso nel suo cuore sofferente. Era proprio vero che quando si è innamorati la persona amata diventava un'ossessione, una sorta di droga. Niente e nessuno sarebbe riuscito a tenerla a freno. *L'amore non conosce ostacoli*, pensò Maria mentre osservava la figlia prepararsi per il viaggio. Adele sarebbe partita per Roma l'indomani con il primo treno.

***

Adele, con indosso un abitino bianco con i bottoni neri e i tacchi alti, arrivò a Roma senza immaginare che cosa le riservasse la città. Non sapeva nemmeno se avrebbe trascorso lì la notte oppure no, e comunque a lei le grandi città le avevano sempre fatto un po' paura. Stavolta però l'unica cosa importante era trovare Paolo, il resto non contava. Camminò incerta per le vie, chiedendo informazioni, finché a un incrocio non si imbatté nella Fontana di Trevi. A quel punto percorse le strade attorno svariate volte: prima in una direzione, poi nell'altra, ma tornando sempre alla fontana. Dopo alcuni tentativi andati a vuoto, stanca e un po' abbattuta, Adele si sedette su una panchina davanti al monumento, dalla quale poteva osservare le persone esprimere i propri desideri gettando in acqua una moneta. Allora frugò in borsa in cerca di qualche spicciolo e si avvicinò alla fontana. La leggenda voleva che per trovare l'amore ci volessero due monete, tre per convolare a nozze o lasciarsi per sempre. Adele scelse di gettarne tre e correre il rischio. Si voltò, chiuse gli occhi e con la mano destra tirò le monetine dietro la spalla sinistra. Poi si girò a guardare e ricominciò la sua ricerca. Pochi minuti dopo vide passare sul marciapiede un ragazzino con in braccio una scultura. Camminava in una delle direzioni che lei aveva già percorso, ma Adele lo interpretò come un segno e decise di seguirlo. A passo lento ma deciso, il giovanotto si spinse ben oltre il punto in cui si era fermata lei: attraversò una, poi due, poi tre, quattro strade. Adele perse il conto. Saranno state otto? Finché non lo vide... si trattava di un grosso negozio di antiquariato di lusso con molte opere costose in vetrina. Il ragazzino entrò dentro sempre con la scultura in mano e lei fece altrettanto.

Una giovane donna con la frangetta e i capelli castani raccolti in uno chignon alla moda, prese la statua del ragazzo e le chiese in che modo potesse aiutarla. Adele la fissò stupita: la somiglianza era sorprendente, avrebbero tranquillamente potuto essere sorelle.

«È questo il negozio di Giuseppe Conti?» chiese.

«No...» rispose Marina, studiandola dalla testa ai piedi. Per un attimo, prima che aprisse bocca, aveva creduto che si trattasse di un'altra delle solite ammiratrici del proprietario. Ma adesso che la guardava meglio, anche lei si rendeva conto di quanto si somigliassero. Certo, niente a che vedere con il suo stile: nonostante l'abito elegante portava i capelli sciolti, l'esatto contrario di ciò che si sarebbe definito sofisticato.

«Lavora qui Paolo Benito?»

«No... perché? Di cosa ha bisogno?»

«Sto cercando questa persona. Mi è stato detto che lavora in un negozio di antiquariato.»

Marina esitò un attimo, poi però abbassò la guardia. La ragazza sembrava innocua, una sempliciotta, di quelle che puoi ingannare facilmente. *Anche se le acque chete a volte sono le peggiori*, pensò tra sé. Eppure c'era qualcosa nella sua aria disperata che le fece pena.

«Il negozio appartiene al signor Benito Berni» disse quindi.

«Posso parlargli?»

«Temo di no, è fuori città.»

«E dove si trova adesso?»

Adele pensava che forse... Magari se la donna avesse risposto Firenze, allora avrebbe visto tutto sotto una luce diversa. Ma la risposta fu un'altra.

«A Piacenza.»

Il suono di quelle parole le spezzò il cuore.

«Che lei sappia, ci sono altri negozi di antiquariato simili in zona?»

«Ha provato quello in via del Governo Vecchio?»

«No, ma ci farò un salto. Grazie mille» rispose con un filo di voce e se ne andò. Le veniva da piangere. Adele imboccò l'uscita e se ne andò all'oscuro del fatto che aveva appena perduto la sua ultima possibilità di rincontrare Benito.

***

Un'ora più tardi, Adele aveva fatto visita al negozio suggeritole dalla commessa. Anche qui il proprietario era assente, ma in questo caso si trattava di una donna, quindi lo aveva scartato. Allora era andata in altri due negozi dove era stata ricevuta rispettivamente da un signore con i baffi e un altro leggermente sovrappeso. Nessuna delle persone con cui aveva parlato sembrava conoscere Paolo Benito. Era come se lui e il negozio fossero scomparsi dalla faccia della terra, ragione per cui iniziava a sospettare che dietro tutta quella storia si celasse una menzogna bella e buona, di cui suo padre era forse complice, essendo lui al corrente di cosa stesse accadendo.

Camminava ormai senza una meta da parecchi isolati, quando si rese conto che si stava facendo tardi. Era stanca, le facevano male i piedi e non aveva mangiato niente in tutta la giornata. Decise di restare a Roma per la notte, soldi per l'hotel ne aveva portati a sufficienza, la disperazione le aveva fatto scordare la paura e poi non voleva ancora tornare a casa. Aveva bisogno di riflettere: avrebbe trovato il pezzo mancante del puzzle e avrebbe rintracciato Paolo... il suo Paolo... lo stesso con cui aveva fatto l'amore nella stanza d'albergo a Firenze, lo stesso che le aveva detto di amarla. Le lacrime iniziarono a rigarle le guance mentre con le ultime forze che le restavano andava in cerca di un luogo dove passare la notte.

Paolo Benito era reale e si doveva per forza trovare da qualche parte. Adele era stata a letto con lui, più di una volta. Doveva per forza essere da qualche parte.

***

Alla fine Adele trovò una sistemazione. Digiuna dalla mattina e stesa sul letto non faceva che pensare al fatto che se Paolo Benito esisteva, e di questo ne era certa, e non lavorava dove aveva detto di lavorare, ciò poteva soltanto significare che le aveva mentito. Se poi considerava che suo padre si rifiutava di darle spiegazioni, e le uniche parole che aveva pronunciato riguardavano una presunta vendetta, allora voleva dire che la questione aveva a che fare con qualcosa successo in passato. Ma che cosa? E come faceva a scoprirlo? Doveva trattarsi di un evento accaduto molti anni prima dato che Adele conosceva tutto quanto riguardasse la vita più recente di suo padre – grazie al lavoro in accademia, non a caso. Quello però che non le tornava era l'età di Paolo: era troppo giovane per aver conosciuto suo padre così tanto tempo prima, ovvero durante la guerra. E in guerra si sa, poteva essere successo di tutto.

Chi poteva essere al corrente del passato di suo padre? Chi conosceva che potesse ricordare qualcosa degli anni della guerra? La mamma, ormai era chiaro, non sapeva un granché, su di lei non poteva fare affidamento.

Pensando e ripensando, all'improvviso le venne in mente l'anziana zia Rosa, cugina del padre.

Sebbene non la vedesse da tempo perché i rapporti tra lei e Rodolfo si erano interrotti, era quasi sicura che, se le avesse chiesto di incontrarla, avrebbe accettato.

Adele decise di andarla a trovare alla sua trattoria, *La Mamma*, non appena tornata a Firenze. La zia doveva per forza sapere qualcosa, pensò la ragazza prima di addormentarsi con ancora indosso l'abitino bianco con i bottoni neri e i piedi doloranti.

***

Il mattino successivo Adele salì sul treno per Firenze ma, prima di rientrare a casa, passò come stabilito dalla zia Rosa.

La porta del ristorante era spalancata e pensò di entrare. Ma della donna neanche l'ombra. Le spiegarono, infatti, che a causa all'età non si faceva quasi più viva al locale, limitandosi a dare qualche istruzione da casa. Un uomo di sua fiducia la sostituiva in modo che lei potesse riposare e continuare a vivere coi proventi dell'attività. Lei, che era sempre stata piena di energia, adesso era diventata una donna anziana.

Invece di fare il giro da fuori, Adele attraversò la sala e uscì nel giardino interno con cui confinava la casa. Immobile davanti alla porta non ebbe il coraggio di entrare, così bussò.

La zia Rosa andò ad aprire. Non appena la riconobbe si meravigliò, felice di rivederla. Allora la baciò, la strinse tra le braccia e la invitò a prendere un tè. Alla ragazza era sempre piaciuto chiacchierare con lei per il tatto e la saggezza che la contraddistinguevano, sebbene per colpa dell'allontanamento con suo padre non fosse stato più possibile. Nonostante lei e il padre non si parlassero, la zia però continuava a mandare regali a lei e alle sue sorelle. Da piccole andavano spesso a farle visita, ma evidentemente doveva essere accaduto qualcosa che aveva raffreddato gli animi.

Rosa approfittò della presenza di Adele per farsi raccontare di tutti i parenti; voleva sapere come stavano e che cosa facevano. La giovane però aveva fretta di passare al motivo che l'aveva condotta lì da lei.

«E Rossella e Lorella come stanno?»

«Bene, sono diventate grandi.»

«Saranno delle signorine ormai. E tuo padre? Come sta Rodolfo? Ho sentito dire che sta avendo problemi con la scuola.»

Le brutte notizie viaggiavano veloci.

«L'hanno pignorata, siamo costretti a chiudere.»

«A chiudere? Ma è terribile! Devi proprio raccontarmi come sono andate le cose. Vieni, accomodiamoci qui in cucina. Vuoi un cantuccino?» le chiese.

«Sì, grazie. Non mangio da ieri.»

«E perché mai, mia cara?»

«Sono appena arrivata da Roma con il primo treno.»

«Da Roma?»

Certo che era proprio strano per una ragazza come Adele. Se era arrivata da poco voleva dire che aveva trascorso la notte nella capitale... Questo sì che era inusuale.

«È una storia lunga che ha a che fare con i debiti per cui abbiamo perso la scuola. E con le risposte che papà non vuole o non può darmi. Magari tu puoi aiutarmi però.»

«Ti ascolto, cara. Se sono in grado di risponderti lo farò. Lo sai come la penso: sempre meglio essere feriti dalla verità che distrutti da una bugia.»

«Credo che riguardi qualcosa accaduto molto tempo fa.»

Rosa fece un sospiro. Adele si stava di certo riferendo alla guerra e in quel periodo ne erano successe di atrocità! Pochi infatti potevano affermare di non averne viste, vuoi perché le avevano commesse in prima persona, vuoi perché le avevano subite sulla propria pelle. A giudicare dallo stato della giovane sembrava che fosse rimasta invischiata in qualche vecchia storia, anche se sperava di sbagliarsi.

Rosa versò un'altra tazza di tè e Adele iniziò a raccontarle. La zia rimase ad ascoltare in silenzio. Di alcuni fatti era già al corrente poiché vi aveva assistito, altri invece li aveva solo sentiti riferire da altri. Adele parlò dell'arazzo, del ritratto del Boldini e del dipinto del maestro Fiore. Sentire il nome di quest'ultimo, la riportò al giorno in cui aveva chiesto al cugino di scoprire che fine avesse fatto quel quadro che l'amico Fernán cercava da tempo. Da allora Rodolfo non le aveva più fatto sapere niente e la richiesta era caduta nel vuoto. Almeno finché in un'occasione Rosa non aveva trovato il quadro appeso nel salotto di casa Pieri. Ma c'era dell'altro: non aveva dimenticato la sera in cui Rodolfo aveva portato in trattoria un gruppetto di ufficiali tedeschi. Dappertutto si chiacchierava delle opere d'arte del cugino e dei suoi loschi traffici con i nazisti. Per cui non fu difficile capire quale fosse il filo conduttore della storia che Adele le stava raccontando, sebbene ci fossero ancora delle questioni da chiarire. L'apprensione e l'incertezza dipinte sul volto della nipote le confermavano che la povera ragazza era rimasta scottata, pure lei, da quella brutta vicenda. E questo era davvero terribile.

«Adele, tesoro, sei certa di volerlo sapere? Forse è meglio lasciare le cose così come stanno.»

«Ho bisogno di conoscere la verità, zia.»

«Mia cara, non ho tutte le risposte che cerchi… Ma se proprio insisti, farò in modo di trovarle.»

«Sai se qualcuno potrebbe volersi vendicare di papà?» chiese per la seconda volta, vedendo che la zia esitava a parlare. *Forse questa è la volta buona*, pensò tra sé con il cuore colmo di speranza.

«Erano tempi difficili… e lui aveva una famiglia a cui badare…»

La zia non faceva che girarci intorno, ma Adele non si sarebbe arresa.

«Zia, ti prego, raccontami ciò che sai. Hai promesso di dirmi la verità.»

Rosa provò a eludere la richiesta ma Adele l'aveva messa alle strette, quindi continuò: «Ascolta, so solo ciò che si dice in giro, ovvero che tuo padre trattava con i tedeschi e per questo ha danneggiato alcune persone. I nazisti trafugavano le opere d'arte e Rodolfo, in qualità di professore, sapeva perfettamente dove trovarle».

«Non ci posso credere…»

«Non giudicarlo male… erano tempi duri e si faceva il possibile per tirare avanti.»

«Zia, Paolo Benito ha detto di amarmi… ho bisogno di sapere se era sincero.»

«Farò il possibile per scoprirlo, ma ho bisogno di qualche giorno.»

Rosa aveva un'idea di chi potesse essere quel tale Paolo Benito, ma non poteva affermarlo con certezza.

La questione era davvero troppo delicata e avrebbe portato a conseguenze inevitabili. Tipo quella che cresceva nel ventre di Adele e di cui lei non era ancora al corrente.

# 27

## Firenze, 2008

Era venerdì mattina, ed Emilia era al settimo cielo. Spinse energicamente la porta a vetri della sede della rivista e uscì in strada. Il rumore del traffico e il caldo estivo la investirono. Si sentì soffocare, tanta era la differenza tra il dentro e il fuori per via dell'aria condizionata. Ma era troppo felice per farci caso. Alcune cose nella vita non erano andate come si aspettava, certo, ma altre sì e non poteva proprio lamentarsi. Aveva appena consegnato a Poletti l'articolo e il direttore era rimasto soddisfatto. Inoltre gli aveva accennato della possibilità di trasferirsi in Italia definitivamente e dell'interesse a collaborare con lui in pianta stabile. Poletti non se l'era fatto ripetere due volte e si era detto disponibile a darle un lavoro. Questo da un lato significava che se Emilia fosse davvero rimasta a vivere a Firenze, come stava pensando di fare, avrebbe avuto un lavoro fisso, ed era un'ottima opportunità. Dall'altro, la fiducia che il direttore riponeva in lei era segno che la sua carriera stava per decollare. Emilia era orgogliosa di sé e del posto che era riuscita a ritagliarsi in quel mondo, soprattutto alla luce del caos emotivo che stava attraversando nell'ultimo periodo.

Dopo il litigio con Fedele, che era durato due giorni, erano arrivati alla conclusione che nessuno dei due era perfetto come credevano, ma nonostante i difetti di entrambi volevano comunque stare insieme. Si era impossessata di loro la magia che unisce le persone che si amano davvero, al di là degli errori e delle imperfezioni; quella magia che fa perdonare l'altro e ricominciare da capo ogni giorno, nonostante tutto.

L' unica cosa a preoccuparla erano i ventuno giorni che avrebbero trascorso separati mentre era in Argentina. Fedele non voleva starle lontano per più di tre settimane, e nemmeno lei. Dentro di sé aveva paura che, se fosse stata via troppo a lungo, lui non l'avrebbe più riconosciuta per colpa della pancia. Sapeva che era sciocco, ma non poteva farci niente. Emilia però ignorava che anche Fedele avesse dei timori tutti suoi: era preoccupato che una volta ritrovato Manuel, avrebbero fatto pace e lei non sarebbe più tornata. Sapeva che era sciocco, ma c'era pur sempre una possibilità, no? Nei mesi a seguire, infatti, li attendevano eventi che nemmeno loro avrebbero saputo come affrontare e quindi era meglio essere preparati a tutto.

***

Era un peccato che Fedele non fosse ancora tornato quando Emilia arrivò a casa. Non stava più nella pelle per il desiderio di raccontargli del lavoro, sapeva che non avrebbe fatto tardi: quel fine settimana avevano deciso di andare a trovare la mamma di lui ad Ancona. Avevano davanti quasi quattro ore di viaggio, per cui sarebbero partiti nel primo pomeriggio per arrivare all'ora di cena. Avrebbero pernottato lì, il giorno dopo sarebbero andati in spiaggia e poi di nuovo a casa. Le sembrava un ottimo piano, eppure non poteva fare a meno di essere nervosa all'idea di incontrare quella che, in fin dei conti, poteva dirsi sua suocera! E lei, Emilia, non era una nuora qualsiasi.

Si infilò sotto la doccia e iniziò a prepararsi. Prima di scegliere che cosa indossare, si soffermò davanti allo specchio grande in bagno: l'intimo bianco metteva in risalto l'abbronzatura, ma a lei importava soltanto della pancia. Con le cose aderenti sembrava che si fosse abbuffata di dolci, mentre con quelle più larghe non si notava neanche. In spiaggia però la mamma di Fedele avrebbe anche potuto accorgersi di qualcosa. Non avevano parlato dell'eventualità di dirle che aspettava un bambino. Emilia iniziò a truccarsi e sentì l'ansia crescere a ogni minuto che passava.

Si applicò l'eyeliner... E se si fosse accorta da sola che era incinta? Fedele le avrebbe detto che non era suo?

Mascara... E poi l'avrebbe presentata come la sua ragazza?

Rossetto rosso... E se invece quelle domande gliele avesse fatte direttamente lei? Emilia avrebbe dovuto dire la verità?

Lucidalabbra... E se la mamma di Fedele era antipatica e non si fossero piaciute? Chissà come si trovava Patricia con la suocera?

Emilia si detestò per non aver discusso di tutte quelle questioni con Fedele, ma se non lo aveva fatto era perché era stata molto impegnata e poi doveva ammettere che un po' si vergognava.

Finì di truccarsi e si guardò: i capelli, chiari e mossi, le erano cresciuti tantissimo. Si ripromise la settimana successiva di fare un salto da Alberto, il parrucchiere argentino che era stato decisivo nel suo cambiamento di look e che nel frattempo era diventato il suo confidente. Aveva davvero bisogno di una spuntatina. Poi Emilia diresse lo sguardo verso il letto dove aveva posato due abiti, uno bianco e uno bordeaux; era indecisa. Si infilò i sandali rossi con il tacco che le piacevano tanto e provò a vedere come le stavano davanti allo specchio.

Fu allora che sentì la voce tanto amata che la chiamava dalla cucina.

«Emi, sei pronta? Dove sei?»

«Sono in camera» rispose lei e poi aggiunse: «Mi devo ancora vestire. È che non so cosa mettermi. Non so quale sia l'abito migliore per l'occasione».

Fedele, con indosso un paio di jeans e una camìcia, si affacciò alla porta per aiutarla. La visione di lei però, così abbronzata, con i tacchi alti e la sola biancheria intima, perfettamente truccata e con i capelli lunghi ancora umidi, lo sbalordì. La fissò immobile per alcuni istanti.

«Mio Dio, Emilia, sei stupenda!» riuscì infine ad articolare.

«Io...» balbettò lei incredula. Non si capacitava come potesse rivolgerle quel complimento quando lei non si vedeva bene con niente.

«È la pancia...»

«La pancia?» ripeté lui ridendo. «Vedrai che cosa significa avere la pancia tra qualche mese. Quando penserai che è arrivata al massimo, continuerà a crescere ancora. Adesso... sei semplicemente splendida. Vieni qui.»

Fedele sapeva cosa voleva dire convivere con una donna che aspettava un bambino.

«Vieni qui» ripeté.

Allora Emilia si avvicinò mentre lui la divorava con gli occhi. Non appena fu a pochi passi, Fedele le appoggiò una mano sui fianchi e premette le labbra contro le sue. Emilia rispose al bacio con trasporto fin tanto che lui disse: «Non credo che partiremo prima di un'ora... È sopraggiunto un impegno più urgente...».

«Mezz'ora basta e avanza» ribatté lei sfilandosi il reggiseno. I seni bianchi risaltavano sulla pelle scura, desiderabili; un vero e proprio invito per la bocca e le mani che li cercavano. Poi Fedele la sollevò tra la braccia e la portò fino al letto.

«Attento, ho i tacchi... Aspetta che me li tolgo» disse Emilia facendo scivolare a terra gli slip e afferrando il laccetto dei sandali.

«No, lasciali. Voglio farlo così, con i tacchi alti, il trucco... sei bellissima...» rispose lui con voce carica di desiderio mentre si toglieva i jeans. L'operazione però rimase a metà perché appena sbottonati, Fedele montò sopra di lei.

«Ti peso?» le chiese ricoprendola di baci e di morsi.

«No...»

«Sei sicura?»

«Oh, insomma, Fedele, non farmi aspettare ancora...»

Lui sorrise, gli piaceva quando Emilia moriva dalla voglia di farlo. Allora la penetrò, lei gemette e le bloccò le mani in alto contro la testata del letto. Poi guardandola dritto negli occhi, mentre scivolava sulla sua pelle umida disse: «Ti amo, Emilia».

Lei rispose con le stesse due parole.

Quindi il piacere, la passione, i corpi, ma anche i sentimenti e il cuore presero ancora una volta il sopravvento.

Solo dopo il sesso, ormai più tranquilli, Emilia si ricordò della buona notizia che voleva dargli. Fedele era orgoglioso di lei e per festeggiare il momento la ricoprì di baci rumorosi. Aveva ottenuto il lavoro, adesso trasferirsi a Firenze non sarebbe più stato un problema.

La fortuna sembrava sorridergli. Soltanto un'ombra incombeva su di loro, quella dei cinque giorni, centoventi ore, settemiladuecento minuti che restavano da passare insieme prima che Emilia tornasse in Argentina.

Un'ora più tardi, partirono a bordo della decapottabile rossa. Viaggiavano con il tettuccio chiuso e l'aria condizionata accesa – faceva troppo caldo –, sperando di arrivare in tempo per le otto ad Ancona.

Alla fine Emilia aveva scelto l'abito bianco, che le stava un po' più largo. Mentre l'auto sfrecciava sull'asfalto, si soffermò a pensare a ciò che Fedele aveva detto prima di fare l'amore, quando si era lamentata del suo aspetto. *Vedrai che cosa significa avere la pancia tra qualche mese. Quando penserai che è arrivata al massimo, continuerà a crescere ancora.*

Di certo sapeva di che cosa stava parlando, c'era già passato con Patricia, la madre di suo figlio, quello vero. Il pensiero la ferì, ma che poteva farci? Ormai le cose erano andate così e non c'era modo di tornare indietro. Non le restava altro che scegliere tra vivere con il rimpianto di ciò che non era stato, o accettare e godersi la vita per quella che era. Emilia guardò Fedele seduto accanto a lei che guidava: i caldi occhi marroni fissi sulla strada, il dito indice che tamburellava sul volante al ritmo di *Quelqu'un m'a dit* di Carla Bruni, il CD che lei gli aveva regalato a Salerno e che anche lui aveva imparato ad amare e canticchiare. L'atmosfera tutta intorno trasudava magia e saggezza, Emila decise di scegliere la seconda e accogliere quello che la vita aveva da offrirle senza badare al resto. Niente era mai perfetto, se rincorrevi la perfezione rischiavi di svegliarti una mattina e di renderti conto di aver smarrito il cammino. Non ne valeva la pena, la perfezione durava un istante, mentre il cammino un'intera esistenza. Allora Emilia si rese conto che quel moto benevolo di accettazione altro non era se non ciò che Fedele aveva cercato di spiegarle la prima volta che avevano fatto l'amore, nel castello a Napoli.

E si sentì felice: l'amore faceva questo effetto, contagiava le persone in modo che i lati belli di uno passassero all'altro, proprio come quella nuova consapevolezza a cui lei era arrivata grazie a Fedele o come il trasporto per quella canzone che lui non conosceva e che adesso per merito suo stava ascoltando. L'amore era una cosa sorprendente, e capì di essere fortunata a poterlo provare. La sensazione di essersi riconciliata con la propria vita era reale e le apriva nuove porte verso la felicità. Questa era la vera magia della vita.

***

Erano le otto e dieci quando Fedele parcheggiò la macchina davanti a una piccola abitazione dipinta di giallo con dei grossi vasi di gerani colorati alle finestre. Emilia era un po' nervosa mentre varcava la soglia mano nella mano con lui – non se l'era immaginato di arrivare così. L'ingresso era pulito e leggermente spoglio. Salutò la signora seduta in una delle poltrone di vimini con i cuscini blu della veranda che dava sul cortile. Portava i capelli castani lunghi fino alle spalle e aveva due occhi marroni identici a quelli di Fedele. Lui rimase a guardare le due donne che amava fare conoscenza. Finalmente si erano incontrate. Di cosa avrebbero parlato proprio non lo sapeva, a vederle non sembravano avere niente in comune. Era stata un'ottima idea però aspettare a portare lì Emilia, ora che il suo italiano era piuttosto buono. Ascoltandola, Fedele si accorse che parlava senza quasi fare errori; più tardi, quando fossero stati soli, le avrebbe fatto i complimenti, se li meritava.

Tra i vari convenevoli più o meno dissimulati, la donna notò il bel vestito bianco di Emilia che le metteva in risalto gli occhi verdi.

Al che la ragazza spiegò di averli presi dalla nonna Abril e, a sua volta, si complimentò per il cortile. Era davvero impressionata: le aiuole erano piene di vasi con erbe aromatiche e fiori, il cui profumo si diffondeva per tutta la casa, e al centro si stagliava un imponente albero di limoni. La mamma di Fedele spiegò che anche il suo amore per le piante era una cosa di famiglia. E così la conversazione si spostò naturalmente sul concetto di "tramandare" e sull'articolo che Emilia aveva appena terminato di scrivere. La donna, interessata, capì che la fidanzata del figlio doveva essere una giornalista.

Poco più tardi si accomodarono a tavola dove assaggiarono un meraviglioso piatto di peperoni ripieni e di vitello tonnato, lo stesso che si preparava sempre in casa di Emilia a Natale e per l'ultimo dell'anno.

Già pronta per degustare il dessert, Emilia si rese conto che quello era solo l'antipasto! La mamma di Fedele, da brava italiana, comunicava il proprio amore attraverso la cucina. Seguirono quindi una bistecca alla fiorentina e un vassoio di cappon magro. Non c'era verso di competere con una cuoca del genere. Fedele intuendo quel pensiero disse: «Non ti dimenticare che mia madre ha avuto un ristorante per molti anni, ecco perché cucina così bene».

E mentre assaggiava il piatto di pesce e verdure, leggero e saporito, lo rimproverò per non averlo sul menù. Allora pregò la donna di insegnarle a prepararlo e lei le descrisse con piacere la ricetta. Quella ragazza era un po' troppo magra per i suoi gusti, molto indipendente, dolce, e sembrava davvero innamorata di suo figlio e lui di lei… C'era qualcosa però che le sfuggiva… Ma per fortuna c'era ancora un po' di tempo: la coppia si sarebbe fermata lì a dormire. Forse allora sarebbe riuscita a capire di che cosa si trattava.

Infine fu servita una macedonia mista. Emilia iniziava a pensare che in realtà lei e la suocera avessero un sacco di cose in comune, tipo la passione per le verdure, il pesce e la frutta. Di tanto in tanto Fedele le accarezzava una coscia sotto il tavolo ed Emilia lo fulminava con gli occhi suscitando l'ilarità di lui. Altre volte le prendeva la mano. Alla fine l'aveva presentata come la sua fidanzata e aveva sorvolato sulla questione della convivenza, anche se era facile da intuire dai commenti. Infatti non si era fatto problemi a dire che portava il pranzo a casa tutti i giorni dal ristorante o che Emilia usava sempre il suo computer per lavorare.

Avevano terminato di mangiare da un bel po' e la conversazione iniziava a languire; era già mezzanotte e la stanchezza si faceva sentire. Fedele e sua mamma parlavano veloce in italiano, ma Emilia riusciva a capire quasi tutto. Le piaceva starli a guardare e la divertiva il fatto che lui le si rivolgesse ogni tanto chiamandola con il nome di battesimo: Adele.

Era arrivata alla conclusione che Adele Pieri fosse una donna affettuosa e, visto che avevano deciso di andare tutti insieme in spiaggia il giorno dopo, pensò di approfittarne per chiederle informazioni sul quadro del maestro Fiore.

# 28

## Ancona, 2008

Emilia e Fedele si svegliarono nel letto di casa Pieri e con gli occhi ancora chiusi lui la abbracciò. Poi prese le lenzuola, se le tirò sopra la testa e iniziò a riempirla di baci e a farle il solletico, finché dentro a quel rifugio bianco di cotone non scoppiò la passione e in un istante si ritrovarono a fare l'amore, senza emettere un fiato. Emilia non apriva bocca e lui nemmeno perché con la mano lei gliela tappava. Non voleva che Adele sentisse qualcosa.

«Sciocchina, credi davvero che non lo sappia?» la stuzzicava lui nel mentre.

Baci, umidità, pelle. E poi da capo, non resistere, non farcela più, venire. Si alzarono stremati e confusi e cominciarono a prepararsi. Solo allora si accorsero che la giornata era cominciata, e alcuni dettagli, che la sera prima non avevano notato per la stanchezza, balzarono loro all'occhio. Adele gli aveva lasciato la stanza grande con il letto matrimoniale, l'unica di tutta la casa. Su entrambi i comodini aveva sistemato un vaso di fiori freschi e sulla poltroncina c'erano due grandi asciugamani con roselline rococò ricamate a mano. Fedele disse che facevano parte del corredo di sua madre da giovane, che si era cucita da sola. Erano i più belli e speciali che avesse. Naturalmente sorvolò sul fatto che quando lui e Patricia si erano sposati, Adele gliene avesse regalati due identici.

Nell'armadio erano appese due vestaglie nuove, una per ciascuno, un'altra accortezza che la padrona di casa aveva riservato sapendo del loro arrivo. A Emilia il pensiero aveva fatto molto piacere, Fedele invece rideva. Sua mamma era pazza se pensava che si sarebbe messo quell'affare ridicolo. Non ne aveva mai usata una in vita sua e non aveva certo intenzione di cominciare adesso.

***

Fecero colazione in cucina, anche se Adele aveva già preso un caffè appena alzata. Seduti al tavolo pianificarono la giornata. C'era un piccolo cambio di programma: la mamma non sarebbe andata al mare con loro, ma li avrebbe aspettati a casa per pranzare insieme più tardi.

Fedele ed Emilia prepararono la borsa e partirono in direzione della spiaggia di Mezzavalle, come gli aveva consigliato lei.

***

Subito dopo il bagno nelle acque cristalline dell'Adriatico, si stesero sulla sabbia a chiacchierare tranquillamente.

«Insomma? Che impressione ti ha fatto mia mamma?»

«Mi piace. Anche se credo che sospetti qualcosa…» rispose Emilia guardandosi l'ombelico.

«Non ti preoccupare. Me ne occupo io appena torniamo.»

«Non penso che tu possa farci granché» disse lei ridendo, poi aggiunse: «Comunque è una cuoca incredibile! Un po' mi dispiace pensare che non potrò mai essere brava come lei».

«Ma per questo non ci sono problemi. Sono io l'esperto di cucina. Tu invece ti occupi di arte e attualità.»

«Di attualità senz'altro, di arte non saprei. Anche tu ne capisci, no?»

«Non molto. Quando torniamo a casa, ricordami di mostrarti i miei lavori di quando facevo l'artista.»

«Sì! Sono curiosissima!»

«E poi non dimenticarti di chiedere a Adele del quadro che cercavi al *Buongiorno*.»

«Quello che ci ha fatto conoscere… Sì, certo» confermò lei. Le piaceva soffermarsi a pensare al loro primo incontro; sentiva che c'era qualcosa di magico. Poi proseguì: «Magari gliene posso parlare a pranzo».

Continuarono a godersi il sole, l'acqua e il paesaggio. Emilia non faceva che meravigliarsi di quanto fosse bello quel posto. Più conosceva l'Italia, più le piaceva. Si era resa conto che, benché il nonno Juan Bautista fosse italiano – anche se cresciuto da genitori adottivi argentini – lei sapeva ben poco dei suoi bisnonni, tranne che Gina e Camillo Fiore erano una coppia di pittori di talento che si erano molto amati. Chissà però dove avevano vissuto? E su che spiagge avevano passeggiato? Si saranno mai seduti in piazza della Signoria come faceva lei? Non ne aveva idea, ma le sarebbe tanto piaciuto saperlo. Emilia sentiva infatti qualcosa agitarsi dentro di lei, che la commuoveva e le procurava un fremito, qualcosa che la faceva sentire in pace. Forse ciò che aveva scritto nell'articolo era tutto vero. Forse quella memoria genetica di cui parlavano le persone e gli studiosi che aveva intervistato esisteva realmente. Arrivò alla conclusione che sì, nel suo DNA c'era davvero qualcosa dei suoi bisnonni, perché ripercorrendo all'indietro il cammino che aveva portato al suo concepimento si giungeva alla fine a quella terra. E le cellule del suo corpo sembravano felici di essere tornate in quella parte di mondo.

«Ehi, a che pensi?» le chiese Fedele vedendola con lo sguardo perso tra le onde del mare.

«Che dobbiamo andare. Si è fatto tardi e tua mamma ci sta aspettando per pranzo» rispose, riscossa dalla voce tanto amata, dopo aver guardato l'orologio.

Lui annuì e iniziarono a raccogliere le loro cose.

***

Un'ora più tardi, si accomodarono nella veranda della casa dipinta di giallo a prendere il caffè. Avevano mangiato una piadina a testa, farcita con pollo o prosciutto, funghi, pomodori e formaggio, Adesso aveva iniziato Adele a raccontare alcuni episodi di quando Fedele era piccolo e abitavano ancora nella vecchia casa accanto alla trattoria. Mentre la donna parlava, Emilia la studiava attentamente. Era dolce, luminosa, aveva una bella pelle per la sua età, i capelli castani curati – probabilmente tinti – e un certo gusto *hippie* nel vestire. Quel giorno, ad esempio, indossava un paio di pantaloncini bianchi e una blusa colorata. Emilia non poteva fare a meno di interrogarsi su come dovesse essere da giovane e quale fosse la sua storia. Da come parlava sembrava che un uomo si fosse sottratto alle proprie responsabilità e, a quei tempi, crescere da sola un bambino non doveva essere stato semplice. Chissà se il padre di Fedele era come Manuel? Di certo era una persona refrattaria al compromesso. Forse perfino peggiore di Manuel, dato che Fedele non lo aveva mai visto nemmeno una volta. Era stato proprio lui a raccontarglielo.

«Mamma, ce li hai ancora i miei dipinti da qualche parte? A me non è rimasto niente.»

La domanda colse Adele di sorpresa, ma ne fu felice: era

trascorso molto tempo dall'ultima volta che suo figlio aveva nominato la passione che aveva ereditato proprio da lei.

«Ma certo, tesoro. Non hai notato il quadro appeso in corridoio? E poi ho conservato dei disegni nel mio armadio in camera. Vai a prenderli e mostrali a Emilia» propose lei, poi si girò e aggiunse: «Non lo dico solo perché sono la mamma, era davvero bravo».

«Come no...» ribatté lui ridendo e alzandosi in piedi.

Nessuno dei due fece riferimento al fatto che da quando Patricia e Carlo non c'erano più, lui avesse smesso di dedicarsi a qualunque attività artistica.

Fedele andò in corridoio a cercare il dipinto indicato da Adele, ed Emilia pensò che fosse il momento buono per tirare fuori l'argomento del ritratto del maestro Fiore.

«Fedele mi ha detto che potrebbe avere delle informazioni che mi interessano.»

«Sì, mio figlio me l'ha accennato. Di che quadro si tratta?»

«È un vecchio ritratto realizzato da Gina Fiore al marito Camillo.»

Adele si irrigidì ed Emilia se ne accorse.

«Come mai ti interessa tanto?» chiese la donna.

«Sono i genitori di mio nonno Juan Bautista.»

La mamma di Fedele si prese qualche secondo prima di rispondere.

«A dire il vero non ne so molto. Si tratta di due opere, giusto?»

«Sì, moglie e marito si sono ritratti a vicenda con la speranza che i due dipinti rimanessero sempre insieme. Mio padre ha in casa sua quello di Gina realizzato dal maestro Fiore.»

«Da quanto tempo lo cercate?»

«Da molti anni. Proprio quando la mia famiglia pensava di

averlo trovato, è scoppiata la guerra. La nonna era in contatto con una certa Rosa... proprietaria della trattoria *La Mamma*.»

Adele taceva, perciò Emilia aggiunse: «È proprio mentre cercavo il locale, che mi sono imbattuta nel *Buongiorno* e ho conosciuto Fedele».

«Che buffo a volte il destino! E così è stato il quadro a portarti fin lì?»

Emilia si sentiva sotto interrogatorio, allora decise che era arrivato il momento di fare lei le domande.

«Quindi... Ha presente il quadro? Sa dove potrebbe essere? Fedele mi ha detto che aveva delle informazioni per me...»

Adele tacque di nuovo, stavolta per un tempo che parve infinito.

«È stato per alcuni anni in casa della mia famiglia. Lo aveva comprato mio padre.»

«Ah! Allora non sarà difficile trovarlo...» dichiarò Emilia entusiasta, mentre si domandava perché mai la donna non lo avesse detto prima.

«In realtà mio padre lo ha venduto quando ero ancora giovane.»

«E a chi? Sa il nome della persona che lo ha comprato? Sarebbe un ottimo punto di partenza per rintracciarlo.»

Adele la fissò ed Emilia ebbe come l'impressione di essere incenerita con lo sguardo. Come osava porle una domanda simile, sembravano dire i suoi occhi. Ma fu un attimo, perché Emilia si convinse che fosse solo frutto dell'immaginazione di una nuora intimidita dalla presenza della suocera. Nient'altro.

«No. Non so chi sia» rispose Adele con un filo di voce, al punto che Emilia non era certa di aver sentito bene.

«Che peccato!» esclamò, proprio mentre Fedele tornava con il dipinto appeso in corridoio e una cartellina enorme, piena di schizzi a carboncino. Il tempo delle domande era terminato. Era piuttosto chiaro che Adele non gradisse la conversazione, e l'ultima cosa che Emilia voleva era fare arrabbiare sua suocera.

Tutti e tre ammirarono e commentarono per un bel po' le opere di Fedele. A Emilia piacquero molto e lui disse: «Adesso mi devi far vedere le tue... Mamma, sai che anche lei dipinge?».

Adele sorrise, le chiese da quanto tempo e con che tecnica. Sentiva che quella ragazza era molto importante per suo figlio, il semplice fatto che avesse voluto fargliela conoscere ne era la conferma. Era la seconda volta che portava a casa una donna, la prima era stata Patricia. Fedele sembrava finalmente entusiasta, e lei era felice per lui. Entrambi avevano avuto la loro dose di sofferenza nella vita: perdere un nipote era stato terribile, così come perdere il padre di Fedele. Sperava solo che quella ragazza dagli occhi verdi avrebbe portato un po' di gioia nella loro piccola famiglia. E poi il ritratto del maestro Fiore... era proprio una bella coincidenza, pensò meravigliata. E così il nonno di Emilia aveva conosciuto la zia Rosa prima della guerra! Certo che la vita era proprio piena di sorprese e lei non smetteva mai di stupirsi! C'erano più collegamenti di quanto credesse, rifletté mentre ascoltava i due giovani ridacchiare davanti ai bozzetti e intanto che lei andava a prendere il caffè. La vita, con i suoi fili invisibili, era inarrestabile.

***

Quando Adele tornò con le tazzine, Emilia stava parlando delle lezioni di pittura che aveva preso in Argentina, e Fedele le raccontava le sue in Italia. Poi, quasi sovrappensiero, esclamò guardandola dritto negli occhi: «Quindi, se mai avessimo un figlio nostro, sarebbe di certo un pittore!».

Emilia rimase pietrificata nel sentire quel commento. Ma che cosa gli era venuto in mente? Dove voleva andare a parare Fedele?

Lui le afferrò una mano e i due si guardarono per un lungo istante.

Adele, seduta lì accanto mentre girava lo zucchero nel caffè, li sentì e captò il gioco di sguardi complici, il tono di voce, un qualcosa di impalpabile… Forse era proprio ciò che le era sfuggito dall'inizio? Fedele rideva, Emilia invece aveva un'espressione di terrore dipinta in volto. Per una frazione di un secondo il mondo parve fermarsi; ripartì quando Adele annunciò di aver preparato dei cannoli fatti in casa.

«Vi andrebbero?»

«Sì, certo» accettò di buon grado Fedele.

«Ma sei impazzito?» sbottò Emilia non appena la suocera scomparve in cucina a prendere i dolci.

«Perché?»

«Tua mamma per poco non se ne accorgeva!»

«Ma non eri tu che temevi sospettasse qualcosa? E poi avevamo deciso che ci avrei pensato io. Per me non è un problema dirglielo subito.»

Emilia si sentì sprofondare.

«Mi sembra un po' troppo. La conosco a malapena.»

«Senti, Emi, se stiamo insieme, questo bambino crescerà come se fosse nostro. Capisci?» ribatté Fedele senza esitazione. Poi, vedendo la felicità e la preoccupazione affacciarsi insieme sul volto di lei, aggiunse: «Tranquilla, non occorre dirglielo adesso. Avremo un sacco di altre occasioni. Questa non sarà l'ultima volta che verremo a trovarla».

Fedele capiva perfettamente la paura di Emilia di essere rifiutata.

Lei sorrise e fece di sì con la testa.

In quel preciso momento Adele tornò con il vassoio di cannoli; non c'era alcun dubbio: la nuova fidanzata argentina di suo figlio era incinta. Mentre era in cucina ci aveva pensato su, aveva ricollegato tutto quanto e aveva capito. Se però loro non avevano ancora intenzione di dirglielo, non sarebbe certo stata lei a mettergli pressione. Era così contenta che Fedele avesse deciso di avere un altro figlio: se lo meritava. E poi un nuovo nipotino era una vera benedizione per la famiglia.

Qualche minuto più tardi Fedele andò a farsi una doccia per togliersi di dosso la salsedine, visto che erano arrivati un po' tardi dalla spiaggia e non avevano fatto in tempo a lavarsi prima di pranzo.

Emilia, allora, per fare bella figura si offrì di lavare i piatti, ma Adele rifiutò categoricamente. La ragazza però insistette ed ebbe la meglio. Vedere quella giovane donna lì, al lavello della sua cucina, e pensare che l'avrebbe fatta diventare nonna per la seconda volta, la fece intenerire. Non la conosceva granché, anzi non avevano quasi parlato; non sapeva niente della sua famiglia, tranne la questione del quadro e che suo nonno era italiano e lei era una discendente dei pittori Fiore, ma ripensando a come si era comportata, eludendo le sue domande sul dipinto, Adele si sentì in colpa. Emilia sembrava proprio una brava ragazza, con un forte senso della famiglia, ragione per cui si era presa la briga di portare avanti la ricerca del famoso quadro. Eppure non l'aveva trattata molto bene. Non che Adele non volesse parlare del passato, ma di certo non lo faceva con il primo arrivato. Con Emilia però era diverso, con lei poteva farlo perché, in fin dei conti, se tutto fosse andato come doveva andare, ben presto loro due avrebbero condiviso un legame di sangue. Un bambino con i geni di entrambi era in arrivo.

Magari poteva invitarla ad accomodarsi in salotto per raccontarle quello che sapeva del quadro? Di sicuro avrebbe significato condividere con lei alcuni dettagli della propria vita. Ma ciò che le univa le parve più che sufficiente. In fondo era la donna che suo figlio aveva scelto e che lo avrebbe reso padre ancora una volta.

«Emilia, ti andrebbe di andare in salotto a prendere una tisana?»

«Perché no, tanto Fedele è ancora sotto la doccia» rispose. Anche lei ne avrebbe proprio avuto bisogno adesso.

E così, mentre finiva di lavare i piatti, Adele preparò una tisana alla menta e camomilla e si accomodarono sul divano in soggiorno.

«Prima mi hai chiesto se conoscevo il nome della persona che ha comprato il quadro del maestro Fiore.»

«Sì.»

«Be', sì, conosco la persona che se l'è portato via… insieme a molte altre opere d'arte che a quel tempo si trovavano a casa dei miei genitori.»

«È stato rubato?»

«No… Il vero proprietario venne e acquistò tutto quanto con l'inganno. Sono stati anni molto duri per me e la mia famiglia.»

Emilia non riusciva proprio a capire di cosa stesse parlando.

«Non capisco…» disse.

«Al tempo mio padre era direttore di una scuola d'arte e io lo aiutavo a mandarla avanti…» iniziò.

In quel preciso istante, Fedele apparve sulla soglia e vedendole così concentrate nella conversazione, pensò di lasciarle da sole e andare a guardare il telegiornale. Si ritirò in religioso silenzio, senza che loro si accorgessero di nulla. La storia era troppo coinvolgente.

Mezz'ora più tardi la scena si ripeté: sua madre ed Emilia

erano esattamente dove le aveva lasciate, sul volto di quest'ultima però era dipinto un ampio ventaglio di emozioni che andavano dallo stupore al dispiacere, passando per la commozione. Fedele aveva imparato a conoscerla ormai, i suoi occhi verdi non mentivano. Avrebbe voluto andare lì e riempirla di baci, Emilia, però, sprofondata nel divano accanto a Adele, sembrava avvolta in un velo di nostalgia proprio come la madre.

Certo che quelle due erano tremende, bastava lasciarle sole un secondo e finivano per raccontarsi la storia della loro vita fin nei minimi dettagli. Lui non ci sarebbe mai riuscito nemmeno con i suoi amici. Magari con un fratello sarebbe stato diverso, peccato che non ne avesse, diceva tra sé.

Adele finì per condividere tutto, o quasi, con la nuova fidanzata del figlio... soltanto una cosa si era tenuta per sé. Non se la sentiva di rivelare a nessuno che Benito Berni avesse un castello nei dintorni di Piacenza. Dare a Emilia quell'informazione avrebbe significato non poter più fare marcia indietro, poiché, non appena l'avesse saputo, di certo sarebbe voluta andare a vedere se il quadro fosse ancora là. E Adele non era pronta.

Emilia rimase in silenzio senza fare domande, aveva intuito che la mamma di Fedele sapeva dove si trovasse il quadro, ma la vicenda era troppo delicata, privata e dolorosa per continuare a insistere. Forse era addirittura meglio non dire niente a Fedele. Di certo erano tutte cose che lui già sapeva, però Adele le aveva svelato dei dettagli in via del tutto confidenziale che Emilia preferiva tenere per sé. A meno che lui non lo avesse chiesto espressamente. Non voleva risultare irrispettosa, tanto meno con la suocera che si era fidata di lei e le aveva aperto il proprio cuore. Accidenti, che storia però! E che finale terribile!

## 29

*Gli oggetti non rispondono solo a esigenze*
*di mera funzionalità, la gente li usa per distinguersi,*
*per creare legami, per perdersi nella folla*
*o per manifestare il proprio status sociale,*
*per esprimere e sviluppare la propria personalità.*
*Il modo in cui ne entriamo in possesso e li condividiamo,*
*li usiamo e li consumiamo, li produciamo e li distruggiamo*
*rispecchia le nostre relazioni e i valori sociali.*
*Le gerarchie che stabiliamo tra gli oggetti*
*che ci circondano riflettono quelle in cui viviamo.*
*Per cui potremmo dire che gli esseri umani non vivono*
*solo tra gli oggetti, ma soprattutto attraverso di essi.*

Carlos Héctor Caracciolo

### Piacenza, 2008

*Giorno 13*

Benito Berni era sempre stato un uomo ordinato, nessuno avrebbe potuto dire il contrario, tanto più in quest'ultimo periodo della sua vita. Aveva dedicato la mattina a sistemare i documenti per la musealizzazione del castello in una cartellina identica a quella in cui aveva riposto quelli delle sue disposizioni per il funerale, l'eredità e via dicendo. Poi si era spostato nello studio, dove aveva intenzione di lasciare una busta per Lucrezia con alcune fotografie – forse le avrebbero fatto piacere. Per lui erano una sorta di tesoro di famiglia: una foto dei loro genitori, giovani e innamorati, il giorno del matrimonio; un'altra di lui che tirava di scherma da piccolo, serio e concentrato; altre due delle gemelle vestite uguali e infine una del nonno in divisa accanto a Mario. Ce ne sarebbero state delle altre, ma queste erano le più significative.

Benito prese la cornice d'argento dal ripiano della libreria e la portò alla scrivania per mettere la foto nella busta insieme alle altre. Rimosse il vetro con attenzione, aveva paura di rovinarla: poteva essersi incollata visti gli anni trascorsi, ma la sfilò senza problemi. Era in perfetto stato. Quindi gettò nel cestino la cornice che ormai non serviva più. Quando la ebbe tra le mani però, poté osservarne più chiaramente i dettagli: nella foto era giovane e bello, la mascella serrata, gli occhi chiarissimi, i capelli biondi, e indossava la giacca scamosciata che aveva comprato a Roma. Ricordava persino chi era stato a scattargliela, nonché la sensazione che aveva provato quel giorno. Prima di metterla via, Benito si lasciò andare alle emozioni che lo riportarono a quella giornata memorabile...

## Piacenza, 1967

Il viaggio verso Piacenza, dopo il confronto con Rodolfo Pieri, non fu affatto semplice per Benito che, chiuso in macchina in religioso silenzio, non faceva altro che pensare a Adele e a suo padre. Immaginava che ci sarebbero state delle conseguenze per lei e questo lo straziava perché sentiva di amarla... No! No! Non doveva!

Di certo si sarà sentita ingannata e questa era l'ultima cosa che Benito avrebbe voluto. E invece no! A lui non importava un bel niente di lei! Non doveva importargli!

La loro storia era finita per sempre, prima lo capivano entrambi, meglio era: una Pieri e un Berni non avrebbero mai potuto stare insieme, non soltanto per colpa di Rodolfo, ma anche per colpa sua. Questi e molti altri pensieri simili gli impedivano di godere della felicità che credeva avrebbe provato il giorno in cui fosse tornato in possesso di tutte le opere d'arte, i quadri, le sculture e gli oggetti appartenuti alla sua famiglia e che adesso si trovavano nel furgone proprio dietro di lui.

Benito percorse l'ultima salita della collinetta che conduceva al castello. Quel tratto, già lo si poteva intravedere e la cosa lo emozionava sempre, soprattutto se era a bordo della propria auto; accelerò.

Quindi parcheggiò, scese e si piantò davanti al portone. Il furgone arrivò con qualche minuto di ritardo, messo in difficoltà dalla salita. Quindi Benito diede ordine alla nuova domestica assunta da Moncatti, il notaio, e al giovane giardiniere di aiutare gli uomini a portare dentro le cose. La signora Campoli non si era fatta vedere, forse non si sentiva ancora bene. Ad ogni modo i presenti erano più che sufficienti per gestire tutto quanto alla svelta.

Quando scaricarono il primo quadro, Benito andò a prendere la macchina fotografica. Non aveva avuto modo di immortalare la propria vittoria a Firenze, ma almeno l'avrebbe fatto lì, ora, al castello. Quindi chiamò il giardiniere e, porgendogli la macchina fotografica, chiese notizie della signora Campoli. Benito si mise in posa davanti al portone e, mentre scattava, il ragazzo gli annunciò che la povera donna era deceduta da una settimana. Lo sconcerto e il turbamento si mescolarono al senso di colpa per non essere stato al corrente della notizia e al dolore per tutto ciò che lo aveva travolto ultimamente, rimanendo impressi per sempre sulla pellicola. Quell'immagine era la prova che aveva vinto la battaglia portata avanti per molti anni, nonostante l'espressione seria e la mascella serrata.

Il notaio si era occupato del funerale della signora Campoli e gli aveva fatto recapitare un telegramma al suo albergo di Firenze. Ma lui, preso com'era dalla situazione, non se n'era neanche accorto.

Una volta che ebbero finito di scaricare, il giovane conte salutò i trasportatori. I due, però, erano curiosi di sapere che cosa fosse successo con Rodolfo Pieri, e non poterono trattenersi dal chiederglielo. Al che Benito, sempre fedele a se stesso, non diede loro soddisfazione e li congedò con freddezza. Era troppo ansioso di entrare in casa a sistemare le cose al loro posto.

Nel salone principale, si guardò intorno circondato dai cimeli recuperati. Si avvicinò alla scrivania, prese il famoso inventario stilato dalla signora Campoli molti anni prima e con la matita iniziò a spuntare gli oggetti che erano rientrati in suo possesso. La casa stava tornando quella di una volta, quando c'era ancora la sua famiglia; mancava solo qualche pezzo.

Con la lista in mano, Benito si servì un calice di vino e, alzandolo in alto, disse:

«Ai Berni! A coloro che non ci sono più!».

Tra questi era inclusa anche la signora Campoli, l'ultima di una lunga serie di perdite. La sola persona che avrebbe potuto festeggiare insieme a lui quel momento, ormai non c'era più.

Benito sprofondò in una delle poltrone del salone in cerca di un po' di tranquillità, ma invano.

Erano già dieci minuti che continuava a cambiare posizione quando si rese conto che non l'avrebbe mai trovata, che non sarebbe mai stato soddisfatto, né felice come invece aveva creduto. Il sapore della vendetta era troppo amaro per riuscire a sentire qualsiasi altro gusto. Nemmeno quello della felicità, dell'appagamento o della pace. Proprio come l'odio, che non permette di provare amore, poiché penetra irrimediabilmente in tutte le fibre. Così all'improvviso Benito ebbe quel lampo di lucidità proprio di coloro che soffrono, e capì: lui era innamorato di Adele... eppure ogni volta che si soffermava a pensare al padre di lei, l'odio gli avvelenava il cuore impedendogli di provare qualsiasi altro sentimento. Ma che cosa ci poteva fare lui, se sin da bambino il rancore per quell'uomo maledetto si era instillato nelle sue vene?

Il giovane conte si servì un altro bicchiere di vino, poi un altro e un altro ancora, finché ben presto non finì la bottiglia. Allora si alzò per aprirne una nuova e iniziare da capo, fino a raggiungere il limite e cadere dalla poltrona.

I primi raggi di sole del giorno successivo filtravano già dalla finestra quando Benito riaprì gli occhi e si rese conto di che cosa fosse successo. Ubriaco, si era addormentato lungo e disteso per terra, ma non gli importava. Non valeva la pena andare a letto ormai, così allungò un braccio, prese un lembo del tappeto e se lo tirò addosso. La vita a volte poteva raggiungere picchi di bassezza miserabile, e l'alcol in certe occasioni non era proprio di aiuto.

***

Benito si fermò al castello per un paio di giorni, giusto il tempo necessario per sistemare tutte le cose al loro posto. Per quanto riguardava i pezzi mancanti aveva già incaricato alcuni antiquari di rintracciarli per suo conto.

La mattina della partenza, il giovane conte rinnovò una vecchia promessa che si era fatto tanto tempo addietro. In piedi sul pianerottolo delle scale, appoggiato al corrimano, Benito osservò la casa che aveva riacquisito il suo antico splendore e giurò di tornarci ad abitare. Non sapeva quando, ma un giorno sarebbe successo. Per il momento non se la sentiva, quella però era casa sua e lui sarebbe tornato.

Prima di andare a Roma, pensò di fare un salto a Bologna a trovare le gemelle, anche se non era ancora il periodo dell'anno in cui era solito fare loro visita. Le esperienze vissute negli ultimi mesi infatti lo avevano scosso parecchio, facendolo sentire più solo che mai. Era tutta colpa del viso di Adele che gli compariva davanti agli occhi senza preavviso, ma lui sapeva come fare a scacciarlo. In quelle occasioni Benito o riempiva la giornata di cose da fare per distrarsi, oppure si concentrava sul pensiero di Rodolfo Pieri per riacquistare la solita fredda e distaccata compostezza, quella con cui aveva deciso di affrontare ogni giorno della sua vita.

Una volta tornato a Roma, la prima cosa da fare sarebbe stato fissare un appuntamento con il notaio Moncatti per alcune decisioni urgenti da prendere. La serie di contratti stipulati con Pieri aveva prodotto un certo movimento sul suo conto in banca e poi voleva anche discutere della sua idea di trasferirsi in Francia per un anno e aprire là una galleria d'arte. Per fare questo occorreva stabilire che fine avrebbe fatto il negozio di antiquariato che, durante la sua assenza, era rimasto in mano a Marina. Probabilmente la cosa migliore era venderlo per inaugurare una nuova tappa della sua vita. Sempre che questo fosse davvero possibile.

## Roma, 1967

Seduto alla scrivania del suo ufficio nel negozio di antiquariato, con indosso un elegante completo blu e una camicia bianca, Benito ascoltava con attenzione il resoconto di Marina, la sua attraente segretaria. La ragazza aveva ampiamente dimostrato di avere testa per i numeri e una certa attitudine per gli affari – comunque molta più di quanto lui si aspettasse all'inizio – oltre che un ottimo gusto nel vestire.

Durante la sua assenza, infatti, aveva portato avanti il negozio proprio come avrebbe fatto lui, se non addirittura meglio, ragione per cui non ebbe dubbi nell'affidarle la vendita del locale. Dopo aver parlato con il notaio e aver fatto visita alle sorelle, Benito si era deciso a trasferirsi a Parigi per almeno un anno e non voleva avere alcun vincolo.

L'incontro con le gemelle non era andato come si aspettava: ormai erano grandi e nonostante ci provassero sempre a trovare un argomento, non avevano più molto in comune di cui parlare. Ogni volta che le guardava però una strana nostalgia si impossessava di lui. Le bambine erano cresciute, erano diventate due giovani donne che presto si sarebbero sposate. Somigliavano molto ad Aurelia, come la ricordava lui da piccolo. Forse anche loro pensavano lo stesso di lui, visto che tutti e tre avevano preso dal ramo materno. Aspetto a parte, però, Lucrezia e Lucilla nei modi erano identiche ai genitori adottivi. Quella consapevolezza, unita al colloquio che aveva avuto con Moncatti e alla recente rottura con Adele, lo avevano persuaso a partire per la Francia quanto prima. Forse laggiù avrebbe trovato infine la tranquillità di cui aveva bisogno: Benito era convinto che una nuova città come Parigi e il progetto della galleria d'arte gli avrebbero sicuramente fatto dimenticare Adele.

Il castello, dopo la sua ultima visita, aveva riacquistato l'antico prestigio e i domestici erano stati istruiti a dovere su come mandarlo avanti in sua assenza. Insomma, era tutto in ordine, mancava solo da liquidare il negozio.

Marina fece una pausa per togliersi il cappotto e Benito pensò che fosse il momento buono per comunicarle la decisione. Ma lei lo batté sul tempo: «Credo che dovremmo parlare di come sono andati gli ultimi mesi».

«D'accordo» rispose Benito appoggiandole una mano intorno alla vita e facendola scivolare sui suoi glutei. Voleva mettere in chiaro che cosa si aspettasse da lei quella notte. Marina non si scompose, aveva capito perfettamente.

La conversazione quindi si spostò sulla vendita del locale, e il giovane conte fu felice di sentire che lei se ne sarebbe fatta carico volentieri. Entrambi erano d'accordo su tutto, incluso su come sarebbe andata a finire la serata. A Marina il suo capo piaceva e poi era convinta di poter trarre qualche vantaggio dall'essere accondiscendente; Benito invece non avrebbe permesso a nessun sentimento, nemmeno quello che provava per Adele, di farlo sentire vulnerabile.

Quella sera, dopo la cena nell'appartamento vicino alla Fontana di Trevi, quando Marina si svestì, lui le chiese di sciogliersi i capelli: voleva vederla nuda con la chioma che le cadeva lungo la schiena. Era identica a Adele. Non era facile andare a letto con un'altra dopo di lei. Quella triste e semplice realtà si rese evidente tra le lenzuola… Benito sentiva la sua mancanza.

Si svegliò che fuori era ancora buio. Marina dormiva accanto a lui. La notte che avevano trascorso insieme era lungi dall'essere indimenticabile: in un paio di occasioni, infatti, il giovane conte aveva addirittura dovuto ricorrere all'immaginazione, rievocando le ore trascorse nell'hotel di Firenze. *Un motivo in più per andarsene in Francia*, si disse nella penombra. Niente oramai lo tratteneva in quel luogo.

# 30

## Autostrada, direzione aeroporto, 2008

Quel pomeriggio, nella decappottabile di Fedele regnava il più assoluto silenzio; né lui né Emilia proferivano parola. Erano quasi arrivati all'aeroporto e si erano detti soltanto un «Ti amo», con la voce sommessa e le lacrime agli occhi. Avevano un nodo in gola; era una situazione troppo dolorosa per entrambi: il fatidico giorno in cui Emilia sarebbe tornata in Argentina era arrivato e lui la stava portando a prendere quell'aereo. Dopo tutto ciò che avevano vissuto insieme, se ne stava andando via; sembrava impossibile: proprio lei, che nella casa accanto al *Buongiorno* aveva un intero armadio solo per le sue cose; adesso erano rimasti un paio di scarpe, un costume e alcune magliette. Proprio lei, che nel bagno di quella casa aveva un bicchiere giallo tutto suo che usava per lavarsi i denti. Proprio lei che il giorno prima, senza ricordarsi che di lì a poco sarebbe partita, aveva comprato due chili di pesche che Fedele non sarebbe mai riuscito a mangiare da solo. Proprio lei, che aveva fatto il suo primo test di gravidanza a Firenze, che in quella stessa città era arrivata senza conoscere la lingua e adesso se la cavava egregiamente. Lì aveva una vita e la stava lasciando.

Emilia cercava di zittire i pensieri, erano un supplizio. Non voleva andarsene, era felice a Firenze, con l'uomo che amava. Fedele, accanto a lei, sembrava concentrato a guidare, ma in realtà era veramente abbattuto. Da quando aveva aperto gli occhi quella mattina, aveva tentato in ogni modo di non peggiorare il suo stato d'animo e non rendere ancora più amaro quel saluto, ma per quanto ci provasse, respirare il profumo al gelsomino di Emilia seduta lì accanto a lui e realizzare che, per quasi un mese, non lo avrebbe più sentito, lo demoralizzava. Da quando l'aveva conosciuta aveva imparato ad amarla e a condividere la vita con lei, e ora non riusciva a pensare di essere di nuovo solo. Con chi avrebbe guardato il telegiornale? Chi avrebbe sgridato per non aver toccato cibo? Chi avrebbe messo a posto le sue scarpe? La somma di tutte queste piccole cose che gli sarebbero mancate portava il nome di un'assenza molto più grande: Emilia. E poi, c'era un nuvolone nero che incombeva sulle loro teste, la cui presenza Fedele non voleva ancora riconoscere, che presagiva l'arrivo di una brutta tempesta: in Argentina Emilia avrebbe rivisto Manuel, e Fedele temeva quell'incontro.

Parcheggiarono l'auto ed entrarono nell'aeroporto; camminavano l'uno al fianco dell'altra, tesi. Fedele portava l'enorme valigia rossa, lei teneva la borsetta in una mano e nell'altra il biglietto. L'aria le faceva svolazzare i capelli dorati e il lungo vestito bianco. Nessuno avrebbe detto che era incinta, sembrava una turista abbronzata dal sole italiano.

Emilia si avvicinò al banco del check-in dell'Aerolíneas Argentinas; Fedele l'aiutò a sistemare la valigia sul nastro trasportatore per pesarla e lei non poté fare a meno di osservare le sue braccia forti. In quel momento si rese conto di tutto ciò che quelle mani e quelle braccia facevano per lei e quanto le sarebbero mancate. Le venne da piangere perché questi piccoli dettagli le facevano capire quanto lui fosse importante nella sua vita.

«Signorina, quando vuole può dirigersi al gate d'imbarco» le disse la hostess.

Prese il documento e, prima ancora di avviarsi, scoppiò in un incontenibile pianto, appoggiata al petto di Fedele.

Lui, nonostante la tristezza e il morale a terra, cercava di mostrarsi forte per lei.

«Tranquilla, Emi, sono solo pochi giorni. Vedrai che voleranno.»

«Fedele, non voglio andarmene, sto male...» disse, alzando la testa per guardarlo negli occhi, come se volesse dirgli qualcos'altro.

In quel momento Fedele la vide più bella che mai, con gli occhi più verdi che mai, desiderandola più che mai. Troppi "mai" per una donna che se ne stava andando via da lui, troppi per perderla proprio ora che l'aveva incontrata, ora che nella sua vita non c'era più spazio per gli addii, perché ne aveva vissuti troppi; la voleva lì con lui, tutta per lui. Con la sua solita voce bassa e afona, riuscì a dirle: «Cosa c'è, tesoro mio?».

I suoi occhi marroni sprigionavano amore.

«Aspettami, sai che...» la voce di Emilia uscì in un sussurro.

«Sì, però torna... Perché io ho bisogno di te per vivere.»

Si diedero un ultimo sofferto bacio, incerti se ce ne sarebbero stati altri. Un bacio al sapore di lacrime, di dolore, di sconforto: era il contrassegno di un addio, della separazione.

Emilia si incamminò e, confondendosi tra la folla, si accodò a una lunga fila. Ormai lontana, alzò la mano più che poté per salutarlo, ma lo vedeva a fatica.

Fedele si girò, doveva andare subito via da lì, non avrebbe sopportato un altro minuto in quell'aeroporto. Uscì e cercò la sua auto nel parcheggio. Emilia, Emilia, Emilia. E non c'era traccia della decappottabile. Emilia, Emilia, Emilia. E non trovava la sua auto. Emilia, Emilia, Emilia... Fino a che, dopo aver girato e rigirato nel parcheggio pronunciando ripetutamente il nome della ragazza, sentendosi perso senza di lei e la sua auto, si appoggiò a un palo e, sconsolato e smarrito come un bambino piccolo che non sa cosa fare, guardando l'asfalto, si mise le mani in tasca per prendere le chiavi. Premette il pulsante e sentì un *bip bip*. La macchina era lì proprio di fronte a lui e non l'aveva vista. Emilia se n'era andata e la sua partenza gli stava facendo perdere la ragione. Come sarebbe riuscito a vivere senza di lei? Pensò alla creatura che portava in grembo, sentiva che quel bambino era anche suo e glielo stavano portando via. Stupito da quanto si può amare qualcuno che ancora non si conosce e che non ha nemmeno il tuo sangue, salì in auto. Stava uscendo dal parcheggio quando sentì il rumore di un aereo che decollava. Fermò l'auto e guardò il cielo dal finestrino; era enorme, doveva essere quello di Emilia. Due lacrime gli scesero lungo la guancia. Mise in moto la decappottabile e partì a tutta velocità, guidando in modo pericoloso; ormai non gli importava.

***

A Emilia il viaggio sembrò breve, poiché, dopo aver pianto in silenzio tutte le sue lacrime, piena di sentimenti contrastanti, si era addormentata. Tutta quella tensione l'aveva sfinita.

Buenos Aires, 2008

Se l'addio era stato un turbinio di emozioni, scendere dall'aereo fu ancora peggio: calpestare il suolo argentino ed essere di nuovo a Ezeiza fu una sensazione strana in cui la felicità di essere di nuovo a casa si fondeva con la tristezza di aver lasciato una vita in Italia. Aveva salutato l'Argentina come una donna preoccupata solo per la relazione con Manuel, e faceva ritorno come madre di un bambino che cresceva dentro di lei e con l'amore di un uomo speciale che l'aspettava in Italia. Pensare a tutto ciò le faceva solo venire voglia di ripartire, nonostante fosse appena arrivata.

Riconobbe suo padre tra la folla. Gli aveva comunicato il numero del volo e lui, senza avvisarla, si era presentato in aeroporto. Lo abbracciò, poi fece lo stesso con sua moglie Vilma, e con lo zio che non riuscì a trattenersi dal dirle: «Quanto sei cambiata!».

«Mi piaci con questo nuovo taglio» le disse Vilma.

«Sei abbronzatissima!» esclamò il padre.

La aiutarono con la valigia mentre si dirigevano al parcheggio.

Sulla strada del ritorno, accompagnarono Vilma al lavoro e lo zio a casa.

Rimase sola con il padre; era emozionato. Lo vedeva... invecchiato. Non le era mai successo prima; era sempre stato lui a prendersi cura di lei, ma ora non era più così. La guardava come se volesse vedere ogni singolo cambiamento che aveva fatto, presto sarebbe diventata madre.

«La mia bambina incinta... Non posso crederci, Emi» disse Miguel, ancora turbato.

«Ci dobbiamo credere, papà. Questo bambino è arrivato senza cercarlo, ma io sto bene, sono contenta. Stai tranquillo.»

«Sono felice che tu stia bene, piccola mia...» era la stessa frase che aveva pronunciato quando le aveva chiesto del lavoro, dell'Italia e di come si trovava. Cercava di parlare per non piangere.

Quando arrivarono al monolocale, Emilia lo aveva già aggiornato sugli aspetti pratici del suo soggiorno e del lavoro, ma ancora non aveva toccato l'argomento principale: Fedele.

Mise la caffettiera sul fuoco.

«E hai novità di Manuel?» le chiese il padre.

Sembrava che fosse Manuel la star di questa gravidanza e non lei.

«Abbiamo parlato qualche volta, su Skype o scambiandoci messaggi.»

«Ah! Quindi va tutto bene tra di voi?»

«Non molto, papà.» Lo stava preparando.

«Ma verrà a trovarti?»

«Mi ha detto di sì. Dovrebbe tornare questa settimana.»

Il padre di Emilia respirò sollevato. Forse sua figlia e Manuel erano tornati insieme.

«Bene, in ogni caso l'importante è che tu sia qui ora, così ci possiamo prendere cura noi di te e potrai essere seguita da un medico. Vilma può prenderti un appuntamento con un ginecologo che conosce.»

«Non ne ho bisogno papà, ci sono già stata a Firenze.»

«Ma adesso ne devi trovare uno valido qui e scegliere la clinica dove vuoi far nascere il bambino» suggerì il padre, cercando come sempre di organizzarle la vita, pensando lui a tutto.

«Vediamo» rispose Emilia, senza sapere quando gli avrebbe raccontato la verità.

«Ero così preoccupato che tu fossi lontana... Meno male che adesso sei qui!» disse lui, rassicurato.

Emilia, sentendo quel tono di voce, pensò che non poteva lasciarlo con la convinzione che lei sarebbe rimasta; non poteva illuderlo, così si decise a rispondergli: «Papà... non resterò a lungo...».

Lui non capì.

«Come?»

«Torno in Italia.»

«In Italia? Quando?»

«Tra qualche giorno.»

«Sei impazzita? Perché vuoi ritornarci? Sei incinta!»

«Ho conosciuto un uomo.»

«Un uomo? E Manuel?» gli sembrava tutto così confuso.

«Papà, Manuel non si farà carico di niente.»

Era la triste realtà e lui doveva saperlo.

«Chi si crede di essere questo Manuel?» L'uomo esplose di rabbia.

Dopo essersi tranquillizzato, ripensando a quello che gli aveva detto sua figlia, aggiunse: «Però, non capisco... Hai conosciuto un altro uomo mentre eri già incinta di Manuel?»

«Sì...» disse lei, pensando che non gli aveva ancora detto che era italiano.

«E che diamine pensa lui della tua gravidanza? Lo sa?»

«Lo sa, ed è contento.»

«Io non ci capisco più niente. O sono troppo vecchio oppure sono tutti impazziti.»

«È un italiano con un passato doloroso, ha perso la moglie e il figlio nell'attentato di Atocha. Lui vede la vita in maniera diversa, è... ammirevole.»

«Sei sicura che non sia un pazzo?»

«Tranquillo papà, è una brava persona. Non ti credere che sia stato tutto così facile e immediato. C'è voluto del tempo per capire la situazione e accettarla.»

«Non lo so, Emilia, io non capisco. Aspetti un bambino da Manuel, ma hai conosciuto un italiano, vuoi andare a vivere con lui a Firenze, eppure sei tornata. Sono preoccupato, sembra tutto così insensato.»

«Stai tranquillo. Lo conoscerai presto, si chiama Fedele, ha un ristorante di successo e mi ha pregato di dirti che ti aspetta per farti assaggiare le sue lasagne.»

A Miguel questo aspetto non dispiacque: il ragazzo aveva un bel lavoro e sapeva cucinare, ma non bastò per trattenerlo dallo scuotere la testa in totale disapprovazione. Amava sua figlia, voleva sostenerla in tutto, ma questo era troppo; cos'altro poteva fare oltre a rimanere al suo fianco per qualunque cosa avesse avuto bisogno? Non era più una bambina, era una donna fatta e finita ed era tempo ormai che iniziasse a gestirsi la vita come meglio credeva.

Finirono il caffè in silenzio e, prima di salutarsi, Miguel le disse: «Riposati un po'. Questa sera ti aspettiamo per cena».

«Sì papà, ci vediamo più tardi…»

«Solo un'altra cosa Emi… Non dimenticarti mai che io sono sempre qui, pronto a sostenerti. Ti chiedo solo di provare a non fare sciocchezze, perché la vita è una sola e gli errori grossi si pagano cari.»

Emilia lo abbracciò, era contenta di vederlo e di ascoltare i suoi consigli, anche se questa volta era sicura di quello che avrebbe fatto. Prese il padre sottobraccio e lo accompagnò alla porta dove lo salutò. Rimasta sola, si voltò e la prima cosa che vide sopra a un mobile fu la foto di lei e Manuel. Ridevano, l'avevano scattata durante il memorabile viaggio sul Tigre, quando – ne era sicura – era rimasta incinta. Era la stessa che aveva visto poco prima di chiudere la porta di casa e partire per l'Italia; la foto che l'aveva fatta quasi piangere. Guardarla, la fece commuovere di nuovo, sentiva dentro qualcosa che lei stessa non riusciva a identificare.

***

Il pomeriggio, mentre stava finendo di disfare la valigia, vide i sandali rossi di Positano e provò una stretta al cuore; il suono del campanello la salvò dal pianto che stava cercando di trattenere. Era Sofi.

Un quarto d'ora di chiacchiere, un *mate* e qualche pasticcino al *dulce de leche* che aveva portato l'amica, e tutto sembrava come prima, come se Emilia non fosse mai partita.

«Tesoro, non posso credere a tutto quello che ti è successo in questi mesi» disse Sofia, stupita.

«Sì, un sogno.»

«Avresti dovuto dire all'italiano di venire con te, così potevamo dare la nostra approvazione... Tuo papà... e io, ovviamente. Cavolo, voglio conoscere quest'uomo! Voglio vedere che faccia ha, come cammina, voglio sentire come parla. Perché ti ha cambiato, davvero, eh!» osservò Sofi, mentre guardava l'amica mangiare il terzo dolcetto di fila.

«Non mi è mai passato per la in testa il pensiero di farlo venire. Sono qui perché devo parlare con Manuel. Sono tornata solo per questo e per vedere papà, poi riparto.»

«Ah, certo! E io? A parte gli scherzi, Emi... Sei davvero sicura di voler tornare in Italia?»

«Sono molto sicura.»

«E se Manuel dicesse di amarti e voler crescere il bambino insieme a te? Che cosa faresti?»

«Ah, Sofi! Non sognare, non mi dirà mai una cosa simile.»

«Non lo so!»

«Sono innamorata di Fedele.»

«Da quello che mi hai raccontato di lui, mi piace, si vede che è un grand'uomo.»

«Sì, grandissimo. Anche di stazza» aggiunse, ripensando a quanto era alto.

Entrambe scoppiarono a ridere. Poi, Emilia raccontò a Sofi che quando Fedele camminava di fretta o era arrabbiato sembrava che tremasse l'appartamento.

«E sai già quando arriva Manuel?»

«Tra due giorni.»

«Caspita! Va be', raccontami tutto sulla rivista italiana e come farai con il lavoro. Qui Marco è stato insopportabile, mi sa che da un momento all'altro mi trasferisco anch'io in Italia… Con il mio maritino, ovviamente.»

«Oh, sarebbe bellissimo!» commentò Emilia immaginando la sua amica a Firenze, vicino a lei. Poi, rispose alla sua domanda.

Le ragazze continuarono a chiacchierare, ma una frase che aveva detto Sofi risuonava nella mente di Emilia: *E se Manuel dicesse di amarti e di voler crescere il bambino insieme a te? Che cosa faresti?*

# 31

*Con un dolore nel cuore in cui*
*angoscia e dolcezza si fondono.*

Fëdor Michajlovič Dostoevskij

## Piacenza, 2008

*Giorno 14*

Il conte Berni quella mattina non pranzò. Si chiuse nella sua stanza con un caffè nero e un pezzo di pane. Quello che stava per fare richiedeva tranquillità e, anche se chiunque avrebbe potuto pensare che era un folle a godere di un simile gesto, scegliere quello che avrebbe indossato il giorno della sua morte gli procurava piacere. Naturalmente, era lo stesso abito che portava qualche anno prima, il giorno in cui il governo francese gli aveva conferito la Legion d'onore per il lavoro svolto negli anni come mecenate. Era stato un premio inaspettato di cui era molto soddisfatto; dopo anni passati a sostenere gli artisti, investendo su di loro e sull'arte, i francesi lo avevano notato. Il momento della premiazione era stato commovente e, adesso, guardava il sobrio completo blu ricordando quella bella giornata; vicino c'era la medaglia bianca e oro a cinque raggi appesa a un nastro rosso. Era stato uno dei pochi momenti di grande orgoglio che aveva vissuto negli ultimi anni. Cercò nell'armadio una camicia bianca, impeccabile, le scarpe nere dell'ultima collezione di Salvatore Ferragamo che gli erano state inviate e che non aveva ancora sfoggiato, e la scatoletta con i gemelli d'oro. Stava per provare tutto insieme per vedere se il completo gli stesse ancora alla perfezione, quando bussarono alla porta.

«Signore, quelli del comune… la attendono all'ingresso» disse una delle domestiche.

«Del comune?»

«Sì, dicono che vogliono parlare con lei per l'autorizzazione di una strada che dovrà passare sulla sua proprietà.»

«Gli dica che non sono in casa.»

«Sanno che lei è qui…»

«Allora digli che adesso non posso parlare e che si rivolgano al mio ufficio a Roma, lì sistemeranno tutto.»

«Va bene signore.»

La donna si allontanò e Berni pensò che non avrebbe più parlato con nessuno: così come aveva deciso di non guidare più la sua auto o di non uscire più, aveva anche stabilito di non far entrare più nessuno in casa sua. Aveva cose più importanti a cui pensare.

Dopo pochi minuti, con il completo scelto addosso, si guardava allo specchio pensando che a breve, nel giorno della sua morte, sarebbe stato vestito in quel modo. Era scosso e provò una grande tristezza all'idea che di lì a poco in molti lo avrebbero visto così, con la sua medaglia al collo; il giorno in cui la ricevette non c'era nessuno ad accompagnarlo, né moglie né figli, nemmeno le sorelle. Erano presenti solo alcuni suoi conoscenti francesi che non vedeva da molto tempo ormai. Cosa ne era stato dei suoi amici di Parigi? Con alcuni si scambiava ancora qualche lettera, una chiamata ogni tanto, ma aveva perso i contatti con la maggior parte di loro. Lo stesso era avvenuto con le donne con cui aveva intrapreso una relazione. Chissà dov'erano… Pensò a un paio di loro, ma con quel completo e quella medaglia al collo, che non indossava da anni, nei suoi pensieri comparve di nuovo l'immagine di Adele Pieri. Sembrava che, da quando aveva scelto la data in cui porre fine alla sua vita, il ricordo sopito di quella donna riemergesse di continuo: ormai pensava a lei ogni giorno.

## Firenze, 1967

Quella mattina Adele si alzò dal suo letto con fatica. Non aveva passato una bella nottata, si era addormentata tardi, in lacrime per Benito; la tristezza, sommata al duro lavoro del trasferimento dell'accademia, la sfiniva.

Eppure, quel giorno, nonostante la stanchezza, aveva deciso di andare a trovare sua zia. In tutto quel caos, non era ancora riuscita a farle visita; se non altro, Rosa aveva avuto tutto il tempo di fare gli accertamenti che lei le aveva richiesto. Adele aveva bisogno di sapere qualcosa di più: non c'era notte in cui non piangesse per Benito e non ripetesse il suo nome, quando sapeva di non essere ascoltata.

Come ogni giorno, si era organizzata il lavoro da fare, poi sarebbe andata dalla zia. La situazione in casa era tesa e lei aveva accantonato il suo dolore per aiutare la famiglia; nelle ultime due settimane avevano dovuto lasciare l'edificio dove prima c'era l'accademia e trasferire tutti gli oggetti che si trovavano lì. Ora erano sparsi per le stanze di casa loro e in un magazzino che gli avevano prestato per un solo mese. Sapeva che il lavoro svolto fino a ora non era nulla in confronto a ciò che l'aspettava, perché l'accademia doveva ripartire se volevano sopravvivere e avrebbe dovuto occuparsene soprattutto a lei, dato che il padre era entrato in uno stato di apatia da cui non sembrava riprendersi. Quella sera pensava di parlarne con sua madre e le sorelle, Isabella e Rossella; le ragazze avrebbero dovuto aiutarla e Maria sostenerla in tutto e per tutto perché, nonostante il padre non stesse facendo molto in questa prima fase – e questo era evidente –, se c'era una cosa che doveva fare era ricominciare a dare lezioni, visto che, all'inizio, non si sarebbero potuti permettere di pagare altri professori. Mentre sorseggiava un caffè mangiando un pezzo di pane alle olive che aveva preparato sua madre, Adele meditava su quale fosse la data migliore per riaprire l'accademia. Indecisa sul giorno dell'inaugurazione, andò a prendere il calendario, appeso in cucina; c'era da stabilire quando dovevano iniziare le lezioni. Lo staccò dal muro e si sedette a guardarlo. Caspita, mancavano pochi giorni! E che schifo il pane di sua madre, non era come le altre volte! Le olive che metteva nell'impasto e che le erano sempre piaciute ora le facevano venire il voltastomaco. Non riuscendo a sopportare quel sapore – che la deconcentrava – posò il pezzo di pane sul tavolo e, preoccupata dagli ultimi eventi, si mise a scegliere la data. Un mese e mezzo senza lezioni, voleva dire un mese e mezzo senza soldi. Ma erano anche trenta giorni senza Benito, e a quel pensiero gli occhi le si riempirono di lacrime. Un mese. Trenta giorni. *Trenta giorni!*

Come aveva potuto farle una cosa simile! Non poteva essere vero! No! Mentre camminava avanti e indietro senza riuscire a scegliere tra tutte quelle date, si rese conto che non le era ancora arrivato il ciclo. E non le arrivava da parecchio! Decise di non allarmarsi, stava sicuramente delirando. Lasciò perdere il calendario e si concentrò sulle cose da fare: sarebbe andata a trovare sua zia Rosa. Quell'idea la tranquillizzò, poi avrebbe continuato con le attività di tutti i giorni che, oltretutto, la facevano sentire ancora vicina a Benito. Magari Rosa avrebbe avuto qualche informazione importante o qualche indizio che l'avrebbe aiutata a trovarlo. Bevve un sorso di caffè e questa volta fu l'odore che usciva dalla tazza fumante a darle la nausea; spaventata e decisa a dimostrare che erano tutte coincidenze, riprese il piatto con il pezzo di pane alle olive che aveva messo da parte poco prima, diede un morso e, terrorizzata, lo mandò giù. Era sul punto di cantare vittoria quando un conato di vomito la investì. Com'era possibile? Non poteva essere vero! Eppure, sì... era vero; dopo aver passato molte notti insieme in quella camera d'hotel, era successo quello che succedeva sempre in quei casi. Non aveva preso precauzioni pensando che lo avrebbe fatto lui; che stupida! I loro incontri erano sempre stati un turbinio di passione e nessuno dei due aveva mai pensato a tutto il resto. Benito, figuriamoci... e lei, nella speranza che lui si dichiarasse, si era lasciata completamente travolgere. Nell'atrio, quando Benito l'avvicinava a sé, lo lasciava sempre fare, per non parlare di quando erano in albergo.

Se la situazione in casa era già complicata, questa novità avrebbe reso tutto ancora più difficile. Cosa avrebbe fatto? La sua famiglia senza l'accademia, lei incinta, Benito scomparso... Nonostante non avesse molte informazioni su di lui, sapeva che trovarlo sarebbe stata la soluzione a tutto. Se avesse capito dov'era, avrebbero passato il resto della vita insieme, ne era sicura. Benito non sarebbe scappato di nuovo, soprattutto quando avrebbe saputo che aspettava un bambino: lui la amava.

Questa storia non poteva finire così male: doveva trovarlo. Si alzò in piedi, cercò il cappotto, il portafoglio e salutò sua madre. Era talmente assorta nei suoi pensieri che non le disse nemmeno dov'era diretta, e Maria non glielo chiese neanche. La donna, mentre sistemava e puliva tutta la casa, l'aveva vista sul punto di vomitare poco dopo aver guardato il calendario. E adesso, preoccupata, non si era nemmeno posta il problema di indagare dove stesse andando sua figlia. Era meglio che la ragazza andasse a cercare di risolvere il loro ennesimo problema!

***

Quando Adele arrivò a casa di sua zia era talmente disperata che Rosa non impiegò molto a capire la gravità della situazione e le offrì subito il suo aiuto. Se la zia avesse saputo la verità, avrebbe provato di tutto per aiutarla a trovare Benito. Così Adele decise di raccontarle la scoperta che aveva fatto quella stessa mattina. La donna, esterrefatta, provò a mettere insieme un paio di frasi per sgridare la nipote.

«Zia, so di aver sbagliato, ma la situazione era fuori controllo...»

«Non posso credere a quello che dici. Sono disgustata, questa notizia ucciderà i tuoi genitori.»

«Lo so, ma aiutami...»

Rosa sospirò. In un primo momento aveva deciso di non raccontarle quel che aveva scoperto, ma questa novità cambiava tutto, doveva dirglielo.

«Non credere che io abbia buone notizie...»

«Dimmi quello che sai, per favore.»

«Il tuo amato Paolo è un nobile aristocratico» disse categorica.

«Cosa?»

Adele si aspettava qualsiasi tipo di spiegazione, ma non questa.

«Sì. È una persona a cui tuo papà dava lezioni private nel castello della sua famiglia.»

«Un castello!?» esclamò incredula. Il suo amato Paolo viveva in un castello? Ma non era di Roma? Aveva bisogno di altre informazioni.

«I tedeschi gli hanno ammazzato tutta la famiglia.»

«Che orrore! Ma... Questo cosa c'entra con noi?»

«Ti dirò qualcosa che… una cosa che non vorrei mai dirti perché mi addolora parlare male con te di mio cugino… Se non sapessi che aspetti un bambino, non lo farei.»

«Sono pronta, ho immaginato ogni scenario possibile.»

«Le malelingue dicono che fu tuo padre a consegnare la sua famiglia ai tedeschi, per soldi. Volevano solo le loro opere d'arte, ma qualcosa andò per il verso sbagliato e morirono tutti in una terribile sparatoria. Tutti tranne le gemelle e il figlio maggiore, di dieci o undici anni, un bambino biondo con gli occhi chiari proprio come il padre.»

«Si chiamava Paolo?»

«No, Benito Berni, ma a voi potrebbe essersi presentato con un altro nome, altrimenti tuo papà lo avrebbe riconosciuto subito. Dovrebbe avere qualche anno più di te.»

«Sono troppe coincidenze, è lui.»

«Ascoltami. Se è lui, ha ancora il castello a Piacenza. Il giovane Berni ci torna di tanto in tanto.»

L'ultima frase le ricordò le parole della ragazza del negozio di antiquariato a Roma; le aveva detto che il suo capo si trovava a Piacenza ed era quasi sicura avesse nominato lo stesso cognome: Berni.

Doveva essere lui.

«È lui!» e raccontò a sua zia di Roma.

Poco dopo, Rosa le parlò un po' della guerra per farle capire com'era la vita allora. Adele le faceva domande e la zia rispondeva. Pur comprendendo che quelli erano stati tempi molto duri, Adele non riusciva comunque a credere che il padre avesse fatto un accordo simile con i tedeschi.

Un'ora dopo, uscì dalla casa della zia e andò dritta a Piacenza; era ancora primo pomeriggio, ma non avrebbe aspettato fino al giorno dopo.

Rosa l'aveva abbracciata a lungo, augurandole buona fortuna e, mentre la guardava andarsene, si fece il segno della croce. La nipote aveva bisogno di un aiuto dall'alto per riparare a quel grave torto.

## Piacenza, 1967

Non appena Adele scese dal treno, non ci mise molto a capire dove si trovasse il castello di Benito Berni.

E adesso, di fronte all'edificio circondato da un immenso parco verde, dopo essere salita a piedi fino alla porta d'ingresso, non riusciva a capacitarsi che lì, un tempo, aveva vissuto quel Paolo Benito che conosceva o quel Benito Berni che non conosceva: insomma, chiunque fosse quell'uomo biondo. Il castello e le disgrazie avvenute in quel luogo l'avevano talmente impressionata, così come pensare a quanto freddamente lui aveva cambiato nome.

Un attimo dopo il suo arrivo, una delle porte a cui aveva bussato si era finalmente aperta e un'amabile cameriera le aveva spiegato che il signore era appena partito per la Francia.

Con le lacrime agli occhi, Adele le chiese qualche spiegazione in più e la donna, addolorata, le confidò che non sarebbe tornato per un bel po' di tempo. Aveva fatto portare al castello molti oggetti d'arte, aveva lasciato istruzioni su come dovevano essere trattati durante la sua lunga assenza. Adele l'ascoltava e si sentiva mancare non solo per quello che la donna le stava dicendo, ma perché di fronte ai suoi occhi c'era la prova che Paolo Benito fosse a tutti gli effetti Benito Berni: dalla porta semiaperta da cui le parlava la domestica, si riusciva a intravedere il ritratto del Boldini, proprio quello che per anni era stato appeso nel salone di casa sua.

Ottenuta qualche altra spiegazione, Adele si allontanò a testa bassa diretta alla stazione, ma, dopo un po' di strada, decise di tornare indietro. Voleva sapere tutto, avrebbe avuto un figlio con il sangue di quella famiglia. Bussò di nuovo alla porta e pregò la stessa donna con cui aveva parlato poco prima: «Ho bisogno del suo aiuto, la scongiuro. Voglio conoscere la triste storia di questo luogo. I Berni… sono miei parenti.» Alla fine corrispondeva più o meno alla verità, non stava mentendo. Il bambino che aspettava sarebbe stato il nipote di quella coppia che aveva perso la vita lì; quella creatura era imparentata con loro.

La donna, sorpresa dalla richiesta, fu cauta, ma lo sguardo dolce di Adele e l'emozione che trasmetteva la convinsero della sua buona fede. Le raccontò la crudele storia dei Berni. Nonostante non sapesse dirle molto, ciò che era accaduto in quel luogo le fece scendere lacrime silenziose che ben presto, dopo aver ringraziato la domestica ed essersi allontanata, sfociarono in un lungo pianto che la accompagnò per l'intera discesa. Tutto la faceva piangere: il bambino biondo che aveva sofferto così tanto; la famiglia completamente distrutta e anche suo padre, il principale colpevole; ancora non le era chiaro come avesse fatto la sua famiglia a tenersi, per tutti quegli anni, le opere d'arte dei Berni. Ma piangeva soprattutto per se stessa che, inevitabilmente, vedeva il suo amore allontanarsi in Francia, e per il bambino che portava in grembo, che non sapeva se un giorno avrebbe mai avuto un padre. Mentre aspettava l'autobus sul ciglio della strada, Adele si ripromise che avrebbe cercato e ricercato Berni finché non lo avesse trovato. Una volta salita sul bus, ormai diretta verso la stazione ferroviaria, ebbe una triste conferma: la vita, a volte, può essere davvero crudele.

Sul treno per Firenze la tormentava un pensiero: sarebbe

stato difficile vivere ancora in casa sua ora che sapeva cos'aveva fatto il padre; riusciva a immaginare la convivenza forzata in quella casa, continuamente torturata dal dubbio se dire o non dire alla madre ciò che aveva scoperto, o se fosse meglio raccontarlo alle sorelle, ma un giorno sarebbero cresciute e, come lei, avevano il diritto di sapere. Gettare il padre in uno scandalo non era nei suoi piani: dopo quello che aveva subìto non era pronto a sopportare anche i rimproveri della figlia, che comunque non avrebbero portato a nulla; ma non aveva intenzione di far finta di niente, non poteva.

A quella situazione difficile si aggiungeva poi la gravidanza; Benito Berni, in Francia, non poteva esserne al corrente e, sicuramente, non avrebbe voluto esserlo; di certo l'ultimo dei suoi desideri era sentir nominare di nuovo i Pieri, lei compresa.

Ma su una cosa non aveva dubbi: non poteva continuare a vivere in quella casa come se niente fosse successo. Cosa doveva fare allora? Andarsene? Avrebbe anche potuto, dopotutto presto sarebbe diventata madre, e ormai non era più una bambina, aveva ventisette anni. Ma dove sarebbe andata? E poi, a casa avevano bisogno di lei, soprattutto per far ripartire l'accademia.

Le scoppiava la testa, costretta a trovare subito una soluzione. In poche ore sarebbe stata di nuovo a Firenze e doveva decidersi in fretta. Trascorse la maggior parte del viaggio presa da questi pensieri, e alla fine, arrivata in città, aveva finalmente un piano. Era una soluzione drastica, ma credeva fosse la migliore. E avrebbe segnato la sua vita per sempre.

## Firenze, 1967

Adele arrivò a Firenze; aveva preso la sua decisione ed era pronta ad agire. La prima cosa che fece fu parlare con Rosa: sedute a uno dei tavoli de *La Mamma* le raccontò tutto quello che aveva scoperto al castello. Paolo Benito era Benito Berni, ormai non c'erano dubbi a riguardo; era partito per la Francia dove sarebbe rimasto per un lungo periodo ed era stato suo padre Rodolfo a portare i tedeschi al castello quel fatidico giorno. Ancora non si spiegava come mai le opere d'arte dei Berni fossero rimaste nella loro casa per tutti quegli anni e ciò la faceva star male. Per tutte queste ragioni non voleva e non poteva più vivere con suo padre, voleva diventare indipendente, ancora di più adesso che aspettava un bambino. Si sentiva pronta.

«Zia, ho bisogno di un lavoro. Potresti assumermi al ristorante? Mi cercherò una casa, ma ho bisogno di mantenermi» disse Adele guardando il movimento di persone intorno a loro. Un uomo entrava con una cassetta di verdure, uno puliva la sala e una ragazza stava sistemando le tovaglie sui tavoli. Si avvicinava l'ora di cena.

«Certo, bambina mia. Sarà un piacere farti lavorare qui, ma cosa dirà tuo padre?» le chiese, pensando che lui si sarebbe potuto opporre, soprattutto visto il raffreddamento dei rapporti dagli anni in cui era sparito il quadro del maestro Fiore.

«Non mi importa, non mi può recriminare proprio un bel niente.»

Rosa pensò che con suo cugino i rapporti si erano già guastati da tempo, era solo preoccupata per Adele.

«E dove vivrai?»

«Non lo so ancora, cercherò un posto.»

«Perché non ti fermi a casa mia finché tutta la situazione non si sarà chiarita?»

Adele la guardò con affetto; sua zia era una brava donna. Anche lei ci aveva pensato, ma non si era sbilanciata a chiederglielo.

«Davvero faresti questo per me?»

«Ma certo, perché non dovrei? E poi vivo sola, ho moltissimo spazio.»

Adele si alzò, l'abbracciò e scoppiò a piangere. Poi, quando si fu calmata, le raccontò che avrebbe comunicato alla famiglia la sua decisione e che entro una settimana, se per lei andava bene, si sarebbe trasferita ufficialmente a casa sua, iniziando a rendersi utile con qualunque cosa ci fosse stata da fare al ristorante.

«Non sono brava a cucinare, ma posso lavare i pavimenti, i piatti, tagliare la cipolla o qualsiasi altra cosa ti serva» le disse. E a sua zia andava bene così.

***

Era già mezzanotte passata quando Adele tornò a casa. Sua madre appena la vide la rimproverò per non averle detto nemmeno dove sarebbe andata; si era preoccupata. Le sorelle erano già a letto, mentre il padre, agitato, l'aveva aspettata sveglio.

Adele, senza fare troppo caso alle lamentele, chiese alla madre se poteva parlarle; erano entrambe in piedi, appoggiate al tavolo della cucina, quando le disse di essere incinta e che se ne sarebbe andata di casa, anche se non con Benito, lui ormai non si trovava più in Italia.

La madre piangeva, le chiedeva spiegazioni, lei le diceva che se ne andava per gli stessi motivi che avevano fatto discutere il padre e Benito in quel terribile giorno, ma che i chiarimenti sulla questione li doveva chiedere a Rodolfo, dalla sua bocca non sarebbe uscita alcuna informazione, soltanto una conferma della gravità della storia. «Ah! E il vero nome di Paolo è Benito Berni» le disse, aggiungendo che, non essendo più in Italia, non sapeva niente della gravidanza, per cui non poteva aspettarsi nessun aiuto da quell'uomo.

Mentre l'ascoltava, Maria attraversava diversi stati d'animo: prima stupore, poi cominciò a farsi domande; in alcuni momenti si arrabbiò anche. Quando la madre piangeva, a Adele veniva voglia di fare lo stesso, ma si conteneva; e per quanto sua madre la supplicasse di rimanere, continuò per la sua strada. Aveva preso la sua decisione.

Esausta, Maria si sedette su una sedia per metabolizzare ciò che stava accadendo; non era facile.

Adele si spostò nel salone e si chiuse dentro con il padre. Non gli diede nemmeno la possibilità né il tempo di lamentarsi per l'ora a cui era tornata a casa senza avvisare. Rodolfo era seduto sul sofà e stava leggendo un libro quando lei disse: «Papà, so tutto!».

«Tutto cosa?» Alzò lo sguardo.

«Sono stata a Piacenza, sono stata al castello dei Berni. So che sei stato tu a portare i tedeschi in quel posto… So che la famiglia Berni è morta quel giorno.»

Il padre la guardò per un attimo. Non aveva mai pensato che sarebbe accaduto, eppure eccoli lì.

Adele continuò: «Credo ci sia molto altro, anche se non so se voglio sapere il resto, come, per esempio, cosa ci facevano in casa nostra i quadri e gli oggetti dei Berni».

Rodolfo si decise a parlare: «Credevo che fossero morti tutti quando… È vero, ho fatto molte cose spregevoli, ma Berni… Aspettare tutti questi anni per vendicarsi, venire qui e mentirci…».

«Ognuno di voi ha le proprie colpe, ma ciò che hai fatto tu è assai peggio…»

«Vedo che Benito Berni ti ha riempito la testa con quella vecchia storia.»

«No, papà, non l'ho nemmeno visto. È andato in Francia.»

«Meglio. Non devi vederlo mai più.»

«Non è affatto meglio! Io lo dovevo vedere! Noi avevamo una relazione! E adesso capisco perché non ha mai voluto renderla ufficiale!»

«A lui non è mai importato niente di te, di questo stanne certa! Sono convinto che non vorrà vederti mai più.»

«Spero di no, perché se non lo farà tuo nipote crescerà senza un padre.»

Rodolfo non era sicuro di aver capito bene le ultime parole, ma sua figlia gli confermò subito che aveva compreso bene, "nipote", "padre": «Sono incinta di Paolo… Di Benito!».

Rodolfo aveva faticato a portare avanti quella conversazione, però la notizia di diventare nonno fu il colpo finale. Riconoscere di fronte alla figlia le indegnità commesse non era facile, ma vedersi la vita rovinata dai propri errori, era qualcosa di insopportabile. Non poteva essere vero. Possibile che quel maledetto di Benito Berni, per i suoi giochetti di vendetta, avesse escogitato di mettere incinta sua figlia? Lo aveva fatto per ripicca? Era una cosa terribile, era sicuramente una vendetta. Pensò di andare a Roma o a Piacenza per ammazzarlo con le sue stesse mani, ma poi si ricordò che la figlia gli aveva detto che non si trovava più in Italia. Stava impazzendo, eppure, per la prima volta da quando il furgone con gli oggetti che aveva posseduto per anni aveva lasciato la sua abitazione, si sentiva di nuovo in forze. E questo grazie alla rabbia che provava.

«Berni è un maledetto, ma so di essermi comportato male. Riuscirai mai a perdonarmi, bambina mia?»

«Papà io ti perdono, però voglio che tu sappia che me ne andrò comunque via da questa casa.»

«Questo è ridicolo.»

«Non posso restare qui e un domani dover spiegare a mio

figlio tutto ciò che è accaduto, che io sono rimasta accettando i fatti in silenzio.»

«Dove vivrai? Come farai a mantenerti?»

«Mi trasferirò dalla zia Rosa e lavorerò nel suo ristorante. Siamo già d'accordo.»

«E l'accademia?»

«Mi occuperò dell'apertura prima di andarmene, ma poi dovrai seguire tu tutto il resto. Quindi vedi di abbandonare questa sedia e inizia a mantenere di nuovo la tua famiglia.»

La conversazione con la figlia era un vero e proprio inferno, tanto che Rodolfo chiuse gli occhi e li riaprì energicamente, come se provasse a svegliarsi da un incubo; purtroppo, però, era tutto reale. Gli errori del passato tornavano a tormentarlo, nonostante avesse sepolto quel periodo da molto tempo ormai.

Provò a dire qualcosa, ma Adele si voltò e se ne andò.

Non avrebbe mai pensato che la maggiore delle sue figlie fosse capace di compiere un atto del genere, proprio come non aveva mai pensato che Berni un giorno sarebbe tornato dall'aldilà. Eppure, ecco la prova del suo ritorno: lì, nella pancia di sua figlia. Gli ribollì il sangue a pensare alla serie di eventi che aveva portato a quella catastrofe familiare. Si alzò e iniziò ripetutamente a sbattere i pugni sul tavolo. Maria, che aveva sentito una gran confusione, entrò nella sala e gli chiese di calmarsi; anche lei esigeva una spiegazione.

***

Erano passati dieci giorni dal momento della verità e Adele si era trasferita dalla zia quello stesso pomeriggio. Era arrivata in lacrime con in mano una valigia mezza vuota. La cosa peggiore era stata salutare le sorelle che, tra un pianto e l'altro, l'avevano abbracciata pur non comprendendo ancora bene cosa stesse accadendo. Adele, infatti, aveva deciso che spettava ai genitori raccontare alle altre due figlie perché lei se ne stava andando via. L'ultima settimana era stata strana. Rodolfo aveva riacquistato la vitalità di un tempo e, insieme, avevano inaugurato la nuova accademia che ripartiva, umilmente, in casa loro, proprio come quando fu inaugurata la prima volta. Era stato insolito lavorare insieme a suo padre, come ai vecchi tempi, sapendo che quella sarebbe stata l'ultima volta.

A lezioni avviate, l'accademia aveva iniziato a funzionare normalmente e, se avesse continuato così, la famiglia Pieri avrebbe potuto tornare a vivere del lavoro di una vita. Adesso a lei toccava occuparsi della sua, di vita, e di quella del bambino che portava in grembo. Sdraiata sul letto della stanza che le aveva dato sua zia, quasi sul punto di addormentarsi, Adele meditava. Cosa avrebbe avuto in serbo per lei il destino ora che avrebbe cominciato a lavorare al ristorante? Non lo sapeva. Avrebbe mai rivisto Benito? Non era sicura nemmeno di questo. Ma si promise che non avrebbe mai abbandonato quella ricerca: era l'unico modo per riuscire a guardare avanti e vivere.

## Parigi, 1967

Quella stessa sera Benito non era capace di prendere sonno nell'appartamento che aveva affittato nel quartiere di Montmartre. Aveva scelto quella zona perché gli sembrava tranquilla, gli piaceva vedere Parigi dalla collina dove si trovava la famosa chiesa, gli piaceva sapere di essere lontano, ma allo stesso tempo vicino alla città; e poi era il quartiere *bohémien* per eccellenza, con artisti di ogni tipo, perfetto per progettare l'apertura di una galleria d'arte. Era passata un'ora da quando si era messo a letto e il cuscino gli sembrava troppo duro, il letto troppo scomodo e, anche se non aveva ancora tirato le tende, dalle finestre entrava troppa luce. Faceva freddo. La sua testa bionda si muoveva a destra e a sinistra. Non riuscendo a dormire, si alzò e, in mutande e maglietta, si appoggiò alla finestra e si mise a osservare la cupola del Sacro Cuore, illuminata dalla bellissima ed enorme luna invernale. L'immagine gli riportò alla memoria l'ultima notte passata con Adele a Firenze: la luna sopra di loro, mentre camminavano insieme verso l'hotel, i capelli di lei sul letto illuminati dalla luce della sera, loro che si possedevano più e più volte fino allo sfinimento. Travolto dall'emozione, si sentì morire; era sull'orlo del pianto, pronto a prendere il primo treno per Firenze, in cerca di Adele. Si vestì di fretta e uscì in strada. Il movimento della notte di Montmartre lo distrasse, lo calmò, lo catturò; qualcuno gli chiese da accendere, la sua attenzione fu attratta da due ubriachi che litigavano in Place du Tertre, e anche dal chiasso provocato da due bellissime ragazze, vestite in maniera provocante, che uscivano dal cabaret dopo aver fatto il loro spettacolo; una delle due gli si avvicinò per chiedergli l'ora e, sentendo il suo accento, gli chiese da quale parte d'Italia provenisse. La ragazza con i capelli rossi era stata a Roma per diverso tempo, per uno spettacolo; parlare con lei lo faceva stare di nuovo bene.

Due ore dopo Benito e quella stessa ragazza erano in un bar e, tra una chiacchierata e l'altra, lui la invitò nel suo appartamento; i suoi occhi chiari, i tratti armonici e l'aria da ragazzo sofferente lo avevano sempre aiutato con le donne. La prese per mano, aveva bisogno di stare con qualcuno e non conosceva altro modo di rapportarsi con una donna. Non voleva amare, non doveva, non poteva farlo. Si limitava al contatto fisico. Era emotivamente mutilato da quel maledetto giorno di ventiquattro anni prima.

# 32

## Firenze, 2008

Nel caos dell'orario di punta del *Buongiorno*, Fedele si sentì solo. Erano passati solo sette giorni e già non riusciva a sopportare la mancanza di Emilia. Era triste e svogliato; si posò una mano sulla fronte, scottava: aveva la febbre. L'ultima settimana a Firenze era stata caldissima, era quasi certo che fosse per colpa dell'aria condizionata al massimo nel ristorante. Il freddo gelido della sala faceva contrasto con il caldo infernale della cucina, in cui era impossibile far entrare un po' di fresco, e Fedele, facendo su e giù in continuazione, si era ammalato. Avrebbe potuto starsene a casa, ma quel giorno avevano troppo lavoro; era un giovedì sera frenetico, con una tavolata di trenta persone che dava un bel daffare sia ai camerieri che ai cuochi. Il direttore di un'importante azienda fiorentina, nonché cliente abituale del *Buongiorno*, aveva riservato quasi tutto il locale per festeggiare il suo cinquantesimo compleanno con amici e parenti. Tra le chiacchiere e le risate, ogni tanto qualcuno intonava il ritornello *Tanti auguri a te*... L'ambiente di festa strideva con Fedele che, sebbene fosse vestito in maniera impeccabile, profumato e senza un capello fuori posto, era influenzato e triste. Un'ora prima aveva parlato al telefono con Emilia che gli aveva detto che si sarebbe vista con Manuel; controllava l'orologio e pensava che ormai dovevano essersi incontrati. Ora la tosse era peggiorata, il termometro segnava trentotto di febbre ma lui se ne sentiva quaranta. Salvatore, che da quando il capo era arrivato si era accorto del suo malessere, gli aveva fatto preparare in cucina un tè con miele e limone. Ma non c'era tempo, dovevano essere tutti al proprio posto, pronti a correre a servire i commensali che avevano assaggiato prima il vitello tonnato, poi il carpaccio e i vini pregiati. Il giro di antipasti era quasi terminato.

Fedele, in un angolo della sala, cercava di controllare la situazione quando starnutì per la terza volta. Si sentiva sempre peggio col naso costantemente chiuso. Anna, la ragazza che aveva assunto da poco, gli si avvicinò: «Non stai bene?» gli chiese in mezzo a tutta quella frenesia; aveva appena fatto sedere una famiglia all'unico tavolo rimasto libero.

«Credo di aver preso l'influenza. È colpa dell'aria condizionata, è troppo alta.»

«Sì, e tu fai avanti e indietro dalla cucina che è un forno. Perché non vai a casa?»

«Qui c'è bisogno di me, e poi il mio raffreddore non migliorerà se me ne vado.»

La verità era, però, che non voleva tornare a casa perché non aveva niente da fare se non pensare a Emilia, che in quel momento si trovava con Manuel. La prima settimana senza di lei era stata durissima; gli mancava da morire e questo doveva aver influito sull'abbassamento delle sue difese immunitarie, perché era raro che si ammalasse.

La voce di Anna lo distolse dai suoi pensieri.

«Avvisami se dovesse peggiorare; mi occupo io di tutto, ormai siamo a buon punto» lo rassicurò la ragazza, vedendo i colleghi servire i secondi; ciò voleva dire che mancava poco al dessert.

«Ti ringrazio, vado in cucina a vedere a che punto sono con il dolce» le disse Fedele.

Il festeggiato aveva scelto, al posto della classica torta, un tiramisù enorme con la ricetta segreta della casa, e aveva richiesto una sola candelina da spegnere per esprimere un desiderio. Fedele si diresse in cucina e, una volta aperta la porta, fu catapultato nel caos di quel mondo parallelo. Le pentole fumanti su cui venivano tolti e sbattuti i coperchi con forza, il viavai dei camerieri, gli ordini urlati da una parte all'altra della cucina. Il caos era inevitabile, era la naturale adrenalina di ogni serata. Fedele, che non si sentiva in forze, respirò profondamente; gli era sempre piaciuta la follia del ristorante, ma oggi non era la giornata giusta per apprezzarla.

Di fronte al bancone, lo chef dava istruzioni su quali erbe usare per decorare i piatti con l'agnello, mentre tutti i *sous chef* apportavano gli ultimi ritocchi alle preparazioni più complesse. Uno di loro lavava le posate perché erano rimasti senza coltelli da pesce e, vedendolo, Fedele pensò di doverne comprare di più; non doveva mai più succedere. Tutti sembravano presi dai loro compiti; lui guardò ancora una volta l'orologio e ripensò a Emilia.

Provò a concentrarsi sulla cucina, cercò con lo sguardo il dolce ma non lo vide, così aprì il frigorifero e, per fortuna, l'enorme tiramisù era lì, già sul piatto, bisognava solo aggiungere il cacao e posarci sopra una candelina. Stava per ordinare a qualcuno di farlo, ma cambiò idea e appoggiò il dolce su uno dei banconi. Voleva dare una mano, come faceva sempre.

Si diresse al mobile a ripiani e, allungando la mano, cercò in quello più alto la candelina argentata. Fu sollevato di trovarla, era l'ultima e nessuno aveva pensato di comprarne altre. Diede un'altra occhiata all'orologio... Emilia... E poi andò alla ricerca del cacao in polvere. Il solito recipiente era mezzo vuoto. Emilia… Ce n'era troppo poco. Andò nel magazzino dove tenevano tutti i pacchetti di spezie e altri alimenti in polvere e vide che fortunatamente ce n'era uno ancora chiuso. Diede uno sguardo al personale in cucina, erano tutti occupati… Emilia… Decise allora di guarniere il dolce da solo, così il tiramisù sarebbe stato pronto da portare al tavolo. L'unico problema fu che non tenne in conto la sua poca lucidità. Emilia… Emilia… Aprì il sacchetto tirando le due estremità con forza e iniziò a spolverare il cacao amaro sul dolce senza farci troppo caso. Lo aveva ricoperto quasi tutto, quando si rese conto di non sentire profumo di cacao. «È normale, sono raffreddato» si disse. Eppure, un odore lo sentiva, ma sapeva di… Realizzò: pepe nero! In quella confezione c'era pepe nero macinato. Aveva appena spolverato del pepe su un tiramisù.

«Merda! Merda! Merda!» gridò a voce alta, arrabbiato, mentre si allontanava dal dolce come se il sacchetto che aveva in mano fosse veleno.

Quasi tutti in cucina si girarono a guardarlo.

Fedele aveva appena rovinato tutto quel ben di dio. Alcuni attimi dopo, mentre cercavano di rimediare in qualche modo a quell'errore, tutti pregavano per l'imminente ritorno della ragazza argentina.

***

Un'ora dopo, Fedele ritornava a casa; non aveva senso restare al ristorante. Il maggior momento di stress della giornata era passato e lui non era di grande aiuto. Dopo diversi frenetici tentativi, la mano esperta di uno dei suoi cuochi aveva salvato il tiramisù.

Gli mancava Emilia, la voleva al suo fianco e quella notte nulla lo avrebbe consolato.

Entrò in casa e gli sembrò più vuota che mai. Quando apriva la porta, la prima cosa che vedeva era Emilia seduta in salotto, che lavorava al computer. La cosa migliore in quel momento era andare direttamente a dormire.

Entrò in camera da letto e fu inevitabile guardare le foto che teneva sul mobile. Lui ed Emilia abbracciati di fronte alla fontana della Conchiglia nel Giardino della Minerva a Salerno. Poco più in alto, Patricia e Carlo lo guardavano sorridenti. I suoi occhi non potevano sopportare quelle immagini, troppa felicità rubata. Spostò lo sguardo sullo specchio e si osservò, la febbre lo aveva ridotto uno straccio. Si passò una mano tra i capelli castani cercando di sistemarli per vedersi, così, meno sciupato, ma i suoi occhi non avevano la stessa luce di sempre; l'unica cosa che gli era rimasta era il portamento virile ed elegante: la camicia nera che Emilia gli aveva regalato sembrava essergli stata cucita addosso, ma l'immagine che vedeva riflessa gli sembrava quella di un uomo vulnerabile. Chi gli avrebbe preparato il tè ora che stava poco bene? Chi sarebbe andato in farmacia a comprargli le medicine? Quanto era ridicolo! Erano anni che aveva superato questa sorta di sindrome dell'abbandono, comparsa il primo anno dalla morte di Patricia; dopo averla combattuta, gli era rimasta solo la mancanza, il desiderio di una persona che non c'era più. Si rese conto che aveva imboccato una strada pericolosa; la tristezza e la malinconia non erano delle buone compagne e poteva rimanerne scottato. Doveva fare qualcosa. Cercò il telecomando. Ancora vestito, si sdraiò sul letto riuscendo a vedere la fine del telegiornale mentre andavano in onda le ultime notizie sportive. Un vero peccato che Emilia non fosse lì anche adesso! Resistette altri cinque minuti, poi spense la televisione senza nemmeno preoccuparsi di spegnere la luce e si lasciò andare ai suoi pensieri. Fu allora che sentì l'oscurità della notte avvolgerlo fino a catturarlo in un sonno solitario.

## Un giovane uomo

Quella notte, nel suo letto, il giovane uomo sogna, trema, soffre... I fantasmi che credeva di aver sconfitto, oggi sono tornati e vegliano sul suo sonno, girano in cerchio attorno a lui, lo guardano, svolazzano, si preparano a mostrargli le immagini in ordine cronologico: Patricia, Carlo... Atocha, disgrazia, fuoco.

Emilia... Partenza, mare.

Questa volta non sono le fiamme, bensì il mare, a separarlo da una persona amata.

I suoi aggressori non lo hanno ancora assalito, ma l'abbandono ormai lo soffoca e nell'oscurità della notte lo sente come fosse un grido nelle orecchie: perdita, privazione, dipartita, patimento, distacco, scomparsa, mancanza, separazione, smarrimento, disillusione, rovina... Dolore.

È ormai sordo quando gli aggressori, silenziosi, si avvicinano e gli mostrano quel mare che lo separa dalla donna dagli occhi verdi. Lo vede in tutta la sua magnificenza, in lungo e in largo; è grande, grandissimo... undicimila chilometri di acqua salata li dividono e il giovane uomo sente di affondare... E, sommerso, affoga... Ma qualcosa è cambiato, il fuoco di Atocha ormai non lo brucia più.

## Buenos Aires, 2008

Era pomeriggio quando Emilia terminò la sua chiamata con Fedele. Parlare con lui la faceva sentire viva: si collegavano su Skype tutti i giorni alle otto di mattina, ora argentina, perché in Italia era mezzogiorno e Fedele, in questo modo, faceva in tempo ad andare al ristorante, e al pomeriggio, prima che lui tornasse al *Buongiorno*, o alla sera, prima di andare a dormire.

Quel pomeriggio avevano, come sempre, parlato di tutto, ma Emilia aveva notato che lui non stava bene. Fedele sapeva che, di lì a poco, lei avrebbe visto Manuel, dopo molto tempo, e quell'incontro lo faceva soffrire.

Emilia era certa di amare Fedele, ma allo stesso tempo il fatto di rivedere Manuel la turbava; erano emozioni troppo strane da poter spiegare.

Decise di prepararsi, era stata in pigiama tutto il giorno. Non si coprì molto; sebbene nella capitale argentina facesse freddo, voleva continuare a esibire la sua abbronzatura. Indossò le calze nere, gli stivali e un vestito di lana color crema con le maniche a tre quarti. La casa era tutta in disordine, ma non le importava; ormai le sue priorità erano cambiate e lei non era più la stessa. Decise, comunque, di iniziare a lavare le tazzine del giorno prima, quando suo fratello Matías le aveva fatto visita. Nonostante vivesse in Brasile, non appena saputo della gravidanza e del suo ritorno in città, aveva preso il primo volo per rimanere con lei un paio di giorni. Così avevano cenato nell'appartamento di Emilia insieme al padre e a Vilma. Aveva lavato i piatti subito dopo cena, ma si era dimenticata le tazzine del caffè e i piattini del dolce. Era un comportamento impensabile per l'Emilia di un tempo, che credeva fosse molto più importante veder brillare la casa, con ogni cosa al suo posto, che riposare.

Cercò di fare in fretta; Manuel sarebbe arrivato di lì a poco.

Non aveva ancora finito di sistemare quando suonò il citofono. Si guardò un'ultima volta allo specchio e aprì la porta. Era lì, con i suoi capelli biondi e gli occhi azzurri e… magro, più magro che mai. Rimase sorpresa, tanto che fu la prima cosa che gli disse: «Ciao Manuel! Accomodati pure… Sei magrissimo!».

«Ciao Emilia, come stai? Sì, ho perso un po' di chili. Ultimamente non ho nemmeno il tempo di mangiare» rispose lui, cercando di rompere il ghiaccio.

Dopo quel primo scambio di battute, fu facile proseguire la conversazione… sì, parlando del nulla cosmico, del freddo, del nuovo taglio di capelli di Emilia, degli italiani e dei nordamericani, della loro incompatibilità e degli aerei. Era difficile iniziare ad affrontare l'argomento più importante, soprattutto dopo tutti quei mesi di lontananza e cambiamenti.

Emilia preparò il caffè come piaceva a Manuel, forte ma dolce, mentre lei si fece un tè.

«Vuoi qualche biscotto?» gli chiese. Stava per dire *un cantuccio*, nella sua credenza in Italia non mancavano mai, li comprava sempre alla pasticceria all'angolo. Volò con la mente a Firenze, ma la voce di Manuel la riportò alla realtà.

«Ne hai al cioccolato?»

Si rese conto che non aveva nemmeno pensato di comprarli.

«No, mi dispiace, quelli non li ho presi. L'unico a cui piacevano eri tu.»

Quella frase, apparentemente stupida, in realtà celava molti significati.

Chissà se anche Manuel si era reso conto dell'importanza di quella risposta. Probabilmente sì, perché subito dopo decise di parlare dell'argomento per cui si erano incontrati e, guardandola dritto negli occhi, le disse: «Che bello che siamo riusciti a organizzarci per vederci. In realtà ci tenevo a parlare con te faccia a faccia».

«Sì, anch'io.»

L'argomento emergeva a poco a poco.

«La pancia inizia a vedersi.»

«Sì, un pochino... Sono di quattro mesi.»

«Ah, Emilia, quanto è complicata la vita!»

Emilia pensò a Fedele. Nonostante tutto quello che aveva passato, lui non le avrebbe mai detto una frase simile.

«A volte sono le persone che se la complicano» rispose lei, dura.

«Hai pensato a noi?»

«Io? E tu ci hai pensato? Perché qui quello che si fa tanti problemi sei tu» iniziava ad arrabbiarsi.

«Ti dico la verità: non so cosa dobbiamo fare. Io sto studiando negli Stati Uniti e va tutto a gonfie vele, manca ancora qualche mese al termine della borsa di studio. Però, allo stesso tempo, continuo a pensare a te e a questo bambino...»

Emilia avrebbe voluto aspettare che finisse la frase, ma si arrese. Manuel, come sempre, divagava, non andava mai al sodo, non si sbilanciava e non proponeva mai una soluzione.

Per fortuna, questa volta lei sapeva ciò che voleva. Non sarebbe più stata una foglia mossa dal vento, e gli disse: «Le cose stanno così: è meglio che ognuno vada per la propria strada. Certo, ti terrò aggiornato sul bambino, ammesso che tu lo voglia».

Manuel rimase sorpreso dal comportamento di Emilia. Aveva pensato che l'avrebbe accolto in lacrime, scaricandogli addosso ogni tipo di lamentela possibile.

«Emilia, vuoi davvero questo?»

«Sì» rispose decisa.

«Non lo so, forse... dovremmo aspettare che io termini i miei studi e poi decidere.»

*Io, io, io... I miei, i miei, i miei*, pensò Emilia.

«No, Manuel, forse non hai capito. Non voglio aspettare proprio niente, perché non voglio niente da te.»

La frase lo destabilizzò; le rispose: «Credo che ci meritiamo una seconda opportunità...».

*Come?*, pensò Emilia sorpresa. Non se lo aspettava.

Quando Manuel vedeva che la stava perdendo, passava all'azione, se invece la vedeva sicura del loro amore, non faceva niente. Decise di risparmiare a entrambi una situazione spiacevole, sarebbe stata sincera. Fedele si meritava un'azione coraggiosa.

«Senti, Manuel... In Italia ho conosciuto un altro uomo.»

«Un altro uomo?» chiese. Per un attimo, pensò di non aver capito, eppure gli sembrava di aver sentito bene, così insistette: «Hai conosciuto *un altro uomo*?». Non poteva essere vero.

«Sì, un italiano.»

Solo pensarci lo faceva arrabbiare. *Non può che essere italiano*, pensò, anche se a lui gli italiani erano sempre stati simpatici. Così, gli venne un dubbio: *E se il bambino fosse di quell'uomo e non mio?* Non riuscì a trattenersi dal chiederglielo: «Ma sei sicura che il bambino sia...?».

La domanda la ferì, soprattutto dopo che lei era stata sincera con lui.

«È nostro! L'ho conosciuto dopo. Cosa ci guadagnerei a mentirti?»

«Ti ha conosciuta che eri già incinta?»

«Sì, all'inizio non lo sapeva... E nemmeno io.»

«E che opinione si è fatto al riguardo?»

Manuel non poteva crederci, lui, che era il padre del bambino, faceva fatica a gestire la situazione e, invece, un altro uomo accettava il tutto con leggerezza. *A ognuno il debosciato che si merita*, rifletté arrabbiato.

«A lui non importa. Tiene a me... A me e al bambino!»

«Però si tratta di mio figlio!» protestò, come se avesse scoperto improvvisamente di avere un istinto paterno.

«Manuel, basta con le stronzate! Hai detto in tutte le salse che eri confuso, per mail, su Skype e perfino al telefono. Il messaggio che eri indeciso sul da farsi è arrivato forte e chiaro! Quindi ora non venire a dirmi questo!»

Emilia lo guardò e provò quasi pena per lui. Manuel era instabile, si faceva trasportare dalle circostanze come una banderuola che cambia direzione in base al vento.

A quel punto lui si alzò, si avvicinò a Emilia e provò a baciarla. Inizialmente lei si scostò, ma poi si lasciò baciare; non durò a lungo, perché si ritrasse subito. Ciò che c'era stato tra loro era morto e sepolto.

«Cosa c'è?»

«Te l'ho già detto: è meglio se la finiamo qui.»

«Non so. Forse hai ragione, Emilia, ma non voglio avere rimpianti.»

Parlarono per un'altra ora, ma tutto continuava a ruotare attorno allo stesso concetto: i sì e i no di Manuel e la posizione ferma di Emilia.

Sembrava fossero di nuovo sul punto di litigare, quando suonò il citofono: suo fratello era passato a salutarla prima di andare in aeroporto.

La porta d'ingresso del condominio si aprì ed Emilia e Manuel scesero di sotto. In ascensore lui le disse che ci avrebbe pensato e le chiese di fare lo stesso.

Manuel non capiva che nella sua vita era passato un treno di nome Fedele e che, dopo esserci salita, non avrebbe mai più sopportato tutte quelle indecisioni. Era troppo difficile da spiegare e, se lo avesse fatto, gli avrebbe causato troppo dolore, per cui si tenne quel pensiero per sé. Si salutarono con un bacio sulla guancia con la promessa di rivedersi il giorno dopo per parlare. All'ingresso, Manuel incrociò Matías che gli rivolse a malapena un saluto freddo. Emilia parlò cinque minuti con suo fratello, che non poteva trattenersi perché rischiava di perdere il volo. Anche Emilia era di fretta, l'aspettavano ancora un paio di commissioni da sbrigare prima dell'appuntamento dal ginecologo; sperava di tornare in tempo per fare l'ultima chiamata su Skype con Fedele prima che andasse a dormire. Voleva raccontargli com'era andato l'incontro con Manuel, ne sarebbe stato contento.

A distanza di un isolato, anche Manuel allungava il passo; voleva comprare un mazzo di fiori a Emilia e farglieli recapitare a casa. Non poteva permettersi di perderla, non doveva farsela sfuggire; se lei l'avesse lasciato per un altro uomo, costui avrebbe cresciuto il bambino al posto suo e avrebbe così perso entrambi.

Due ore dopo, Emilia usciva rassicurata dalla visita, andava tutto bene. *Un'altra bella notizia da raccontare a Fedele*, si disse, senza sapere che non lo avrebbe trovato sveglio perché lui in quel momento era già a letto. La giornata di Fedele, tra l'influenza e il tiramisù rovinato, era stata un disastro e non rispondeva nemmeno al telefono. Emilia, pensando che non fosse a casa, iniziò a farsi qualche domanda: *Dove può essere a quest'ora? E con chi?* Un lieve calcio del bambino le instillò il dubbio che da quel momento l'avrebbe afflitta: sto facendo la cosa migliore per mio figlio chiudendo a Manuel tutte le porte?

# 33

## Buenos Aires, 2008

Emilia era in Argentina da dieci giorni, ma già aveva quasi tutti i documenti pronti per tornare in Italia. Quel giorno la compagnia aerea le avrebbe confermato se poteva anticipare il volo per tornare prima. Ovviamente, non lo avrebbe detto a Fedele, voleva fargli una sorpresa e farsi trovare a casa. L'amore era tremendo: era disposta a lasciare in sospeso tutta la sua vita a Buenos Aires per recuperare quella precaria che aveva costruito in qualche mese a Firenze, insieme a Fedele; in Argentina aveva la sua famiglia, il suo appartamento, il lavoro, le amicizie, in Italia c'era solo lui e un posticino in quella casa piena di storia che condivideva il cortile con il *Buongiorno*, vicino al Ponte Vecchio. Solo per questo era disposta ad attraversare l'oceano e lasciarsi tutto alle spalle.

Era riuscita a trovare un accordo con suo padre: adesso lei ripartiva, ma attorno al settimo mese di gravidanza lui e Vilma sarebbero andati a trovarla e sarebbero rimasti con lei fino al parto. Volevano essere presenti e trascorrere un po' di tempo con lei e il ragazzo italiano. Le aveva detto: «Voglio assicurarmi che sia davvero bravo come tu l'hai dipinto». C'era, inoltre, la possibilità che anche suo zio e suo fratello andassero a farle visita a Firenze, anche se non sarebbero rimasti molto.

Era contenta di quei progetti futuri, le piaceva l'idea che le persone a cui più teneva al mondo l'avrebbero raggiunta, sebbene il suo futuro fosse ancora incerto. Avere un figlio e vivere a Firenze con un uomo di cui fino a qualche mese prima ignorava totalmente l'esistenza era un po' come stare sulle montagne russe, ma lei ormai non era più la stessa di prima e l'altezza non le faceva più paura, tantomeno i bruschi cambi di direzione.

Si era incontrata con Manuel più volte e si erano messi d'accordo per un'ultima chiamata, perché lui nel frattempo era tornato in Arizona. Ma per quanto avessero parlato, non erano ancora arrivati a un accordo. Vista la sua insistenza, l'unica cosa certa era che Manuel voleva che lei pensasse alla possibilità di un ritorno una volta che lui avesse terminato i suoi studi negli Stati Uniti. Le aveva detto: «Se tu parti, ti verrò a cercare per tutta Firenze, ne sono capace». Lei non volle ribadire di aver incontrato un altro e questo lo tranquillizzò, non lo faceva più diventare matto comportandosi come l'uomo rifiutato della situazione, e da questo particolare Emilia capì che ciò che li teneva legati non era più l'amore, bensì la gelosia.

Solo una cosa doveva riconoscergli, perché, anche se non era più in Argentina, ogni giorno si mostrava presente inviandole a casa un mazzo di rose bianche.

Le sue valigie – questa volta erano tre – erano aperte sul pavimento della stanza; voleva portarsi dietro più vestiti e oggetti che poteva, quelli a cui era affezionata. Si sarebbe fermata a vivere lì per sempre? Sarebbe stata con Fedele tutta la vita? Erano solo alcune delle domande che si poneva mentre guardava i libri che aveva messo in valigia. Si toccò la pancia. Il bambino avrebbe fatto parte di quella sua avventura d'amore. Chissà se sarebbe stata la scelta giusta, non solo per lei, ma anche per suo figlio; a poco a poco iniziava ad avere i primi pensieri da madre.

Stava scegliendo quale vestaglia portare, quando squillò il telefono. Era Sofi, aveva sicuramente informazioni sull'affitto dell'appartamento, le aveva detto che se ne sarebbe occupata personalmente.

«Emilia, non sai cos'è successo!»

«Cosa?»

«Mi ha chiamato Manuel dagli Stati Uniti!»

«Ha chiamato te?»

«Sì, mi ha chiesto di aiutarlo a convincerti a restare e non farti tornare dal ragazzo italiano. Mi ha detto queste testuali parole.»

«È incoerente... Chiede a me di rimanere, ma lui se ne va. Perché non rimane se è questo che vuole?»

«È la stessa cosa che gli ho detto io, però ascoltami, perché c'è dell'altro... Mi ha detto che appena avrà terminato gli studi, se tu sarai ancora in Italia, verrà a cercarti.»

«Non credo...»

«Sembrava serio mentre lo diceva. Dice che è suo figlio.»

«È vero.»

«Preparati, in un paio di mesi te lo ritrovi lì a pregarti di stare insieme o a chiederti se può vedere il bambino... O chissà cos'altro!»

«Me ne preoccuperò quando sarà il momento, adesso ho altre cose a cui pensare.»

«Lo so, però dovevi saperlo. Mi ha persino detto che oggi ti avrebbe chiamato, voleva dirlo anche a te.»

«Ah, Manuel...»

«Ha detto che ci ha pensato in continuazione tra ieri e oggi, che sapere che te ne vai gli ha fatto crollare il mondo addosso.»

Emilia ascoltava l'amica e non sapeva se essere contenta, triste o preoccupata.

Parlarono ancora un po' e si accordarono per vedersi la sera stessa. Sofi e Pablo la invitarono a cena a casa loro; restava poco tempo da passare insieme e volevano sfruttarlo al meglio. L'amica e il marito avevano una ragione più che importante per andare a trovarla in Italia, ma dovevano mettersi d'accordo su quando partire; l'Europa non era così vicina come sembrava.

Non le restavano chiamate importanti da fare o da ricevere, aveva sistemato le faccende più urgenti, pensò, mentre chiudeva una delle valigie, senza immaginare che in pochi minuti avrebbe ricevuto un'altra chiamata da Manuel che le avrebbe detto quello che lei voleva sentirsi dire fin dal primo giorno in cui era partita in lacrime per l'Italia. Poco tempo dopo, infatti, i muri di quella casa avrebbero sentito Manuel pronunciare le frasi: «Ti amo, andiamo a vivere insieme. Organizziamo tutto per il mio ritorno».

«Manuel...»

«Non dirmi nulla. Se non accetti, ti verrò a cercare quando nascerà nostro figlio... Ma che dico? Verrò prima! Non posso più aspettare, appena finiti gli esami, vengo.»

«Si può sapere cosa ti prende ora?»

«Ho riflettuto a lungo. Solamente questo.»

Emilia non sapeva se mettersi a piangere o se buttar giù il telefono senza replicare.

Manuel, in quel momento, con la sua ferma decisione di raggiungerla in Italia, si sarebbe trasformato, senza saperlo, in un pezzo fondamentale di quell'ingranaggio che a ogni minuto segnava il destino di Emilia, di Fedele, del bambino che sarebbe nato, del quadro di Camillo Fiore, di Adele e di Benito Berni che, dall'altra parte del mondo, logorato dalla vendetta, masticava i dispiaceri che questa gli aveva causato. Tre uomini, Manuel Ruiz, Fedele Pessi, Benito Berni; tre vite, tre modi diversi di affrontare le avversità e di prendere decisioni: la titubanza del ragazzo argentino, l'ottimismo del giovane uomo, l'amarezza dell'anziano. Tre modi che, senza saperlo, si toccano appena. Perché nella vita tutto è in relazione con tutto; perché quelle persone erano molto più unite di quanto immaginassero. La magia della vita muoveva ancora una volta i suoi fili invisibili.

# 34

*Un filo invisibile rosso unisce coloro che*
*sono destinati a incontrarsi,*
*indipendentemente dal tempo, dal luogo*
*o dalle circostanze.*
*Il filo può tendersi o aggrovigliarsi,*
*ma non si romperà mai.*

Sir Muse

## Piacenza, 2008

*Giorno 15*

Quel sabato Benito Berni si svegliò presto, una domanda lo tormentava e non lo faceva dormire: il vaso sarebbe arrivato? Non avendo una risposta, andò a lavarsi, si vestì e si presentò nel salone dorato per la colazione, sebbene non fosse più solito consumare i pasti lì. In quel giorno così importante se lo meritava. Prese un caffè nero, poi andò nel salone e chiuse la porta. Tentò di rendere quella mattina più rilassante. Cercò il CD di Édith Piaf e lo inserì nello stereo: voleva ascoltare *La vie en rose*, una delle sue canzoni preferite. Gli piaceva il testo, per non parlare della voce della Piaf, di cui un tempo era stato amico, che lo faceva emozionare.

Schiacciò *play* e quella voce a lui cara inondò la stanza. Alzò il volume quasi al massimo, voleva godersi il momento. Ascoltò la stessa canzone più e più volte, poi lasciò che il CD andasse avanti con i brani successivi. Seduto sulla poltrona, ricordò la triste vita di Édith che, in alcune serate insieme, gli aveva raccontato i dolori della sua infanzia. La madre l'aveva partorita per strada e, non riuscendo a mantenerla, l'aveva lasciata alla nonna che, invece di darle il latte, le riempiva il biberon di vino. In seguito, si era trasferita dal padre, ma, con l'arrivo della guerra, l'uomo era stato obbligato ad affidarla alla nonna paterna, che gestiva un bordello. Édith era cresciuta in quell'ambiente, circondata da prostitute, finché il padre non aveva fatto ritorno, e allora aveva vissuto con lui fino ai quattordici anni, momento in cui aveva deciso di diventare indipendente e guadagnarsi da vivere cantando per le strade, riuscendo così a pagarsi l'hotel in cui alloggiava. Berni si rivedeva in lei: li univa un'infanzia senza genitori e un'indipendenza precoce, poiché entrambi avevano dovuto cavarsela da soli fin dall'adolescenza. Sebbene lui non fosse diventato dipendente dalla morfina come la sua amica, condividevano il dispiacere di una vita rovinata. I dolori dell'infanzia erano i peggiori, i più difficili da superare o da cancellare, ed erano state proprio quelle vecchie cicatrici la base della loro amicizia, di cui, insieme, avevano parlato spesso. Solo che Édith se n'era andata via troppo presto, soffrendo. *Oggi… la raggiungerò*, pensò, proprio mentre terminava l'ultima canzone.

## Firenze, 1967

Nella cucina del ristorante *La Mamma* una nuova dipendente aiutava a preparare la salsa: Adele lavorava nel locale della zia ormai da due mesi. Mentre tagliava i pomodori con le sue esili e abili mani, pensava alla visita che avrebbe fatto quello stesso pomeriggio al negozio di antiquariato di Roma. Stava imparando a cucinare e quel lavoro iniziava a piacerle. Aveva sempre creduto di non essere brava in cucina, e invece ogni giorno scopriva di esserci portata: le piaceva preparare piatti in umido, aggiungere guarnizioni e condimenti, infornare e friggere; le dava pace tenere le mani occupate con i vari ingredienti ed era contenta quando riusciva a ottenere il sapore che cercava, emozioni che non provava con nessun'altra attività, nemmeno con la pittura. Aveva trascorso le prime settimane in lacrime, ma adesso aveva ritrovato vitalità. Il suo carattere dolce e la sua bontà, insieme alla situazione delicata che stava vivendo, avevano fatto sì che tutti i dipendenti del ristorante si affezionassero a lei e volessero aiutarla. Condivideva la giornata con i colleghi e, con alcuni di loro, iniziavano persino a nascere delle vere e proprie amicizie; quasi ogni sera faceva lunghe chiacchierate con Rosa, durante le quali la informava su quello che accadeva al ristorante; si raccontavano storie di famiglia e si davano consigli di vita. Era in salute, la sua gravidanza proseguiva a gonfie vele e non aveva mai più avuto nausee né dolori. Il bambino era tranquillo, sapeva di doversi comportare bene, come diceva sempre Adele. Non aveva più parlato di Benito con nessuno; non sapeva più nulla di lui, ma quel giorno pensava di approfittare del pomeriggio libero per andare a Roma, al negozio di antiquariato. Forse lì sapevano quando sarebbe tornato o dove stesse in Francia di preciso, per potergli inviare una lettera.

Nonostante fosse presa dai suoi pensieri, le venne comunque un'idea che voleva condividere con il cuoco. Si avvicinò all'uomo e gli disse: «Credo che nel sugo potremmo mettere dei pezzi di pomodoro leggermente più grossi, farebbero risaltare il sapore».

L'uomo la guardò sorpreso. Finalmente un'aiutante con qualche buona idea! Adele era diversa dalle altre, sarebbe stata perfetta dietro ai fornelli. Apprezzando il consiglio, le rispose: «Certo, possiamo provare».

Adele sorrise soddisfatta.

***

Poco dopo mezzogiorno, prese il treno per Roma. Era partita subito dopo pranzo per arrivare presto e non tornare a casa troppo tardi. Durante il viaggio pensava al negozio: chissà se ci sarebbe stata la stessa ragazza – così simile a lei – che l'ultima volta l'aveva accolta con gentilezza, prima che tornasse a inseguire una persona per tutte le strade della capitale. La sua mente stava mettendo in ordine le domande che le avrebbe fatto; forse se avesse saputo la sua storia l'avrebbe aiutata.

Qualche ora dopo, arrivata a Roma, entrava nel negozio.

Ad accoglierla all'ingresso, però, c'era un ragazzino. Adele gli spiegò che aveva bisogno di sapere quando sarebbe tornato Benito Berni, doveva vederlo.

«È meglio se parla con Marina; si scrivono regolarmente. Io non so nulla, ma lei saprà sicuramente aiutarla. Si sentono anche per telefono» le disse.

Adele ci rimase male. Benito parlava al telefono e si scriveva con quella ragazza, mentre con lei, che era la madre di suo figlio, non si era fatto vivo. La frase la ferì.

Poco dopo apparve Marina.

«Forse si ricorda di me… Ero venuta qualche mese fa…» disse Adele.

«Sì, cercava una persona…»

«Un certo Paolo Benito, però adesso sto cercando Benito Berni.»

Marina la squadrò dalla testa ai piedi; era evidente che Berni le aveva dato un nome falso. Era risaputo fosse un dongiovanni, ma non aveva mai pensato ingannasse delle brave ragazze come lei. Conquistare una ragazza di quel tipo richiedeva tempo, impegno, e Berni non sembrava affatto disposto a investirne.

Quando era stata con lui, aveva dovuto condividerlo con altre donne, ma quella che aveva davanti non sembrava affatto il tipo da sopportare una cosa simile. Provò pena per lei.

«Sì, adesso ricordo, però il signor Berni non c'è, è all'estero, in Francia.»

«Sa quando tornerà?»

«Lei si chiama?»

«Adele… Adele Pieri.»

«Guardi, Adele, lo sento abbastanza spesso, ma non mi dice mai questo tipo di cose.»

Nemmeno questa frase piacque a Adele.

«Quando parlerà con lui, allora, potrà chiedergli quando torna?»

«Ci proverò, ma ho il sospetto che non tornerà presto. Penso proprio che se la stia spassando alla grande.»

Berni le aveva raccontato che stava stringendo amicizia con alcuni artisti, che il gruppo si riuniva sempre al cabaret *Lapin Agile*, di cui lui, volendo a tutti i costi trovare artisti per la sua galleria, era diventato un assiduo frequentatore.

«Sì, ma dovrà pur tornare, no?»

«Non so cosa farà. Il negozio è in vendita; si trova in Francia perché vuole dedicarsi all'arte.»

«Ah!» disse Adele in procinto di piangere. Quella notizia era stata un vero colpo basso.

Marina se ne accorse e decise di aiutarla: le avrebbe detto le cose come stavano.

«Agli uomini come lui le donne cadono ai piedi, per cui è normale per Berni spassarsela ovunque vada». Volle, poi, darle un consiglio: «È meglio se ti dimentichi di lui».

«Sì ma lui è…»

«Oppure, abituati a condividerlo con le altre; io ho fatto così mentre stava con me. Anche se, francamente, credo proprio che questa volta lo abbiamo perso. È stato stregato dagli artisti, dalle ragazze del *cabaret* e chissà da cos'altro.»

Adele rimase senza parole. Non sapeva cosa dire, aveva appena scoperto che anche quella ragazza era stata con lui, probabilmente, molto prima che lei finisse nel suo letto d'hotel a Firenze. E non erano le uniche; lei stessa le aveva detto che lo aveva condiviso con altre. Benito ora era a Parigi, a divertirsi... Dopo quelle notizie, sapendo che un uomo del genere era il padre del bambino che portava in grembo, si sentiva morire. Benito, sempre più lontano, suo figlio, che cresceva ogni giorno di più. E niente poteva cambiare la situazione. Quella conversazione era stata una pugnalata al cuore. Senza dare spiegazioni, salutò la ragazza e se ne andò. Lei non era il tipo di donna che gira in posti sconosciuti per chiedere informazioni su un uomo che l'aveva sedotta e abbandonata. Berni era molto diverso da come lei se l'era immaginato.

Un'ora dopo era già sul treno di ritorno per Firenze e, per quanto avesse una gran voglia di piangere, non versò neanche una lacrima: quell'uomo non se le meritava. Non sarebbe mai più tornata in quel negozio. La vita continuava e lei doveva pensare a suo figlio. La certezza che fra qualche ora sarebbe stata di nuovo al ristorante della zia la sollevò; provava pace lì dentro, e anche la quiete, a volte, è una sorta di felicità. Forse più precaria, ma pur sempre felicità. L'unica a cui, per il momento, poteva ambire.

## Parigi, 1967

Quella sera, una nuova cantante faceva il suo debutto al *Lapin Agile* di Montmartre. La voce melodiosa inondava il salone in penombra, illuminato solo dai piccoli candelieri colorati distribuiti su ogni tavolo. Benito era seduto insieme ai nuovi amici di Parigi; parlava con l'attraente Dalida che si sfogava con lui raccontandogli tutto ciò che l'affliggeva, comprese le continue liti con il compagno, spiegandogli che i battibecchi li avrebbero inesorabilmente portati a una separazione. Era da diverse sere che si intratteneva con lei e con il resto del gruppo; in un modo o nell'altro, tutti si dedicavano all'arte. Mentre le riempiva il calice, Berni le raccontò che avrebbe presto aperto una galleria d'arte in rue Durantin; allora la ragazza si girò e chiamò l'amica Lorna Merci, una scultrice in auge. Dopo cinque minuti, Lorna aveva chiamato anche Antoine Besnard, un pittore che iniziava a ottenere i primi successi; lì, nel famoso *Lapin Agile*, avvolta da quella musica romantica, la galleria d'arte tanto sognata da Berni iniziava a prendere forma. Dalida gli suggeriva qualche idea e gli prometteva di presentargli altre persone; quel bell'italiano dagli occhi azzurri che conosceva solo da una settimana aveva un'aria triste che le ricordava la sua. Come se le loro caselle del dolore e della malinconia fossero state contrassegnate dallo stesso segno di spunta. Se non fosse stato per il suo fidanzato, quella notte l'avrebbe passata con lui. Quando stavano insieme era inevitabile volerlo consolare chissà da quali cupi pensieri. Era arrivata alla conclusione che il *Lapin Agile,* che aveva aperto le sue porte a metà Ottocento ed era il locale più antico di Parigi, poteva essere considerato un posto speciale; lì si potevano incontrare personaggi particolari e strani come l'attraente Berni.

I calici pieni di champagne tintinnavano e Berni, che ormai ne aveva abbastanza di quella musica malinconica, si chiedeva per quanto ancora sarebbe andata avanti la cantante. Guardò verso il palco furioso, ma vide una bellissima ragazza coi capelli biondo platino che si muoveva con grazia, fasciata in un vestito blu scollatissimo. La osservò finché lei non notò il suo sguardo tra la folla. Berni decise che, una volta terminato lo spettacolo, le avrebbe offerto da bere. Era attraente, gli piaceva ed era ora di sbarazzarsi della rossa che ormai lo aveva stufato; era stanco delle sue scemenze da ballerina: non beveva alcol, non mangiava la pasta, doveva dormire otto ore... Non era possibile condurre quel tipo di vita a Parigi. In quella città era un continuo far festa, soprattutto a Montmartre. Era stata una scelta saggia alloggiare in quel quartiere.

Berni ancora non lo sapeva, ma la cantante bionda avrebbe presto soppiantato la ballerina dai capelli rossi, l'ultima conquista fatta quella notte in cui, disperato per Adele, stava quasi per tornare a Firenze. Quelle ragazze erano solo due delle tante che in quegli anni avrebbero fatto parte di una lunga lista: Amélie, Beatrice, Bibi, Camille, Claudine e tutte le altre che si sarebbero man mano avvicendate durante la sua permanenza in Francia, mentre lui si dedicava a raddoppiare la sua fortuna. Molte donne sarebbero passate dal letto di Benito, ma solo una sarebbe rimasta un ricordo nitido nella sua mente, una ragazza che vestiva in modo semplice, con due occhi marroni profondi, una voce dolce e speciale, l'espressione ingenua e un'inclinazione per la pittura. E adesso, anche una passione per la cucina, sebbene lui, questo, lo avrebbe scoperto molto tempo dopo.

### Firenze, dicembre 1967

Adele si muoveva a fatica per la cucina del ristorante *La Mamma*: i suoi quasi nove mesi di gravidanza le avevano donato un pancione voluminoso, ma a lei non importava, doveva a tutti i costi dare indicazioni alle ragazze che lavoravano la pasta per la pizza sul bancone.

Suo figlio stava quasi per nascere, ma per niente al mondo avrebbe smesso di lavorare. Il cuoco era malato e lei, con molto piacere, aveva preso in mano le redini della cucina per qualche giorno; era pronta a farlo, anche se, per fortuna, l'uomo sarebbe tornato il giorno dopo. Erano troppe le responsabilità e iniziava ad avere i primi fastidi; aveva il presentimento che il figlio sarebbe nato proprio quella settimana.

Di Benito Berni non aveva saputo più niente e al negozio di antiquariato di Roma non era più voluta tornare. Giocare il ruolo della donna indispettita che insegue un uomo era come calpestare la propria dignità; era l'unica cosa che le era rimasta, non intendeva buttarla via così.

A distanza di mesi, però, ormai più calma e sempre più convinta che non fosse positivo che suo figlio nascesse e crescesse senza sapere nulla del padre e il padre nulla di lui – nemmeno della sua esistenza! –, aveva deciso di tornare al castello di Piacenza. Avrebbe potuto farlo una volta nata la bambina, perché era certa che fosse una femmina. Si sarebbe presentata al castello con Rosa in braccio: aveva deciso di chiamarla così, in onore di sua zia che, negli ultimi mesi, l'aveva aiutata moltissimo, ospitandola in casa sua e dandole lavoro al ristorante fino a realizzare una silenziosa opera di riconciliazione familiare, a cui lei stessa aveva dato inizio insieme a suo cugino Rodolfo, sostenendo sempre l'idea di riavvicinare le parti. E il risultato era davanti agli occhi di tutti: i rapporti con i genitori erano migliorati e, sebbene non sarebbe più stata la stessa di prima, quella ritrovata armonia le avrebbe permesso di vedere sua madre e le sorelle più di frequente. Le avevano fatto visita a casa di Rosa e lei era andata a casa loro.

Le acque si erano calmate, i rapporti si erano pian piano ricostruiti, ma una cosa era certa: non sarebbe mai più tornata a vivere dalla sua famiglia. Stavano tutti bene e a lei, in realtà, piaceva lavorare al ristorante. A volte le mancava il movimento dell'accademia, le ore trascorse a osservare o persino realizzare dipinti. Un giorno sarebbe tornata a dedicarsi alla pittura, pensava, ma ora le sue energie e la sua creatività erano al servizio della cucina della *Mamma*, dove aveva realizzato qualcosa di buono: avevano deciso di abbandonare la ricetta tradizionale di alcuni piatti per apportare qualche modifica che lei stessa aveva suggerito. Ma la vera chicca era la nuova specialità della casa, inventata proprio da lei: bocconcini di carne sfumati all'Ortrugo. Era nata casualmente, quasi per necessità, un giorno in cui mancavano un paio di ingredienti; eppure, era diventato presto uno dei piatti più richiesti.

L'abilità di Adele in cucina non era di certo passata inosservata a sua zia Rosa, che le lasciava carta bianca.

Quella mattina osservò: «Ci tengo a dirti, Adele, che è stata una settimana eccellente per il ristorante con te al comando della cucina».

«Grazie, sono contenta che sia andato tutto bene, ma, per fortuna, adesso ritorna il cuoco.»

«Ma se è andato tutto così bene... Non ti sentivi sicura?»

«No, non è per questo; ho solo paura che a breve nasca la piccola.»

«Sono felice che non sia per insicurezza, perché stavo pensando che, dopo che sarà nata la bambina, o il bambino, potrei affidarti la cucina e... il ristorante. Te lo avrei proposto più avanti, ma è meglio parlarne già ora.»

«Io? Da sola?»

«Sì. Cosa ne pensi?»

«È una bellissima notizia, ma non sono sicura di esserne capace.»

«Certo che lo sei. Te lo assicuro io che gestisco questo ristorante da prima che tu nascessi.»

«Zia, per me sarebbe perfetto, ma dobbiamo aspettare che abbia partorito.»

«Sono d'accordo; aspettiamo anche che cresca un po' e poi potrai iniziare.»

Adele annuì e si alzò per andare a vedere se il contenuto delle pentole grandi era quasi pronto. Rosa la seguì e le disse: «Vieni con me, riposiamoci un po' tutte e due, io sono vecchia e tu sei incinta. Abbiamo urgente bisogno di un bel tè. Ce lo beviamo di là in sala, sedute al tavolo vicino alla finestra, che a quest'ora ci batte il sole».

Rosa pensava a quanti clienti erano passati da quel tavolo e avevano assaporato i suoi piatti: su quelle stesse sedie qualcuno aveva confidato un segreto, come l'argentino Juan Bautista Fernán, altri si erano innamorati, come Gina e Camillo, e altri ancora, come lei e Cecile, avevano regalato un figlio a quella coppia di argentini che non potevano concepirne uno. Mentre ricordava i momenti vissuti lì dentro, si sentì vecchia, molto vecchia, ed ebbe un presentimento che presto sarebbe diventato realtà. Allo stesso modo di sua nipote, che sentiva vicina la nascita della figlia, lei aveva la sensazione che la sua esistenza stesse volgendo al termine e che presto avrebbe dovuto lasciare ogni cosa. Le dispiaceva, la vita era così bella, ma era altrettanto bello viverla a pieno e lei ormai non riusciva più a farlo. Che peccato non avere più gambe agili per correre sul ponte Vecchio come quando era una bambina, che peccato non avere più un bel corpo sensuale per poter ancora amare un uomo, né tantomeno avere uno stomaco forte per poter mangiare tutte le prelibatezze che preparavano nel suo ristorante. Se tutti coloro che godono di queste cose sapessero la fortuna che hanno, non sprecherebbero il loro tempo a piangere in continuazione per qualcosa che non gli è riuscito, o che non era come si aspettavano, ma correrebbero nei posti più belli della città in cui vivono, amerebbero con trasporto chi hanno al loro fianco e mangerebbero ogni cibo con la passione che si merita. Il suo sguardo si posò subito su Adele e la vide così giovane e inesperta; probabilmente nemmeno se ne rendeva conto. Glielo disse: «Bambina mia, la vita è bella, al di là di quello che ci tocca affrontare, esiste una felicità semplice, quella di essere vivi, e non bisogna mai perderla. Nessuno te la deve portare via. Metti a frutto i tuoi sensi, esistono per una ragione, ama intensamente. Ricordati di queste parole, tramandale anche a tuo figlio... Scusa, a tua figlia» disse sorridendo; Adele le diceva sempre chc sarebbe stata una femmina.

«Sì, zia, te lo prometto: glielo insegnerò.»

Rosa sorrise. Lei, al contrario, era convinta che fosse un bel maschietto. Per sicurezza stavano valutando anche i nomi maschili; aveva paura, alla fine, di avere ragione e che Adele si sarebbe trovata ad aver scelto solo il nome per un'eventuale femminuccia.

E tra discorsi profondi e saggi consigli, finirono il loro tè. Ma quando Adele si alzò per tornare in cucina, non riuscì a fare neanche un passo, un dolore pungente le attraversò la pancia. Era giunta l'ora, il figlio di una Pieri, Adele, e di un Berni, Benito, sarebbe presto venuto al mondo.

***

Dopo una lunga e dolorosa notte di contrazioni, il bambino di Adele veniva finalmente alla luce. Aveva avuto il presentimento sbagliato, era un maschio, un bellissimo bambino dai capelli scuri e gli occhi marroni come la madre. Lo aveva chiamato Fedele, come gli aveva suggerito sua zia: quel nome le era piaciuto fin da subito. Fedele era venuto al mondo per portare allegria; felici, celebravano tutti insieme la sua nascita, dalla famiglia, ora più vicina che mai, ai dipendenti de *La Mamma*, che si sentivano tutti un po' zii del nuovo arrivato. Tutti tranne il padre, ovviamente, che brillava per la propria assenza, perché non sapeva nemmeno di essere diventato tale.

Nonostante Adele fosse ancora in ospedale, Rosa aveva già programmato una grande festa per il primo mese di vita di Fedele; sarebbe dovuta durare un giorno intero in cui avrebbero mangiato, ballato e brindato. Sarebbe stata memorabile, come la festa di fidanzamento di Gina e Camillo che avevano organizzato molti anni prima. Terminati i festeggiamenti, Adele si sarebbe fatta carico della gestione del ristorante e Rosa avrebbe dato per compiuto il suo compito su questa terra.

La festa tanto sognata si svolse proprio come la zia l'aveva progettata. La settimana successiva Adele prese le redini del ristorante. Rosa, però, non poté assistere a molto altro, poiché, al secondo giorno di lavoro di Adele nei panni di gestrice e cuoca, la donna li lasciò. Dopo aver vissuto una vita piena, saggia e in armonia con tutti coloro che entravano a farne parte, moriva in pace, nella sua casa, circondata dai suoi cari, con un secolo che testimoniava la sua esistenza influente. Tutti la piangevano. Nel testamento, consegnava il ristorante a Adele e la casa al piccolo Fedele.

***

Era dicembre del 1968 e Fedele compiva un anno. Era un bambino allegro e gioioso, al ristorante tutti lo amavano, giocava sempre in cucina tra le gigantesche pentole e rubava i pomodori e le carote dalle cassette di legno con gli ingredienti che servivano per preparare i piatti del menù. Era l'orgoglio e la gioia di sua madre; Adele non aveva mai pensato a quanto potesse essere bello avere un figlio, tantomeno al duro lavoro necessario per crescerlo.

Quel fine settimana si preparava a tre grandi successi. Innanzitutto doveva festeggiare il primo anno di vita del suo unico figlio; in secondo luogo, tornare a Piacenza dopo più di un anno e mezzo dalla prima volta in cui c'era andata; voleva sapere se c'erano notizie di Benito. Pensava sempre a lui, poteva persino dirsi ancora innamorata, ma alla base di quella visita al castello non c'era il sentimento. Le dispiaceva sapere che Benito si stesse perdendo la vita di suo figlio. E Fedele la gioia di avere un padre.

Il terzo importante successo era stato la sostituzione dell'insegna che, da quando lei aveva memoria, aveva sempre visto penzolare fuori dal ristorante: la scritta nera a lettere cubitali, *La Mamma*, sarebbe presto diventata *Buongiorno*. Aveva scelto quel nome perché tutti i giorni potevano essere buoni se uno lo voleva e, poi, lo cambiava in onore di Rosa: quella parola racchiudeva tutta la filosofia della donna. Sua zia aveva vissuto sempre come se ogni giornata potesse essere un grande giorno in cui tutto ciò che la circondava era lì solo per lei.

Adele si preparò, in meno di un'ora sarebbe partito il suo treno per Piacenza. Salutò il figlio; nonostante prima di partorire si fosse ripromessa di portarlo con sé, adesso capiva quanto quel desiderio fosse irrealizzabile. Così lo lasciò a Mirna, una delle sue dipendenti, sua coetanea.

Il viaggio le sembrò durare poco, mentre i ricordi erano troppi e, senza nemmeno rendersene conto, stava già risalendo la strada che la portava alla zona dei castelli. Una curva e arrivò alla collina, dove iniziava il parco: credendo che ci fosse una possibilità, anche remota, di poter rivedere Benito, si era preparata con cura, ma ora i tacchi alti e bianchi che aveva indossato iniziavano a darle fastidio su per quella salita ripida, così li tolse e continuò scalza. Si era messa un vestito nuovo, bianco con dei fiorellini celesti, e aveva lasciato i lunghi capelli sciolti. Sembrava una ragazzina e non la madre di un bambino.

Arrivò di fronte al castello agitata, ma, senza nemmeno aspettare di calmarsi un attimo, bussò. Fece appena in tempo a rimettersi le scarpe quando l'enorme portone in legno si aprì. Questa volta ad accoglierla c'era un uomo: «Sto cercando il signor Benito Berni. Devo parlare con lui».

«Il signore è in viaggio.»

«Sa per caso dirmi quando tornerà?»

«È in Francia per un periodo imprecisato. È importante? Vuole lasciarmi il suo nome così da avvisarlo della sua visita?»

«Mi chiamo Adele Pieri. Per favore, gli dica che sono stata qui.»

Era una frase corta, ma significativa. Avrebbe saputo che lo aveva cercato.

«Va bene, signorina, glielo riferirò.»

Adele lo ringraziò, poi, dopo averlo salutato, si allontanò. Aveva passato mesi a pensare a quel momento, una settimana a scegliere il vestito per poi stare lì solo tre minuti. Aveva fatto tutto il possibile, ma il destino, o Benito, o chissà chi, non aveva voluto che stessero insieme. Perciò finiva tutto. Se Benito preferiva restare in Francia, che se ne stesse là, allora, con la sua arte, le sue donne del cabaret e la bella vita; era lui quello che non si sarebbe goduto il bellissimo figlio che avevano avuto.

Prese il treno del ritorno e per tutto il viaggio si fece una promessa: non avrebbe mai più pensato a Benito Berni, tanto lui non sarebbe tornato. Era sola e arrabbiata. Forse era arrivato il momento di guardare avanti, magari c'era qualcuno che le ronzava intorno e lei non se n'era neanche accorta.

Camminò dalla stazione fino a casa. Era quasi arrivata quando, di fronte all'entrata, si stupì di quello che vide: la nuova insegna con scritto *Buongiorno* spiccava in alto. Gli uomini avevano appena finito di appenderla e stavano scendendo in quel momento dalla scala e lei pensava che la scritta diversa, il colore verde scuro e le rose rosse sui due lati erano stati la scelta giusta: adesso il nome e il locale sembravano *chic* e moderni, proprio come voleva.

«Signorina, le piace?» le chiese uno degli uomini mentre si sistemava i capelli biondi, vedendo la ragazza avvicinarsi.

«Tantissimo, è perfetta. Grazie.»

«Adesso… La facciata avrebbe bisogno di una bella mano di vernice. Se vuole, posso farlo io» le propose con una certa sfacciataggine.

«È troppo lavoro per una persona sola. Ci metterebbe un bel po' e non posso accogliere i clienti con tutto quel disordine all'entrata.»

«Ma non lo farei da solo; loro sono i miei dipendenti. Sono il capo dell'azienda che ha chiamato per il lavoro.»

«Ah! E quanto tempo ci vorrebbe per ridipingere e dare una sistemata generale?» chiese Adele che, presa dai suoi pensieri, non aveva capito chi fosse quell'uomo. Non era facile crescere un bambino da sola, cercare il padre scomparso e mandare avanti un ristorante.

«Il tempo che lei mi chiede di metterci...»

Adele sorrise.

«Va bene. Ingaggiati. Facciamolo. Lei si chiama?»

«Carlo Pessi, molto piacere» disse stringendole la mano.

«Adele Pieri» rispose, poi aggiunse: «Iniziamo oggi stesso. Entro dieci giorni massimo voglio il lavoro finito».

«Tra una settimana non mi vedrà più, glielo prometto.»

Adele corrugò la fronte, c'era troppo lavoro da fare e troppo poco tempo, quindi esclamò: «Sette giorni! Bene, Carlo, vedremo se ce la farà, anche se mi sembra difficile. Credo che la rivedrò qui ancora per un po'». Quella frase rimase sospesa nell'aria come una profezia, poiché Pessi sarebbe rimasto molto più di sette giorni, addirittura più di sette mesi: sarebbe rimasto con lei per sette anni esatti, il periodo che vissero insieme, sposati.

Quello stesso fine settimana, Pessi sarebbe stato presente al primo compleanno di Fedele e a tutti quelli che seguirono; finché un giorno, quando il bambino aveva otto anni, Carlo li avrebbe lasciati per sempre, dopo una brutta caduta da una scala durante un lavoro. Al suo funerale, Adele avrebbe ripetuto continuamente alle sue sorelle «Non ho fortuna con l'amore», pensiero che, sommato al dolore causato dalla perdita di due uomini, l'avrebbe portata a dedicarsi solo a suo figlio e al ristorante. Per anni, sarebbero state le sue due uniche passioni.

I capelli biondi di Carlo Pessi li avrebbe presto dimenticati, non avrebbe scordato invece quelli di Benito Berni: per anni avrebbe continuato a rivederli in ogni singolo biondo che incontrava per strada e che le faceva accelerare il passo per verificare che il viso fosse diverso da quello che lei si aspettava di vedere. Poi, con la vecchiaia, non l'avrebbe più cercato.

Non tornò più al castello di Piacenza. Aveva lasciato il suo nome e un messaggio per Berni, se avesse voluto parlare con lei lo avrebbe fatto, era evidente che non fosse interessato. Al negozio di Roma, invece, tornò molti anni dopo quando, in vacanza con Fedele, dopo aver lanciato due monetine – non più tre – nella Fontana di Trevi, ricordò i vecchi tempi e fu tentata di passare di lì. Dalla vetrina, vedendo un ragazzo alto con i baffi, si decise a entrare, e con Fedele lì accanto che mangiava un gelato, chiese di Benito Berni. Il giovane le rispose che quello era il nome di uno dei precedenti proprietari, ma che sapeva poco di lui, perché da allora il negozio aveva cambiato ben tre gestioni. Quella visita non era stata utile a Adele, se non per raccontare a suo figlio la verità su suo padre. Usciti dal negozio, portò Fedele in una caffetteria di fronte alla Fontana di Trevi e, una volta seduti, gli raccontò la sua vita; per sicurezza sorvolò su due dettagli, il cognome di Benito e il castello a Piacenza. Ad ogni modo, sebbene Fedele avesse capito, non rimase sconvolto più di tanto: si sentiva protetto e felice circondato dalla mamma, dalle zie, dai nonni, dai suoi amici di scuola e dai dipendenti del *Buongiorno*, che lo viziavano come un nipote. Solo in alcuni casi gli dispiaceva non avere un padre con cui giocare a pallone, come gli altri bambini, o tornare da scuola mano nella mano con lui, come faceva il suo amico Vittorio; suo nonno era troppo vecchio e non aveva zii.

In quegli anni, Adele aveva vissuto grazie a lui e per lui. Per questo quando Fedele, ormai ragazzo, le disse che andava in Francia a studiare, scoppiò a piangere addolorata. Quel paese non le piaceva, sapeva di perdita definitiva, di dolore, di non ritorno. Le era già successo una volta, non voleva riaccadesse una seconda, aveva paura. Ma Fedele era intelligente, indipendente e sapeva cosa voleva; lei stessa lo aveva cresciuto così e se sentiva il bisogno di spiccare il volo glielo avrebbe permesso, non gli avrebbe mai tarpato le ali, soprattutto ora che stava costruendo il suo futuro. Lo salutò tra baci e lacrime, iniziando a vivere, da quel momento, solo per il ristorante.

La prima volta Fedele tornò con una ragazza, poi ripartì per altri posti lontani da cui fece ritorno con molte altre ragazze o con nessuna, finché con l'ultima, Patricia, sembrava aver messo la testa a posto ed essersi stabilito definitivamente in Spagna, ma la disgrazia bussò alla sua porta.

E Adele ricominciò a piangere. Questa volta per il figlio, per la nuora e per il nipote.

Dopo un bel po' di tempo passato a trascinarsi, colmo di dolore, Fedele era tornato. Firenze, il ristorante, il cortile della casa e altri dettagli grandi e piccoli lo avevano convinto a restare. Aveva lasciato tutto quello che possedeva in Spagna e aveva fatto ritorno distrutto, ferito dalla sua perdita, con un immenso sconforto che Adele temeva avrebbe finito per soffocarlo. Ma l'Italia guarisce le ferite, così come fanno le persone che ci amano.

Fedele, chiuso nel suo dolore, appena arrivato a Firenze, nel tentativo di rimettere in piedi la sua vita, era stato sul punto di comprare un ristorante, ma Adele gli regalò il *Buongiorno*, lasciando definitivamente la gestione nelle sue mani. Di fronte al suo rifiuto, fu costretta a venderglielo per far sì che lui accettasse: era l'unico modo di convincerlo, perché Fedele era orgoglioso. Occuparsi del ristorante lo faceva star bene, la sala piena di gente acquietava i ricordi, la cucina rumorosa gli teneva la mente occupata allontanando i brutti pensieri. Sua madre questo lo sapeva. Lei ormai non riusciva più a lavorare così tante ore e voleva trasferirsi sull'Adriatico, come aveva sempre sognato.

Inoltre, sperava che il figlio superasse il dolore. Così si sarebbe presto ripreso perché nel sangue di Fedele scorreva l'eredità che Rosa Pieri gli aveva lasciato: tutti i giorni potevano essere un grande giorno; la vita era bella, nonostante le difficoltà, esisteva una felicità semplice, quella di essere vivi. Adele glielo aveva insegnato fin da quando era bambino, come le aveva chiesto la zia.

***

Dopo aver trascorso più di un anno nel quartiere di Montmartre, durante il quale aveva aperto la sua galleria d'arte – presto diventata una tra quelle di maggior successo a Parigi –, Benito Berni era tornato in Italia per firmare alcuni documenti per la vendita del negozio che Marina aveva concordato con un compratore. La donna decideva su quali questioni tenerlo aggiornato, come quelle commerciali, e su quali invece era meglio sorvolare, come la visita di Adele al negozio. Pensava che il miglior modo per salvaguardare Berni fosse non metterlo al corrente che la giovane era passata a cercarlo, e così fece. Tuttavia, dopo aver chiuso la vendita, Benito tornò a Piacenza per una settimana e, tra i soliti controlli e visite al castello, la governante gli riferì il messaggio: una ragazza di nome Adele Pieri lo aveva cercato. Berni si ammutolì, stupito; mai si sarebbe immaginato di sentir pronunciare quel nome da uno dei suoi dipendenti. Bastò quella sola frase per fargli trascorrere tutta la settimana immerso nei ricordi che arrivavano dritti al petto, avvolti in un profumo alle rose, e per spingerlo fino in via della Calza, fermo di fronte alla casa dei Pieri, sullo stesso marciapiede, a nascondersi dietro i pali della luce, aspettando che Adele uscisse dalla porta. Trascorse così molte ore, fumando ansioso una sigaretta dopo l'altra, dalla mattina alla sera, osservando tutti i movimenti dentro casa, dalle lezioni, che ora i Pieri tenevano lì, all'andirivieni delle sorelle di Adele, della madre e persino di Rodolfo, quel maledetto, ma di lei nessuna traccia. Adele non si era ancora vista. Quando a mezzanotte, stanco dopo la lunga giornata passata ad aspettare invano, le luci della casa si spensero, decise di andarsene. O Adele non viveva più lì o lei non era mai esistita e si era, realmente, immaginato tutto. Fece due passi. Alle sue spalle le prove che testimoniavano che era stato lì, che aveva cercato Adele: i mozziconi di sigarette ammucchiati di fronte all'appartamento, quel vizio che aveva preso a Parigi, la città che lo stava aspettando perché la sera successiva sarebbe stato di nuovo tra le sue luci. Il treno partiva la mattina presto.

Sarebbero dovuti passare anni, prima che fumasse di nuovo una sigaretta in Italia, e molti altri ancora prima che smettesse di fumare del tutto per ordine del medico. La vita era una sola, per questo bisognava prendersene cura. È un peccato che la lezione si impari sempre troppo tardi, avrebbe detto Berni a settantacinque anni.

# 35

## Firenze, 2008

Quella mattina Fedele si alzò presto, era contento. Attribuì quella felicità alla scomparsa, dopo diversi giorni, della bronchite; si sentiva al massimo delle forze, pronto a fare avanti e indietro freneticamente tutto il giorno, come piaceva a lui. Aveva un buon presentimento e, poi, ormai poteva contare i giorni che lo separavano dal ritorno di Emilia, su una sola mano. Cinque, solo cinque.

Quando se n'era andata, lui aveva pensato di morire. Eppure, eccolo qui, che l'aspettava con impazienza. In realtà aveva pensato a molti scenari possibili: lei che si pentiva della sua scelta, Manuel che l'avrebbe convinta a tornare insieme, lui che non ce l'avrebbe fatta; ma il buonsenso e l'amore alla fine avevano prevalso.

Indossò i pantaloncini e, visto che stava bene, andò a correre e a fare un po' di attività fisica prima di iniziare la giornata.

Un'ora dopo fece la doccia, si cambiò e uscì prima del solito per recarsi al *Buongiorno*. Quella mattina aveva deciso di cambiare un paio di cose e, per farlo, doveva parlare con Anna. Voleva essere il più libero possibile per quando sarebbe arrivata la sua *bella argentinella*, così la chiamava per farla arrabbiare quando a volte lei faceva la supponente o diventava pessimista.

Era talmente presto che Fedele fu il primo ad arrivare al ristorante. Meglio così, gli piaceva quando non c'era ancora nessuno, si poteva meditare, pensare a questioni importanti, sognare… E se Emilia portasse in grembo una bambina identica a lei? E se quella piccolina un giorno avesse corso per l'appartamento con le mattonelle bianche e nere accanto al ristorante? Perché no? Alla fine, se continuavano a stare insieme, sarebbe successo prima o poi. E se invece era un maschio? O meglio: e se dopo avessero messo al mondo un maschio loro due? Avrebbe preso il suo cognome ed ereditato il *Buongiorno*? Gli sarebbe piaciuto avere più di un figlio con Emilia… In realtà, non glielo aveva mai detto, ma se lei non ci avesse ancora pensato, l'avrebbe convinta lui. Sognava e sognava ancora. E si immaginava mentre provavano a concepirli. Il suo cuore la pretendeva, il suo corpo la rivendicava. Si era abituato ad addormentarsi e a svegliarsi con lei, a fare l'amore ogni volta che si trovavano a letto. Emilia, Emilia… Gli mancava qualsiasi cosa di lei. Cinque giorni, li contò con le dita. Poi, rassegnato, ordinò a se stesso: «Al lavoro Fedele!».

Controllò tutte le dispense in cui tenevano le scorte alimentari e fece una lista di quello che mancava e di quello che bisognava comprare con urgenza: la giornata di lavoro era iniziata.

Nello stesso momento in cui lo chef entrava nella cucina del ristorante e Fedele lo salutava amabilmente, in aeroporto, un aereo era appena atterrato ed Emilia Fernán calpestava di nuovo il suolo italiano. Che emozione sentire quella che per lei era la lingua dell'amore.

Stava benissimo, non era stanca e il viaggio era andato bene: i due posti accanto a lei erano vuoti, per cui era riuscita ad allungare le gambe e dormire per tutta la notte.

Un'ora dopo il taxi la lasciava di fronte a casa di Fedele. Il conducente la aiutò con le valigie, tre erano troppe per una ragazza incinta.

Rimasta sola, di fronte al portone principale, cercò le chiavi sotto la fioriera sul davanzale della finestra, come le aveva mostrato Fedele. Entrò e nel salone sentì subito il profumo familiare; una sensazione di casa la pervase, era il profumo di Fedele. Un brivido di eccitazione la percorse da capo a piedi. Devo vederlo subito! Ma non era a casa e al *Buongiorno* sembrava non esserci ancora nessuno. Le mancava così tanto che, per non cedere alla disperazione, le venne un'idea: sarebbe andata a fare un po' di spesa e gli avrebbe preparato qualche piatto tipico argentino.

Lasciò le valigie nella camera da letto e, con il primo bottone dei jeans slacciato perché le stringeva all'altezza della pancia, ben nascosta sotto la camicetta bianca ricamata, uscì tra le strade di quella città che aveva imparato ad amare e che adesso la metteva di buonumore, soprattutto per il bel tempo.

***

Tre ore dopo, finita la doccia e con indosso i pantaloncini del pigiama, Emilia si distese sul letto. Aveva fatto fatica a trovare gli ingredienti e a capire come usare quel forno che non accendevano mai, ma era riuscita a portare a termine l'impresa e ora dentro c'era una dozzina di *empanadas*.

Soddisfatta, guardò il telegiornale. Ascoltare le notizie in italiano la riempì di felicità, perché significava solo una cosa: lui era vicino e a breve si sarebbero rivisti. L'attesa, però, era lunghissima e la stanchezza ebbe la meglio, perché, tra una notizia e l'altra, si addormentò.

Nel frattempo, Fedele, uscito dal *Buongiorno*, entrò in casa passando dal cortile. Appena messo un piede in salotto, sentì uno strano profumo di cibo; era impossibile, nessuno cucinava in quella casa, nemmeno lui che, come sempre, aveva tra le mani un piatto già pronto di caprese.

Sì, era proprio profumo di cibo… Eppure, la cucina era impeccabile. Si avvicinò al forno, lo aprì e, con sua grande sorpresa, ci trovò dentro dei fagottini ripieni, sembravano panzerotti… Chissà se salati o dolci.

*Non può essere*, si ripeteva; aveva paura di entrare in camera da letto e rimanere deluso, visto che né in cucina né in salotto c'era anima viva e tutto era al proprio posto.

Davanti alla camera ebbe bisogno di appoggiarsi alla porta perché ciò che vide lo fece vacillare. Lì, nel suo letto, dove si era lasciato andare alla disperazione per la sua mancanza, adesso c'era Emilia. Sul lenzuolo azzurro, il suo corpo magro, vestito con il pigiama coi limoni, riposava su un lato, con le gambe raccolte e la testa sul cuscino, i capelli lunghi e luminosi sciolti sulla federa. Non voleva muoversi, per paura di rompere l'incantesimo, temeva fosse un sogno o una visione. Rimase immobile a guardarla, emozionato. Quando era arrivata? Perché non lo aveva avvisato? Poi vide le tre valigie. Si tranquillizzò e, senza rendersene conto, dalla sua bocca uscì un: «Emilia, amore mio…».

Appena sentì quell'inconfondibile voce, afona e profonda, Emilia aprì gli occhi. «Fedele…» sussurrò.

L'uomo si avvicinò e la strinse in un abbraccio che durò qualche minuto. Ancora mezza addormentata lei si faceva stringere, perché l'unica cosa che l'aveva spinta fino a lì era proprio quell'abbraccio.

«Sei tornata prima…» le diceva mentre le mordicchiava le labbra, tra il romantico e il folle.

«Sì, volevo farti una sorpresa. La compagnia aerea mi ha detto che…»

Fedele non la fece finire e la baciò fino a rimanere senza fiato. C'era tutto il tempo per le spiegazioni, per le parole; adesso la voleva solo per sé, completamente e in ogni modo possibile. Le migliaia di chilometri che li avevano separati ora non contavano più; si baciavano e le preoccupazioni e i timori di Emilia svanivano in quella bocca tanto amata, con quella lingua che cercava la sua, con quella saliva dolce che si univa a quella di lei e dava vita alla magia; e gli incubi di Fedele si cancellavano in un colpo solo. Per un momento, si vide da fuori, senza pantaloni, senza freni, mentre le toglieva il pigiama coi limoni disperato; era felice: quella era la sua Emilia, quello era il pigiamino che le aveva regalato quando aveva accettato di trasferirsi da lui; aveva cucinato per lui come nessuno aveva mai fatto, certo il cuoco era lui, ma a Emilia non importava. Lei… Lei… Lei era la sua donna e quello che portava in grembo era suo figlio. Perdio, pensava quelle cose per davvero! Era pura magia! Si sentiva sciogliere, preso com'era da quei sentimenti che lo scuotevano e il suo corpo che chiedeva di più. Si tolse i boxer frettolosamente; gli era rimasta addosso solo la camicia color celeste, aperta, ma così sarebbe rimasta perché Emilia gemeva tra le sue braccia chiedendogli quello che lui voleva darle. E Fedele, di fronte al suo corpo nudo, osservandolo con dolcezza, le disse: «Amore mio, ti si vede il pancione…». Era vero, negli ultimi giorni la pancia era aumentata e, volendo a tutti i costi essere la vera protagonista di quel corpo, era diventata impossibile da nascondere.

Emilia si demoralizzò. Quel bambino non era di Fedele. Un dubbio affilato la pugnalò nel profondo e, senza troppi giri di parole, gli chiese: «Non ti piace? Ti disturba?».

«No, sciocchina… Forse non ti sei accorta di quanto mi piace…» disse con la voce rotta dal desiderio. E prendendola dalla vita, la girò sul fianco; poi, da dietro, si appoggiò contro di lei e, fuori controllo, la penetrò. I loro corpi sbattevano l'uno contro l'altro, come la prima volta, festeggiando quell'incontro. Fedele entrava dentro di lei e spingeva con forza, voleva fare attenzione ma non riusciva, il suo corpo voleva tutto e subito. Ma il terzo incomodo, in quella pausa pranzo d'amore, non sembrava avere problemi: sua mamma era contenta, le endorfine che circolavano in tutto il corpo ne erano la prova, e lui, aggrappato con forza alla vita, continuava sereno la sua esistenza senza prestare troppa attenzione a quell'incontro che avveniva tra le coperte.

Il letto con le lenzuola azzurre era in festa: dopo tanta tristezza e tanti incubi, su quel materasso era finalmente tornata la felicità, sotto forma di gemiti, sospiri, parole d'amore e passione. Un uomo e una donna che si amavano erano di nuovo insieme e il mondo avrebbe anche potuto finire in quel momento, a loro non importava.

***

Era quasi sera ed entrambi riposavano nel letto dopo un pomeriggio d'amore e di relax. Fedele controllava che Emilia dormisse mentre pensava che nella stanza in fondo, quella in cui accatastava centinaia di carte e documenti, avrebbero potuto mettere la camera del bambino. Doveva togliere tutto da lì e trovargli un altro posto. Con il suo tipico ottimismo, non riusciva a contemplare che ci potessero essere dei risvolti negativi, per cui iniziava già a pianificare il mese successivo, l'anno successivo e i cinque anni che sarebbero seguiti.

*Due mesi dopo*

Erano due mesi che Fedele ed Emilia vivevano nella loro dolce tranquillità. La felicità sembrava sorridergli e la normalità abbracciarli ogni giorno. La stanza che Fedele aveva sgomberato si stava a poco a poco trasformando nella cameretta del piccolino che sarebbe nato. La carta da parati verde acqua con gli orsetti gialli, che avevano attaccato un pomeriggio, era una chiara dimostrazione che presto un bambino avrebbe dormito lì; così come lo era l'armadio: sui ripiani diventava sempre più alta la pila di vestitini comprati sia da loro che da Adele, Vittorio, Adriano, Salvatore, Alberto, il parrucchiere argentino e la segretaria di Poletti. Nel cassetto c'era solo la tutina bianca e nera a forma di panda che Emilia aveva preso a Barcellona; ogni volta che la guardava si ricordava della promessa che le aveva fatto Fedele in quell'occasione: un giorno tutti quegli alti e bassi non ci sarebbero più stati, le decisioni importanti sarebbero state prese, lei e il bambino sarebbero stati bene, avrebbe indossato la sua tutina e insieme avrebbero ricordato con gioia quel momento.

Quando ripensava a tutto ciò che era successo fino ad allora, le sembrava di aver vissuto in un film e non nella vita reale.

Fedele continuava a vedersi con Vittorio e Adriano, che Emilia aveva conosciuto a una cena a casa della fidanzata di Vittorio, una ragazza spagnola molto simpatica. Emilia aveva iniziato a scrivere qualche articolo per la rivista e, nel tempo libero, decorava la stanza. Quando Fedele tornava dal *Buongiorno*, dimenticava tutto il resto e si dedicava solo a lui. A Emilia non piaceva solo starlo a guardare, ma sentiva proprio la necessità di stare con lui. Era già al sesto mese di gravidanza e aveva iniziato il corso di ginnastica preparto con altre donne italiane con cui aveva stretto amicizia. Presto sarebbe dovuto andare anche Fedele per imparare la parte che spettava ai papà, perché, ovviamente, credevano tutti che fosse lui. Chi mai andava a pensare che un attraente italiano si innamorasse di un'argentina incinta di un altro uomo? E loro non perdevano tempo a spiegare quella parte della storia, era troppo complessa, i dettagli del loro amore erano privati.

Emilia era contenta perché presto sarebbero arrivati suo padre e Vilma, ma non smetteva di preoccuparsi per Manuel, che continuava a sentire tramite mail o in qualche chiamata segreta per evitare la gelosia di Fedele; lui le diceva sempre che per la nascita del bambino sarebbe arrivato in Italia con la speranza di ottenere una nuova risposta da lei. Le chiedeva un'opportunità e le aveva detto, testuali parole, che non si sarebbe mai dato per vinto. Sosteneva che non fosse giusto buttare al vento i tre anni che avevano passato insieme, anche se Emilia continuava a ripetergli che stava sempre insieme al ragazzo italiano. Per non farlo innervosire, però, non gli aveva detto che convivevano. Non capiva cosa fosse cambiato in lui visto che prima di quel momento con lei non era mai stato così presente. In realtà, rasentava l'ossessione. In Argentina aveva visto com'era diventato quando aveva capito che poteva perderla e non voleva che capitasse di nuovo; Manuel si tranquillizzava quando lei gli garantiva che non sarebbe mai successo, ma dentro di seé Emilia pensava che la cosa migliore era averlo distante; non voleva che interferisse nella vita felice che aveva ora. Nel profondo del suo cuore avrebbe tanto voluto che quel bambino fosse di Fedele. Tutto sarebbe stato più semplice; eppure, chissà come sarebbe stata la sua storia d'amore se le cose fossero andate diversamente. Era grata della felicità che avevano raggiunto, pensava quel pomeriggio, mentre guardava Fedele appendere un quadretto nella camera del bambino.

Quel lunedì era rimasto a casa. Avevano deciso di prendersi la giornata per loro, lei non avrebbe scritto e lui non sarebbe andato al *Buongiorno*. A cena, poi, avrebbero avuto ospite la mamma di Fedele.

Adele era andata a trovarli due volte e in una di quelle occasioni le avevano raccontato della gravidanza, senza dirle ancora che il bambino non era di Fedele. Non avevano avuto modo di parlarne ed Emilia ne era stata sollevata; non era facile dare una notizia simile alla propria suocera.

A mezzogiorno, Fedele aveva chiesto a Salvatore se alle otto in punto di quella sera poteva portargli dal *Buongiorno* una teglia di brasato al Barolo, uno dei piatti preferiti di sua mamma. Emilia, tutta seria, con la faccia di chi sta prendendo una decisione d'importanza capitale, sceglieva cosa indossare per cena, e lui mentre le baciava la testa, le diceva: «Emi, qualsiasi cosa andrà bene. È mia mamma».

Assorta in quella scelta cruciale, non lo ascoltava nemmeno; finché lui non iniziò a scendere con la bocca lungo la schiena, poi arrivò alla vita e continuò andando sempre più giù. Ecco che i vestiti non le importavano più.

Mezz'ora dopo finiva per mettersi la prima cosa che aveva trovato nell'armadio perché a breve sarebbe arrivata Adele e loro avevano appena terminato di fare all'amore. Era sempre così con Fedele, e a lei piaceva.

***

Seduti a tavola, Emilia, Fedele e sua mamma conversavano già da due ore. La serata era piacevole; Adele raccontava delle sue lezioni di yoga e dell'atelier che aveva creato in una delle stanze di casa che dava sul cortile. Emilia pensava che Fedele assomigliasse molto alla madre; lei era cordiale, una brava persona, misurata e dinamica. Le sue giornate erano piene di cose da fare.

Quella sera il brasato era piaciuto talmente tanto che la teglia si era svuotata in un attimo. Le donne avevano sparecchiato e, mentre Fedele preparava il caffè con i cantucci, Emilia lavava i piatti e la suocera li asciugava.

Avevano quasi finito quando Adele, trovandosi da sola con Emilia, pensò che fosse il momento giusto per lasciarsi andare alle confidenze.

«Emilia, tempo fa, quando siete venuti per la prima volta a casa mia, mi avevi raccontato la storia della tua famiglia e di un quadro...»

«Sì, mi ricordo... Però Adele, tranquilla, davvero, non ne ho parlato con nessuno.»

«Nessun problema; la mia storia non è un segreto. Pensa che, a parte qualche piccolo dettaglio, Fedele sa tutto. Sai, ci sono alcune cose che agli uomini possono sembrare ridicole.»

«Esatto, è per questo che ho voluto essere discreta; e poi lui non mi ha nemmeno chiesto di cosa abbiamo discusso quel giorno» proseguì Emilia togliendosi il grembiule.

«Non importa, non volevo parlare di questo in realtà, volevo solo dirti che probabilmente il quadro che cerchi si trova in un castello a Piacenza. Io non sono mai più tornata in quel posto, e non ci voglio più tornare... Appartiene al mio passato, ma se tu volessi andarci...»

«Piacenza è una città del Nord Italia, vero?»

«Sì, ed è abbastanza grande.»

«In quale parte si trova questo castello?» chiese Emilia entusiasta.

«Piacenza è piena di castelli. A qualche chilometro dalla città c'è una pianura e lì ce ne sono due grandi; poi da lì, abbastanza vicino...»

Stava per finire la frase, ma la voce di Fedele la interruppe: «Donne della mia vita, potete smettere di chiacchierare e venire a bere il caffè che è pronto da un pezzo e si raffredda?».

Adele sorrise e disse in tono scherzoso: «Emilia, perdonalo, è figlio unico e gli piace stare al centro dell'attenzione».

«Ci mancava solo che due donne complottassero contro di me» esclamò Fedele ridendo, mentre si sedevano a tavola.

Adele, accomodandosi, disse a Emilia: «Dopo ti spiego bene come arrivarci».

Emilia annuì. Adele era sempre così carina con lei.

Continuarono a chiacchierare, i cantucci erano squisiti e la serata stava per volgere al termine, quando emerse un argomento spinoso.

«Cosa desiderate? Un maschio o una femmina?»

«Io non ho preferenze» disse Emilia.

«Nemmeno io.»

«Dicono che il maschio assomigli sempre alla madre, mentre la femmina al padre» aggiunse Adele.

Emilia e Fedele si guardarono. La conversazione stava prendendo una piega pericolosa.

«Ah, sì?» si limitò a rispondere la ragazza.

«Speriamo abbia gli occhi verdi di Emilia... Sono così belli» disse Adele guardando Fedele. Poi, aggiunse: «Però, di solito, il marrone prevale sui colori chiari, quindi meglio non creare false speranze».

Fedele pensò agli occhi verdi di Emilia e a quelli azzurri di Manuel; non riusciva a togliersi dalla testa l'immagine del padre del bambino che aveva visto su Skype e in qualche foto che

Emilia aveva sul computer. Era biondissimo ed era certo avesse gli occhi chiari. Non aveva mai pensato a quel dettaglio, ma in quell'istante provò rabbia per tutti gli occhi azzurri del mondo.

«Tu e tuo fratello vi somigliate? Sono forti i geni nella tua famiglia o pensi che il piccolo somiglierà a Fedele?»

Era una domanda banale in una situazione normale, ma in quel caso li costringeva a dire la verità. Era diretta e ineludibile.

Entrambi guardarono la donna per qualche secondo senza risponderle.

«Cosa c'è? Ho detto qualcosa di male?»

Emilia lo aveva previsto. Fedele era una persona autentica, troppo sincera per mentire spudoratamente. Una cosa era omettere, l'altra inventare di sana pianta.

«Mamma, non ti abbiamo detto una cosa importante, ma non vogliamo nascondere nulla e soprattutto mentire.»

Adele rimase sorpresa da quelle parole. Cosa doveva dirle suo figlio di così importante per usare quel tono?

«Ho conosciuto Emilia che era già incinta.»

Adele pensò di svenire. Non poteva essere vero.

«Quindi, questo figlio...»

«Le cose stanno così: sarà anche vero che questo bambino non è mio, ma gli voglio comunque bene perché amo Emilia e siamo orgogliosi del nostro amore.»

Emilia era rimasta in silenzio. Spettava a Fedele darle spiegazioni, non c'era altro modo.

«Ma perché non me lo avete detto prima?»

«Perché avremmo dovuto? Se per noi non è importante, perché dovrebbe esserlo per gli altri? Non nascondiamo la verità, però non andiamo nemmeno a raccontarla ai quattro venti.»

«Sì Fedele, ma io sono tua madre.»

«Per questo te lo stiamo dicendo. Mamma, davvero, per me

non ci sono problemi. Per te, invece?» Fedele fu diretto, come sempre.

«Neanche per me.»

Continuarono a chiacchierare di altri argomenti, come le nozze in vista di Salvatore e della sua futura sposa di sessantasette anni, ma rimaneva comunque una certa tensione nell'aria.

*Sono io che sono antica o è il mondo che sta impazzendo?*, si chiese Adele.

Quando aveva raccontato il suo passato a Emilia, aveva avuto timore di essere giudicata, e adesso quella ragazzetta argentina se ne usciva con questa storia. Era triste per Fedele, aveva creduto che quel bambino fosse di suo figlio. Tuttavia, doveva riconoscere che lo vedeva felice come non accadeva da anni. Com'è strano l'amore. Decise comunque di comportarsi con più riserbo, non si poteva sapere se la relazione sarebbe andata a buon fine, le cose cambiavano se Fedele non era il padre; era ovvio, visto che quel bambino non avrebbe avuto neanche una goccia del loro sangue. Eppure, pensare che, se i due avessero continuato a stare insieme, lei sarebbe comunque stata la nonna di quel bambino, le sembrò strano.

Dopo che Adele se ne fu andata, rimasti soli, Emilia disse: «Mi sei sembrato un po' troppo duro con tua madre».

«Che dici? Secondo te avrei dovuto dirglielo al momento della nascita, quando avrebbe visto due begli occhi azzurri? È mia mamma e andava fatto. Non vivremo nella menzogna, ci porterebbe solo dispiaceri in futuro.»

Fedele conosceva bene quell'errore, non avrebbe ripetuto gli stessi sbagli del passato di sua mamma. Era stato duro con Emilia, perché era ancora arrabbiato per quegli orribili occhi azzurri, non li sopportava.

Quella sera dormirono ognuno dal proprio lato del letto.

# 36

## Firenze, 2008

«Fedele, ti sto per fare una domanda… Ma non voglio che tu mi risponda adesso, prenditi il tuo tempo» disse Emilia, mentre tornavano a casa in auto. Si stava facendo buio ed erano appena usciti dal ginecologo. Ormai era nell'ultimo trimestre e il medico le aveva detto che la gravidanza stava procedendo bene.

«Mmm… Cosa sarà mai? Dài dimmi, ti ascolto» disse con le mani sul volante.

«Cosa ne pensi se questa settimana la dedico alla ricerca del mio quadro?»

«A Firenze o fuori?»

Fedele l'aveva scoperta. Il giorno prima, mentre era al telefono con Sofi, l'aveva sentita parlare di un castello e, siccome non c'erano castelli in zona, Emilia aveva dovuto dirgli la verità, cosa che avrebbe evitato volentieri perché lui non sarebbe mai stato d'accordo.

«Fuori» rispose, evitando di dirgli che si trovava a Piacenza. Non solo era lontano, ma non era nemmeno sicura che Fedele sapesse che quel luogo era collegato a suo padre. Si sarebbe potuta mettere nei guai con Adele.

«Non mi sembra una buona idea» rispose subito.

«Per questo voglio che ti prendi del tempo prima di rispondermi.»

«Dài, Emi, ti ho già detto che ci saremmo andati insieme, ma questa settimana proprio non posso. Ho il ristorante pieno, ho due prenotazioni per due eventi abbastanza importanti.»

«Sì, ma la settimana prossima arriva mio padre!»

«Non ti preoccupare, vedrai che troveremo un giorno per andarci insieme.»

«Fedele io sto bene, posso andare dove voglio. Il medico ha detto che è tutto a posto, non capisco perché fai delle storie.»

«Perché dovresti prendere il treno e sei incinta di quasi otto mesi.»

«Sette mesi e mezzo» precisò.

«È comunque tanto. Il dottore ha detto che siamo già in quella fase in cui il bambino potrebbe nascere in qualsiasi momento, e io non voglio che viaggi da sola. Soprattutto se vai lontano.»

«Fedele, non nascerà ora, manca più di un mese.»

«E poi ha iniziato a fare freddo e non voglio che ti ammali» concluse lui. Era vero, ormai era inverno.

Emilia sapeva che Fedele aveva ragione, ma quando pensava che il padre stava per arrivare e lei non aveva ancora scoperto molto sul quadro, si sentiva in colpa, perciò voleva andare – anche da sola – a Piacenza. E poi stava bene, come mai prima d'ora. Erano mesi che non le veniva nemmeno un raffreddore.

Era vero, Fedele aveva tanto lavoro in quel periodo, e lei, aspettando di ottenere qualche informazione in più da Adele, aveva lasciato perdere. Ora, però, la data di arrivo di suo padre si avvicinava, in pochi giorni l'argomento sarebbe saltato fuori e non avrebbe saputo cosa dirgli. Non aveva il coraggio di chiedere a Adele perché, da quando le avevano detto che Fedele non era il padre biologico del bambino, era più distaccata: le aveva spedito un vestitino in regalo e continuava a telefonarle, ma non le aveva più fatto visita. Emilia sapeva di non avere scuse con suo padre; erano molti mesi ormai che si trovava a Firenze. *Male, molto male Emilia*, si diceva, incolpandosi.

Fedele, accanto a lei, la guardò e, vendendola contrariata, capì che non si sarebbe mai data per vinta. Così, le propose: «Ascolta Emi, per farti stare più tranquilla... Quando tuo padre e Vilma arriveranno, potremmo andare tutti insieme alla ricerca del quadro».

«Può essere un'idea» disse svogliata. Lui non capiva, Emilia voleva avere quelle informazioni prima dell'arrivo di suo padre; glielo aveva chiesto la prima volta che era partita per l'Italia e lei, presa dai suoi problemi, se ne era addirittura scordata. E poi preferiva andare a Piacenza da sola. Non poteva andarci con Fedele senza dirlo a Adele, lui non conosceva tutti i dettagli della storia che sua suocera le aveva raccontato; forse lì poteva esserci suo padre o qualcosa di significativo della vita di quell'uomo.

Fedele parcheggiò praticamente di fronte all'entrata del *Buongiorno*, scese dall'auto e andò ad aprire la porta a Emilia. Avrebbero cenato al ristorante e, per l'ora che si era fatta, non aveva senso passare prima da casa.

«Bisogna festeggiare, signora, perché lei e il suo bambino siete in ottima salute.»

«Allora andiamo, signore» rispose, dimenticandosi del battibecco su Piacenza. Era vero, bisognava proprio festeggiare.

La felicità gli sorrideva, tutto stava andando come avevano programmato, curando ogni dettaglio, ma non tutte le decisioni dipendevano da loro. Emilia e Fedele entravano dalla porta del *Buongiorno* e nel frattempo, negli Stati Uniti, Manuel acquistava un biglietto per l'Italia, più precisamente per Firenze. Non aveva ancora avvisato Emilia, ma non appena sarebbe tornato al campus le avrebbe inviato una mail; in fin dei conti lui era il padre del bambino, non c'era bisogno di troppe formalità per essere presente alla nascita. E poi, la voleva vedere.

***

Quella sera, dopo aver cenato, Emilia attraversò il cortile ed entrò in casa. Fedele le aveva promesso che l'avrebbe raggiunta in mezz'ora, voleva prima dare una mano al ristorante, poi si sarebbe fatto una bella doccia e avrebbero guardato insieme il telegiornale. Nel frattempo, per cercare di restare sveglia, Emilia avrebbe guardato la posta e letto alcune mail.

Ma quando arrivò a casa e aprì il computer, quello che lesse le fece passare il sonno in un batter d'occhio: suo padre le aveva scritto che sarebbe arrivato il martedì della settimana dopo e Manuel invece… quello stesso venerdì. Fra tre giorni! Da quando si erano visti in Argentina, non aveva smesso di dirle che sarebbe stato in Italia per la nascita del loro bambino. Ma chi si immaginava che arrivasse così presto! Cosa avrebbe fatto a Firenze per più di un mese? Manuel non sapeva neanche che lei conviveva con il ragazzo italiano. Pensò che era meglio dare la notizia a Fedele il giorno dopo perché avrebbero potuto arrabbiarsi e non voleva litigare prima di andare a dormire. Aveva bisogno di riposarsi, di passare una notte tranquilla, soprattutto dopo che al ristorante aveva sentito un dolorino al basso ventre. Niente di grave, infatti non lo aveva nemmeno detto a Fedele.

***

La mattina, quando Emilia si svegliò, Fedele non era in casa. Si sentiva più leggera, perché, alla fine, la sera prima aveva deciso di dirgli dell'arrivo anticipato di Manuel. Non ne fu contento, ma, vedendola stanca, aveva deciso di non lamentarsi più di tanto, si era limitato a un: «La colpa non è tua. È lui che non capisce quale sia il suo posto». Ma su una cosa era stato categorico: «Ho solo un appunto da fare: che non gli venga mai la malsana idea di mettere piede in questa casa. Almeno finché non nasce il bambino».

Una volta nato, in teoria Manuel sarebbe tornato in Argentina, per cui non ci sarebbero state molte occasioni, a meno che non avesse deciso di restare a vivere in Italia. Quando realizzò che quell'idea, nata per scherzo nella sua testa, poteva essere plausibile, Emilia si sentì male.

Decise di non farsi paranoie prima del dovuto, come aveva sempre fatto. Lamentarsi di problemi che non si sarebbero neanche verificati era un vecchio vizio che aveva abbandonato da quando si era trasferita in Italia.

Capì che era meglio usare quei pochi giorni che le rimanevano per dedicarsi a tutte le attività che aveva lasciato in sospeso: doveva fare qualche ultimo ritocco alla stanza del bambino, cercare una persona che la aiutasse con le pulizie della casa, visto che lei ormai non poteva più farlo, e passare in banca per delle commissioni; inoltre, doveva terminare l'articolo che stava scrivendo per la rivista. Il pensiero di tutte quelle cose la stancò. Bevve il caffè e iniziò la sua giornata.

*Tre giorni dopo*

Emilia si alzò dal tavolino del bar all'angolo di piazza della Signoria e salutò Manuel dandogli un bacio sulla guancia. Gli sembrava assurdo trovarlo lì, nella sua vita italiana, era totalmente fuori contesto. Affaticata, si diresse verso l'uscita: la pancia iniziava a pesarle ed era stata una lunga giornata, erano già le cinque del pomeriggio. Si erano visti quella mattina, si erano incontrati presto perché Emilia doveva aiutarlo a cercare un *aparthotel*. Sarebbe rimasto troppo tempo per pernottare in un normale albergo, o per fermarsi a casa sua, come aveva creduto di fare lui, anche se non glielo aveva neanche chiesto. Dopo essersi sistemato, avevano pranzato insieme in un posto carino che conosceva; poi, vedendo che faceva fatica con l'italiano, lo aveva accompagnato a un mercatino alimentare che lei stessa gli aveva consigliato. Infine, prima di tornare ognuno a casa propria, infreddolita e stanca, aveva accettato l'invito di andare a bere il tè che adesso avevano appena terminato.

Appena Manuel l'aveva vista arrivare, era rimasto sbalordito per il pancione. Sembrava strano, ma quella pancia che ospitava il loro bambino era anche la stessa che li teneva distanti. Manuel l'aveva trovata talmente diversa che quasi non l'aveva riconosciuta. Sembrava un'estranea. Osservarla in quel nuovo ambiente, sentirla parlare italiano in maniera sciolta e vederla così diversa sotto ogni aspetto, era stato uno shock. Emilia aveva capito, dal suo sguardo, che il ragazzo stava di nuovo mettendo tutto in dubbio, l'ennesimo tentennamento e la solita indecisione gli si leggevano in faccia. Anche se, in realtà, doveva riconoscere che lei non era più la stessa, i vestiti che indossava, i capelli, persino la lingua che parlava e il cibo che mangiava erano diversi. Non pensava nemmeno più come prima, i suoi gusti erano cambiati, così come le sue priorità; e lui, solo ora, dopo tanto tempo, dopo aver passato una giornata intera insieme a lei, se ne rendeva conto. Avevano chiacchierato per qualche ora, a pranzo e poi nel bar al pomeriggio, e, nonostante all'inizio avesse accennato qualcosa sul darsi una seconda opportunità, aveva poi subito fatto emergere i suoi dubbi, tornando a essere il solito Manuel di sempre, la stessa banderuola al vento. Quando lo salutò, Emilia capì di aver fatto la scelta giusta. Manuel non avrebbe mai rischiato nulla per lei, il suo comportamento era completamente diverso da quello di Fedele che, invece, l'aveva sempre appoggiata e per cui la sua pancia non era qualcosa di strano, ma era il bambino che insieme aspettavano con ansia e al quale non vedeva l'ora di dedicare il suo tempo e il suo affetto, sebbene non fossero uniti da un legame di sangue. Per un attimo, Emilia aveva persino provato rabbia quando Manuel le aveva detto che avrebbe approfittato del soggiorno per vedere il Sud Italia e, perché no, visitare qualche altro paese. Quando lo avrebbe raccontato a Fedele, pensava Emilia, forse si sarebbe tranquillizzato. Ovviamente, per come era Manuel, oggi poteva non aver avuto voglia di discutere, ma domani sarebbe potuto saltar fuori dicendo di voler salvare la relazione, rivendicare la paternità di suo figlio o chissà cosa. Lo conosceva troppo bene. Averlo lì era pericoloso, una bomba a mano. Era meglio che il mese che mancava alla nascita del bambino passasse in fretta.

Fuori dal bar, mentre aspettava il taxi, Emilia disse tra sé una frase che ormai era diventata come un mantra: *Un giorno alla volta, un passo alla volta*. Appena salita in macchina, si rese conto che la casa di Fedele non era poi distante, ma era contenta così; era distrutta e doveva ancora arrivare a casa e raccontare a Fedele com'era andato l'incontro con Manuel. Per fortuna martedì sarebbero arrivati suo padre e Vilma.

***

Quando Emilia entrò a casa, tutte le luci erano stranamente spente e non c'era traccia di Fedele. Lo chiamò più volte, invano; così, stanca, si tolse le scarpe e sentì nuovamente quel dolorino alla pancia di qualche giorno prima, così si sdraiò sul divano. Accese la televisione, aveva bisogno di distrarsi un po', era stata una giornata stressante. Vedere Manuel dopo tanto tempo, parlare con lui di questioni importanti e aiutarlo a sistemarsi era stato estenuante. Si era appena sintonizzata sul telegiornale quando la porta di casa si aprì con forza.

«Cazzo, Emilia! Sei qua!»

Lo guardò sorpresa ed esausta.

«Sì... E?» chiese, innocente.

«Merda! Ti sto chiamando al telefono da mezzogiorno! Credevo ti fosse successo qualcosa! Ero preoccupatissimo!»

«Oh, no, scusami. Non me ne sono accorta, ho avuto una giornata movimentata.»

«Non sapevo dov'eri, cavolo! Ero disperato, non farmi mai più una cosa del genere!»

«Manuel mi ha tenuto occupata tutto il giorno.»

La frase fece arrabbiare Fedele ancora di più.

«Mi avresti potuto avvisare! Io ero preoccupato come un'idiota, mentre tu eri in giro da stamattina con quel cretino! Chissà poi che bisogno c'era! Si può sapere che cosa avete fatto insieme tutto il giorno?»

«L'ho aiutato a cercare un *aparthotel* e, siccome non capisce la lingua, l'ho accompagnato al mercato...»

Aveva deciso di non raccontargli che avevano anche pranzato insieme e poi si erano presi un tè, perché sembrava proprio la descrizione di una bella giornata; era meglio non versare altra benzina sul fuoco.

«Tutto il giorno con quello stronzo e non ti è nemmeno venuto in mente di farmi una chiamata!»

«Fedele, puoi smetterla di insultare? L'ho aiutato, fine, domani non lo vedrò e dopodomani neanche.»

«Ma stai zitta!»

Emilia iniziò a preoccuparsi. Se parlava in quel modo, dicendole di chiudere la bocca con quel tono, voleva dire che era davvero arrabbiato. Ma comunque non sarebbe stata zitta, non aveva fatto niente di male.

«Hai ragione, avrei potuto avvisarti, ma non c'è bisogno di fare così ora, non ho fatto niente di male. Quindi, piantala!»

«Non capisci niente! Hai passato tutto il giorno con quel pezzo di merda.»

«Basta Fedele! Sono troppo stanca per sopportare i tuoi teatrini!»

«Vedo che ti sei divertita con il tuo bell'argentino… Poverina, è stanca! Vado al ristorante ad avvisare che stai bene, ti stavano cercando tutti. Non aspettarmi sveglia, tornerò tardi!» le disse, sbattendo la porta.

Dopo la giornata che aveva avuto, ci mancava solo questa. Non era nemmeno riuscita a dirgli che con Manuel sembrava essere tutto risolto, ogni cosa era al proprio posto. Era stremata. Si sarebbe fatta un bagno, avrebbe mangiato qualcosa e poi sarebbe andata a dormire. Fedele le aveva detto che avrebbe fatto tardi e, se fosse arrivato prima, non sarebbe di certo stata sveglia per litigare di nuovo.

Un'ora dopo, Emilia dormiva placidamente. Aveva mangiato due mandarini e una mela. Fedele arrivò a casa tardi, come le aveva detto, ma non lo sentì nemmeno entrare sotto le coperte.

***

Quando Emilia aprì gli occhi, Fedele era già uscito. Era andato a correre, lo faceva due giorni alla settimana ma quella mattina non era in programma. Forse così si sarebbe calmato, se ancora non lo aveva fatto.

Eppure, quando tornò, la salutò in maniera fredda, si fece una doccia e andò al ristorante. Emilia sapeva che al *Buongiorno* ci sarebbe stata una tavolata di gente che aveva prenotato per festeggiare un anniversario, ma lui avrebbe potuto fermarsi un po' di più in casa con lei.

Decise di non farci troppo caso e organizzare tutto per l'arrivo di suo padre e Vilma. Avevano prenotato l'hotel per una settimana, poi si sarebbero trasferiti in un appartamento preso in affitto: credevano fosse la soluzione migliore per trascorrere quei due mesi a Firenze. Emilia voleva andare a vedere che il posto fosse in ordine.

Si coprì per bene, faceva molto freddo e il cielo era grigio. Ormai non le stava più nulla, così indossò per la ventesima volta il vestito di lana – molto chic – che le aveva regalato Adele, gli stivali, una giacca e il cappotto azzurro. L'appartamento si trovava vicino alla stazione.

Si preparò un tè e, mentre faceva colazione, le balenò in mente un'idea. E se avesse approfittato della stazione vicina per prendere il treno e andare a Piacenza in mattinata? A Fedele quel piano non sarebbe piaciuto, ma forse non lo avrebbe mai scoperto. Erano quattro ore in tutto, andata e ritorno, più una mezz'ora per arrivare al castello, aveva controllato. Con la prenotazione che aveva per l'ora di pranzo al *Buongiorno*, non si sarebbe liberato almeno fino alle quattro e, nel caso in cui fosse arrivato a casa prima di lei e se ne fosse accorto, poteva prendersela quanto voleva, tanto era già arrabbiato dalla sera prima. Pensò che avrebbe potuto passare dal ristorante per salutarlo oppure lasciargli un biglietto a casa per fare pace. Scelse la seconda opzione; aveva paura che, se si fossero visti, le avrebbe chiesto i suoi programmi per quel giorno e non l'avrebbe lasciata andare. Ad ogni modo, Fedele sapeva che non si sarebbe vista con Manuel perché, la sera prima, nel bel mezzo della discussione, glielo aveva detto chiaro e tondo, per cui non c'era ragione di preoccuparsi se non l'avesse trovata a casa. Cercò un foglio di carta e, per sicurezza, scrisse:

> Amore, ho già fatto colazione. Esco per andare a vedere l'appartamento di mio padre, faccio un paio di commissioni e poi torno.
> Spero ti sia passata, non voglio che tu sia arrabbiato con me.
> Ti amo,
> Emi.

***

Dopo mezz'ora, Emilia salutò la persona che le aveva mostrato l'appartamento. Era contenta, tutto era perfetto e il padre avrebbe potuto sistemarsi tranquillamente. *Un motivo in più per andare a Piacenza*, pensò, considerando che tre giorni dopo sarebbe stato lì. Percorse di fretta le due vie che la separavano dalla stazione. Aprì il cappottino azzurro che, per colpa della pancia, non le si chiudeva neanche più. Arrivò sul binario giusto in tempo per prendere il treno che partiva per Piacenza. Meglio di così non poteva andare.

Sul vagone, appoggiata al finestrino, mentre osservava il triste paesaggio invernale, decise di approfittare del viaggio per riposare. Era ancora stremata e continuava ad avere qualche dolorino, ormai la pancia le pesava. Nel pieno del suo torpore, fu assalita da alcune preoccupazioni: e se non avesse trovato il castello? Sapeva solo che era a Piacenza, a qualche chilometro di distanza dalla stazione e che il cognome dei proprietari era Berni. Ci viveva qualcuno? Avrebbe trovato il padre di Fedele? Era ancora vivo? Era ovvio che Adele credeva ci potesse essere questa possibilità, motivo per cui non le aveva detto niente. Era un peccato che non le avesse raccontato tutti i dettagli, ma da quando le avevano detto che il bambino non era di Fedele, sua suocera aveva iniziato a trattarla in maniera diversa. Se al castello ci fosse stato qualcuno, avrebbe dovuto essere discreta e attenta per evitare di aprire vecchie ferite. *Con tutti i posti che ci sono, doveva proprio essere qui il quadro della mia famiglia!* Ma poi, realizzò: era proprio grazie a quel dipinto che era andata al *Buongiorno* e aveva conosciuto Fedele. Tutti quegli eventi erano legati tra loro. E poi, ormai non si poteva più cambiare il passato: andava a Piacenza solo per riavere il quadro e appenderlo vicino a quello che suo padre aveva in casa.

Quando arrivò alla tranquilla fermata di Piacenza, scese dal treno e fu colpita in pieno volto dallo stesso vento ghiacciato di Firenze. Anche i nuvoloni grigi sembravano averla seguita. Al punto informazioni una simpatica ragazza le spiegò che a cinque chilometri da lì, sulle colline, si trovavano due castelli e, su quella più ripida, c'era quello della famiglia Berni. Poteva raggiungerlo in autobus o in taxi. La prima opzione era sicuramente più economica, ma avrebbe dovuto aspettare l'arrivo del bus successivo, mentre la seconda, anche se più cara, l'avrebbe portata all'istante e senza fermate a destinazione. Pensando a Fedele, alla sua pancia e ai dolorini dell'ultimo periodo, decise di prendere il taxi.

Si avvicinò a uno degli autisti, contrattò per il prezzo e, quando ne pattuirono uno ragionevole, partì. La strada era di campagna, c'era solo qualche casolare in mezzo ai campi, le piante e gli alberi erano tutti spogli, niente era riuscito a sfuggire a quell'inverno. Il vento faceva svolazzare veri e propri cespugli di erbacce secche che attraversavano la strada di fronte al veicolo, praticamente l'unico che circolava. Durante il tragitto, infatti, avevano incontrato solo un furgone. Pensò a quanto si stava allontanando dalla città e alla differenza di paesaggio con il centro di Piacenza, e si preoccupò. Quella visita tranquilla si stava trasformando in un'avventura. Forse Fedele aveva ragione, anche se non era ancora detta l'ultima parola. Restava la flebile speranza di ritornare con il quadro.

Dopo un bel tratto di strada, l'auto si fermò a circa cento metri dalla tenuta di epoca medievale, circondata da un enorme parco con, alle estremità, due fitti viali alberati. Il tassista, guardando la proprietà, disse: «Ecco il castello che stava cercando. L'entrata dovrebbe essere da quella parte» le indicò. «Dovrà andarci a piedi, non mi è permesso entrare con il veicolo.»

Le grandi recinzioni che proteggevano il parco privato glielo impedivano. Vedendole il pancione, aggiunse: «Mi dispiace».

Emilia scese dall'auto e il freddo gelido le penetrò nelle ossa. Le temperature in campagna erano più basse di quelle in città e Piacenza non era Firenze. Tuttavia, era sopraffatta dalla bellezza di quella costruzione. Siccome sarebbe dovuta tornare presto, si mise d'accordo con l'autista. Prendere l'autobus sarebbe stato troppo complicato; aveva visto una fermata a seicento metri, vicino a un paio di casette, ma chissà quando sarebbe passato, e poi sarebbe dovuta arrivare fino a lì, con le salite, le discese e il vento.

«Mi può aspettare?»

«Non posso. Però, se facciamo lo stesso prezzo dell'andata, posso venire a riprenderla.»

«Perfetto. Tra un'ora?»

«No, tra due. Ma lo faccio solo perché lei è incinta.»

«Va bene» gli rispose. Cos'altro poteva fare? In mezzo alla campagna, nella sua condizione, non poteva far altro che accettare.

Lottando con il vento gelido, camminò fino all'entrata che l'uomo le aveva indicato, ma quando arrivò, scoprì che si trovava più avanti e dovette percorrere altri duecento metri. Chiudendosi con le mani il cappottino azzurro, camminava a fatica, aveva già percorso molta strada da quando era scesa dal taxi poi, finalmente, arrivò a un pilastro con la tettoia. Suonò il citofono. Le rispose una voce femminile a cui chiese se era possibile parlare con il proprietario. Emilia si presentò usando i due cognomi del padre: Emilia Fernán Argañaraz. Il posto meritava tutta quella formalità. Poi, aggiunse: «Per favore, dica al signor Berni che vengo dall'Argentina per parlargli di una questione importante».

Le parole pronunciate in un italiano perfetto e con una certa autorevolezza ottennero il risultato sperato. La domestica con cui aveva parlato aveva capito che era una faccenda di estrema importanza. Il cancello di ferro si aprì e percorse gli ultimi cento metri in salita che la separavano dall'ingresso principale. Un lungo sospiro uscì dalla sua bocca. La camminata era stata faticosa, la pancia era davvero ingombrante e il dolorino che sentiva era ormai diventato insistente.

Una ragazza con un grembiule e una cuffia di pizzo bianco aprì la porta e la fece accomodare sul divano di velluto in un salone riscaldato da un enorme camino acceso.

«Mi può cortesemente ripetere il suo nome e spiegarmi nel dettaglio il motivo della sua visita?»

«Emilia Fernán Argañaraz. Vengo dall'Argentina e vorrei

incontrare il signor Berni per parlare di un quadro. È importante» aggiunse. Iniziava a scoraggiarsi, non le sembrava più così facile ottenere ciò che voleva: sapere se il quadro fosse in quella casa, che glielo mostrassero e, una volta visto, capire se fosse possibile comprarlo e a quanto. Era chiedere troppo?

# 37

*La vita non è quella che abbiamo vissuto,*
*bensì quella che ricordiamo*
*e come la ricordiamo per raccontarla.*

Gabriel García Márquez

## Piacenza, 2008

Quella mattina, Benito Berni aspettava il tanto atteso vaso. Dopo aver ascoltato un po' di musica nel salone, si diresse nel suo studio; voleva stare tranquillo, senza essere disturbato. Non avendo molto da fare – visto che era tutto programmato e, ormai, aspettava solo la sua ora – si mise ad annaffiare una pianta che aveva sul davanzale della finestra. Si sentì ridicolo: si preoccupava per la vita di quella piantina e non per la sua. Ma, per non impazzire durante l'attesa, bisognava eseguire certi rituali, se no, poi, quello più importante, la morte, poteva perdere completamente senso. Era sicuro che il fatidico giorno fosse arrivato. *Oggi è il quindicesimo giorno*, pensò. E mentre si sedeva sulla poltrona dello studio, sentì la sua domestica aprire la porta d'ingresso. Drizzò le orecchie. Era quasi certo che si trattasse della persona che aspettava, il custode incaricato dal collezionista di portargli l'oggetto atteso… Il vaso era a casa.

La domestica gli comunicò che il signor Wang era arrivato e lui le fece un gesto per dirle di farlo passare. La ragazza accompagnò l'uomo asiatico, che reggeva una cassa, fino alla scrivania, poi lasciò la stanza. Non era una bella giornata per il suo capo, non aveva voluto nessuno intorno fin dalla mattina presto; erano giorni in cui la cosa migliore da fare era allontanarsi subito da lui e chiudersi velocemente in cucina.

Wang consegnò il pacco a Berni e si sedette di fronte a lui. I due uomini si scambiarono giusto poche parole. Benito, impaziente, cominciò ad aprire la scatola con il fermacarte; poi, con delicatezza, uno dopo l'altro, tolse tutti gli strati di imballaggio all'interno e, finalmente, estrasse ciò che aspettava di avere tra le mani da tempo: il vaso della dinastia Ming, dal valore di mezzo milione di dollari, appartenuto prima ai suoi genitori, prima ancora ai suoi nonni e prima di loro ai suoi bisnonni. Lo osservò in adorazione. Aveva sempre avuto un debole per gli oggetti belli e delicati come quello; per quel motivo si era dedicato alla compravendita d'arte per quasi tutta la sua vita.

«Garantisco: è proprio lui, ma qui comunque c'è tutta la documentazione» disse Wang.

«Potrebbe dirmi qualunque cosa, sono sicuro sia lui.»

La ragione di tutta quella sicurezza era troppo personale e non gliel'avrebbe mai rivelata. Una piccola scheggiatura alla base, che quasi nessuno avrebbe notato, confermava che era proprio quello della sua famiglia. Benito era presente quando accadde: il padre aveva spostato il vaso e lui, allora ancora bambino, lo aveva sentito maledirsi per averlo rovinato e lamentarsi poi ogni volta che ci passava di fronte.

Berni lo teneva tra le mani, lo ammirava. Un vaso unico, esclusivo, di forma ovale ed esotica. Era in ceramica e, sullo sfondo bianco, risaltavano le figure azzurre, realizzate utilizzando l'asbolano, un minerale prodotto dall'alterazione del manganese. In questo caso, un enorme drago fluttuava circondato da piante acquatiche e alghe, nelle quali si aggrovigliavano alcuni pesci dorati e brillanti. Era dei Ming, la dinastia che aveva governato in Cina dal 1368 al 1644.

Berni lo sfiorò con affetto. Era liscio come la cera, perfetto come la natura e bello come il corpo di una donna. Era suo, dei Berni, per sempre, sebbene riaverlo indietro gli era costato un occhio della testa. Ma finalmente ritornava al castello, al luogo da cui non sarebbe mai più dovuto uscire. Era l'ultimo manufatto che mancava per completare la lista. Sicuramente, chi aveva saccheggiato la casa dopo la morte dei suoi genitori non si era reso conto del vero valore di quel vaso. Stupidi ladri maledetti!

Ma ormai nulla più importava, era tornato a casa. Con quell'acquisto, finiva il suo compito, portato avanti per una vita intera, che in alcuni periodi – i peggiori – era stato ciò che lo aveva mantenuto vivo, e in altri – i migliori – lo aveva incoraggiato a portare a termine ciò che aveva promesso ai genitori. Oggi, più solo che mai, si sentiva come se avesse vissuto solo per vedere quella missione realizzarsi. Il resto della sua esistenza era stato solo un bagliore: metter su una fortuna che si era sommata a quella lasciatagli dai suoi genitori, conquistare donne che non aveva mai amato, conoscere posti che in realtà non gli interessavano e, ovviamente, la solitudine, sua costante compagna.

Emozionato, voleva solo che l'uomo che aveva di fronte e che osservava in silenzio i suoi movimenti se ne andasse il prima possibile. Firmò i documenti, si alzò e lo accompagnò alla porta. Quello, stupito, non capiva cosa stesse succedendo; aveva viaggiato da Roma a Piacenza solo per consegnargli il vaso, non era un dipendente qualunque, era uno specialista che aveva avuto la cortesia di fargli visita personalmente come gli aveva consigliato il collezionista che aveva venduto il vaso a Berni. Inoltre, sapeva che il conte era un amante dell'arte proprio come lui; si era immaginato che avrebbero conversato, che lo avrebbe invitato a pranzo o, perlomeno, a bere un miserabile caffè. La consegna poteva essere fatta con un trasporto di sicurezza specializzato per articoli d'arte, come avveniva normalmente in questi casi, invece lui aveva deciso di percorrere cinquecento chilometri e adesso veniva mandato via senza rispetto dopo essersi fatto quel lungo viaggio. Una volta fuori dallo studio, lo fulminò con lo sguardo, ma Berni, noncurante, lo salutò chiudendogli la porta in faccia.

Benito se ne accorse, ma fece finta di niente. D'altronde, cosa poteva importare a una persona che sapeva che, di lì a poco, la sua vita sarebbe finita? Gli interessava davvero cosa pensava quel cinese intenditore d'arte? Ovvio che no.

Chiuse a chiave la porta dello studio. Si sedette sulla poltrona della scrivania e prese di nuovo il vaso tra le mani. Un'infinità di ricordi lontani gli tornarono in mente: suo nonno, mentre discorreva sul significato del disegno del dragone; sua madre, mentre lo lucidava con un panno – non aveva mai permesso alle domestiche di farlo –, e lui, ancora bambino, mentre lo osservava dalla vetrina. E ora, eccolo lì.

Seduto sulla poltrona, lo contemplò a lungo. Ammirava la curva delle alghe e delle piante, le pinne dei pesci dorati e la ferocia del drago. Verso mezzogiorno portò il fragile oggetto nella vetrina del salone principale. La stanza era fredda, così chiamò per farsi accendere il camino. Non sarebbe morto al freddo in quel mezzogiorno d'inverno. Bruna, la sua domestica, fece subito quanto ordinatole.

Tornò nella sua camera da letto; era arrivato il momento di indossare il completo che aveva scelto per quel giorno speciale. La cameriera gli chiese se doveva servire il pranzo nel salone dorato, ma lui rispose di no, di non preparare assolutamente nulla, non voleva essere disturbato, quel giorno non avrebbe mangiato. Perché avrebbe dovuto? Non aveva fame. La sua fine era arrivata.

Indossò il completo blu, la camicia bianca con i gemelli, la medaglia che gli avevano dato in Francia e le scarpe nere, ancora nuove, dell'ultima collezione autunno-inverno di Salvatore Ferragamo. Quando uscì, tornò nello studio e si chiuse a chiave. Tirò fuori dalla libreria il faldone nero dove teneva la lista degli oggetti che era solito ricontrollare. Dette un'occhiata alla pagina finale; era sicuro che avrebbe letto quelle parole per l'ultima volta:

Statuina;
Dipinto del Boldini;
Vaso della dinastia Ming.

Mise una croce sull'ultimo. Calcò con forza, tanto che ruppe la punta della stilografica lasciando un'enorme macchia nera sul foglio. Poi, poggiò il faldone sul tavolo ed estrasse dalla tasca la chiave del cassetto. Lo aprì e tirò fuori la Beretta di suo padre; aveva fantasticato più volte di usarla per ammazzare i soldati tedeschi, Rodolfo Pieri o se stesso. E adesso, una di quelle fantasie stava per avverarsi. Era tutto finito, la sua missione nel mondo era terminata, non c'era più ragione di vivere, la vita triste che aveva condotto per tutti quegli anni era arrivata al termine, nella sua anima non c'era più posto per altri dolori. Perciò basta coi giorni di solitudine, basta coi bocconi amari da mandar giù.

Perdita, dolore, angoscia, solitudine.

Solo il suo corpo, in quel momento, sembrava rifiutarsi di afferrare la pistola e porre fine alla sua esistenza, una volta per tutte. Ma Benito non ci fece caso. Non volle ascoltare quelle braccia forti che ancora potevano alzare oggetti pesanti, né quelle gambe che nel parco del suo castello lo facevano passeggiare veloce la mattina, né i suoi occhi che ancora si accendevano quando vedeva il corpo di una bella donna, né la sua mente brillante, con una spiccata dote per gli affari. Ascoltò solo il suo cervello che, guidato dalle emozioni, schiavizzò i suoi arti; vinta questa battaglia, il suo istinto di sopravvivenza si sarebbe arreso, senza più speranza. Il suo ultimo pensiero andò ai suoi genitori. Aurelia, dai capelli lunghi e biondi, pieni di bigodini, che ride; Mario Berni, che gioca con le spade insieme a lui; le sue sorelle, con le trecce, che corrono per il parco… E poi Adele che, con la sua voce delicata, gli racconta una sciocchezza qualsiasi sotto il porticato e con le sue dolci labbra percorre tutto il suo viso.

Non poteva continuare a sopportare la perdita, non poteva più sopportare la vita. Solo. Era solo. Prese la pistola con la mano destra, la portò alla bocca, implorò perdono alla madre per ciò che stava per fare e mise il dito sul grilletto, lentamente, ma deciso. Avvicinava sempre di più la pistola, un millimetro… due…

Bussarono alla porta.

Tre colpi forti.

Poi, una voce.

«Signor Berni? Signor Berni, ha un'ospite. Una ragazza la cerca, ha detto che è per un quadro» annunciò la domestica e, provando ad addolcirlo, aggiunse: «È incinta, viene da…».

Ormai l'avevano distratto e lui aveva perso il coraggio necessario per compiere l'atto finale. Contrariato, tirò fuori la pistola dalla sua bocca.

Le sue dannate domestiche non lo lasciavano neanche morire in pace. Chi cavolo era questa ragazza che si permetteva di presentarsi lì senza il minimo preavviso? Per la rabbia di essere stato interrotto in un momento così privato lasciò la pistola sulla scrivania. Aprì la porta e Bruna, scioccata, senza riuscire a distogliere lo sguardo dalla medaglia, gli spiegò: «È Emilia Fernán Argañaraz. Viene dall'Argentina per un suo quadro».

«E me ne dovrebbe importare?»

«È... incinta.» Lo disse come se fosse la cosa più rilevante di tutta quella faccenda.

«E allora? Torna da lei e mandala via subito!»

La donna stava per insistere, ma vedendo lo sguardo infuocato del conte, decise di restare in silenzio e se ne andò via di corsa. La ragazza dagli occhi verdi la aspettava nel salone.

# 38

*Basta un po' di spirito avventuriero*
*per essere sempre soddisfatti,*
*poiché in questa vita, grazie al cielo, niente accade*
*nel modo in cui lo avevamo voluto,*
*in cui lo avevamo supposto,*
*né tantomeno in cui lo avevamo previsto.*

Noel Clarasó

## Piacenza, 2008

Emilia, seduta di fronte al camino acceso di quel fastoso castello, aspettava il ritorno della domestica. Era piuttosto accaldata. Si tolse il cappotto; dopo la camminata e il freddo che aveva preso, quella stanza le sembrava un forno, le lacrimavano persino gli occhi.

Stava pensando di chiedere un bicchiere d'acqua quando sentì la voce della cameriera e quella di un uomo provenire da una delle stanze accanto. Era sicuramente il proprietario della tenuta.

In pochi secondi, Bruna apparve e le disse: «Il signore non può riceverla, è occupato».

«Posso aspettarlo?» Non si era fatta tutta quella strada per andarsene via così.

«No mi dispiace, ma è… occupato.»

«Ho bisogno di parlare con lui. È importante!»

«Torni un altro giorno.»

«Non c'è nessun altro giorno. Mi guardi, chissà quando

potrò tornare...» disse indicando il pancione. Odiava quando una donna usava quell'arma per ottenere qualcosa, ma si trovò costretta a farlo. Poi, insistette: «Vengo da molto lontano. Gli dica...».

La domestica non sapeva cosa fare o dire. Era evidente che la ragazza non se ne sarebbe andata via tanto facilmente.

«Senta, potrei...»

Ma, prima che terminasse la frase, sulla porta che conduceva al grande corridoio, apparve Benito Berni.

Emilia provò timore alla vista di quell'uomo alto e biondo con gli occhi chiari che, nonostante l'età, era dritto come un fuso. Sembrava arrabbiato, aveva lo sguardo torvo.

«Si può sapere com'è entrata in casa mia?»

*Iniziamo male*, pensò Emilia, ma rispose con sicurezza: «Ho suonato il campanello e mi sono presentata».

La giovane domestica guardò per terra, in attesa di essere ripresa. Era lei la responsabile.

Berni, senza sapere se prendersela con la servitù per averla lasciata entrare o con la ragazza dagli occhi verdi per l'insolenza nel presentarsi a casa sua, decise di tagliare corto e, puntando il dito contro Emilia, le urlò: «E cosa vuole? Forza, mi dica! Non ha capito che non posso riceverla?».

Facendo appello a tutto l'orgoglio che aveva in corpo, con voce ferma, Emilia rispose: «Signor Berni, non l'avrei disturbata se non fosse stato necessario. Vengo perché ho bisogno di qualche informazione su un quadro che appartiene alla mia famiglia. Si tratta del ritratto del maestro Fiore dipinto dalla moglie Gina».

*Ci mancava solo questa!*, pensò Berni. Dopo tutti quegli anni a riunire la sua collezione, era inconcepibile che quella ragazzetta si presentasse lì per dirgli che il dipinto apparteneva alla sua famiglia. Ridicolo. Quell'opera era dei Berni e di nessun altro.

«Non sono interessato a vendere nessuno dei miei quadri.»

«Quindi, il quadro ce l'ha lei?»

«Non vedo perché dovrei darle questa informazione. Si presenta qui a casa mia senza essere stata invitata, fa domande e non so nemmeno chi lei sia.»

L'unica cosa che voleva era finire ciò che aveva lasciato incompiuto nel suo studio. Quella stupida ragazza e le sue ricerche gli mettevano solo i bastoni tra le ruote. E non era nemmeno italiana – quando parlava, aveva pure un accento strano – era arrivata giusto in tempo per interromperlo.

Ma Emilia insisteva: «Il pittore e la moglie Gina erano i genitori di mio nonno, un italiano nato a Firenze che fu adottato da una coppia di argentini».

Sentire che si trattava di italiani che avevano una parentela con quel Fiore, il cui sguardo aveva incrociato il suo per tanti anni, seppur da un quadro, gli fece dire in un tono leggermente più benevolo: «Il quadro ce l'ho io, ma non sono interessato a venderlo».

«È un peccato, perché ciò che volevano Gina e Camillo era che i quadri stessero insieme per sempre. La mia famiglia possiede il dipinto di Gina realizzato, per l'appunto, dal marito.»

«È una storia molto interessante, ma non insista, non lo venderò.»

«Posso almeno vederlo? Potrebbe mostrarmelo?»

«No! Questa è una casa, non un museo!» rispose in tono canzonatorio.

«Signor Berni, non mi sembra di chiederle molto!» esplose Emilia.

«Non le permetto di urlare in casa mia» disse Benito.

Poi, capendo che se si fossero messi a discutere non sarebbero arrivati da nessuna parte, provò a levarsela dai piedi in modo gentile: «Ritorni in un'altra occasione» le disse, pensando che lui non ci sarebbe più stato.

Emilia decise di ricorrere ancora alla scusa della gravidanza, visto che poco prima aveva funzionato con la domestica. Era stanca e il dolore al basso ventre peggiorava sempre di più.

«Signor Berni, come può vedere, sto per partorire e non sarà facile tornare… Se devo dirla tutta, non mi sento nemmeno bene».

«E chi manda una donna incinta in giro a fare ricerche in casa di gente che nemmeno conosce? Credo non ci sia più altro da aggiungere» concluse e, avviandosi di fretta verso il corridoio, fece per tornare nel suo studio. Arrivato sulla porta aggiunse: «Bruna, accompagni la signora all'uscita». Non voleva certo che la ragazza partorisse lì, in casa sua. La cosa migliore per tutti era che se ne andasse quanto prima e che se ne tornasse da dove era venuta; gli aveva già complicato la giornata fin troppo. «Addio, signora Fernán» aggiunse, chiamandola per cognome, come se volesse mostrarsi bendisposto.

Emilia, in piedi nel salone, accanto alla domestica che la guardava, pensò che quell'uomo l'aveva fatta arrabbiare a tal punto che l'unica cosa che, in quel momento, le avrebbe dato davvero soddisazione, sarebbe stata inseguirlo e aggredirlo alle spalle. E lei non era mai stata una donna violenta.

Era offesa, indignata, infuriata, alterata… Si sentiva male, a pezzi.

Il caldo la soffocava e la testa le scoppiava.

Nonostante la temperatura insopportabile, indossò il cappotto; doveva andarsene. Fece due passi fino alla porta e sentì un dolore pungente al basso ventre, non era mai stato così forte.

La domestica se ne rese conto.

«Signorina, si sente bene?»

«Sì» disse con un filo di voce. E con la dignità che le rimaneva si diresse alla porta.

Fuori, il vento ghiacciato le sferzò di nuovo il volto. Guardò l'orologio. Mancava più di un'ora all'arrivo del tassista. Cavolo! Cos'avrebbe fatto? Era stata dentro solo mezz'ora. *Maledetto vecchio!*, pensò. Ricordare la conversazione le fece accelerare il battito, si sentì senza forze e il dolore era sempre più lancinante. Meglio dimenticarsi di quell'uomo. Persino del quadro. Doveva tornare a Firenze.

Iniziò a scendere verso il punto in cui il taxi l'avrebbe aspettata. Erano cento metri. Per fortuna la strada era in discesa. Ansimando, arrivò al citofono a cui aveva suonato e percorse con difficoltà l'ultimo tratto che le mancava. Accidenti, stava malissimo! Forse stava così per qualcosa che aveva mangiato? O per il caldo nel salone? O, forse, per la discussione con Berni? O magari l'insieme di tutte queste cose o... Una nuova fitta di dolore la fece contorcere... O forse il bambino stava per nascere? Pian piano, a fatica, alla fine arrivò dove il taxi l'aveva lasciata. Non c'era niente su cui poteva sedersi, così si appoggiò contro un albero. Doveva aspettare più di un'ora. Non ce l'avrebbe fatta, ma doveva riuscirci, non aveva alternative. Il vento gelido le mordeva il volto e le vampate di calore ora si erano trasformate in brividi di freddo. Tremava. I dolori non si placavano e continuava a guardare l'orologio. Provò a chiamare Fedele, ma era certa non le avrebbe risposto: era nel *clou* dell'evento e, convinto che lei fosse a casa, non avrebbe guardato di certo il telefono. La segreteria che le comunicava che Fedele Pessi non poteva rispondere confermò i suoi pensieri; doveva cavarsela da sola.

Mezz'ora dopo, Emilia aveva già lasciato tre messaggi in segreteria a Fedele e si era seduta su un tronco caduto. Era spaventata, la pancia era sempre più dura, strizzava forte gli occhi e il volto le si contraeva dal dolore.

Fedele si sarebbe inferocito! Perché era andata? Aveva ragione lui. Ah, questa fitta era dolorosa! Si prese la pancia con entrambe le mani. Guardò di nuovo l'orologio, capì che erano vere e proprie contrazioni, erano fitte troppo ravvicinate. Ciò significava solo una cosa: il bambino stava per nascere! Non poteva correre il rischio di aspettare il tassista, non poteva partorire lì, da sola. Assolutamente no! Il terrore la paralizzò. Non c'era nessuno e il castello era troppo lontano. Avrebbe potuto gridare fino allo sfinimento, ma non l'avrebbero sentita. Pensò: *Tranquilla, Emilia, tranquilla. Fai la cosa più ragionevole.* Nonostante la brusca accoglienza del proprietario, il castello le sembrava un buon riparo. Era l'unica forma di civiltà lì intorno. L'avrebbero potuta aiutare.

Così, si decise: sarebbe tornata su e avrebbe chiesto aiuto. Aveva bisogno che le chiamassero un taxi, ma chissà quanto ci avrebbe messo. Non era importante, ora aveva un problema più grosso da risolvere, doveva arrivare al citofono. Si alzò in piedi e il dolore la assalì di nuovo. Appena si affievolì, iniziò a salire a fatica, tenendosi la pancia. Le contrazioni erano sempre più forti. Ogni tanto si fermava per contorcersi, aspettava che passasse e continuava la sua salita. Le sembrava di scalare il monte Everest. Il dolore andava di pari passo con la paura: un passo, dolore, paura; un altro, paura e dolore. Fedele, amore mio. Fedele, vieni. Sarebbe potuto apparire suo padre e aiutarla, magari, però era troppo lontano, si trovava ancora in Argentina. Ma Fedele...

Fedele, Fedele, Fedele.

Credeva di svenire e cadere a terra, quando vide il pilastro del citofono. Si avvicinò, suonò e le rispose la stessa voce femminile di poco prima.

«Sono io, Emilia Fernán. Sono tornata perché mi sento male, ho bisogno di aiuto.»

In quella frase e nella sua voce non c'era più tutto l'orgoglio mostrato poco prima, ma non poteva fare altrimenti.

Udendo quelle parole, la domestica non sapeva se crederle; era passato così poco tempo dalla furiosa lite con il suo capo e adesso la donna incinta dagli occhi verdi le chiedeva aiuto. Emilia, di fronte al suo silenzio, aggiunse: «Ascoltami bene, non sono tornata per il quadro, ma perché ho bisogno di aiuto. Credo che mio figlio stia per nascere».

Quelle parole ottennero quanto sperato: il cancello di ferro si aprì. Ma lei, vedendo il tratto in salita che avrebbe dovuto fare, si scoraggiò. Sarebbe riuscita a camminare fino alla porta d'ingresso? Per fortuna, Bruna uscì e le andò incontro. La raggiunse a metà della salita e le tese la mano per aiutarla. Arrivò, poi, anche l'altra domestica che collaborava con lei nel fine settimana; era una ragazza più giovane.

Poco dopo, tutte e tre entrarono nel castello ed Emilia si adagiò di nuovo sul divano. Il camino ora diffondeva meno calore, ma, infreddolita com'era, ne sentì comunque l'effetto benefico. Emilia cercò di spiegare com'era rimasta d'accordo con il tassista, ma solo la ragazza più giovane la ascoltava. Bruna era sparita, in cerca del padrone.

***

La domestica corse allo studio di Berni e bussò forte come aveva fatto un'ora prima. L'uomo trasalì. Si era chiuso a chiave ed era rimasto in silenzio, provando a ricreare di nuovo il clima che gli permettesse di portare a termine il suo compito. La pistola era di fronte a lui.

«Oh, Madonna! Cosa volete adesso?»

Quel giorno casa sua sembrava un manicomio.

Bruna andò dritta al sodo: «È tornata la ragazza di prima. Credo stia per partorire».

«Cosa?» domandò, ancora chiuso dentro.

«Sì, signore. Credo proprio che serva un medico.»

Berni aprì la porta.

«E cosa dovrei fare io?»

La ragazza lo guardò... Gli occhi risposero per lei: medico, portarla in città, pericolo...

«Non andrò da nessuna parte. Che torni con chi è venuta.»

«È venuta da sola, stava aspettando il taxi. Venga a vedere.»

Berni fece un respiro profondo. Sembrava che il vaso fosse arrivato nel giorno sbagliato. Seguì la domestica in salone e rimase impressionato da ciò che vide. La donna sembrava un'altra rispetto a quella che aveva incontrato prima, bisognava chiamare subito Massimo, l'autista.

Emilia odiava che le persone provassero pena per lei, ma questa volta non poteva controllarlo. Aveva bisogno di aiuto. Avrebbe tanto voluto alzarsi, ma non ci riusciva; così come non fu capace di spiegare in maniera coerente la situazione. Le erano uscite due o tre frasi sconnesse, ma ci voleva poco per capire cosa stava accadendo.

Berni camminava avanti e indietro per il salone.

«Merda! Oggi è sabato e l'autista non lavora. Merda! I taxi e l'ambulanza ci mettono troppo ad arrivare.»

I minuti scorrevano, Emilia si contorceva dal dolore e, anche se provava a nasconderlo, non ci riusciva. Non le importava nemmeno. Sperava solo che l'uomo avesse chiesto aiuto.

Berni la guardava e imprecava: «Madonna santa! Puttana Eva! Porca puttana!». Alcune parolacce che uscivano dalla bocca dell'uomo erano completamente nuove per Emilia.

«Signore, la deve portare a Piacenza...» Bruna aveva preso coraggio.

Venne subito spalleggiata dall'altra domestica: «Sì, subito...».

Si mise le mani tra i capelli e continuò a camminare come un pazzo. La situazione non sarebbe migliorata, e se non avesse fatto subito qualcosa, la ragazza avrebbe finito per partorire lì, sul tappeto del suo salone, e chissà cosa sarebbe accaduto dopo. Guardò Emilia e disse a gran voce: «La porto a Piacenza! Cerco un'auto. Voi aiutatela ad arrivare fino alla porta e aspettatemi lì. Prendete anche un asciugamano per sicurezza».

Poi uscì, facendo un respiro profondo. La vita era piena di sorprese. Il giorno che aveva scelto per suicidarsi, lo avrebbe passato ad aiutare una partoriente. Era scosso, aveva aspettato tanto quel momento e adesso...

Emilia salì sulla Rolls-Royce con l'aiuto delle due donne. Stava finalmente uscendo il sole e Berni mise in moto il veicolo che emise un ruggito forte, come non faceva da tempo, e imboccò subito la strada alla massima velocità.

Sull'auto di fianco a quello sconosciuto, Emilia era semi-incosciente a causa del dolore. Ormai non c'era più pausa tra una contrazione e l'altra. Voleva urlare, ma non lo faceva, si vergognava.

Benito Berni guidava concentrato. Il sole gli dava fastidio agli occhi, si era allontanato dal castello di almeno un chilometro. Non aveva ancora incrociato un'auto, quando vide passare un taxi nel senso opposto; doveva essere quello che stava aspettando la ragazza e, per un attimo, ebbe la tentazione di suonargli il clacson e chiedergli di occuparsene lui. Ma non era sicuro che l'avrebbe fatto. Inoltre, se l'avesse fatta scendere dall'auto, avrebbe potuto partorire il bambino lì, in mezzo alla strada.

Nervoso, schiacciò sull'acceleratore…

Due chilometri… Silenzio e dolore.

Tre chilometri… Silenzio e dolore.

Quattro chilometri… Lamenti e dolore.

Cinque chilometri… Un grido straziante e un dolore fortissimo.

Sei chilometri… Un grido, ancora lamenti, un altro grido…

Emilia si mise la mano tra le gambe e sentì qualcosa di duro: la testa del bambino!

«Sta uscendo! Sta uscendo!»

Una spinta, poi un'altra… e un'altra ancora.

«Aspetti, ci dobbiamo fermare» disse lui.

Berni accostò l'auto al lato della strada, la ragazza aveva bisogno di aiuto. Anche se non sapeva bene che fare; non si era mai trovato in una situazione simile, se non una volta con i partigiani, ma era solo un bambino e non aveva avuto alcuna responsabilità in quell'occasione. Scese dalla macchina, andò dall'altro lato e aprì la porta del passeggero. Emilia si appoggiò a lui con le gambe aperte.

L'uomo si tolse la giacca e mise i gemelli d'oro in tasca, poi si tirò su le maniche. Valutò la situazione, quindi guardò Emilia.

Aveva visto centinaia di donne nude, ma non si era mai trovato in una circostanza simile, con così poca confidenza. Cosa doveva fare? Come si doveva comportare? Poteva toccare senza alcun pudore? Di fronte a lui Emilia non si poneva nessuna di queste domande, aveva problemi più gravi da affrontare… Senza mutande, spingeva con tutta la forza che aveva.

Per fortuna, la saggezza di Berni venne in suo soccorso,

l'esperienza lo guidò e la mente pensò nel modo giusto, poiché si avvicinò alla ragazza e fece ciò che doveva fare. Una nuova vita veniva al mondo senza chiedere il permesso e in questo flusso senza sosta ognuno faceva la sua parte: Emilia metteva il corpo, suo figlio l'istinto e Berni la mente al lavoro, così in pochi minuti era nato e piangeva. Aveva visto la luce su una lussuosissima Rolls-Royce nera che, macchiata di sangue, celebrava ciò che non era mai successo a nessuna auto di quel tipo. La stessa macchina su cui, l'ultima volta che ci era salito sopra, Benito aveva pensato quanto era triste la sua vita proprio per non aver avuto dei figli, a differenza di quella di sua sorella Lucrezia.

Benito si rese conto che bisognava ancora tagliare il cordone ombelicale. Cercò nel vano portaoggetti uno strumento con cui poterlo fare, una forbice, delle tronchesi, qualsiasi cosa di tagliente, ma nulla. Di solito di quelle cose se ne occupavano i suoi dipendenti… E quegli incapaci non avevano messo niente! Doveva trovare un attrezzo con cui potesse tagliarlo, il bambino cominciava a soffrire. Emilia, che in preda al dolore e alla gioia piangeva, se ne rese conto e disse con voce bassa: «La prego, qualsiasi cosa, cerchi qualcosa, bisogna staccarlo». Erano le prime parole che aveva detto da madre.

Disperato, passando in rassegna ogni oggetto sull'auto, si rese conto che le sue scarpe di Ferragamo avevano le stringhe. Se ne tolse una rapidamente e sfregando con insistenza tagliò il cordone ombelicale al neonato. Poi, cercò rapidamente qualcosa con cui coprirlo; faceva freddo e l'asciugamano era intriso di sangue. Allora, prese dal sedile posteriore il cappotto che si era portato dietro e lo coprì. Emilia non lo guardava nemmeno, aveva occhi solo per sua figlia: era una femmina, bianchissima, con pochi capelli, piccolissima.

Benito Berni, ancora sconvolto, mosso da una strana forza che aveva scoperto di avere dentro in quel preciso istante, si sedette sul sedile e mise in moto. Doveva arrivare all'ospedale di Piacenza il prima possibile. Era preoccupato: avevano preso troppo freddo.

Guidava di nuovo, concentrato, quando sentì Emilia dire poche parole, ma molto chiare: «Grazie, Berni... Grazie».

Fu come un dolce canto che gli entrò dall'orecchio e gli andò dritto al cuore. Quella ragazza lo ringraziava quando, in realtà, era lui che doveva dire grazie a lei; gli aveva permesso di vivere il momento più bello ed emozionante di tutta la sua vita, solo per merito suo aveva potuto prendere parte a quella magia; gli aveva fatto dimenticare tutti i pensieri bui, tutte le riflessioni sulla morte erano state rimpiazzate da quelle sulla vita. Una manciata di minuti vissuti per davvero e qualcosa dentro di lui era cambiato per sempre. Lentamente una lacrima gli rigò la guancia. Erano anni che non piangeva ed era la prima volta che lo faceva per qualcosa di bello. Si asciugò velocemente gli occhi con la manica, anche se Emilia non si sarebbe comunque accorta che lui stava piangendo, era ipnotizzata da sua figlia. E anche preoccupata. Era avvenuto tutto così velocemente, in maniera imprevista.

Accanto a lei, Berni, in preda all'ansia, guidava. Trasportava una madre e una bambina appena nata sulla sua Rolls-Royce e l'unica cosa che voleva era proteggerle. Si sentiva come un padre, un fratello, un nonno. E mentre sperimentava queste nuove sensazioni, non poteva immaginare quanto fosse vicino alla realtà, né quanti fili invisibili lo collegassero a Emilia e alla piccola e lo conducessero inesorabilmente al suo primo amore, Adele, e a suo figlio, di cui non conosceva nemmeno l'esistenza.

Si intravedeva in lontananza la città, Berni rallentò e, per un attimo, Emilia distolse lo sguardo da sua figlia per guardarsi intorno. Diede un'occhiata a quell'uomo biondo, con qualche ciuffo canuto, che era lì con lei e si sentì assalita da una strana sensazione. Quella persona che la vita le aveva messo sulla strada per aiutarla era il padre dell'uomo di cui era innamorata? Osservava il suo profilo: era bello come Fedele, il naso dritto, e quelle labbra... Era tutto vero o era frutto della sua immaginazione?

***

Un attimo dopo, davanti alla clinica, Benito scendeva di fretta dall'auto per chiedere aiuto. Avevano bisogno di una barella. I paramedici arrivarono in soccorso proprio quando gli ultimi raggi di sole di quella giornata invernale, che da grigia era presto migliorata, si perdevano all'orizzonte. Non erano nemmeno le cinque e già stava facendo buio.

Emilia si guardò attorno e quando vide l'ultimo sprazzo di luce si ricordò: Fedele! Lo aveva fatto di nuovo preoccupare. Gli avrebbe chiesto scusa per tutto quello che era successo, questa volta aveva avuto ragione a dirle di non andare da sola.

Emilia, però, non immaginava che sarebbe trascorso un bel po' di tempo prima di potergli parlare. Preoccupazioni più gravi incombevano su di lei e l'avrebbero tenuta occupata.

# 39

*La vita è un affare in cui non si fa mai un guadagno che non sia accompagnato da una perdita.*

Arturo Graf

## Firenze, 2008

Al *Buongiorno* Fedele aveva finito tardissimo, come sempre; verso le quattro era andato a casa, ansioso di vedere Emilia, di chiarire con lei e chiederle scusa. La bufera si era placata. Se si era arrabbiato era solo perché si preoccupava per lei.

Al ristorante i camerieri stavano lavando i pavimenti quando uscì, attraversò il cortile ed entrò in casa. Rimase subito sorpreso di non vederla in salotto, allora la cercò in camera da letto, ma non era nemmeno lì; finché non trovò un bigliettino in cucina. Gli aveva scritto che sarebbe uscita a vedere l'appartamento del padre, lo pregava di non essere arrabbiato e lo avvisava che aveva fatto colazione...

Colazione? Ma se erano le quattro del pomeriggio! Da che ora Emilia era fuori casa? Ecco che si stava preoccupando di nuovo. Ah, Emilia! Prese il cellulare e vide tre chiamate perse. Provò a rintracciarla, ma non rispose. Iniziò a fare il giro dei contatti del giorno prima: nessuno sapeva nulla.

Scese di nuovo al *Buongiorno*. Forse, qualcuno lì l'aveva vista, ma niente. Parlò con Adele, che gli suggerì di rivolgersi alla polizia. Stava per farlo, quando gli squillò il telefono: «Signor Fedele Pessi?».

«Sì?»

«La chiamo dall'ospedale di Piacenza.»

«Sì?» questa volta, però, lo disse preoccupato.

«Sua moglie e sua figlia sono ricoverate qui.»

Fedele si sentì mancare. Sua moglie e... Sua figlia! Era nata ed era una femmina! Oddio! E si trovava a Piacenza! Cosa diavolo ci faceva Emilia lì?

Non fece in tempo a mettere giù il telefono che si era già cambiato e metteva in moto l'auto. La bambina è nata a Piacenza! Emilia, Emilia... Voleva rimproverarla, ma soprattutto abbracciarla, dirle che l'amava, da morire, e che avrebbe voluto essere stato lì con lei. Voleva vedere la bambina, sapere come stavano. Dalla clinica non gli avevano dato troppi dettagli al telefono, gli avevano detto che doveva presentarsi in ospedale, e questo non faceva che accrescere la sua preoccupazione.

Trascorse le ore di macchina fino a Piacenza in preda all'ansia; chissà se era andato tutto bene.

Pensava... Quella creatura era sua, ma era anche di Manuel.

Immaginava... l'enorme abbraccio che avrebbe dato a entrambe. La bambina era finalmente con loro.

Parcheggiò la decappottabile rossa davanti all'ospedale, scese di corsa. Chiunque lo avesse visto avrebbe pensato si trattasse di un *playboy* diretto a un appuntamento: scendeva dall'auto con indosso un paio di jeans e la sua impeccabile camicia azzurra, mentre si passava la mano tra i capelli per essere perfetto al suo arrivo.

Quando all'accettazione disse che era il marito di Emilia, la giovane segretaria chiamò subito il medico. Lì in piedi, Fedele, ascoltò preoccupato e attento quello che gli diceva il giovane dottore. La segretaria non si perdeva neanche una parola, e non riusciva a distogliere gli occhi da quell'uomo così attraente. Fedele, però, nemmeno ci faceva caso, era troppo attento alle spiegazioni del dottore.

«Signor Pessi, sua moglie sta bene. Tuttavia, ha perso molto sangue, le abbiamo dovuto fare una trasfusione e dovrà restare in osservazione per almeno ventiquattr'ore.»

Fedele era sollevato, ma…

«E la bambina?»

«È in incubatrice. È molto piccola, pesa solo due chili e duecento grammi. Inoltre, considerando che non è nata in un ambiente sterile, dovremo tenerla sotto controllo. Poi…»

«Poi? Mi dica, la prego»

«Auscultandole i polmoni ho sentito un leggero fischio… Ma non preoccupiamoci prima del dovuto, lasciamo passare qualche ora. La terrò informato.»

«Ma sono tutte e due fuori pericolo, vero?»

«Per quanto riguarda la bambina, come le ho detto, la terrò informato, mentre sua moglie… sì, sta bene, i parti extraospedalieri sono difficili.»

«Chi l'ha aiutata? Com'è successo?»

Il medico gli raccontò quello che sapeva e gli spiegò: «Il signore che l'ha accompagnata è rimasto qui, voleva sapere come stavano. Era un uomo anziano, molto alto, biondo con gli occhi chiari. Credo sia andato al bar dell'ospedale. Se lo incontra, deve proprio ringraziarlo, si è comportato egregiamente».

«Lo farò. Posso vedere mia moglie ora?»

«Certo, e anche la bambina. La signora è al primo piano, ma si è appena addormentata e sarebbe meglio lasciarla riposare.» Poi, indicando le scale, gli consigliò: «Però, se vuole, la accompagno al piano di sotto, dove si trovano i prematuri, così potrà vedere sua figlia».

Quella parola, i "prematuri", lo faceva preoccuupare. *Come se fosse in pericolo*, pensò mentre seguiva il dottore.

Quando arrivarono nel corridoio, attraverso il vetro Fedele vide diversi cubicoli trasparenti in cui riposavano i neonati. Qual era la bambina di Emilia?

Il medico gliela mostrò: «Signor Pessi, sua figlia è quella là nell'angolo» indicando la bimba che a Fedele sembrava la più piccolina di tutti. Poi, se ne andò, lasciandolo solo.

Fedele la guardò e, vedendola così indifesa, pensò alle parole appena pronunciate dal medico. Quella bambina avrà avuto anche un padre biologico, ma sarebbe comunque stata una sua responsabilità e l'avrebbe sempre protetta. Avrebbe vissuto in Italia, insieme a loro. Amava la mamma e quindi avrebbe sempre amato anche lei. La osservò, era piccolissima, poteva tenerla in una mano. La sua pelle, così sottile, diafana, sembrava trasparente e le sue manine erano piccole come caramelle.

Rimase imbambolato contro il vetro a osservarla. Era inevitabile non pensare al giorno in cui era nato suo figlio Carlo. Ma non si rattristò – era una giornata troppo bella per essere tristi –, anzi si sentì grato che la vita gli avesse dato la possibilità di crescere un altro bambino, sebbene non avesse il suo stesso sangue. Non era importante, lui si sarebbe occupato di quella neonata con tutto l'amore possibile. Del resto, amava troppo Emilia e non poteva che essere così. Sperava che quel Manuel Ruiz non si sarebbe intromesso nei loro progetti, soprattutto ora, dopo che non si era fatto vivo per tutta la gravidanza.

Poco dopo, con gli occhi pieni dell'immagine di quel corpicino fragile e indifeso e di quel viso angelico in cui intravedeva una certa somiglianza con la madre, decise di andare da Emilia e aspettare che si svegliasse. Stava salendo le scale, quando si rese conto di non aver avvisato nessuno, nemmeno Adele. Prese il telefono e, fermo sui gradini, fece un paio di chiamate veloci. Prima a sua mamma, poi a Vittorio e Adriano, infine chiamò al *Buongiorno*. Sua mamma gli disse che sarebbe venuta lì a Piacenza e, sebbene Fedele non fosse d'accordo per via della distanza, insistette. *Come se non sapessi quanto è lontana Piacenza!*, pensò Adele, che non ebbe il coraggio di chiedere a suo figlio come e perché Emilia si trovasse lì quando le si erano rotte le acque. Ci pensò Fedele che, per premura, le raccontò che era lì per il quadro di famiglia e che, per fortuna, qualcuno era con lei e l'aveva portata alla clinica, perché altrimenti... Ma non le diede molte altre informazioni; c'era una lunga lista di persone che doveva avvisare e poi voleva vedere Emilia. Così Adele, prima di terminare la chiamata, gli aveva detto che sarebbe arrivata il giorno dopo, con l'ultimo treno.

Finito il giro di chiamate, Fedele si chiese chi avrebbe avvisato Manuel. Non poteva farlo lui, non sapeva nemmeno dove fosse e non aveva il suo numero, per fortuna. Si vergognò di quei pensieri, però era la verità: non lo voleva lì con loro.

Arrivato al primo piano, stava per sedersi sulle sedie nel corridoio, vicino alla porta della stanza di Emilia, quando vide un uomo biondo brizzolato con gli occhi azzurri. Era lui che aveva aiutato Emilia? Si avvicinò, si presentò e glielo chiese.

Era lui e, in poco tempo, gli raccontò l'esperienza di quel pomeriggio. Ovviamente, la parte dei fatti che si poteva raccontare; quella emotiva no. Come poteva spiegare a un ragazzo appena conosciuto che lui quel giorno era sul punto di suicidarsi e che una giovane argentina dagli occhi verdi era venuta a salvarlo, che la nascita della loro bambina gli aveva cambiato il modo di vedere le cose, soprattutto la vita? Fedele lo ringraziò, Berni gli disse che ora sarebbe andato a casa, ma, se non era un problema, sarebbe tornato il giorno dopo per vedere come stavano "le ragazze"; in fondo viveva da quelle parti. Fedele lo salutò con una stretta di mano, alzando un sopracciglio. Anche Berni fece lo stesso gesto, ma nessuno dei due uomini se ne rese conto.

Erano le dieci di sera quando, finalmente, un'infermiera fece cenno a Fedele di entrare nella stanza di Emilia. La ragazza stava ancora dormendo, così si sedette accanto a lei. Indossava il camice bianco e la chioma si apriva a ventaglio coprendo tutto il cuscino. Era pallida e respirava con affanno; aveva la flebo attaccata al braccio. Emilia, la sua amata Emilia, quella donna che era venuta da così lontano per stare al suo fianco, per dargli quell'infusione di felicità che gli mancava da tempo, per mostrargli che era possibile essere completamente sereni anche dopo aver vissuto una tragedia. Voleva dirle che l'amava, che si sarebbe preso cura di lei e della bambina, che l'aveva vista nell'incubatrice, così piccola, che era bella, che le assomigliava e non doveva preoccuparsi, sarebbe andato tutto per il meglio; che avrebbero lasciato l'ospedale con la bimba in braccio e che l'avrebbero fatta dormire con loro, nella casa accanto al *Buongiorno*, che con il tempo avrebbe giocato in quel cortile, vicino alla pianta di gelsomino, e che…

«Fedele…»

«Emi! Come stai? Come ti senti?»

«Bene» rispose mezza addormentata «E la piccola?»

«È in incubatrice, credo stia bene.»

«È bellissima, hai visto?» disse, con un'espressione dolce.

«Sì… Stupenda.»

«Non puoi immaginare… Sono andata a vedere il quadro e quando ero al castello ho iniziato a sentirmi male.»

Gli raccontò tutto, compresa la paura che aveva avuto.

«Ti pensavo, volevo disperatamente che tu venissi ad aiutarmi...»

Fedele l'ascoltava e si sentiva morire da quanto l'amava, stava male al pensiero di non esserle stato accanto.

Gli spiegava come Berni l'aveva aiutata, poi, guardando Fedele, vedeva il suo mondo andare in mille pezzi. Quell'uomo poteva essere suo padre e nessuno dei due lo sapeva! Berni sembrava una bella persona, anche se la prima impressione che aveva avuto non era stata delle migliori. Eppure, visto con occhi nuovi, dopo ciò che avevano vissuto insieme, non pensava più quelle cose, anzi, il contrario. Aveva voglia di chiedere, di intervenire sulla questione dell'ipotetica paternità, ma non ne aveva il coraggio, e poi non era il momento giusto.

Emilia raccontò a lungo tutte le sue peripezie finché le portarono la cena. L'infermiera le aveva detto che dopo mangiato doveva andare subito a dormire, ma che Fedele poteva comunque restare. Si sistemò sulla poltrona della stanza, di fianco al letto di Emilia, invece di andare in un hotel; si sarebbe rifocillato al bar dell'ospedale. Quando uscì dalla stanza per andarsi a prendere un panino, lei gli chiese: «Hai avvisato Manuel?».

Provò odio nel sentirle pronunciare quel nome. Quell'uomo era un intruso.

«No, non ho il suo numero.»

«Non importa, lo farò io. Passami la borsa che è nell'armadio, dentro c'è il mio telefono.»

Fedele gliela diede e uscì. Stava per girare l'angolo quando sentì Emilia parlare e decise di rimanere dietro la porta a origliare.

«Ciao Manuel. È nata... Sì, nemmeno io riesco ancora a crederci. È bellissima. A chi assomiglia? Mmm... Non so...»

Fedele non volle continuare ad ascoltare, ogni parola era una pugnalata al cuore. Non c'era modo di sfuggire a quella situazione. Sarebbe riuscito a sopportare tutto ciò?

Un'ora dopo dormivano, lei nel letto, lui sulla poltrona; entrambi legati dallo stesso pensiero: *Speriamo che vada tutto per il meglio.*

***

La mattina trascorse tranquilla. L'infermiera portò la colazione a Emilia e Fedele, dopo essersi svegliato, averle dato un bacio e averle chiesto come aveva dormito, andò a vedere la bambina. Poco dopo, tornò dicendole che era tutto come il giorno prima. Poi, fece un paio di chiamate per avvisare altri amici della nascita e diede qualche indicazione ai dipendenti del ristorante. Nel frattempo, Emilia scese al piano di sotto e passò un momento tenero con sua figlia; la toccò come riuscì, ma non era abbastanza. Tutti quei tubi e quei controlli la preoccupavano, c'era qualcosa che non faceva stare tranquillo il suo cuore di mamma. Inoltre, poteva vederla solo in determinati orari.

Rattristata, tornò nella sua camera e passò il resto della giornata dormicchiando e chiedendo informazioni sulla bambina. Fedele si prendeva cura di lei, ma alle cinque del pomeriggio dovette lasciarla per andare a prendere sua madre alla stazione.

Non appena l'uomo se ne fu andato, entrò l'infermiera e le fece un prelievo. Pochi minuti dopo, quando iniziò l'orario delle visite, arrivò Benito Berni. Era contenta di vederlo. In fin dei conti, lui era stato presente nel momento più importante della sua vita, e se Berni non ci fosse stato, chissà cosa sarebbe successo.

«Come sta oggi la bambina?» le chiese interessato.

«Come ieri. Tra poco dovrebbe passare il dottore.»

«È così piccola» disse Berni.

«Sì, è nata prima del tempo... Purtroppo vanno così queste cose... Lei ha nipoti?»

«No, non ho figli.» Fu diretto, voleva evitare ulteriori domande scomode e decise di cambiare discorso. «Il suo compagno non c'è?»

«È andato a prendere sua madre alla stazione. Adele arriva da Ancona» pronunciò quel nome di proposito.

Le sembrò che Berni sbattesse gli occhi. O era solo una sua impressione?

«Ah, viene da lontano» rispose lui.

Emilia aveva la fatidica domanda sulla punta della lingua: conosceva Adele Pieri? Quell'uomo non era più uno sconosciuto, sentiva che c'era abbastanza confidenza per poterglielo chiedere.

«Mi scusi, signor Berni, posso farle una domanda?»

«Sì, assolutamente.»

«Lei per caso conosce una certa...»

Stava per fare il nome di Adele, ma non riuscì a terminare la frase perché in quel momento entrò l'infermiera a dirle che era arrivato il signor Manuel Ruiz.

Berni, sentendosi di troppo, decise di uscire. Si scusò, la salutò e, con Manuel già dentro alla stanza, riuscì a dirle: «Emilia, se per lei non è un problema, torno domani».

«Venga quando vuole» confermò lei senza guardarlo, Manuel aveva già tutta la sua attenzione.

Si salutarono con un abbraccio emozionato. Le aveva portato un mazzo di fiori.

«Emilia, non ci posso credere... Ti avevo detto che venivo prima in Italia, sembra quasi che me lo sentissi! Comunque, mi hanno detto che per vederla devo aspettare l'orario di visita.»

«Sì...»

E, come se fosse un vecchio amico che non vedeva da molto tempo – anche se due giorni prima avevano pranzato insieme – gli raccontò l'avventura che aveva vissuto, da quando le si erano rotte le acque a quando aveva partorito sulla Rolls-Royce. Tra di loro, però, c'era un'enorme distanza, non erano vicini, tantomeno complici.

Manuel era commosso. Era appena diventato padre e da come parlava e si muoveva si vedeva che era emozionatissimo: «Emilia, ho pensato molto a noi. Credo che ci dobbiamo concedere una seconda possibilità. Abbiamo una figlia ora».

«Manuel...»

«Io a te tengo molto. A volte posso farmi prendere da altre cose, com'è successo con la borsa di studio, ma provo dei sentimenti per te, da sempre. Mai, nella mia vita, c'è stata una donna più importante di te, credimi.»

L'ultima frase era vera, ma tutto il resto era pura follia.

«Manuel, sei il padre della bambina... Ma non torneremo insieme...»

«Pensaci. Tra due mesi finisco il corso e ce ne torniamo tutti e tre in Argentina.»

Fedele, che era appena arrivato, aveva aperto la porta giusto in tempo per sentire quell'ultima frase. Era furioso.

L'incontro fu terribile. Si fulminarono con lo sguardo e, anche senza presentarsi, avevano subito capito chi fosse l'altro. Si salutarono con freddezza. Emilia li osservava e anche Adele, nascosta dietro suo figlio, faceva altrettanto. Si sistemava nervosamente i capelli castani che le cadevano davanti agli occhi. Il figlio doveva averle spiegato la situazione.

Parlarono della nascita e dei dettagli ospedalieri, ma l'atmosfera continuava a essere tesa. L'aria si poteva tagliare con il coltello.

Dopo tre o quattro commenti infelici che i due rivali si scambiarono di fronte a Emilia e Adele, che rimanevano in silenzio non sapendo bene cosa dire, l'infermiera li avvisò che potevano andare a vedere la bambina. Così, Adele e Manuel uscirono dalla stanza per andare a conoscerla.

Rimasti soli, Fedele ed Emilia si dissero ciò che pensavano con sincerità.

«Fedele, non essere così duro con Manuel. Si trova in un paese straniero, da solo...»

«Oh, poverino! Ti prego Emilia, non raccontarmi queste storielle. Ho sentito cosa ti ha detto quando sono arrivato e non mi pare che tu gli abbia risposto con un bel "no".»

«E come facevo se tu e tua mamma siete entrati un secondo dopo!»

Stavano per iniziare a discutere quando bussarono alla porta.

Era il medico. La bambina non stava bene, aveva avuto un peggioramento, probabilmente a causa di un virus che le aveva preso le vie respiratorie. L'avrebbero spostata in un'ala apposita del reparto di neonatologia, ma lì non avrebbero potuto vederla.

Emilia abbracciò Fedele e iniziò a piangere, ma il medico non aveva ancora terminato: «Ho un'altra brutta notizia: non possiamo dimettere nemmeno lei, Emilia. Dalle ultime analisi del sangue è emerso che i globuli rossi sono molto bassi».

Fedele era preoccupato, mentre Emilia non faceva altro che pensare alla bambina. Si era appena lasciata andare a un pianto incontrollato, quando Manuel e Adele rientrarono, venendo a conoscenza delle brutte notizie. L'orario di visita stava terminando e Manuel, dispiaciuto per la complicazione che aveva avuto la bambina, sembrava infastidito di doversene già andare, sebbene fosse arrivato da poco. Per non parlare del fatto che avrebbe lasciato Emilia sola con il ragazzo italiano. Anche Adele era triste; voleva restare, voleva parlare con Emilia, saperne di più sulla nascita e, soprattutto, sul castello. Ma non era il momento. Le avrebbe raccontato tutto appena si sarebbe ripresa, o magari lo avrebbe fatto Fedele il giorno dopo, ammesso che sapesse qualcosa, perché lei e Manuel non potevano restare, avrebbero passato la notte in un hotel a pochi passi dall'ospedale.

Mezz'ora dopo la donna e il ragazzo argentino li salutarono. Adele, che non voleva disturbare, consolava Manuel dicendogli – un po' in spagnolo e un po' in italiano – che domani sarebbe stato un altro giorno e, chissà, magari le cose sarebbero migliorate.

***

Quella mattina, Berni si svegliò ottimista. Erano due giorni che si alzava di buonumore; da quando era nata quella bambina, qualcosa in lui era cambiato. La sera, dopo aver lasciato la ragazza argentina e la piccolina alla clinica, vide sulla scrivania la prova di ciò che stava per fare, gli sembrava tutto così assurdo. Guardare la pistola lo faceva sentire ingrato: forse, anche sua madre aveva sofferto come Emilia Fernán per darlo alla luce; forse, anche lui era venuto al mondo, come quella bambina, concentrando tutte le sue forze per poter nascere e, assistito dalla fortuna, ce l'aveva fatta. Non era facile venire alla luce, lo aveva visto con i suoi stessi occhi. L'irruzione di un altro essere umano nel mondo era un momento magico, proprio com'era stato per lui quando era nato. Solo che, non ricordandolo, lo aveva disprezzato. Tuttavia, l'esperienza di rivivere quel giorno grazie a Emilia gli aveva fatto cambiare completamente prospettiva ed era stato travolto da una marea di emozioni profonde. Era stato un momento così forte che, anche quella mattina, si stava preparando per andare in ospedale. Pensava che far visita a Emilia e informarsi su come procedessero i primi giorni di vita di quella piccolina gli avrebbe dato la forza per tenere lontano i brutti pensieri del passato. Per questo motivo voleva sapere come andava, ma allo stesso tempo, capire l'origine del suo interesse per quella donna e sua figlia. Era strano, ma condividere quel momento aveva creato tra loro un vincolo stretto a cui non era abituato. Per la prima volta nella sua vita provava dei sentimenti forti e non li rifiutava, come invece era solito fare.

Era come se la sua testa fosse un computer e il parto avesse resettato tutti i suoi pensieri, come se durante il riavvio, invece di concentrarsi sulla morte, la sua mente si fosse concentrata sulla vita.

Dopo aver tolto i proiettili dalla pistola, la ripose nella cassaforte. Non la voleva più vedere.

Con la mente libera, decise di fare una bella colazione e poi andare in ospedale. Diretto all'armadio, in una sorta di autocelebrazione, perché finalmente stava bene con se stesso dopo molto tempo, prese uno di quei completi di Dior che gli avevano spedito per quell'inverno, ma che non aveva mai indossato; scelse un pantalone, un maglioncino dello stesso colore dei suoi occhi e si guardò allo specchio. Si sentiva bene e voleva vedersi al meglio. E poi l'ospedale sarebbe stato pieno di persone, e lui faceva fatica a relazionarsi, così perlomeno avrebbe indossato bei vestiti. Farsi bello e sentirsi appagato mentre si metteva il profumo lo fece sentire strano.

Per colazione, bevve un caffè e mangiò una sfogliatella; erano anni che non ne mangiava una, ma era talmente ottimista che si sentì pronto a cambiare le sue abitudini. In cucina, ne avevano preparata qualcuna in più, così poteva portarne una anche a Emilia. Tutti al castello sapevano della ragazza che aveva chiesto informazioni su un quadro, la voce era arrivata fino a Piacenza, perché sapere che il conte Berni aveva aiutato una ragazza a partorire sulla sua Rolls-Royce era una notizia straordinaria! Una storia che meritava di essere raccontata!

Erano le dieci e mezza quando mise in moto la sua Jaguar. La Rolls-Royce era ancora all'autolavaggio, dove l'aveva portata Massimo.

***

Quella mattina, nell'hotel dove avevano pernottato, nelle rispettive stanze, Adele e Manuel si preparavano con cura, nonostante la tristezza. Manuel voleva essere il più bello possibile per fare colpo su Emilia e perché, inevitabilmente, doveva reggere il confronto con Fedele che, come aveva potuto constatare, era un uomo molto curato. Tuttavia, provava un certo rammarico per aver messo in pausa la sua vita negli Stati Uniti, aveva attraversato l'Atlantico solo per realizzare al suo arrivo, che tutto stava andando irrimediabilmente storto.

In un'altra stanza dell'hotel, Adele, incupita, si sentiva male per Emilia; le faceva ricordare la sua esperienza di madre e l'amore che aveva provato fin da subito nei confronti di Fedele. Di fronte allo specchio, pensava a quanto stesse soffrendo quella ragazza, mentre con il phon in una mano e la spazzola nell'altra si faceva la piega ai capelli. L'ospedale sarebbe stato pieno di visitatori e lei voleva far fare bella figura a suo figlio. Per questa ragione aveva messo i jeans più belli che aveva, un paio di stivali alti e una camicia bianca di pizzo. Era meglio evitare vestito e tacchi, non li aveva portati, anzi, nemmeno li aveva. Era abbastanza *hippie* nel vestirsi e Fedele ormai lo sapeva.

Dopo aver fatto colazione in albergo, Adele e Manuel si diressero alla clinica a piedi; non era troppo lontana. Parlavano poco, lui non sapeva l'italiano e lei parlava pochissimo lo spagnolo. Immersa nei suoi pensieri più intimi, mentre camminava con le mani nelle tasche del suo cappotto chiaro, Adele era stupita: il destino l'aveva riportata in quella città, a pochi chilometri dal castello a cui tanti anni prima aveva fatto visita, e poi non era mai più tornata. Tuttavia, i problemi del presente si intrufolavano nei ricordi del passato e le facevano accelerare il passo. Presto, la mattina a quell'ora, sarebbero stati soli con Fedele ed Emilia; gli amici e i conoscenti sarebbero passati nel pomeriggio, anche perché chi poteva mai presentarsi lì di lunedì mattina? Nessuno, si diceva.

A pochi metri da loro, Berni parcheggiava la sua Jaguar e scendeva fischiettando, cosa che aveva fatto durante tutto il tragitto, perché per lui, nonostante la pioggerella, la giornata era iniziata nel verso giusto. E la sua anima, ormai serena e tranquilla, gli permetteva di godersela.

In ospedale, Fedele si prendeva cura di Emilia. L'aveva aiutata a farsi il bagno e a pettinarsi, e ora le metteva lo zucchero nel tè e la marmellata sulle fette biscottate. La guardava e sentiva di amarla con tutto se stesso, anche se non glielo diceva. Lei non era in vena di romanticherie; l'unica cosa a cui pensava era la sua bambina, che avevano iniziato a chiamare per nome: Clarissa. Lo avevano scelto insieme.

Erano le dieci e mezza quando Adele e Manuel entrarono in ospedale e salutarono Emilia e Fedele, che aspettavano che il medico per avere qualche informazione in più sulla bambina. Ansiosi, speravano di ricevere buone notizie e il permesso di vederla.

Si aprì la porta, ma non era il dottore. Adriano e Vittorio, accompagnato dalla sua fidanzata, avevano deciso di andare a

Piacenza per abbracciare l'amico Fedele. I tre baciarono Emilia che, sensibile com'era, pianse di gioia vedendoli. Mentre gli uomini raccontavano i dettagli del viaggio e la donna parlava a voce bassa con Emilia, Manuel si sentiva un pesce fuor d'acqua. Emilia ormai aveva una vita di cui lui non faceva più parte, ma Fedele sì.

Vedendo tutto il gruppo di visitatori che si era riunito, Fedele andò sulla porta e da lì chiamò con un gesto Vittorio. Quando lui si avvicinò, gli disse senza farsi sentire: «Siamo in troppi, meglio uscire un attimo».

«Sì, però quel Manuel sembra la sua ombra, non la molla un attimo» sussurrò Adriano.

«Lo so! Quello str...» gli rispose Fedele, mentre faceva segno a Adele di uscire anche lei.

Vittorio li seguì e tutti e quattro si accomodarono nel corridoio.

Sentendosi rilassato e in confidenza, Fedele iniziò a raccontare la nascita della bambina nei minimi dettagli. Senza dirgli niente, Emilia era andata in treno a Piacenza per informarsi su un quadro della sua famiglia che si trovava in un castello. Il proprietario, un signore di nome Benito Berni, vedendo che stava male, aveva deciso di portarla in ospedale, ma era stato costretto ad aiutarla a partorire lungo il tragitto, nella sua stessa auto!

Adele ascoltava attenta il racconto. Si sentiva svenire. Il castello! Berni! Ma quando pensò di essere sul punto di cadere a terra, non ci riuscì, perché alle spalle di Fedele, esattamente di fronte a lei, vide un'immagine del passato venire con passo sicuro verso di loro. Dopo quello che le aveva appena raccontato Fedele, Adele sapeva che era reale e non uno spettro creato dalla sua immaginazione. Quella stessa persona che un tempo aveva amato, adesso camminava in quel modo fiero che un tempo la faceva impazzire, e la guardava con quegli occhi azzurri che pensava non avrebbe mai più rivisto e che tanti anni prima la divoravano. Si avvicinava sempre di più e lei poteva osservare come il tempo aveva raggrinzito il contorno dei suoi occhi e come quelle linee a lei sconosciute ora segnavano la pelle del suo volto. Il portamento, però, era quello di sempre.

Fedele si alzò in piedi.

«Mamma, lui è Benito Berni, di cui ti stavo parlando» poi guardò Berni e disse: «Lei è mia madre Adele… Adele Pieri».

La donna si alzò, tremava. Non poteva essere vero.

Benito la guardava, ma restava anche lui in silenzio. Adele Pieri? Adele Pieri! Adele…

Si guardavano con gli occhi e con il cuore.

Berni, che grazie alla nascita di quella bambina, aveva abbandonato la corazza che aveva indossato per anni, ora si sentiva andare in mille pezzi.

«Adele…»

Il corpo magro, il naso a punta, i capelli castani: era lei. Solo la sua pelle era diversa, delle piccole linee circondavano i suoi occhi marroni, altre solcavano la sua fronte. Era una copia della sua Adele, la sua versione con qualche anno in più.

«Benito…» disse poi lei.

Riconobbe la sua voce, la stessa che si era immaginato così tante volte, ricordandosi di quando chiacchieravano sotto il porticato. Ripeté: «Adele…».

Fedele li guardava, ma non capiva cosa stesse accadendo. Sua madre e quell'uomo si conoscevano? O ripetere il nome dell'altro era una forma ridicola di presentarsi? Vittorio si alzò in piedi, salvando la situazione. Strinse la mano a Berni e lo ringraziò per il suo aiuto e la sua audacia.

Fedele, attonito da quel silenzio imbarazzante, iniziò a parlare della salute di Emilia, ma non riuscì a finire la frase che arrivò il medico.

Il dottore entrò nella stanza e tutti lo seguirono. Entrando nella camera della ragazza, le mani di Adele e Benito si sfiorarono; riuscirono a malapena a reggersi in piedi per l'emozione. Adele osservava Fedele di fianco a Benito; stessa statura, erano i più alti della sala; stessa posizione con le braccia incrociate sul petto, che subito scioglievano per passarsi la mano tra i capelli, segno che erano agitati. Naturalmente, per motivi diversi, ma erano nervosi entrambi, li conosceva troppo bene. Avrebbe potuto osservare quella magia per ore, ma la voce del medico la riportò alla realtà. Era lì per informarli sulla salute della neomamma.

«Le analisi di Emilia sono buone» disse, e guardandola aggiunse: «Se continui così, domani ti dimettiamo e sarai libera».

«E mia figlia?» chiese, nervosa. Le interessava solo di Clarissa.

«La bambina dovrà stare in neonatologia. Non è ancora guarita dall'infezione ma, se secondo la scienza due più due fa quattro, bisogna attendere e non disperarsi.»

Emilia si lasciò andare a un altro pianto tra le braccia di Fedele.

Il gruppo se ne andò, la cosa migliore da fare era lasciarli tranquilli, Fedele era l'unico che poteva consolarla in quel momento. Anche Manuel, che non aveva ancora trovato il suo posto in quella stanza, aveva deciso di andarsene e, sentendosi a disagio, era uscito dall'ospedale per fare un giro. C'erano troppi italiani lì dentro! Per non parlare di Fedele, che si credeva il padrone di Emilia! Anche se, in realtà, era lei che gli dava modo di sentirsi il protagonista.

All'ingresso, i visitatori si salutarono. Vittorio, la sua fidanzata e Adriano tornarono a Firenze; era lunedì e li aspettavano al lavoro. Sembrava che anche Berni se ne stesse per andare, quando si avvicinò a Adele e, prendendo coraggio, le chiese: «Andiamo a prenderci un caffè?».

Ci fu un breve silenzio, poi la donna rispose: «Perché no... Nel bar qui sotto?».

«No, usciamo. Questo incontro merita molto di più di un caffè nel bar di un ospedale. Ce n'è uno carino qui vicino.»

Adele lo guardò negli occhi, erano dell'azzurro di sempre. Era ovvio che sarebbe andata.

«Andiamo» disse decisa.

Uscirono dalla clinica e il vento freddo sferzò i loro volti. Adele mise, di nuovo, le mani nelle tasche del cappotto, Berni in quelle del suo trench blu. Camminavano per Piacenza come se fosse la cosa più normale del mondo; nessuno sembrava fare caso a quella coppia di signori che passeggiava in silenzio, l'uno al fianco dell'altra. Arrivarono al bar e Adele si sentì sollevata, era chiaro che Berni non fosse cambiato di una virgola, il solito introspettivo. In effetti, durante il tragitto Benito aveva pensato almeno a quindici frasi da dirle, ma nessuna gli sembrava la più adatta per iniziare una conversazione.

Ordinarono due caffè e si tolsero i cappotti. Il maglione azzurro di Benito non avrebbe mai immaginato di assistere a tutte quelle emozioni in una sola giornata, dopo essere rimasto chiuso nel cassetto dell'armadio per tre mesi, intatto. Anche la camicia bianca di pizzo faceva la sua parte, illuminando il volto di Adele, tanto che Berni non riusciva a smettere di guardarla.

«È incredibile che sia stato tu ad aiutare Emilia durante il parto» disse Adele con sincerità.

«È venuta a casa mia, cercava un quadro, e si è sentita male.»

Nel suo sguardo ora c'erano le immagini di quel giorno, ma evitò i dettagli che, sicuramente, conosceva già.

Adele ci pensò per qualche secondo, poi si decise, peggio per lui se si fosse arrabbiato: «A dire il vero, aveva chiesto a me informazioni su quel quadro, sono stata io a parlarle di Piacenza...».

«Gliene hai parlato tu?» era incredulo.

«Sì... Lo cercava perché è della sua famiglia.»

«Mai avrei pensato che tu...» disse Berni facendo una smorfia che sembrava più un sorriso sincero.

«Mi dispiace» disse, sistemandosi nervosamente la ciocca di capelli che le cadeva sul volto.

«Non dispiacerti. Hai fatto bene a dirglielo, non saremmo qui ora e non avrei mai assistito a una nascita.»

Quelle parole la colpirono; solo un uomo dotato di sensibilità avrebbe potuto pronunciarle. Non se lo sarebbe mai aspettato da Benito; forse era cambiato. Il tempo e i figli cambiano le persone.

«Cosa ne è stato della tua vita? Hai una famiglia?» gli chiese.

«No, non ho nessuno. Né moglie, né figli. Solo una sorella» fu chiaro fin da subito, come faceva sempre.

«Vivi al castello? È casa tua?»

«Sì, da qualche anno. E tu? Da quel che ho visto ti sei sposata e hai avuto un figlio. Fedele Pessi è un brav'uomo, mi piace.»

Il cuore di Adele batteva all'impazzata, ebbe come la sensazione che Benito si fosse reso conto del rossore che, improvvisamente, le inondò il viso.

«Mi sono sposata anni fa, ma sette anni dopo sono rimasta vedova.»

Poco, pensò lui. Poi aggiunse: «Io, alla fine, ho vissuto gran parte della mia vita in Francia».

Quel discorso li dispensò dal parlare di questioni molto più intime. Lui le raccontò della galleria d'arte, del lavoro che negli ultimi tempi non lo soddisfaceva più come prima, motivo per cui era tornato a Piacenza. Adele, invece, gli parlò degli anni trascorsi al ristorante a Firenze, della sua vita ad Ancona, delle camminate sul mare, dell'*atelier*, delle sue sorelle che vivevano in un paese vicino. Poi raccontò della morte di suo nipote ad Atocha e di quella dei suoi genitori, avvenuta anni prima. Ogni volta che nominava Rodolfo Pieri, Benito sentiva un bruciore allo stomaco fastidioso, ma cercava di non farci caso; la conversazione era troppo interessante e la compagnia oltremodo piacevole. Sembrava quasi che la nascita di quella bambina avesse diviso la sua vita in due, in un prima e in un dopo, come era successo un tempo, in quel terribile giorno della sua infanzia. Ascoltava Adele parlare di suo padre e si rendeva conto che alcuni nomi o situazioni non avevano più alcun effetto su di lui.

Benito e Adele chiacchieravano ormai da due ore e la tensione iniziale aveva lasciato spazio a una strana familiarità. Sebbene avessero parlato di tante cose, non si erano mai addentrati nelle questioni più dolorose, non avevano parlato di quanto avesse sofferto Adele quando lui, anni prima, se n'era andato, né del motivo per cui Benito non le aveva mai raccontato della morte dei genitori e del coinvolgimento di Pieri; né della sua ossessione di riunire tutti gli oggetti di famiglia; né di Fedele... loro figlio.

Adele era felice di aver parlato con quell'uomo, con cui aveva avuto una storia che non si era mai chiusa; l'incontro era stato piacevole. Benito, da parte sua, sentiva che la sua vita si era completamente ribaltata, ma non gli importava, anzi ne era contento. Era un piacere poter ascoltare di nuovo quella voce calda e particolarmente afona raccontargli tante cose!

Il tempo era volato ed era ora di salutarsi, Adele doveva tornare in ospedale. Camminarono di nuovo uno accanto all'altra, ma questa volta il silenzio si era trasformato in una chiacchierata animata. Sulla porta dell'ospedale, Benito le promise che sarebbe tornato il giorno dopo. Si salutarono, entrambi sorpresi dal modo in cui la vita li aveva fatti rincontrare.

***

Adele si diresse alla stanza di Emilia. Distesi sul letto, la ragazza e suo figlio dormivano abbracciati. Fedele l'amava da morire, si disse, e senza fare rumore, se ne andò. Era meglio lasciarli tranquilli.

Si sedette nel corridoio del reparto e ripensò alle ore appena trascorse al bar con Benito. Non aveva mai creduto che si sarebbero rivisti, soprattutto in quei giorni, in quella città e grazie al famoso dipinto del maestro Fiore, lo stesso che per anni era stato a casa sua e che Benito si era ripreso come rivincita. Quel quadro che aspettava da anni di riconciliarsi con il suo doppio, che si trovava in Argentina. La giovane e bella Gina lo aveva dipinto con le sue stesse mani, guidata dal desiderio di non separarsi mai dal marito Camillo. Quei quadri avrebbero fatto di tutto per incontrarsi di nuovo, come, ad esempio, far riunire due vecchi innamorati come Adele Pieri e Benito Berni.

Per Emilia e Fedele era un giorno triste, ma per Adele era stato più che altro turbolento. Dopo l'incontro, trascorse le ore in ospedale immersa nei ricordi e nella malinconia.

Ma non era l'unica, nel castello di Piacenza Berni era tormentato dalle stesse sensazioni. Quella sera, mentre gli servivano la cena nel salone dorato, fu assalito dal desiderio di condividere la serata con Adele, parlare dei vecchi tempi, di banalità che acquisivano importanza perché pronunciate da quella voce melodiosa.

Circondato dai suoi manufatti, che aveva cercato per anni, e accantonata l'idea di suicidarsi, Berni aveva davanti a sé intere giornate in cui poter fare ciò che preferiva. Quel giorno lo aveva trascorso a ricordare Adele e a volerla vicino. A un tratto, un'idea gli venne in mente e si decise a metterla in atto. Sorseggiava il suo calice di Ortrugo cercando di capire come trasformare i suoi desideri in realtà.

***

Il giorno dopo, Benito si svegliò presto e si presentò all'ospedale di Piacenza prima delle nove. Al bancone della reception, chiese di poter parlare con il signor Pessi, era urgente.

Pochi minuti dopo apparve Fedele, ancora assonnato, ma a Berni sembrò più riposato del solito. La sera prima era andato a farsi una doccia nella camera d'albergo di Adele e quel giorno indossava l'intimo nuovo e la camicia blu che la madre gli aveva comprato; quando era arrivato a Piacenza non aveva messo in conto di fermarsi così a lungo. Per fortuna, pensò, quella mattina avrebbero dimesso Emilia, anche se sapeva che non avrebbero potuto fare visita alla bambina se fossero tornati a Firenze: bisognava trovare una soluzione. Era comunque sollevato, almeno Emilia stava bene.

Berni e Pessi si salutarono in maniera affettuosa, ormai c'era confidenza, soprattutto dopo che Fedele aveva saputo che l'uomo e sua madre si erano conosciuti da giovani, nell'accademia Pieri.

Benito, dopo aver sentito che non c'erano novità, decise di andare dritto al punto: «Fedele, vorrei farle una proposta».

«Mi dica.»

«Se oggi dimettono Emilia, ho pensato che l'idea migliore sarebbe farvi stare tutti a casa mia. Firenze è troppo lontana, non potete di certo fare avanti e indietro tutti i giorni.»

«A casa sua?»

«Sì, al mio castello. C'è spazio a sufficienza. Pensi che nell'ala riservata agli ospiti, ci sono almeno sette stanze, e saranno tutte per voi.»

«Grazie mille, signor Berni, ma per quanto la casa sia grande, mi sembra di venire solo a disturbarla.»

«No, assolutamente, le mie domestiche ci aiuteranno con tutto; e poi… Conosco sua mamma da molti anni ormai, è una persona a cui tengo…»

«Sì, me lo ha detto che vi siete conosciuti da giovani.»

«Per cui, non si faccia troppi problemi.»

«Guardi, Berni, ne parlerò con mia mamma ed Emilia, perché stanno per arrivare anche i suoi genitori dall'Argentina. Sarebbero dovuti stare a Firenze, ma visto quello che è successo…»

«A maggior ragione, possono fermarsi anche loro da me.»

«Non saprei…»

«Ne parli con gli altri, anche con il signor Manuel Ruiz.»

«Al signor Ruiz lo chieda pure lei, io non ho abbastanza confidenza per farlo. Guardi, sta arrivando» disse, indicando Manuel che, in quell'esatto momento, stava entrando in ospedale e si avvicinava a un medico in cerca di notizie. Berni annuì. Rimasero a scambiarsi qualche altra parola, poi si salutarono.

Benito si avvicinò a Manuel per fargli la stessa proposta e il ragazzo accettò senza pensarci. Quell'ospedale iniziava a dargli la nausea, ad asfissiarlo, però il suo malessere era dovuto per lo più alla salute di sua figlia che non dava segni di miglioramento.

Glielo aveva appena detto il medico. Il suo soggiorno in Italia non stava andando come si era immaginato: l'unica persona un po' gentile con lui era un'infermiera colombiana con cui ogni tanto si fermava a chiacchierare.

Agli altri la proposta di Berni all'inizio sembrava una pazzia, ma con il passare delle ore, cominciò a risultare l'unica opzione possibile. Emilia pensava che sarebbe stata più vicina a sua figlia; inoltre, quell'uomo che veniva tutti i giorni per vedere come stavano lei e la bambina e le portava dolci preparati dalla cucina del castello, iniziava a essere per lei uno di famiglia.

Fedele alla fine accettò. Era certo fosse la cosa più pratica e, in fin dei conti, era Emilia ad avere l'ultima parola. Per Adele i motivi erano più complicati e importanti: dormire in quella casa significava rompere la maledizione che per anni li aveva tenuti distanti, era iniziare una nuova fase della vita, in cui la frustrazione e il dolore che aveva provato, oltre all'odio tra i Pieri e i Berni, forse potevano finalmente essere definitivamente superati. Un motivo più importante, però, la spingeva ad accettare quella proposta –, che lei stessa faceva fatica ad ammettere: avrebbe avuto Berni di nuovo vicino a lei. Quel signore era una copia più sensibile e matura del Benito che lei aveva conosciuto. Naturalmente, gli anni erano passati anche per lei.

Per lasciarlo muoversi con libertà, Berni aveva detto a Manuel che gli avrebbe imprestato la sua Jaguar, lui avrebbe usato la Rolls-Royce che ormai era pronta. C'erano poi anche una 4x4 e una Citroën, ultimo modello.

Era quasi mezzogiorno quando, di fronte alla reception dell'ospedale, il dottore salutò il gruppo comunicandogli che li avrebbe aggiornati sulla salute della piccola nel tardo pomeriggio. Sull'orlo di un'altra crisi di pianto, Emilia pensò che mancava poco all'arrivo di suo padre e Vilma. Ne aveva proprio bisogno! Che si sbrigassero ad arrivare! Era solo grazie a Fedele, che era diventato ormai la sua colonna portante, se non era ancora crollata. Guardare la sua bambina attaccata a quei tubi l'aveva angosciata, ma non poterla nemmeno vedere la faceva sentire impotente, era disperata. Aveva gli occhi rossi per il continuo piangere. Si lavava e mangiava solo perché obbligata e non si faceva più domande sul rapporto tra Adele e Berni, ormai non le interessavano più; non le importava nulla al di fuori di Clarissa. Non avevano ancora lasciato l'ospedale, ma Fedele iniziava già a preoccuparsi per Emilia perché, una volta usciti da lì, bisognava capire come farle mangiare qualcosa.

***

Alle due del pomeriggio, Adele, Manuel, Fedele ed Emilia si erano già sistemati nel castello. Manuel non aveva fatto in tempo a mettere piede in casa che già si era irritato: Emilia avrebbe dormito nella stessa camera di Fedele e non riusciva a dimenticare che sua figlia, che aveva visto una sola volta, non era ancora fuori pericolo. L'Italia e gli italiani proprio non gli piacevano.

Mangiarono velocemente una piadina, tutti insieme, e poi andarono a letto a riposarsi.

Una volta alzati, Emilia e Fedele andarono in ospedale, mentre Manuel prese la Jaguar per andare all'aeroporto di Firenze a prendere il padre di Emilia e Vilma.

Adele e Benito, invece, rimasero al castello. Berni approfittò di quel momento soli per mostrarle alcune stanze; lei, mentre calpestava il tappeto rosso dai bordi neri con i suoi stivali, rimaneva sempre più stupita sia dall'imponenza di ogni camera sia dalla presenza, tra le pregiate opere d'arte, di alcuni manufatti che per anni erano stati a casa sua e con cui era cresciuta.

Rimase sbalordita di fronte al Tiziano. Era stata tirata su a pane e grandi classici, per cui si sentiva una privilegiata a vedere l'opera di uno degli esponenti della scuola veneziana dal vivo. Immaginava quanto sarebbe piaciuto a suo padre e, inevitabilmente, pensava a cosa avrebbe detto se avesse saputo che lei si trovava lì, a passeggiare per le stanze di quel castello, tra quelle bellezze.

Approfittando degli ultimi raggi di sole, Benito la portò a passeggiare nel parco e, sotto al viale alberato, mentre conversavano del più e del meno, Adele osservava la somiglianza che c'era tra alcuni dei suoi gesti e quelli di Fedele e si chiedeva se avrebbe mai avuto il coraggio di dirgli che quel ragazzo era figlio loro. Magari più avanti… O era meglio dirglielo subito? No, forse no. Pensava a tutte queste cose, ma dalla sua bocca uscivano solo discorsi sullo yoga, sulle camminate lungo la spiaggia e quanto queste attività le facessero bene. Benito era di nuovo catturato da quei discorsi così semplici, ma così piacevoli perché pronunciati da quella voce che aveva tanto amato e che adesso, se glielo avessero domandato, avrebbe risposto che non aveva mai smesso di amare. Cos'era il tempo paragonato all'amore? Niente, solo un sospiro. Così come l'odio. Aveva conosciuto entrambi e poteva affermare che il tempo passava, ma i sentimenti non svanivano; bisognava solo decidere quale seguire, perché si era reso conto dopo molto tempo che quello che aveva scelto lui, l'odio, gli aveva portato solo tanta infelicità. Pensava che, prima o poi, avrebbe dovuto chiedere scusa a Adele perché, in fin dei conti, anche lei era stata vittima delle conseguenze nefaste di quel sentimento che lo aveva accompagnato nei peggiori dei suoi anni; perché, purtroppo, lo aveva conosciuto nel suo periodo più buio. Glielo avrebbe detto ora o più avanti? Ancora non sapeva.

***

Fedele ed Emilia entrarono nella clinica mano nella mano. Lui soffriva a vederla così triste e angosciata; stava a testa bassa e in silenzio, non conosceva questo lato di lei e, automaticamente, voleva proteggerla e stare al suo fianco. Accanto a lui, Emilia pensava all'aiuto incondizionato che aveva ricevuto da Fedele. In quei giorni, si era preso cura di lei come nessun altro aveva mai fatto: l'aveva aiutata a lavarsi o a mangiare tagliandole la carne a piccoli bocconi. Temendo che si ammalasse, le aveva addirittura comprato un phon per asciugarsi i capelli – lei lo aveva lasciato a Firenze – e il cambio di vestiti che indossava ora: leggings e scarpe da ginnastica. Era triste, ma avrebbe potuto mettersi un sacco di iuta che non le sarebbe importato ugualmente.

Si presentarono di fronte al reparto di neonatologia all'ora esatta che aveva comunicato loro il medico. In piedi, appoggiati contro il muro del corridoio, lo aspettavano, mentre Fedele la teneva abbracciata. Ci furono alcuni movimenti che, sommati al ritardo del dottore, non piacquero a Fedele. Due infermiere li guardarono e bisbigliarono qualcosa, un altro medico gli passò di fianco e li salutò velocemente, come se volesse scappare per non rispondere a domande scomode. Ebbe, prima ancora che gli venisse comunicato, la certezza di quello che fino a quel momento solo sospettava: Clarissa non c'era più, aveva raggiunto suo figlio Carlo nel mondo degli angeli. Come avrebbe preso la notizia Emilia? Come avrebbe sopportato quel dolore? Spostò il peso sull'altro piede, nervoso, come se un veleno letale lo stesse mangiando dentro. Cercava di convincersi di essersi sbagliato ma quando arrivò il medico le sue tristi parole furono la conferma di ciò che aveva predetto: la bambina li aveva lasciati.

Lui ascoltava il dottore, mentre Emilia si lasciava andare tra le sue braccia a una serie di «No! No! No!» pronunciati in un lungo e triste grido. La sua testa, che inizialmente era appoggiata al petto di Fedele, ora era scesa all'altezza dell'ombelico, e, in quella posizione, come se un grande masso l'avesse colpita, restava a testa bassa. Non riusciva a rialzarla… Lui provava a sollevarla, ma lei non glielo permetteva. Rifugiata nella camicia blu comprata da Adele il giorno prima, Emilia piangeva e urlava «No! No! No!» di continuo. Ancora e ancora.

Quella bambina che lei inizialmente nemmeno aveva desiderato, ma che, con il passare dei mesi, aveva imparato ad amare, se n'era andata per sempre. Quella bambina che Manuel non aveva voluto, ma che lei e Fedele erano pronti ad accogliere a Firenze, nella cameretta con gli orsetti gialli che avevano decorato e che ora non avrebbe ospitato nessuno, perché Clarissa non c'era più e tutte le fantasie, in cui lei e Fedele l'avrebbero cresciuta insieme e si sarebbero sentiti invincibili con la loro piccola tra le braccia, ora svanivano, si disintegravano. E che male faceva… Il cuore di Emilia era in mille pezzi e Fedele, con la sua amata tra le braccia, piangeva – anche se avrebbe voluto essere forte per lei. Perché la vita era così? Perché? Ogni volta che ti regalava qualcosa, ti toglieva qualcos'altro.

Emilia, amore mio. Emilia, vita mia. Emilia, dolce Emilia. Lui conosceva bene il calvario che lei stava per affrontare, lui lo aveva già vissuto, solo che questa volta, almeno, aveva qualcuno con cui consolarsi; quando era successa la tragedia di Atocha, invece, non c'era stato nessuno. Piangeva per Clarissa, che non avrebbe mai conosciuto il sole, né il mare, né un abbraccio. Piangeva per se stesso, per tutte le illusioni che si era fatto, ma soprattutto per Emilia. Nell'istante in cui, con tutte le forze che aveva, riuscì a sollevarla e a tirarle su la testa, la abbracciò stringendola più che poté. Nel corridoio di neonatologia, di fronte a una delle infermiere che piangeva per la scena a cui stava assistendo, Fedele le disse le uniche parole importanti che in quel momento avrebbero avuto senso: «Ti amo». Le prese il viso tra le mani e la baciò; le loro lacrime ormai si confondevano.

Mezz'ora dopo, uscivano dall'ospedale. Erano diversi, non sarebbero mai più stati quelli di prima; un altro strato di sofferenza si aggiungeva a quelli che Fedele aveva accumulato negli anni. Ma per Emilia era il primo. La vita era così: un insieme di cose belle e brutte, e bisognava prendere o lasciare, non c'erano vie di mezzo.

Fedele camminò abbracciato a lei fino all'auto; arrivati al parcheggio, le aprì la portiera e l'aiutò a salire, poi salì anche lui in macchina e lasciarono l'ospedale. Avrebbe seguito lui le pratiche per il funerale, più avanti. Emilia non era pronta a occuparsene, riusciva a malapena a respirare.

***

La decappottabile rossa arrivò al castello e parcheggiò vicino all'entrata. Adele e Benito, sentendoli arrivare, uscirono subito a salutarli, ma bastò guardare il volto di Fedele per capire cos'era successo. Il ragazzo andò ad aprire la portiera a Emilia e l'aiutò a scendere, mentre sua madre gli andò incontro per consolarli. Li strinse in un abbraccio e tutti e tre scoppiarono in un pianto ininterrotto. Rimasto in silenzio alle spalle di Adele, Berni era commosso da tanto dolore. La morte era sempre immane e orribile. A pochi passi da loro, tese una mano e la poggiò timidamente sul braccio di Emilia, poi, acquisita un po' più di sicurezza, le poggiò l'altra sulla spalla; voleva confortarla, alleggerirla da quel macigno, voleva… che sentisse la sua vicinanza. Era concentrato su quella tremenda e nuova esperienza, sull'affetto di cui era carico quel gesto e su come il corpo della giovane rispondesse tranquillizzandosi, quando Fedele, all'improvviso, lo prese e lo trascinò completamente e d'impulso in quell'intreccio di braccia che si stringevano. Non sarebbe riuscito a staccarsi neanche se avesse voluto, ma gli piaceva amare e sentirsi amato. Restarono in quella posizione, uniti, piangendo. Per la prima volta, Benito sperimentava sensazioni di quel tipo; in tutta la sua vita non aveva mai confortato nessuno, non si era nemmeno mai trovato nella condizione di farlo. Immersi in quella condivisione, un velo di affetto li circondò e li rese invincibili. L'amore si manifestava in ogni sua forma. L'amore era forte, davvero forte. Curava, accoglieva e lui lo stava imparando solo ora, accanto a Adele, alla ragazza argentina e a quell'uomo forte che, quando voleva, era dolce come un bambino e a cui ogni giorno si sentiva sempre più legato perché gli sembrava la versione migliore di se stesso.

***

Due ore dopo, Manuel arrivò al castello insieme al padre di Emilia e Vilma, che capirono subito cos'era successo. Miguel e la moglie strinsero la figlia in un lunghissimo abbraccio, poi tirarono in mezzo anche Manuel che, impacciato, non sapeva bene cosa fare. Aveva visto quella bambina una sola volta, non era stato presente durante il parto, solo da poco aveva capito di volerla crescere e, nonostante lo avesse baciato e abbracciato, Emilia sembrava non accorgersi nemmeno di lui.

Vedendo Fedele con il cuore spezzato, Miguel gli andò incontro per abbracciarlo: non si erano nemmeno presentati, ma quel gesto valeva più di una presentazione ufficiale. Manuel li guardava e non si capacitava di come quell'uomo potesse stare così male per una bambina che non aveva nemmeno una goccia del suo sangue.

Poco dopo, Berni ordinò al cuoco del castello di preparare qualcosa da mangiare per tutti. Le domestiche erano stupite: per anni non avevano ricevuto visite e adesso la casa era piena di gente. La nascita è un avvenimento magico e i bambini avvicinano sempre le persone; soprattutto ora che Clarissa era diventata un angelo.

***

Nonostante la tristezza, si accomodarono tutti al tavolo del salone dorato e assaggiarono la pizza del cuoco di Berni; tutti eccetto Emilia che giocherellava con la forchetta nel piatto. Fedele, accanto a lei, la pregava di mangiare e provava a imboccarla.

Per rallegrare l'atmosfera, Miguel e Vilma, che parlavano un italiano perfetto, raccontarono ai presenti i dettagli del loro turbolento viaggio e, lasciandosi andare a qualche confessione più intima, di come si erano conosciuti studiando italiano.

Un'ora dopo, mentre Emilia riposava in una delle camere, Fedele e Manuel andarono in ospedale per compilare i documenti del decesso. Era meglio che lei si riposasse; avrebbe dovuto affrontare il funerale che, su suggerimento di Benito, avevano deciso di celebrare nell'antico cimitero, a metà strada tra il castello e Piacenza, dove erano stati seppelliti anche Aurelia e Mario Berni.

Sulla decappottabile, diretti alla clinica, i due uomini viaggiavano in silenzio fino a che Manuel chiese a Fedele di lasciarlo all'aeroporto. Gli sembrava che la cosa migliore da fare fosse cambiare la data dei biglietti e anticipare il suo ritorno negli

Stati Uniti, ovviamente passando prima per Firenze per recuperare le sue cose.

Adesso che Clarissa non c'era più, Manuel vedeva lontana la possibilità di tornare con Emilia. Almeno, non adesso, con quel ragazzo italiano tra i piedi. Anche se stava iniziando a rivalutare Fedele; sembrava una brava persona, poteva davvero rendere felice Emilia, sicuramente più di lui.

Nel frattempo, al castello, Adele osservava Berni che si occupava di grandi e piccole mansioni con competenza e praticità, dalle chiamate al cimitero, all'organizzazione del pranzo e a rifornire di benzina le auto e si chiedeva come avrebbe superato quel trauma se lui non fosse stato lì con loro. La vita era sorprendente e metteva sempre di fronte a esperienze inaspettate; alcune piacevoli, come essersi ritrovati, altre spaventose, come quella dolorosa perdita.

Dopo un'emozionante, triste e breve cerimonia, Clarissa era stata sepolta nel cimitero di Piacenza.

***

Due giorni più tardi, la Jaguar e la decappottabile lasciavano il castello dirette a Firenze. La prima la guidava Benito, seduta accanto a lui c'era Adele e, nei sedili posteriori, Manuel; sull'altra, invece, Fedele con Emilia, suo padre e Vilma. Berni si era proposto di accompagnarli visto il gran numero di valigie, e poi erano troppi per una sola auto. L'ultimo giorno, prima di partire, tra le mille cose da fare, aveva mostrato il quadro del maestro Fiore a Emilia e Miguel, che gli avevano dato un'occhiata veloce, senza fare troppi commenti; avevano la testa da tutt'altra parte visti gli ultimi avvenimenti. Ormai le priorità erano altre e, immersi in quel dolore, il quadro non sembrava più interessare a nessuno. Quel giorno, durante il pranzo, il gruppo si era ripromesso di vedersi presto; una volta passato quel triste momento, sarebbero tornati al castello per fare visita a Berni.

Arrivati a Firenze, avrebbero per prima cosa lasciato Manuel all'*aparthotel*; doveva fare velocemente i bagagli, dato che era riuscito ad anticipare il ritorno e l'aereo sarebbe partito in un paio d'ore. I genitori di Emilia, invece, si sarebbero sistemati direttamente nell'appartamento che avevano affittato e Adele sarebbe rimasta a casa del figlio per aiutarli, giusto due o tre giorni, per non disturbarli, precisava lei, sempre misurata e attenta. Sebbene non fosse d'intralcio, non sarebbe comunque rimasta più di una settimana, dato che Benito sarebbe andato a trovarla ad Ancona dieci giorni dopo. Era entusiasta all'idea di vedere quel mare di cui lei gli aveva tanto parlato; voleva camminare e chiacchierare sulla spiaggia insieme a lei. C'era ancora qualche questione in sospeso e al castello non erano riusciti a parlare di tutte le importanti vicende del passato, ad esempio di quando lui, arrabbiato con Rodolfo Pieri, aveva lasciato Firenze con i quadri e i manufatti abbandonandola per sempre.

***

Quando arrivarono a Firenze, avevano tutti qualcosa da fare: scaricare le valigie dall'auto, salutarsi e portare Manuel in aeroporto in tempo per il volo, aiutare i genitori di Emilia a sistemarsi nell'appartamento. Una volta finito di correre avanti e indietro, la vita di tutti i giorni li riportò alla realtà e per Emilia fu una vera e propria pugnalata: entrare in casa e vedere la carta da parati con gli orsetti nella stanza della bambina fu per lei un dolore immenso, come dover sistemare tutti i vestiti *premaman* che aveva seminato per casa. Erano proprio quelle piccole cose a provocarle la sofferenza più grande. Per fortuna c'era Fedele, che si prendeva cura di lei nei minimi dettagli; le portava i DVD dei film appena usciti o le riviste spagnole che comprava in edicola. Anche il buonumore di Adele era d'aiuto; la intratteneva con le storie delle sue sorelle o delle nipoti, e cucinava per tutti. Nei giorni in cui rimase con loro, infatti, non permise a Fedele di portare a casa nessun avanzo del *Buongiorno*, ci pensava lei a preparare il pranzo e la cena. Aveva capito i gusti di Emilia e le preparava i cibi che più le piacevano per aiutarla a ritrovare l'appetito. A giocare un ruolo fondamentale a livello emotivo erano, però, suo padre e Vilma. La coppia andava a trovarli tutti i pomeriggi e rimaneva fino a sera, cenavano insieme a loro e si lasciavano andare a lunghe e animate conversazioni. A poco a poco, grazie all'aiuto di tutti, Emilia iniziò a fare cose normali, come giocare a carte o sedersi sul divano insieme a Vilma a spettegolare su attori, modelle e altri personaggi dello spettacolo. In cambio, Emilia le raccontava, con estrema calma, succosi gossip del giorno che avevano per protagonisti calciatori argentini che giocavano in Italia.

Ciò che più l'aiutò a lottare contro la tristezza fu chiudere la porta della stanza della bambina a chiave. Ritornare alla vita di sempre dopo una grande perdita non era facile, ma la sosteneva l'affetto dei propri cari. Anche il lavoro aiutò. Trascorsi un paio di giorni, Emilia aveva ripreso a scrivere qualche articolo che la rivista le aveva affidato. Fedele era felice di vederla seduta davanti al computer quando tornava dal ristorante; era la prova che le cose stessero tornando al loro posto. Emilia, piano piano, si riprendeva e lui sentiva di amarla sempre di più.

Insieme, iniziavano a scrivere un nuovo capitolo della loro vita.

*Due mesi dopo*

Quel venerdì mattina, Fedele diede le ultime istruzioni al *Buongiorno* e poi salutò tutti. Era presto, ma non sarebbe rimasto a lavorare: quel weekend lui, Emilia e i suoceri sarebbero andati a Piacenza al castello di Benito Berni; Adele, partendo da Ancona, li avrebbe raggiunti direttamente lì. Era una visita speciale che avevano promesso a Berni. Non erano ancora andati a trovarlo dopo l'accaduto, eccetto un pomeriggio, di ritorno dal cimitero, in cui si erano fermati giusto il tempo di un tè. Ora che la tristezza si era affievolita, volevano trascorrere più tempo in quel luogo. Nel momento di maggiore difficoltà, Berni era stato loro vicino e sarebbe stato piacevole passare qualche giornata tranquilla in sua compagnia in quel posto incantevole. Persino Emilia era entusiasta e preparava le valigie contenta. Andava al castello dell'uomo che l'aveva aiutata e che era stato in apprensione per lei in quel periodo di sofferenza, che aveva ospitato la sua famiglia e che le aveva dato una mano nei giorni in cui avevano alloggiato da lui. Se Benito fosse o meno il padre di Fedele era un problema di Adele; Emilia non voleva mettersi in mezzo, né tantomeno fare domande scomode che avrebbero potuto rovinare i rapporti affettivi che in quel momento le davano la forza per andare avanti. Adele era contenta così, e lei e Fedele pure. Perché immischiarsi in questioni che non la riguardavano? Stava lentamente tornando a gustarsi la vita a colori dopo due mesi in cui non aveva visto altro che nero.

Guardando i vestiti che aveva messo in valigia, si rese conto che il tempo aiutava davvero a dimenticare i dolori. Si stava pian piano riprendendo e questo la portava a curare di nuovo il suo aspetto. Al castello, circondata da quell'ambiente sofisticato, avrebbe trascorso serate eleganti; per cui aveva deciso di portare un vestito nero e un altro color terra bruciata. Poi, mise in valigia anche un paio di jeans e si rese conto che tutti quei vestiti li indossava prima di avere il pancione: anche il suo corpo stava tornando alla normalità, così come la sua vita sessuale. Lei e Fedele, infatti, avevano da poco ricominciato a fare l'amore e, nonostante le prime due volte fosse stato doloroso, la terza era andata meglio. Tuttavia, la loro vita sessuale non era ancora quella di un tempo ed Emilia voleva riappropriarsene il prima possibile. La vicinanza di Fedele le faceva bene e lui era innamorato di lei. Spesso la cercava e lei non lo voleva più allontanare; Fedele passava tanto tempo con altre donne al *Buongiorno*, lo amava e non l'avrebbe perso, era suo e di nessun'altra, pensò.

***

Nel frattempo, anche Adele, ancora ad Ancona, preparava la valigia. Mancava un'ora alla partenza del treno per Piacenza, ma non era ancora pronta; aveva scelto troppi vestiti da portarsi e ora non entravano nella valigia. Si era sempre vestita molto casual negli anni, ma questa volta si era portata un paio di tacchi alti, un pantalone elegante e un vestito nuovo, lungo e colorato, fedele al suo stile. Negli ultimi mesi, un pizzico di follia era entrato nella sua vita e sembrava proprio che, alla sua ragguardevole età, stesse per tornare insieme al suo primo amore, Benito Berni. Non ne avevano ancora parlato ufficialmente, ma lui era andato a trovarla ad Ancona quattro volte, avevano cenato insieme, camminato sulla spiaggia e conversato tantissimo. Tutto sembrava tranquillo, quando lui, a una cena, le aveva confessato che l'amava ancora, durante la camminata l'aveva baciata e avevano poi proseguito mano nella mano. Le aveva inoltre chiesto perdono per tutto il male che le aveva causato in passato. Naturalmente, nessuno dei due era entrato nei dettagli di quegli avvenimenti; lui perché voleva lasciarsi tutto alle spalle e non tornare più sull'argomento, lei perché parlarne l'avrebbe, inevitabilmente, portata a raccontargli del figlio che avevano concepito insieme. E, in realtà, non si sentiva pronta ad affrontare quel discorso, non ancora. Stare con lui, a quell'età, le faceva provare una vertigine quasi insopportabile, sospettava fosse per la ricchezza di Benito e la paura che lui potesse scomparire di nuovo dalla sua vita. Perché Berni, per quanto ormai fosse un uomo di una certa età, poteva avere ancora tutte le donne che voleva nel suo castello. Tuttavia, ciò che più la preoccupava era che raccontargli del figlio avrebbe, irrimediabilmente, avuto ripercussioni sulla vita di Fedele, che non aveva mai visto più sereno di così: gli piaceva il suo lavoro, economicamente se la passava bene ed Emilia era chiaramente l'amore della sua vita. Fedele andava d'accordo con Berni, i due si piacevano, ma come avrebbe reagito se avesse scoperto che Benito era suo padre, quello che l'aveva abbandonata dopo qualche notte di passione e non era mai più tornato, nemmeno per sapere come stesse? Questa scoperta avrebbe rovinato il rapporto che si stava instaurando tra i due? Avrebbe ferito Fedele? Domande senza risposta. L'amore non aveva età e lei, forse di nuovo innamorata, si preparava per il weekend al castello come se fosse un lungo appuntamento. Quel giorno era andata dal parrucchiere per farsi il colore e la piega, il solito caschetto sulle spalle.

***

Quel venerdì, nella cucina del castello piacentino, il cuoco e i suoi aiutanti lavoravano senza sosta per preparare i menù che avrebbero servito nei giorni a venire. Il conte gli aveva comunicato che avrebbe avuto ospiti per tre giorni, da venerdì a domenica, così tutti si erano messi al lavoro e avevano iniziato a scongelare la carne, a preparare la pasta fresca e a elaborare qualche antipasto.

Nel resto della sontuosa dimora, le domestiche pulivano fin dalla mattina presto; il padrone di casa aveva preteso che fosse tutto impeccabile. Avevano messo in ordine la camera matrimoniale per la giovane coppia, quella blu con la vetrata per i signori Fernán e quella nel corridoio, vicino alla camera di Berni, per la signora che era da sola, come aveva esplicitamente richiesto il signor conte. Benito stava tessendo a piccoli passi una nuova relazione con Adele; era una donna troppo delicata e dolce, non poteva di certo passare subito alle vie di fatto, ma era arrivata l'ora di trascorrere una notte insieme. Sognava di poter trascorrere con lei una notte di passione come quelle che avevano vissuto a Firenze. Era un sogno troppo grande da realizzare? A quell'età era più importante l'attrazione fisica o il sentimento che si provava? Un corpo doveva essere per forza giovane? Lui che aveva avuto tante donne, ma che ne aveva amata solo una, ora si domandava: *Cosa proverò a quest'età? Ma soprattutto, andrà tutto bene?* Sarebbe stato il gran seduttore di un tempo? Il suo corpo avrebbe retto? Pensava di sì, in fin dei conti era ancora ben messo. Ricordò che erano già passati quattro anni dall'ultima volta che era stato con una donna, a Roma, una giovane scultrice, ma era avvenuto nel suo ultimo periodo di normalità, perché poi era crollato emotivamente e non gli era importato più di niente, nemmeno delle donne.

Non era ancora mezzogiorno, quando la decappottabile rossa si fermò nel parco del castello e il proprietario di casa uscì ad accogliere i suoi ospiti. Le due coppie salutarono Berni e si raccontarono a vicenda gli ultimi avvenimenti, tra cui le gite fatte da Miguel e Vilma. Fedele controllò l'orologio, tra mezz'ora sarebbe dovuto andare a prendere la madre in stazione.

***

Due ore dopo, pranzarono tutti insieme nel salone dorato, parlando del bellissimo parco del castello, che si distingueva da altri per la presenza di alberi esotici; Benito spiegava che gli sarebbe piaciuto pranzare fuori, circondati dal verde, ma non si poteva fare con quel vento e quel freddo. L'inverno sembrava non finire, ma aveva comunque organizzato qualche attività da fare con i suoi ospiti: «Spero che abbiate portato con voi il vostro spirito d'avventura, perché ho avuto qualche idea interessante».

«Cosa ci farai fare questa volta, Benito?» domandò Vilma.

«Ho un bel po' di mele che aspettano solo di essere raccolte; può essere un'esperienza diversa dal solito, se vi va.»

«Che bello! Sì, voglio venire! Porto anche la macchina fotografica» disse Emilia.

«Ne raccogliete sempre tante?» chiese Vilma.

«Sì» rispose Berni, orgoglioso. Eccetto rare volte, le mele non erano mai mancate al castello.

«A me piacerebbe vedere il quadro del maestro Fiore nei dettagli. La prima volta gli abbiamo dato solo un'occhiata veloce» commentò il padre di Emilia; da giorni pensava di parlare con Berni in privato, aveva un'idea che voleva condividere con lui, ma per ora non ne aveva parlato con nessuno, nemmeno con sua moglie.

«Certo, ho pensato la stessa cosa. Mi piacerebbe salire al piano di sopra, vorrei mostrarvi con calma la mia pinacoteca.»

«Sì, non ho ancora visto il Tiziano e ci terrei tanto. È raro vederne uno fuori dai musei» disse Vilma.

«È un piacere per me poterla rendere felice, Vilma.»

Il gruppo conversava in maniera distesa. Ridevano, mangiavano il carpaccio di salmone, ma se qualcuno avesse zumato sui loro volti, avrebbe visto dettagli impercettibili all'occhio umano.

Gli occhi di Fedele brillavano ogni volta che si posavano su Emilia: vederla essersi quasi completamente ripresa da quel brutto periodo lo rendeva felice. Le versava del vino mentre le sussurrava all'orecchio frasi sulla scollatura del vestito che le metteva in mostra il seno. Provava a svegliare in lei il desiderio, quella notte la voleva tutta per sé.

Anche gli occhi di Berni brillavano. Seduto a capotavola, accanto a Fedele, usava la stessa tecnica. Versava il vino a Adele, le prendeva la mano e la cercava con gli occhi.

Lo sguardo di Vilma si posava, sagace, sui due uomini; li osservava nel dettaglio, cercando di far finta di niente, mentre pensava: *I geni non mentono*. Era ormai chiaro per lei. Adele le aveva raccontato solo una parte della storia, ma lei aveva tratto le sue conclusioni; quei due uomini avevano troppe cose in comune.

Gli occhi di Miguel erano diversi, perché guardava sua figlia e sentiva di non riuscire a trattenere le lacrime dalla felicità. La vedeva finalmente donna, accanto a un brav'uomo che l'amava. Si passava velocemente la mano sugli occhi, non avrebbe mai pianto di fronte a tutti, avrebbero pensato che era un vecchio rimbambito.

Anche gli occhi di Adele riflettevano una luce speciale, però nel suo caso era quella dell'amore. Benito la spogliava con lo sguardo e a lei quella sensazione piaceva così tanto da dimenticarsi completamente i dubbi sul futuro e l'eventualità di dirgli la verità. In quel momento svaniva tutto, c'era solo la mano di Benito posata sulla sua.

Dopo la bistecca con le patate, mangiarono una bella macedonia di frutta, presero il caffè durante quello che diventò presto un lungo e piacevole dopopranzo e poi decisero di approfittare di quel tiepido sole per andare a fare l'attività proposta poco prima da Benito. Presero borse e ceste di vimini, percorsero circa duecento metri fino ai frutteti dove, tra risate, scherzi e del sano movimento, raccolsero una gran quantità di mele.

«Berni, ti avverto che me ne porto via un bel po' per preparare qualche torta al *Buongiorno*» disse Fedele.

«Solo se mi prometti che poi me ne spedisci una.»

«Non ce n'è bisogno, te la preparo oggi stesso, se per te non è un problema.»

«Ottima idea, così domani avremo il dolce.»

Trascorsero circa due ore cogliendo mele, ridendo, riposandosi ogni tanto sull'erba e, quando le borse e le ceste furono piene, tornarono a casa. Lasciarono il loro raccolto in cucina e alcuni di loro, distrutti, andarono a farsi un bel sonnellino.

Adele decise di riposare e Fedele consigliò a Emilia di fare lo stesso. Il padre della ragazza e Vilma, invece, andarono a fare una passeggiata sul viale alberato.

Benito rimase solo con Fedele e i due si sedettero sotto al porticato a godersi gli ultimi raggi di sole. Berni gli offrì un limoncello; avevano scoperto che era il loro digestivo preferito. Aprì una bottiglia nuova e prese due bicchieri, poi tornò dal ragazzo, li riempì e brindarono alla vita. Mentre lo sorseggiavano, Fedele gli spiegava quanto fosse straordinario il limoncello di Amalfi: lo aveva assaggiato con Emilia durante il loro viaggio e gli era piaciuto così tanto che avevano iniziato a prepararlo anche loro al *Buongiorno*.

«Gira bene il ristorante?» chiese Berni interessato.

«Sì, molto bene. Oserei dire che meglio di così non potrebbe andare.»

«Mi fa davvero piacere. È da tanto che te ne occupi?» Adele gli aveva raccontato che era tornato dalla Spagna dopo la disgrazia di Atocha, ma non conosceva tutti i dettagli della gestione del ristorante.

«Saranno quasi cinque anni… Ancora non mi sembra vero.»

«Ma hai sempre lavorato nella ristorazione, giusto?»

«Sì, sono stato chef in Spagna, Belgio, Francia, Argentina… Ho fatto anche altri lavori, ma sempre in questo settore.»

«Ne hai fatte di cose per essere così giovane.»

«Non farti ingannare dall'aspetto, Benito; non ho ancora i capelli bianchi, ma non sono nemmeno più un ragazzino» disse Fedele ridendo.

«Io sono vecchio, ne ho già settantacinque, ma tu…»

«Proprio giovanissimo non sono. Quanti me ne dai?»

«Trentasei… Trentasette, non di più.»

«Grazie!» disse ridendo «Ma sono del '67.»

Benito sorrise. Sembrava comunque giovanissimo. Lui, in quell'anno si trovava a… Pensò al 1967 e ai ricordi di quell'anno: il negozio di antiquariato, Pieri… Adele… Il loro amore…

Come faceva Fedele a essere nato nel 1967 se lui e sua madre, quell'anno…? Ricordò le notti di ardente passione tra lui e Adele nell'albergo di Firenze e un dubbio lo assalì. Non poteva essere vero, stava dando i numeri.

«Sei nato nel 1967?»

«Sì, a dicembre. A quel tempo conoscevi già mia madre, giusto?»

«Sì.»

«Allora ti ricorderai di quando sono nato, l'anno dopo mia madre si è poi sposata con Pessi.»

«Pessi?»

«Sì, il mio patrigno… Era un brav'uomo, ho solo bei ricordi con lui, anche se purtroppo non molti, ci ha lasciati troppo presto.»

Benito non riusciva a smettere di pensarci: 1967… Pessi… Patrigno. Non sapeva se indagare oppure far finta di niente; poi si decise: «Quindi Pessi non è tuo padre?».

Fedele rimase di sasso. Se Berni conosceva sua madre da molti anni, come faceva a non saperlo?

«Pensavo che lo sapessi, mia madre non ha mai tenuto nascosta la sua storia. Non ho mai conosciuto mio padre, lui la lasciò quando era incinta… In realtà, lui non lo sapeva nemmeno che lei aspettava un bambino. Poco dopo mia madre conobbe Pessi e si sposarono. Io avrò avuto all'incirca un anno.»

«Vediamo se ho capito bene… Quell'uomo la lasciò nel 1967, tu sei nato in quello stesso anno e lei dopo si sposò con Pessi?» Benito cercava di mettere insieme i pezzi.

«Sì. Ma tu da quando la conosci?»

Il dubbio era diventato realtà.

Aspettò a rispondere, poi prese coraggio: «Da prima, però, sai, vivendo tanti anni in Francia ci sono dettagli della sua vita che mi sono perso».

«Capisco… Va be', il passato è passato e ognuno ha il suo. Ti sei mai sposato?»

«No.» disse Berni con la voce sommessa.

«Figli non ne hai?»

«No…»

Fedele, accorgendosi di com'era cambiato il tono di voce di

Benito, decise di non fare altre domande. Era evidente che non volesse parlare della sua vita privata. Seppur anziano ormai, era ancora un bell'uomo e, poi, era ricchissimo. Se lo immaginava da giovane, a vivere quella vita folle tra gli artisti di Parigi, doveva essere stato un gran donnaiolo. Alla fine, anche lui lo era stato prima di conoscere Patricia e ora che stava con Emilia, non aveva occhi per nessun'altra. Bisognava solo trovare la donna giusta. Assorto in questi pensieri, fu riportato alla realtà dalla voce di Berni: «Vado a stendermi un attimo».

«Va bene» gli rispose. Lo guardò, sembrava distrutto, come se gli fosse appena passato sopra un camion. Ne avevano fatte di cose quel pomeriggio, pensò, e si versò un altro po' di limoncello. Una volta finito, sarebbe andato a svegliare Emilia: voleva approfittare del bel tempo per fare una passeggiata nel parco prima che venisse buio.

Berni, intanto, era arrivato in camera sua a fatica; i piedi gli sembravano due macigni. Una volta dentro, chiuse la porta e si sdraiò sul letto a guardare il soffitto; pensava e si sentiva un nodo in gola. E se Fedele era davvero suo figlio? Non trovava altra spiegazione alla storia che aveva appena sentito. Il ragazzo era nato lo stesso anno in cui lui e Adele erano stati insieme, calcolava i mesi e coincidevano. Ripensò a quando Adele perse la verginità insieme a lui, nell'hotel di Firenze; non aveva mai avuto altri uomini prima. Quel ricordo, sommato al pensiero di essere il padre di Fedele, gli annebbiò la vista. Aveva sempre pensato di non avere nessuno… Si era sempre sentito così solo…

A quel tempo era stato incapace di riconoscere il vero amore. Ebbe uno scatto d'ira: «Che stupido!». Ma era arrabbiato anche con Adele. Perché non lo aveva mai cercato? In quegli anni era stato davvero poco in Italia, passava la maggior parte del suo tempo in Francia, è vero, però erano due mesi ormai che si vedeva con lei, perché non gli aveva detto niente? Non era giusto! Lui le aveva chiesto scusa in una delle loro lunghe chiacchierate. Non ci poteva credere. In tutti quegli anni si era perso la possibilità di crescere e di godersi un figlio, e la colpa era quasi del tutto sua. Ma anche Adele aveva la sua parte di colpa, seppur piccola. Stava impazzendo. Pensava a Fedele e la sua mente ricreava l'immagine esatta di quel ragazzo; così iniziava a rendersi conto di alcune somiglianze tra loro. Aveva gli stessi colori di Adele, ma il naso, il sorriso, l'altezza, la gestualità... Caspita! Credeva di impazzire. Fedele Pessi era suo figlio!

Gli stava scoppiando la testa, così decise di farsi un bagno; aveva bisogno di schiarirsi le idee. Tra due ore sarebbe dovuto scendere per la cena e, in quello stato, non sarebbe riuscito a dire neanche una parola.

***

Calava la sera e, nel salone dorato, le domestiche preparavano il tavolo secondo le indicazioni ricevute: tovaglia bianca di lino ricamata a mano, al centro le candele e i fiori freschi consegnati il giorno stesso dal fioraio e, per ogni commensale, due piatti di porcellana cinese su un sottopiatto di metallo; da un lato, quattro forchette, dall'altro due coltelli e un cucchiaio; sopra una forchettina e un cucchiaino, in alto a sinistra un piattino per il pane con un coltello più piccolo e, ad accompagnare il tutto, tre calici di cristallo: uno per l'acqua, uno per il vino, e il terzo per lo spumante, che non era da confondere con lo champagne francese, vista la nota rivalità tra i due paesi.

Le donne, che erano rimaste a osservare le domestiche che apparecchiavano la tavola, erano poi andate a prepararsi accuratamente nelle rispettive camere; era evidente che sarebbe stata una cena formale. Vilma aveva scelto il vestito più bello che aveva e cercava di convincere il marito a mettersi il completo.

«Non vedi che siamo in un castello?» insisteva.

E Miguel, sebbene pensasse fosse ridicolo, accettava per non dover discutere, a condizione di non mettere la cravatta.

Adele, che pensava che il vestito colorato fosse troppo sportivo, scelse i jeans e una camicia di seta rossa. Non l'avrebbero mai ammessa in un castello vestita così, ma lei non avrebbe mai tradito il suo stile per niente al mondo. Poi, si truccò con cura e indossò gli stivali alti.

Emilia stava finendo di allacciarsi il vestito nero scollato che metteva in risalto i suoi capelli dorati, più chiari e brillanti che mai. Vedendola, Fedele impazzì, la voleva, ma lei lo frenava: «Fedele, non possiamo! Mancano solo cinque minuti alla cena».

Fedele e Berni erano vestiti quasi uguali, entrambi con un pantalone scuro e una camicia bianca; per di più abiti di Ferragamo, il loro stilista preferito.

Nessuno fece ritardo e alle nove precise, con tutti i presenti seduti al tavolo, fu servito il primo antipasto: carpaccio di salmone. Berni ringraziò gli ospiti e iniziarono tutti a mangiare. Adele, seduta accanto a lui, gli sorrideva civettuola, ma lui la guardava serio. Come aveva potuto tenergli nascosta la verità su Fedele, soprattutto dopo che era andato a farle visita per ben quattro volte, dopo il bacio che si erano dati. Al termine della cena le avrebbe parlato. Ora non era di certo il momento di fare scenate lì a tavola, ma più tardi avrebbe potuto mostrarle tutto il suo risentimento.

La cena procedeva tra una chiacchierata e l'altra; era il momento del primo piatto, gnocchi di semola al pomodoro e basilico. Berni non aveva ancora spiccicato parola e Adele se ne rese subito conto. Cos'era successo quel pomeriggio?

Emilia, felice, si godeva il cibo, il momento e la compagnia delle persone a cui più teneva. Era legata a tutti i presenti, nessuno escluso, nemmeno sua suocera, a cui ogni giorno voleva sempre più bene, e Berni, che era ormai come un secondo padre per lei. Fedele le sorrideva e, come faceva spesso, divertito, le toccava la gamba sotto al tavolo. E lei era talmente felice che non lo fulminò con lo sguardo come faceva di solito, anzi ricambiò il sorriso.

Una giovane domestica entrò con il secondo: tre diversi tipi di pesce accompagnati ognuno da una salsa diversa. Fecero tutti i complimenti allo chef e si aprì un'interessante conversazione sul cibo e sulle abitudini culinarie.

«Mi hanno detto che in Argentina cucinate spesso carne alla griglia e che casa vostra è sempre aperta agli amici» disse Adele.

«Non so se è un'abitudine nazionale, ma io amo fare grigliate e avere ospiti» rispose il padre di Emilia, che da sempre si considerava il re della griglia e un bravissimo anfitrione.

«Le persone in Argentina, in generale, sono molto cordiali» spiegò Vilma.

«Qui in Italia, forse, siamo un po' più chiusi, perché per noi prima di tutto viene la famiglia, poi il resto» disse Fedele.

«Non credo, Fede, che si possa parlare di tradizioni nazionali, penso dipenda anche dall'educazione. Anche per me, ad esempio, la famiglia è più importante di tutto, eppure non sono italiana» commentò Emilia. Nella sua vita aveva la fortuna di avere anche tanti amici, ma la famiglia veniva comunque prima.

Adele sembrava d'accordo: «Io la penso come te, Emilia. Si cerca sempre di trasmettere ai propri figli ciò che di buono si è imparato nella vita; io stessa ho tramandato a Fedele alcune mie abitudini».

Berni, sentendo quella frase, pensò che fosse il momento giusto per dire la sua, cosa che aveva fatto poche volte quella sera: «Adele, spero che a tuo figlio tu abbia trasmesso solo quelle positive, perché altrimenti... povero Fedele!».

Tutti rimasero stupiti da quel commento pungente e fuori luogo, ma continuarono il discorso come se niente fosse.

Avevano appena iniziato una conversazione appassionante sull'economia dei due paesi, quando arrivarono in tavola il tiramisù e il budino al cioccolato.

I dolci erano talmente buoni che, in pochi istanti, i piatti furono letteralmente ripuliti e si iniziò a parlare del governo Berlusconi, i cui provvedimenti preoccupavano non pochi italiani: «Fedele, tu cosa ne pensi del fatto che un primo ministro cerchi di far passare leggi *ad personam* per garantirsi l'immunità?» chiese Miguel Fernán.

Ne aveva già parlato con Berni mentre raccoglievano le mele e si erano trovati in disaccordo.

«Più che di immunità, parlerei di impunità, perché gli permetterebbe solo di mentire e ingannare le persone senza dover rispondere delle proprie azioni.»

«Paese che vai, politico falso che trovi. Dicono di voler fare una cosa e poi, quando sono al potere, fanno tutt'altro» disse Emilia.

«I politici non sono gli unici che ingannano le persone, nascondendo questioni importanti» intervenne Berni con voce teatrale. «Vero, Adele?» chiese, guardandola dritto negli occhi. In quel momento, fu chiaro a tutti che c'era un problema tra i due.

Per Adele, assorta nei suoi pensieri, quella frase fu come una secchiata d'acqua gelida e riuscì a malapena a rispondere: «Penso di sì, ma non capisco dove vuoi andare a parare con il tuo discorso».

Fedele pensò: *Cosa gli è preso a Benito?* Glielo chiese: «C'è qualche problema?». Era stufo dei suoi modi. Sembrava ci avesse dato un po' troppo dentro con il vino, c'era qualcosa di strano in lui, era già la seconda volta che aggrediva gratuitamente sua madre.

Berni gli rispose: «No, in realtà non mi sento tanto bene, è stata una lunga giornata. Vogliate scusarmi, ma vado a riposare perché altrimenti finisco per dire qualcosa che non devo».

Si tolse il tovagliolo dalle gambe, lo appoggiò sul tavolo, si alzò e aggiunse: «Signori, vi prego, restate pure a parlare a tavola, mi spiace assentarmi, ma sto veramente male. Con permesso».

Se ne andò lasciando tutti a bocca aperta. Dopo due o tre commenti sull'accaduto, Adele e le coppie si alzarono, non sapendo cosa fare. Vilma e Miguel andarono nella loro stanza: quel pomeriggio avevano fatto una lunga camminata e non si erano riposati; e poi l'atmosfera si era guastata.

Adele andò alla vetrata che dava sul porticato; da quel punto si riusciva a vedere il parco tutto illuminato senza prendere freddo. Si sedette su una poltroncina di vimini, doveva meditare su quanto accaduto durante la cena. Benito era arrabbiato con lei, sembrava per qualcosa su cui lei gli aveva mentito o che gli aveva tenuto nascosto o… E se avesse scoperto che…? Quando? Come? Se durante la raccolta andava tutto bene e Berni non si era staccato un attimo da lei, doveva per forza essere successo qualcosa dopo, quando lei era in camera a riposare.

Stava ripercorrendo mentalmente tutto quello che era successo quel giorno cercando di trovare una spiegazione per la sua reazione, quando arrivarono Emilia e Fedele e si sedettero con lei sulle poltroncine.

«Si può sapere cosa gli è preso?» chiese Fedele, confermando i sospetti della madre. «Sembrava arrabbiato con te.»

Emilia, accanto a lui, aspettava ansiosa la risposta della suocera; pensava di aver capito cosa stava accadendo.

«Fedele, è successo qualcosa oggi mentre ero a riposare?» gli chiese Adele, provando a indagare.

«No, nulla.»

«Cosa avete fatto voi che siete rimasti svegli?»

«I genitori di Emi sono andati a fare una passeggiata e io sono rimasto a chiacchierare con Berni del più e del meno.»

«Di cosa avete parlato?»

«Del ristorante, dei posti in cui ho vissuto, della Francia. Ma poi chi se lo ricorda! Erano cavolate, del parco, dei frutteti, del limoncello, del mio anno di nascita, perché credeva fossi più giovane... scemenze. Perché me lo chiedi?»

«Del tuo anno di nascita?» disse Adele, senza far caso al resto.

«Ma sì, perché non credeva fossi del '67...»

Fedele aggiunse qualche altro dettaglio, ma Adele, che inizialmente l'aveva solo intuito, ormai ne era certa; e anche Emilia.

Adele inspirò forte, come se volesse catturare tutta l'aria della stanza, poi la buttò subito fuori in un lungo sospiro. Benito l'aveva scoperto, aveva capito che Fedele era suo figlio. Il passato, che credeva ormai sepolto, era tornato e ora la avvinghiava senza permetterle di liberarsi. Lì, seduta di fronte a tutto quel verde, si rese conto che, fino a quel momento, era rimasta sola con il suo segreto e che forse era arrivata l'ora di tirarlo fuori, di spolverarlo e sbarazzarsene, altrimenti, chiuso e senza ossigeno, avrebbe potuto mandare tutta la sua vita all'aria. Lei non aveva mai nascosto la sua storia, e se con Fedele non era entrata nel dettaglio quando era piccolo, lo aveva fatto solo per proteggerlo. Poi, gli anni erano passati, quella storia sembrava così lontana, persa nel tempo, non c'era più bisogno di dissotterrarla, ma i vecchi legami che ora erano riemersi e i nuovi che erano nati, avevano accorciato le distanze. Era giunto il momento di parlare. Nella sua vita, al momento, nulla era fuori posto, perché rischiare di rovinare quella stabilità raggiunta dopo anni di sacrifici e sofferenze? Sebbene al principio avesse pensato di mantenere il segreto per proteggere suo figlio, nell'ultimo periodo aveva deciso che era giusto parlargliene; ma non così, in quel posto, di fretta, con la pressione addosso. Ma se non lo avesse fatto ora avrebbe rischiato di creare una frattura nel rapporto con lui, e Fedele era tutto per lei, lo amava più di ogni altra cosa al mondo. La sua voce sembrava lontana; il ragazzo insisteva: «O ha bevuto troppo, oppure è a tutti gli effetti pazzo».

Adele si voltò, guardò Fedele, i suoi lineamenti armonici, un uomo fatto e finito che un tempo, la notte, aveva tenuto tra le sue braccia per coccolarlo e proteggerlo, quel bambino che aveva cresciuto praticamente da sola. Accanto a lui, quella ragazza coi capelli dorati e gli occhi verdi, affettuosa, che li guardava. Adele non poteva più aspettare, doveva sputare il rospo. Sentiva che era arrivato il momento; la presenza di Emilia non era un problema, ormai faceva parte della famiglia ed era solo grazie a lei se Benito era entrato di nuovo nelle loro vite. Adele aprì la bocca e le parole le uscirono a fatica: «Fedele… Bambino mio… Devi sapere che… Benito Berni è tuo padre».

Silenzio tombale.

«Mamma, ma che dici… Berni? Benito Berni?» La guardò incredulo.

«Sì. Prima ha reagito così perché deve averlo capito dalla vostra chiacchierata di oggi.»

Fedele sembrava confuso. Com'era possibile?

Poi, iniziò ad alzare la voce: «Perché diavolo non me lo hai detto prima?».

«Non ce n'era mai stato bisogno. Non lo vedevo da quando mi aveva lasciato, tu non eri nemmeno nato...»

«Ma, è un conte... Come cazzo...»

«Ti ho raccontato la storia di tuo nonno... Delle opere d'arte.»

«Per questo il nonno... Berni era...» Fedele cercava di mettere insieme i vecchi racconti di famiglia alle persone.

Mentre provava a ricordare, Adele aggiungeva qualche dettaglio per aiutarlo a unire tutti i pezzi che, negli anni, lui aveva cancellato dalla mente, ma non lei.

La donna parlava e Fedele di tanto in tanto la interrompeva, le faceva domande e lei rispondeva. Emilia, accanto a loro, restava in silenzio, si sentiva solo una spalla, qualcuno che era lì a fargli compagnia. Mentre ascoltava le parole di Adele, non riusciva a fare a meno di pensare che tutto quello era successo grazie al quadro di Camillo Fiore, perché se lei, quel giorno, non fosse andata a cercare informazioni al ristorante *La Mamma*, che poi aveva scoperto essere diventato il *Buongiorno*, adesso quella madre e suo figlio non sarebbero stati lì a parlare delle vicende passate e lei non sarebbe stata insieme a quell'uomo che aveva di fronte. Pensava a suo nonno Juan Bautista, figlio dei due pittori, e a sua nonna Abril che, per anni, nonostante fosse già anziana, aveva insistito perché andasse a cercare quel dipinto, come se la stesse spingendo verso il suo destino. L'immagine dei nonni diventò talmente realistica che era come se fossero lì con lei in carne e ossa. Abril e Juan Bautista Fernán davano il loro contributo a districare quella parte triste della storia che, adesso, a Emilia sembrava solo una fase. Aveva visto come Berni guardava e trattava Adele, quella sera era stato solo uno scatto d'ira, ma era certa che presto si sarebbe risolto tutto.

Fedele era in stato di shock.

«Davvero... Mi sembra tutto così surreale!» diceva, mentre

si passava la mano tra i capelli come faceva sempre quando era nervoso.

«Mi dispiace avertelo detto così... Di essere stata costretta a parlartene oggi, perché sentivo la pressione addosso... Di non avertelo potuto raccontare in tranquillità, a casa nostra... Come era giusto fare.»

«Mamma, la vita è una sola... Bisogna cogliere il momento. Magari, se avessi aspettato, non ci sarebbe più stata occasione, chi può saperlo! Certo che è strano scoprire di avere un padre a quarant'anni...»

Adele si alzò in piedi, dietro Fedele e, chinandosi, lo abbracciò. Le loro teste, una accanto all'altra, erano rivolte verso il parco, gli occhi fissi sui pini. Fedele alzò le braccia e prese le mani di sua mamma; era il suo modo per farle capire che andava tutto bene. Di fronte a quel gesto, due lacrime rigarono il volto di Adele. Un lungo capitolo della loro vita si chiudeva così, in quel preciso istante. Rimasero immobili per qualche minuto, finché la donna non li salutò per ritirarsi nella sua stanza. Emilia provò tristezza nel vedere quel corpo esile allontanarsi; gli stivali alti sembravano pesarle come massi e la camicia di seta rossa era troppo vivace per il suo animo triste.

Sola nella sua stanza, rendendosi conto di ciò che era appena successo, Adele iniziò a piangere. Aveva raccontato a suo figlio tutta la verità, ma Benito non aveva il diritto di trattarla in quel modo. Molti anni prima l'aveva lasciata sola e ciò le aveva causato un dolore insopportabile. Grazie al cielo, negli anni, aveva fatto pace con la vita e tutto era andato per il meglio, ma non era stato facile. La sua era stata, comunque, una vita solitaria e ciò era dovuto in gran parte a quello che c'era stato tra loro. Si asciugò le lacrime. Non voleva più piangere per Benito Berni, aveva passato gran parte della vita a farlo; era arrabbiata, ferita.

Doveva vederlo. Era la sera delle verità e non gli avrebbe permesso di farla franca dopo aver sganciato una bomba come quella. Per colpa sua, era stata costretta a parlare con suo figlio di una questione così delicata in modo frettoloso. Non era giusto.

Uscì in corridoio e andò diretta alla porta della camera di Berni. Bussò.

«Sì?» chiese lui da dentro.

«Berni, sono io» disse, chiamandolo per cognome.

Benito, che non si era ancora cambiato dalla cena, aprì la porta e la fece entrare. La stanza era immersa nella penombra; l'unica luce era la lampada del comodino. Benito stava per parlare, ma la donna lo precedette: «Non avresti dovuto trattarmi così a cena, non ne avevi alcun diritto».

«Scoprirlo in questo modo, Adele… Da quando ci siamo ritrovati, sono venuto più volte a casa tua, abbiamo parlato e non mi hai mai detto nulla, non mi hai accennato neanche la cosa.»

«Non avevi diritto di arrabbiarti perché sei tu che mi hai lasciato anni fa. Io ho cresciuto Fedele da sola, io ho dovuto affrontare i pregiudizi per essere stata una ragazza madre e, ti assicuro, non erano pochi; io me ne sono andata via da casa mia per colpa tua. Non hai diritto…»

«Te ne sei andata?» chiese incredulo. Lei non glielo aveva detto.

«Sì. Quando scoprii quello che era successo e mi resi conto di ciò che ti aveva fatto mio padre, decisi che non sarei stata sua complice, non potevo rimanere lì. Quindi me ne andai via, incinta.»

«Adele…»

«Non avrei mai potuto crescere tuo figlio in mezzo a persone che ti avevano causato tanta sofferenza. Mi ospitò mia zia e mi fece lavorare nel suo ristorante; il resto lo conosci. Ho sofferto tantissimo per colpa tua, per cui, adesso, che ancora ti arrabbi e mi costringi ad affrontare in questo modo una faccenda così delicata con mio figlio non mi va proprio…» mentre pronunciava le ultime parole, gli occhi le si riempirono di lacrime.

«Gliel'hai detto?»

«Sì, adesso lo sa anche Fedele. Gli ho detto che sei suo padre» gli rispose senza mezzi termini, cercando di soffocare il pianto.

«Perché non me lo hai mai detto?»

«Benito, abbiamo sempre evitato i discorsi importanti legati al passato… Non hai ammesso, ad esempio, di non avermi mai amata, altrimenti non mi avresti lasciato in quel modo o, almeno, saresti tornato. Sono venuta al castello poco dopo la nascita di Fedele, ho lasciato il mio nome ai domestici e tu non hai fatto niente…»

«Io ti ho cercata, sono venuto a casa tua.»

«Quando?»

«Una volta, appena mi dissero…» si difendeva, ma sapeva che lei aveva ragione.

«Se mi avessi davvero amato, mi avresti cercata per tutta Firenze.» Investita dai tristi ricordi, Adele piangeva e le parole le uscivano a fatica.

Benito si avvicinò e l'abbracciò. Era tesa ma glielo permise. La teneva stretta tra le sue braccia, le parlava piano all'orecchio, quasi in un sussurro: «Non è vero che non ti ho amato. Ti amavo, ma ero malato. Ora che sono vecchio, posso finalmente dirti, senza alcun dubbio, che… Ti amo, Adele».

Adele alzò il viso e lo guardò. Gli occhi azzurri di lui non avevano età e in quel momento la guardavano, sinceri. Perso in quell'attimo, approfittando del fatto che lei avesse abbassato la guardia, Benito le prese il volto tra le mani e la baciò. Chiuse gli occhi con forza e, mentre le sue labbra si posavano su quelle di Adele, riuscì a sentire il profumo alle rose che, un tempo, lei usava sempre e che ora si confondeva con quello di Armani che si era messa per la cena.

Il tempo non era nulla. Lui, alla sua età, vicino a lei, con gli occhi chiusi, sentiva che era lo stesso Benito seduto accanto a lei sotto quel porticato. L'amore non aveva né rughe né età. E nemmeno gli importava in quel momento; anzi, spregiudicato, lasciava che gli impulsi prendessero il sopravvento in quella camera del castello dalle decorazioni impeccabili. Adele, accanto a lui, tremava proprio come quando si erano baciati quella notte nell'albergo di Firenze.

In quei baci, Benito riceveva le risposte a tutte le domande che si era posto quella mattina, se ce l'avesse fatta oppure no, se era più importante il corpo o il sentimento. Le sue mani slacciavano, con la cura appresa con gli anni e con le donne, il primo bottone della camicia rossa di Adele, poi il secondo... Per fortuna che c'era solo la luce soffusa del comodino, pensò la donna. L'immenso letto con le costose lenzuola floreali li attendeva, ansioso. L'ultimo amore di cui era stato testimone era quello tra Aurelia e Mario Berni.

***

Nel frattempo, sotto il porticato, Fedele ed Emilia si alzavano dalle poltrone e si dirigevano nella loro stanza, mano nella mano. Con quel bellissimo panorama dietro di loro, quasi teatrale, sembrava il finale felice di un film in cui la coppia, di spalle, abbandona lentamente la scena: lei, con la sua folta chioma bionda, in un vestito nero che segnava perfettamente le sue forme, camminava sinuosamente su un paio di tacchi neri brillanti; lui, al suo fianco, forte, elegantissimo, procedeva a passo deciso. Eppure, se la camera avesse inquadrato soltanto i loro volti, avrebbe colto l'immenso dolore nei loro gesti e nel loro sguardo. Era una notizia troppo pesante per un uomo che aveva la sua vita, ormai. Emilia soffriva per lui.

Nella stanza, Fedele si sdraiò sul letto incrociando le braccia dietro alla testa, l'impeccabile camicia tutta stropicciata; ma non ci fece nemmeno caso, era ancora sotto shock. Il conte Berni era suo padre. Quel milionario snob ed eccentrico. Così tante volte, anche da adulto, avrebbe voluto averlo vicino…

«Emilia, non riesco ancora a crederci…»

«Avere un padre è una cosa bella, amore, guardala da questa prospettiva. Non so com'era Berni da giovane, ma ora sembra un brav'uomo.»

«Lo so. Il passato è passato. Però continuo a non capacitarmene.»

Emilia soffriva a vedere Fedele con lo sguardo perso nel vuoto, perché in quegli occhi neri, profondi e dolci come quelli di sua madre, vedeva la tristezza di un bambino che aveva trascorso l'infanzia senza un padre, e quel corpo di uomo forte, capace di smuovere il mondo, adesso aveva un'aura di vulnerabilità. Emilia voleva consolarlo, voleva fargli dimenticare la tristezza così come faceva lui ogni volta che lei pensava a Clarissa. Si avvicinò, gli si mise di fronte e iniziò a levarsi i vestiti piano, lentamente, con calma, finché i suoi movimenti sensuali non catturarono l'attenzione di Fedele che, vedendo i seni nudi di Emilia e il perizoma rosso, lasciò da parte le sue riflessioni e la tristezza, perché lì con lui c'era il presente e lo stava chiamando. La tirò verso di sé e, seduto sul bordo del letto, le mise le mani sui fianchi mentre, con la bocca all'altezza dell'ombelico, iniziava a baciarle la pancia.

«Amore mio, sei la cosa migliore della mia vita.»

«E tu della mia. Ti amo, Fedele.»

«Anch'io ti amo.»

Emilia si piegò, cercando di togliersi i tacchi, ma lui le chiese di tenerli, perché...

*Giusto, a Fedele piace quando tengo i tacchi*, pensò la ragazza. In effetti, non era la prima volta che le faceva quella richiesta.

«Voglio fare l'amore con te, nuda con i tacchi» le diceva, mentre, veloce, si sfilava i vestiti, li faceva cadere a terra e si sedeva di nuovo sul letto, guardandola con desiderio: quella notte Emilia sarebbe stata sua.

«Vieni» le disse. Emilia aveva ancora qualche timore, visto che aveva ripreso la sua vita sessuale da poco, ma vederlo pieno di desiderio glielo faceva quasi dimenticare.

«Ti piacerà, te lo prometto.»

Si avvicinò titubante, ma la tirò verso di sé con un movimento deciso.

Emilia si metteva sopra di lui e, in un istante, Fedele si dimenticava tutto, di chi era figlio, quando era nato e persino come si chiamava, perché si perdeva in quegli occhi verdi che lo guardavano con amore e passione, mentre il suo corpo, lì, seduto sul bordo del letto, faceva, disfaceva, inventava, creava, distruggeva e ricreava, sul corpo tanto desiderato della donna che amava come non succedeva da tempo.

Lo zoom della camera si allontanava da loro, salendo sempre più su, oltre il soffitto della loro stanza, e mostrava come, in ben due camere del castello, due coppie si amassero, mentre nella terza, un'argentina di nome Vilma spiegava a suo marito ciò che era successo quella sera, perché era certa che Fedele fosse il figlio di Berni e che lui e Adele sarebbero presto tornati insieme. Suo marito la ascoltava stupito perché se era vero significava che lui e il conte Berni erano consuoceri e un giorno, chissà, sarebbero potuti diventare nonni dello stesso nipotino.

Miguel Fernán non si sbagliava, perché in quella notte di passione la vita aveva di nuovo trovato il suo posto nel corpo di Emilia. Tra i sospiri dei due innamorati, la vita si aggrappava con forza a quel corpo, i suoi geni erano contenti che si trovasse in Italia, i suoi segnali epigenetici le dicevano che era tornata e che quello era il suo posto, che lì sarebbe stata felice perché il suo sangue era italiano.

Quelli di Fedele, invece, gli dicevano che anche se tutte le donne del mondo erano belle, solo una gli faceva battere così forte il cuore. Molte avrebbero potuto attrarlo, ma lui era solo suo.

Fedele era felice di avere finalmente la donna della sua vita tutta per sé e, a pochi metri dalla sua stanza, Berni pensava la stessa cosa.

***

La mattina seguente il gruppo si svegliò e fece colazione nel salone dorato. Un barlume di complicità faceva brillare i loro occhi, chi per la notte d'amore appena trascorsa e chi perché sapeva cosa stesse accadendo. Nessuno parlava apertamente della questione; lasciavano semplicemente scorrere le ore, godendosi il momento. Solo nel primo pomeriggio, mentre erano tranquilli nella pinacoteca, avrebbero parlato dei legami scoperti, degli amori ritrovati e delle nuove speranze.

Perché quel pomeriggio, mentre Miguel e Vilma osservavano il Tiziano con Emilia che, accanto a loro, gli spiegava qualche curiosità più nel dettaglio, Berni si avvicinò a suo figlio e, vedendolo tranquillo di fronte a tutte quelle opere, gli disse:

«So che è tardi, ma sono contento di averti conosciuto. Sono orgoglioso di avere un figlio così. Adele è stata davvero brava con te e mi dispiace di non esserci stato. Mi dispiace anche perché sono vecchio e non potrò più fare molto ormai nella tua vita».

E nel fare quella confessione pronunciò le ultime parole con le lacrime agli occhi.

Fedele non aggiunse altro, ma l'abbraccio che gli diede parlò per lui.

Adele, accanto a loro, piangeva. Emilia, dall'altro lato della sala, mentre conversava ancora sul Tiziano, sorrideva, perché lei sapeva cosa volesse dire quell'abbraccio per Fedele.

***

Trascorso quel pomeriggio ricco di emozioni, la sera fecero una cena più informale. Conversavano del più e del meno mentre mangiavano una pizza. Poco dopo, due cameriere, conoscendo i gusti del conte, portarono due bottiglie di spumante nelle rispettive *glacette*. Avevano un paio di brindisi da fare: c'erano tante cose da festeggiare.

Le voci risuonavano allegre e l'eco arrivava in ogni angolo della casa. Il castello era felice, da due giorni ormai, e i muri trasudavano gioia come non accadeva da tempo, da quando Benito era ancora bambino. Era dovuto trascorrere molto tempo, ci erano voluti molto dolore e molta pazienza per riuscire a riportare un po' di gioia in quella casa, ma alla fine il premio per aver superato quel lungo periodo era davanti agli occhi di tutti. Il quadro del maestro Fiore aveva sicuramente fatto la sua parte. Ora, però, era rimasto l'unico a essere infelice; non vedeva l'ora di ricongiungersi con la sua amata Gina che, ansiosa, lo aspettava da molto tempo in un altro paese. Chissà se qualcuno lo avrebbe aiutato a raggiungerla, come lui aveva aiutato loro. Il momento era finalmente arrivato.

## Un giovane uomo

Oggi il giovane uomo è inquieto, pervaso da stupore e disperazione; si guarda nel piccolo specchio, si avvicina ancora un po', deve riconoscersi, vedere ciò che ha già visto un milione di volte; con l'indice si tocca la piega esterna degli occhi... Misura le linee del tempo... Ma sembra quasi non ci siano, ancora. Il suo sguardo deciso osserva i capelli; no, nessun capello bianco, per ora. Si guarda di nuovo, dimenticando l'immagine che vede e focalizzandosi solo sull'inquietudine che gli esplode dentro, si esamina: di fronte, in quel riflesso, c'è un vecchio bambino. Perché lui, che non ha mai avuto un padre, adesso ha scoperto di averne uno. Il giovane uomo ha un padre!

Perché non è arrivato prima, quando lo aspettava? Perché non è arrivato quando lui lo cercava, quando lo piangeva, quando tutti gli altri ne avevano uno, tranne lui?

*Riuscirò ad amarlo? Riusciremo a goderci, insieme, chiacchierate, pranzi e abbracci?*

Questi interrogativi ne danno vita ad altri, più profondi e terribili, e tutti arrivano quasi a soffocarlo.

Per quanto ancora l'intolleranza gli porterà via persone e affetti? Fino a quando si metterà tra lui e la felicità? Che si chiami nazismo, Atocha o in qualsiasi altro modo; lei, maledetta e perversa, gli ha rubato troppe cose e non la vuole più nella sua vita, in nessun modo. Guardandosi allo specchio si promette di rifiutarla in qualunque momento, forma, modo e situazione gli si presenti, anche se dovesse manifestarsi tentatrice come una donna senza veli o conveniente come la salute. L'intolleranza è distruzione, è danno, perdita, decadenza, caos e rovina, e lui questo lo sa bene, in più occasioni gli ha causato ferite ancora aperte.

Così, sul punto di maledire il dolore causato dall'ingiustizia, una saggezza emerge dalla stessa anima che ha sofferto e, di fronte a lui, gli sussurra all'orecchio verità e lo obbliga a staccarsi da quello specchio, a vestirsi in fretta, allacciarsi le scarpe e uscire perché è lì, nella sua città, nel suo ristorante, che può dare del filo da torcere a quella maledetta; è quello il campo di battaglia, e lui lotta con le unghie e con i denti, come ha già fatto altre volte.

Molti interrogativi restano ancora senza risposta, ma lui non è più scoraggiato, né disperato... Il giovane uomo, semplicemente, farà la sua parte. Si concentrerà a vivere la vita nel miglior modo possibile e, poi, che accada quel che accada.

Poiché esiste una verità imperturbabile: il segreto è lasciar scorrere la vita e che vada come deve andare, niente è più emozionante e bello della sua magia, quel fiume che ci trascina e ci porta dove nemmeno ci immaginiamo.

*Sette mesi dopo*

La decappottabile rossa serpeggiava lungo la strada che da Firenze porta a Piacenza; al suo interno Emilia si abbassava con fatica per inserire un CD nello stereo. La cintura di sicurezza e il suo pancione di sette mesi non la facevano muovere liberamente, ma voleva a tutti i costi che Fedele ascoltasse la canzone di Caetano Veloso; gliel'aveva portato Matías, che quella settimana era venuto a farle visita direttamente dal Brasile, per cui ora si divertiva ad ascoltare tutte quelle canzoni. Aveva già comprato un suo CD a poco prezzo, quello che conteneva la canzone *Como uma onda*, una versione dal vivo cantata con Lulu Santos che la emozionava, e lo aveva consumato. Voleva che Fedele s'innamorasse di Caetano, così come aveva fatto con la Bruni oppure lei, per colpa sua, con Laura Pausini.

«Come stai, Emi?»

«Bene.»

«Avevo detto a Berni che quando entravi nel settimo mese di gravidanza non saremmo più venuti! Sapeva che non avresti più percorso questa strada finché il bambino non sarebbe nato, ma non so cosa gli sia preso, ha insistito perché venissimo.»

«Saranno sette mesi tra una settimana. E poi ho voglia di vederlo.»

«Se devo essere sincero, ho accettato perché mi dispiaceva; per telefono ha detto che era importante» disse Fedele.

Negli ultimi sei mesi Emilia si era affidata tanto a Benito, perché suo padre era dovuto tornare in Argentina. Miguel sarebbe tornato presto per la nascita del nipotino, perché questa volta era maschio, l'ecografia non lasciava adito a dubbi. E, per paura di ripetere l'errore del passato, Emilia aveva deciso di restare in città fino alla nascita.

Mentre raccontava le opinioni che lei e Poletti, il suo capo, si erano scambiati sull'approccio che aveva adottato nell'ultimo articolo che aveva scritto, Fedele la interruppe: «Spiegami meglio della mail che hai ricevuto...».

«Ah, giusto, non ho finito di raccontarti!»

«Arrivava dalla Spagna?»

«Sì, quelli del quotidiano *El País* mi vogliono parlare per una rubrica che vorrebbero affidarmi. Sembrerebbe che il mio articolo sulla memoria del corpo abbia creato un po' di scompiglio. Speriamo che la cosa vada in porto!»

Nella vettura, tra chiacchiere e canzoni, il tempo trascorse veloce e il viaggio a Piacenza sembrò durare meno del solito. Non le si gonfiarono nemmeno i piedi, cosa che, nell'ultimo periodo, le capitava spesso quando stava tanto tempo seduta.

Fedele parcheggiò di fronte all'entrata e Berni uscì fuori ad accoglierli. Guardava la coppia che gli veniva incontro: eccoli lì, la ragazza dagli occhi verdi che gli aveva salvato la vita il giorno che era nata Clarissa, la bambina a cui portava i fiori tutte le domeniche, e suo figlio Fedele, un uomo che negli ultimi mesi aveva imparato a conoscere e amare. La felicità più grande, però, sarebbe arrivata presto: Benito stava per diventare nonno. Proprio lui, che non aveva mai avuto nessuno nella vita, adesso, orgoglioso, poteva dire che aveva *una compagna*, un figlio e, presto, anche un nipote. Che famiglia!

Compagna, perché a Adele piaceva definirsi così, perché per essere una coppia vera e propria, diceva, bisognava vivere insieme e loro ancora non lo facevano. Adele, infatti, andava al castello e si fermava per un po', un mese o addirittura di più, poi toccava a Berni raggiungerla ad Ancona. Benito, però, si fermava solo per una decina di giorni perché – diceva sempre – era il tempo massimo che resisteva senza il suo castello e le sue tanto amate opere. Anche se, a poco a poco, ad Ancona aveva trovato qualche attività piacevole di cui iniziava a sentire il bisogno: amava passeggiare sulla spiaggia con Adele, mano nella mano, o chiudersi in quel piccolo *atelier* dove, timidamente, iniziava a dipingere qualche quadro insieme a lei. L'arte era un interesse che li univa, ma riusciva a stare lì con lei a dipingere a una sola condizione: al posto dei Beatles, come sottofondo, ci doveva essere Vivaldi. Adele accettava perché anche lui aveva fatto qualcosa per lei: aveva iniziato a frequentare le lezioni di yoga che, secondo lei, gli facevano bene, lo rilassavano e lo mettevano di buonumore. Non gli facevano neanche più male le ginocchia.

A volte, quando Berni le proponeva di trasferirsi a Piacenza, Adele gli rispondeva scherzando che l'avrebbe fatto l'anno dopo, perché sarebbero stati ancora più anziani; allora lui la sgridava e le diceva che, a stare con lui, molte ragazze giovani ci avrebbero fatto la firma. Spesso, le loro battute superavano un po' troppo il limite e uno dei due si arrabbiava davvero, allora l'altro si avvicinava e cercava di fare la pace con un abbraccio o con qualche parola dolce. La cosa certa era che, a quell'età e a modo loro, avevano trovato la loro formula della felicità, ed Emilia e Fedele gliela potevano leggere in faccia a Berni quella mattina quando, a mezzogiorno, arrivarono e lo videro sulla porta del castello che li salutava con un sorriso radioso.

«Avanti, entrate. Pensavamo non arrivaste in tempo per mangiare le tagliatelle che tua mamma ha fatto con le sue mani.»

«Cucina casalinga» disse Emilia, e sorrise ricordando il primo articolo che aveva scritto per il giornale italiano.

Pochi minuti dopo entrarono in cucina, dove Adele, nel suo lungo vestito colorato, li salutò con una teglia in mano. Disse a tutti di accomodarsi, avrebbero mangiato lì, in cucina, senza troppe formalità. Aveva passato tutta la mattina ai fornelli, lasciando libere le domestiche.

Seduti, mentre mangiavano su una tovaglia a quadri, Emilia raccontò a tutti di quanto si sentisse bene; erano contenti. Poi, Fedele e suo padre spostarono la conversazione sulle automobili, perché Berni, su consiglio del figlio, si era comprato una decappottabile. Le due donne, che non ci capivano niente di cavalli e cilindrate, si lanciarono un'occhiata complice e fecero una smorfia infastidite, ma i due uomini non se ne resero nemmeno conto; poi capitò la stessa cosa quando iniziarono loro a parlare di alimenti biologici, una passione che le due condividevano.

Avevano finito di mangiare e stavano conversando dopo pranzo come una famiglia felice, quando Benito decise di fare ciò che nessuno si aspettava: «Emilia, so che non eri tranquilla a lasciare Firenze, ma se vi ho fatto venire qui è per una ragione importante. Seguitemi».

Si alzarono tutti. Adele sorrideva, perché sapeva già di cosa si trattava.

Berni li portò di fronte al quadro del maestro Fiore e pronunciò le parole che quel dipinto aspettava di sentire da tempo: «Ho deciso di darvi il quadro» poi, guardando Emilia, aggiunse: «So che per te è molto importante, hai sempre sognato che ritornasse a casa, in Argentina».

La ragazza guardò il quadro, si voltò verso Berni e disse: «Assolutamente no, non lo posso accettare».

«Emilia, ho passato anni a riunire oggetti di antiquariato per poi rendermi conto, solo ora, che per quanti soldi valgano o per quanto valore sentimentale possano avere, non sono niente in confronto all'affetto dei propri cari. Te lo regalo con tutto il cuore» e guardando suo figlio, gli chiese: «Fedele aiutami a convincerla».

Fedele, che fino a quel momento era rimasto in silenzio, intervenne in suo aiuto: «Mi sembra un regalo fantastico e credo tu debba accettarlo».

«Ma certo!» aggiunse Adele.

Emilia guardò Berni e Adele, poi fece di sì con la testa, le parole non le uscivano, era troppo emozionata. Sapeva quanto significava per Berni, faceva parte degli oggetti che amava tanto ed era l'unico che non era stato portato via dopo la tragedia che aveva colpito la sua famiglia.

«Fedele aiutami, prendilo da lì che io lo sollevo da qui» chiese Benito. I due staccarono il quadro dalla parete e lo appoggiarono per terra; poi Benito ci mise sopra un panno e insieme lo trasportarono fuori dal portone principale fino all'automobile. Lo sistemarono sui sedili posteriori della decappottabile.

Un altro capitolo si chiudeva, e come si dice nella Bibbia: *L'amore rimedia sempre agli errori.*

***

Emilia e Fedele tornarono a Firenze la sera stessa. Lui stava togliendo il quadro dall'auto, quando squillò il telefono di casa: una chiamata dall'Argentina, era Miguel. L'uomo raccontò a Emilia del piano che lui e Berni avevano organizzato e delle mail che si erano scambiati per mettersi d'accordo sul quadro. Siccome sapeva che quello di Camillo Fiore era già in suo possesso, la avvisò che il dipinto di Gina era già stato spedito in Italia e le spiegava dove doveva andare a prenderlo. Il motivo di quella decisione era semplice: i due quadri dovevano stare insieme e il posto migliore era casa loro. Perché era grazie a loro due se i coniugi Fiore finalmente potevano riunirsi e, poi, presto sarebbe arrivato il piccolo che, dopo di loro, avrebbe avuto il compito di tenerli insieme. Emilia ascoltava le parole del padre e piangeva. Perché spettava proprio a lei quell'onore? Perché? Non lo sapeva, ma ne era felice. Non si rendeva conto che toccava a lei proprio per quel motivo, perché era felice di poter custodire i tesori di famiglia. Come aveva già detto la sera della cena in cui Berni si era arrabbiato con Adele, per lei la famiglia era la cosa più importante. In un gruppo unito dallo stesso sangue, c'è sempre qualcuno che deve occuparsi di conservare i ricordi di coloro che ne hanno fatto parte, di farne tesoro, di mantenere viva la memoria dell'amore, dell'affetto e dei sacrifici fatti per la famiglia. E, nel loro caso, l'incaricata era Emilia Fernán, così come Fedele lo era per la sua nuova e piccola famiglia, perché la provvidenza pensava che fossero le persone giuste. Anche Berni lasciava nelle loro mani tutta la storia del suo lignaggio.

## Un giovane uomo

Il giovane uomo oggi è rimasto senza parole perché "l'albero della vita è un desiderio realizzato" e sente di potersi riposare sotto questo albero forte… Oggi, con quell'albero, si sente una cosa unica; perché ne ha mangiato il frutto… Il desiderio è stato soddisfatto.

Non esistono lettere, parole o frasi che possano descrivere come si sente quando guarda quella culla che ha lì accanto, quel nido di lenzuola bianche dove, a pancia in giù, dorme un piccolo panda, che altro non è che il suo stesso figlio. Camillo è venuto al mondo stamattina, lasciando la mamma esausta, che ora dorme sotto l'occhio vigile del giovane uomo che, con quattro occhi, si prende cura di entrambi nella calma e tranquillità di quella stanza dove si sente come un re seduto al centro del suo regno.

Il panda si muove inquieto e sembra scoppiare in un forte pianto, che presto si trasforma, però, in un leggero lamento perché il giovane uomo lo ha già preso in braccio e lo culla… *Dormi, bambino mio, dormi, amore…* Avvicina il viso, lo annusa: è suo, suo, suo… Ed è già qui con lui.

Lo guarda, lo osserva da vicino. Il nasino, la boccuccia, le manine… È così piccolo e fragile; lo porta al petto… *Dormi, bambino mio, dormi, amore…* Si può amare così tanto una persona che nemmeno si conosce? Sì, è possibile. Essere padre è questo e tanto altro…

I vecchi ricordi si mischiano con le nuove esperienze, un vecchio nome con quello nuovo… Carlo, Camillo, Camillo, Carlo… E una promessa già ripetuta torna come nuova nell'abbraccio che dà al piccolo panda: «Ti amerò, ti proteggerò, non ti farò mancare nulla. Sarai un bambino felice, te lo prometto». *Dormi, bambino mio, dormi, amore…*

Il giovane uomo oggi è rimasto senza parole perché la tenerezza si è fatta persona e ora si trova tra le sue braccia, ha la sua stessa pelle, il suo sangue e degli occhi dolci che lo fanno sperare in un mondo migliore, in cui tutto è possibile, in cui l'essere umano è buono, la natura saggia e la vita felice… *Dormi, bambino mio, dormi, amore…* Sogna, piccolo mio, riposa, ci sono qui io a proteggerti… *Dormi, bambino mio, dormi, amore…* Domani vedrai il sole, il mare, il cielo e scoprirai gli abbracci, il pane appena sfornato e gli amici. *Dormi, bambino mio, dormi, amore…*

Una realtà continua a riaffiorare imperturbabile: lui è qui.

*Dormi, bambino mio, dormi, amore. Dormi, pezzettino del mio cuore…* Canta oggi il giovane uomo con l'anima. La voce si spezza, un sapore salato in bocca.

## Piacenza, castello Berni, 2014

*Fine settimana di primavera*
*Venerdì*

È mezzogiorno e il parco del castello risplende di bellezza, non solo perché è primavera e i fiori sono sbocciati, ma anche perché ogni angolo è stato decorato con particolare attenzione. Oggi, nella tenuta dei Berni, ci sarà una grande festa. Le querce del viale alberato sono addobbate con un nastro bianco legato attorno che si chiude con un enorme fiocco; sotto c'è un lungo tavolo su cui è stata messa una tovaglia azzurra che svolazza sollevata dalla brezza. Al centro i calici del servizio migliore luccicano e le composizioni di gelsomino adornano la tavola. È qui dove si consumerà il pranzo, preparato dai cuochi del castello sotto la supervisione del proprietario del *Buongiorno*. Fedele, infatti, in mezzo agli invitati, non si fa sfuggire un dettaglio, passandosi la mano tra i capelli. L'agitazione si mescola alla felicità: i suoi genitori, oggi, si sposano. Lui ha ottant'anni, lei settantaquattro. E il figlio vuole che sia tutto perfetto, che l'evento sia indimenticabile, anche perché chissà quanti anni di vita rimangono a questi due signori. Guarda l'altare e si emoziona; ricorda il suo di matrimonio, in quello stesso posto, quando suo figlio maggiore, Camillo, che ora ha quattro anni, aveva da poco festeggiato il primo compleanno. La situazione è sotto icontrollo: dice ai camerieri di prepararsi, o guarda che Camillo non si arrampichi sull'ennesimo albero, o che le gemelline, che hanno da poco compiuto due anni, non mangino, come al solito, l'erba. Oggi tocca fare tutto a lui perché Emilia non si sente bene; lei non glielo dice, ma ormai la conosce. Forse è di nuovo incinta; sono davvero contenti.

Perdere ben due figli, Carlo e Clarissa, è stato troppo; per cui ora ogni bambino che arriva all'interno della famiglia è il benvenuto. Forse per altri è una pazzia, ma non per chi ha vissuto una disgrazia simile. Se saranno quattro o otto non importa, basta essere felici nella loro casa piena di bambini.

Cerca Emilia con lo sguardo e la trova; è seduta accanto a un gruppetto di donne con cui sta parlando. È la più bella di tutte e Fedele si perde nei movimenti di quelle mani tanto amate, in quel sorriso sincero… Ma deve subito tornare alla realtà, perché i futuri sposi stanno uscendo dalla porta d'ingresso del castello, mano nella mano. Lui, impeccabile, in smoking; lei con un lungo vestito bianco stile *hippie*. *La vie en rose* di Édith Piaf risuona a tutto volume. Il testo della canzone francese si addice completamente alla situazione.

## *La vie en rose*

| | |
|---|---|
| *Des yeux qui font baisser les miens,* | *Uno sguardo che fa abbassare il mio,* |
| *Un rire qui se perd sur sa bouche,* | *Una risata che si perde sulla sua bocca,* |
| *Voilà le portrait sans retouche* | *Ed ecco il ritratto senza ritocco* |
| *De l'homme auquel j'appartiens.* | *Dell'uomo a cui appartengo.* |
| | |
| *Quand il me prend dans ses bras* | *Quando mi prende tra le sue braccia* |
| *Il me parle tout bas,* | *E mi sussurra qualcosa piano,* |
| *Je vois la vie en rose.* | *Io vedo la vita in rosa.* |
| | |
| *Il me dit des mots d'amour,* | *Lui mi dice parole d'amore,* |
| *Des mots de tous les jours,* | *Parole di tutti i giorni,* |
| *Et ça me fait quelque chose.* | *E provocano qualcosa in me.* |
| | |
| *Il est entré dans mon cœur* | *Lui mi è entrato nel cuore* |
| *Une part de bonheur* | *Un pezzo di felicità* |
| *Dont je connais la cause.* | *Di cui conosco la causa.* |
| | |
| *C'est lui pour moi, moi pour lui* | *Non c'è che lui per me, ed io per lui* |
| *Dans la vie,* | *Per tutta la vita,* |
| *Il me l'a dit, l'a juré pour la vie.* | *Me l'ha detto, l'ha giurato per la vita.* |
| | |
| *Et dès que je l'aperçois* | *E, non appena lo vedo* |
| *Alors je sens en moi* | *Io sento dentro di me* |
| *Mon cœur qui bat.* | *Il battito del mio cuore che si ravviva.* |

| | |
|---|---|
| *Des nuits d'amour à plus finir* | *Notti d'amore senza fine* |
| *Un grand bonheur qui prend sa place* | *Una grande felicità che nasce in me* |
| *Des ennuis, des chagrins, s'effacent* | *Il dolore e i problemi svaniscono* |
| *Heureux, heureux à en mourir.* | *Felice, tanto felice, che potrei morire.* |
| | |
| *Quand il me prend dans ses bras* | *Quando mi prende tra le sue braccia* |
| *Il me parle tout bas,* | *E mi sussurra qualcosa piano,* |
| *Je vois la vie en rose.* | *Io vedo la vita in rosa.* |
| *Il me dit des mots d'amour,* | *Lui mi dice parole d'amore,* |
| *Des mots de tous les jours,* | *Parole di tutti i giorni,* |
| *Et ça me fait quelque chose.* | *E provocano qualcosa in me.* |
| | |
| *Il est entré dans mon cœur* | *Lui mi è entrato nel cuore* |
| *Une part de bonheur* | *Un pezzo di felicità* |
| *Dont je connais la cause.* | *Di cui conosco la causa.* |
| | |
| *C'est toi pour moi, moi pour toi* | *Non ci sono che io per te e tu per me* |
| *Dans la vie,* | *Per tutta la vita,* |
| *Il me l'a dit, l'a juré pour la vie.* | *Me l'ha detto, l'ha giurato per la vita.* |
| | |
| *Et dès que je t'aperçois* | *E, non appena ti vedo* |
| *Alors je sens en moi* | *Io sento dentro di me* |
| *Mon cœur qui bat.* | *Il battito del mio cuore che si ravviva.* |

## *Sabato*

Nella casa accanto al *Buongiorno* c'è una grande confusione. Al suo interno ci vive una famiglia rumorosa, ma oggi c'è più movimento del solito: è giorno di trasloco. Le gemelle prendono le loro copertine, è il loro modo di dare una mano, mentre

Camillo, superandole con una scatola piena di macchinine, gli ripete: «Questo è aiutare!».

Emilia si guarda intorno. Da una parte, le viene da piangere, vorrebbe non andarsene, dall'altra è sollevata, sono riusciti a caricare tutto sul camion dei traslochi. Hanno posticipato questo giorno da troppo tempo, è ora di trasferirsi, la casa nuova li attende. In quella sono stati molto felici, non vorrebbe lasciarla, ma è troppo piccola per la loro famiglia e, presto, Sofi verrà con suo figlio e suo marito a trovarla, e lei potrà, così, ospitarla. Adele e Benito gli avevano offerto una sistemazione al castello, c'era posto in abbondanza, ma loro hanno rifiutato, chissà, forse più avanti, tra qualche anno… Certo è che se continuano ad avere figli, nessuna casa sarà sufficientemente grande per loro. Emilia sorride al pensiero. Nella borsetta ha un test di gravidanza, lo ha comprato venerdì, ma non ha ancora avuto tempo di farlo tra il matrimonio e, oggi, il trasloco. Non importa, si tratta di impegni felici, così si rilassa, sebbene abbia davanti le gemelle con la bocca di nuovo piena di erba e di terra.

Fedele si avvicina, le dà un bacio sulle labbra e le dice, con il suo solito buonumore: «*Let's go*». Lei gli prende la mano e si allontanano, uno accanto all'altra, come in ogni cosa.

*Domenica*

Emilia apre gli occhi e vede quelle che sono le pareti della loro nuova camera da letto. Il viso sereno di Fedele riposa sopra il cuscino accanto al suo. Oggi è un giorno fortunato, lei non ha nausee e i bambini, nonostante siano già le nove, dormono ancora. Emilia e Fedele, infatti, hanno potuto fare l'amore senza fretta e in maniera appassionata, come piace a loro. Lui, esausto, poi si è riaddormentato. Vorrei vedere…

Venerdì matrimonio, sabato trasloco e domenica sesso alle otto del mattino! Emilia sorride. Guarda il viso di quell'italiano che ama follemente dal primo momento in cui l'ha visto. Lui si muove nel letto, facendo rumore, e lei tende l'orecchio. Uno dei bimbi sta piangendo? Si è svegliato? No, si risponde sollevata. Meglio, così ha tempo di fare ciò che ha rimandato da giorni. Si alza, cerca di fare piano, non vuole svegliare Fedele. Cammina scalza fino al salone. Dalla vetrata si vedono tutti gli scatoloni che aspettano ancora di essere svuotati; ma a lei interessa solo ciò che è appeso al muro: i quadri dei coniugi Fiore sono uno accanto all'altro; si guardano, come se potessero realmente vedersi. Sono una coppia bellissima, in tutti i sensi possibili e immaginabili. Emilia li osserva e sorride, ma deve sbrigarsi prima che i bambini si sveglino, ha un test di gravidanza da fare.

I due dipinti si godono la loro nuova casa. Gina e Camillo si guardano. Finalmente, sono di nuovo insieme.

Un caloroso ringraziamento…

A Cecilia Cortabarría, per tutte le nozioni sui bambini in incubatrice, così accurate come solo la madre di due gemelli saprebbe dare.

Alla dottoressa Nuria Pelliza, per la sua pazienza nel raccontarmi come avvengono le nascite extra ospedaliere e tante altre emozioni della medicina.

A Gachi, l'amica che c'è sempre per letture, correzioni, presentazioni, e anche nella vita.

A Majo, per i suoi consigli letterari.

A Cuki, per leggermi ed essere al mio fianco in ogni libro.

A María Inés David, amata professoressa d'italiano, che mi ha spiegato con precisione come si scrivono tutte le espressioni in lingua che ho voluto inserire nel libro.

A Paola Longo, piemontese e dirigente scolastica, per avermi insegnato che, con la buona volontà, la lingua è tutt'altro che un ostacolo nella comunicazione.

A Ezequiel e Iván per tutte le informazioni sull'Italia e per essere stati i miei traduttori.

A Silvana Corelli, per avermi aiutata a contattare una persona per una consultazione, in maniera rapida, com'è solita fare.

Al dottor Rubén D'Agostino, per avermi aiutato a trovare i giusti contatti.

Al professor Cesare Vaccani dell'Istituto Italiano di Cultura, per essere stato così gentile a darmi le informazioni di cui avevo bisogno sugli ospedali italiani.

A Shunk Lárraga, il mio revisore, per svolgere il suo lavoro con professionalità e passione.

Al Municipio di Piacenza per aver risposto sempre in maniera gentile alle mie mail.

A Mercedes Güiraldes, la mia editrice, fedele compagna in quest'ennesima avventura.

Ad Andrea Vázquez, per essere presente e darmi forza.

A Vero Brollo, per sognare insieme a me.

Ad Alejandra Giusto, per l'importante riflessione che abbiamo condiviso e che ho deciso di inserire all'interno del libro.

Alla mia amica Mónica Furia, la mia "idola"; lei sa perché.

Alla mia amica Cristina Galván, che mi ha insegnato a percorrere tutta Piacenza in un'ora.

A Cristóbal, per interessarsi sempre a ciò che faccio.

A Oscar, per trovare sempre il tempo di leggermi, correggermi e darmi suggerimenti, per essere sempre presente, nel miglior modo possibile. Grazie!

A Vicki, per darmi suggerimenti seduta accanto a me, e per essere sempre al mio fianco.

A mia sorella Silvana, per leggermi e per affezionarsi ai miei personaggi. Silvi grazie per aver letto anche questo libro, tu sai!

A tutta la mia famiglia, per aver abbracciato la mia passione per la scrittura.

*Della stessa autrice*

Viviana Rivero

# Sì

Parigi, anni '20. Melisa Loyola è la figlia del sarto più rinomato della città e fin da piccola aiuta il padre a confezionare i costumi di scena dei più importanti teatri di Parigi, come il Moulin Rouge e Les Folies Bergère. I meravigliosi vestiti, le struggenti melodie del tango e il suo innato talento per il canto e il ballo fanno crescere in lei il desiderio di entrare a far parte di quel mondo scintillante. Ma per la sua famiglia e il suo fidanzato è impensabile che lei lavori, tanto meno che si esibisca su un palco.

Quando finalmente si presenta l'occasione di realizzare il suo sogno, Melisa non ci pensa due volte, anche se significa mollare tutto e salpare per Buenos Aires insieme a una prestigiosa compagnia teatrale.

E se proprio lì, dall'altra parte del mondo, trovasse il vero amore? Melisa non ha mai dimenticato lo sguardo di Nikolai, il giovane e ricco argentino che ha conosciuto a Parigi, così testardo e insopportabilmente affascinante. Quando l'amore arriva, forte e travolgente, che importanza hanno la carriera e i tanti sacrifici fatti?

Una storia romantica e appassionante, ricca di avventura e colpi di scena. Il viaggio per la felicità è lungo e pieno di ostacoli, ma niente è impossibile per chi è capace di dire "sì" alla vita.

FSC
www.fsc.org
MISTO
Carta da fonti gestite
in maniera responsabile
FSC® C115118

Stampato presso Elcograf S.p.A.
Stabilimento di Cles